KB074933

어둠의 왕관

어둠의 왕관 유리왕좌 시리즈 2권

초판 1쇄 인쇄 2021년 7월 20일
초판 1쇄 발행 2021년 8월 10일

펴낸이 김대현
펴낸곳 (주)도서출판 아테나
글쓴이 사라 제이 마스(Sarah J. Maas)
옮긴이 공보경
책임편집 정일웅
편집디자인 조세연
등록 1991년 2월 22일 제2-1134호
주소 서울시 마포구 양화로 78, 서교빌딩 601호
전화 (02)2268-6042 / 팩스 (02)2268-9422 / 홈페이지 www.athenapub.co.kr
ISBN 979-11-86316-26-9

어둠의 왕관

유리왕좌 시리즈

사라 제이 마스

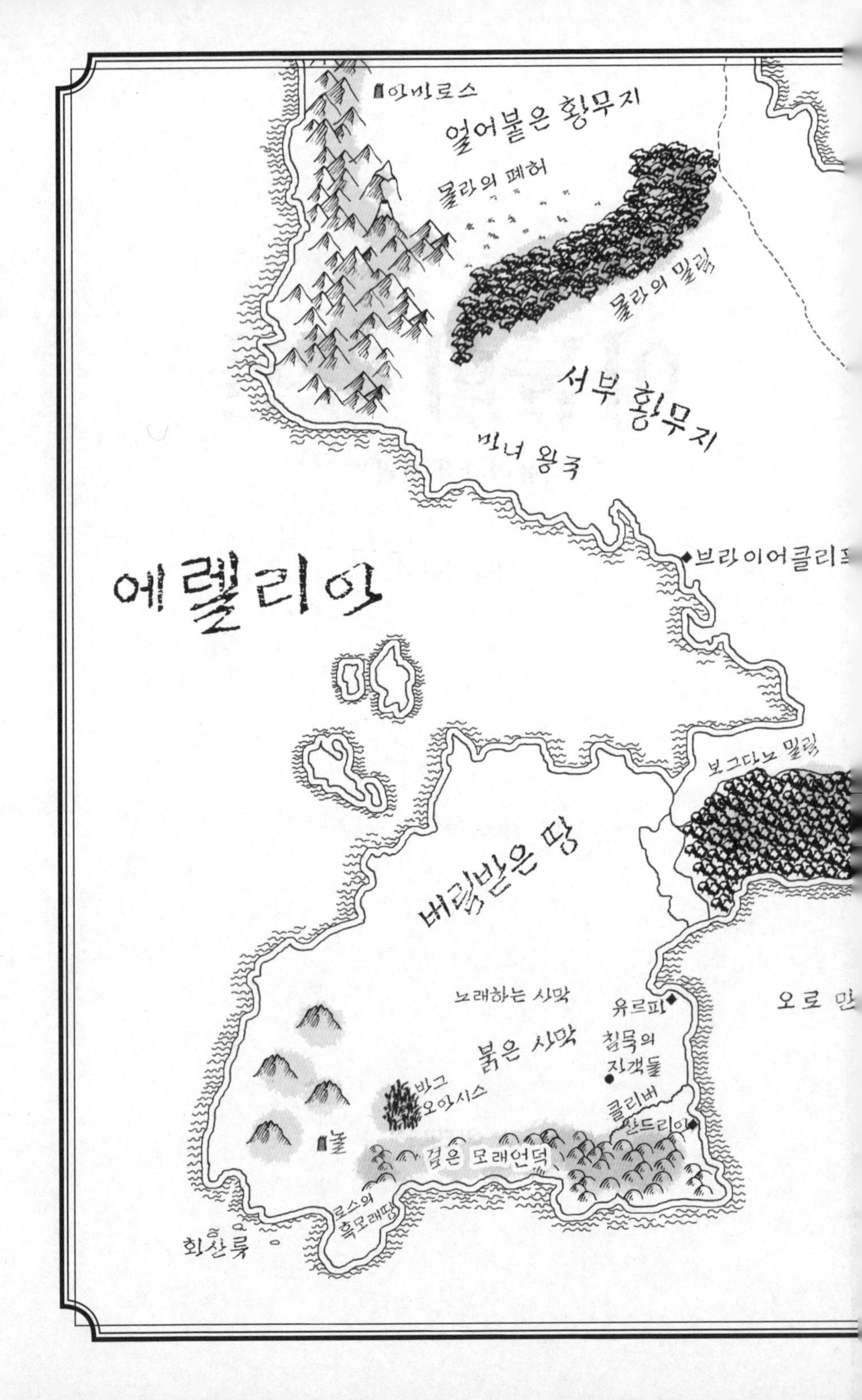

아비로스
얼어붙은 황무지
물라의 폐허
물라의 밀림
서부 황무지
마녀 왕국
브라이어클리
에렐리아
보그다노 밀림
버림받은 땅
노래하는 사막
유르피
오로 만
붉은 사막
침묵의 자객들
바그 오아시스
클리버
산드리아
검은 모래언덕
로스의 흑모래땅
회산룩

테라센
북해
늑대 부족
수사슴 산
알스브룩
로지멜
오린스
수리아
얼어붙은 황무지
퍼렌스
엔도비어 소금광산
메이
대양
아달렌
오크월드 숲
페리안 협곡
은빛 호수
리프트홀드
웬들린 방향
에이버리 강
화이트팽 산
모라스
펜헤로우
벨헤이븐
멜리산드
데드 아일랜드
스컬 만
캘라컬라
래리바
이일웨이
이일웨이 초원
밴잘리
스톤 습지

■ 등장인물

셀레이나 사르도시엔

'왕의 전사'가 된 에렐리아 대륙 최고의 암살자이다. 아달렌 왕국의 정복 전쟁과 압제에 대한 반감을 숨긴 채 아달렌 왕의 명령을 받아 암살 임무를 수행하고 있다. 왕실 근위대장인 케이올 웨스트폴과 사랑을 키우지만 끔찍한 사고 이후 관계가 멀어졌다. 왕실의 비밀을 캐내는 과정에서 자신에게 숨겨진 또 다른 운명과 힘을 발견한다.

케이올 웨스트폴

아달렌의 왕실 근위대장으로, 자신에게 주어진 임무와 셀레이나와의 사랑 사이에서 갈등을 겪는다. 셀레이나와 매일 훈련을 하며 사랑을 키워나가던 중 비극적인 사건을 계기로 그녀와 돌이킬 수 없는 관계가 되어버린다. 이후 웬들린 왕족 암살을 위해 왕에게 셀레이나를 에렐리아로 보내도록 제안한다.

도리언 하빌리아드

아달렌의 왕세자로, 셀레이나가 왕의 전사가 된 이후 관계가 소원해졌다. 부왕의 정복 전쟁과 압제에 반발하지만, 아직은 아무런 힘이 없다. 왕자라는 자신의 운명에 순응하지 못한 채 고뇌하는 인물이다. 오랫동안 금지되었던 마법의 비밀을 풀어낼 열쇠를 쥐게 된다.

네히미아 예트거

셀레이나의 유일한 친구지만 왕을 위해 암살 임무를 수행하는 셀레이나와 갈등을 겪는다. 아달렌의 왕에게 학살당하는 이일웨이의 백성들을 위해 자신에게 주어진 운명을 받아들인다.

아달렌의 왕

도리언의 아버지이자 아달렌의 왕. 테라센과 펜헤로우를 멸망시켰고, 이일웨이마저 노리고 있다. 에렐리아 정복이라는 목적을 위해선 수단과 방법을 가리지 않는 냉혹한 왕이다. 자신에게 반기를 들려는 세력을 해체하기 위해 셀레이나에게 암살 임무를 부여했다.

아처 핀

빼어난 외모와 언변으로 수많은 고객을 거느린, 에렐리아에서 가장 유명한 남창이다. 오래전 자객들의 요새에서 셀레이나와 함께 훈련을 받은 인연이 있다. 왕에 의해 반역 세력의 하나로 지목된 이후 셀레이나의 위협을 받는다.

리나 골드스미스

붉은빛이 도는 금발을 소유한 에렐리아 최고의 가수이다. 아달렌 왕실의 연회에 초대되어 공연 중에 금지된 고대 전설과 마법에 관한 노래를 부른다. 이후 지하감옥에서 아달렌의 왕과 마주하게 된다.

바바 옐로레그스

유랑극단과 함께 다니며 거울을 이용해 미래를 알아봐주는 점술사다. 스스로 마지막 마녀라고 하며 도리언과 셀레이나를 상담하면서 그들의 비밀을 알아차리게 된다.

에일린 갈라시니어스

아달렌에 의해 무너진 테라센의 왕녀이다. 10년 전 테라센이 멸망한 뒤 테라센의 자객에 의해 사망했지만 시신을 찾지는 못했다. 어딘가에 살아남아 나라를 다시 세우기 위해 세력을 모으고 있다는 소문이 돈다.

제1부

왕의 전사

CHAPTER 1

갑작스레 불어닥친 폭풍에 덧문이 흔들거렸다. 그녀가 저택 안으로 잠입하며 남긴 유일한 흔적이었다. 어둠에 휩싸인 정원 담장을 타넘어온 그녀를 알아챈 이는 아무도 없었다. 홈통을 타고 올라와 창턱을 훌쩍 뛰어넘어 저택 2층 복도로 미끄러지듯 숨어든 그녀의 발소리는 천둥과 근처 바다의 거센 바람 소리에 묻혔다.

왕의 전사인 그녀는 이쪽으로 다가오는 누군가의 발소리에 얼른 벽감으로 몸을 숨겼다. 검은 복면에 두건을 내려쓰고 그림자의 일부, 어둠의 한 조각으로 스며들었다. 열린 창문 앞으로 걸어온 하녀가 툴툴대며 창문의 걸쇠를 잠근 뒤 복도 반대편 끄트머리의 계단통 아래로 사라졌다. 하녀는 복도 마룻장에 찍힌 젖은 발자국을 알아채지 못했다.

번개가 번쩍이며 일순 복도를 밝혔다. 왕의 전사이자 자객인 그녀는 긴 숨을 들이마시고는, 벨헤이븐 근방에서 사흘간 이 저택을 지켜보며 공들여 세운 계획을 다시 한번 확인했다. 복도 양옆으로 문이 다섯 개씩 나 있었다. 니럴 경의 침실은 왼쪽 세 번째 방이었다.

다른 하인이 또 올까 싶어 귀를 쫑긋 세웠으나, 바깥에서 폭풍이 몰아치는 가운데 집 안은 그저 괴괴했다.

그녀는 유령처럼 소리 없이, 부드럽게 복도를 나아갔다. 들릴 듯 말 듯한 삐거억 소리와 함께 니럴 경의 침실 문을 열었다. 등 뒤로 조용히 문을 닫기 위해 한 번 더 천둥이 치길 기다렸다.

방 안에 번개가 번쩍인 순간, 사주식 침대(네 모서리에 기둥이 있고 덮개가 달린 큰 침대)에 누워 잠든 두 사람의 모습이 드러났다. 니럴 경은 서른다섯 살 정도로 보였다. 그의 품에 안겨 곤히 잠든 아내는 머리 색이 짙은 미인이었다. 이들은 대체 무슨 짓을 했기에 왕의 분노를 사 죽임을 당할 지경에 이르렀을까?

살그머니 침대로 다가갔다. 그녀는 일에 의구심을 품을 처지가 아니었다. 그저 명령에 따르면 되는 것이다. 그래야 자유의 몸이 될 수 있었다. 니럴 경에게 한 걸음 한 걸음 다가가며 계획을 다시금 되새겼다.

조용히 칼집에서 칼을 빼 들었다. 떨리는 숨을 들이마시며 마음을 굳게 다졌다.

왕의 전사가 칼을 치켜든 순간 니럴 경이 눈을 번쩍 떴다.

CHAPTER 2

셀레이나 사르도시엔은 리프트홀드의 유리 궁전 복도를 성큼성큼 걸어갔다. 손에 들린 묵직한 자루가 흔들거리며 그녀의 무릎에 한 번씩 부딪혔다. 검은 망토의 두건이 얼굴 대부분을 가렸지만 근위병들은 아달렌 왕의 회의실을 향해 걸어오는 그녀를 막아 세우지 않았다. 그녀가 누구인지, 그녀가 왕을 위해 무슨 일을 하고 있는지 잘 알기 때문이었다. 왕의 전사 셀레이나는 그들보다 계급이 높았다. 사실, 이 궁전에서 그녀보다 계급이 높은 자는 몇 없었고, 대부분 그녀를 두려워했다.

셀레이나는 망토 자락을 펄럭이며 열린 유리문을 향해 다가갔다. 문 양옆에서 보초를 서고 있는 근위병들은 그녀가 고개를 끄덕이자 허리를 곧추세우며 차렷 자세를 취했다. 셀레이나는 회의실로 들어갔다. 그녀의 검은 장화는 붉은 대리석 바닥에서 발소리를 거의 내지 않았다.

회의실 한가운데 놓인 유리 왕좌에 아달렌의 왕이 앉아 있었다. 왕의 검은 눈동자가 셀레이나의 손에 들린 자루를 바라보았다. 지난 세 번의 알현 때와 마찬가지로 셀레이나는 왕좌 앞에서 한쪽 무릎을 굽히고 고개를 숙였다.

도리언 하빌리아드 왕세자는 아버지의 왕좌 옆에 서 있었다. 셀레이나는 도리언의 사파이어색 눈동자가 자신을 바라보고 있음을 느낄 수 있었다. 왕좌의 단 아래쪽, 셀레이나와 왕실 가족 사이에 자리한 사람은 언제나 그렇듯 근위대장 케이올 웨스트폴이었다. 셀레이나는 두건을 내려쓴 채 눈을 들어 케이올의 주름진 얼굴을 올려다보았다. 케이올은 셀레이나를 낯선 사람 보듯 하는 표정이었다. 예상했던 바였고, 그들이 지난 몇 달 동안 익숙하게 해온 게임의 일부이기도 했다. 케이올은 셀레이나의 친구이며 믿을 수 있는 사람이지만 근위대장이었다. 이 방에서 황실 가족들의 목숨을 최우선으로 지켜야 할 책임을 진 사람이었다. 왕이 입을 열었다.

"일어서라."

셀레이나는 턱을 든 채 일어서서 두건을 뒤로 젖혔다.

"처리했느냐?"

왕이 그녀에게 손짓하며 물었다. 그의 손가락에 끼워진 흑요석 반지가 오후의 햇살을 받아 반짝거렸다.

셀레이나는 장갑 낀 손을 자루에 집어넣어 잘린 머리를 꺼내 왕에게 던졌다. 머리가 천박하게 툭 타탁 소리를 내며 굴러갔다. 썩은 살이 대리석 바닥에 묻어나는데도 아무도 투덜거리지 않았다. 머리는 단 발치까지 굴러가 멈췄고, 초점 없는 허연 눈은 천장의 화려한 유리 샹들리에를 향했다.

도리언은 굴러온 머리에서 시선을 돌리며 어깨를 폈다. 케이올은 셀레이나를 조용히 바라볼 뿐이었다.

셀레이나가 말했다.

“이자가 반격을 했습니다.”

몸을 앞으로 기울인 왕은 칼자국이 난 시체의 얼굴과 목 부위의 지저분하게 잘린 자국을 자세히 살폈다.

“알아보기가 쉽지 않구나.”

셀레이나는 목이 조여들었지만 비딱한 미소를 지으며 대꾸했다.

“잘린 머리인데 장거리 여행이 편하지는 않았겠죠.” 그러고는 자루를 뒤져 잘린 손을 끄집어냈다. “여기 인장 반지가 있습니다.”

셀레이나는 썩어가는 살을 굳이 쳐다보고 싶지 않았다. 날이 갈수록 점점 지독한 악취를 풍기는 그 손을 케이올에게 내밀었다. 무심한 청동색 눈동자의 케이올은 잘린 손을 받아 왕에게 바쳤다. 왕은 입을 비쭉거리며 뻣뻣한 시신의 손가락에서 반지를 벗겨냈다. 그는 반지를 들여다보면서 손은 셀레이나의 발 쪽으로 휙 던졌다.

아버지 옆에 선 도리언은 안절부절못하는 눈치였다. 셀레이나가 시합에 나가 결투를 하게 됐을 때 도리언은 그녀의 과거 따위는 개의치 않는 듯 보였다. 그는 그녀가 왕의 전사가 되면 어떤 일을 하게 될 거라고 예상했을까? 대부분의 사람들은 아달렌의 통치하에서 10여 년을 살았어도 잘린 팔다리와 머리를 보면 구역질을 하게 마련이었다. 하물며 전투에 나가본 적도 없고 사슬에 묶인 채 도살 구역으로 끌려가는 자들을 본 적도 없는 도리언이니…. 그가 아직 구토를 하지 않는 것만도 대단한 일이다.

"이자의 아내는?"

왕은 인장 반지를 손에 쥐고 이리저리 돌리며 물었다.

"남편의 나머지 시신과 함께 묶어 바다 밑에 가라앉혔습니다."

셀레이나는 심술궂은 웃음을 흘리며 자루에서 희고 가느다란 손을 꺼냈다. 그 손의 손가락에 끼워진 금으로 된 결혼반지에는 결혼 날짜가 새겨져 있었다. 셀레이나가 그 손을 내밀었지만 왕은 고개를 저었다. 셀레이나는 그 손을 두꺼운 황마 자루에 도로 집어넣었다. 그녀는 도리언이나 케이올의 눈을 차마 마주 볼 수 없었다.

"잘했어." 왕은 나지막하게 말했다. 왕이 셀레이나와 자루와 잘린 머리를 차례로 돌아보는 동안 셀레이나는 가만히 서 있었다. 한참의 침묵 끝에 왕은 다시 입을 열었다. "리프트홀드에서 반란 세력이 나날이 커지고 있다. 나를 왕좌에서 끌어내릴 수만 있다면, 내 계획을 방해할 수만 있다면 무슨 짓이든 할 놈들이지. 네 다음 임무는 놈들이 내 제국에 큰 위협이 되기 전에 뿌리를 파내 제거하는 것이다."

셀레이나는 손가락이 저릴 정도로 세게 자루를 움켜쥐었다. 케이올과 도리언은 처음 듣는 얘기라는 듯 놀란 눈으로 왕을 쳐다보았다.

셀레이나도 엔도비어로 가기 전에 반란 세력에 관한 소문을 들은 적이 있었다. 소금광산으로 끌려 온 반란군 출신 노예들을 만나기도 했다. 하지만 왕국의 수도 한가운데서 반란군이 세력을 불려가고 있다는 것, 그리고 자신이 나서서 그들을 한 명씩 제거해야 한다는 것은 생각해본 적 없었다. …… 게다가 계획이라니, 무슨 계획을 말하는 걸까? 반란 세력은 왕이 하는 일에 대해 어디까지 알고 있을까?

셀레이나는 꼬리를 무는 의문을 머릿속 깊은 곳으로 서둘러 내려보냈다. 왕이 그녀의 표정에서 의문을 읽어낼 수 없도록.

왕은 니럴 경의 반지를 한 손으로 만지작거리며, 다른 쪽 손가락으로는 왕좌의 팔걸이를 두드렸다.

"의심 가는 반역자들의 명단을 작성해뒀다. 한 번에 한 명씩 이름을 알려주마. 이 성에 첩자들이 들끓고 있으니."

그 말에 케이올은 긴장하는 표정이었다. 왕이 손짓하자 케이올은 무표정한 얼굴로 셀레이나에게 다가가 종이 한 장을 내밀었다.

셀레이나는 종이를 받으며 케이올의 얼굴을 쳐다보지 않으려 애썼다. 그의 장갑 낀 손가락이 자신의 손가락을 스쳤지만 꾹 참았다. 침착하게 종이를 들여다보았다. 종이에는 이름이 하나 적혀 있었다.

'아처 핀.'

충격받은 티를 내지 않으려고 의지와 분별력을 총동원해야 했다. 살려면 그래야 했다. 아는 이름이었다. 열세 살 때부터, 아처가 자객들의 요새에 수련하러 왔을 때부터 그를 알았다. 아처는 셀레이나보다 몇 살 위였고 대단히 인기 많은 남창이었다……. 그러니 질투에 불타는 고객들로부터, 고객들의 남편들로부터 목숨을 보전하려면 무술을 익혀야 했을 것이다.

당시 어린 소녀이던 셀레이나는 아처에게 반해 주변에서 얼쩡거렸는데, 아처는 개의치 않았다. 오히려 자신을 대상으로 남자에게 꼬리치는 방법을 연마하게 했고, 늘 신나게 웃게 해주었다. 엔도비어로 가기 전 셀레이나는 아처를 몇 년째 보지 못했지만 아처가 반란에 연루됐을 줄은 생각도 못했다. 셀레이나가 아는 아처는 잘생기고 상냥하며 쾌활한 사람이었다. 왕이 목숨을 끊어놓으려 할 만큼 위협적인 반역자와는 거리가 멀었다.

터무니없었다. 왕에게 아처가 반역자라고 고해바친 사람이 누군지 몰라도 쥐뿔도 모르는 멍청이임이 분명했다.

셀레이나가 물었다.

"이 사람만 죽일까요, 아니면 그의 고객들까지 다 죽일까요?"

왕은 느긋하게 미소 지었다.

"아처를 아는구나? 하긴 놀라운 일도 아니지."

신경을 거슬리게 하는 비웃음이었다.

셀레이나는 침착을 유지하려 애쓰며 정면을 응시했다.

"예전에 알고 지냈습니다. 주변 경계를 별나게 철저히 하는 남자죠. 방어를 뚫고 그에게 접근하려면 시간이 필요합니다."

감정이 섞이지 않은 표현을 신중하게 골라 내뱉은 말이었다. 시간이 필요한 진짜 이유는 아처가 어쩌다 이 난장판에 엮이게 됐는지, 왕이 진실을 얘기한 것인지 알아내기 위해서였다. 아처가 정말 반역자인지는 …… 나중에 알아내면 될 것이다.

"한 달 주마. 그때까지 아처를 죽이지 못하면 너에게 내린 지위를 재고하겠다."

셀레이나는 순종적으로, 고분고분하고 우아하게 고개를 끄덕였다.

"감사합니다, 폐하."

"아처를 죽이고 나면, 다음 암살 대상자의 이름을 알려주마."

지금까지 셀레이나는 왕국의 정치를 외면하며 살아왔다. 특히 반란 세력에 관한 일은 수년 동안 관심 밖이었건만 꼼짝없이 한가운데에 걸려들고 말았다. 제길.

“서두르되 신중해라. 니럴 경을 처리한 것에 대한 보수는 네 방에 준비해뒀다.”

셀레이나는 다시 고개를 끄덕인 후 종이를 주머니에 집어넣었다.

왕은 그녀를 주시하고 있었다. 셀레이나는 옆으로 눈을 돌리면서도 일부러 입꼬리 한쪽을 위로 올렸다. 그리고 사냥의 긴장감을 느끼는 척 눈에 힘을 주었다. 마침내 왕은 천장을 올려다보며 말했다.

“머리를 갖다 치워라.”

그러고는 니럴의 인장 반지를 주머니에 집어넣었다.

셀레이나는 치밀어 오르는 구역질을 힘겹게 삼켰다. 니럴의 저 반지는 왕이 차지한 트로피였다.

셀레이나는 잘린 머리의 검은 머리카락을 움켜잡고, 잘린 손과 함께 자루에 집어넣었다. 창백하게 질린 도리언을 흘끗 쳐다본 뒤 돌아서서 회의실을 나갔다.

하인들이 방에 가구를 재배치하는 동안 도리언 하빌리아드는 조용히 서서 지켜보았다. 하인들은 커다란 오크나무 탁자와 화려한 의자들을 방 한가운데로 끌어다 놓았다. 잠시 후에 여기서 회의가 열릴 예정이었다. 케이올은 셀레이나에게 상세한 보고를 듣고 싶다고 요청했고 아버지는 투덜거리며 허락을 해주었다. 케이올이 자리를 뜬 후에도 도리언은 그저 멍했다.

셀레이나는 한 남자와 그의 아내를 죽였다. 아버지의 명령이었다. 도리언은 셀레이나도 아버지도 제대로 쳐다볼 수가 없었다. 아버지는 율레마스 전에 이일웨이의 반역자들을 대량 학살하는 등 잔혹한 정치를 해왔다. 도리언은 그런 아버지를 최대한 말려왔다고 생각했는데, 오늘 보니 헛짓거리였다. 게다가 셀레이나는…….

하인들이 탁자 배치를 마치자마자 도리언은 평소대로 아버지의 오른쪽 자리에 가 앉았다. 페링턴 공작을 비롯한 평의회 의원들이 한 명씩 회의실로 들어왔다. 공작은 곧장 왕에게 다가가 무어라 속삭였는데, 목소리가 너무 낮아 도리언의 귀에는 닿지 않았다.

도리언은 아무와도 말을 섞지 않고 앞에 놓인 유리 주전자만 망연히 바라보았다. 아무리 생각해도 셀레이나는 예전의 그녀 같지가 않았다.

왕의 전사라는 칭호를 얻고 두 달 동안 셀레이나는 쭉 지금 같은 모습이었다. 사랑스러운 드레스와 화려한 옷은 벗어버리고 살벌한 민무늬의 검은 튜닉과 바지 차림으로 바뀌었다. 머리카락은 길게 땋아서 늘 입고 다니는 검은 망토 안으로 집어넣었다. 지금의 그녀는 아름다운 유령 같았다. 도리언을 바라보는 셀레이나의 눈빛은 그를 알아보는 것 같지도 않았다.

도리언은 조금 전 셀레이나가 나간 문을 돌아보았다.

셀레이나가 이렇듯 아무렇지 않게 사람을 죽일 수 있는 여자라면, 도리언의 마음을 조종해 마치 그에게 마음이 있는 듯 착각하게 만들기도 쉬웠을 것이다. 그를 자기편으로 만드는 것도, 아버지에게 감히 맞설 만큼 그녀를 사랑하게 만드는 것도, 그녀를 전사로 지명하도록 유도한 것도 가능하지 않았을까…….

도리언은 생각의 고리를 끊을 수 없었다. 내일쯤 셀레이나를 만나야 될 듯했다. 잘못 생각했을 수도 있다는, 일말의 가능성이라도 확인하고 싶었다.

하지만 지금은 자신이 그녀에게 어떤 의미가 있는지조차 가늠할 수 없었다.

셀레이나는 빠르고 조용히 걸음을 옮겨 복도와 계단통을 지나갔다. 익숙한 경로를 따라 궁전의 하수로를 향해 가는 중이었다. 하수로는 셀레이나가 은밀하게 이용하는 터널과 나란히 뻗어 있었는데, 거의 한 시간에 한 번꼴로 오수를 내버리는 하인들 덕분에 비밀 터널보다 훨씬 고약한 악취를 풍겼다.

셀레이나의 발소리와 또 다른 자—케이올—의 발소리가 긴 지하 통로에 울려 퍼졌다. 셀레이나는 하수로에 다다를 때까지 아무 말도 하지 않았다. 물길을 중심으로 양옆에 뚫린 여러 개의 아치형 입구들을 둘러보았다. 아무도 없었다.

하수로 앞에 멈춰 선 셀레이나는 뒤도 돌아보지 않고 말했다.

"이제 제대로 인사를 하실 건가요, 아니면 계속 이렇게 따라오실 건가요?"

마침내 그녀는 돌아서서 그를 마주 보았다. 그녀의 손에 쥔 자루가 덜렁거렸다.

"그러는 넌, 계속 왕의 전사 노릇을 할 건가, 아니면 셀레이나로 돌아올 건가?"

그의 청동색 눈동자가 횃불의 빛을 받아 반짝였다.

당연히 케이올은 그 차이를 알아챌 것이다. 그는 그녀의 모든 걸 감지하니까. 그래서 기쁜지 아닌지 셀레이나는 판단이 서지 않았다. 특히 지금처럼 그의 말투에 날이 서 있을 때면 더더욱.

셀레이나는 대답하지 않았다.

"벨헤이븐은 어땠어?"

"다른 때랑 똑같아요."

그 질문의 의도를 셀레이나는 정확히 알고 있었다. 그는 그녀가 어떻게 임무를 수행했는지 알고 싶은 것이다.

"그가 저항했나?"

케이올은 셀레이나의 손에 들린 자루를 향해 고갯짓을 했다.

셀레이나는 어깨를 으쓱하고는 시커먼 물길을 향해 돌아섰다.

"별로 어렵지 않았어요."

그녀는 하수로에 자루를 던져 넣었다. 그들은 자루가 깐닥거리다가 천천히 가라앉는 모습을 말없이 지켜보았다.

케이올은 헛기침을 했다. 셀레이나는 그가 이 일을 끔찍하게 싫어한다는 걸 알고 있었다. 메아의 해변에 위치한 영지로 첫 임무를 수행하러 떠나기 전, 셀레이나는 케이올이 한참 서성이는 모습을 보고 그의 마음을 짐작했다. 그는 가지 말라는 말을 하고 싶었을 것이다. 그리고 얼마 후 잘린 머리를 든 셀레이나가 칼린 경의 피살에 관한 소문과 함께 돌아왔을 때 케이올은 일주일이 지나서야 비로소 셀레이나의 눈을 마주 보았다. 그는 대체 어떤 기대를 했던 걸까?
"새로운 임무는 언제부터 시작하지?"
"내일요. 아니면 모레. 일단은 좀 쉬어야겠어요." 그가 인상을 찌푸리자 셀레이나는 바로 덧붙였다. "아처가 주변 경계를 얼마나 철저히 하고 있는지, 어떻게 접근하면 좋을지 방법을 생각해내려면 하루이틀은 걸릴 거예요. 왕이 허락한 한 달이 다 가기 전에는 방법을 찾아내야겠죠."
어쩌다 왕의 살해 명부에 오르게 됐는지 아처가 답을 알고 있으면 다행일 것이다. 왕이 말한 계획이라는 것에 대해서도 정확히 파악해야 했다. 그래야 아처를 어떻게 처리할지도 결정할 수 있을 테니까.
케이올은 오수를 내려다보며 셀레이나 옆으로 다가왔다. 물살에 휘말려 들어간 자루는 이대로 쭉 나아가 에이버리 강을 지나 바다로 흘러갈 것이다.
"자세히 설명을 해봐."
셀레이나는 한쪽 눈썹을 치켜떴다.
"저녁 식사부터 하게 해줘야 하는 거 아니에요?"
그가 눈을 가늘게 뜨자 셀레이나는 입을 비쭉 내밀었다.
"농담 아니야. 니럴 경과 있었던 일에 대해 상세히 보고해."
셀레이나는 장갑을 바지에 대고 문지르며 싱긋 웃고는 그의 옆을 지나 계단으로 향했다.
케이올이 그녀의 팔을 붙잡았다.
"니럴이 반격했다면 그 소리를 들은 증인들도 있을 테고……."
"니럴은 아무 소리도 내지 않았어요." 셀레이나는 그의 손을 뿌리

치고 계단을 성큼성큼 올라갔다. 두 주 동안 나가 돌아다니고 왔더니 잠이 절실히 고팠다. 방까지 걸어 올라가는 것도 힘겨웠다. "이곳 상황에 대한 상세 보고는 안 해주셔도 돼요, 케이올."

그는 그림자 진 층계참에서 또다시 그녀의 어깨를 붙잡아 멈춰 세웠다. 멀리서 타오르는 횃불이 그의 강인한 얼굴선에 빛을 뿌렸다.

"네가 떠나고 나서 너한테 무슨 일이 생겼는지 알 길이 없었어. 다쳤는지, 어디서 죽어 배수로에서 썩어가고 있는지도 알 수가 없었어. 어제는 니럴을 죽인 자가 붙잡혔다는 소문이 내 귀에 들어왔어." 그는 그녀에게 얼굴을 가까이 들이대고 목이 쉰 소리로 말을 이었다. "네가 오늘 궁전에 도착하기 전까지, 나는 붙잡혔다는 그자가 너라고 생각했어. 당장 너를 찾으러 내려가려던 참이었어."

궁전에 도착했을 때 케이올의 말에 안장이 얹혀 있던 이유를 알 것 같았다. 셀레이나는 편안하게 숨을 내쉬었다. 그녀의 얼굴에 드디어 온기가 돌았다.

"저를 좀더 믿으세요. 명색이 왕의 전사인데."

셀레이나가 마음의 준비를 할 새도 없이 케이올은 그녀를 끌어당겨 품에 안았다.

그녀도 망설임 없이 그의 어깨를 끌어안고 체취를 들이마셨다. 셀레이나가 공식적으로 시합의 승자가 된 날에도 그는 그녀를 이렇게 품에 안았다. 그날 포옹의 기억은 셀레이나의 생각의 흐름 속으로 종종 파고들곤 했다. 지금 이렇게 그를 안고 있어도 계속 그의 품이 그리웠다.

그의 코가 그녀의 목덜미를 스쳤다.

"맙소사, 냄새 한번 고약하군."

그가 중얼거리자 셀레이나는 얼굴이 확 달아오르며 그를 밀쳤다.

"시체 토막을 자루에 담아 들고 몇 주를 이동하면 몸에서 좋은 냄새가 날 리 없잖아요! 당장 왕에게 결과 보고를 하라는 명령만 없었어도 목욕할 시간이 있었을 텐데……." 그의 입가에 번지는 웃음을 본 셀레이나는 그의 어깨를 탁 쳤다. "멍청이." 셀레이나는 그의 팔에 팔짱을 끼며 계단을 올라갔다. "어서 가요. 내 방에서 점잖게 상세 보고나 들으세요."

케이올은 콧방귀를 뀌면서 팔꿈치로 그녀를 슬쩍 밀쳤지만 팔짱을 풀지는 않았다.

신나게 주인을 혀로 핥는 플릿풋을 진정시킨 후에야 셀레이나는 비로소 입을 열 수 있었다. 케이올은 셀레이나에게 상세한 내용을 전해 들은 뒤, 몇 시간 후 함께 저녁을 먹자는 약속을 하고 방을 나갔다. 필리파는 부산스레 셀레이나의 몸을 씻겨주면서 머리카락과 손톱이 상했다며 한탄을 해댔다. 필리파에게 한참 시달린 후에야 셀레이나는 비로소 침대에 쓰러지듯 누울 수 있었다.

플릿풋이 침대로 폴짝 뛰어올라 셀레이나 곁에 웅크리고 누웠다. 플릿풋의 비단처럼 부드러운 금색 털을 쓰다듬으며 셀레이나는 천장을 올려다보았다. 근육통이 몰려오며 기운이 쭉 빠졌다.

왕은 셀레이나를 믿었다.

케이올도 이번 임무에 대해 캐물으면서 셀레이나의 말을 한 번도 의심하지 않는 눈치였다. 우쭐한 기분이 들어야 하는지, 실망해야 하는지, 아니면 죄책감을 느껴야 하는지 판단이 서지 않았다. 셀레이나의 혀에서 거짓말이 술술 나왔다. 니럴은 셀레이나가 목숨을 거두기 직전에 눈을 떴다. 니럴의 아내가 비명을 지르지 못하게 하려고 어쩔 수 없이 목을 벴다. 싸움은 내키지 않을 정도로 지저분해졌다. 셀레이나는 그 이상으로 상세하게 보고할 수도 있었다. 2층 복도의 창문, 폭풍, 초를 든 하녀……. 진실을 어느 정도 섞으면 더욱 그럴듯한 거짓말이 된다.

가슴에 닿은 부적 목걸이를 손으로 움켜잡았다. 엘레나의 눈이었다. 지난번 무덤 안에서 만난 후 엘레나를 다시 보지 못했다. 이제 왕의 전사가 됐으니 옛 여왕 엘레나의 유령도 셀레이나를 내버려두지 않을까. 엘레나에게 보호용으로 이 부적을 받고 몇 달 동안 셀레이나는 불안감을 한결 덜었다. 금속으로 된 이 부적은 마치 생명력이라도 갖고 있는 듯 늘 따뜻했다.

부적을 손에 꼭 쥐었다. 셀레이나가 한 일의 진실을…… 지난 두 달 동안 어떤 식으로 일 처리를 해왔는지를 왕이 알면 어떻게 될까…….

첫 번째 임무를 수행하면서 그녀는 암살 대상자의 목숨을 빠르게 끊어놓을 작정이었다. 대상자인 칼린 경을 죽일 마음의 준비도 단단히 해두었다. 칼린 경은 낯선 자일뿐이며 그의 목숨은 자신에겐 아무 의미도 없다고 되뇌었다. 하지만 막상 칼린 경의 영지에 들어가서 보니 칼린 경은 하인들에게 다정하게 대하는 사람이었고, 그의 저택에 머무는 방랑 음유 시인과 함께 리라를 연주하기도 했다. 그 순간 셀레이나는 자신이 모시는 왕에 대한 회의가 밀려들어…… 일을 진행할 수가 없었다. 마음을 고쳐먹으려 안간힘을 쓰면서 스스로 달래고 설득했지만 소용없었다.

칼린 경을 죽은 자로 위장하려면 살해 현장을 연출하고 시신도 준비해야 했다.

셀레이나는 니럴 경에게도 칼린 경에게 했던 것과 똑같이 선택할 기회를 주었다. 그 자리에서 죽든지 아니면 죽은 것으로 위장하고 먼 곳으로 탈출해 다시는 원래의 이름을 쓰지 않고 살든지. 지금까지 셀레이나가 암살하러 갔던 네 명의 대상자들은 모두 탈출을 선택했다.

그들에게 인장 반지 같은 상징물들을 내놓으라 하는 건 그다지 어려운 요구도 아니었다. 잠옷을 내놓게 하는 건 더 쉬웠다. 셀레이나는 잠옷을 받아서 시체에 냈을 법한 상처 부위에 맞춰 칼질을 해놓았다. 마땅한 시체를 찾는 일도 어렵지 않았다.

병원에서 늘 갓 죽은 시체들을 내버리고 있어서, 암살 대상자를 닮은 시체는 쉽게 구할 수 있었다. 암살 대상자가 거주하는 곳과 이곳까지의 거리가 상당히 멀어서, 여기까지 오는 동안 시체는 얼굴을 알아보기 힘들 정도로 적당히 썩어 문드러졌다.

니럴 경을 대신한 시체의 머리가 원래 누구였는지는 알 필요도 없었다. 그저 머리카락 색만 비슷하면 되었다. 얼굴에 적당히 칼자국을 내주고 썩게 내버려두면 끝이었다. 손도 그 시체에서 잘랐다. 아까 왕에게 니럴 경의 부인의 것이라고 내밀었던 손은…… 초경을 막 시작한 나이에 병으로 죽은 어느 소녀의 손이었다. 10년 전만 해도 재능 있는 치료사를 만났으면 쉽게 치료했을 병이었다. 하지만 마법은 사라졌고 현명한 치료사들은 교수형이나 화형으로 목숨을 빼앗겼다. 그 결과 사람들은 떼를 지어 죽어갔다. 무지함 때문에, 한때 치료 가능했던 병에 시달리다가 목숨을 빼앗긴 것이다. 셀레이나는 옆으로 몸을 돌려 플릿풋의 부드러운 털에 얼굴을 묻었다.

아처. 그의 죽음은 어떻게 조작해야 할까? 아처는 워낙 인기가 많아 얼굴을 알아보기 쉬웠다. 그런 그가 어떻게 반역 세력과 연루됐는지 상상조차 할 수 없었다. 하지만 왕의 살해 명단에 올라 있는 걸 보면, 서로 얼굴을 못 보고 산 지난 수년 동안 아처는 재능을 발휘해 강력한 힘이라도 쥐게 된 모양이었다.

반역 세력이 대체 어떤 정보를 갖고 있기에 왕은 그들이 자신의 계획에 위협이 될 거라고 판단했을까? 왕은 이 대륙 전체를 자신의 발 아래에 두었는데 더 이상 무엇을 하려는 걸까?

물론 다른 대륙들도 있었다. 바다 건너 머나먼 대륙에는 웬들린 같은 부유한 왕국들이 존재했다. 웬들린은 지금까지 아달렌 해군의 공격을 잘 막아냈지만, 셀레이나가 엔도비어에 들어가기 전에도 그렇고 지금까지 해전에 관해 달리 들은 소식은 없었다.

여기서도 걱정할 게 많은 반란 세력이 굳이 다른 대륙에 있는 왕국들까지 신경 쓸까? 그렇다면 왕의 계획이라는 것은 이 나라, 이 대륙에 관한 것일 공산이 높았다.

알고 싶지 않았다. 왕이 무슨 짓을 하려는 건지, 어떤 제국을 상상하고 있는지 알아보고 싶지도 않았다. 그저 한 달이라는 기간 동안 아처를 어떻게 처리할지 방법을 생각해내고, '계획'이라고 하는 끔찍한 단어를 못 들은 척해버리면 그만이었다.

몸서리가 쳐졌다. 지금 셀레이나는 목숨을 건 위험천만한 게임을 하고 있었다. 지금까지 그녀의 암살 대상들은 리프트홀드 사람들이었고, 이번에는 아처다……. 이 게임을 좀더 잘할 방법을 찾아내야 했다. 왕이 진실을 알게 된다면, 그녀가 무슨 짓을 하고 있는지 알게 된다면……

그녀를 죽여버리고 말 것이다.

CHAPTER 3

셀레이나는 거친 숨을 몰아쉬며 전력을 다해 어두컴컴한 비밀 통로를 뛰었다. 뒤를 돌아보니 케인이 숯불처럼 시뻘건 눈으로 그녀를 바라보며 웃고 있었다.

아무리 빨리 달려도 케인은 느긋하게 걸어 그녀의 뒤에 쉽게 따라붙었다. 케인의 뒤로 초록색으로 타오르는 워드 문자의 잔상이 드리워졌고, 괴상한 형태와 상징이 오래된 돌덩어리에 빛을 뿌렸다. 그 뒤에는 리더락이 긴 발톱으로 땅바닥을 긁으며 느릿느릿 따라왔다.

셀레이나는 휘청했지만 넘어지지는 않았다. 진창을 해치며 나아가는 듯 걸음을 떼기가 버거웠다. 케인한테서 벗어날 수가 없었다. 결국 그에게 붙잡히고 말 것이다. 그리고 리더락에게 잡히면……. 주둥이 밖으로 튀어나온 놈의 커다란 이빨을 마주 쳐다볼 엄두가 나지 않았다. 그녀를 잘근잘근 씹어 먹으려는 욕망으로 가득 찬, 깊이를 알 수 없는 눈동자도 마찬가지였다.

케인은 돌벽을 긁는 듯 날카롭게 킬킬대며 웃었다. 그는 바로 뒤까지 다가와 있었다. 이대로라면 곧 그의 손이 그녀의 뒷덜미를 할퀼 듯했다. 그가 그녀의 이름을, 그녀의 진짜 이름을 속삭였다. 셀레이나는 비명을 내질렀다…….

눈을 뜬 셀레이나는 엘레나의 목걸이를 손에 꼭 쥐고 힘겨운 숨을 토해냈다. 별나게 짙은 그림자가 있는지, 활활 타오르는 워드 문자가 있는지, 벽걸이 융단 뒤의 비밀 문이 열린 흔적이 있는지 확인하려 방 안을 둘러보았다. 하지만 벽난로 안에서 꺼져가는 불이 탁탁 소리를 내고 있을 뿐이었다.

도로 베개에 머리를 묻었다. 악몽을 꾼 것뿐이었다. 케인과 리더락은 사라졌고 엘레나가 다시 성가시게 할 일은 없었다. 다 끝났다.

여러 겹의 담요 아래 누운 플릿풋이 셀레이나의 배에 머리를 얹은 채 자고 있었다. 셀레이나는 편안하게 누워 플릿풋을 두 팔로 감싸 안고 눈을 감았다.

다 끝났다.

이른 아침의 싸늘한 안개 속에서 셀레이나는 사냥터인 너른 들판을 향해 막대기를 던졌다. 플릿풋은 연초록색 풀밭을 가로지르며 황

금색 번개처럼 빠르게 달려나갔다. 그 속도에 감탄한 셀레이나는 나지막하게 휘파람을 불었다. 옆에 선 네히미아 공주는 날랜 플릿풋을 바라보며 혀를 찼다. 네히미아는 조지나 왕비를 자기편으로 끌어들이기 위해, 이일웨이에 관한 아달렌 왕의 계획이 무엇인지 알아내기 위해 바쁜 나날을 보내고 있어서, 셀레이나와 만날 시간이 새벽밖에 없었다. 왕은 네히미아 공주가 바로 그가 말한 첩자들 중 하나라는 사실을 알고 있을까? 아마 모를 것이다. 네히미아와 셀레이나가 친한 사이임이 널리 알려졌다면 왕이 셀레이나를 믿고 왕의 전사로 삼았을 리 없었다.

셀레이나가 지난번 임무에 관해 간략히 털어놓자 네히미아는 목소리를 낮추며 이일웨이어로 물었다.

"왜 하필 아처 핀일까요?"

플릿풋이 막대기를 물고 긴 꼬리를 흔들며 그들에게 돌아왔다. 아직 다 자란 성견이 아닌데도 플릿풋은 덩치가 별나게 컸다. 도리언은 플릿풋이 무슨 품종인지 정확히 말해주지 않았다. 그도 대략 어미가 몸집 큰 수컷과 교미를 했을 거라는 추측만 했을 뿐이었다. 플릿풋의 몸집을 보면 아비는 울프하운드이거나 늑대일 가능성도 있었다.

셀레이나는 가장자리에 털을 단 망토 주머니에 두 손을 집어넣고 어깨를 으쓱했다.

"왕은…… 아처가 자기한테 저항하는 어느 비밀 세력의 일원이라고 생각하고 있어요. 이곳 리프트홀드의 반역자들이 자기를 왕좌에서 끌어내리려 작당을 하고 있다고 의심하던데요."

"누가 그런 대담한 짓을 할 수 있겠어요. 반역자들은 이곳이 아니라 산이나 숲, 아니면 지역민들이 숨겨주고 음식을 제공해줄 수 있는 곳에 숨어 지내겠죠. 리프트홀드는 반역자들에게는 죽음의 함정이나 다름없으니."

셀레이나는 대답 대신 어깨를 으쓱했다. 다시 돌아온 플릿풋이 막대기를 던져달라는 눈빛으로 그들을 올려다보았다.

"그렇지 않을 수도 있어요. 왕은 반란 세력의 핵심이라고 생각되는 사람들의 명단까지 작성해뒀어요."

"당신은…… 그런 사람들을 찾아서 죽이고 있는 건가요?"

네히미아의 크림처럼 부드러운 갈색 얼굴에서 핏기가 살짝 가셨다.

"한 명씩이요." 셀레이나는 안개 낀 들판 저쪽으로 최대한 멀리 막대기를 던졌다. 플릿풋은 마른 풀밭과 지난 눈보라의 흔적을 커다란 발로 와작와작 밟으며 쏜살같이 달려갔다. "왕은 한 번에 한 명씩 암살 대상자의 이름을 내주고 있어요. 극적이죠. 그 사람들이 왕의 계획을 방해하고 있다고 하네요."

"무슨 계획이요?"

네히미아가 날카롭게 물었다.

셀레이나는 미간을 찌푸렸다.

"아실 줄 알았는데."

"나는 아는 게 없어요." 잠시 긴장된 침묵이 흘렀다. "혹시 뭐든 알게 되면……."

"제가 할 수 있는 일이 있는지 알아볼게요."

셀레이나의 이 말은 거짓이었다. 왕의 계획에 대해 알아내 다른 이와 공유하는 건 고사하고, 그 계획에 관해 알아내고픈 마음이 있는지

조차 확신이 서지 않았다. 이기적이고 어리석다고 볼 수도 있을 것이다. 하지만 셀레이나는 예전에 왕의 전사가 되던 날, 왕이 했던 경고를 잊지 못했다. 주제넘게 굴거나 배신을 하면, 왕은 케이올을 죽이겠다고 했다. 그다음 차례는 네히미아와 그 가족들의 목숨이었다.

셀레이나가 가짜로 꾸며낸 죽음들, 온갖 거짓말들은 이미 이들을 위험으로 내몰고 있었다.

네히미아는 고개를 가로저을 뿐 말이 없었다. 네히미아나 케이올, 도리언이 이런 눈빛으로 자신을 바라볼 때면 셀레이나는 견디기가 몹시 힘들었다. 하지만 그들은 그녀의 거짓말을 믿어야 했다. 그들이 목숨을 보전하게 하려면 어쩔 수 없었다.

네히미아는 생각에 잠긴 표정으로 두 손을 꼭 맞잡았다. 셀레이나가 지난달에 몇 번이나 본 표정이었다.

"혹시 제 걱정을 하시는 거면……."

"아뇨. 당신은 스스로를 잘 돌보는 분이니까요."

"그럼 대체 왜?" 셀레이나는 속이 답답했다. 그렇다고 네히미아가 반역자들에 대한 이야기를 더 길게 늘어놓으면 과연 계속 참고 들어줄 수 있을지도 자신이 없었다. 셀레이나는 왕에게서 벗어나고 싶었다. 왕의 전사라는 지위도, 정복당한 나라 출신이라는 사실도 떨쳐내고 싶었다. 리프트홀드에서 기획되고 있는 음모에 엮이고 싶지도 않았고 반역자들이 어떤 절박한 희망에 매달리고 있는지도 알고 싶지 않았다. 왕에게 맞서는 건 어리석은 짓일 뿐이었다. 결국 다 죽을 테니까.

네히미아가 다시 입을 열었다.

“캘라컬라 수용소의 수감자 숫자가 크게 늘고 있다고 해요. 매일 같이 이일웨이의 반역자들이 수용소에 갇히고 있나 봐요. 목숨이 붙어 있는 것도 기적이라고들 해요. 군인들이 하루에 500명씩 도륙을 하고 있으니…… 내 백성들은 두려움에 떨고 있어요.” 플릿풋이 다시 돌아왔다. 이번에는 네히미아가 플릿풋의 주둥이에서 막대기를 빼서 잿빛으로 물든 새벽의 허공 속으로 던졌다. “캘라컬라의 상태는…….”

셀레이나의 등에 새겨진 세 줄의 상처를 떠올린 네히미아는 말을 멈췄다. 엔도비어의 소금광산에서 보낸 잔혹한 시절을 되새기게 하는 상처였다. 비록 셀레이나는 자유의 몸이 됐지만 아직 수천 명이 소금광산에 남아 고된 노동에 시달리며 죽어가고 있음을 상기시키는 상처이기도 했다. 캘라컬라 수용소는 엔도비어보다 상황이 훨씬 심각하다는 소문이 돌고 있었다.

“왕이 나를 만나주지 않으려고 해요.” 네히미아는 가늘게 땋아 내린 머리를 손가락으로 감아쥐며 말을 이었다. “캘라컬라 수용소의 상태에 대해 논의를 하고 싶어서 세 번이나 알현을 청했는데, 매번 바쁘다는 핑계를 대면서 나를 피하네요. 당신에게 암살 대상자를 정해주느라 바쁜 모양이에요.”

네히미아의 날카로운 말투에 셀레이나는 얼굴을 붉혔다. 플릿풋이 다시 돌아왔지만 네히미아는 막대기를 받아 손에 가만히 들고만 있었다.

“내가 뭐든 해야 해요, 엘렌티야.” 엘렌티야는 셀레이나가 자객이라는 사실을 알게 된 날 밤에 네히미아가 직접 하사한 이름이었다.

"내 백성들을 도울 방법을 찾아내야만 해요. 정보 수집이 불가능해지는 시점은 언제가 될까요? 우린 언제 행동에 나서야 하죠?"

셀레이나는 힘겹게 숨을 삼켰다. '행동'이라는 말에 자신도 모르게 두려움이 밀려들었다. '계획'이라는 말보다 더 무섭게 느껴졌다. 플릿풋은 다시 막대기를 던져주길 기다리며 그들의 발치에 앉아 꼬리를 흔들었다.

네히미아가 이런 얘기를 할 때면 언제나 그랬듯 셀레이나는 아무 말도, 아무 약속도 하지 않았다. 그러자 네히미아는 바닥에 막대기를 내려놓고 조용히 성으로 돌아갔다.

셀레이나는 네히미아의 발소리가 희미해질 때까지 기다렸다가 길게 한숨을 내쉬었다. 앞으로 몇 분 후면 케이올을 만나 아침 달리기를 할 예정이었다. 하지만 그 후에는…… 리프트홀드로 가야 했다. 오후에는 아처를 만나봐야 했다.

왕은 한 달의 말미를 주었다. 아처에게 물어볼 것들이 많았지만 지금은 잠시라도 이 성을 떠나 있고 싶었다. 보상금을 물 쓰듯 써버려야 했다.

CHAPTER 4

케이올 웨스트폴은 사냥터를 내달렸다. 셀레이나는 그의 옆에서 속도를 맞춰 뛰었다. 싸늘한 아침 공기가 날카로운 유리처럼 케이올의 폐를 찔렀다. 그의 입에서 하얀 김이 구름처럼 뿜어 나왔다. 그들은 몸이 무겁지 않을 정도로, 셔츠와 장갑을 최대한 겹겹이 껴입고 나왔다. 달리느라 몸에 열이 나고 땀이 흐르는데도 살이 얼어붙을 듯한 추위가 느껴졌다.

셀레이나도 무척 추워 보였다. 그녀의 코끝은 분홍색이 되었고 두 뺨도 붉어졌으며 귀도 빨갛게 얼어 있었다. 그의 시선을 눈치챈 셀레이나는 아름다운 청록색 눈동자를 빛내며 생긋 웃어 보였다. 그녀는 놀리듯 물었다.

"힘들어 보이네요? 제가 여길 떠나 있는 동안 훈련을 열심히 안 하셨나 봐요."

그는 숨소리 섞인 웃음을 내뱉었다.

"당신이야말로 임무를 수행한답시고 훈련을 안 한 게 티가 나는군. 오늘 아침만 해도 당신한테 맞춰주느라 두 번이나 속도를 늦췄어."

거짓말이었다. 셀레이나는 숲을 달리는 수사슴처럼 민첩했고 지금도 그를 쉽게 따라잡았다. 케이올은 그녀를 넋 놓고 바라보지 않으려고, 그녀의 움직임을 하나하나 눈에 담지 않으려고 무진 애를 써야 했다.

"어련하시겠어요."

셀레이나는 더 빨리 달리기 시작했다.

케이올도 뒤처지기 싫어 속도를 높였다. 하인들이 사냥터의 산책로에 쌓인 눈을 미리 치워놓았지만 땅이 얼어붙어서 자칫 미끄러질 수도 있었다.

요즘 들어 그는 셀레이나보다 뒤처지는 게 싫어졌다. 그녀가 저주받은 임무를 수행하러 길을 떠나면 짧게는 며칠 길게는 몇 주씩 연락이 안 됐는데 그럴 때마다 속이 탔다. 언제부터, 어쩌다가 이렇게 됐는지 모르겠지만 케이올은 그녀가 무사히 돌아왔는지 여부에 온통 신경을 곤두세우게 됐다. 어쩌면 함께 온갖 고난을 견뎌왔기 때문일 수도 있었다…….

케이올은 셀레이나를 구하기 위해 시합에서 케인의 목숨을 끊었다. 후회는 하지 않았다. 또다시 그런 상황이 닥쳐도 그는 같은 선택을 할 것이다. 하지만 요즘도 그는 한밤중에 식은땀에 흠뻑 젖은 채 눈을 뜨곤 했다. 그럴 때면 몸을 적신 식은땀이 꼭 케인의 피처럼 느껴졌다.

셀레이나가 뒤를 돌아보며 물었다.

"왜 그래요?"

그는 솟구치는 죄책감을 억눌렀다.

"앞을 잘 보고 가지 않으면 미끄러져."

이번에는 셀레이나도 그의 말을 들었다.

"무슨 일인지 얘기해줄래요?"

할까. 아니다. 그가 케인의 죽음을 떠올릴 때마다 견뎌야 하는 죄책감과 분노를 이해해줄 사람이 있다면 바로 셀레이나일 것이다. 그는 숨 쉬는 중간에 대답을 내놓았다.

"당신은 당신이 죽인 사람들에 대해 얼마나 자주 생각해?"

셀레이나는 그를 돌아보며 속도를 늦췄다. 케이올은 여기서 멈추고 싶지 않았다. 계속 뛰려는데 셀레이나가 그의 팔꿈치를 잡아 세웠다. 셀레이나는 잠시 입을 꾹 다물고 있다가 말했다.

"아침도 먹기 전부터 저를 비난하고 싶으신 거면……."

그는 숨을 헐떡이며 말을 잘랐다.

"그런 거 아니야. 그런 뜻이 아니라……" 그는 숨을 몇 번 더 삼키고 나서 덧붙였다. "비난하려고 꺼낸 말이 아니야."

가쁜 숨을 가라앉혀야 조금 전 무슨 뜻으로 꺼낸 말인지를 차분히 설명할 수 있을 것이다.

셀레이나의 눈빛은 주변 풍경만큼이나 싸늘하게 얼어 있었다. 그녀는 옆으로 고개를 살짝 기울이며 물었다.

"케인 때문이에요?"

그녀의 입에서 그 이름이 나오자 케이올은 이를 악물며 힘겹게 고개를 끄덕였다.

셀레이나의 얼어붙었던 눈빛이 그제야 녹아내렸다. 그는 그녀의 얼굴에 떠오른 연민과 이해가 달갑지 않았다.

케이올은 근위대장이었다. 언제든 누군가를 죽일 수밖에 없는 직책이다. 왕의 이름으로 이루어지는 죽음들을 그는 숱하게 보아왔다. 그는 늘 누군가와 싸웠고 상대에게 상처를 입혔다. 그러니 이런 감정을 가져서는 안 되었다. 그녀에게 털어놓을 수는 더더욱 없었다. 그들 사이에는 분명한 선이 그어져 있었다. 하지만 요즘 들어 그는 그 선을 조금씩 넘어가고 있었다.

"내가 죽인 사람들을 어떻게 잊겠어요." 셀레이나의 입김이 그들 사이에서 감기듯 퍼져나갔다. "내가 살아남기 위해 죽였던 사람들도 마찬가지예요. 아직도 그들의 얼굴이 눈앞에 어른거려요. 내가 어떻게 공격해 그들의 목숨을 끊어놓았는지도 기억에 남아 있어요." 셀레이나는 앙상한 나무들 쪽으로 시선을 돌렸다. "내가 아닌 다른 사람이 한 일처럼 느껴지는 날도 있기는 한데, 대부분은 잘 죽였다는 생각이에요. 어떤 계기로 사람을 죽였든, 매번 내 일부가 조금씩 뜯겨나가는 기분이죠. 그러니 절대 잊을 수가 없어요."

셀레이나가 고개를 돌려 그를 다시 바라보았다. 그는 고개를 끄덕였다.

"하지만 케이올." 셀레이나는 그의 팔을 잡은 손에 힘을 주었다. 그는 그녀가 아직도 팔을 잡고 있는 걸 그제야 알아챘다. "케인한테 일어난 일은, 그건 암살도 아니고 비정한 살인도 아니었어요." 그는 뒤로 물러서려 했으나 셀레이나는 손을 놓지 않았다. "당신이 한 일은 불명예스러운 살인이 아니에요. 당신 덕분에 목숨을 건졌으니 이렇게 말하는 것도 아니고요." 셀레이나는 한참 뜸을 들이다 덧붙였다. "어쨌든 당신은 케인을 죽인 일을 절대 잊지 못할 거예요." 그녀와 눈이 마주친 순간 케이올의 심장은 온몸을 뒤흔들 만큼 세차게 뛰었다. "당신이 저를 구하기 위해 한 일이라는 걸 저도 절대 잊지 않아요."

그녀의 온기에 기대고 싶은 충동이 일었지만 케이올은 뒤로 물러섰다. 그녀의 손에서 벗어나 고개를 끄덕였다. 그들 사이에는 선이 그어져 있었다. 두 사람의 우정은 왕에게 의심받지 않겠지만, 선을 넘었다간 목숨을 내놓아야 할 수도 있었다. 왕이 케이올의 충성심을 의심해 그에게 내린 지위를 비롯한 모든 것을 빼앗아버릴지도 모를 일이었다.

왕과 셀레이나 둘 중 하나를 선택해야 하는 날이 오면 어떻게 할까……. 부디 그런 날이 오지 않기를 워드께 기도할 뿐이었다. 선을 넘지 않고 지금 이 자리를 확고히 고수하는 것이 논리적으로 옳은 결정이었다. 도리언을 생각하더라도 그게 명예로웠다……. 도리언이 여전히 셀레이나를 어떤 눈빛으로 바라보는지 케이올은 잘 알고 있었다. 친구인 도리언을 배신할 수는 없었다.

케이올은 애써 밝은 목소리로 말했다.

"그래, 아달렌의 자객이 내게 목숨을 빚졌으니 언젠가는 유용하게 쓰이겠지."

셀레이나는 살짝 고개를 숙이며 대꾸했다.

"얼마든지요."

그의 얼굴에는 진심으로 즐거워하는 미소가 퍼져나갔다.

셀레이나는 천천히 뛰는 정도로 속도를 높였다.

“어서 가요, 대장님. 배도 고프고, 여기서 뭉그적대다 얼어 죽기 싫어요.”

그는 소리 죽여 웃으며 그녀와 함께 달려갔다.

달리기를 마치고 나니 셀레이나는 다리가 후들거렸다. 추위 때문인지 격하게 달려서인지 몰라도, 폐에서 피가 날 것처럼 아렸다. 그들은 활기차게 걷는 정도로 속도를 낮추고 따뜻한 궁전으로 향했다. 이제 곧 기대해 마지않는 거한 아침을 먹게 될 것이다. 그러고 나면 쇼핑을 나가야지.

궁전 정원으로 들어간 두 사람은 높이 솟은 산울타리를 끼고 자갈길을 걸어갔다. 셀레이나는 두 손을 겨드랑이 밑에 집어넣었다. 장갑을 꼈는데도 손가락이 얼어서 뻣뻣했다. 귀도 따끔거렸다. 케이올이 놀려대겠지만, 추위를 피하기 위해 머리에 스카프를 써야 할 시기가 온 듯했다.

그녀는 케이올을 곁눈질로 바라보았다. 그는 땀에 젖어 몸에 착 달라붙은 셔츠 말고는, 겹겹이 입고 있던 옷을 전부 벗은 상태였다. 그와 함께 울타리를 돌아서 성안으로 들어간 셀레이나는 그들 앞에 펼쳐진 광경에 어이가 없어 눈을 위로 굴렸다.

요즘 들어 아침마다 점점 더 많은 숙녀들이 새벽이 밝기도 전에 이곳 정원에 나와 산책을 하고 있었다. 처음에는 몇몇 젊은 여자들이 땀에 젖어 몸에 착 붙은 셔츠 차림인 케이올을 바라보면서 감탄하고 걸음을 멈추는 정도였다. 셀레이나는 저러다 눈들이 머리통에서 튀어나오고 혀가 바닥까지 늘어지겠다 싶었다.

여자들은 옷차림에 점점 더 신경을 쓴 모습으로 산책로 주변에 나타나 얼쩡거렸다. 날이 갈수록 여자들의 숫자가 점점 늘어났다. 이제는 사냥터에서 성으로 이어지는 길목마다 젊은 여자들이 한 무리씩 모여서 케이올이 지나가길 기다렸다.

"아, 젠장."

셀레이나는 두 여자 옆을 지나가며 나지막하게 내뱉었다. 그녀들은 모피 목도리 위로 고개를 치켜들고 케이올에게 애교스럽게 속눈썹을 깜박거렸다. 동이 트기 전부터 일어나 정성 들여 꾸미고 나온 모습들이었다.

케이올이 눈썹을 치켜뜨며 물었다.

"왜?"

그가 정말 못 알아챘는지 아니면 딱히 언급하기 싫어서 그러는지 알 수가 없어서 셀레이나는 신중하게 말했다.

"겨울 아침인데 정원에 사람들이 북적거려서요."

그는 어깨를 으쓱했다.

"겨우내 집 안에 처박혀 있다 보면 정신들이 나가는 모양이지."

아니면 근위대장의 근육을 구경하러 나온 거겠죠.

셀레이나는 속엣말을 꺼내지 않고 "그러게요."라고만 대꾸하고는 입을 다물었다. 케이올이 모르고 있는데 굳이 알려줄 필요는 없을 듯했다. 저들 중에 유별나게 예쁜 여자들도 몇 명 있는 것 같았다.

웃음을 흘리고 얼굴을 붉히는 여자들이 없는 길로 나아간 케이올이 나지막하게 물었다.

"오늘 아처를 염탐하러 리프트홀드에 가?"

셀레이나는 고개를 끄덕였다.

"아처의 일정을 파악해야 해서 뒤를 좀 밟아보려고요."

"도와줄까?"

"됐어요."

이런 대답을 케이올이 오만으로 오해할 수도 있겠지만—일부는 사실이긴 했다—그를 이 일에 연루시켰다가는 나중에 아처를 안전한 곳으로 탈출시켜야 하는 시기가 왔을 때 일이 복잡해질 수 있었다. 아처한테서 진실한 설명을 듣고, 왕이 어떤 계획을 세우고 있는지 파악한 후의 일이기는 하지만 말이다.

"도움이 필요하지 않다는 건 알아. 그래도 혹시……"

그는 말끝을 흐리다가 이게 아니다 싶은지 고개를 가로저었다. 셀레이나는 그가 무슨 말을 하려 했는지 궁금했지만 이 대화를 더 이어가지 않는 편이 나을 듯했다.

그들은 또 다른 울타리를 돌아서 나아갔다. 성채가 가까워지자 내부의 달콤한 온기를 떠올린 셀레이나는 어서 들어가고 싶어 안달이 났다.

그때 상쾌한 아침 공기를 가르며 도리언의 목소리가 들려왔다.

"케이올."

셀레이나의 입에서 들릴 듯 말 듯한 신음이 새어 나왔다. 케이올은 의아한 눈빛으로 그녀를 돌아보았다. 도리언이 금발의 청년을 대동하고 그들 쪽으로 성큼성큼 걸어오고 있었다. 셀레이나는 고급스러운 옷차림에 도리언과 비슷한 나이로 보이는 그 청년을 처음 봤는데, 케이올은 아는 청년인지 긴장하는 낯빛이었다.

궁전에서는 누구도 과소평가해서는 안 된다는 걸 잘 알고 있었지만, 셀레이나의 눈에 그 청년은 딱히 위협적으로 보이지 않았다. 허리춤에 단검 하나를 찼고 하얀 얼굴은 겨울 아침의 한기에도 불구하고 쾌활해 보였다.

도리언이 재미있다는 눈빛으로 슬쩍 미소를 지으며 셀레이나를 쳐다보았다. 한 대 치고 싶게 만드는 눈빛이었다. 도리언은 케이올을 힐끗 돌아보며 빙긋 웃었다.

"아침 일찍부터 성 밖에 나와 돌아다니는 여자들이 롤랜드와 나를 보려고 나온 줄 알았지 뭐야. 그 여자들이 지독한 감기에라도 걸리면, 부친들에게 다 근위대장 탓이라고 알려줘야겠어."

케이올의 뺨이 슬쩍 붉어졌다. 셀레이나의 생각과는 달리, 케이올은 아침에 본 여자들에게 아주 무관심하지는 않은 모양이었다.

"롤랜드 경."

케이올은 도리언의 친구에게 인사를 하며 고개를 숙였다.

금발의 청년도 케이올에게 마주 고개를 숙였다.

"웨스트폴 근위대장."

청년의 목소리는 듣기 좋은 편이었지만 목소리에 담긴 어떤 감정이 셀레이나의 귀에 거슬렸다. 즐거움이나 오만, 분노와는 다른 어떤 감정일 텐데…… 명확히 짚어낼 수가 없었다.

도리언은 롤랜드의 어깨를 손으로 탁 치며 셀레이나에게 말했다.

"내 사촌을 소개하지. 메아의 롤랜드 하빌리아드 경." 도리언은 셀레이나 쪽으로 손을 뻗으며 그녀를 소개했다. "롤랜드, 이쪽은 릴리언이야. 아버지를 위해 일하고 있어."

셀레이나가 어쩔 수 없이 왕실의 일원을 맞닥뜨리게 될 때마다 그들은 여전히 그녀를 가명으로 소개하고 있었다. 물론, 대부분이 그녀가 이 궁전에서 행정이나 정치 관련 업무를 하고 있지는 않다는 걸 어느 정도는 알고 있었다.

롤랜드는 허리를 굽히며 인사했다.

"만나서 반갑습니다. 궁전에 새로 오셨나 보군요. 지난 몇 년 동안 여기서 뵌 적이 없는 것 같은데."

말투를 보아하니 여자들을 어떤 식으로 다루며 살아왔는지 짐작이 갔다. 셀레이나는 목소리를 한껏 낮춰 대답했다.

"지난가을에 왔습니다."

롤랜드는 구애하듯 다정한 미소를 지어 보였다.

"삼촌을 위해 어떤 종류의 일을 하고 계실까요?"

도리언은 초조하게 자세를 바꿨지만 케이올은 미동도 않고 서 있었다. 셀레이나는 롤랜드의 미소 띤 얼굴을 마주 보고 웃으며 대답했다.

"왕의 적들을 아무도 찾지 못할 만한 곳에 묻어버리는 일을 하고 있습니다."

뜻밖에도 롤랜드는 킥킥 웃었다. 셀레이나는 케이올 쪽을 일부러 쳐다보지 않았는데, 나중에 그가 이 일로 호되게 나무랄 게 분명해서였다.

"왕의 전사에 대해서는 들어 알고 있습니다. 이렇게…… 사랑스러운 분일 줄은 생각 못 했지만요."

근위대장이 나섰다.

"이 성에는 무슨 일로 오셨습니까, 롤랜드 경?"

케이올이 저렇게 살벌한 눈빛으로 그녀를 쳐다본다면 셀레이나는 바로 다른 쪽으로 달아나고 싶었을 것이다.

롤랜드는 다시 미소 지었다. 지나치게 잦고…… 매끈한 웃음이었다.

"폐하께서 평의회에 한 자리 마련해주셨거든요." 그 말에 케이올은 바로 도리언을 돌아보았다. 도리언은 롤랜드의 말이 맞다는 뜻으로 어깨를 한번 으쓱해 보였다. 롤랜드가 덧붙여 말했다. "어제저녁에 도착했습니다. 오늘부터 일을 시작해요."

케이올은 미소를 지었다. 이를 슬쩍 드러내는 정도라, 그걸 미소라고 부를 수 있을지는 의문이었다. 케이올이 저런 걸 미소라고 지으며 쳐다보면 셀레이나는 그때도 분명 달아나고 싶을 듯했다.

도리언은 이해한다는 듯 일부러 소리 내어 웃으며 분위기를 잡아보려 했다. 하지만 도리언이 입을 열기도 전에 롤랜드는 셀레이나를 지나칠 정도로 빤히 쳐다보며 말했다.

"어쩌면 우리가 함께 일하게 될지도 모르겠네요, 릴리언. 당신이 맡은 직책에 흥미가 가요."

셀레이나의 입장에서는 롤랜드와 함께 일하는 게 딱히 싫을 건 없었다. 그 일이 롤랜드가 원하는 방식은 아니겠지만. 그녀의 일은 단검과 삽으로 묘비 없는 무덤을 만드는 일이었다.

그녀의 생각을 읽기라도 한 듯 케이올은 셀레이나의 등허리를 한 손으로 슬쩍 밀면서 말했다.

"저희는 아침 식사에 늦어서 이만 가보겠습니다." 케이올은 도리언과 롤랜드에게 차례로 고개를 숙인 뒤, 썩은 우유라도 삼킨 것 같은 표정으로 축하 인사를 건넸다. "의원으로 임명되신 걸 축하드립니다."

케이올의 손길에 떠밀려 성안으로 들어가면서 셀레이나는 당장 목욕부터 해야겠다는 생각을 했다. 땀에 젖은 옷 때문이 아니라 롤랜드 하빌리아드의 능글맞은 미소와 온몸을 훑어보던 역겨운 시선 때문이었다.

도리언은 셀레이나와 케이올이 울타리 너머로 사라지는 모습을 바라보았다. 근위대장이 등허리를 손으로 미는데, 셀레이나는 그의 손길을 떨쳐내려 하지도 않았다.

"아무리 시합 결과 때문이라지만 폐하께서 뜻밖의 선택을 하셨네."

옆에서 롤랜드가 나불거렸다.

도리언은 치솟는 짜증을 애써 억눌렀다. 그는 사촌인 롤랜드를 어렸을 때부터 1년에 두 번 이상 만나고 있었지만 그를 그다지 좋아하지 않았다.

케이올은 롤랜드를 대놓고 싫어했다. 롤랜드에 대한 얘기가 나올 때마다 '구역질 나는 놈'이라든지 '징징거리기나 하는 버릇없는 녀석'이라는 호칭이 따라붙었다. 3년 전에 롤랜드의 얼굴을 주먹으로 쳐 기절시킨 후부터 그는 쭉 롤랜드를 그렇게 부르고 있었다.

사실 롤랜드는 그런 욕을 들어도 싼 놈이라, 롤랜드를 폭행하고도 케이올은 빛나는 명성에 금이 가거나 근위대장으로 임명되는 일에 방해받지 않았다. 오히려 다른 근위병들과 하급 귀족들 사이에서 입지가 더욱 굳건해졌다.

도리언이 배짱이 있었으면 아버지가 롤랜드를 평의회 의원으로 임명했을 때 무슨 생각으로 그런 결정을 내렸는지 물었을 것이다. 아달렌의 해안 도시 메아는 작은 규모에 비해 꽤 번창하고 있긴 하지만 대단한 정치적 힘을 가진 도시는 아니었다. 도시 보초병을 제외하고는 상비군도 제대로 갖추지 못했다. 롤랜드는 아버지의 사촌의 아들이었다. 어쩌면 아버지는 하빌리아드 가문의 일원을 평의회에 한 명이라도 더 넣고 싶었는지도 모른다. 아무리 그렇다고 해도 롤랜드는 정치 경험이라곤 없었고, 정치보다는 여자들에게 더 흥미가 많았다.

"아버님의 전사는 어디 출신이야?"

롤랜드의 물음에 도리언은 상념에서 빠져나왔다.

성 쪽을 돌아본 도리언은 케이올과 셀레이나가 들어간 문 말고 다른 쪽 문으로 향했다. 두 달 전, 시합이 끝나고 셀레이나의 방에 들어간 도리언은 두 사람이 껴안고 있는 모습을 보았다.

"릴리언에 관한 얘기라면 본인한테 직접 들어."

사실 굳이 그럴 필요는 없었다. 롤랜드에게 시합에 관한 얘기를 늘어놓고 싶지 않을 뿐이었다. 아침부터 아버지의 명령으로 롤랜드를 데리고 산책을 다녀온 것만으로도 충분히 짜증스러웠다. 그나마 유일하게 좋았던 점은 셀레이나가 이 젊은 귀족의 코를 대놓고 납작하게 누르는 광경을 본 것이었다.

"그 여자는 아버님의 개인적인 용무만 처리하는 거야, 아니면 다른 위원들도 일을 맡길 수 있어?"

"여기 온 지 하루도 안 됐는데 벌써 없애고 싶은 적이 생긴 거냐?"

"우리는 하빌리아드 가문이잖아. 언제든 없애야 할 적이 생길 수 있지."

도리언은 인상을 찌푸렸지만, 그 말은 사실이었다.

"저 여자는 아버지하고만 계약이 돼 있어. 너에게 위협을 가하는 자가 있다면 내가 웨스트폴 근위대장에게 말해서 처리해달라고……."

"아, 그런 건 아니야. 그냥 궁금해서."

롤랜드는 골치 아픈 녀석이었다. 잘난 외모와 하빌리아드 가문 소속이라는 신분이 여자들에게 얼마나 대단한 효과를 발휘하는지도 아주 잘 알고 있었다. 그래도 남에게 해를 끼치는 짓은 하지 않았다. 아직까지는.

도리언은 무어라 대답해야 할지 알 수 없었다. 대답하고 싶은 마음이 있는지도 확신이 서지 않았다.

왕의 전사로서 셀레이나가 받는 급료는 꽤 높은 편이었다. 셀레이나는 신발, 모자, 튜닉, 드레스, 보석, 무기, 머리 장식, 책 등을 사들이며 한 푼도 남기지 않고 다 써버렸다. 무엇보다 책을 엄청 샀다. 어찌나 많이 샀는지 필리파가 방에 책장을 더 들여놔야 할 정도였다.

그날 오후에도 셀레이나는 모자 상자를 비롯해 향수와 단 음식들이 담긴 다양한 색깔의 가방들, 당장 읽으려고 산 책들이 담긴 갈색 종이 꾸러미들을 바리바리 들고 방으로 돌아왔다. 방 안쪽 입구에 앉아 있는 도리언 하빌리아드를 보고 놀란 셀레이나는 그 자리에서 꾸러미들을 떨어뜨릴 뻔했다.

도리언은 그녀가 사온 물건들을 바라보며 말했다.

"맙소사."

이건 셀레이나가 구매한 물건의 절반밖에 되지 않았다. 직접 들고 올 수 있는 양이 이 정도였다. 나머지 물건들은 조만간 이곳으로 배달될 예정이었다.

셀레이나는 탁자 위에 꾸러미들을 우르르 쏟다시피 내려놓았다. 종이 포장지와 리본이 한 무더기를 이루었다.

"적어도 오늘은 그 끔찍한 검은 옷을 안 입었네."

허리를 편 셀레이나는 어깨너머로 도리언을 힐끗 돌아보았다. 오늘 그녀는 연보라색과 아이보리색 드레스를 입었다. 겨울 끝자락에 입기에는 색감이 밝았지만, 봄이 어서 오기를 바라는 마음에 입은 것이다. 옷을 잘 차려입고 다니면 어떤 상점에 들어가도 최고 대우를 받는다는 장점도 있었다. 놀랍게도 가게 주인 중 상당수가 몇 년 전에 방문했던 셀레이나를 기억하고 있었다. 그들은 남쪽 대륙에 장거리 여행을 다녀왔다는 그녀의 거짓말을 믿어주었다.

"제 방에는 무슨 볼일이시죠?" 셀레이나는 하얀 털 망토—자기 자신에게 준 선물—를 벗어서 현관 탁자 앞의 의자에 걸쳐놓았다. "오늘 아침에도 정원에서 뵙지 않았나요?"

도리언은 의자에 앉아 예의 소년 같은 미소를 지었다.

"친구 사이인데 하루에 한 번 이상 만나면 안 돼?"

셀레이나는 그를 내려다보았다. 도리언과 친구로 지내는 건 도저히 할 수 있을 것 같지가 않았다. 그가 언제나 사파이어색 눈동자를 빛내며 그녀를 바라보기에, 그가 그녀의 운명을 손에 쥐고 흔드는 자의 아들이기에 불가능했다. 셀레이나는 도리언과의 사이에서 피어난 감정을 끊어냈지만 지난 두 달 동안은 한 번씩 그가 그리웠다. 도리언과의 키스나 연애 감정이 아니라, 사람 자체가 보고팠다.

"원하는 게 뭐예요, 도리언?"

그의 얼굴에 분노가 스치고 지나갔다. 그가 일어서자 셀레이나는 고개를 뒤로 젖혀 그를 올려다봐야 했다. 도리언이 나지막하게 말했다.

"나랑 계속 친구로 지내고 싶다고 했잖아."

셀레이나는 잠시 눈을 감았다.

"그랬죠."

"그럼 친구로 지내." 그는 아무렇지 않게 말을 이어갔다. "같이 식사도 하고 당구도 쳐. 네가 읽거나 사는 책에 대해서도 얘기해주고."

그는 꾸러미들을 향해 한쪽 눈을 찡긋했다.

셀레이나의 얼굴에는 어쩔 수 없이 희미한 미소가 떠올랐다.

"그래요? 요즘은 시간이 남아도나 봐요, 저랑 다시 어울리려는 걸 보면?"

"신경 써줘야 할 여자들이 때로 있지만 널 위해서라면 언제든 시간을 낼 수 있지."

셀레이나는 장난치듯 그에게 눈을 빠르게 깜박이며 말했다.

"어머, 이런 영광이."

도리언이 다른 여자들과 어울리고 있는 걸 생각만 해도 창문을 박살 내고 싶은 심정이지만 그런 마음을 들키는 건 그에게 도리가 아니었다. 셀레이나는 벽 앞의 작은 탁자에 놓인 시계를 흘끗 쳐다보았다.

"저는 리프트홀드로 다시 가봐야 해요."

거짓말은 아니었다. 해가 지려면 아직 몇 시간이 남아 있었다. 아처의 우아한 도시 주택을 둘러보고, 평소에 아처가 어디를 돌아다니는지 알아둬야 했다.

도리언은 얼굴에서 미소를 거두며 고개를 끄덕였다.

정적 속에서 탁자 위의 시계가 똑딱거리는 소리만 들려왔다. 셀레이나는 팔짱을 낀 채, 도리언의 체취와 그의 입술 맛을 떠올렸다. 하지만 그들은 매일 조금씩 더 거리를 두며 지내고 있으니…… 이대로 정리하는 게 최선이었다.

도리언은 손바닥을 펼쳐 보이며 그녀에게 한 걸음 다가왔다.

"내가 너를 위해 싸워주길 원해? 그런 거야?"

셀레이나는 조용히 대답했다.

"아뇨. 그냥 저를 내버려두세요."

차마 꺼내지 못한 말들이 그의 눈동자 속에 담겨 있었다. 셀레이나는 그가 그 자리에 가만히 서 있다가 조용히 떠나는 모습을 바라보았다.

현관 입구에 홀로 남은 셀레이나는 주먹을 쥐었다 폈다 하며 마음을 가라앉혔다. 탁자 위에 올려놓은 예쁜 꾸러미들이 별안간 꼴도 보기 싫어졌다.

CHAPTER 5

리프트홀드의 부유층이 거주하는 꽤 괜찮은 집 지붕의 굴뚝 그림자에 몸을 숨긴 셀레이나는 에이버리 강에서 불어오는 매서운 바람에 인상을 찌푸렸다. 회중시계를 꺼내 세 번째로 시간 확인을 했다. 아처 핀은 이전 약속 두 건을 이행하는 데 각각 한 시간씩 소요했는데, 지금 길 건너편 집에서는 거의 두 시간째 머물고 있었다.

초록 지붕을 얹은 저 우아한 도시 주택에 별다른 점은 없어 보였다. 고객의 이름이 밸런신 부인이라는 것 말고는 저 집에 또 누가 사는지 알 수 없었다. 셀레이나는 그전 두 집에서 했던 것과 마찬가지 방법으로 저 집 고객의 이름도 알아냈다. 셀레이나가 아무개 경 앞으로 물건 배달을 온 척 문을 두드리면, 집사나 하녀가 여기는 아무개 경의 댁이 아니라고 대답했다. 그럼 셀레이나는 당황한 척 그럼 여기는 누구네 댁이냐고 물어 이름을 확인하고 수다를 좀 떨다가 물러나는 식이었다.

셀레이나는 자세를 바꾸고 앉아 목을 이리저리 돌렸다. 해가 거의 다 저물어서 기온이 점점 더 떨어지고 있었다. 직접 침투하지 않으면 쓸 만한 정보는 얻기 어려울 것이다. 하지만 아처가 돈을 받고 고객을 모시고 있는 지금, 셀레이나가 서둘러 집 안으로 들어가야 할 필요는 없었다. 아처가 어느 집을 방문해 누구를 만나는지 좀더 살펴보다가 다음 단계를 밟는 게 나을 듯했다.

리프트홀드에서 이렇게 염탐을 해보는 게 꽤 오랜만이었다. 에메랄드색 지붕에 웅크리고 앉아 사냥감에 대한 정보를 수집하고 있자니 옛 생각이 났다. 왕의 명령으로 벨헤이븐이나 어느 귀족의 영지에 침투했을 때와는 기분이 달랐다. 리프트홀드에 있다 보면 마치……

한 번도 이곳을 떠난 적 없는 것 같았다. 이대로 어깨너머를 돌아보면 바로 뒤에 샘 코틀랜드가 웅크리고 앉아 있을 듯했다. 밤의 끝자락에는 유리성이 아니라 도시 저편에 위치한 자객들의 요새로 돌아가야 될 것 같은 기분이었다.

셀레이나는 한숨을 쉬며 겨드랑이 밑으로 손을 집어넣었다. 손가락이 따뜻하고 기민한 상태를 유지하도록 해야 했다.

자유를 잃은 날 밤 이후로 1년 반이 지났다. 샘을 떠나보낸 지도 1년 반이었다. 이 도시 어딘가에는 어쩌다 그런 일이 벌어졌는지에 대한 답이 있을 것이다. 용기를 내 들여다보면 답을 찾을 수도 있을 것이다. 그 답은 그녀를 또다시 망가뜨릴지도 몰랐다.

도시 주택의 현관문이 열리고 아처가 으스대며 계단을 내려와 대기 중인 마차에 곧바로 올라탔다. 마차가 출발하기 전 셀레이나는 아처의 황갈색 머리카락과 고급스러운 옷을 확인했다.

끄응 소리를 내며 일어선 셀레이나는 서둘러 지붕에서 내려갔다. 벽을 타고 빠르게 달려 내려가 몇 번 훌쩍훌쩍 뛴 끝에 자갈 깔린 길로 내려섰다.

도시를 가로질러 천천히 나아가는 아처의 마차를 그림자 속에 몸을 숨기며 따라갔다. 오가는 이들이 많아 마차의 속도는 그다지 빠르지 않았다. 왕은 아처에 대해 잘못된 정보를 얻은 게 분명했다. 자신이 어쩌다 붙잡혔고 샘이 어쩌다 죽었는지에 관한 진실을 알아내지 못한다고 해도, 반역 세력에 관한 진실과 왕의 계획의 실체를 알아낸 순간 어쩌면 셀레이나의 내면은 박살 날 수 있었다.

그녀의 내면뿐만 아니라 그녀가 아끼는 모든 것이 함께 끝장날 수도 있었다.

셀레이나는 타닥타닥 소리를 내며 타오르는 불의 온기를 느끼며 작은 카우치의 등받이에 머리를 기댔다. 쿠션을 댄 팔걸이 너머로 다리를 달랑거렸다. 손에 쥔 종이의 글씨들이 흐릿해졌다. 밤 열한 시가 넘은 시각이고, 그날 새벽까지 잠을 못 자다가 밖에 나가 온종일 돌아다녔으니 이렇게 잠이 쏟아지는 것도 무리는 아니었다.

벽난로 불빛을 받은 케이올의 유리 펜이 낡은 붉은색 카펫에 반짝이는 빛을 드리웠다. 케이올은 서류들을 들여다보며 여기저기 서명을 하고 메모를 하는 중이었다. 셀레이나는 코로 조그맣게 한숨을 내쉬면서 들고 있던 서류를 아래로 내렸다.

셀레이나의 널찍한 스위트룸과는 달리 케이올의 침실은 커다란 방 하나로 이루어져 있었고 하나뿐인 창문 옆에는 탁자 하나가, 돌로 된 벽난로 앞에는 낡은 카우치가 놓였다. 회색 돌벽에는 벽걸이 융단 몇 개가 걸렸고 한쪽 구석에는 키 큰 오크나무 장식장이 서 있었다. 사주식 침대에는 색 바래고 낡은 진홍색 이불이 놓였다. 이 방에는 욕실이 딸려 있었는데 셀레이나의 방 욕실만큼 넓지는 않지만 욕조와 변소까지 갖춰진 꽤 널찍한 크기였다. 방에 놓인 작은 책장에는 책들이 가득했고 깔끔하게 정리돼 있었다. 그녀가 아는 케이올의 성격대로 책들은 알파벳 순서에 맞춰 꽂혀 있었다. 손에 닿는 대로 온갖 책을 사 모으는 셀레이나와는 달리 이 방의 책장에는 그가 제일 좋아하는 책들만 꽂혀 있는 듯했다. 셀레이나는 괴상할 정도로 깔끔하게 정돈된 그의 책장이 좋았고, 이 방이 아늑하게 느껴졌다.

몇 주 전부터 엘레나와 케인, 비밀 통로에 대한 생각으로 머릿속이 복잡할 때마다 셀레이나는 자신의 방을 나와 케이올의 방을 찾았다. 그녀 때문에 사생활이 없어졌다고 불평하면서도 케이올은 그녀를 방에서 내보내거나, 툭하면 저녁 식사 후에 찾아오는 그녀를 거절하지 않았다.

케이올의 펜이 사각사각 소리를 멈췄다.

"지금 하고 있는 일을 다시 한번 말해 줘."

셀레이나는 머리 위로 서류를 흔들어대며 몸을 뒤로 젖혔다.

"아처에 대한 정보를 수집하고 있어요. 아처의 고객들, 아처가 자주 찾는 곳, 하루 일정 같은 거요."

케이올의 황갈색 눈동자가 벽난로의 불빛에 녹아내린 듯 보였다.

"그냥 죽이면 될 걸 뭐 하러 뒤까지 밟고 그래? 주변 경계를 철저히 하는 자라면서 오늘은 그자 뒤를 어렵지 않게 밟은 모양이네."

셀레이나는 인상을 썼다. 케이올은 너무 똑똑해서 탈이었다.

"폐하가 자기를 무너뜨리려는 자들이 있다고 했으니 아처를 죽이기 전에 최대한 그 세력에 대한 정보를 모아야 되잖아요. 아처 뒤를 밟으면 다른 공모자들을 더 찾아낼 수 있겠죠. 적어도 그들 세력이 어디에 사는지 정도는 알아낼 수 있을 거예요."

그 말은 사실이었다. 오늘 셀레이나가 아처의 화려한 마차 뒤를 밟으며 아달렌의 수도 리프트홀드의 거리 곳곳을 다닌 이유도 바로 그 때문이었다.

하지만 몇 시간이나 뒤를 밟은 결과, 아처는 몇몇 고객들과 만난 후 자기 집인 도시 주택으로 돌아간 게 전부였다.

"그래. 그래서 당신은 …… 그렇게 모은 정보를 머릿속으로 외워두기만 하겠다는 거야?"

"여기 있지 말고 나가라는 뜻이면 그냥 나갈게요."

"뭐가 그렇게 지루하길래 10분 전부터 졸고 있는지 궁금했을 뿐이야."

셀레이나는 팔꿈치로 의자 팔걸이를 짚으며 일어나 앉았다.

"안 졸았어요!"

케이올이 눈썹을 치켜떴다.

"코 고는 소리 다 들었는데."

"거짓말 말아요, 케이올 웨스트폴."

셀레이나는 그에게 서류를 내밀어 보이곤 카우치에 도로 누웠다.

"잠깐 눈을 감고 있었던 것뿐이거든요."

그는 고개를 절레절레 흔들며 하던 일로 돌아갔다.

셀레이나는 얼굴을 붉히며 물었다.

"코 안 골았죠?"

그는 짐짓 엄숙한 표정으로 답했다.

"곰처럼 요란하게 골던데."

셀레이나는 주먹으로 카우치 쿠션을 내리쳤다. 케이올은 싱긋 웃었다. 콧방귀를 뀌며 소파 아래로 팔을 늘어뜨린 셀레이나는 오래된 러그의 실밥을 잡아 뜯으며 돌 천장을 올려다보았다.

"왜 그렇게 롤랜드를 싫어하는 거죠?"

케이올이 눈을 들었다.

"그를 싫어한다고 말한 적 없어."

셀레이나는 구체적인 답을 기다렸다.

케이올은 한숨을 쉬었다.

"당신 눈에도 내가 그를 싫어하는 게 보이나 보네."

"그럴 만한 계기가 있었다면……."

"계기야 한둘이 아니지. 굳이 입에 담고 싶지도 않아."

셀레이나는 카우치 팔걸이에서 다리를 내리고 똑바로 앉았다.

"지금 짜증 낸 거예요?"

셀레이나는 다른 서류 한 장을 집어 들었다. 아처의 고객들이 사는 곳을 표시한 도시 지도였다. 대부분은 리프트홀드의 고위층들이 거주하는 고급 주택가였다. 아처의 도시 주택도 그 동네였는데, 꽤 괜찮은 분위기의 골목 안쪽에 있었다. 셀레이나는 그곳을 잠시 살펴보다가 몇 블록 떨어진 거리로 시선을 돌렸다.

잘 아는 거리였다. 특히 모퉁이에 위치한 집을 잘 알았다. 리프트홀드로 들어올 때마다 그 거리로는 가까이 가지 않으려 신중을 기했다. 오늘도 마찬가지였다. 그 거리를 피하려고 굳이 몇 블록을 빙 돌아서 갔다.

셀레이나는 케이올의 눈을 바라볼 자신이 없어 딴 곳을 보며 물었다.

"루크 패런이라는 자에 대해 알아요?"

그 이름을 입에 올린 것만으로도 오랫동안 억눌러왔던 분노와 슬픔이 치밀어 올랐다. 하지만 묻지 않을 수 없었다. 사태에 관한 진실을 전부 다 알고 싶지는 않지만…… 어쩌다가 자신이 붙잡혔는지에 관해서는 알아둬야 할 필요가 있었다. 아무리 시간이 지났어도.

케이올의 시선이 와 닿는 게 느껴졌다.

"범죄단 두목?"

그녀는 너무나 많은 끔찍한 일들이 벌어졌던 거리를 지도로 바라보며 고개를 끄덕였다.

"그자와 관련된 일을 다룬 적 있어요?"

"아니. 그게…… 패런은 죽었어."

셀레이나는 들고 있던 서류를 아래로 내렸다.

"죽었다고요?"

"아홉 달 전에. 패런과 그의 측근 세 명이 살해된 채 발견됐어……." 케이올은 입술을 잘근잘근 씹으며 기억에서 이름을 떠올렸다. "범인은 웨슬리라는 남자인데, 그가 그들을 전부 죽였어. 웨슬리는……." 케이올은 고개를 옆으로 기울이며 덧붙였다. "에로밴 헤멜의 개인 경호원이었어." 셀레이나는 가슴 속이 조여드는 듯했다. "아는 사람이야?"

"예전에요."

그녀는 나지막하게 대답했다. 예전에 에로밴과 함께 살았던 시절을 돌이켜 생각해보면 당시 웨슬리는 말 없고 집념이 강한 편이었다. 셀레이나를 못마땅해하면서 만약 그녀가 주인인 에로밴에게 위협이 될 만한 짓을 하면 죽여버리겠다고 공언하곤 했다. 하지만 셀레이나가 배신당해 붙잡혔던 날 밤, 웨슬리는 그녀를 나가지 못하게 말리려 했다. 에로밴이 그녀를 방에 가둬두라고 명령했기 때문일 것이다. 패런에게 죽임을 당한 샘을 위해 그녀가 복수를 하러 나가지 못하도록…….

"웨슬리는 어떻게 됐어요? 패런의 부하들한테 붙잡힌 건가요?"

케이올은 러그를 내려다보며 한 손으로 머리카락을 쓸어 넘겼다.

"아니. 그다음 날 웨슬리를 찾았어. 에로밴 헤멜 덕분에."

셀레이나는 얼굴에서 피가 쫙 빠져나가는 느낌이었지만 힘을 내 물었다.

"어떻게 됐는데요?"

케이올은 그녀의 표정을 조심스레 살피며 답했다.

"루크 패런의 집 앞 철책에 웨슬리의 시체가 꿰어져 있었어. 피가 낭자한 걸로 봐서…… 산 채로 꿰어놓은 것 같았어. 패런의 부하들이 자백을 하진 않았지만 그 집 하인들도 웨슬리가 죽을 때까지 그 자리에 놓아두라는 명령을 받은 모양이야. 우린 조직 간에 싸움이 붙어 서로 피의 복수를 하며 균형을 이룬 거라고 생각했어. 상대를 그렇게 응징해야 패런의 뒤를 이어 두목이 된 자는 에로밴과 그의 자객들을 적으로 여길 필요가 없게 될 테니까."

셀레이나는 카펫을 내려다보았다. 그녀가 패런을 죽이기 위해 자객들의 요새에서 탈출한 날, 웨슬리는 그녀를 막으려 했다. 그게 함정이라는 사실을 알려주려 했다.

셀레이나는 결론에 다다르기 전에 생각을 그만두었다. 그날의 진실에 대해서는 나중에 천천히 다시 생각해도 될 것이다. 나중에 혼자 있을 때, 아처와 반역 세력 같은 터무니없는 일들까지 염려할 필요가 없을 때, 에로밴 헤멜이 배신한 이유를 알아내고 그 끔찍한 진실 앞에서 자신이 어떻게 행동할지를 결정한 후에, 에로밴을 바닥까지 끌어내려 피를 흘리게 만들 방법을 찾아낸 후에.

잠시 말이 없던 케이올이 물었다.

"우리는 웨슬리가 루크 패런을 죽인 이유에 대해서는 아직 알아내지 못했어. 웨슬리는 헤멜의 개인 경호원이었을 뿐인데 무슨 이유로 패런에게 대적했을까?"

셀레이나의 눈빛은 분노로 타올랐다. 그녀는 창문 너머로 달빛에 젖은 밤하늘을 보며 말했다.

"보복 공격이었을 거예요."

자객들의 요새 아래층 방의 탁자에 누워 있던 샘의 뒤틀린 시체가 아직도 셀레이나의 눈에 선했다. 앞에 쭈그리고 앉아 셀레이나의 마비된 몸을 쓰다듬던 패런의 모습도 잊을 수 없었다. 목이 조여드는 느낌이라 애써 숨을 삼켰다.

"패런은 제…… 친구를 잡아다가 고문하고 죽였어요. 다음날 밤에 저는 복수를 하러 나갔다가 일이 꼬여버린 거고요."

벽난로 안에서 장작이 쪼개지면서 방에 일순간 환한 빛을 뿌렸다.

"그래서 그날 밤에 당신이 붙잡혔던 건가? 배신자가 누군지 당신은 모른다고 했던 것 같은데."

"아직도 몰라요. 저와 제 친구를 고용해 패런을 죽이라고 한 사람이 있기는 했어요. 하지만 함정이었고 패런은 미끼일 뿐이었죠."

잠시 정적이 흘렀다.

"친구의 이름이 뭐였어?"

마지막 순간 탁자 위에 처참한 몰골로 누워 있던 샘의 모습이 떠올랐다. 셀레이나는 애써 그 기억을 밀어내며 입술을 내밀었다.

"샘. 그의 이름은 샘이었어요." 셀레이나는 힘겹게 숨을 들이마셨다. "그들이 샘의 시신을 어디에 묻었는지 난 알지도 못해요. 누구한테 물어봐야 할지도 모르고요."

케이올은 말이 없었다. 셀레이나는 왜 하필 지금 이런 얘기를 늘어놓는지 이유를 알 수 없었지만 어쩐지 말하고 싶었다.

"샘은 나 때문에 그렇게 됐어요. 아무리 생각해도 나 때문이었어요."

또다시 한참 정적이 흐르고 한숨이 터져 나왔다.

"꼭 그렇지는 않을 거야. 샘이라는 그 친구는 당신이 살아남기를, 반드시 살기를 바랐겠지. 그렇게 따지면 그의 죽음이 헛된 것만은 아니야."

눈시울이 뜨거워지려 하자 셀레이나는 옆으로 시선을 돌리며 고개를 끄덕였다.

잠시 후 케이올이 다시 입을 열었다.

"그 여자의 이름은 리시엔이었어. 3년 전에 그 여자는 귀족 부인을 모시고 있었어. 나와 리시엔의 관계를 알아챈 롤랜드는 자기가 리시엔을 데리고 자는 모습을 나한테 보여주면 재미있을 거라고 생각했나 봐. 물론 당신이 겪은 일과는 비교할 수 없지만……"

셀레이나는 케이올이 누군가를 마음에 두었던 적이 있었다는 걸 오늘 처음 알았다…….

"그 여자는 왜 당신을 배신했어요?"

케이올은 과거의 기억으로 괴로운 표정이었지만 아무렇지 않은 듯 어깨를 으쓱했다.

"롤랜드는 하빌리아드 가문의 일원이고 난 근위대장일 뿐이니까. 롤랜드는 그 여자에게 자기랑 같이 메아로 가자고 했어. 그 후로 그 여자가 어떻게 됐는지는 나도 몰라."

"당신은 그 여자를 사랑했군요."

"그런 줄 알았어. 그 여자도 나를 사랑했다고 생각했지." 그는 자책하듯 고개를 가로저었다. "샘도 너를 사랑했어?"

그랬다. 샘은 세상 누구보다도 셀레이나를 깊게 사랑했다. 목숨을 걸 만큼, 모든 것을 포기할 만큼. 지금까지도 샘의 사랑은 메아리가 되어 그녀에게 닿고 있었다.

"많이요."

시계가 열한 시 반을 알리는 종을 울렸다. 케이올은 긴장이 풀리는 듯 고개를 저으며 말했다.

"피곤하네."

어쩌다 그들은 각자의 인생에 큰 의미가 있던 과거의 인물들에 대한 얘기를 털어놓게 됐을까. 셀레이나는 의자에서 일어섰다.

"그만 가볼게요."

케이올은 눈을 빛내며 일어섰다.

"방까지 바래다줄게."

셀레이나는 턱을 치켜들었다.

"내가 어디를 가든 호위가 필요한 사람은 아니거든요."

"필요 없지." 그는 문으로 걸어가며 덧붙였다. "친구 사이니까 바래다주는 거야."

"그럼 당신은 도리언도 방까지 데려다줘요?" 셀레이나는 그를 놀리듯 눈을 깜박이며 물었다. 그리고 그가 열어준 문밖으로 성큼성큼 걸어나갔다. "아니면 숙녀인 친구들만 누리는 특권인가요?"

"나한테 숙녀인 친구가 또 있었으면 그 친구도 방까지 바래다줬겠지. 당신이 숙녀 자격이 있는지는 모르겠지만."

"어머, 예의 바르기도 하셔라. 아침마다 정원에 여자들이 바글대는 이유가 있네요."

그는 콧방귀를 뀌었다. 그들은 조용하고 어둑한 복도로 말없이 걸어나가, 건너편에 있는 그녀의 방 쪽으로 걸어갔다. 겨울의 한기를 막아주지 못하는 창문들이 즐비한 이 성안의 복도는 꽤 싸늘한 편이었다.

마침내 그녀의 방문 앞에 다다르자 그는 잘 자라고 인사하고 돌아섰다. 놋쇠 손잡이를 감싸 쥔 셀레이나가 그를 돌아보며 말했다.

"이 말이 위로가 될지 모르겠는데……." 그는 주머니에 손을 넣은 채 그녀를 바라보았다. 셀레이나는 희미하게 미소 지으며 말을 이었다. "그 여자가 당신이 아니라 롤랜드를 선택한 거면 세상에 그런 멍청이가 또 없을 것 같네요.”

한참 동안 그녀를 바라보던 그는 조용히 “고마워”라고 말하고는 방으로 돌아갔다.

셀레이나는 그의 뒷모습을 바라보았다. 검은 튜닉 안쪽에서 움찔거리는 그의 강한 근육을 눈에 담으며, 문득 리시엔이 오래전에 이 성을 떠나서 참 다행이라는 생각이 들었다.

자정을 알리는 종소리가 들려왔다. 상태가 좋지 않은 시계탑이 듣기 싫은 종소리를 어둡고 조용한 성안 복도에 퍼뜨렸다. 케이올의 호위를 받으며 방으로 들어왔지만 방 안에서 오 분 정도 서성인 끝에 셀레이나는 또다시 방을 나가 도서관으로 향했다. 방 안에 읽지 않은 책들이 산더미처럼 쌓여 있었지만 오늘은 그 책들을 읽고 싶지 않았다. 뭐든 할 일이 필요했다. 케이올과 대화를 나누며 이끌어낸 과거의 기억을 마음에서 떨쳐내고 싶었다.

망토를 단단히 여미고 세찬 눈바람이 몰아치는 창밖을 내다보았다. 도서관의 벽난로에 불이 켜져 있기를 바라며 걸음을 옮겼다. 만약 불이 안 켜져 있으면 대충 관심이 가는 책 한 권을 집어 들고 방으로 달려 들어가 플릿풋을 안고 따뜻한 침대에 누우면 될 것이다.

모퉁이를 돌아 창문들이 즐비한 어두운 복도로 들어섰다. 이 복도를 지나면 도서관의 높다란 문으로 갈 수 있었다. 발걸음을 재촉하던 셀레이나는 우뚝 멈춰 섰다.

추운 밤이니, 몸에 검은 망토를 두르고 얼굴까지 두건을 내려쓴 사람을 복도에서 마주치는 게 놀라운 일은 아닐 것이다. 하지만 열린 도서관 문 앞에 서 있는 어떤 사람을 본 순간 본능적으로 두려움을 느낀 셀레이나는 더 이상 앞으로 갈 수가 없었다.

상대도 그 자리에 선 채로 셀레이나 쪽으로 고개를 돌렸다.

복도의 창문 밖에서 휘몰아친 눈이 유리창에 들러붙었다.

상대가 그녀를 향해 완전히 돌아선 순간, 셀레이나는 저건 그냥 사람일 뿐이라고 스스로를 달랬다. 밤보다 더 까만 망토를 걸치고, 이목구비를 완전히 가릴 정도로 묵직한 두건을 내려쓰긴 했지만 사람일 뿐이었다.

그런데 상대는 별안간 짐승 같은 소리를 내며 그녀를 향해 킁킁거렸다.

셀레이나는 그 자리에서 움직이지 않았다.

상대는 또다시 킁킁대며 셀레이나 쪽으로 한 걸음 다가왔다. 움직임이 마치 연기나 그림자 같았다…….

그 순간 셀레이나의 가슴에서 서서히 온기가 피어나더니 푸른빛이 고동쳤다.

목에 건 엘레나의 눈이 빛을 내고 있었다.

상대는 발걸음을 멈췄고 셀레이나는 숨조차 쉴 수 없었다.

상대는 쌔액쌔액 소리를 내다가 도서관 문 너머의 그림자 속으로 스르르 물러났다. 부적 목걸이 한가운데에 박힌 작고 푸른 보석은 더욱 밝은 빛을 냈고 셀레이나는 눈을 질끈 감았다.

다시 눈을 떴을 때 부적은 더 이상 빛을 내지 않았다. 두건을 내려쓴 자도 보이지 않았다.

그자의 어떤 흔적도, 발소리도 남아 있지 않았다.

셀레이나는 도서관으로 들어가지 않고 그대로 돌아서서 최대한 품위를 유지하되 서둘러 걸음을 옮겨 방으로 돌아갔다. 방금 본 것은 상상의 산물일 뿐이라고, 너무 오랫동안 잠을 못 잔 탓에 환영을 본 것일 뿐이라고 되뇌었다. 하지만 저주 받을 단어가 그녀의 머릿속에서 계속 울려 퍼졌다.

'계획.'

CHAPTER 6

도서관 밖에 서 있던 자는 왕과 아무런 관련이 없을 수도 있었다. 셀레이나는 방으로 돌아가려 복도를 걸어가면서—달음박질치지는 않았다—계속 그런 생각을 했다. 이 넓은 성에는 낯선 사람들이 꽤 많았다. 드물기는 하지만 셀레이나 말고도 도서관에 혼자 가보고 싶은 사람이…… 또 있을 수도 있었다. 다른 사람과 마주쳤을 때 자신의 신분을 밝히고 싶지 않을 수도 있는 것이다. 이 성에서는 독서가 한물간 취미 취급을 받고 있으니, 독서를 좋아하는 어느 궁정인이 친구들의 비웃음을 사지 않으려고 밤중에 몰래 도서관을 찾았을 수도 있다.

그 궁정인이 짐승처럼 으스스한 분위기를 풍겼고, 셀레이나의 부적이 상대에게 반응해 빛을 발하기는 했지만 말이다.

월식이 막 시작될 무렵 셀레이나는 방으로 돌아왔다.

"그래, 오늘이 월식이지."

발코니 밖을 내다보던 셀레이나는 벽에 걸어놓은 벽걸이 융단 쪽으로 돌아섰다.

엘레나를 다시 보고 싶지도 않고, 기대도 하지 않았지만…… 답을 얻어야 하니 어쩔 수 없었다.

오래전에 죽은 엘레나 여왕은 아마 비웃으면서 별것 아니었다고 말할지도 모른다. 부디 엘레나가 그렇게 말해주기를. 만약 그게 아니라면…….

셀레이나는 고개를 흔들며 플릿풋을 내려다보았다.

"너도 같이 갈래?"

주인이 뭘 하려는지 눈치를 챘는지 플릿풋은 침대 위에서 뱅글뱅글 돌다가 씩씩대며 웅크리고 누웠다.

"그럴 줄 알았다."

벽걸이 융단 앞에 놓아둔 큼직한 서랍장을 옆으로 밀어 치우자 그 뒤의 비밀 문이 드러났다. 셀레이나는 초를 집어 들고 모두에게 잊힌 계단을 밟으며 계단참을 향해 내려가기 시작했다.

돌로 된 아치 길 세 개가 그녀를 맞이했다. 왼쪽의 아치 길은 대연회장을 엿볼 수 있는 통로로 이어졌다. 가운데 아치 길은 언젠가 그녀의 목숨을 구해줄 수도 있는 숨겨진 출구와 하수로로 연결되었다. 그리고 오른쪽의 아치 길은…… 고대 여왕의 잊힌 무덤을 향해 뻗어 있었다.

엘레나 여왕의 무덤을 향해 걸음을 옮기면서 셀레이나는 계단참 쪽을 바라보지 않으려 애썼다. 예전에 케인이 그 계단참에서 저세상의 리더락을 소환한 바 있었다. 당시 리더락이 부순 문의 잔해가 아직도 계단에 흩어져 있었다. 돌벽에도 리더락이 셀레이나를 쫓아 무덤으로 달려 내려오면서 부딪쳐 패인 자국이 남아 있었다. 셀레이나는 오래전에 세상을 떠난 개빈 왕의 검 다마리스를 가까스로 손에 쥐고 리더락을 베어 목숨을 보전할 수 있었다.

셀레이나는 손을 내려다보았다. 손바닥과 엄지에는 점점이 둥글게 찍힌 허연 상처가 남아 있었다. 그날 밤 네히미아가 발견하지 못했다면 리더락에게 물리면서 몸에 퍼져나간 독 때문에 셀레이나는 죽고 말았을 것이다.

마침내 나선형 계단의 맨 아래까지 내려가 문 앞에 다다른 셀레이나는 문짝 한가운데에 달린 해골 모양의 청동 노커를 바라보았다.

이게 좋은 생각이 아닐지도 모른다는 생각이 들어 마음이 흔들렸다. 굳이 대답을 들을 가치가 없을 수도 있었다.

그냥 도로 계단을 올라갈까. 괜히 물어봤다가 좋지 않은 결과를 낳을지도 몰랐다.

엘레나 왕비는 셀레이나가 명령에 따라 왕의 전사가 되기로 하자 만족스러워했다. 지금은 셀레이나가 자발적으로 찾아왔으니, 엘레나가 시키는 일을 기꺼이 한 번 더 해주겠다는 뜻으로 비칠 수도 있었다. 사실, 지금 맡고 있는 일도 버거울 지경이라 일을 더 받기는 힘들었다.

하지만 복도에서 본 그것은 그다지 우호적인 존재 같지 않았다.

그 순간 해골 모양 노커는 움푹 팬 눈으로 셀레이나를 빤히 쳐다보며 미소 지었다.

제기랄. 그만 때려치우고 올라가는 게 맞을 듯했다.

하지만 마치 보이지 않는 손에 이끌린 듯 셀레이나의 손가락은 어느새 문손잡이를 향하고 있었다.

"노크는 안 할 거냐?"

손에 단검을 꺼내 쥔 셀레이나는 뒤로 한 걸음 물러나 소리가 들려온 방향으로 칼을 겨눴다. 등을 벽에 붙인 채 적의 피를 볼 각오를 했다. 여기서 목소리를 듣다니……. 또 다른 망상인 걸까.

그런데 방금 목소리를 낸 것은 해골 노커인 듯했다. 노커가 입을 벌렸다 닫은 것 같았다.

이건 정말이지 절대적으로 불가능한 일이었다. 엘레나가 했던 말이나 행동과 비교해도, 훨씬 더 개연성이 낮고 이해할 수도 없는 현상이었다.

빛나는 금속 눈으로 셀레이나를 쳐다보던 청동 해골이 혀를 찼다. 혀까지 갖고 있다니.

계단에서 미끄러져 돌에 머리를 찧은 걸까. 그랬으면 이런 환영을 보는 것도 말이 된다. 셀레이나의 머릿속에서 더러운 욕설이 쉴 새 없이 흘러갔다. 욕설의 수위가 점점 높아지는 가운데 셀레이나는 입을 벌린 채 노커를 쳐다보았다.

"아, 한심하게 굴지 좀 마." 노커는 눈을 가늘게 뜨며 발끈했다. "난 이 문에 딱 붙어 있잖아. 내가 널 어떻게 해치겠니."

"하지만 넌……." 셀레이나는 힘겹게 숨을 삼키며 덧붙였다. "마법의 존재잖아."

불가능했다. 있을 수 없는 일이었다. 이 땅에서 마법은 10년 전에 모두 추방됐다. 왕은 마법을 모조리 불법화했다.

"이 세상 만물은 마법으로 이루어져 있어. 뻔한 사실을 굳이 내 입으로 말하게 해주다니 고맙구나."

셀레이나는 요동치는 가슴을 진정시키고 입을 열었다.

"마법은 더 이상 작동하지 않을 텐데."

"새로운 마법은 그렇겠지. 하지만 아달렌의 왕은 고대의 힘으로 만들어진 고대 주문까지 없애지는 못했어. 이를테면 워드 문자 같은 것 말이야. 이런 고대 주문은 여전히 유효해. 생명을 채우는 주문 같은 것들은 특히 더."

"그럼 넌…… 살아 있니?"

노커가 키득거렸다.

"살아 있냐고? 난 청동으로 만들어져 있어. 숨도 못 쉬고 먹지도 마시지도 못해. 그런 의미에서는 살아 있질 않지. 그렇다고 죽은 것도 아니야. 그냥 존재할 뿐이야."

셀레이나는 조그만 노커를 빤히 쳐다보았다. 딱 그녀의 주먹 크기였다.

"사과해. 지난 몇 달 동안 넌 여기로 달려 내려와 더러운 짐승들을 베어 죽이면서 무지하게 시끄럽고 성가시게 굴더라. 그동안 내가 입을 다물고 있었던 건 네가 다른 기이한 존재들을 충분히 봐야 내 존재도 받아들일 수 있을 것 같아서였어. 그런데도 여전히 날 편하게 받아들이질 못하는구나. 이거 참 실망이야."

셀레이나는 떨리는 손으로 단검을 칼집에 집어넣고 초를 내려놓으며 말했다.

"이제라도 나를 대화 상대로 인정해주니 고마워."

청동 해골은 눈을 감았다. 해골인데 눈꺼풀까지 달려 있었다. 어떻게 그동안 이 노커를 지나치기만 했을까? 노커가 투덜거렸다.

"예의를 차려 나한테 인사를 하지도, 심지어 노크를 하지도 않는 사람이랑 내가 왜 말을 섞어야 하는지 몰라."

셀레이나는 차분히 숨을 들이마시며 문을 바라보았다. 돌로 된 문지방에는 예전에 리더락이 지나가면서 생겨난 구멍이 있었다.

"그분은 안에 계셔?"

셀레이나의 물음에 해골이 새침하게 되물었다.

"누구?"

"엘레나…… 여왕."

"당연히 계시지. 그분은 저 안에 천 년 동안 계셨는데."

노커의 눈이 번뜩이는 듯 보였다.

"헛소리를 지껄인 거면 널 문짝에서 떼서 녹여버릴 거야."

"이 세상에서 제일 힘이 센 자도 나를 이 문에서 못 떼어내. 브래넌 왕께서 엘레나 왕비님의 무덤을 지켜주라고 나를 친히 여기 붙여놓으셨거든."

"네가 그 정도로 오래됐다고?"

노커가 씩씩거렸다.

"내 나이가 많다고 참으로 무신경하게 모욕을 하는구나."

셀레이나는 팔짱을 꼈다. 역시 헛소리였다. 마법의 존재는 늘 이런 식으로 헛소리를 지껄였다.

"네 이름이 뭔데?"

"그러는 네 이름은?"

"셀레이나 사르도시엔."
그녀는 이를 갈듯 내뱉었다.
노커가 웃음을 터뜨렸다.
"아, 아이고 웃겨라! 수백 년 동안 들어본 중에 제일 웃기네!"
"조용히 해라."
"굳이 알고 싶다면 말해줄게. 내 이름은 모트야."
"앞으로도 이렇게 기분 좋게 종종 만나자."
셀레이나는 초를 집어 들고 문손잡이로 손을 뻗었다.
"끝까지 노크를 안 하겠다는 거니? 넌 정말 예의가 없구나."
노커의 조그만 얼굴을 주먹으로 치지 않으려고 꾹 참으며 셀레이나는 쓸데없이 나무문을 세 번이나 세게 두드렸다.
문이 조용히 열리자 모트가 히죽 웃었다.
"셀레이나 사르도시엔이라."
노커는 중얼거리며 또다시 웃어댔다. 셀레이나는 노커를 향해 씩씩대면서 발로 문을 차 닫았다.
무덤 안은 흐릿한 빛이 있기는 했지만 어둑한 편이었다. 셀레이나는 은으로 도금된 통로 너머 안쪽 깊숙한 곳을 들여다보았다. 평소에는 저 안쪽이 여기보다 밝은데, 지금은 월식 때문에 무덤 안이 어두컴컴했다.
문지방에서 그리 멀지 않은 곳에 선 셀레이나는 바닥에 초를 내려놓고 기다렸다. 무덤 안을 들여다봤지만 아무것도 보이질 않았다.
엘레나는 그곳에 없었다.
"저기요?"

문짝 너머에서 모트의 킬킬대는 웃음소리가 들려왔다.

셀레이나는 눈을 위로 굴리며 문짝을 도로 확 열었다. 중요한 질문이 있어 찾아왔는데 엘레나 여왕은 여기 없었다. 셀레이나가 대화할 상대는 모트 같은 마법의 존재뿐이었다. 열 받지만 그게 현실이었다.

"오늘 밤에는 돌아오셔?"

셀레이나가 물었지만 모트는 알면서 왜 묻느냐는 듯 심드렁하게 대꾸했다.

"아니. 지난 몇 달 동안 너를 도와주느라 기운을 거의 다 소진하셨어."

"그래서? 아주…… 사라지셨어?"

"당분간……. 기운을 회복하실 때까지 안 오실걸."

셀레이나는 팔짱을 끼고는 깊고 길게 숨을 들이마셨다. 무덤 안은 지난번에 왔을 때와 달라진 게 없었다. 무덤 한가운데에는 석관 두 개가 나란히 놓여 있었다. 하나는 엘레나의 남편이자 아달렌 왕국의 초대 왕인 개빈 왕의 석관이고, 다른 하나는 엘레나 왕비의 석관이었다. 두 석관의 윗면에는 부부의 모습이 마치 지금도 살아 있는 듯 기괴할 정도로 생생하게 조각되어 있었다. 석관 측면으로 흘러내린 엘레나의 은색 머리카락, 그녀의 머리에 씌워진 왕관, 그녀가 인간과 페이 요정의 혼혈임을 나타내는 섬세한 뾰족 귀. 엘레나의 발쪽에 새겨진 글귀에 셀레이나의 시선이 닿았다. '아! 시간의 균열이여!(Ah! Time's Rift!)'

엘레나의 아버지이며 페이 요정이고 테라센 왕국의 초대 왕인 브래넌 왕이 이 석관에 직접 새겨 넣은 글귀라고 했다.

이 무덤은 전체적으로 특이했다. 바닥에는 별들이, 아치형 천장에는 나무와 꽃 모양 조각이 있었고 벽에는 온통 워드 문자가 새겨졌다. 워드 문자는 아직도 마법의 힘을 발휘할 수 있는 고대 상징이었다. 셀레이나가 알기로 네히미아와 그녀의 가문이 오랫동안 비밀로 지켜온 문자인데, 케인이 그것을 알아내 꽤 높은 수준으로 숙달했다. 왕이 워드 문자의 힘에 대해 알게 되고, 예전의 케인처럼 이 문자로 마법의 짐승을 소환할 수 있다는 것까지 알게 되면, 왕은 무한한 악의 기운을 에렐리아에 풀어놓을 것이다. 그렇게 되면 왕의 계획은 더욱 치명적인 결과를 초래할 게 분명했다.

"엘레나 왕비께서는 네가 다시 이 무덤으로 납시면 전해주라고 말씀을 남기셨어."

모트가 말했다.

셀레이나는 넘실대는 파도 앞에 서 있는 기분이었다. 높게 솟은 그 파도가 어서 내려와 부서지기를 기다렸다. 전언을 굳이 지금 들을 필요가 있을까. 들어봤자 무거운 짐만 더 지게 될 텐데. 조금이라도 더 자유를 누리고 싶었다. 셀레이나는 보석과 금, 보물이 그득 담긴 상자들이 쌓여 있는 무덤 뒤쪽으로 걸음을 옮겼다.

맨 앞에는 개빈 왕의 전설적인 칼 다마리스와 갑옷이 놓여 있었다. 다마리스의 칼자루는 은빛이 도는 금으로 되어 있었고, 칼자루 끝에는 눈 모양의 작은 장식 외에 다른 장식은 붙어 있지 않았다. 금반지 모양으로 된 장식의 한가운데는 보석 없이 휑했다. 전설에 따르면, 개빈은 다마리스를 만들면서 진실을 깨달은 후 왕이 되었다고 했다. 뭐 그저 그런 개소리였다.

다마리스의 칼집에도 워드 문자 몇 개가 장식으로 새겨져 있었다. 여기서는 모든 게 빌어먹을 상징들과 연결되었다. 셀레이나는 인상을 쓰면서 개빈 왕의 갑옷을 살펴보았다. 갑옷의 금으로 된 앞면에는 패이고 찍히고 긁힌 자국이 남아 있었다. 아마 전투 때 생겨난 자국일 것이다. 악마와 죽은 자의 군대를 이끌고 대륙을 휩쓴 어둠의 군주 에라완과의 전투 때도 개빈 왕은 이 갑옷을 입지 않았을까. 그 당시는 왕국들이 쉴 새 없이 전쟁을 벌이던 시절이었다.

엘레나는 자기도 전사였다고 말했다. 하지만 엘레나의 갑옷은 보이지 않았다. 그녀의 갑옷은 어디로 사라졌을까? 어느 왕국의 성안에서 잊힌 채 잠들어 있으려나.

오래전에 잊힌 존재. 전설은 용맹한 전사였던 엘레나 공주를 탑 안에 갇혀 있다가 개빈에게 구출된 아리따운 아가씨 정도로 축소시켜 버렸다.

셀레이나는 모트에게 물었다.

"다 끝난 게 아닌 거야?"

"아니지 그럼."

모트는 목소리를 한껏 낮췄다. 몇 주, 아니 몇 달 동안 셀레이나가 두려워하던 순간이었다.

무덤 안으로 흘러드는 달빛이 한층 더 흐릿해졌다. 곧 월식이 완성되면 초를 켜두어도 무덤 안은 캄캄해질 것이다.

셀레이나는 한숨을 푹 쉬며 말했다.

"그래 전언이라니 들어나 보자."

모트는 헛기침을 한 후, 여왕의 목소리를 기괴하게 흉내 내며 전언을 읊었다.

"너를 편안히 쉬게 내버려 둘 수 있었으면 그렇게 했을 것이야. 하지만 살면서 내려놓을 수 없는 짐이 있다는 것쯤은 이제 너도 알겠지. 좋든 싫든 넌 이 세상의 운명과 결합돼 있단다. 왕의 전사로서 너도 어느 정도 권력을 손에 쥐게 되었으니, 수많은 이들의 삶을 바꿀 수 있을 거다."

셀레이나는 속이 뒤집힐 것 같았다.

모트의 입에서 나온 단어들이 무덤 안에 울려 퍼졌다.

"케인과 리더락은 에렐리아가 처한 위험의 시작에 지나지 않아. 이 세상을 집어삼킬 훨씬 더 무시무시한 힘이 도사리고 있다."

"나더러 그 힘을 찾아내라는 건가?"

"그래. 너를 이끌어줄 단서들이 있다. 그 징후들을 찾아내 따라야 해. 왕이 정한 암살 대상을 죽이지 않고 살려주는 것은 이 일의 미약한 시작에 지나지 않아."

셀레이나는 나무가 새겨진 천장 너머 그 위의 도서관과 그 너머까지 볼 수 있는 듯, 멍하니 천장을 올려다보며 중얼거렸다.

"오늘 밤에 성안 복도에서 괴상한 사람을 봤어. 아니, 사람이 아닌지도 몰라. 그 존재 때문에 내 부적이 빛을 발했어."

모트는 흥미가 동한 목소리로 물었다.

"인간이 아니었나?"

"모르겠어. 인간 같지는 않았어." 셀레이나는 가슴을 진정시키려 눈을 감고 숨을 들이마셨다. 그녀는 수개월을 참고 기다려왔다. "이 모든 게 왕과 연결돼 있지? 끔찍한 것들 전부가. 엘레나 여왕님도 왕이 어떤 힘을 가졌는지, 왕이 어떤 위험을 초래하려고 하는지 알아내라고 나한테 명령하셨잖아."

"답을 알고 있으면서 뭘 물어."

셀레이나의 가슴이 두려움과 분노로 쿵쾅거렸다. 아무리 생각해도 그녀는 답을 알지 못했다.

"여왕이 그렇게 대단한 힘을 갖고 있고 아는 것이 많으면 직접 왕의 힘의 원천을 찾아내면 되잖아."

"그건 네 운명이고 네가 책임지고 해야 할 일이야."

"운명 같은 소리 하고 있네."

"리더락한테서 목숨을 보전한 소녀에 대해 생각해봐. 그 소녀는 사우인 축제* 때 어떤 힘에 이끌려 이 무덤으로 내려와 다마리스를 발견했어. 그 칼이 여기 있다는 걸 안 거지."

셀레이나는 문 쪽으로 한 걸음 다가가며 받아쳤다.

"그래, 그 소녀는 엔도비어 소금광산에서 1년을 살았어. 소녀는 신들이 우리 삶에 쥐뿔도 관심이 없다는 걸 잘 알고 있었어. 우리가 발밑의 벌레에게 아무런 관심이 없듯이." 셀레이나는 모트의 빛나는 얼굴을 쏘아보며 덧붙였다. "생각할수록 내가 왜 에렐리아를 도와야 하는지 이유를 모르겠어. 신들은 우리를 도울 생각이 전혀 없어 보이는데."

"설마 진심은 아니겠지."

셀레이나는 칼자루를 손에 쥐며 대꾸했다.

---

* 매년 11월 1일에 열렸던 고대 켈트족의 축제이다. 보이지 않는 것들과 죽은 자들에 관한 미신을 바탕으로 축제를 벌인다는 점에서 할로윈의 기원이라 할 수 있다.

"진심이야. 그러니까 엘레나 여왕한테 이제부터는 다른 바보를 찾아서 데리고 놀라고 전해."

"너무 늦기 전에 왕의 힘의 원천이 무엇이며 왕이 어떤 계획을 세우고 있는지 네가 알아내야 해."

셀레이나는 코웃음을 쳤다.

"내 말 못 알아들었어? 이미 늦었다니까. 이미 수년이나 뒤처졌어. 10년 전만 해도 세상에 영웅들이 차고 넘쳤는데, 그때 엘레나 여왕은 마음에 드는 영웅을 골라잡지 않고 뭐 했대? 세상이 그들을 원할 때, 테라센 왕국의 영웅들이 아달렌의 군대에 밀리고 사냥당해 죽임을 당할 때 엘레나 여왕은 어디서 무슨 엉뚱한 짓을 하고 있었지? 왕국들이 아달렌의 왕에게 차례로 무너져갈 때 엘레나 여왕은 어디 있었냐고?" 셀레이나는 눈에 불이 일었지만 이내 마음속 깊고 어두운 곳으로 고통을 가라앉혔다. "세상은 이미 끝장났어. 난 더 이상 멍청한 심부름은 안 해."

모트가 눈을 가늘게 떴다. 무덤 안을 비추던 달빛이 사라지고 월식이 완전하게 이루어졌다. 모트는 여전히 여왕의 목소리로 말했다.

"네가 잃은 것에 대해서는 유감으로 생각해. 그날 밤 네 부모의 죽음도 유감이고……."

"우리 부모님에 대해서는 입에 올리지도 마." 셀레이나는 모트에게 삿대질을 하며 날카롭게 내뱉었다. "네가 마법의 존재든, 엘레나 여왕의 종이든, 내 상상의 산물이든 상관없어. 내 부모님에 대해 또다시 지껄였다간 이 문을 완전히 박살 내버릴 줄 알아."

모트는 그녀를 가만히 노려보다가 지껄였다.

"너 이렇게까지 이기적이었니? 이렇게까지 비겁했어? 오늘 밤에 왜 여기로 내려왔지, 셀레이나? 우리를 도우려고? 아니면 너 자신을 도우려고? 엘레나 여왕께서 너에 대해…… 네 과거에 대해 내게 말해주셨어."

"닥쳐."

셀레이나는 계단을 성큼성큼 올라갔다.

CHAPTER 7

셀레이나는 새벽이 밝기도 전에 머리가 욱신거려 눈을 떴다. 침대 옆 탁자에 놓아둔 초가 거의 다 녹아 있는 걸 보니 무덤에서 모트라는 노커를 만난 게 끔찍한 악몽 속에서 벌어진 일은 아니었던 모양이었다. 그녀의 방 저 아래에, 고대의 생기 주문으로 만들어진 말하는 문 노커가 존재하는 것이다. 괜히 내려갔다가 인생만 더 복잡하게 꼬여버렸다.

끄응 하고 신음을 내뱉으며 베개에 도로 얼굴을 묻었다. 어젯밤에 셀레이나가 한 말은 진심이었다. 이 세상은 이미 구제 불능의 상태였다. 세상이 얼마나 위험해졌는지 셀레이나는 직접 겪어서 잘 알고 있었다. 그런데 여기서 얼마나 더 위험해져야 할까. 복도에서 본 그 괴이한 존재는…….

몸을 돌려 침대에 바로 누웠다. 플릿풋이 촉촉한 코를 그녀의 볼에 갖다 댔다. 플릿풋의 머리를 한가롭게 쓰다듬으며 천장을 올려다보았다. 흐릿한 회색을 띤 새벽빛이 커튼으로 스며들고 있었다.

인정하고 싶지 않지만 모트의 말이 옳았다. 셀레이나는 복도에서 본 존재를 엘레나가 처리해주기를 바라고 무덤으로 내려갔다. 직접 손댈 필요 없이 엘레나에게 맡기고 마음을 놓고 싶었다.

왕은 '내 계획'이라고 말했다. 엘레나가 셀레이나에게 왕의 계획에 대해 알아내라고, 왕의 힘의 원천을 찾아내라고 한 걸 보면…… 그리 좋지 않은 계획임이 분명했다. 캘라컬라와 엔도비어에 노예들을 처넣는 것보다, 반역 세력을 추가로 진압하는 것보다 더 지독한 계획일 것이다.

천장을 한참 올려다보고 있는데 두 가지 생각이 떠올랐다.

첫째, 왕이 초래할 위협적인 요소를 자신이 앞질러 알아내지 못하면 훗날 치명적인 결과를 초래할지도 모른다는 생각이었다. 엘레나 여왕은 셀레이나에게 그 계획에 대해 알아내라고 했지 망쳐놓으라는 말까지 하지는 않았다. 왕을 대적해야 한다고도 하지 않았다. 그나마 다행이었다.

둘째, 아처와 얘기를 나눠봐야겠다는 생각이었다. 아처에게 긴밀히 접근해서 그를 죽은 자로 위장할 방법을 알아내야 했다. 아처가 정말 반역 세력의 일원이면, 왕이 무슨 짓을 꾸미는지도 알고 있을 것이다. 그럼 셀레이나는 왕을 염탐하면서 힘겹게 진실을 파헤치지 않아도 된다. 하지만 아처에게 한 걸음 더 다가갔다가는…… 모든 게 엉망이 되어 목숨이 위험해질 수도 있었다.

일단 서둘러 목욕부터 했다. 제일 좋고 따뜻한 옷으로 갈아입은 뒤 케이올을 찾아갔다.

이제 우연을 가장해 아처 핀을 만나볼 시점이었다.

전날 밤에 내린 눈 덕분에, 몇몇 불쌍한 하인들이 거리로 나와 리프트홀드에서 가장 부유한 구역에 쌓인 눈을 치우고 있었다. 이곳 상점들은 연중 문 닫는 날이 없었다. 보도가 미끌거리고 자갈길이 눈 녹은 물로 진창이 되었어도, 그날 오후 리프트홀드는 한여름과 마찬가지로 사람들로 북적거렸다.

셀레이나는 지금이 여름이면 얼마나 좋을까 생각했다. 진창길이 된 거리를 걷다 보니 담청색 드레스의 끄트머리부터 젖어 올라왔다. 더럽게 추워서 하얀 털 망토로는 한기를 물리칠 수도 없었다. 셀레이나는 케이올에게 바짝 붙어 부산한 대로를 걸었다. 케이올이 아처를 처리하는 일을 돕게 해달라고 하도 성가시게 굴어서, 오늘 그나마 덜 위험한 일을 함께하려고 그를 데리고 나왔다. 그래야 그만 조를 테니까. 대신 근위대장 제복 말고 다른 평범한 옷을 입으라고 단서를 달았다.

케이올에게 평범한 옷이란 검은색 튜닉이었다.

다행히 거리에서 관심을 갖고 그들을 쳐다보는 사람은 없었다. 상점들이 워낙 많고 오가는 이들도 많은 거리였다. 아, 셀레이나는 온갖 좋은 물건들을 사고파는 이 거리를 너무나도 좋아했다! 거리에는 보석 가게, 모자 가게, 과자점, 구두점이 즐비했다. 예상대로 케이올은 상점의 진열장 안에 놓인 예쁜 물건들에 눈길도 주지 않고 성큼성큼 걷기만 했다.

여느 때와 마찬가지로 윌로우스 찻집 앞에는 사람들이 잔뜩 몰려 있었다. 셀레이나가 알기로 아처는 늘 이 찻집에서 점심을 먹었다. 매일 다른 남창 몇몇과 어울려 여기서 식사를 하는 듯했다. 리프트홀드의 상류층 여성들 대부분이 여기서 즐겨 식사를 한다는 점과 전혀 무관하지는 않을 것이다.

셀레이나는 케이올의 팔을 잡아끌고 그 찻집 앞으로 다가갔다. 그리고 그에게 팔짱을 끼며 노래하듯 속삭였다.

"당신은 지금 아무나 잡아서 두들겨 팰 것 같은 걸음걸이에요. 계속 그렇게 걷다가는 아처가 뭔가 잘못됐다는 낌새를 챌 거예요. 다시 한번 말하지만, 아처랑은 말을 섞지 말아요. 아처랑 얘기를 나누고 그를 유혹하는 건 내가 해요."

케이올은 눈썹을 치켜떴다.

"내가 무슨 장식이야?"

"당신을 장식으로 달고 온 것만으로도 고맙게 여겨요."

그는 나지막하게 투덜거렸다. 셀레이나가 들으면 별로 좋아하지 않을 말이었다. 그래도 그는 좀더 우아해 보이기 위해 걷는 속도를 늦췄다.

돌과 유리를 써서 아치 모양으로 만든 찻집 출입문 앞에서는 고급 마차들이 계속 오갔고, 사람들은 마차에 올라타거나 내리며 찻집을 드나들었다. 셀레이나와 케이올도 마차를 타고 올 수도 있었다. 날씨가 추운 데다 드레스가 이렇게 진창에 젖을 줄 알았으면 마차를 타고 왔을 것이다. 하지만 어리석게도 셀레이나는 근위대장의 팔짱을 끼고 거리를 걸으면서 도시를 구경하고 싶었다. 비록 케이올이 모퉁이 너머마다, 골목 구석마다 위험 요소가 도사리고 있는 듯 시종일관 사방을 경계하며 걸었지만 말이다. 생각해보니, 마차를 타고 왔으면 찻집에 들어가기도 더 수월했을 듯했다.

윌로우스 찻집은 회원제로 운영되고 있었는데 회원 자격을 얻기가 쉽지 않았다. 어렸을 때 셀레이나는 에로밴 헤멜 덕분에 여기서 몇 번 차를 마신 적이 있었다. 도자기 찻잔이 달그락대는 소리, 두런두런 나누는 얘기 소리, 민트색과 크림색 페인트로 칠해진 방, 아름다운 정원이 내다보이는 찻집의 통창이 아직도 셀레이나의 기억에 남아 있었다.

"설마 저기 들어가는 건 아니겠지."

케이올의 이 말은 질문이 아니었다.

셀레이나는 고양이처럼 짓궂게 웃으며 대꾸했다.

"설마 찻집 안의 고루한 할머니들과 깔깔대는 젊은 여자들이 무서운 건 아니죠?" 그가 돌아보자 셀레이나는 그의 팔을 쓰다듬으며 덧붙였다. "내가 어떻게 할 계획인지 다 설명했잖아요. 우린 저기서 자리가 날 때까지 기다리는 척만 할 거예요. 그러니까 안절부절하지 말아요. 저 여자들이 당신을 할퀴려 달려들지는 않을 테니 들어가서 싸울 일도 없어요."

"다음번 훈련 때 너를 흠씬 패줘야겠어."

그들은 아름답게 차려입은 여자들 사이를 비집고 찻집 쪽으로 향했는데, 방금 케이올의 말을 들었는지 어떤 노부인이 그를 쏘아보았다. 셀레이나는 노부인에게 미안하다는 눈빛과 함께 '남자들이 그렇죠 뭐!'라고 말하는 듯 짐짓 화난 표정을 지어 보였다. 그러면서 케이올의 두툼한 겨울용 튜닉을 손톱으로 꾹 누르며 나지막하게 나무랐다.

"입 다물고 아무 생각 없는 장식 노릇이나 제대로 해요. 그렇게 어려운 일도 아니잖아요."

그러자 케이올은 그녀의 팔을 슬쩍 꼬집었다. 다음번 훈련 시간에 땀이 뻘뻘 나도록 훈련시켜주겠다는 뜻인 듯했다. 셀레이나는 피식 웃었다.

쌍여닫이 문으로 이어지는 계단 아래에 자리를 잡은 셀레이나는 회중시계를 힐끗 들여다보았다. 아처는 대개 오후 두 시에 점심을 먹기 시작해서 90분 안에 식사를 끝마치는 편이었다. 그러니 이제 곧 그가 이 찻집을 나설 시간이었다. 셀레이나가 작은 동전 지갑에서 동전을 찾는 시늉을 하는 동안 케이올은 다행히 입을 다물고 주변 사람들을 조용히 둘러보기만 했다. 예쁘게 차려입고 나온 여자들 중에 그들을 공격하려는 자가 있기라도 한 듯이 말이다.

그대로 몇 분이 지나자 셀레이나는 장갑 낀 손이 추위에 곱아드는 것 같았다. 사람들은 쉴 새 없이 찻집을 드나들었다. 찻집 앞에서 들어갈 생각도 않고 서 있는 셀레이나와 케이올을 주목하는 사람은 없었다. 잠시 후 앞문이 열리고 구릿빛 머리카락과 눈부신 미소를 가진 남자가 나타나자 셀레이나는 그리로 걸음을 옮겼다.

케이올은 능숙하게 셀레이나를 호위해 계단을 올라갔다. 그리고……

"어머!"

셀레이나는 떡 벌어진 근육질 어깨에 일부러 몸을 부딪치며 소리쳤다. 케이올은 셀레이나가 계단 아래로 굴러떨어지지 않도록 그녀의 등을 손으로 받치며 일으켜 세워주었다. 셀레이나는 눈을 들어 상대 남자를 바라보며……

눈을 한 번, 두 번 깜박였다.

깜짝 놀라 그녀를 쳐다보던 아름다운 얼굴의 남자가 환하게 웃으며 말했다.

"레이나?"

셀레이나는 미소를 지어 보일 작정이었지만 그가 예전 애칭으로 부르자 얼굴이 굳어졌다…….

"아처!"

케이올이 긴장하는 게 느껴졌지만 셀레이나는 그를 돌아볼 겨를이 없었다. 여전히 최고의 미모를 유지하고 있는 아처한테서 시선을 뗄 수가 없었다. 그는 잘생겼다기보다는 아름다웠다. 한겨울에도 피부는 황금빛을 띠었고 초록색 눈동자는…….

맙소사, 신이시여.

관능적인 입술선, 탐색 욕구를 불러일으키는 부드러움을 지닌 그의 입술은 예술 작품에 가까웠다.

어리둥절하던 아처는 별안간 고개를 흔들며 말했다.

"일단 계단에서 내려가자." 그는 계단 아래 거리를 큼직한 손으로 가리켰다. "너와 네 친구가 여기 예약을 한 게 아니면……."

"아, 우린 조금 전에 왔어요."

셀레이나는 케이올의 품에서 벗어나 계단을 내려갔다. 아처도 뒤따라 거리로 내려왔다. 힐끗 보니, 아처는 전문가가 재단한 튜닉과 바지를 입었고 무릎까지 오는 장화를 신었으며 묵직한 망토를 걸쳤다. 돈 냄새를 팍팍 풍기는 정도는 아니었지만 하나같이 비싸 보였다. 화려하고 부드러운 매력을 풍기는 일부 남창들과는 달리, 아처는 투박하고 남성적인 매력을 뿜어내는 편이었다.

넓은 근육질 어깨와 강한 체구, 상대의 마음을 알아주는 듯한 미소, 남성미를 품은 아름다운 얼굴에 매혹된 셀레이나는 그를 만나면 무슨 말을 할 작정이었는지조차 깜빡 잊었다가 겨우 기억해냈다.

그들은 사람들로 북적이는 거리에서 약간 떨어진 곳에 서서 서로를 바라보았다. 아처도 무슨 말을 해야 할지 당황한 표정이었다.

셀레이나는 다시 미소를 지으며 입을 열었다.

"오랜만이에요."

케이올은 말없이 한 걸음 뒤로 물러섰다. 얼굴에 웃음기는 전혀 없었다.

아처는 주머니에 두 손을 찔러 넣고 말했다.

"널 거의 못 알아봤어. 마지막으로 봤을 때 워낙 어린애여서. 그때 네 나이가…… 열세 살이었지 아마."

눈을 내리뜨고 있던 셀레이나는 발끈하며 그를 올려다보았다.

"난 더 이상 열세 살 어린애가 아니에요."

아처는 그녀를 머리부터 발끝까지 훑어보면서 느긋하고 섹시한 미소를 지었다.

"그래, 그래 보이네."

"당신은 몸집이 더 커진 것 같네요."

셀레이나도 그를 아래위로 훑어보며 말했다.

아처는 싱긋 웃었다.

"내 직업이 그렇잖아."

고개를 살짝 옆으로 돌린 아처는 아름다운 눈으로 케이올을 쳐다보았다. 케이올은 팔짱을 낀 채 저 옆에 서 있었다. 셀레이나가 기억하기로, 아처는 상대의 세세한 면까지 빠르게 파악하는 능력이 있었다. 리프트홀드 최고의 남창으로 자리매김한 것도 그런 능력 덕분일 것이다. 셀레이나가 자객들의 요새에서 훈련할 당시 아처도 수업에 참여한 적이 있었는데, 당시 그는 싸움도 꽤 잘하는 편이었다.

셀레이나는 아처를 쏘아보느라 여념이 없는 케이올을 돌아보았다.

"이 사람은 나에 대해 다 알아요."

셀레이나의 말에 아처는 긴장한 어깨에서 힘을 뺐다. 셀레이나를 보며 놀라고 흥미로워하던 아처의 얼굴에 연민이 깃들였다.

"어떻게 빠져나왔어?"

아처가 조심스레 물었다. 셀레이나가 케이올도 다 안다고 말했는데도, 아처는 셀레이나가 엔도비어에서 했던 일에 대해서는 굳이 언급하지 않았다.

"풀려났어요. 왕 덕분에. 지금은 왕을 위해 일하고 있어요."

아처는 다시 케이올을 눈여겨보았다. 셀레이나는 아처에게 한 걸음 다가서며 부드럽게 말했다.

"저 사람은 내 친구예요."

아처의 눈빛에 담긴 것은 의심일까 두려움일까? 그가 그런 감정을 품은 이유는 셀레이나가 온 세상이 두려워하는 폭군 밑에서 일한다고 해서일까, 아니면 반역 세력의 일원이라 숨길 게 많아서일까? 셀레이나는 최대한 태연하게 보이려 애썼다. 옛 친구를 만난 여느 평범한 여자처럼 편안하고 느긋해 보여야 했다.

아처가 물었다.

"네가 돌아온 걸 에로밴도 알아?"

셀레이나가 미처 예상하지 못한 질문이었다. 듣고 싶지 않았던 질문이기도 했다. 그녀는 대답 대신 어깨를 으쓱했다.

"그 사람은 사방에 눈을 두고 있으니 모를 리 없겠죠."

아처는 침통한 표정으로 고개를 끄덕였다.

"미안. 샘 소식은 들었어. 그날 밤 패런의 집에서 일어난 일에 대해서도." 그는 고개를 저으며 눈을 감았다. "정말…… 유감이야."

심장이 뒤틀리는 듯했지만 셀레이나는 고개를 끄덕였다.

"고마워요."

셀레이나는 케이올의 팔에 손을 얹었다. 문득 그를 느끼고 싶고, 그가 곁에 있다는 것을 확인하고 싶었다. 이런 얘기는 그만해야겠다는 생각에 셀레이나는 한숨을 쉬며 계단 위쪽의 찻집 유리문을 관심 있게 올려다보는 척했다.

"이만 들어가 봐야겠어요." 거짓말이었다. 셀레이나는 미소를 지어 보이며 말을 이었다. "수련하러 요새에 찾아오셨을 때 본 저는 비참한 꼬맹이였겠지만…… 그래도 내일 저녁 식사를 함께하는 건 어때요? 저녁 시간이 비는데."

"넌 그때도 나쁘지 않았어." 아처는 미소를 지으며 살짝 고개를 숙였다. "내일 선약이 있지만 시간을 조정하면 돼." 그는 망토 안쪽으로 손을 넣어 크림색 카드를 꺼냈다. 그의 이름과 주소가 적힌 카드였다. "만날 장소와 시간을 정해서 이 주소로 보내줘. 시간 맞춰 그리로 갈게."

아처가 떠난 후로 셀레이나는 줄곧 말이 없었다. 케이올은 하고 싶은 말이 넘치도록 많았지만 굳이 말을 붙이지 않았다.

어떤 얘기부터 시작해야 할지 알 수 없었다.

두 사람이 얘기를 나누는 동안 케이올은 아처의 예쁘장한 얼굴을 석조 건물의 벽에 처박고 싶었다.

케이올은 바보가 아니었다. 그는 셀레이나의 입가에 떠오른 미소와 붉어진 뺨이 연기가 아님을 알아챘다. 케이올은 그녀에게 어떤 권리도 주장할 수 없는 입장이고, 그녀에 대해 권리를 주장하는 것이 무엇보다 어리석은 짓임을 잘 알지만, 그녀가 아처의 매력에 휘둘린 모습을 보니 놈을 손봐주고 싶은 마음이 굴뚝같이 치솟았다.

셀레이나는 성으로 곧장 돌아가는 대신 도심의 부유층 거주지를 천천히 거닐었다. 거의 30분 정도 침묵을 지키고 나니 케이올도 마음이 어지간히 가라앉아 교양 있는 대화를 할 수 있는 상태가 됐다. 그가 물었다.

"레이나라고?"

아직 마음이 덜 가라앉은 듯했다.

그녀의 청록색 눈동자 속에 섞인 금색 줄무늬가 오후의 햇살을 받아 반짝거렸다.

“아까 우리가 나눈 대화에서 당신은 그게 제일 신경 쓰였나 봐요?”

그랬다. 제기랄. 그는 애칭 때문에 미칠 지경이었다.

“그를 잘 안다고 했지만 그 정도로 친한 사이였는지는 몰랐어.”

케이올은 또다시 고개를 치켜드는 낯설고 갑작스러운 감정을 애써 짓눌렀다. 셀레이나가 아무리 아처의 외모에 혹했다고 해도 그녀는 결국 그자를 죽이고 말 것이다.

“예전에 알고 지낸 사이였어요. 그걸 이용하면 반역 세력의 실체에 관한 정보도 얻어낼 수 있겠죠.” 셀레이나는 고급 주택들을 바라보았다. 이곳은 몇 블록 떨어진 곳에 있는 부산한 시내와는 달리 조용한 편이었다. “아처는 저를 진심으로 좋아한 몇 안 되는 사람들 중 하나예요. 몇 년 전 얘기지만요. 그래도 반역 세력이 왕을 어떻게 끌어내릴 생각인지, 어떤 사람들이 그 세력의 일원인지 조금이라도 알아낼 수 있지 않을까 싶어요.”

케이올은 아처가 셀레이나의 손에 죽을 처지라는 사실에 안도하면서도, 그런 생각을 하는 자신이 부끄러웠다. 그는 그 정도로 형편없는 인간이 아니었고, 영역을 중시하는 부류도 아니었다.

게다가 그는 셀레이나에 대해 어떤 권리도 주장할 수 없었다. 아처가 샘 얘기를 꺼냈을 때 셀레이나가 짓던 표정이 케이올의 마음에 걸렸다.

샘 코틀랜드의 죽음에 대해서는 얼핏 들은 적이 있었다. 셀레이나와 샘이 마음을 나눈 사이였는지는, 셀레이나가 그렇게 진한 사랑을 했는지는 미처 몰랐다. 붙잡혔던 날 밤, 셀레이나는 계약에 따라 피도 눈물도 없이 수금을 하러 간 게 아니었다. 케이올은 감히 상상조차 할 수 없는 상실감 때문에 복수를 하러 그 집에 찾아간 거였다.

그들은 조용히 거리를 걸었다. 셀레이나는 케이올에게 몸을 거의 붙이다시피 하고 걸음을 옮겼다. 케이올은 그녀를 가까이 당겨 안고 싶은 충동을 애써 참았다.

잠시 후 그녀가 불렀다.

"케이올?"

"음?"

"아처가 날 레이나라고 불렀을 때 정말 싫었어요. 그거 알아요?"

그의 입가에 미소가 번지면서 마음이 약간 놓였다.

"다음번에 당신을 열 받게 하려면 나도……."

"꿈도 꾸지 말아요."

그는 환하게 미소 지었다. 마주 미소 짓는 셀레이나를 보며 안도감이 밀려들자 그는 가슴이 철렁했다.

셀레이나는 그날 남은 시간 동안 아처를 멀찍이서 미행할 계획이었다. 그런데 찻집 앞을 떠나 걸어가는 동안 케이올은 왕이 그녀에게 그날 저녁에 열리는 공식 만찬에 참석해 근위대의 경호 임무를 보조하라는 명령을 내렸다고 전했다. 셀레이나는 어떻게든 핑계를 대고 빠져나갈 수도 있었지만, 굳이 의심스러운 행동을 해서 왕의 주목을 끌 필요는 없겠다는 결론을 내렸다. 이번에는 엘레나의 충고에 따르기로 했다. 왕은 물론이고 아달렌 왕국 전체가 그녀를 왕의 충실한 종으로 여기도록 연출할 필요가 있었다.

공식 만찬 장소는 궁전의 대연회장이었다. 어찌나 대단한 요리들이 차려졌는지, 셀레이나는 당장 대연회장 한가운데에 놓인 긴 식탁으로 달려가, 평의회 의원들과 멋지게 치장한 귀족들 앞에 놓인 접시에서 음식을 집어먹고 싶은 충동을 애써 자제해야 했다. 백리향과 라벤더로 양념한 양고기 구이, 오렌지 소스를 바른 오리고기, 골파 그레이비에 흠뻑 적신 꿩고기 등등…… 정말이지 참기 어려웠다.

케이올은 유리로 된 파티오 문 옆 기둥 앞에 셀레이나를 세워뒀다. 셀레이나는 가슴에 금색 와이번* 문양이 수놓인 왕실 근위병의 검은 제복을 입고 있지는 않았지만 옷 색깔이 어두워서 크게 눈에 띄지 않고 잘 섞여 들어갔다. 다른 이들과 멀찌감치 거리를 두고 서 있어서 그녀의 뱃속에서 꾸르륵대는 소리를 들을 사람은 없었다.

하급 귀족들을 위한 식탁들도 따로 마련되었다. 행사에 초대 받아 온 하급 귀족들은 흠잡을 데 없이 완벽한 차림이었다. 근위병들을 비롯해 모든 귀족들의 관심은 왕과 여왕이 가까운 친족 및 의원들과 모여 앉은 가운데 식탁에 쏠려 있었다. 짐승처럼 몸집이 큰 페링턴 공작도 그 자리에 동석했고, 도리언과 롤랜드는 근처에서 고귀하고 오만한 의원들과 얘기를 나누고 있었다. 다들 옷과 보석, 금으로 몸치장을 하고 이 방에 모여 앉기 위해 다른 왕국의 피를 쥐어짠 자들이었다. 그렇게 따지면 셀레이나도 그들과 크게 다르지 않았다.

셀레이나는 되도록 왕 쪽을 쳐다보지 않았는데 한 번씩 슬쩍슬쩍 볼 때마다 왜 왕이 굳이 이런 같잖은 행사에 참석했는지 의문이었다. 아무리 생각해도 답은 알 수 없었다. 왕이 이 사람들 앞에서 진의를 드러낼 만큼 어리석을 것 같지도 않았다.

케이올은 왕이 착석한 의자에서 제일 가까운 기둥 앞에 차려 자세로 서서 기민하게 사방을 둘러보았다. 그는 그날 오후에 손수 뽑은 수하들을 오늘 이 자리에 경비로 배치해놓았다. 이런 공적 행사에 왕

* 다리가 둘이고 날개가 있으며 꼬리 끝의 가시가 화살촉 모양인 상상의 동물.

과 왕족을 공격하러 올 만큼 정신 나간 작자는 아마 없을 텐데, 케이올은 그런 생각을 안 하는 듯했다. 셀레이나가 그 사실을 일깨워주려 했지만 케이올은 그녀를 똑바로 쳐다보면서 문제를 일으키지 말라는 말만 할 뿐이었다.

마치 그녀가 자살 행위나 다름없는 위험한 짓을 벌일 수도 있는 사람이라는 듯이.

왕이 자리에서 일어나 손님들에게 작별 인사를 하는 것으로 식사는 끝이 났다. 적갈색 머리카락의 조지나 왕비는 조용히 충실하게 남편 뒤를 따라 대연회장을 나갔다. 다른 손님들은 대연회장에 남아 이 식탁에서 저 식탁으로 자리를 옮기며, 왕이 있을 때보다 편안한 분위기 속에서 얘기를 나눴다.

도리언은 자리에서 일어섰고 롤랜드는 그의 옆에서 뛰어난 미모를 가진 젊은 여성 궁정인 세 명과 얘기를 나눴다. 롤랜드가 무어라 말을 하자 궁정인들은 웃으며 레이스 부채 너머로 얼굴을 붉혔고, 도리언의 입가에도 웃음기가 번졌다.

셀레이나가 보기에 도리언은 롤랜드를 좋아하지 않았다. 직감적으로 그렇게 느꼈고, 케이올의 얘기를 듣고 나서는 추측이 확신으로 굳어졌다. 다만…… 롤랜드의 에메랄드색 눈동자 속에 담긴 무언가가 마음에 걸렸다. 도리언을 롤랜드한테서 최대한 멀리 떼어놓아야 한다는 느낌이 들었다. 도리언도 위험한 게임을 하고 있었는데, 왕세자로서 주변 사람들과 신중하게 관계를 유지하며 줄타기를 해야 하는 입장이니 어쩔 수 없을 것이다. 이 문제에 대해서는 나중에 케이올과 얘기를 해봐야 할 듯했다.

생각해보니 얼굴이 찌푸려졌다. 케이올에게 이 문제를 의논하면 아마 지루한 설명으로 이어질 것이다. 차라리 만찬이 끝난 후 도리언에게 직접 경고를 해주는 편이 좋지 않을까 싶기도 했다. 도리언과의 연애 감정은 끝이 났지만 셀레이나는 여전히 도리언을 아꼈다. 여자 문제가 복잡하긴 해도 도리언은 왕세자답게 지적이고 다정하며 매력적이었다. 엘레나 왕비는 왜 도리언에게 접근해 왕의 계획에 대해 알아내려 하지 않았을까?

하긴, 도리언이 왕세자라도 부친이 마음에 품은 계획에 대해서는 잘 모를 수도 있었다. 만약 도리언이 부친의 악독한 계획을 알고 있다면 지금처럼 태연하게 행동하기는 어려울 것이다. 어쩌면 도리언은 차라리 모르는 게 나을 수도 있었다.

셀레이나가 도리언에게 어떤 감정을 갖고 있든, 도리언은 언젠가 왕이 되어 이 나라를 통치하게 될 것이다. 지금의 왕은 도리언에게 장차 어떤 군주가 될 것인지 선택하라고 강요할 것이다. 셀레이나는 도리언에게 지금 당장 그런 선택을 하라고 밀어붙이고 싶지 않았다. 아직은 아니었다. 부디 선택의 시기가 왔을 때 도리언이 아버지보다는 나은 왕이 되기를 기도할 뿐이었다.

도리언은 셀레이나가 자신을 바라보고 있음을 알아챘다. 셀레이나는 이 견디기 어려운 만찬 내내 그를 힐끔거렸다. 하지만 그녀의 눈길은 케이올 쪽으로도 향하곤 했는데, 케이올을 볼 때마다 그녀의 표정은 확연히 달라졌다. 얼굴선이 훨씬 부드러워지면서 깊은 생각에 잠기는 듯한 표정이었다.

셀레이나는 파티오 문 옆의 기둥에 느긋하게 서서 단검으로 손톱을 정돈하고 있었다. 아버지가 대연회장을 떠나서 다행이었다. 아버지가 셀레이나의 저런 모습을 봤으면 임무에 충실하지 않다고 호되게 나무랐을 것이다.

롤랜드가 앞에 선 세 여자에게 무어라 지껄이자 여자들은 또다시 웃어댔다. 도리언은 그 여자들의 이름을 듣자마자 잊어버렸다. 롤랜드는 도리언 못지않게 매력적이었다. 롤랜드의 모친도 이 자리에 참석했는데 아들에게 어울릴 만한, 즉 땅과 돈이 많은 집안 출신이라 메아의 영향력을 높이는 데 일조할 만한 신붓감을 찾으려는 모양이었다. 도리언이 보기에 롤랜드는 결혼식 밤이 되기 전까지 이 성에서 젊은 귀족의 특권을 한껏 누릴 듯했다.

롤랜드가 여자들과 시시덕대며 웃는 모습을 보고 있자니, 당장 롤랜드를 한 대 치거나 이 자리를 벗어나거나 둘 중 하나는 해야 할 듯했다. 하지만 이 지긋지긋한 궁전에서 오랫동안 살아온 도리언으로서는 따분해하는 표정을 짓는 것 외에 할 수 있는 일이 없었다.

도리언은 다시 셀레이나를 힐끗 쳐다보았다. 셀레이나의 시선은 케이올에게 향해 있었고, 케이올의 시선은 롤랜드에게 박혀 있었다. 도리언의 시선을 느꼈는지 셀레이나가 도리언을 돌아보았다.

도리언을 쳐다보는 그녀의 눈동자에는 별다른 감정이 담겨 있지 않았다. 전혀. 도리언은 별안간 화가 치밀었지만 애써 가라앉혔다. 셀레이나의 시선이 다시 옆으로 돌아가 케이올에게 꽂히자 도리언의 기분은 더욱 나빠져다. 더는 참을 수가 없었다.

롤랜드와 여자들에게 이만 가보겠다는 말조차 하지 않고 도리언은 그 자리를 떠나 대연회장에서 나갔다. 셀레이나가 그의 친구 케이올에게 어떤 감정을 느끼는지보다 더 중요하게 신경 써야 할 일이 많았다. 도리언은 세상에서 제일 큰 왕국의 왕세자였다. 언젠가 차지하게 될 왕관과 유리 왕좌에 매여 있는 몸이었다. 셀레이나는 바로 그 왕관과 왕좌를 위해, 도리언이 줄 수 없는 자유를 얻기 위해 남의 목숨을 끊는 일을 했다.

"도리언."

복도로 나서는데 누가 그를 불렀다. 그는 굳이 뒤를 돌아보지 않아도 그 목소리의 주인공이 셀레이나임을 알았다. 도리언은 자기도 모르게 빠른 걸음으로 대연회장을 나섰는데 셀레이나는 수월하게 그의 뒤를 좇아왔다. 도리언은 어서 대연회장에서 나가고 싶었을 뿐, 딱히 목적지를 정하고 나온 건 아니었다. 셀레이나는 그의 팔꿈치를 손으로 잡았다. 그는 이 와중에도 그녀의 손길을 음미하는 자신이 싫었다.

"왜 나왔어?"

그가 물었다.

그들은 사람들로 북적이는 홀 너머로 자리를 옮겼다. 셀레이나는 그의 팔을 잡아 세우며 물었다.

"무슨 일 있어요?"

"왜 꼭 무슨 일이 있어야 해?"

그가 진심으로 묻고 싶었던 건, 대체 얼마나 오랫동안 케이올을 좋아한 거야? 라는 질문이었다. 그런 거에나 신경을 쓰다니. 셀레이나와 함께 보낸 시간이 얼마인데, 제기랄.

"누구든 붙잡아서 벽에 처박아버릴 것 같은 표정이라서요."

그는 한쪽 눈썹을 치켜떴다. 대연회장에서 그는 인상 한 번 찌푸리지 않았다.

"왕세자님은 화가 나면 눈빛이…… 싸늘해져요. 멍해지기도 하고요."

"난 괜찮아."

그들은 조금 더 걸었다. 셀레이나는 그가 어디로 가든…… 계속 따라왔다. 그는 도서관으로 갈 생각으로 통로를 걸어갔다. 왕립 도서관으로 갈 작정이었다.

그는 감정을 다스리며 천천히 입을 열었다.

"할 얘기 있으면 해."

"왕세자님의 사촌이라는 분이 믿음이 안 가요."

도리언은 걸음을 멈췄다. 환한 빛이 드는 복도에는 그들 말고는 아무도 없었다.

"넌 롤랜드를 잘 알지도 못하잖아."

"직감이라고 해두죠."

"나쁜 녀석은 아니야."

"그럴 수도 있고 아닐 수도 있겠죠. 그분은 자기만의 속셈이 있어서 이 궁전에 들어왔을 거예요. 왕세자님은 똑똑하시니 남의 게임에서 졸 노릇이나 하시진 않겠죠. 한마디만 할게요. 롤랜드 경은 메아 사람이에요."

“그래서?”

“메아는 작고 영향력이 별로 없는 가난한 도시예요. 그렇다는 건 롤랜드 경은 여기 와서 잃을 게 별로 없고 얻을 게 많다는 뜻이겠죠. 그런 입장인 사람들은 위험한 짓을 하기도 해요. 무자비한 짓도요. 롤랜드 경은 할 수만 있으면 왕세자님을 이용하려 들 거예요.”

“엔도비어에서 온 자객이 왕의 전사가 되기 위해 나를 이용했던 것처럼?”

그 말에 셀레이나는 입을 꾹 다물었다가 잠시 후 물었다.

“저에 대해 그렇게 생각하시나 봐요?”

“어떻게 생각해야 할지 모르겠어.”

그는 고개를 돌렸다.

그러자 셀레이나는 호통치듯 목소리를 높였다.

“그럼 제 생각을 말씀드릴게요, 왕세자님. 왕세자님은 본인이 뭘 원하든, 누구를 원하든 쉽게 손에 넣는 것에 익숙해져 있어요. 그런데 이번에는 원하는 사람을 손에 넣지 못하게 되니까…….”

도리언이 그녀를 돌아보며 말을 끊었다.

“내가 뭘 원하는지 넌 몰라. 말할 기회조차 주질 않았잖아.”

셀레이나는 눈을 위로 굴렸다.

“지금 이런 얘기를 하려던 게 아니에요. 왕세자님의 사촌에 대해 경고해드리려고 온 거죠. 그런데 왕세자님은 신경도 안 쓰시네요. 왕세자님이 사촌의 꼭두각시 노릇을 하게 되도 신경 끊을게요. 지금도 이미 꼭두각시일지도 모르겠지만요.”

도리언은 당장 옆에 있는 벽을 주먹으로 치기 일보 직전인 상태로 입을 열었지만 셀레이나는 이미 저만치 가버리고 없었다.

◆◆◆

셀레이나는 칼테인 롬피에가 갇혀 있는 독방의 쇠창살 앞에 서 있었다.

한때 아름다운 숙녀였던 칼테인은 비참한 몰골로 벽 가까이에 웅크리고 앉아 있었다. 드레스는 흙으로 더럽혀졌고 풀어헤친 검은 머리카락은 잔뜩 떡이 졌다. 얼굴을 두 팔로 가리고 있었지만 피부는 땀으로 번들거렸고 약간 회색빛을 띠기까지 했다. 게다가 악취까지 풍겼다…….

시합 날 이후로 칼테인을 다시 보는 건 처음이었다. 그날 칼테인은 셀레이나가 케인에게 죽임을 당하게 하기 위해 셀레이나의 잔에 블러드베인이라는 독약을 탔다. 케인을 이기고 나서 셀레이나는 미친 듯이 악다구니를 쏟아내는 칼테인을 볼 겨를도 없이 시합장을 떠났다. 그 결과 칼테인이 한때 남자친구였던 페링턴 공작의 조종을 받아, 셀레이나의 잔에 독을 탔다고 얼떨결에 자백한 순간을 놓치고 말았다. 페링턴 공작은 칼테인의 말은 사실이 아니라고 부정했고, 칼테인은 여기로 끌려 내려와 처벌을 기다리는 신세가 되고 말았다.

그로부터 두 달이 지난 지금까지도 위에서는 칼테인을 어떻게 처리할지 결정하지 못했는데, 어쩌면 이 문제에 신경조차 쓰지 않을 수도 있었다.

셀레이나는 나지막하게 그녀를 불렀다.

"안녕, 칼테인."

칼테인은 고개를 들었다. 셀레이나를 알아본 그녀의 검은 눈동자가 번뜩였다.

"안녕, 셀레이나."

CHAPTER 9

셀레이나는 철창 쪽으로 한 걸음 다가갔다. 대변 볼 때 쓰는 물이 담긴 들통과 마실 물이 담긴 들통, 먹고 남은 음식 부스러기, 곰팡이 핀 건초로 만든 거친 요가 칼테인의 독방에 있는 물건의 전부였다.

이런 취급을 받을 만도 하지.

"비웃으러 왔니?"

한때 듣기 좋고 교양 있던 칼테인의 목소리는 쉰 속삭임으로 바뀌어 있었다. 이곳은 얼어붙게 추우니 칼테인이 병에 걸리지 않았다면 오히려 이상한 일일 것이다.

"물어볼 게 있어서."

셀레이나는 최대한 목소리를 낮춰 말했다. 경비병들이 셀레이나가 지하 감옥에 못 들어가게 막아서지는 않았지만 그들이 이 대화를 엿듣게 하고 싶지가 않았다.

"오늘은 바쁘니까 내일 다시 오든지 해."

칼테인은 돌벽에 머리를 기댄 채 웃었다. 흑단처럼 까만 머리카락을 풀어놓고 있으니 전보다 훨씬 어려 보였다. 아마 셀레이나와 비슷한 나이일 것이다.

셀레이나는 한 손으로 철창을 잡고 균형을 잡으며 카우치에 앉았다. 철창은 손가락이 떨어져나갈 만큼 차가웠다.

"롤랜드 하빌리아드에 대해 아는 게 있어?"

칼테인은 돌 천장을 올려다보며 되물었다.

"그가 여기 왔나 봐?"

"왕의 평의회 의원으로 임명됐어."

칼테인의 밤처럼 까만 눈이 셀레이나의 눈을 마주 보았다. 그 눈에는 광기뿐 아니라 경계심과 피로감이 깃들여 있었다.

"왜 나한테 물어?"

"그를 믿어도 되는지 알고 싶어서."

칼테인은 힘없이 웃었다.

"우리 중 믿어도 되는 사람은 아무도 없어. 롤랜드라면 더더욱 못 믿지. 그에 대해 내가 들은 얘기만 전해줘도 네 속에서 구역질이 올라올걸."

"어떤 얘기인데?"

칼테인은 피식 웃었다.

"이 감방에서 나가게 해주면 말해줄게."

셀레이나는 마주 웃으며 물었다.

"내가 그 안으로 들어가서 당신 입을 열어줄까?"

"그러지 마."

칼테인이 이렇게 말하며 몸을 움직인 순간, 셀레이나는 그녀의 손목에 난 멍 자국을 보았다. 끔찍하게도 손자국이 고스란히 멍이 되어 있었다.

칼테인은 두 팔을 치맛자락 속에 집어넣었다.

"페링턴이 날 찾아와 무슨 짓을 하든 야간 경비는 다른 곳을 보면서 외면하거든."

셀레이나는 입술 안쪽을 이로 깨물며 내뱉었다.

"유감이야."

진심이었다. 나중에 케이올을 보면 얘기해야겠다고 생각했다. 야간 경비에게 따끔하게 한마디 하도록.

칼테인은 볼을 무릎에 대고 중얼거렸다.

"페링턴이 모든 걸 망쳤어. 난 이유조차 몰라. 왜 나를 집으로 보내주지 않는 거야?"

칼테인의 넋 나간 듯한 목소리를 들으며 셀레이나는 엔도비어 소금광산 시절을 떠올렸다. 이 여자가 기억과 고통, 두려움에 완전히 사로잡히면 더 이상 대화도 불가능해질 것이다.

셀레이나가 나지막이 물었다.

"페링턴 공작과 가까운 사이였잖아. 그의 계획에 대해 들은 얘기 없어?"

위험한 질문이었다. 하지만 이 질문에 답을 줄 사람은 칼테인뿐이었다.

칼테인은 멍하게 쳐다보기만 할 뿐 대답이 없었다.

셀레이나는 일어서며 말했다.

"행운을 빌게."

칼테인은 몸을 달달 떨면서 두 손을 겨드랑이 밑으로 집어넣었다.

물에 독약을 탔던 걸 생각하면 여기서 얼어 죽게 둬야 맞을 것이다. 독방에 갇혀 있을 만한 사람이 갇혀 있으니 셀레이나는 웃는 얼굴로 이 지하 감옥을 나서야 옳았다.

칼테인은 셀레이나에게 하는 말이라기보다 혼잣말처럼 중얼거렸다.

"그들이 까마귀들을 부추겨서 이 근처를 날아다니게 해. 매일 두통이 심해지고 있어. 머릿속에 퍼덕대는 날갯소리가 가득 차서 두통이 점점 심해져."

셀레이나는 줄곧 무표정이었다. 그녀의 귀에는 까마귀가 우는 소리는커녕, 날갯짓 소리도 들리지 않았다. 지상에 까마귀들이 있다고 해도 이곳은 한참 깊은 지하라 까마귀 소리가 여기까지 닿을 리 없었다.

"무슨 뜻이지?"

하지만 칼테인은 최대한 체온을 유지하기 위해 또다시 몸을 잔뜩 웅크렸다. 밤에 이 감방이 얼마나 추울지는 굳이 생각하고 싶지 않았다. 아침에 눈을 뜰 수 있을지, 추위에 잡아먹힐지 알 수 없는 상황에서 작은 온기라도 품기 위해 저렇게 웅크리고 있는 게 어떤 기분인지 셀레이나는 누구보다 잘 알았다.

두 번 생각할 겨를도 없이 셀레이나는 입고 있던 검은 망토를 벗었다. 바닥에 말라붙은 오래된 토사물을 피해 창살 사이로 조심스럽게 망토를 던졌다. 이 여자가 아편에 중독됐다는 얘기는 들은 적이 있었다. 그런 여자가 아편도 없이 갇혀 있으니 미치기 일보 직전일 것이다. 애초에 미친 게 아니었다면 말이다.

칼테인은 무릎으로 떨어진 검은 망토를 내려다보았다. 셀레이나는 얼어붙게 추운 좁은 계단을 밟고 따뜻한 지상으로 올라가기 위해 그 자리에서 돌아섰다.

그때 칼테인이 들릴 듯 말 듯한 목소리로 중얼거렸다.

"가끔, 가끔은 저들이 나를 일부러 이곳에 보냈단 생각이 들어. 페링턴과 결혼시키기 위해서가 아니라 다른 목적 때문에. 그들은 나를 이용하려는 거야."

"무슨 목적?"

"그들이 말을 안 해줘. 그들은 여기로 내려와서 나를 쳐다보기만 하고 원하는 게 뭔지 말을 안 해. 기억도 잘 안 나. 기억이 전부…… 조각조각 부서졌어. 부서진 거울의 파편처럼 각각 다른 이미지를 품고 반짝거려."

이 여자는 미쳤다. 셀레이나는 가슴을 찌르는 말을 내뱉고 싶은 충동이 욱하고 올라왔지만 칼테인의 손목에 난 멍 자국을 떠올리며 화를 가라앉혔다.

"도와줘서 고마워."

칼테인은 셀레이나의 망토를 몸에 두르며 속삭였다.

"뭔가가 오고 있어. 난 그것을 맞이해야 해."

셀레이나는 자신도 모르게 지금껏 참고 있던 숨을 내쉬었다. 아무 의미 없는 대화였다.

"잘 있어, 칼테인."

칼테인은 조그맣게 웃었다. 셀레이나는 지하 감옥을 떠나 지상으로 올라갔지만 그 웃음소리가 귓가에 한참 더 맴돌았다.

◈◈◈

“개새끼들.”

네히미아가 찻잔을 어찌나 세게 움켜잡는지 저러다 찻잔을 깨뜨릴 듯했다. 네히미아와 셀레이나는 아침 식사가 담긴 큼직한 쟁반을 앞에 두고 셀레이나의 침대에 앉아 얘기를 나누고 있었다. 플릿풋은 두 사람이 음식을 한 입 먹을 때마다 부스러기가 떨어지길 기다리며 목이 빠지게 올려다보았다.

“경비들이 어떻게 그런 짓을 하는 걸 보고도 외면할 수 있죠? 어떻게 그 여자를 그런 상태로 둘 수가 있어요? 아무리 그래도 칼테인은 궁정의 일원인데. 그런 사람을 그렇게 취급하는 걸 보니, 그 아래 계급 출신 범죄자들을 어떻게 다룰지는 뻔해요.”

말을 마친 네히미아는 미안해하는 눈빛으로 셀레이나를 흘끔 쳐다보았다.

셀레이나는 어깨를 으쓱하며 고개를 가로저었다. 칼테인을 만나고 나와서 셀레이나는 아처를 미행하러 성을 나섰는데 앞이 거의 보이지 않을 정도로 거센 눈보라가 몰아쳤다. 눈 덮인 도시에서 한 시간 정도 미행을 하다가 결국 포기하고 성으로 돌아오고 말았다.

눈보라는 밤새 계속됐다. 눈이 잔뜩 쌓여 셀레이나는 평소처럼 케이올과 아침 달리기를 하러 나갈 수도 없었다. 그래서 같이 방에서 아침이나 먹자며 네히미아를 초대한 것이다. 마침 눈에 넌덜머리가 났던 네히미아도 기꺼이 셀레이나의 방으로 건너와 함께 따뜻한 이불을 덮고 앉았다.

네히미아는 쟁반에 차를 내려놓으며 말했다.

"칼테인이 어떤 취급을 받고 있는지 웨스트폴 근위대장에게 알려줘야 해요."

셀레이나는 스콘을 마저 먹은 뒤 폭신한 베개에 등을 기대고 앉았다.

"말했어요. 처리하겠대요."

셀레이나가 칼테인에 대해 고하고 얼마 후 케이올은 방으로 돌아왔다. 그때 셀레이나는 그의 방에서 책을 읽고 있었다. 케이올의 튜닉은 구겨져 있었고 손가락 관절은 벌겋게 쓸렸으며 밤색 눈동자는 살벌하게 빛나고 있었다. 지하 감옥 경비병이 얼마나 크게 혼이 났을지 짐작이 되고도 남았다. 아마 지하 감옥에는 새로운 경비병이 배치되었을 것이다.

네히미아는 쟁반에서 음식을 훔쳐 먹으려는 플릿풋을 발로 슬쩍 밀면서 입을 열었다.

"궁전이 늘 이렇지는 않았어요. 사람들이 명예와 충성심을 높게 평가하던 시절이 있었죠. 두려움 때문에 군주에게 복종하지 않던 시절이었어요."

네히미아가 고개를 가로젓자 끄트머리가 황금색인 땋은 머리가 달랑거렸다. 이른 아침의 햇살을 받은 공주의 개암 열매 색 피부는 매끈하고 사랑스러웠다. 동이 트자마자 이렇게 아름다운 얼굴일 수 있다니 이건 좀 불공평했다.

네히미아가 계속해서 말했다.

"명예를 중시하던 풍조는 아달렌 왕국에서 수 세대를 거치며 사라졌어요. 몰락하기 전까지 테라센 왕국은 그런 면에서 모범을 보였죠.

아버지께서는 테라센 왕실 이야기를 종종 들려주셨어요. 올론 왕을 가까이서 모시던 전사들과 귀족들, 누구보다 강력한 힘과 용기와 충성심을 지녔던 사람들 얘기였죠. 아달렌의 왕이 테라센을 제일 먼저 공격한 이유도 그래서였어요. 테라센이 제일 강한 왕국이니까, 테라센이 군대를 일으켜 저항하기 시작하면 아달렌은 감당할 수 없을 테니까. 아버지께서는 지금도 말씀하세요. 테라센이 다시 일어서면 아직 기회가 있을 거라고, 아달렌에게 제대로 위협이 될 거라고요."

셀레이나는 벽난로를 물끄러미 바라보다가 대꾸했다.

"저도 알아요."

네히미아가 그녀를 돌아보며 물었다.

"테라센 같은 왕실이 재건될 수 있을 거라고 생각해요? 테라센이 아니라 다른 곳에 근거를 둔 세력이라도요. 내가 듣기로, 웬들린 왕실은 아직도 옛 방식을 따르고 있다는데 그들은 대양 건너에 있으니 우리에겐 영향을 미치지 못하겠죠. 아달렌의 왕이 우리 땅을 침략해 우리 백성들을 노예로 삼는 동안 웬들린 왕국은 우리를 외면했어요. 지금도 도움을 주지 않고 있고요."

셀레이나는 괜한 소리 말라는 뜻으로 손을 휘저으며 콧방귀를 뀌었다.

"아침 식사를 하면서 나누기엔 지나치게 무거운 주제 같네요." 셀레이나는 토스트를 한 입 크게 베어 물었다. 곁눈질로 보니 네히미아는 여전히 생각에 잠긴 표정이었다. "왕에 관한 소식은 있어요?"

네히미아는 혀를 찼다.

"왕은 롤랜드라는 풋내기를 평의회 의원으로 앉혀 놨어요. 아무래도 롤랜드가 나를 다루는 일을 맡게 될 것 같아요. 지금까지는 멀리슨 의원이 나를 관리해왔는데 이번에 캘라컬라 노동수용소 업무를 맡게 됐으니 나를 계속 관리하는 건 무리겠죠. 롤랜드는 나를 회유하려 들 거예요."

"누구더러 유감이라고 해야 할지 모르겠네요. 공주님인지 롤랜드 경인지."

네히미아가 옆구리를 툭 치자 셀레이나는 공주의 손을 밀쳐내며 쿡쿡 웃었다. 두 사람의 시선이 잠시 딴 데 팔린 틈을 타 플릿풋이 쟁반에서 베이컨 한 조각을 낚아챘다. 셀레이나가 소리쳤다.

"이 뻔뻔한 도둑아!"

플릿풋은 침대에서 훌쩍 뛰어내려 벽난로 앞으로 후다닥 달려갔다. 그리고 셀레이나의 눈치를 보면서 베이컨을 먹어치웠다.

네히미아는 웃음을 터뜨렸다. 셀레이나도 같이 웃다가 플릿풋에게 베이컨 한 조각을 더 내주었다.

"오늘은 종일 침대에 있어야겠어요."

셀레이나는 이렇게 말하며 베개에 머리를 기대고 털썩 드러누워 이불 속으로 기어 들어갔다.

"나도 그러고 싶은데." 네히미아는 땅이 꺼져라 한숨을 내쉬며 덧붙였다. "할 일이 있어요."

사실 셀레이나도 마찬가지였다. 아처와 저녁 식사를 함께하기로 약속을 했으니 슬슬 외출 준비를 해야 했다.

CHAPTER 10

그날 오후, 도리언은 붉은 망토에 묻은 눈을 털고 몸을 떨며 개 사육장으로 들어갔다. 케이올도 그 옆에서 두 손을 모아 입에 대고 입김을 호오 불었다. 그들은 바닥에 깔아놓은 지푸라기를 버스럭버스럭 밟으며 서둘러 안쪽으로 발을 옮겼다. 도리언은 겨울이 싫었다. 추위도 견디기 힘들었고, 겨울에는 장화도 바싹 마르지 않았다.

그들이 개 사육장을 통해 성으로 들어가는 이유는 도리언의 열 살짜리 남동생 홀린을 피해 성안으로 들어갈 수 있는 제일 쉬운 길이기 때문이었다. 그날 아침 학교에서 성으로 돌아온 홀린은 재수 없게 그의 눈에 띈 사람은 누구든 붙잡고 악을 쓰며 떼를 부렸다. 홀린은 동물을 싫어하니 그들을 찾으러 개 사육장으로 올 일은 없을 터였다.

두 사람은 개들이 짖고 낑낑대는 소리를 들으며 걸어갔다. 도리언은 한 번씩 멈춰 서서 좋아하는 개와 인사를 나누곤 했다. 홀린을 위해 마련된 저녁 만찬 자리를 피할 수만 있다면 여기서 종일이라도 보낼 수 있을 것 같았다.

"어머니는 어쩌자고 그 녀석을 학교에서 데려오셨는지 모르겠어."

도리언이 중얼거렸다.

"아들이 그리우셨겠지."

개 사육장 안은 바깥에 비하면 따뜻한 편이었지만, 케이올은 두 손을 마주 대고 문질렀다.

"폐하께 맞서려는 반역 세력이 힘을 키워가고 있다는 얘기도 들려오고 있어. 폐하께서는 반역 세력을 제거할 때까지 홀린을 품에 끼고 싶으실 거야."

셀레이나가 반역자들을 전부 죽일 때까지, 라는 말은 굳이 하지 않았다.

도리언은 한숨을 쉬었다.

"어머니가 이번에는 홀린을 위해 얼마나 터무니없는 선물을 준비하셨을지 상상도 안 돼. 지난번 선물이 뭐였는지 기억나?"

케이올은 싱긋 웃었다.

그는 지난번 조지나 왕비가 어린 둘째 아들에게 준 선물을 어렵지 않게 떠올렸다. 홀린이 직접 몰고 다닐 수 있게 제작된, 작은 황금 마차를 끄는 네 마리의 하얀 조랑말들이었다. 홀린은 그 마차를 몰고 다니며 조지나 왕비가 아끼는 정원을 절반가량 짓이겨놓았다.

케이올은 개 사육장 끄트머리의 문을 향해 걸어갔다.

"동생을 영원히 안 보고 사실 수는 없잖아."

근위대장은 이렇게 말하면서 언제나 그랬듯, 위험하거나 위협적인 요소가 있는지 확인하려 사방을 경계했다. 함께한 지 몇 년이 지났으니 도리언은 이런 상황에 익숙해졌지만 여전히 자존심이 살짝 상하기는 했다.

그들은 유리문을 지나 성안으로 들어갔다. 홀에 불이 피워져 있어 따뜻하고 환했다. 상록수로 만든 화관과 화환이 아치 길과 식탁 위를 장식했다. 케이올에게는 그런 장식들 하나하나가 적이 숨을 만한 곳으로 보였다.

"학교에서 몇 달이나 지냈으니 홀린 왕자도 달라졌겠지. 좀더 성숙해졌을 거야."

"자네는 작년 여름에도 그 말을 했어. 그런데 홀린이 또 내 속을 뒤집어서, 내가 녀석의 옥수수를 죄다 뽑아놓으려고 했지."

케이올은 고개를 절레절레 흔들었다.

"내 남동생은 내가 무서워서 말대답도 제대로 못해.

도리언은 놀란 기색을 비치지 않으려 애썼다. 아니엘 시의 후계자였던 케이올은 스스로 그 지위를 내려놓았고 그 후 수년 동안 가족과 왕래하지 않았다. 가족에 대해 입에 담는 일도 극히 드물었다.

도리언은 케이올과 의절한 케이올의 아버지를 기꺼이 죽여줄 마음도 있었다. 케이올의 아버지는 케이올이 가족들을 리프트홀드로 데려와 아달렌의 왕과 만나게 했다는 이유로 케이올과 부모 자식의 인연을 끊어버렸다. 케이올이 말은 안 했지만 도리언은 그의 마음에 얼마나 깊은 상처가 났을지 충분히 짐작이 됐다.

도리언은 크게 한숨을 쉬며 말했다.

"내가 왜 오늘 만찬 자리에 가야 되는지 이유를 상기시켜줘."

"왕세자님이 그 자리에 참석해 공식적으로 동생을 반겨주지 않으면 폐하께서 왕세자님과 저를 죽이려 들 겁니다."

"셀레이나에게 그 일을 시키시겠지."

"셀레이나는 오늘 저녁 약속이 있어 나갔어. 아처 핀과 만나기로 다는군."

"셀레이나가 그자를 죽일 거라면서?"

"그전에 그자한테서 정보를 얻어내려는 것 같더군." 잠시 무거운 침묵이 흘렀다. "나도 그자가 마음에 안 들어."

도리언은 표정이 굳어졌다. 그날 오후만이라도 그들은 셀레이나에 대한 얘기를 애써 피해왔다. 덕분에 지난 몇 시간 동안 그들은 예전으로 돌아간 것 같은 기분을 느꼈다. 하지만 상황은 이미 달라졌다.

"아처가 셀레이나를 훔쳐갈까 봐 걱정할 필요는 없어. 그자는 어차피 이달 말이면 죽을 테니까."

의도보다 더 날카롭고 차갑게 말이 나왔다.

케이올은 도리언을 흘끗 돌아보았다.

"내가 그런 걸 걱정할 줄 아는 거야?"

그래. 너희 둘 말고 다른 사람들 눈에는 뻔히 다 보여.

하지만 도리언은 케이올과 이런 대화를 계속하고 싶지 않았다. 케이올도 마찬가지였다. 도리언은 어깨를 으쓱하며 대화를 정리했다.

"셀레이나는 괜찮을 거야. 자네도 괜한 걱정을 했다며 웃어넘기게 될 테지. 셀레이나는 아처가 주변 경계를 철저히 한다고 했지만 셀레이나가 괜히 왕의 전사가 된 게 아니잖아?"

케이올은 고개를 끄덕였지만 도리언이 보기엔 여전히 걱정하는 눈빛이었다.

◈◈◈

이 진홍색 드레스는 좀 야한 편이었다. 한겨울에 입기에는 확실히 적절하지 않았다. 가슴 쪽이 지나치게 깊게 파였고 등 쪽도 마찬가지였다. 어찌나 깊게 파였는지 검은 레이스 망사 안쪽이 훤히 들여다보여서, 셀레이나가 속에 코르셋을 입지 않았다는 사실이 드러날 지경이었다.

하지만 아처 핀은 유행을 앞서가는 대담한 차림새를 한 여자들을 늘 좋아했다. 몸에 딱 붙는 보디스, 길고 통이 좁은 소매, 부드럽게 물결치는 치맛자락으로 이루어진 이 드레스는 분명히 새롭고 색달랐다.

그 드레스 차림으로 방을 나서다 케이올과 마주친 셀레이나는 그가 우뚝 멈춰 서서 눈을 껌벅거렸지만 그러려니 했다. 케이올은 아무 말도 못하고 또다시 눈만 껌벅였다.

셀레이나는 미소를 지으며 말했다.

"반가워요."

복도에 선 케이올은 청동색 눈동자로 그녀의 드레스를 위아래로 훑어보았다.

"설마 그 차림으로 나가는 건 아니겠지."

셀레이나는 콧방귀를 뀌면서 그의 옆을 스치고 지나갔다. 앞쪽보다 더 도발적인 등 쪽을 일부러 보여주었다.

"아, 당연히 이 차림으로 나가죠."

멍하니 서 있는 케이올을 두고 셀레이나는 마차가 대기 중인 정문으로 향했다.

"그러고 다니다 감기 들어."

셀레이나는 어민 모피 망토를 걸치며 받아쳤다.

"이걸 걸치면 돼요."

"무기는 가지고 가는 거야?"

셀레이나는 로비로 연결된 중앙 계단을 내려갔다.

"있어요, 케이올. 가져가요. 무기를 갖고 있으리라는 의심을 받을까 봐 일부러 이 드레스를 입은 거예요. 이 정도면 무기를 안 갖고 있을 것 같은 차림이잖아요."

사실 허벅지에 단검을 끈으로 고정시켜놓았고 한쪽 어깨로 모아 내린 굽슬굽슬한 머리카락에도 길고 날카로운 장식 핀을 꽂아 두었다. 셀레이나가 '유방 사이에 차가운 금속 핀을 숨기고 다닐 필요 없도록' 필리파가 손수 머리카락에 장식해준 것이었다.

"아." 케이올은 더 할 말이 없었다. 그들은 조용히 함께 정문으로 향했다. 앞마당으로 이어지는 높은 여닫이문 앞에 이르자 셀레이나는 새끼염소 가죽으로 만든 장갑을 꼈다. 그녀가 계단을 내려가려는데 케이올이 그녀의 어깨에 손을 얹었다.

"조심해." 케이올은 마차와 마부, 하인을 날카롭게 훑어보았다. 일단은 이상이 없어 보였다. "위험한 상황은 최대한 피하고."

"난 이런 일로 벌어 먹고살아요."

이 일을 하다가 붙잡힌 적이 있기는 하지만 굳이 그런 얘기는 하고 싶지 않았다. 그에게 약한 존재로 비치고 싶지 않았다. 그랬다가는 끝없이 걱정하고 의심하면서 짜증 나게 할 테니까. 셀레이나는 자기도 모르게 그의 손을 밀쳐내며 나지막하게 말했다.

"내일 봐요."

케이올은 한 대 맞은 것처럼 표정이 굳어지며 이를 번뜩였다.

"내일이라니 무슨 뜻이야?"

그가 또다시 어리석은 분노에 휩싸였다. 셀레이나는 느긋한 미소를 지었다.

"똑똑한 분이 왜 이러실까." 그녀는 계단을 내려가 마차로 걸음을 옮겼다. "알아서 생각해요."

케이올은 낯선 여자를 보듯 그녀를 바라보며 멍하니 서 있었다. 셀레이나는 지독한 고생과 희생을 거쳐 이 자리까지 온 만큼, 케이올에게 약하고 어리석으며 미숙한 여자로 보이고 싶지 않았다. 애초에 그를 마음에 담은 게 실수였을지도 몰랐다. 그가 자신을 보호해야 할 약한 여자로 여길지도 모른다는 생각을 하면 셀레이나는 당장 누군가의 뼈를 박살 내고 싶을 만큼 화가 치밀었다.

"잘 자요."

셀레이나는 자신이 내뱉은 말의 의미를 다시금 생각해볼 겨를도 없이 마차에 올라타 그곳을 떠났다.

케이올 걱정은 나중으로 미루기로 했다. 오늘 밤은 아처에게 집중해야 했다. 아처의 입에서 진실을 끄집어내야 하니까.

리프트홀드의 상류층이 즐겨 찾는 전용 식당에서 아처가 기다리고

있었다. 다른 테이블들에도 대부분 손님이 있었다. 아처의 후원자이기도 한 손님들의 고급 옷과 보석이 희미한 조명 아래 반짝거렸다.

현관 입구에 선 하인이 셀레이나의 망토를 받아 들었다. 셀레이나는 쭉 파인 등을 덮은 섬세한 검은 레이스를 아처가 볼 수 있도록 몸을 살짝 틀었다. (레이스는 엔도비어에서 난 등의 상처를 가려주는 역할도 했다.) 하인의 시선이 느껴졌지만 신경 쓰지 않는 척했다.

아처는 탄성을 내뱉었다. 셀레이나가 고개를 돌리고 보니 그는 빙그레 웃으며 천천히 고개를 흔들고 있었다.

"'놀랍다', '아름답다', '눈부시다' 같은 말을 하고 싶은가 보네요."

셀레이나는 이렇게 말하며 그의 팔을 잡았다. 그들은 하인의 안내를 받아 화려하게 장식된 방의 벽감 쪽 테이블로 향했다.

아처는 셀레이나가 입은 드레스의 붉은 벨벳 소매를 손가락으로 쓸어내렸다.

"네 취향이 몸처럼 성숙해진 걸 보니 기쁘네. 자만심도 그만큼 커진 것 같고 말이야."

셀레이나는 애써 웃어넘겼다.

그들은 자리를 잡고 앉아 메뉴 안내를 받은 뒤 와인을 주문했다. 셀레이나는 아처의 아름다운 얼굴을 바라보며 의자 등받이에 몸을 기댔다.

"오늘 저녁에 내가 이렇게 당신의 시간을 독점하고 있으니 다른 수많은 부인들이 나를 죽이고 싶겠어요."

그는 가쁜 숨을 내쉬듯 웃었다.

"사실대로 말하면 넌 바로 성으로 달아날걸."

"아직도 그렇게 인기가 많아요?"

아처는 손사래를 치며 와인을 한 모금 마셨다.

"클래리스한테 진 빚이 남아 있어." 마담 클래리스는 이 도시에서 제일 영향력 있고 번창한 포주였다. "인기가 여전한 건…… 맞아." 그가 눈을 빛내며 물었다. "전에 본 그 부루퉁한 친구는? 내가 오늘 뒤를 조심해야 하는 건가?"

이런 대화는 서로 본격적인 밀고 당기기를 하기 전의 서곡이었다. 셀레이나는 윙크를 하며 말했다.

"그는 나를 자기 품에 가둬두지 않는 게 현명하다는 걸 잘 알고 있어요."

"대단한 남자네. 내가 기억하기로 넌 말을 지독하게 안 들었는데."

"날 매력적이라고 생각한 줄 알았는데요."

"살쾡이 새끼가 매력이 있기는 하지."

셀레이나는 웃으며 와인을 약간 마셨다. 오늘은 최대한 정신을 똑바로 차리고 있어야 했다. 테이블에 잔을 내려놓고 눈을 들자, 아처는 어제처럼 생각에 잠긴 슬픈 표정이었다.

"어쩌다 그를 위해 일하게 됐어?"

아처가 말하는 '그'는 아달렌의 왕일 것이다. 이 식당에 그들 말고 다른 이들도 있음을 의식한 말일 것이다. 어쩌면 왕은 이 안에 또 다른 솜씨 좋은 자객을 대기시켜 두었을 수도 있었다.

왕이 아처를 의심하는 것도 전혀 근거가 없지는 않을 듯했다.

하지만 셀레이나는 이런 질문을 비롯해 다른 수많은 질문에 대해서도 미리 답을 준비해두었다. 그녀는 장난스러운 미소를 지으며 대답했다.

"알고 보니까 내 기술이 광산 일보다는 왕국 일에 더 보탬이 되겠더라고요. 왕 밑에서 일하나 에로밴 밑에서 일하나 그게 그거이기도 하고요."

이 말은 꼭 거짓말은 아니었다.

아처는 생각에 잠긴 표정으로 천천히 고개를 끄덕였다.

"너랑 내가 하는 일이 비슷하지. 어떤 일이 더 고약한지 모르겠다. 침실에서 쓰는 기술을 연마하나, 전투에서 쓰는 기술을 연마하나 그게 그거니까."

셀레이나의 기억이 맞다면 아처는 리프트홀드의 거리를 천방지축으로 뛰어다니던 열두 살 고아 시절에 포주인 클래리스에게 발탁됐고 자객들의 요새로 보내져 셀레이나와 함께 호신 훈련을 받았다.

그리고 그가 열일곱 살이 되자 클래리스는 그의 동정을 팔기 위해 경매 파티를 열었는데, 그날 귀부인들이 서로 아처의 후원자가 되겠다며 싸움을 벌였다는 소문이 있었다.

"나도 어느 쪽이 더 고약한지 판단이 안 서요. 비슷하게 끔찍하니까요." 셀레이나는 와인 잔을 들어 올렸다. "우리의 훌륭하신 주인님들을 위해 건배."

그는 셀레이나를 잠시 바라보다가 잔을 들며 중얼거렸다.

"우리를 위해 건배."

그의 목소리에 셀레이나는 몸이 절로 달아올랐다. 그 말을 할 때의 그의 눈빛도 멋진 입술선도……. 아처는 무기였다. 아름답고 치명적인 무기.

아처는 눈빛으로 그녀를 묶어두고 테이블 위로 그녀에게 몸을 기울였다. 이건 도전이며, 은근한 초대였다.

신이시여, 제발.

이번에는 정말로 와인을 길게 쭉 들이켜야 할 듯했다.

"나를 당신의 자발적인 노예로 만들려면 섹시한 눈빛을 더 쏴줘야 해요, 아처. 어지간한 장난질로는 통하지 않는다는 걸 알 텐데요."

그는 굵은 목소리로 나지막하게 웃었다. 셀레이나는 그 진동을 뼛속 깊이 느꼈다.

"내가 눈빛을 제대로 쓰지 않은 걸 알아차렸구나. 내가 제대로 했으면, 우린 벌써 이 식당을 나가서 은밀한 곳으로 자리를 옮겼겠지."

"뻔뻔하기도 해라. 누가 더 나은 기술을 쓰는지 나랑 정면으로 대결하고 싶지는 않을 텐데요."

"아, 난 너랑 많은 걸 함께하고 싶어."

살면서 식당의 하인이 이렇게 반가운 적이 없었다. 마침 하인이 가져온 수프 그릇이 이렇게 흥미를 당길 줄도 몰랐다.

말한 대로 정말 밖에서 자고 들어갈 것처럼 케이올의 속을 괴롭히기 위해 셀레이나는 식당 앞에서 마차를 돌려보냈다. 그리고 저녁 식사를 마친 후 아처의 마차에 함께 올라탔다. 식사는 꽤 괜찮았다. 예전에 알던 사람들, 극장, 책, 거지 같은 날씨에 대한 대화도 좋았다. 그저 편안하고 안전한 대화 주제였다. 비록 아처가 마치 기나긴 사냥을 하는 듯, 줄곧 먹잇감을 보는 듯한 눈빛으로 셀레이나를 바라보기는 했지만.

마차 안에서 그들은 나란히 좌석에 앉았다. 바로 옆이라 아처의 고급 오드콜로뉴 향수 냄새가 바로 코에 와 닿았다. 우아하게 감질나는 그 향기는 비단 시트와 촛불을 떠올리게 했다. 셀레이나는 마음먹은 일을 하기로 결정을 내렸다.

마차가 멈춰 서자 셀레이나는 작은 차창 밖을 내다보았다. 전에 본 익숙하고 아름다운 도시 주택 앞이었다. 아처는 그녀를 바라보며 손에 슬며시 깍지를 끼우고 그녀의 손등에 입을 맞췄다. 부드럽고 느릿한 손 키스에 셀레이나는 몸이 달아올랐다. 그는 그녀의 손등에 대고 나지막하게 말했다.

"같이 집으로 들어갈래?"

셀레이나는 힘겹게 숨을 삼켰다.

"하룻밤이라도 그 일은 좀 쉬는 게 어때요?"

분위기가 이렇게 흘러가는 건 예상 밖이었다. 아처를 꼬시려고는 했지만…… 이렇게까지 하고 싶지는 않았다.

그는 여전히 그녀의 손을 잡은 채 고개를 들었다. 그는 그녀의 불처럼 달아오른 피부에 엄지로 작은 원을 그리며 어루만지고 있었다.

"내가 선택한 밤이면 얘기가 다르거든."

다른 사람 같으면 못 알아채겠지만, 선택지가 없는 삶을 살아온 셀레이나는 선택할 수 없는 삶이 얼마나 비참한지 잘 알고 있었다. 그녀는 그에게 잡힌 손을 슬쩍 빼내고, 속삭이듯 말했다.

"당신 인생을 혐오해요?"

그가 셀레이나를 바라보았다. 마치 지금까지 제대로 보지 않은 것처럼, 진심이 담긴 눈빛이었다.

"가끔은."

그는 셀레이나의 뒤로 보이는 창문으로, 그 너머 도시 주택으로 시선을 돌렸다.

"하지만 언젠가는, 클래리스에게 진 빚을 다 갚고 정말 자유로워져서 나 좋을 대로 살 수 있는 날이 오겠지."

"이 일을 완전히 그만둘 생각이 있나 봐요?"

그는 희미하게 웃었다. 오늘 저녁에 본 그의 표정 중 가장 진실해 보였다.

"그러려면 아주 부자가 되어서 다시 일을 할 필요가 없어지거나, 늙어빠져서 아무도 나를 찾지 않거나 둘 중 하나가 되어야겠지."

셀레이나는 짧은 한때였지만 자유로웠던 날을 기억에서 떠올렸다. 세상이 완전히 열리고 그녀는 샘과 함께 그 세상으로 나아가려던 참이었다. 셀레이나는 지금도 여전히 자유를 얻기 위해 애쓰고 있었다. 자유로웠던 순간은 아주 짧았지만, 지금까지 경험해본 중 가장 가슴 뛰는 시간이었다.

셀레이나는 차분하게 숨을 들이마시며 그의 눈을 바라보았다. 이제 말해야 할 시간이었다.

"왕이 당신을 죽이라고 나를 보냈어요."

자객들과 함께한 훈련의 효과가 아직도 남아 있는지, 아처는 눈 깜짝할 사이에 마차 안의 건너편 자리로 옮겨가 숨겨진 단검을 꺼내 들었다. 그가 거칠게 숨을 몰아쉬자 가슴팍이 덩달아 오르내렸다.

"제발, 제발, 레이나."

셀레이나가 모든 걸 설명하려 했지만 아처는 숨을 헐떡이고 눈을 휘둥그렇게 뜨며 애원했다.

"내가 돈을 줄게."

겁을 먹고 움츠러든 아처의 모습을 보니 셀레이나의 비딱한 마음 일부는 살짝 우쭐하기도 했다. 하지만 그녀는 두 손을 들어 무기를 들고 있지 않다는 것을 그에게 보여주었다.

"왕은 당신이 자기 일을 방해하려는 반역 세력의 일원이라고 여기고 있어요."

그는 별안간 거칠게 웃어댔다. 매끈하고 아름다운 남자의 입에서 나왔다고 보기에는 어울리지 않는 날카로운 웃음이었다.

"난 어떤 세력에도 속해 있지 않아! 젠장, 내가 몸을 팔긴 해도 반역은 안 해!"

셀레이나는 두 손을 그에게 보여주면서 그에게 그만 입 다물고 앉아서 들으라고 말하려 했다. 하지만 아처는 계속 주절거렸다.

"그만 운동에 대해서는 개뿔도 몰라. 왕의 일을 방해하려는 자가 있다는 얘기도 처음 들어 봐. 그래도…… 그렇지만……." 그는 숨이 조금은 가라앉았다. "날 살려주면, 리프트홀드에서 힘을 모으기 시작한 모임에 대한 정보 정도는 넘겨줄 수 있어."

"왕이 엉뚱한 사람들을 제거하려 한다는 거예요?"

"그거야 난 모르지." 아처는 재빨리 덧붙였다. "다만 이…… 이 모임은, 폐하도 관심을 보이실걸. 폐하가 우리를 새로운 공포로 몰아갈 계획을 갖고 있다는 정보를 이 모임 사람들이 획득한 모양이야……. 그들은 폐하를 막으려 하고 있어."

셀레이나가 착하고 품위 있는 사람이라면, 아처에게 제발 진정하고 정신 똑바로 차리라고 다독였을 것이다. 하지만 그녀는 착하고 품위 있는 사람이 아니어서, 겁에 질린 그가 말을 마구 쏟아내도록 내버려두었다.

"내 고객들이 한 번씩 수군대는 얘길 들었어. 바로 이곳 리프트홀드에서 생겨난 모임이래. 그 모임 사람들은 에일린 갈라시니어스를 테라센 왕국의 왕좌에 도로 앉히려 한다고 했어."

셀레이나는 심장이 철렁했다. 테라센 왕국의 실종된 후계자 에일린 갈라시니어스라니.

“에일린 갈라시니어스는 죽었어요.”

아처는 고개를 저었다.

“그게 아니라나 봐. 그 여자가 아직 살아 있다고, 아달렌의 왕에게 대적할 군대를 모집하고 있다고 했어. 에일린이 궁정을 재건하고, 올론 왕의 측근들 중 살아남은 자들을 찾을 거라고 했어.”

셀레이나는 꽉 쥔 손가락을 펴려고 애쓰며 그를 망연히 바라보았다. 가까스로 숨을 들이마셨다. 그게 사실이라면…… 아니, 사실일 리 없었다. 그 사람들이 테라센 왕국의 왕위 계승자를 만났다지만, 왕위 계승자라 주장하는 그 여자는 분명 가짜였다.

그날 아침 네히미아가 테라센 왕실에 대한 얘기를 꺼낸 게 그저 우연일까? 테라센은 아달렌의 왕에게 맞설 수 있을 거라고 했다. 다시 일어설 수만 있다면. 진정한 왕위 계승자가 있든 없든 그게 가능한 일일까? 하지만 네히미아는 셀레이나에게 절대 거짓말을 하지 않겠다고 맹세한 바 있었다. 네히미아가 달리 아는 바가 있었다면 분명 털어놓았을 것이다.

셀레이나는 눈을 감고 생각에 잠겼다. 그 상태로도 그녀는 아처의 움직임을 예민하게 감지할 수 있었다. 눈을 감고 어둠 속에서 냉정을 찾으려 애썼다. 어리석고 필사적인 희망을 눌러 앉히고 무한한 공포로 덮어놓았다.

잠시 후 눈을 뜨고 보니 아처는 죽은 사람처럼 창백해진 얼굴로 입을 딱 벌린 채 그녀를 쳐다보고 있었다.

“난 당신을 죽일 생각 없어요, 아처.” 그제야 아처는 단검을 쥔 손에 힘을 풀고 마차 의자에 축 늘어졌다. “선택할 수 있게 해줄게요.

지금 이 자리에서 죽은 걸로 꾸며줄 테니까 동이 트기 전에 이 도시를 떠나요. 아니면 이달 말까지 시간을 줄게요. 4주예요. 4주 동안 여기 일을 정리해요. 리프트홀드에 묶여 있는 돈이 있을 것 같은데, 도망쳐서 살려면 돈이 필요할 거예요. 테라센의 반역 세력의 정체, 그들이 아달렌의 왕의 계획에 대해 알고 있는 정보를 넘겨주는 조건이에요. 이달 말까지 죽은 걸로 해줄 테니 이 도시에서 멀리 떠나요. 아처 핀이라는 이름은 다시는 사용 못 해요."

그는 경계하는 눈빛으로 신중하게 그녀를 바라보았다.

"묶인 돈을 풀어서 수중에 쥐려면 이달 말까지 여기 있어야 돼." 그는 숨을 내쉬며 두 손으로 얼굴을 문질렀다. 그리고 한참 후 덧붙였다. "차라리 잘됐어. 클래리스한테서 벗어나 다른 데 가서 새롭게 살고 싶어." 그는 슬쩍 미소를 지어 보였지만 여전히 겁에 질린 눈빛이었다. "그런데 폐하가 대체 왜 나를 의심하셨지?"

셀레이나는 아처를 동정하는 자신이 싫었다.

"글쎄요. 왕은 당신 이름이 적힌 종이를 주면서 당신이 그의 계획을 방해하려는 세력의 일원이라고 했어요. 무슨 계획인지는 모르지만요."

아처는 콧방귀를 뀌었다.

"내가 차라리 반역 세력이면 좋겠네."

셀레이나는 그를 유심히 바라보았다. 각진 턱과 커다란 체구만 보면 강한 남자처럼 보였다. 하지만 지금 봐서는 꼭 그렇지도 않은 듯했다. 아마 케이올은 지난번에 아처가 어떤 남자인지 알아봤을 것이다. 셀레이나와는 달리 케이올은 강한 척하는 아처의 속을 꿰뚫어봤다. 부끄러움에 얼굴이 달아오를 지경이었지만 셀레이나는 다시 입을 열었다.

"테라센의 반역 세력에 관한 정보를 정말 알아낼 수 있겠어요?"

테라센의 왕위 계승자라는 여자는 당연히 사기꾼이겠지만 반역 세력에 대해서는 알아볼 가치가 있을 것이다. 엘레나는 단서를 찾아보라고 했다. 어쩌면 여기서 단서를 찾을 수도 있을 듯했다.

아처는 고개를 끄덕였다.

"내일 저녁에 고객의 집에서 무도회가 열려. 고객과 그 친구들이 반역 세력에 대해 소곤대는 소리를 내가 들은 적이 있거든. 너를 파티에 데리고 갈 테니까 고객의 서재에 몰래 들어가서 확인해봐. 어쩌면 파티에서 단순히 수상쩍은 자들이 아니라 진짜 반역자들을 만나게 될 수도 있을 거야."

왕이 어떤 짓을 꾸미고 있는지에 대한 단서도 얻을 수 있지 않을까. 그렇게만 되면 정말 유용할 것이다.

"파티에 관한 자세한 사항은 내일 아침에 성으로 보내줘요. 릴리언 고데이나 앞으로 보내면 돼요. 그 파티가 헛짓거리에 불과하면 나도 아까 했던 제안을 재고할 거예요. 나를 우습게 만들지 말아요, 아처."

"내가 어떻게 감히 에로밴의 제자를 우습게 만들겠어."

그는 최대한 그녀와 거리를 두면서 조용히 마차 문을 열고 내렸다.

"좋아요. 그런데 아처?" 그는 마차 문을 한 손으로 잡은 채 멈칫했다. 셀레이나는 사악하고 어두운 기운을 눈으로 뿜어내며 앞으로 몸을 기울였다. "당신이 신중하게 처신하지 않으면…… 지나치게 남의 이목을 끌거나 멋대로 도망쳐버리면…… 당신을 찾아내서 끝장낼 수밖에 없어요. 알았죠?"

그는 허리까지 숙이며 말했다.

"분부대로 하겠습니다, 아가씨."

그러고는 그녀에게 미소를 지어 보였다. 그 미소를 보면서 셀레이나는 그를 살려주기로 한 결정을 나중에 후회하게 되지 않을까 고민했다. 마차 의자에 등을 기대고 앉은 셀레이나는 출발하라는 뜻으로 천장을 두드렸다. 마부는 성으로 마차를 몰기 시작했다. 셀레이나는 몹시 지쳤지만 잠자리에 들기 전에 마지막으로 해야 할 일이 있었다.

셀레이나는 한 번 노크를 한 후 케이올의 침실 문을 빼꼼 열고 안을 들여다보았다. 그는 지금까지 서성이고 있었는지 벽난로 앞에서 우뚝 선 채 그녀를 돌아보았다.

셀레이나는 슬쩍 방 안으로 들어갔다.

"자는 줄 알았어요. 자정이 넘었잖아요."

그는 팔짱을 끼고 서 있었다. 근위대장 제복은 구겨져 있었고 목깃의 단추도 풀린 상태였다.

"뭐 하러 들렀어? 오늘 밤엔 안 돌아올 줄 알았는데."

셀레이나는 망토를 당겨 여미고 손가락으로 부드러운 털을 움켜쥐었다. 그리고 턱을 치켜들며 말했다.

"막상 다시 만나 보니까 아처가 예전 기억처럼 근사하지는 않더라고요. 엔도비어에서 1년을 살았더니 우습게도 사람 보는 눈이 바뀌었나 봐요."

그는 입꼬리가 올라갔지만 엄숙한 표정을 유지하며 물었다.

"정보는 얻었어?"

"네. 다른 정보도 약간요."

그녀는 아처에게 들은 얘기를 (아처가 우연히 그런 얘기를 털어놓은 것처럼 각색해서) 전했다. 테라센의 사라진 왕위 계승자를 둘러싼 소문에 대해서도 그에게 들려줬지만 에일린 갈라시니어스가 왕실을 재건하고 군대를 일으키려 한다는 부분은 빼놓았다. 아처가 반역 세력의 일원이 아닌 듯하다는 것, 왕이 어떤 계획을 세우고 있는지 알아내고 싶다는 얘기도 덧붙였다.

아처와 함께 무도회에 참석하기로 했다는 말을 하자, 케이올은 벽난로 위 선반 앞으로 걸어가 선반을 두 손으로 잡고 그 위의 벽에 걸린 벽걸이 융단을 올려다보았다. 색 바래고 낡은 그 융단에는 은빛 호수 위쪽의 산기슭에 자리한 고대 도시 '아니엘'이 수놓아져 있었다. 아니엘은 케이올의 고향이었다.

그는 셀레이나를 돌아보며 물었다.

"폐하께는 언제 말할 생각이야?"

"이 정보가 사실인지 확인부터 해야죠. 아처를 죽이기 전에 최대한 많은 정보를 얻어낼 생각이에요."

그는 고개를 끄덕이며 벽난로 위 선반에서 손을 뗐다.

"조심해."

"계속 그 말을 하네요."

"그 말이 뭐가 잘못됐어?"

"잘못됐죠! 난 내 몸을 지키지도 못하고 머리도 쓸 줄 모르는 멍청이가 아니에요!"

"그런 뜻으로 들렸어?"

"그건 아니지만 계속 '조심해'라고 하잖아요. 줄기차게 걱정된다고 말하면서, 나를 도와주겠다고 고집을 부리고……."

"정말 걱정이 되니까 그렇지!"

"걱정하지 말아요! 나도 당신만큼 나 자신을 잘 돌볼 수 있으니까!"

그가 한 걸음 다가왔지만 셀레이나는 그 자리에서 꼼짝 않고 그를 마주 보았다. 그는 눈을 번뜩이며 목소리를 높였다.

"똑바로 들어, 셀레이나. 당신이 자신을 지킬 능력이 있다는 건 나도 잘 알아. 하지만 당신을 소중하게 생각하니까 걱정하는 거야. 그러면 안 된다는 걸 알면서도 자꾸 걱정이 돼. 당신한테 무슨 일이 생길까 봐 늘 신경 쓰이니까, 그래서 조심하라고 늘 말하는 거야."

셀레이나는 눈을 깜박였다.

"아."

그는 콧등을 손으로 잡고 눈을 질끈 감으며 깊고 길게 숨을 들이마셨다.

셀레이나는 수줍은 미소를 지었다.

CHAPTER 12

에이버리 강변의 대저택에서 가면무도회가 열렸다. 사람들로 붐비는 덕에 셀레이나는 어려움 없이 아처와 함께 저택 안으로 들어갈 수 있었다. 필리파는 시폰과 비단을 깃털처럼 겹겹이 포개 만든 고운 흰색 드레스를 찾아 셀레이나에게 입혀주었다. 얼굴의 위쪽 절반은 드레스와 어울리는 가면으로 가렸고, 머리는 아이보리색 깃털과 진주로 장식했다.

일반 무도회가 아니라 가면무도회라 다행이었다. 인파 속에서 셀레이나도 몇 명밖에 알아보지 못했다. 대부분은 셀레이나와 안면이 있는 창녀들로, 클래리스와 함께 온 듯했다. 마차를 타고 여기로 오는 동안 아처는 에로밴 헤멜과 라이샌드라는 이 무도회에 참석하지 않을 거라고 장담했다. 라이샌드라는 셀레이나와 오랫동안 날을 세워온 창녀로, 셀레이나는 언젠가 다시 만나게 되면 죽이겠다고 별렀다. 그런 까닭에 클래리스가 파티장에서 휘하의 창녀들과 손님들을 연결시켜주고 있는 꼴이 보이자 셀레이나는 신경이 곤두섰다.

오늘 파티를 위해 셀레이나는 백조로, 아처는 늑대로 변장했다. 아처는 회청색 튜닉에 보라색을 띤 회색의 폭 좁은 바지, 반짝이는 검은 장화를 신었다. 늑대 가면으로는 관능적인 입술을 제외한 얼굴을 덮었다. 그는 자신의 팔에 얹힌 셀레이나의 손을 꾹 잡고 늑대처럼 미소 지었다.

"최고급 파티라고 할 수는 없지만, 그래도 이 집 주인 데이비스는 리프트홀드에서 최고로 손꼽히는 파티시에를 데리고 있어."

과연 파티장 곳곳의 탁자에는 셀레이나가 지금까지 본 중 제일 아름답고 화려한 빵과 과자가 넘치도록 쌓여 있었다. 크림을 가득 채운 페이스트리, 설탕 뿌린 쿠키, 그리고 초콜릿, 초콜릿, 초콜릿이 사방에서 그녀를 불렀다. 파티장을 떠나기 전에 몇 개 쓸어 담아야겠다 싶었다. 셀레이나는 먹을 것에서 애써 시선을 떼고 아처를 바라보며 물었다.

"그는 얼마 동안 당신 고객이었어요?"

그는 늑대 같은 미소를 번뜩였다.

"몇 년 됐어. 요즘 그분의 행동이 달라져서 뭔가 있구나 하고 눈치를 챘지." 그는 셀레이나 쪽으로 몸을 기울이고 목소리를 낮춰 속삭였다. 그의 입에서 나온 단어들이 그녀의 귀를 간질였다. "전보다 편집증적으로 굴고 식사량도 줄어든 데다가 틈만 나면 서재에 처박혀 있는 거야."

돔형 천장 아래 파티장의 저 끝에는 파티오와 면한 거대한 전망창이 있었다. 전망창 너머로 반짝이는 에이버리 강이 내다보였다. 여름에 파티오 문을 열고 나가 별빛과 도시의 조명 아래 강가에서 춤을 추면 얼마나 즐거울까.

"난 5분 정도 여기 있다가 한 바퀴 쭉 돌아야 돼." 아처는 파티장 안을 돌아다니는 클래리스를 쳐다보며 말을 이었다. "이런 날 밤이면 클래리스는 나를 경매에 올리려고 하거든." 그 말에 속이 뒤집힌 셀레이나는 아처의 손을 잡았다. 아처는 어리둥절해하다가 미소를 지었다. "이제 몇 주만 더 견디면 되잖아?" 셀레이나는 위로 차 그의 손가락을 꼭 쥐었지만 여전히 씁쓸했다.

"그렇죠."

잠시 후 턱을 치켜든 아처는 고급스럽게 차려입은 사람들과 얘기 중인 땅딸막한 중년 남자 쪽으로 걸어가며 나지막하게 말했다.

"저 남자가 데이비스야. 자주 목격한 건 아니지만 데이비스가 모임의 핵심인 것 같아."

"이 집에서 무슨 서류라도 훔쳐보고 그런 추측을 하는 거예요?"

아처는 두 손을 주머니에 찔러 넣었다.

"두 달 전쯤인가 밤에 이 집에 있는데 데이비스 씨의 친구 셋이 왔어. 그 세 명도 다 내 고객이야. 그분들이 급한 일이라고 하니까 데이비스 씨가 침실에서 서둘러 나가더라고……."

셀레이나는 희미하게 미소 지었다.

"그래서 어쩌다 보니 모든 걸 엿듣게 됐다고요?"

그녀를 보며 미소 짓던 아처는 데이비스 쪽을 다시 힐끗 쳐다보더니 표정이 굳어졌다. 데이비스는 자기 주변에 모여 선 사람들에게 와인을 따라주고 있었는데 그중에는 열네다섯 살밖에 안 되어 보이는 소녀들도 있었다. 셀레이나의 얼굴에서도 미소가 사라졌다. 리프트홀드의 이런 면은 정말이지 전혀 그립지 않은 풍경이었다.

"그들은 모여서 무슨 계획을 세운다기보다는 왕에 대한 불평이나 늘어놓는 게 다야. 온갖 개소리를 다 늘어놓는데 내가 보기엔 에일린 갈라시니어스를 진심으로 위하는 것 같지도 않더라고. 자기네에게 제일 이익이 되는 사람을 왕으로 앉히려는 생각뿐이지. 에일린이 군대를 일으키면 결국 전쟁이 일어날 테고 그들은 보급품을 팔아 돈을 벌겠지. 에일린을 돕는답시고 전쟁에 절실히 필요한 보급품을 대면서……."

"에일린에게 빚을 지우겠죠. 그들이 원하는 건 진정한 통치자가 아니라 허수아비 여왕일 테니까." 당연히, 너무나도 당연히 그들은 그런 왕을 세우고 싶을 것이다. "그들이 테라센 출신이에요?"

"아니. 데이비스의 가문은 오래전에 테라센에 살았지만, 데이비스는 평생 리프트홀드에서 살았어. 데이비스가 테라센 왕국에 충성하겠다고 주장한다면 반은 거짓이야."

셀레이나는 이를 갈았다.

"자기 잇속만 차리는 놈들이네요."

아처는 어깨를 으쓱했다.

"그럴지도 모르지. 그래도 왕의 교수대에서 처형당할 사람들을 꽤 많이 구하기는 했어. 데이비스의 친구들이 이 집에 급하게 찾아왔던 날도 왕에게 심문당하기 직전인 정보원 하나를 구하러 온 거였거든. 그들은 다음날 동이 트기 전에 리프트홀드에서 그 정보원을 몰래 빼냈어."

케이올도 알고 있을까? 케인을 죽인 일로 아직까지 괴로워하는 걸 보면 반역자들을 고문하고 교수대에 올리는 일을 케이올이 도맡아 할 것 같지는 않았다. 아마 케이올에게는 보고도 올라가지 않을 것이다. 도리언도 마찬가지일 듯했다.

반역자들을 심문하는 일을 케이올이 맡아 하고 있지 않다면 누가 하는 걸까? 누구인지 몰라도 바로 그자가 왕권에 위협이 되는 반역자들의 명단을 왕에게 갖다 바치지 않았을까? 생각해볼 문제가 너무 많았다. 온갖 비밀과 복잡하게 뒤얽힌 요소들이 수두룩했다.

셀레이나가 물었다.

"지금 바로 데이비스의 서재로 데려가줄래요? 들어가서 살펴봐야겠어요."

아처는 얄궂게 웃었다.

"내가 왜 너를 여기로 데려왔겠어?"

그는 근처의 하인용 출입문으로 셀레이나를 편안하게 이끌었다. 그들이 그 문을 지나가는 데도 특별히 주목하는 사람은 없었다. 누가 그들 쪽을 쳐다봤다고 해도 아처의 손이 셀레이나의 보디스와 팔, 어깨, 목을 연신 쓰다듬고 있으니 둘이 저 문 너머로 가서 은밀한 만남을 가지려나보다 여길 것이다.

아처는 매혹적인 미소를 띤 채 셀레이나를 데리고 짧은 복도를 지나 계단을 올라갔다. 오가는 이들 중 누군가의 시선을 끌 가능성에 대비해 그는 그녀의 몸에서 손을 떼지 않았지만 하인들은 전부 자기 일을 하느라 바빴다. 위층 홀은 조용하고 깨끗했다. 목재 패널을 댄 벽과 바닥에 깔린 붉은 카펫은 티끌 하나 없었다. 이곳에 걸린 그림들 중 몇 점은 꽤 비싸 보였는데, 셀레이나도 누구 그림인지 알아볼 정도였다. 수년간 은밀히 남의 집 침실을 드나든 아처는 발소리도 내지 않고 걸었다. 그는 자물쇠로 잠긴 어느 여닫이문 앞으로 셀레이나를 데려갔다.

셀레이나가 자물쇠를 따려고 필리파가 머리에 꽂아준 핀 하나를 뽑으려는데 아처가 벌써 자물쇠 여는 도구를 꺼내 들었다. 그는 공모자처럼 싱긋 웃었다. 얼마 안 있어 서재 문이 열리고 화사한 파란색 카펫 위에 서 있는 책장들과 여기저기 놓인 양치식물 화분들이 들여다보였다. 서재 한가운데에는 큼직한 책상이 놓였고 책상 앞에 안락의자 두 개, 불 꺼진 벽난로 앞에 긴 의자 하나가 있었다. 문간에 선 셀레이나는 보디스를 눌러 몸 안쪽에 끼워둔 가느다란 단검이 제자리에 있는지 확인한 후, 다리를 손으로 문질러 허벅지 안쪽에 끈으로 묶어 놓은 단검 두 개도 챙겼다.

"난 아래층으로 내려가 볼게." 아처는 등 뒤의 복도를 흘끔거리며 말했다. 파티장 쪽에서 왈츠 소리가 흘러나오고 있었다. "빨리 둘러보고 나와."

셀레이나는 마스크로 얼굴 위쪽이 가려진 상태였지만 어이없다는 듯 한쪽 눈썹을 치켜뜨며 받아쳤다.

"지금 나한테 일하는 방법을 가르치겠다는 거예요?"

그는 몸을 앞으로 기울여 그녀의 목 가까이에 입술을 가져다 대고 소곤거렸다.

"그런 건 꿈도 안 꿔."

그러고는 돌아서서 계단을 내려갔다.

서둘러 서재 안으로 들어가 등 뒤로 문을 닫은 셀레이나는 맞은편 창문으로 걸어가 커튼부터 쳤다. 이제 서재 안에 빛이라고는 문 밑으로 흘러드는 흐릿한 조명 빛이 전부였다. 셀레이나는 경질 목재로 만들어진 책상 앞으로 다가가 초를 켰다. 책상 위에는 석간신문들, 오늘 밤 가면무도회 초대에 응한 이들이 보낸 답장 카드들, 개인 지출 장부가 놓여 있었다…….

평범했다. 너무나도. 셀레이나는 책상 안쪽을 살펴보기 시작했다. 서랍을 샅샅이 뒤지고 숨겨진 보관함을 찾아 표면을 일일이 손으로 훑었다. 나오는 게 없자 책장 쪽으로 다가가 안쪽이 빈 가짜 책을 찾아 책들을 일일이 살짝살짝 쳐보았다. 확인 후 돌아서려는데 책 한 권이 눈에 들어왔다.

책등에 피처럼 붉은색으로 워드 문자 하나가 적혀 있는 책이었다.

그 책을 꺼내 책상 앞으로 가져가 초를 옆에 두고 책을 펼쳤다.

온통 워드 문자로 가득했다. 페이지마다 워드 문자가 잔뜩 적혀 있었고 알 수 없는 언어로 된 단어들도 보였다. 네히미아 공주는 워드 문자가 비밀리에 전수되는 지식이라고, 수 세기 동안 잊힌 아주 오래된 문자라고 했다. 이런 종류의 책들은 마법서들과 함께 모조리 불태워졌다. 궁전 도서관에서 본 《걸어 다니는 시체》라는 제목이 붙은 책에 워드 문자가 언급돼 있기는 하지만 내용이 너무 얄팍했다. 워드 문자 활용법은 대체로 잊혔고 오직 네히미아의 가문만이 워드 문자의 힘을 적절히 사용할 줄 알았다. 그런데 워드 문자가 잔뜩 적힌 책이 지금 셀레이나의 수중에 들어온 것이다……. 셀레이나는 페이지를 휙휙 넘겨보았다.

책 뒤표지 안쪽에 누군가 적어놓은 문장이 있었다. 셀레이나는 그 문장 가까이에 초를 비추며 읽어보았다.

수수께끼 같기도 한 괴상한 구절이었다.

똑바로 볼 수 있는 눈을 가진 존재

대체 무슨 뜻일까? 적당히 부패한 사업가인 데이비스가 하고 많은 책들 중 하필이면 워드 문자에 관한 책을 보유한 이유는? 데이비스가 워드 문자를 이용해 왕의 계획을 훼방 놓으려는 거라면…… 부디, 아달렌의 왕이 워드 문자에 대해 들은 얘기가 없기를 셀레이나는 바랐다.

책에 적힌 수수께끼 같은 문장을 머리에 외워두었다. 성으로 돌아가면 종이에 적어놓을 것이다. 네히미아에게 이 문장의 뜻에 대해 물어보면서, 데이비스라는 이름을 들어본 적이 있는지도 슬쩍 물어볼 작정이었다. 아처가 아는 게 있었으면 중요한 정보라고 전해줬을 텐데 말이 없었던 걸 보면 그도 전부 알지는 못하는 듯했다.

마법이 금지되면서 여러 집의 생계가 무너졌다. 수년간 마법의 힘을 써서 생계를 꾸리던 사람들은 하루아침에 아무것도 할 수 없게 됐다. 그렇지만 왕이 마법을 금지했다고 해서 굶어죽을 수는 없으니 또 다른 힘의 원천을 찾아 나섰을 것이다. 아마도…….

그때 복도 쪽에서 발소리가 들렸다. 셀레이나는 재빨리 책을 책장에 도로 꽂아두고 창문 쪽으로 눈길을 돌렸다. 드레스가 치렁치렁한 데다 창문이 너무 작고 높아서 창밖으로 쉽게 빠져나가기는 어려울 듯했다. 다른 출입구는 없었다…….

여닫이문이 딸깍 열렸다.

셀레이나는 책상에 기대어 서서 재빨리 손수건을 꺼내 들었다. 어깨를 웅크린 비참한 모습으로 훌쩍이기 시작했을 때 데이비스가 서재로 들어왔다.

땅딸막하고 단단한 체격을 가진 데이비스는 웃음기 띤 얼굴로 서재로 들어왔다가 셀레이나를 보더니 표정이 굳어졌다. 다행히 그는 혼자였다. 셀레이나는 고개를 치켜들고는 최대한 당황한 표정을 지었다.

"어머나!" 그녀는 가면의 눈구멍 안으로 손수건을 집어넣어 눈가를 닦는 시늉을 했다. "아, 죄송해요. 제…… 제가 잠시 혼자 있을 곳이 필요했는데 여기 들어와 있으면 된다고들 해서."

데이비스는 눈을 가늘게 뜨며 서재 문의 열쇠 구멍으로 눈길을 돌렸다.

"어떻게 들어왔죠?"

부드럽고 매끈한 목소리였다. 상황을 예리하게 판단하려는 듯했지만 그의 목소리에는 두려움이 담겨 있었다.

셀레이나는 몸을 떨며 코를 훌쩍였다.

"하녀가 열어줬어요."

불쌍한 하녀가 겨우 이 정도 일 때문에 산 채로 껍질이 벗겨질 일은 없을 것이다. 셀레이나는 울먹이는 목소리로 더듬거리며 해명을 늘어놓았다.

"제…… 제 약혼자가 저를 버렸어요."

솔직히 셀레이나는 이렇게 쉽게 눈물을 흘릴 수 있는 자신이 어딘가 잘못된 게 아닌가 하는 생각을 가끔 하곤 했다.

데이비스는 한쪽 입술 끄트머리를 올리며 그녀를 바라보았다. 그의 눈빛에 담긴 감정은 연민이 아니라 약혼자에게 버림받고 멍청하게 울기나 하는 여자에 대한 혐오였다. 고통스러워하는 누군가를 위로하는 데 자신의 소중한 시간을 쓰는 것은 지독한 낭비라는 태도가 읽혔다.

아처가 이런 사람들의 시중을 들면서 돈을 벌고 있구나. 이 사람들은 그를 망가질 때까지 가지고 노는 장난감 정도로 여기는데……. 셀레이나는 호흡에 집중했다. 데이비스의 의심을 사지 않고 서재에서 빠져나가야 했다. 데이비스가 복도의 경비에게 한마디라도 했다가는 일이 쓸데없이 복잡해지고 만다. 자칫 잘못하면 아처의 입장까지 곤란해질 수 있었다.

셀레이나는 또 한 차례 몸을 떨며 코를 훌쩍였다.

"1층에 숙녀용 화장실이 있습니다."

데이비스는 문밖까지 배웅해주려는 듯 그녀에게 다가왔다. 원하던 바였다.

그는 다가오면서 쓰고 있던 새 가면을 벗어 얼굴을 드러냈다. 젊었을 때는 잘생겼을 것 같은 얼굴인데, 노화와 과음으로 볼이 축 처지고 담황색 머리카락 숱이 줄고 안색도 탁해져 있었다. 코끝의 모세혈관이 터져 보랏빛이 도는 붉은 코가 됐는데 물기 많은 연회색 눈동자와 어울리는 짝을 이루었다.

그는 가까운 거리에서 걸음을 멈추고 손을 내밀었다. 셀레이나는 눈가를 한 번 더 매만진 뒤 손수건을 드레스 주머니에 집어넣었다.

"고마워요." 셀레이나는 속삭이듯 말하며 바닥에 시선을 둔 채 그의 손을 잡았다. "멋대로 들어와서 죄송해요."

다음 순간, 데이비스가 날카롭게 숨을 들이켜는가 싶더니 셀레이나의 눈앞에 금속이 번뜩였다.

셀레이나는 곧장 데이비스의 손에서 칼을 빼앗고 그를 바닥에 쓰러뜨렸다. 하지만 데이비스의 단검에 팔뚝을 따끔하게 베인 뒤였다. 치렁치렁한 치맛자락 때문에 움직임이 자유롭지 않았다. 셀레이나는 카펫에 쓰러진 그의 등을 짓눌렀다. 그녀의 팔뚝에 얇은 선을 그리며 차오른 피가 조금씩 흘러내렸다.

"이 서재 열쇠를 갖고 있는 건 나뿐이야. 하녀는 안 갖고 있어."

데이비스는 엎어진 자세로 쌕쌕거리며 말했다. 이걸 용감하다고 해야 할까, 멍청하다고 해야 할까?

셀레이나는 그의 목 급소를 공격해 의식을 잃게 만들기 위해 손을 움직였다. 흘러내린 핏자국만 감출 수 있으면 눈에 띄지 않고 여기서 빠져나갈 수 있을 것이다.

"뭘 찾고 있었지?"

데이비스가 물었다. 버둥대는 그의 입에서 와인 냄새가 풍겼다. 셀레이나는 굳이 대답하지 않았다. 데이비스는 그녀의 손아귀에서 벗어나려 몸을 들썩였다. 셀레이나는 온몸의 무게를 실어 그를 누르면서 일격을 가하기 위해 손을 들어 올렸다.

그가 나지막하게 웃었다.

"칼날에 뭐가 묻었는지 알고 싶지 않아?"

느끼하게 미소 짓는 그자의 얼굴을 손톱으로 찢어버리고 싶었다. 셀레이나는 유연하고 민첩하게 그자의 단검을 집어 들고 냄새를 맡아보았다.

천 번을 새로 태어나도 잊을 수 없는 사향 냄새가 났다. 글로리엘라. 몇 시간 동안 몸을 마비시키는 약한 독이었다. 셀레이나가 붙잡혀 옴짝달싹 못하는 신세가 된 날, 반격도 못하고 왕의 부하들 손에 넘겨져 궁전의 지하 감옥에 갇힌 날 그녀에게 사용된 독이기도 했다.

데이비스는 의기양양하게 미소를 지었다.

"곧 정신을 잃을걸. 내 경비병들이 와서 너를 좀더 은밀한 곳으로 옮겨줄 거다."

그곳에서 고문을 하겠지. 그 말은 덧붙일 필요도 없었다.

개새끼.

독이 몸에 얼마나 흡수됐을까. 상처는 얕고 짧았다. 하지만 글로리엘라는 몸에 빠르게 퍼지고 있었다. 샘의 처참한 시체 옆에 쓰러진 날, 샘의 몸에서도 이 사향 냄새가 났었다. 어서 여길 나가야 했다. 당장.

셀레이나는 상처를 입지 않은 쪽 손으로 데이비스를 공격해 기절시키려 했지만 손가락이 전부 떨어져나간 것 같은 느낌이었다. 데이비스는 키는 작아도 힘이 센 편이었다. 순식간에 셀레이나의 손목을 잡아 바닥으로 당겨 쓰러뜨린 걸 보면 누군가에게 전문적으로 훈련을 받은 것 같았다. 카펫에 세게 몸을 부딪친 셀레이나는 폐에서 공기가 모조리 빠져나간 듯했다. 머리도 어질어질했다. 손에 쥐고 있던 단검도 놓쳤다. 글로리엘라의 효과가 빠르게 나타나고 있었다.

너무 빨랐다. 당장 여길 나가야 했다.

희석되지 않은 순전한 공포가 밀려들었다. 망할 드레스 때문에 움직임이 편치 않았지만 최대한 몸을 제어하면서 다리를 들어 그를 걷어찼다. 거센 발길질에 데이비스는 잠시 셀레이나의 손을 놓쳤다.

"이년이!"

그는 곧 다시 달려들었지만 셀레이나는 이미 그의 독 묻은 단검을 손에 쥐었다. 다음 순간, 그는 목을 부여잡았고 그의 목에서 튄 피가 셀레이나의 몸과 드레스, 손에 마구 튀었다.

데이비스는 목을 잡은 채 모로 쓰러졌다. 그렇게 목을 잡고 있으면 피가 뿜어져 나오는 걸 막을 수 있다는 듯이. 그의 입에서 익숙한 꾸륵꾸륵 소리가 났지만, 셀레이나는 그의 목숨을 거두는 자비를 베푸는 대신 비틀대며 일어섰다. 그를 쳐다보지도 않은 채 단검을 들고 치맛자락을 무릎길이로 잘라냈다. 잠시 후 서재 창문 앞으로 간 셀레이나는 지상에 서 있는 경비들과 멈춰선 마차들을 내려다보았다. 머릿속이 계속 흐릿해지는 가운데 힘겹게 창턱으로 올라섰다.

어떻게 했는지, 얼마나 오래 걸렸는지 기억도 나지 않았다. 어느 순간 그녀는 땅바닥에 내려섰고, 다음 순간 열린 대문을 향해 내달리고 있었다.

경비인지 말구종인지 하인인지 모를 이들이 고함을 지르기 시작했다. 셀레이나는 계속해서 달렸다. 속력을 내려 안간힘을 다했다. 한 번 심장이 뛸 때마다 글로리엘라가 몸에 퍼져나가 점점 몸을 제어하기가 힘겨워졌다.

이곳은 이 도시의 부유층이 사는 구역이고 근처에는 왕립 극장이 있었다. 셀레이나는 하늘과 맞닿은 건물 윤곽을 둘러보며 유리성을 찾으려 애썼다. 보였다! 반짝이는 탑들이 과거 어느 때보다도 아름답고 반갑게 느껴졌다. 어서 돌아가야 했다.

눈앞이 흐려졌지만 이를 악물고 달렸다.

모퉁이에서 졸고 있는 술주정뱅이의 몸에서 망토를 낚아채고 얼굴에 묻은 피를 닦아낼 정도의 의식은 남아 있었다. 달리는 동안 두 손을 안정적으로 움직이려고 몇 번이나 의식적으로 노력해야 했다. 망토로 피 묻은 드레스를 덮어 가린 뒤, 유리 성의 정문을 향해 나아갔다. 불빛이 흐릿해 자세히 얼굴을 살펴야 하긴 했지만 근위병들은 셀레이나를 알아보았다. 상처가 짧고 얕으니 해낼 수 있을 것이다. 어떻게든 안으로, 안전한 곳으로 들어가야 했다…….

성채로 이어지는 구부러진 길을 휘청대며 달렸다. 성채 앞에 다다르기도 전에 달음박질은 비틀비틀 걷는 수준으로 바뀌었다. 이런 꼴로 성채의 정문으로 들어갈 수는 없었다. 그랬다가는 모두의 관심을 받게 될 것이다. 데이비스를 죽인 자가 누구인지 모두에게 광고할 생각이 아니라면 정문으로는 들어갈 수 없었다.

한 걸음씩 발을 뗄 때마다 휘청대면서 옆문으로 향했다. 근위병들이 이쪽 구역을 막사로 쓰고 있는 데다 밤이라 징 박힌 철문이 약간 열려 있었다. 제일 좋은 문은 아니지만 그럭저럭 괜찮았다. 정문으로 갔다가는 근위병들이 신중을 기하느라 꼬치꼬치 캐물을 게 분명했다.

한 발씩 한 발씩. 조금만 더 가자…….

막사 문까지 어떻게 갔는지 기억도 나지 않았다. 문짝을 미는 손바닥에 금속 징이 닿는 느낌만 기억에 남았다. 홀의 불빛에 눈이 부셨다. 어서 안으로 들어가야 했다…….

식당 문이 열려 있었다. 웃음소리, 달그락거리는 머그 소리가 들려왔다. 몸이 점점 굳어가는 게 추위 때문인지 글로리엘라 때문인지 알 수 없었다.

해독제를 줄 만한 사람에게 말해야 했다…… 누구에게든…….

한 손으로 벽을 짚고 다른 한 손으로는 망토를 바짝 여몄다. 식당 앞을 지나가는데 숨 한 번 쉬기가 지독하게 힘에 부쳤다. 다행히 그녀의 앞을 가로막거나 그녀 쪽을 쳐다보는 사람은 없었다.

이쪽 복도로 가면 바로 그 문이 있었다. 그 문 너머는 안전한 방이었다. 손으로 돌벽을 짚고 몇 번째 문인지 헤아리며 나아갔다. 이제 얼마 안 남았다. 문에 붙은 손잡이에 망토 자락이 걸려 찢어졌다.

드디어 찾고 있던 문 앞에, 안전하게 숨을 수 있는 방에 도착했다. 문을 밀고 문지방에 서서 비틀거리는데 손가락이 문의 나뭇결을 느끼지도 못했다.

환한 빛, 나무와 돌과 종이가 부옇게 흐려졌다……. 희뿌연 시야 너머로 아는 얼굴이 보였다. 책상 뒤에 선 그 얼굴은 셀레이나를 보더니 놀라 입을 딱 벌렸다.

셀레이나의 목구멍에서 숨 막힌 소리가 새어나왔다. 시선을 아래로 내리고 보니 오늘 입고 나갔던 흰 드레스와 팔, 손이 온통 피에 젖어 있었다. 핏속에서 데이비스의 모습이, 데이비스의 목에 그어진 깊은 자상이 어른거렸다.

"케이올."

셀레이나는 익숙한 얼굴을 찾아 눈을 돌리며 신음을 흘렸다.

케이올은 방해되는 물건들을 밀치며 그녀에게 달려왔다. 케이올이 이름을 소리쳐 부른 순간, 셀레이나는 무릎이 꺾이며 쓰러지고 말았다. 셀레이나의 눈에는 그의 황갈색 눈동자만 보였다. 그녀는 겨우 버티며 속삭였다.

"글로리엘라에요."

사방이 기울어졌다가 캄캄해졌다.

CHAPTER 13

케이올은 살면서 이렇게 밤이 길게 느껴진 적이 없었다.

시간이 갈수록 끔찍한 현실이 명확히 와 닿았다. 매초가 고통스럽게 흘러갔다. 셀레이나는 서재 바닥에 쓰러졌고 그녀의 보디스는 피에 흠뻑 젖어 어느 부위에서 피를 흘리는지 알 수가 없었다. 성가신 프릴과 주름들 때문에 상처 부위를 파악하기 어려웠다.

그는 제정신이 아니었다. 밀려드는 공포로 아무 생각도 할 수 없었다. 곧장 서재 문을 닫고 사냥용 칼을 꺼내 드레스부터 찢었다.

몸에 큰 상처는 보이지 않았다. 보이는 거라곤 바닥으로 달그락 떨어진 칼집 안의 단검과 그녀의 팔뚝에 난 얇은 상처뿐이었다. 드레스를 찢고 보니 그녀의 몸에 직접 묻은 피는 얼마 되지 않았다. 두려움이 약간 걷히자 그는 셀레이나가 쓰러지기 직전에 속삭인 말을 떠올렸다. 글로리엘라.

일시적으로 몸을 마비시키는 데 사용되는 독이었다.

그제야 단계적으로 문제를 해결할 방법을 떠올린 케이올은 조용히 레스를 불렀다. 젊고 유능한 근위병 레스에게 아무것도 묻지 말고 제일 가까이에 있는 치료사들을 데려오라고 지시했다. 피부에 묻은 피가 남들 눈에 보이지 않도록 셀레이나를 자신의 망토로 감싼 뒤 그녀를 안고 방으로 데려갔다. 잠시 후 도착한 치료사들에게 이런저런 지시를 내린 다음, 치료사들이 그녀의 목구멍에 해독제를 넣는 동안 셀레이나의 몸을 잡아 눌렀다. 셀레이나가 컥컥댈 때까지 치료사들은 계속해서 해독제를 투여했다. 케이올은 셀레이나가 구역질을 하고, 머리카락을 뒤로 잡아당기고, 방으로 들어오는 누구한테든 성질을 내는 수 시간 동안 옆에 꼭 붙어서 그녀를 안아주었다.

마침내 셀레이나가 곤히 잠이 들자 케이올은 곁에 앉아 그녀를 물끄러미 바라보았다. 그는 레스를 비롯해 제일 믿을 만한 수하들을 리프트홀드로 보내, 어떻게 된 일인지 알아오라고 했다. 사건 정황을 파악하기 전까지는 돌아오지 말라고 경고하기까지 했다. 얼마 후 수하들은 리프트홀드에 사는 데이비스라는 사업가가 독이 묻은 본인의 단검에 살해당한 것 같다는 소식을 가지고 돌아왔다. 케이올은 그날 일어난 일들에 관한 정보를 조합해 결론을 내렸다.

데이비스가 죽어서 다행이었다. 그자가 살아남았다면 케이올은 직접 목숨을 끊어놓으러 리프트홀드로 갔을 것이다.

셀레이나는 정신이 들었다.

입이 바짝 마르고 머리가 욱신거렸지만 몸이 움직여지기는 했다. 발가락과 손가락을 움직여봤다. 익숙한 시트 냄새에 여기가 자신의 방, 자신의 침대이며 안전한 상태임을 알 수 있었다.

눈꺼풀이 무거웠다. 흐릿한 기운을 떨쳐내려 눈을 억지로 깜박였다. 배가 아프기는 했지만 글로리엘라 독 기운은 가신 모양이었다. 잠을 자면서도 그가 곁에 있음을 알고 있었던 것처럼 자연스럽게 왼쪽을 돌아보았다.

케이올은 팔다리를 아무렇게나 뻗고 고개를 뒤로 젖힌 채 의자에 앉아 졸고 있었다. 단추를 풀어놓은 튜닉의 목깃 안쪽으로 그의 강인한 목이 보였다. 햇살이 비춰드는 각도로 짐작건대 새벽 무렵인 것 같았다.

쉰 목소리로 그를 불렀다.

"케이올."

그는 곧바로 눈을 번쩍 뜨더니, 셀레이나의 위치를 언제나 알고 있는 것처럼 그녀에게 몸을 기울였다. 그녀를 본 순간 자동으로 칼을 찾던 그의 손에 힘이 빠졌다.

"깼네." 낮게 울리는 그의 목소리에 분노가 서려 있었다. "몸은 어때?"

셀레이나는 자신의 몸을 내려다보았다. 누군가 그녀의 몸에 묻은 피를 닦아내고 잠옷을 입혀놓았다. 머리를 움직이자 사방이 핑 돌았다.

"엉망이에요."

그는 팔꿈치를 무릎에 대고 두 손으로 머리를 감쌌다.

"자세히 설명하기 전에 이것부터 말해. 데이비스의 서재에 들어가 염탐하다가 그자에게 들켜 독 묻은 칼로 상처를 입었고 싸움 끝에 그자를 죽인 게 맞아?"

그는 말끝에 이를 드러냈다. 그의 황갈색 눈동자에 또다시 격한 분노가 번뜩였다.

데이비스의 서재에서 있었던 일을 떠올리자 셀레이나는 속이 뒤집힐 것 같았지만 고개를 끄덕였다.

케이올이 일어섰다.

"그래, 알았어."

"폐하께 말할 거예요?"

그는 팔짱을 끼고 침대 가로 다가와 그녀를 내려다보았다.

"아니." 그의 눈에 또다시 분노가 타올랐다. "그랬다간 당신이 붙잡히지 않고 염탐할 능력이 있는 자객이라는 말을 다시는 못 꺼내겠지. 내 부하들은 이번 일을 어디에서도 발설하지 않을 거야. 하지만 다음에 또 당신이 이런 일을 당하면 지하 감옥에 던져 넣을 줄 알아."

"데이비스 같은 자를 죽인 죄로요?"

"나를 식겁하게 만든 죄로!" 그는 두 손으로 머리카락을 쓸어 올리고는 잠시 방 안을 서성이다가 그녀를 향해 돌아서서 손가락질을 했다. "당신이 내 방에 어떤 몰골로 들어왔는지 알기는 해?"

"추측해보자면…… 별로 좋지 않은 몰골이었겠죠?"

그는 셀레이나를 쏘아보았다.

"당신이 입고 있던 드레스를 불태워서 못 보여주는 게 한이야."

"드레스를 태웠어요?"

그는 두 팔을 펼쳐 보였다.

"당신이 어떤 꼴로 들어와 쓰러졌는지 증거를 남겼길 원해?"

"이렇게 제 뒤를 봐줬다간 입장이 곤란해지실 텐데요."

"감당할 수 있어."

"그래요? 감당할 수 있다고요?"

침대 쪽으로 몸을 기울인 케이올은 매트리스를 두 손으로 움켜잡고 내뱉듯이 말했다.

"그래, 감당할 거야."

셀레이나는 침을 삼키려 했지만 입안이 바짝 말라 삼킬 수가 없었다. 그의 눈빛에 분노뿐만 아니라 두려움이 섞여 있는 걸 보고 셀레이나는 움찔했다.

"제 상태가 그렇게 안 좋았나 봐요?"

그는 매트리스 가장자리에 털썩 앉았다.

"안 좋았지. 엄청. 상처 부위로 글로리엘라가 얼마나 스며들었는지 알 수가 없어서 치료사들은 안전을 기하기 위해 해독제를 강하게 썼어……. 덕분에 당신은 몇 시간이나 들통에 구토를 해댔지."

"기억이 안 나요. 성까지 어떻게 왔는지도 거의 기억이 안 나고요."

그는 고개를 절레절레 흔들며 벽으로 시선을 돌렸다. 그의 눈 밑이 검었고 턱에는 까칠하게 수염이 돋았으며 온몸에서 지독한 피로감이 느껴졌다. 조금 전까지 한숨도 못 자고 있었던 게 분명했다.

글로리엘라의 기운이 몸에 퍼지는 동안 어떻게 여기까지 왔는지 알 수가 없었다. 그녀는 그저 안전한 곳을 찾아가려 했다.

그리고 평소 제일 안전하다고 여긴 곳으로 용케 잘 찾아왔다.

CHAPTER 14

며칠 전 밤에…… 그것을 맞닥뜨린 일로 도서관에 들어가기 전 상당한 용기를 내야 했다. 셀레이나는 기분이 좋지 않았다. 이 성에서 제일 좋아했던 장소인 도서관이 위험천만할 수도 있는 미지의 장소가 되었다는 게 무엇보다 속이 상했다.

완전 무장을 하고 도서관의 높은 오크나무 문을 밀고 들어가려는데 바보가 된 기분이었다. 물론 남들 눈에 보이지 않도록 무기는 전부 몸 안에 감췄다. 왕의 전사가 대량 학살 현장에라도 들어서는 모양새로 도서관에 들어간다면 누구라도 무슨 일이냐고 물어볼 테니까.

어젯밤 데이비스의 집에서 벌어진 일 때문에 오늘은 리프트홀드에 가고 싶지 않았다. 오늘은 어제 데이비스의 서재에서 본 것에 대해, 워드 문자 책과 왕의 계획 사이에 있을지 모를 관련성에 대해 생각해보면서 시간을 보내는 편이 나을 듯했다. 성에서 뭔가 기괴한 것을 목격하기도 했으니…… 그 기괴한 것이 도서관에서 무엇을 찾으려 했던 것인지 용기를 내서 한 번 알아보기로 했다. 적어도 그 괴상한 존재가 어디로 사라졌는지 정도는 알아야 할 듯해서였다.

도서관은 평소와 다를 바 없는 모습이었다. 어둑하고 동굴처럼 휑하지만, 고대의 석조 건축 양식과 끝없는 책장들의 행렬은 가슴 저미도록 아름다웠다. 게다가 절대적으로 고요했다.

학자들과 사서들이 있겠지만 대부분 각자의 연구에 몰두해 있었다. 도서관의 규모는 어마어마해서 그 자체로 여느 성만 한 크기였다.

괴상한 존재는 여기서 무엇을 하고 있었을까?

고개를 젖히고 이 층으로 된 도서관 상층부를 올려다보았다. 두 층 모두 화려한 난간으로 가장자리를 둘러놓았다. 쇠 샹들리에가 셀레이나가 서 있는 중앙 구역에 빛과 그림자를 드리웠다. 셀레이나는 이곳이 좋았다. 여기저기 놓인 묵직한 탁자들과 붉은 벨벳 천을 씌운 의자들, 커다란 벽난로 앞에 아무렇게나 놓여 있는 낡은 긴 의자들이 마음에 들었다.

워드 문자에 대한 연구를 할 때 사용했던 탁자 옆으로 가 섰다. 케이올과 함께 오랜 시간을 보낸 탁자이기도 했다.

여기서는 세 층을 모두 볼 수 있었다. 수많은 방과 벽감, 곧 무너질 것 같은 계단을 비롯해 이곳에는 몸을 숨길 만한 장소가 수두룩했다.

아래층은 어떨까? 도서관은 셀레이나의 숙소와 거리가 상당히 멀어서 지하 터널로 연결되어 있지는 않을 듯했다. 하지만 이 성 지하에는 오래전에 잊힌 장소들이 더 있을지도 몰랐다. 윤기 나는 대리석 바닥이 셀레이나의 발밑에서 반들거렸다.

예전에 케이올은 지하에 또 다른 도서관이 있다는 전설에 대해 말해준 적이 있었다. 그 도서관은 지하 묘지와 터널 사이의 어딘가에 있다고 했다. 남들 몰래 어떤 짓을 꾸미고 있다면, 어디든 숨을 곳이 필요한 역겨운 짐승이라면 어디로 숨어들까…….

지하로 내려가는 건 어리석은 생각일지도 몰랐다. 하지만 알아내야 했다. 어쩌면 그 괴상한 존재를 통해 이 성에서 벌어지고 있는 일에 관한 단서를 얻어낼 수 있지 않을까.

제일 가까운 벽 쪽으로 다가갔다. 서가의 어둑한 그림자 속에 몸을 묻은 채 근처의 벽으로 발걸음을 옮겼다. 그곳에는 책장들과 흠집 난 책상들이 놓여 있었다. 주머니에서 분필 한 조각을 꺼내 책상 위에 X 표시를 해두었다. 도서관 내부를 돌아다니다 보면 거기가 거기인 듯 비슷해 보였다. 지금부터 가장자리를 따라 한 바퀴 돌아볼 것이니 시작점에 표시를 해두는 게 유용할 듯했다. 전체를 둘러보는 데 몇 시간은 걸릴 것 같았다.

줄지어 선 책장들 옆으로 지나갔다. 평범한 책장도 있고 화려한 조각이 새겨진 책장도 있었다. 촛대의 간격이 꽤 멀어서 중간중간에 어쩔 수 없이 어둠 속으로 발을 들여놓게 됐다. 반들거리는 대리석 바닥은 어느새 오래된 돌바닥으로 바뀌었다. 그녀의 장화가 돌바닥을 스치는 소리 외에는 사방이 고요했다. 어쩌면 이곳에서 천 년 만에 울린 소리가 아닐까 싶기도 했다.

하지만 촛대에 불 켜진 초가 꽂혀 있다는 건 누군가 이쪽으로 다니면서 초에 불을 켜는 일을 한다는 의미였다. 그러니 여기서 길을 잃는다고 해도 영원히 혼자 있을 일은 없을 듯했다.

도서관의 정적이 살아 있는 생물처럼 느껴지자, 셀레이나는 여기서 길을 잃는 건 불가능하다고 스스로를 달랬다. 통로와 출입구, 모퉁이의 위치를 파악하고 기억하는 훈련을 받으며 살아온 그녀이니 무사할 것이다.

최대한 깊숙한 곳까지 들어가면 학자들도 가본 적 없는 곳에 다다를 가능성도 없지는 않았다.

예전에 도서관에서 《걸어 다니는 시체》라는 책을 집중해서 읽고 있는데 장화 신은 발밑에서 무언가가 느껴진 적이 있었다. 나중에 케이올은 자기가 그녀를 겁먹게 하려고 장난 삼아 단검을 바닥에 대고 쭉 그었다고 말했지만 셀레이나가 처음에 감지한 발밑의 진동은…… 케이올이 말한 진동과는 느낌이 달랐다.

마치 누군가 돌바닥을 발톱으로 긁는 느낌이었다.

그만해. 이제 그만. 터무니없는 상상일 뿐이야. 케이올이 장난친 거야.

얼마나 걸었을까. 마침내 모퉁이에서 또 다른 벽에 다다랐다. 이 구역의 책장들은 전부 아주 오래된 나무들로 만들어졌는데 끄트머리에는 보초병 모양의 조각이 새겨져 있었다. 영원히 책장의 책들을 지키는 임무를 부여받은 보초병들이었다. 여기서부터는 더 이상 벽에 촛대가 설치돼 있지 않았다. 도서관 뒷벽 너머는 완전한 어둠이 내렸다.

다행히 어떤 학자가 마지막 촛대 옆에 자기가 쓰던 횃불을 놓아두었다. 워낙 작은 횃불이라 오래 갈 것 같지는 않지만 도서관 전체를 화재로 무너뜨릴 일은 없을 듯했다.

여기서 탐색을 그만두고 방으로 돌아가 아처의 고객한테서 정보를 캐낼 방법을 고민할 수도 있었다. 한쪽 벽 전체를 탐색했는데 별다른 게 없었다. 그 뒷벽은 내일 살펴봐도 될 것이다.

하지만 이왕 여기까지 왔는데 그만두려니 아쉬웠다.

결국 다시 횃불을 집어 들었다.

◈◈◈

도리언은 시계 종소리에 화들짝 눈을 떴다. 침실 안이 얼어붙게 추운데 그의 몸은 식은땀에 젖어 있었다.

이렇게 추운데 잠든 것도 이상했지만, 더 이상한 것은 방 안 가득한 한기였다. 창문은 모두 단단히 잠겨 있었고 방문도 닫혀 있었다.

그런데도 얕은 숨을 내쉬는 그의 입에서 하얀 김이 뿜어 나왔다.

일어나 앉는데 머리가 지끈거렸다.

이빨과 그림자, 번뜩이는 칼들이 나온 악몽 탓일까. 아마 그럴 것이다.

고개를 흔들었다. 방 안의 온도는 점차 다시 올라가고 있었다. 잠깐 외풍이 들었던 것일 수도 있었다. 어젯밤 늦게까지 깨어 있었더니 자기도 모르게 끔뻑 졸았던 모양이었다. 케이올의 방으로 셀레이나가 찾아 들어갔다는 얘기 때문에 악몽을 꾼 것도 같았다.

이를 뿌드득 갈았다. 셀레이나가 하는 일이 워낙 위험하기는 했다. 셀레이나에게 일어난 일 때문에 화가 치밀었지만 그녀에게 소리쳐 따져 물을 수도 없었다. 그랬다간 그를 더 멀리 밀어낼 테니까.

냉기를 마저 털어내고 구겨진 튜닉을 갈아입으려 옷방 쪽으로 걸어갔다. 문득 뒤를 돌아보니, 방금 전 그가 누워 있던 카우치 의자 주변에 마치 서리처럼 허연 고리 모양의 자국이 얼핏 보였다.

좀더 자세히 보려고 돌아서자 그 자국은 사라지고 없었다.

멀리서 들려오는 시계 종소리가 셀레이나의 귀에 와 닿았다. 시간이 벌써 이렇게 됐나. 셀레이나가 도서관에 들어온 지 세 시간째였다. 세 시간이라니. 뒷벽은 옆벽과는 달랐다. 비딱하게 기울어지고 구부러졌으며 벽장과 벽감, 작은 학습실에는 쥐 떼와 먼지가 가득했다. 벽에 분필로 X 표시를 그려두고 여기서 그만 탐색을 멈추려는데 벽걸이 융단이 눈에 들어왔다.

이쪽 벽에 걸어놓은 유일한 장식이라 자연스럽게 그리로 눈길이 갔다. 지난 여섯 달 동안 일어난 일들을 돌이켜 생각해보면 이 벽걸이 융단이 여기 있는 것도 이유가 있지 않을까 싶었다.

융단에는 엘레나 여왕이나 수사슴, 사랑스러운 초록빛 식물 따위는 묘사되어 있지 않았다.

아무 그림 없이…… 흡사 검은색처럼 보일 정도로 진한 붉은 실로만 짠 융단이었다.

셀레이나는 오래된 융단의 실을 만져보며 색감에 감탄했다. 색이 어찌나 진한지 어둠 속에 손가락이 파묻힐 것만 같았다. 융단 너머에 무언가 있을 것만 같아 목 뒷덜미의 털이 곤두섰다. 셀레이나는 단검에 손을 얹고 융단을 조심스럽게 젖혔다. 욕이 나오고 또 나왔다.

융단 너머에 비밀의 문이 있었다.

등 뒤의 서고를 둘러보았다. 발소리나 옷자락 스치는 소리가 들리지 않는지 귀를 쫑긋 세우다가 아무 소리도 들리지 않자 비밀의 문을 밀어 열었다.

열린 문 너머, 깊고 깊은 나선형 계단을 타고 퀴퀴한 냄새가 진하게 올라왔다. 손에 쥔 작은 횃불의 빛은 문 너머 몇 미터까지 밖에 비추지 못했다. 문 너머 벽에는 전투의 한 장면을 묘사한 화려한 조각이 새겨져 있었다.

대리석 벽에는 8센티미터 깊이의 얕은 홈이 마치 수로처럼 벽을 타고 어둠 속으로 쭉 뻗어 있었다. 손가락으로 홈을 문질러보았다. 유리처럼 매끈한 홈 안쪽에 끈적한 점액질이 묻어 있었다.

벽에 작은 은색 램프가 걸려 있는 게 보였다. 셀레이나는 그 램프를 들어 내리고 그 자리에 횃불을 꽂았다. 램프 속에서 액체가 찰박거렸다.

"영리한 방법이네."

셀레이나는 조그맣게 중얼거리며 미소를 지었다.

횃불과 충분한 거리를 두고 램프의 가느다란 노즐을 벽의 홈에 가져다 댄 후 살짝 기울였다. 노즐에서 나온 기름이 홈을 따라 벽 안쪽으로 흘러갔다. 셀레이나는 다시 횃불을 들어 벽의 홈에 가져다 댔다. 홈에 불이 붙으면서 가느다란 빛의 선이 생겨나, 저 안쪽의 어둡고 거미줄 쳐진 계단이 훤히 내려다보였다. 셀레이나는 허리춤에 한 손을 짚고 아래를 내려다보며 조각이 새겨진 벽면을 감상했다.

누가 그녀를 찾으러 여기까지 올 일은 없겠지만 혹시 모를 가능성에 대비해 벽걸이 융단을 원래 자리로 놓아두고 긴 칼 하나를 꺼내 들었다. 계단을 밟고 내려가는데 전투 장면을 묘사한 조각들이 불빛에 움직이는 듯 느껴졌다. 돌에 새겨진 얼굴 조각들이 셀레이나를 바라보는 것 같기도 했다. 셀레이나는 더 이상 벽을 쳐다보지 않기로 했다.

차가운 바람 한 줄기가 얼굴을 스쳤다. 마침내 계단 맨 아래 칸이 내려다보였다. 오랜 세월 동안 썩어간 것들의 냄새가 배어 있는 컴컴한 통로였다. 계단 맨 아래 칸에 횃불 하나가 버려져 있었다. 아득한 세월 동안 여기 내려와 본 사람이 없었는지 그 횃불은 거미줄로 뒤덮여 있었다.

도서관 앞에서 맞닥뜨린 괴상한 존재는 어둠 속에서도 볼 수 있는 능력이 있는 건가.

셀레이나는 그 생각을 떨쳐버리려 애를 썼다. 버려진 횃불을 들어 계단통 벽을 밝히는 불에 가져다 댔다.

아치형 천장에서 흘러내린 거미줄들이 자갈 바닥에 닿아 있었다. 부서질 듯한 책장들이 절반쯤 자리를 채웠고 책꽂이마다 지독하게 낡아 제목조차 알아볼 수 없는 책들이 잔뜩 꽂혀 있었다. 두루마리와 양피지들이 책장 구석구석 틈새마다 가득했는데, 그중 일부는 마치 누군가 읽다가 둔 것처럼 축 늘어진 나무판 위에 놓여 있기도 했다. 여기는 엘레나의 휴식처라기보다는 무덤에 가까워 보였다.

통로를 따라 걸어가다가 간간이 서서 근처의 두루마리 문서들을 살펴보았다. 대부분 오래전 가루가 되어버린 왕들의 시대에 만들어진 지도이거나 영수증이었다.

이 성의 기록들이군. 조바심치면서 살펴보다가 겨우 발견한 게 아무짝에도 쓸모없는 기록들이라니. 어쩌면 내가 찾는 그 짐승 같은 존재도 고대 왕의 식료품 영수증 정도밖에 안 되는 것일지도 모르지.

한바탕 더러운 욕을 내뱉으며 셀레이나는 횃불을 앞으로 내밀고 계속 걸어갔다. 마침내 왼쪽에 또 다른 통로가 나타났다.

엘레나 왕비의 무덤보다 더 깊은 곳으로 이어지는 듯했다. 대체 얼마나 깊은 걸까? 벽에 랜턴과 홈이 보였다. 셀레이나는 나선형 통로의 벽에 한 번 더 불을 붙였다. 이쪽의 회색 돌벽에는 숲의 풍경이 조각돼 있었다. 그리고……

페이 요정들도 새겨져 있었다. 끝이 미묘하게 올라간 뾰족 귀와 가늘고 긴 송곳니는 도저히 헷갈릴 수가 없었다. 돌벽에 새겨진 페이 요정들은 느긋하게 노닐고 춤을 추거나 악기를 연주하면서 자신들의 불멸성과 비할 데 없는 아름다움을 한껏 즐기는 모습이었다.

아달렌의 왕과 그 측근들은 이곳에 대해 모르고 있는 게 분명했다. 알았다면 지금쯤 이 조각들은 전부 파괴되어 흔적도 남아 있지 않을 것이다. 굳이 역사학자에게 물어보지 않아도 저 아래 계단이 조금 전 그녀가 밟고 내려온 계단보다 훨씬 오래된 것임을, 어쩌면 이 성채보다도 오래되었을 수 있음을 짐작할 수 있었다.

개빈 왕은 왜 하필 여기에 성을 지었을까? 성이 세워지기 전 이 자리에 무언가가 있었던 건가?

아니면 지하에 감춰둘 만한 무언가가 있었을까?

저 아래 계단을 내려다보는데 등줄기를 타고 식은땀이 흘러내렸다. 희한하게도 저 아래서 또 한차례 바람이 올라왔다. 쇠 냄새. 바람에 쇠 냄새가 섞여 있었다.

나선형 계단을 내려가는데 벽에 새겨진 조각들의 이미지가 어룽거렸다. 계단 맨 아래 칸에 다다른 셀레이나는 얕게 숨을 들이마시며 근처 받침대에 꽂힌 횃불에 불을 붙였다. 이곳은 회색 돌을 바닥에 깐 긴 통로였다. 왼쪽 벽 중앙에 문 하나가 있었고, 그 외에 출입할 수 있는 곳은 방금 그녀가 내려온 계단뿐이었다.

홀을 둘러보았다. 아무것도 없었다. 쥐 한 마리 보이지 않았다. 잠시 살펴보다가 벽에 꽂힌 횃불 몇 개에 불을 붙이며 앞으로 나아갔다.

쇠문에는 아무 표시가 없었고 안으로 들어가는 것도 불가능해 보였다. 장식 못이 박힌 표면은 마치 별빛 하나 없는 밤하늘 같았다.

손을 뻗은 셀레이나는 손가락 끝으로 문 표면을 만져보려다가 흠칫 멈췄다.

무슨 이유로 문 전체를 쇠로 만들었을까?

쇠는 마법에 영향을 받지 않는 물질이었다. 셀레이나가 기억하기로는 그랬다. 10년 전만 해도 온갖 종류의 마법을 쓰는 자들이 있었다. 아달렌의 왕이 마법은 신에 대한 모욕이라 주장했지만, 그들이 가진 마법의 힘은 오래전 신들에게서 받은 것이라 여겨졌다. 힘의 원천이 무엇이든 마법의 종류는 헤아릴 수 없이 다양했다. 치료 마법, 형태 변환 마법, 불이나 물이나 폭풍우를 소환하는 마법, 농작물과 식물의 성장을 북돋우는 마법, 미래를 보는 마법 등등. 이런 마법을 쓰는 재능은 천년의 세월을 거치며 희석됐지만, 드물게 강한 마법의 힘을 지닌 자들도 있었다. 하지만 마법을 너무 오래 쓰면 핏속의 철 성분 때문에 기절하거나 더 안 좋은 결과를 보기도 했다.

셀레이나는 이 성에서 나무문, 청동문, 유리문 등 수백 개의 문을 봤지만 이렇게 단단한 쇠로 된 문은 처음이었다. 이 쇠문은 특별한 의미가 있는 고대의 물건일 공산이 높았다. 누군가를 못 들어오게 막거나, 무언가를 못 나가게 막는 용도인 걸까?

셀레이나는 엘레나의 눈을 손으로 꼭 잡고 쇠문을 다시 한번 살펴보았다. 하지만 보는 것만으로는 문 뒤에 무엇이 있는지 알 수 없었다. 문손잡이를 잡고 한번 당겨보았다.

문은 꿈쩍도 하지 않았다. 문에는 열쇠 구멍도 없었다. 문과 돌벽 사이의 홈을 손으로 만져보았다. 잠긴 것 같지는 않은데 혹시 녹이 슬어 꽉 닫혀버린 걸까?

셀레이나는 미간을 찌푸렸다. 아무리 봐도 문에 녹이 슨 흔적은 없었다.

한발 물러나 문을 꼼꼼히 살펴보았다. 문을 아예 열지 못하게 만든 거면 손잡이는 왜 달아놨을까? 문 뒤에 무언가 가치 있는 것을 감춰 놓은 게 아니라면 왜 굳이 잠가놨을까?

어쩔 수 없이 돌아서려는데 엘레나의 눈이 뜨끈한 기운을 뿜기 시작했다. 동시에 그녀의 튜닉 밖으로 깜박이는 빛이 새어나왔다. 셀레이나는 그 자리에 멈춰 섰다.

횃불이 깜박거린 것일 수도 있었다……. 그래도 문과 돌벽 사이의 얇은 틈새를 한 번 더 살펴보기로 했다. 문 너머에 어둠보다 더 새까만 그림자 같은 것이 어른거렸다.

제일 얇고 납작한 칼을 천천히 꺼내 들고 횃불을 아래로 내린 뒤, 최대한 문 가까운 바닥에 엎드렸다. 아마 그림자일 것이다. 그게 전부일 것이다. 아니면 쥐이거나.

어느 쪽이든, 확인해야 했다.

반짝이는 단검을 소리 없이 문 밑의 틈새로 밀어 넣었다. 칼날에는 어둠이 비칠 뿐이었다. 어둠과 횃불의 빛이 전부였다.

단검을 조금 더 안쪽으로 밀어 넣어보았다.

그 순간 문 너머의 그림자 속에서 초록색과 황금색을 띤 구체 두 개가 번뜩였다.

얼른 단검을 빼내고 뒤로 물러났다. 큰 소리로 욕이 튀어나오는 걸 참으려고 입술을 깨물었다. 눈이었다. 어둠 속에서 빛나는 눈. 그 눈은 마치…….

조금씩 긴장을 풀며 코로 숨을 내쉬었다. 동물의 눈 같았다. 큰 쥐나 작은 쥐. 아니면 살쾡이일 것이다.

숨을 참고 다시 앞으로 기어갔다. 문 밑에 다시 칼날을 넣고 어둠 속에서 움직거렸다.

없었다. 아무것도.

아까 그 눈이 다시 보이기를 기다리며 단검의 칼날을 한참 내려다봤다.

하지만 무엇인지 몰라도 이미 달아나버린 듯했다.

쥐일 것이다. 아마.

그래도 셀레이나는 몸을 휘감은 소름을 떨쳐낼 수가 없었다. 목에 건 부적 목걸이의 온기도 무시하기 어려웠다. 이 문 너머에 괴이한 짐승이 있는 게 아니라고 해도 궁금증에 대한 답은 있을 것이다. 오늘은 아니라도…… 언젠가는 그 답을 찾아내야 했다. 나중에 준비가 되면 다시 확인해봐야지.

문을 열 방법이 있을지도 몰랐다. 여기가 굉장히 오래된 곳임을 감안하면, 이 문을 봉한 힘은 워드 문자와 관련이 있을 수도 있었다.

하지만 문 너머에 정말 무언가가 있다면……. 셀레이나는 횃불을 집어 들고 오른 손가락을 움직거리면서, 예전에 리더락에게 물린 둥그런 상처를 살펴보았다.

아마 쥐일 것이다. 이 추측이 맞는지 틀린지를 굳이 지금 증명하고 싶지는 않았다.

CHAPTER 15

그날 저녁, 만찬이 열린 대연회장은 사람들로 북적였다. 평소 셀레이나는 궁전에서 연회가 열려도 자기 방에서 혼자 식사를 했다. 그런데 홀린 왕자의 성 복귀를 기념하는 오늘 만찬 자리에 리나 골드스미스라는 가수가 와서 노래를 부른다는 소식이 들리자, 셀레이나는 대연회장 뒤쪽에 배치된 긴 식탁 중 한 곳에 굳이 비집고 들어가 앉았다. 그 식탁에는 하급 귀족들과 케이올의 부하들 중 신분이 높은 자들, 대담하게도 독사의 둥지 같은 궁전의 만찬을 구경하고 싶어 하는 자들이 모여 앉아 있었다.

왕족들은 앞쪽에 놓인 단 위의 식탁에 둘러앉았는데 그 자리에는 페링턴 공작과 롤랜드, 그리고 롤랜드의 모친으로 보이는 여자가 동석해 있었다. 맞은편 끝자리라 셀레이나는 어린 홀린 왕자의 모습을 겨우 볼 수 있었다. 홀린 왕자는 창백하고 퉁퉁한 얼굴에 흑단처럼 까만 고수머리를 갖고 있었다. 홀린을 도리언 옆에 앉힌 건 좀 너무

했다 싶었다. 둘이 너무 빤히 비교됐기 때문이었다. 홀린에 관한 온갖 안 좋은 소문들을 셀레이나도 들어 알고 있었지만 그래도 아직 어린 홀린에게 어쩔 수 없이 동정심이 들었다.

얼마 후 케이올이 바로 옆자리에 와 앉는 바람에 셀레이나는 깜짝 놀랐다. 케이올뿐만 아니라 그의 부하 다섯 명도 함께였다. 대연회장 곳곳에 근위병들이 자리하고 있었지만, 이 식탁에 둘러앉은 근위병들도 문과 단 옆에 배치된 근위병들 못지않게 긴장한 표정으로 사방을 경계했다. 그들은 모두 셀레이나 앞에서 정중하게 처신했다. 신중하면서도 예의 바른 모습들이었다. 그들은 어젯밤 일을 굳이 입에 올리지 않았다. 그저 셀레이나에게 몸 상태는 어떠냐고 조용히 물었을 뿐이었다. 시합 중에 셀레이나를 경호했던 레스는 셀레이나의 상태가 좋아진 걸 보고 진심으로 안도하는 표정이었다. 레스는 이 식탁에 둘러앉은 이들 중 제일 수다스러워서, 늙은 암탉처럼 온갖 소문을 주워섬겼다.

레스는 소년 같은 얼굴에 짓궂은 웃음을 지으며 입을 열었다.

"그 남자가 어머니 뱃속에서 나온 날처럼 완전히 홀딱 벗고 그 여자의 침대로 들어가 누웠는데 여자의 아버지가 들어온 겁니다." 근위병들은 인상을 찡그리며 낮게 탄성을 질렀다. 케이올도 그중 하나였다. "여자의 아버지는 남자의 발을 잡고 침대에서 끌어내려 복도를 질질 끌고 가 계단 아래로 던져버렸죠. 남자는 끌려가는 내내 돼지처럼 비명을 질렀다네요."

케이올은 팔짱을 낀 채 의자 등받이에 몸을 기대고 말했다.

"누가 벌거벗은 자네를 얼음처럼 차가운 바닥에 질질 끌고 가면 자네도 그렇게 비명을 질러댈걸." 레스가 자기는 비명을 안 지른다고 하자 케이올은 히죽 웃었다. 케이올은 근위병들과 함께 있으면 무척 편안해 보였다. 몸에 긴장이 풀렸고 눈도 즐거움으로 빛났다. 근위병들은 모두 케이올을 존경했다. 늘 동의와 확인, 지지를 구하는 눈빛으로 그를 바라보았다. 셀레이나의 웃음이 잦아들자 케이올은 눈썹을 치켜뜨며 그녀를 바라보았다.

"당신도 웃는군. 내가 알기로 차가운 바닥에서 구를 때 누구보다 자주 투덜거리던데."

근위병들이 슬며시 웃자 셀레이나는 허리를 곧게 펴고 반박했다.

"제 기억이 맞다면 저랑 바닥에 구르면서 훈련할 때 대장님이야말로 바닥이 차갑다고 늘 불평하셨잖아요."

"이런!"

레스가 장단을 맞추자 케이올은 눈썹을 더 높게 치켜떴다. 셀레이나는 케이올을 보면서 활짝 웃었다.

"이거 참 위험한 말이구만. 지금 당장 훈련장으로 가서 그 말이 맞는지 확인해야 하나?"

"글쎄요, 부하들이 바닥에 쓰러져 나뒹구는 대장님의 모습을 봐도 괜찮다고 하면요."

"저희야 물론 괜찮습니다." 레스의 말에 케이올은 그를 흘끗 쳐다보았다. 장난스러운 눈빛이었다. 레스가 얼른 덧붙였다. "대장님."

케이올이 받아치려고 입을 여는데 때마침 키 크고 날씬한 여자가 대연회장 한옆에 설치된 작은 무대로 걸어 올라갔다.

리나 골드스미스가 나무로 된 무대에 공기처럼 가볍게 올라서는 모습을 셀레이나는 목을 빼고 바라보았다. 무대에는 커다란 하프가 놓였고 그 옆에 바이올린 연주자가 대기 중이었다. 셀레이나는 리나의 공연을 딱 한 번 본 적이 있었다. 수년 전, 오늘처럼 추운 겨울밤 왕립 극장에서였다. 공연이 진행되는 두 시간 동안 가수의 노랫소리와 악기 소리 외에는 아무 소리도 들리지 않아서 청중들이 모조리 호흡을 멈춘 것처럼 느껴졌다. 공연이 끝나고도 며칠 동안 셀레이나의 머릿속에는 리나의 목소리가 계속 떠다녔다.

이쪽 식탁에서는 리나의 모습이 잘 보이지 않았다. 그저 리나가 (속치마와 코르셋, 장식은 하나도 없이 좁은 엉덩이에 가죽을 엮어 만든 허리띠만 걸치고) 초록색의 긴 드레스를 입었다는 것, 붉은빛이 도는 금색 머리카락을 풀어 내렸다는 것 정도밖에는 알아볼 수 없었다. 대연회장 안에 정적이 감돌았다. 리나는 왕족들이 자리 잡은 단을 향해 허리를 굽혀 절을 올리고 초록색과 금색으로 된 하프 앞에 가 앉았다. 청중들은 조용히 기다렸다. 리나는 이들의 관심을 얼마나 오래 붙들어놓을 수 있을까?

리나는 호리호리한 체구의 바이올린 연주자에게 고갯짓을 한 뒤, 길고 하얀 손가락으로 하프를 뜯기 시작했다. 몇 번 음을 맞춘 후 리듬을 타기 시작했고 느릿하고 슬픈 바이올린 곡조가 뒤따랐다. 하프와 바이올린이 어우러져 분위기를 고조시키자 리나가 입을 벌렸다.

그녀의 노랫소리가 울려 퍼지자 주변 세상이 흐릿하게 사라지는 느낌이었다.

그녀의 목소리는 부드럽고 가벼웠으며 아득한 기억 속의 자장가처럼 들렸다. 노래 하나하나가 셀레이나를 사로잡았다. 머나먼 땅, 잊힌 전설들, 다시 만날 날을 영원토록 기다리는 연인들에 관한 노래였다.

대연회장에 모인 이들은 모두 노래에 빠져들어 손가락 하나 움직이지 않았다. 시중을 들던 하인들도 벽 가까이나 문간, 벽감 앞에 서서 귀를 기울였다. 리나가 노래를 마치고 다음 곡을 시작하기 전에 잠시 틈을 두면 박수가 쏟아졌다. 그리고 이내 하프와 바이올린이 새로운 음을 뽑아내면 리나가 또다시 모두의 혼을 빼놓았다.

마침내 리나는 왕족들이 앉아 있는 단을 바라보며 나지막하게 말했다.

"이 노래는 오늘 밤 저를 이곳에 초대해주신 존경하는 왕실 가족 여러분께 바칩니다."

고대 전설, 정확히는 오래된 시를 가사로 풀어낸 노래였다. 셀레이나는 그 내용을 어린 시절 이후로는 한 번도 들어본 적이 없었다. 노래로 듣는 건 이번이 처음이었다.

그래서인지 마치 처음 듣는 내용처럼 느껴졌다. 무시무시하고 대단한 마법력을 가진 덕분에 세상의 모든 왕과 영주 들이 눈독을 들인 어느 페이 요정 여인의 이야기였다. 그들은 이 여인을 이용해 전쟁에서 승리를 거두고 타국을 점령했지만, 그녀를 두려워해 거리를 두었다.

대담한 노래였다. 왕실 가족에게 바치는 노래라고 했으니 한층 더 대담하다고 봐야 할 것이다. 하지만 왕족들은 격하게 반응하지 않았다. 왕조차도 그가 10년 전에 법으로 금지한 마법력에 관한 노래인데도 가만히 듣기만 했다. 리나의 목소리가 독재자의 심장을 정복해서일까? 음악과 예술에 깃든 마법의 막을 수 없는 힘 때문일까?

리나는 페이 여인이 왕과 영주 들을 섬긴 유구한 세월, 그 여인의 속을 조금씩 갉아먹은 외로움에 관한 노래를 계속해서 불렀다. 그러던 어느 날 기사 한 명이 찾아와 자신의 왕이 그녀의 협조를 구한다고 알렸다. 페이 여인과 함께 왕국으로 돌아가는 동안 그녀를 두려워하던 기사의 마음에는 사랑이 깃들었다. 그는 여인이 휘두르는 마법력이 아닌 그녀 자체를 온전히 바라보았다. 수많은 왕과 황제들이 상상할 수 없는 부를 약속하며 구애했지만, 기사가 그녀의 마음을 얻은 것은 그녀를 있는 그대로 보아주고, 이용 대상이 아닌 소중한 존재로 보아주었기 때문이었다.

어느새 셀레이나는 눈물을 흘리기 시작했다. 숨 쉬는 것조차 잊고 입술을 떨었다. 이 자리에서, 이 사람들 사이에서 울면 안 되었다. 그때 못 박인 따뜻한 손이 식탁 밑에서 슬그머니 그녀의 손을 잡아 주었다. 고개를 돌리자 케이올이 셀레이나를 바라보고 있었다. 케이올이 살짝 미소를 지었다. 셀레이나는 그 의미를 잘 알고 있었다.

그래서 셀레이나도 케이올을 바라보며 마주 미소 지었다.

옆자리에 앉은 홀린은 지루해 죽겠다고, 재미도 없는 공연이라고 투덜대며 꼼지락거렸다. 하지만 도리언의 시선은 대연회장 저 끝의 긴 식탁에 가 있었다.

리나 골드스미스의 기이한 노래는 동굴처럼 휑한 공간을 가득 채우며 그들을 사로잡았다. 도리언이 마법에 대해 잘 몰랐으면 그녀의 노래도 마법의 일종이라 여겼을 것이다. 그 와중에 도리언의 시선을 사로잡은 건 서로를 바라보고 앉아 있는 셀레이나와 케이올이었다.

그 둘은 단순히 서로를 쳐다보고 있는 게 아니었다. 그 이상의 무언가가 있었다. 도리언의 귀에는 더 이상 노랫소리가 들어오지 않았다.

셀레이나는 저런 눈빛으로 도리언을 바라본 적이 없었다. 한 번도. 한순간도.

리나의 노래가 끝나자 도리언은 두 사람에게서 시선을 뗐다. 저 둘 사이에는 아무 일도 일어나지 않았다. 아직까지는. 케이올은 워낙 고집스럽고 충직한 성격이라 섣불리 셀레이나에게 다가가지 못했을 것이다. 자기가 셀레이나와 같은 눈빛으로 그녀를 바라보고 있는 것도 깨닫지 못할 것이다.

홀린의 투덜거림이 더 커지자 도리언은 크게 숨을 들이마셨다.

도리언은 더 나은 인간이 되기로 결심했다. 리나의 노래에 등장하는 고대의 왕들처럼 욕심 사납게 굴면서 셀레이나를 움켜쥐고 싶지 않았다. 셀레이나의 곁에는 그녀를 공포의 대상이 아니라 있는 그대로 보아줄 충성스럽고 용감한 기사가 있어야 했다. 그리고 도리언도 그를 그렇게 보아줄 여자를 만날 자격이 있었다. 예전과 같은 사랑이 아니라도, 셀레이나가 아닌 다른 여자라도 말이다.

도리언은 눈을 감고 한 번 더 길게 숨을 들이마셨다. 그리고 눈을 뜨면서 셀레이나를 마음에서 놓아주었다.

몇 시간 뒤, 아달렌의 왕은 지하 감옥의 어느 감방 뒤쪽에 서 있었

다. 그의 비밀 경호원들이 리나 골드스미스를 그 감방에 끌어다 놓았다. 감방 한가운데의 돌판은 이미 피로 흥건하게 젖었다. 리나의 동료인 바이올린 연주자의 시체가 목이 잘린 채 몇 발자국 떨어진 곳에 쓰러져 있었고, 시체에서 흘러내린 피가 바닥의 홈으로 흐르고 있었다.

페링턴과 롤랜드는 왕 옆에 서서 조용히 그 광경을 지켜보았다.

경호원들은 피로 물든 돌판 앞으로 리나를 끌고 가 무릎을 꿇렸다. 경호원 한 명이 리나의 붉은 기가 도는 금발을 움켜잡고 소리쳐, 그녀가 앞으로 다가오는 왕을 바라보게 만들었다.

"마법에 관해 언급하거나 마법을 권장하는 짓을 한 자는 사형으로 다스린다고 했다. 신을 모욕하는 행위이기 때문이지. 내 궁전에서 그따위 노래를 한 것은 나를 모욕한 거다."

리나 골드스미스는 눈을 번뜩이며 왕을 노려보았다. 공연이 끝나고 왕의 부하들이 옴짝달싹 못하게 붙잡았을 때도 리나는 저항하지 않았다. 이들이 동료인 바이올린 연주자의 목을 잘랐을 때도 그녀는 비명을 지르지 않았다. 마치 이 모든 것을 예상하고 있었던 것처럼.

"마지막으로 할 말이 있느냐?"

리나의 주름진 얼굴에 괴이할 정도로 차분한 분노가 서렸다. 리나는 턱을 들고 말했다.

"이 성에 초대받을 정도로 유명한 가수가 되려고 10년 동안 안간힘을 다했다. 당신이 지우려고 애썼던 마법에 관한 노래를 바로 이 성에 들어와서 불러야 했거든. 오늘 그 노래를 불렀어. 당신은 우리가 아직 건재하다는 걸 알아야 해. 당신이 아무리 마법을 불법화하고 수천 명을 도륙해도 우리는 옛 방식대로 마법을 기억하고 있어."

왕의 뒤에 서 있던 롤랜드가 콧방귀를 뀌었다.

"더 들을 것도 없구나."

왕은 이렇게 말하며 손가락을 딱 튕겼다.

경호원들이 리나의 머리를 돌판에 대고 찍어 눌렀다.

"내 딸은 열여섯 살이었어." 리나는 계속해서 말했다. 눈물이 그녀의 콧날을 타고 돌판으로 흘러내렸지만 그녀의 강한 목소리는 흔들림이 없었다. "겨우 열여섯 살짜리를 당신들은 불에 태워 죽인 거야. 내 딸의 이름은 케일린이었어. 뇌운 같은 눈동자를 가진 아이였는데. 아직도 꿈을 꾸면 내 딸의 목소리가 들려."

왕은 사형 집행인에게 턱 끝으로 신호를 주었다. 사형 집행인이 앞으로 나섰다.

"내 자매는 서른여섯이었어. 이름은 리에사였고 삶의 기쁨인 두 아들의 어머니였어."

사형 집행인이 도끼를 들어 올렸다.

"내 이웃과 그의 아내는 일흔 살이었어. 이름은 존과 에스트럴이었지. 당신 부하들이 내 딸을 잡으러 왔을 때 그 부부는 내 딸을 보호해 주려다가 죽임을 당했어."

도끼가 목으로 떨어지는 순간까지도 리나 골드스미스는 왕에게 죽임을 당한 이들의 이름을 쏟아냈다.

CHAPTER 16

포리지를 한 스푼 맛을 본 셀레이나는 설탕을 잔뜩 쏟아부었다.

"얼어붙게 추운데 나가 돌아다니느니 이렇게 같이 아침을 먹는 게 훨씬 좋네요." 셀레이나의 무릎에 머리를 대고 엎드린 플릿풋이 요란하게 코를 킁킁댔다. 셀레이나는 웃으며 덧붙였다. "플릿풋도 같은 생각인가 봐요."

네히미아는 조용히 웃으며 토스트를 한 입 베어 물고 이일웨이어로 말했다.

"아침이 우리가 만날 수 있는 유일한 시간대인 것 같아요."

"요즘 제가 좀 바빴죠."

"왕의 반역자 명단에 오른 자들을 사냥하러 다니느라 바빴겠죠."

네히미아는 셀레이나를 날카로운 시선으로 흘끗 쳐다보며 토스트를 또 한 입 먹었다.

"제가 뭐라고 말하길 바라세요?"

셀레이나는 친구인 공주의 얼굴을 바라보는 대신 포리지를 내려다보며 설탕을 스푼으로 휘저었다.

"당신의 자유가 이 정도 값을 치를 가치가 있다고 생각하는지, 내 눈을 똑바로 보면서 말해 봐요."

"이 일 때문에 요즘 그렇게 신경이 날카로웠어요?"

네히미아는 토스트를 내려놓았다.

"부모님께 당신에 대해 어떻게 말을 해야 좋을지 모르겠어요. 어떤 변명을 늘어놓아야 왕의 전사와 명예롭게 우정을 나누는 사이라는 말이 먹힐까요?" 네히미아는 공용어로 '왕의 전사'라는 말을 독처럼 날카롭게 내뱉었다. "어떻게 해야 당신이 썩어빠진 영혼의 소유자가 아니라는 걸 부모님이 믿어줄까요?"

"공주님과의 우정에 부모님의 허락이 필요한 줄은 미처 몰랐네요."

"당신은 권력과 정보를 가진 입장인데, 왕의 명령에 복종만 하고 있잖아요. 아무런 의문도 제기하지 않고 오직 본인의 자유라는 목표를 향해 나아가고 있어요."

셀레이나는 고개를 절레절레 흔들며 옆으로 시선을 돌렸다.

"내 말이 사실이니까 내 눈을 똑바로 못 쳐다보는 거잖아요."

"제가 자유를 원하는 게 뭐가 잘못이죠? 이만큼 고생을 했으면 자유를 얻을 자격이 되지 않나요? 수단이 좀 더러우면 어때서요?"

"당신이 충분히 고생했다는 건 나도 인정해요, 엘렌티야. 하지만 당신만큼, 어쩌면 당신보다 더 고생을 많이 한 사람들이 수천 명은 더 있어요. 그들이 전부 당신처럼 고생한 대가를 얻겠다고 왕에게 자신을 팔지는 않아요. 당신이 왕의 명령으로 한 명씩 죽일 때마다, 당신 친구로 남아 있어야 할 이유를 하나씩 잃게 되네요."

셀레이나는 스푼을 탁자에 던지듯 내려놓고 벽난로 앞으로 걸어갔다. 당장이라도 벽에 걸린 벽걸이 융단과 그림을 찢고, 방 안을 꾸미느라 사 모은 시시한 보석이며 장식들을 박살 내고 싶었다. 무엇보다 네히미아가 저런 눈으로 자신을 바라보지 않게 만들고 싶었다. 네히미아는 셀레이나가 유리 왕좌에 앉은 지독한 괴물인 것처럼 보고 있었다. 셀레이나는 숨을 한 번, 또 한 번 들이마시면서 주변에 엿듣는 귀가 없는 걸 확인한 뒤 네히미아를 향해 돌아서서 나지막하게 말했다.

"저는 아무도 죽이지 않았어요."

네히미아는 조용히 듣고 있다가 물었다.

"뭐라고요?"

"아무도 안 죽였다고요." 셀레이나는 벽난로 앞에 그대로 서서 말했다. 네히미아와 어느 정도 거리를 두어야 말을 제대로 할 수 있을 것 같아서였다. "죽인 척만 하고 전부 도피시켰어요."

놀란 네히미아가 두 손으로 얼굴을 문지르자 눈두덩에 바른 금가루가 번져나갔다. 잠시 후 손을 내린 네히미아는 사랑스러운 검은 눈동자를 휘둥그렇게 뜨고 말했다.

"왕이 죽이라고 명령한 자들을 한 명도 안 죽였다고요?"

"한 명도요."

"아처 핀은요?"

"아처 핀에게 거래를 제안했어요. 이달 말까지 시간을 줄 테니까 그때까지 신변을 정리하고 죽은 척 꾸민 후 도망치라고. 대신 아처는 왕의 진짜 적들에 대한 정보를 저한테 넘겨주기로 했어요." 왕의 계획이라든지 도서관 지하의 무덤에 관한 얘기는 나중에 해도 될 것이다. 지금 그런 얘기까지 꺼냈다가는 질문을 잔뜩 받게 될 터였다.

네히미아는 차를 한 모금 마셨다. 손이 떨려서인지 잔에 담긴 차가 찰박거렸다.

"왕이 알면 당신을 죽일 거예요."

셀레이나는 발코니 문 쪽으로 시선을 돌렸다. 탁 트인 지평선 너머에서 여명이 아름답게 밝아오고 있었다.

"알아요."

"아처한테서 정보를 받으면…… 어쩔 생각이에요? 구체적으로 어떤 정보예요?"

셀레이나는 테라센 왕국의 계승자를 다시 왕위에 올리려는 사람들이 있다는 얘기를 아처에게 들었다고 간단히 설명했다. 얘기가 나온 김에 데이비스와의 일도 털어놓았다. 네히미아의 얼굴에서 핏기가 가셨다. 셀레이나가 얘기를 마치자 네히미아는 또다시 떨리는 손으로 찻잔을 들어 차를 한 모금 마셨다.

"아처란 사람을 믿어요?"

"자기 목숨을 세상 무엇보다 소중하게 여기는 사람이에요."

"남창이라면서요. 그런 사람을 얼마나 믿을 수 있어요?"

셀레이나는 의자로 돌아와 앉았다. 플릿풋이 그녀의 두 발 사이에 몸을 웅크리고 앉았다.

"공주님도 저를 믿잖아요. 제가 자객인데도."

"그거랑은 다르죠."

셀레이나는 왼쪽 벽에 걸린 벽걸이 융단과 그 앞에 놓인 서랍장을 돌아보았다.

"처형당하게 될지도 모를 사실을 털어놓았으니 이것도 보여드릴게요."

네히미아는 셀레이나의 시선을 따라 벽걸이 융단 쪽으로 눈을 돌렸다. 잠시 후 네히미아는 놀란 숨을 내뱉으며 말했다.

"설마, 저 융단에 엘레나 여왕의 기운이 깃들어 있나요?"

셀레이나는 장난스러운 미소를 지으며 팔짱을 꼈다.

"그것보다 더 심한 건데요."

함께 무덤으로 걸어 내려가면서 셀레이나는 사우인 축제일 이후 엘레나 여왕과 있었던 일에 대해, 그 후로 하게 된 모험에 대해 네히미아에게 털어놓았다. 케인이 리더락을 소환했던 방도 보여주었다. 무덤 앞까지 다 와서야 셀레이나는 여기서 새로 알게 된 존재를 떠올리고 인상을 찌푸렸다.

"친구를 데려왔어?"

갑작스러운 목소리에 네히미아가 놀라 소리를 질렀다. 셀레이나는 해골 모양의 청동 문 노커에게 인사를 건넸다.

"안녕, 모트."

네히미아는 눈을 가늘게 뜨고 해골 모양 노커를 바라보았다.

"대체 이게 어떻게……." 네히미아는 어깨너머로 셀레이나를 돌아보며 물었다. "이게 어떻게 가능하죠?"

모트가 브래넌 왕이 자기를 만든 이야기를 늘어놓으려 하자 셀레이나는 얼른 말허리를 잘랐다.

"고대 마법인지 뭔지로 만들었대요. 누군가 워드 문자를 이용한 주술을 썼나 봐요."

모트가 나섰다.

"누군가라니! 그 누군가가 바로……"

"시끄러워." 셀레이나는 무덤 문을 벌컥 열고 네히미아를 먼저 안으로 들여보냈다. "그런 얘기 재미있어하는 사람한테나 해."

모트는 욕을 길게 내뱉는 듯한 소리를 내며 씩씩거렸다. 무덤 안으로 발을 들여놓은 네히미아는 눈을 빛내며 소곤거렸다.

"정말 놀랍네요."

네히미아는 입을 딱 벌린 채 워드 문자가 적힌 벽을 바라보았다.

셀레이나가 물었다.

"뭐라고 적힌 거예요?"

"'죽음, 영원, 지배자' 같은 무덤에 흔히 적혀 있는 문자들이에요."

네히미아는 무덤 안을 거닐며 살펴보았다. 셀레이나는 벽에 기대어 서 있다가 바닥에 웅크리고 앉았다. 한숨을 쉬던 셀레이나는 바닥에 튀어 올라온 별 모양 조각에 대고 발뒤꿈치를 문지르면서 곡선을 이룬 조각들을 살펴보았다.

이거 꼭 별자리 같네?

일어서서 다시 바닥을 내려다보았다. 아홉 개의 별들이 익숙한 패턴을 형성하고 있었다. 잠자리 모양이었다. 셀레이나는 눈썹을 치켜였다. 지금까지 알아채지 못했던 사실이었다. 몇 발자국 떨어진 곳에 또 다른 별자리가 보였다. 개빈 왕의 석관 머리 부분에 자리한 그 별자리는 와이번 모양이었다.

와이번은 아달렌 가문의 상징이자 하늘의 두 번째 별자리인데.

셀레이나는 별자리를 이룬 별들을 따라 무덤 안쪽까지 살펴보았다. 발밑에 새겨진 밤하늘의 별자리들을 하나씩 따라가다가 마지막 별자리 앞에 이르렀다. 네히미아가 팔을 붙잡지 않았으면 벽에 부딪히고 말았을 것이다.

"이게 뭐지?"

셀레이나는 마지막 별자리를 내려다보았다. 북쪽의 왕인 수사슴 모양의 별자리였다. 수사슴은 엘레나 왕비의 고향인 테라센 왕국의 상징이었다. 이 별자리는 벽을 마주 보고 있었는데 마치 무언가를 바라보는 듯 머리를 치켜든 모양새였다…….

셀레이나는 수사슴의 시선을 따라 가보았다. 수사슴은 벽에 새겨진 수십 개의 워드 문자들을 바라보고 있었다. 그리고……

"맙소사. 이거 좀 봐요."

셀레이나가 손가락으로 가리키며 말했다.

눈 모양 조각이 그녀의 손바닥만 한 크기로 벽에 새겨져 있었다. 눈 한가운데에 작은 구멍이 뚫려 있었다. 눈 안쪽에 정교하고 완벽한 솜씨로 뚫어놓은 구멍이었다. 워드 문자 자체가 얼굴을 이루었는데, 다른 쪽 눈은 눈 안쪽에 구멍이 없이 매끈한 반면 이쪽 눈은 홍채 부분이 옴폭 파였다.

똑바로 볼 수 있는 눈을 가진 존재.

이렇게 쉽게 답을 얻다니 믿기지가 않았다. 우연이라고 보기엔 운이 너무 좋았다. 애써 흥분을 가라앉힌 셀레이나는 까치발을 들고 조각의 눈구멍을 들여다보았다.

전에는 어째서 이걸 못 알아봤을까? 한 걸음 뒤로 물러서자 워드 문자가 흐릿해졌다. 조금 더 물러나 별자리 위에 서자 다시 눈구멍이 보였다.

"수사슴 위에 서야 보이는가 봐요."

옆에서 네히미아가 나지막하게 말했다.

셀레이나는 손으로 워드 문자의 얼굴을 문질렀다. 이 뒤에 또 다른 방이 있다면 틈새에서 공기가 새어나올 것이다. 하지만 아무것도 느껴지지 않았다. 깊은 숨을 내쉬며 셀레이나는 다시 까치발을 들고 눈을 마주 보았다. 혹시라도 무언가가 달려들 가능성에 대비해 단검을 손에 들었다. 네히미아가 조그맣게 웃었다. 셀레이나도 슬쩍 웃으며 돌벽의 눈구멍 속 어둠을 들여다보았다.

아무것도 보이지 않았다. 흘러드는 희미한 달빛에 맞은편 벽이 보일 뿐이었다.

"그냥…… 텅 빈 벽만 있어요. 이게 대체 무슨 뜻일까요?"

셀레이나는 몇 안 되는 단서로 있지도 않은 연결 고리를 만들면서 결론을 내려 했다. 셀레이나가 옆으로 물러나자 네히미아가 직접 보겠다고 나섰다. 네히미아가 눈구멍을 들여다보는 동안 셀레이나가 소리쳤다.

"모트! 이쪽 벽은 대체 뭐야? 이런 벽이 여기 있는 게 말이 돼?"

"아니."

모트는 무뚝뚝하게 대꾸했다.

"거짓말하지 말고."

"거짓말? 너한테? 아, 난 너한테 거짓말을 한 게 아니야. 말이 되냐고 묻길래 아니라고 대답한 것뿐이지. 제대로 된 대답을 듣고 싶으면 제대로 된 질문을 하는 법부터 배워."

셀레이나는 으르렁대듯 물었다.

"제대로 된 대답을 들으려면 어떤 질문을 해야 되는데?"

모트는 혀를 찼다.

"나도 모르지. 제대로 된 질문부터 준비해서 다시 오든가."

"제대로 질문하면 대답해주겠다고 약속해?"

"난 노커야. 약속을 하는 게 내 천성에 맞지는 않아."

네히미아는 벽에서 물러서며 눈을 위로 굴렸다.

"저 노커가 놀리듯 하는 말은 듣지 말아요. 나도 아무것도 안 보여요. 장난으로 만들어놓은 벽일 수도 있어요. 오래된 성에는 이렇게 후손들을 혼란스럽고 괴롭게 만드는 터무니없는 장치들도 있거든요. 물론…… 여기 적힌 워드 문자들을 보면 아닌 것도 같지만……."

셀레이나는 짧게 숨을 들이마신 뒤 한동안 생각만 해오던 부탁을 했다.

"혹시…… 워드 문자를 읽는 방법을 좀 가르쳐줄 수 있어요?"

그러자 저쪽에서 모트가 낄낄 웃었다.

"아이고! 워낙 멍청해서 가르쳐준다고 배울 수나 있을까?"

셀레이나는 모트의 말을 못 들은 척했다. 네히미아에게는 얼마 전 엘레나 왕비가 왕의 힘의 원천을 밝혀내라고 했다는 말을 아직 하지 않았다. 네히미아가 어떻게 반응할지 뻔해서였다. 아마 엘레나 왕비의 말에 따르라고 할 것이다. 생각해보면 워드 문자는 모든 것들과 어떤 식으로든 연결된 듯 보였다. 똑바로 볼 수 있는 눈이 어쩌고 하는 수수께끼와 이 어이없는 벽도 마찬가지였다. 그래도 워드 문자를 쓰는 방법을 배우면 도서관 지하의 쇠문을 열고 문 너머에서 답을 찾을 수 있을지도 몰랐다.

"그냥…… 기초 정도만 가르쳐주시면 돼요."

네히미아는 미소 띤 얼굴로 대답했다.

"기초가 제일 어려워요."

유용성은 차치하고 워드 문자는 세상에서 잊힌 비밀 언어이면서, 낯선 힘에 접근할 수 있게 해주는 방법이기도 했다. 이러니 누구라도 배우고 싶어 하지 않을까?

"아침에 같이 산책을 나가는 대신에 워드 문자 수업을 해주시면 좋겠어요."

셀레이나의 말에 네히미아의 표정이 밝아졌다. 셀레이나는 지하 무덤에 대한 얘기를 털어놓지 않은 게 마음에 걸렸다. 네히미아가 대답했다.

"그래요."

밖으로 나가기 전에 네히미아는 모트를 몇 분간 살펴보면서 어떤 마법으로 생성됐는지 이것저것 물어보았다. 모트는 다 잊어버렸다더니, 너무 사적인 질문이라고, 알아서 뭐 하려고 그러냐고 받아쳤다.

결국 네히미아의 무한에 가까운 인내심도 바닥이 나서 그들은 모트를 속으로 욕하며 도로 계단을 올라왔다. 방으로 들어가자 플릿풋이 그들을 애타게 기다리고 있었다. 플릿풋은 벽걸이 융단 너머 비밀 통로로는 한 발도 들여놓지 않았다. 케인과 리더락이 남겨놓은 고약한 냄새 때문일 수도 있었다. 네히미아가 아무리 꼬셔도 플릿풋은 절대 그들을 따라 내려가려 하지 않았다.

비밀 문을 닫고 벽걸이 융단으로 덮어 가린 뒤 셀레이나는 책상에 기대어 섰다. 무덤 안에서 본 눈 모양의 조각은 수수께끼의 답과 무관할 듯했다. 네히미아라면 수수께끼를 좀더 잘 풀 수 있지 않을까 싶기도 했다.

"데이비스라는 남자의 집 서재에서 워드 문자에 관한 책을 발견했어요. 수수께끼인지 속담인지 모르겠는데 그 책 뒤표지 안쪽에다가 누가 이렇게 적어놨더라고요. 똑바로 볼 수 있는 눈을 가진 존재, 라고요."

네히미아는 얼굴을 찌푸렸다.

"한가로운 귀족의 말장난인 것 같은데요."

"데이비스가 아달렌의 왕에게 저항하는 반역 세력의 일원인데 워드 문자에 관한 책을 갖고 있는 게 단순한 우연일까요? 이것도 그들 세력에 관한 또 다른 수수께끼라면요?"

네히미아는 코웃음을 쳤다.

"데이비스가 반역 세력의 일원이 아닐 가능성은요? 어쩌면 아처가 잘못 알았을 수도 있잖아요. 워드 문자에 관한 책은 그 자리에 수년째 방치돼 있었을 수도 있어요. 데이비스는 그 책의 존재조차 몰랐겠죠. 아니면 서점에서 보고 왠지 대담해 보일 것 같아 사들고 온 것뿐일 수도 있어요."

그게 아니라면, 만약 아처가 제대로 단서를 포착한 거라면. 아처를 만나 확실히 물어봐야 할 듯했다. 목에 건 부적 목걸이를 만지작거리던 셀레이나는 가감 없이 던져보기로 했다. 눈.

"이 목걸이의 눈이 바로 그 눈일 수도 있을까요?"

"아뇨. 그렇게 쉬운 문제 같지는 않아요."

"하지만……"

책상 앞에 앉아 있던 셀레이나는 답답한 마음에 의자에서 일어섰다.

"내 말 믿어요. 우연일 거예요. 아까 그 벽에 새겨져 있던 눈 모양 조각처럼요. 책에 적혀 있던 '눈'이라는 건 완전히 다른 걸 지칭할 수도 있어요. 수 세기 전만 해도 악을 막기 위해 어디에든 눈 모양을 새기는 게 유행이었어요. 그 문구에 집착하다보면 미쳐버릴지도 몰라요, 엘렌티야. 내가 한번 알아볼게요. 시간은 좀 걸릴 거예요."

셀레이나는 얼굴이 달아올랐다. 그래, 어쩌면 잘못 생각한 것일 수 있었다. 그녀는 네히미아의 말을 믿고 싶지 않았다. 푸는 게 불가능한 수수께끼라고 생각하고 싶지도 않았다. 하지만…… 고대 설화에 관해서라면 네히미아가 자신보다 훨씬 많이 알고 있었다. 셀레이나는 다시 아침 식사가 차려진 탁자 앞에 가 앉았다. 식어버린 포리지를 먹으며 "날 몰아붙이지 않아서 고마워요"라고 말했다.

네히미아도 의자에 앉으며 소리 내어 웃었다.

"엘렌티야, 솔직히 당신이 나한테 말해줘서 놀랐어요."

그때 문이 열렸다 닫히는 소리에 이어 발소리가 들렸다. 그리고 필리파가 방문을 두드리며 안으로 들어왔다. 필리파의 손에는 셀레이나에게 온 편지가 들려 있었다.

"좋은 아침이에요, 아름다운 숙녀님들." 필리파의 인사에 네히미아는 환하게 웃었다. "존경하는 전사께 편지가 왔어요."

셀레이나는 필리파에게 웃음 지으며 편지를 받았다. 필리파가 방에서 나가고 편지를 읽는 셀레이나의 얼굴에 웃음이 더 크게 번졌다.

"아처한테 온 편지네요. 반역 세력의 일원인 것 같은 사람들의 이름을 쭉 적어서 보냈어요. 데이비스와 엮인 사람들이에요."

아처가 편지에 이름들을 적어서 보낸 것이 셀레이나에게는 충격으로 다가왔다. 나중에 만나면 암호 작성에 대해 몇 가지 가르침을 줘야 할 듯했다.

네히미아는 얼굴에서 미소를 거두며 물었다.

"대체 어떤 남자인데 이런 정보를 싸구려 소식지처럼 보내요?"

"자유를 원하고 더 이상 돼지들을 모시고 싶지 않은 남자요." 셀레이나는 편지를 접고 일어섰다. 이 목록에 적힌 자들이 데이비스 같은 작자들이라면 그들의 이름을 왕에게 갖다 바쳐 유리한 방향으로 써먹는 게 그다지 끔찍한 일은 아닐 것 같았다. "옷을 차려입어야겠어요. 도시에 좀 다녀올게요." 셀레이나는 옷방으로 가다가 고개를 돌리고 물었다. "내일 아침에 식사를 하면서 워드 문자 수업을 시작해도 되나요?"

네히미아는 고개를 끄덕이고는 식사를 마저 했다.

셀레이나는 명단에 적힌 남자들에 관한 조사를 하느라 종일 돌아다녔다. 그들이 어디에 살며 누구와 얘기를 나누는지, 주변 경계는 어느 정도로 하고 사는지 알아봐야 했다. 하지만 그런 정보로는 유용한 단서를 도출할 수가 없었다.

해 질 무렵 성으로 터덜터덜 돌아가는데 지치고 짜증도 나고 배도 고팠다. 방에 도착해 케이올이 보내온 쪽지를 읽으니 기분은 더 가라앉았다. 왕이 셀레이나에게 그날 저녁 열리는 왕실 무도회에서 경호 업무를 수행하라는 명령을 내렸다는 내용이었다.

CHAPTER 17

말을 걸어보지 않았지만 케이올은 셀레이나의 기분이 썩 좋지 않다는 걸 알아챘다. 무도회가 시작되기 전 파티오 바깥에 셀레이나의 경호 자리를 배치해주고 나서 케이올은 그녀에게 따로 말을 걸지 않았다. 그곳은 기둥 뒤의 그림자에 가려지는 자리였다. 겨울 저녁에 그곳에 몇 시간 서 있다 보면 속에서 올라오는 열이 가라앉을 것 같아 나름대로 배려한 것이었다.

케이올은 하인 출입구 근처의 벽감에 서서 경호 업무를 시작했다. 그의 시선은 전방의 반짝이는 파티장, 그리고 높은 발코니 문 바깥에 서 있는 자객 셀레이나에게 줄곧 가 있었다. 그녀를 못 믿어서가 아니었다. 다만 그녀가 저런 기분으로 있을 때면 그도 덩달아 신경이 곤두섰다.

셀레이나는 팔짱을 낀 자세로 기둥에 기대어 서 있었다. 다만 케이올이 지시한 대로 기둥 그림자 속에 숨어 있지 않고 모습을 드러낸 채였다. 그녀의 숨결이 하얀 아지랑이가 되어 밤공기 속에 퍼져나갔다. 옆구리에 찬 단검 중 하나의 칼자루가 달빛을 받아 반짝였다.

파티장은 흰색과 빙하 같은 푸른색으로 꾸며져 있었다. 천장에 매달린 기다란 비단 사이사이에 화려한 유리 방울들을 달아놓았다. 겨울의 꿈을 표현한 장식으로, 홀린을 위해 준비한 것이었다. 작은 유리 왕좌에 부루퉁하게 앉아 목구멍에 연신 단 것을 밀어 넣고 있는 소년의 오락을 준비하느라 엄청난 비용을 들였다. 소년의 모친은 그저 소년을 바라보며 흐뭇하게 미소 지었다.

도리언에게는 말하지 않았지만 케이올은 홀린이 성인이 되는 날이 두려웠다. 말 안 듣는 아이는 그나마 감당할 수 있지만 인성이 파탄 난 잔인한 지도자는 완전히 다른 문제였다. 훗날 왕좌에 오른 도리언이 홀린의 마음속 썩어 문드러진 부분을 제어할 수 있기를 바랄 뿐이었다.

도리언은 그의 관심을 갈구하는 여자들과 차례로 열심히 춤을 추면서 왕세자로서의 의무를 충실하게 이행하고 있었다. 당연히 거의 모든 여자들이 그와 춤을 추려 했다. 도리언은 왈츠를 추는 내내 미소를 지으며 맡은 역할을 잘 수행했다. 우아하고 능력 있는 춤 파트너인 도리언은 누구에게도 불평을 하거나 춤 요청을 거절하지 않았다. 춤이 끝날 때마다 파트너에게 허리를 굽혀 절했고, 옆으로 한 걸음 떼기도 전에 또 다른 아가씨의 춤 상대가 되었다. 케이올이 도리언 입장이었으면 한 번씩 울컥했을 법도 한데, 도리언은 그저 웃으면서 여성의 손을 잡고 춤을 이끌었다.

바깥으로 시선을 돌린 케이올은 긴장하며 허리를 폈다. 기둥 옆에서 있어야 할 셀레이나의 모습이 보이지 않았다.

욕이 나올 것 같았다. 경호 임무 수행 중에 자리를 이탈했으니 경호 관련 규칙과 임무 수행 실패의 결과에 관해 내일 오랫동안 얘기를 나눠야 할 것이다.

하지만 결국 케이올도 그 규칙은 깨고 말았다. 벽감 앞에 서 있던 그는 자리를 이탈해 살짝 열린 파티오 문 바깥으로 나갔다. 따뜻한 파티장으로 신선한 공기가 흘러들도록 일부러 약간 열어둔 문이었다.

대체 어디로 갔을까? 어딘가에서 말썽이 나서 그리로 간 건가. 궁전에 누가 쳐들어오지는 않았을 것이다. 왕실 무도회 중에 궁을 습격할 만큼 어리석은 자는 없을 테니까.

혹시 모르니 케이올은 칼자루에 손을 얹었다. 서리로 뒤덮인 정원으로 이어지는 계단 위쪽 기둥들이 서 있는 곳으로 향했다. 셀레이나가 서 있던 자리가 그 부근이었다…….

그녀의 모습이 보였다.

그녀가 자리를 이탈한 건 맞지만 잠재적인 위협을 발견하고 맞서기 위해 간 것은 아니었다.

케이올은 팔짱을 끼고 셀레이나를 바라보았다. 그녀가 자리를 이탈한 이유는 춤을 추기 위해서였다.

열린 문틈으로 흘러나온 음악 소리가 여기까지 닿았다. 셀레이나는 계단 아래서 혼자 왈츠를 추고 있었다. 한 손으로 검은 망토의 끝자락을 마치 무도회 드레스의 치맛자락처럼 잡고, 다른 손은 보이지 않는 춤 상대의 팔에 얹은 채 춤을 추고 있었다. 그 모습을 보고 웃어야 할지 고함을 쳐야 할지 아무것도 못 본 척 조용히 안으로 들어가야 할지 판단이 서지 않았다.

우아하게 빙글 돌아서던 셀레이나는 케이올을 보고 멈춰 섰다.

세 번째 선택지는 고를 수 없게 됐다. 그러니 웃거나 고함을 치거나 해야 했는데, 지금으로서는 둘 다 적합한 처신이 아니었다.

달빛에 비친 셀레이나의 얼굴이 찌푸려졌다. 그녀는 손에 쥐고 있던 망토 자락을 놓으며 말했다.

"지루하기도 하고 추워 죽을 것 같기도 해서 좀 움직여봤어요."

케이올은 계단 맨 위쪽에 서서 그녀를 내려다보았다.

셀레이나는 두 손을 망토 주머니에 찔러 넣었다.

"대장님 잘못이에요. 저더러 여기서 보초를 서라고 했잖아요. 누가 발코니 문을 열어놔서 멋진 음악 소리가 다 들렸다고요." 왈츠 연주 소리가 여전히 그들 주변에서 얼어붙은 공기를 채웠다. "그러니까 이게 다 누구 탓인지 다시 생각해보세요. 굶주린 사람을 잔칫상 앞에 세워두고 음식을 먹지 말라고 한 거나 다름없잖아요. 저더러 만찬에 와서 경호를 서라고 한 건 그런 경우랑 똑같다고요."

셀레이나는 횡설수설했다. 하지만 바깥이라 어두워서 그녀의 표정을 읽을 수가 없으니, 그에게 춤추는 모습을 들켜 당황해서인지 알 수 없었다. 케이올은 입술을 깨물어 웃음이 나오려는 걸 꾹 참았다. 그는 계단 네 칸을 내려가 정원의 자갈길에 발을 디뎠다.

"에렐리아 최고의 자객이라면서 겨우 몇 시간 보초도 제대로 못 서는 건가?"

"여기서 보초를 서면서 뭘 경계하라는 거예요? 산울타리 사이에서 서로를 애무하려고 몰래 파티장을 빠져나온 커플이요? 아니면 바람직한 신붓감들과 연달아 춤을 추고 있는 왕세자요?"

"질투해?"

셀레이나는 소리 내어 웃었다.

"아뇨! 맙소사, 아니에요. 왕세자의 그런 모습을 보고 있는 게 재미있진 않아요. 다들 즐거워 보이잖아요. 음식을 산더미처럼 쌓아두기만 하고 손도 대지 않으니 부럽기도 하고요."

그는 빙그레 웃으며 계단 위쪽을 흘끗 올려다보았다. 그 너머는 파티오와 파티장 문이었다. 그는 안에 들어가 있어야 했지만 여기 이렇게 서 있었다. 규율이 있으니 이 위치에서 더 벗어날 수는 없었다.

어젯밤에도 그는 규율을 지켜냈다. 리나 골드스미스의 노래를 들으며 우는 셀레이나의 모습에 가슴이 찢어질 듯했지만 함부로 움직이지 않았다. 그저 내면에서 오래전에 사라졌다고 여긴 감정이 아직 남아 있음을 확인했을 뿐이었다. 오늘 아침에 그는 셀레이나와 함께 달리기를 하면서 평소보다 1킬로미터 반을 더 뛰었다. 그녀를 벌주기 위해서가 아니라, 어제 그를 바라보던 셀레이나의 눈빛을 생각하느라 정신이 없어서였다.

셀레이나는 크게 한숨을 쉬며 달을 올려다보았다. 달빛이 주변의 별빛을 모두 덮을 만큼 밝았다.

"음악 소리가 들려서 잠깐 춤을 추고 싶었어요. 그냥…… 왈츠를 추면서 모든 걸 잊고 평범한 여자가 된 기분이라도 내보려고요." 셀레이나는 그를 쏘아보았다. "잘못이라고 화내고 호통치세요. 무슨 벌을 받을까요? 내일 아침에 5킬로미터쯤 더 뛰면 되나요? 훈련을 한 시간 더 받을까요? 고문을 받아요?"

절망적이고 신랄한 말투에 케이올은 마음이 편치 않았다. 경호 자리를 이탈한 것에 대해 이야기해야 마땅하지만 지금은…… 지금은…….

케이올은 선을 넘기로 했다.

"같이 춤춰."

그는 그녀에게 손을 내밀었다.

셀레이나는 케이올이 내민 손을 바라보았다.

"뭐라고요?"

달빛을 담은 그의 황금색 눈이 반짝거렸다.

"내 말 못 알아들었어?"

못 알아들은 건 없었다. 다 알아들었다. 케이올이 지금 한 말은, 예전 율레마스 무도회에서 도리언이 그녀에게 춤추자고 했던 말과는 의미가 달랐다. 도리언의 말은 그저 초대였다. 지금 이건……. 케이올은 여전히 그녀에게 손을 뻗은 채였다.

셀레이나는 턱을 치켜들었다.

"제가 기억하기로, 율레마스 때 제가 대장님한테 같이 춤추자고 했더니 딱 잘라 거절했잖아요. 우리가 같이 춤추는 모습이 다른 사람 눈에 띄면 너무 위험하다면서요."

"상황이 달라졌어."

이번에도 그의 말은 셀레이나를 헷갈리게 했다.

목이 메어왔다. 셀레이나는 상처 나고 못 박인 그의 얼룩덜룩한 손을 바라보았다.

그가 거친 목소리로 다시 요청했다.

"같이 춤추자, 셀레이나."

그의 눈을 바라본 순간 셀레이나는 추위도, 환한 달도, 그들을 내려다보는 유리 궁전도 모두 잊었다. 비밀스러운 도서관도, 모트도, 엘레나도 흐릿하게 사라져갔다. 셀레이나는 그의 손을 잡았다. 그녀의 머릿속에는 오직 음악과 케이올뿐이었다.

장갑 낀 그의 손가락에서 온기가 느껴졌다. 그는 다른 쪽 손으로 그녀의 허리를 감쌌다. 셀레이나는 그의 팔에 손을 걸쳤다. 셀레이나가 고개를 들어 눈을 맞추자 그는 움직이기 시작했다. 천천히 한 발, 또 한 발, 그리고 또 한 발. 왈츠의 안정된 리듬에 맞춰 편안하게 발을 뻗었다.

눈을 맞추며 춤을 추는 동안 두 사람은 웃지 않았다. 미소로 표현할 수 없는 감정에 휩싸였다. 왈츠는 점점 더 견고하고 요란하고 빨라졌다. 케이올은 흔들림 없이 셀레이나를 왈츠의 세계로 이끌었다.

셀레이나는 호흡이 흔들렸지만 그에게서 시선을 뗄 수도, 춤을 멈출 수도 없었다. 달빛과 정원과 파티장의 황금색 조명이 흐릿하게 멀어져갔다. 셀레이나는 가까스로 입을 뗐다.

"우린 평범한 남자와 여자는 될 수 없겠죠?"

그는 열정 가득한 눈빛으로 나지막하게 대답했다.

"그래. 그럴 순 없을 거야."

그들 주변에서 음악이 폭발하듯 펼쳐졌다. 케이올이 셀레이나의 손을 잡고 몸을 돌리자 그녀의 망토 자락이 부채처럼 펼쳐졌다. 그들의 스텝은 흠 하나 없었고 수개월 전 둘이 처음 스파링을 했던 날처럼 치명적이었다. 셀레이나는 케이올의 움직임을 모두 알았고 그도 마찬가지였다. 그들은 마치 평생 함께 왈츠를 추어온 사람들 같았다. 춤은 점점 빨라졌으나 흔들림이 없었다. 셀레이나의 시선도 그에게서 떠날 줄 몰랐다.

나머지 세상이 조용히 무(無)의 공간으로 사라졌다. 그 순간, 케이올을 바라보면서 셀레이나는 10년 만에 집으로 돌아온 것 같은 기분을 느꼈다.

파티장 창가에 선 도리언 하빌리아드는 바깥 정원에서 춤추고 있는 셀레이나와 케이올의 모습을 내려다보았다. 검은 망토를 펄럭이며 춤추는 두 사람의 모습은 마치 바람을 타고 빙글빙글 도는 유령들 같았다. 몇 시간째 파트너를 바꿔가며 춤을 추던 도리언은 춤을 요구하는 여자들에게서 겨우 벗어나 신선한 공기를 마시기 위해 창가로 온 것이었다.

밖으로 나가려던 그는 창밖에서 춤추는 두 사람의 모습을 보고 우뚝 멈춰 섰다. 돌아서야 한다는 걸 알면서도 그럴 수가 없었다. 그저 춤일 뿐이지만, 이대로 돌아서서 못 본 척하는 게 옳았다…….

그때 누가 옆으로 다가왔다. 곁눈으로 보니 네히미아가 창가로 걸어오고 있었다. 이일웨이에서 반역자 대학살이 진행되면서, 도리언은 수개월째 네히미아가 궁전 안을 돌아다니는 모습을 못 봤다. 그런데 오늘 저녁 그녀는 파티에 모습을 드러냈다. 금실로 장식된 짙은 청록색 드레스를 입고, 머리카락을 꼬아 화관처럼 머리에 얹은 네히미아는 눈부시게 아름다웠다. 그녀의 귀에 걸린 섬세한 금귀고리가 샹들리에 불빛에 반짝거렸다. 도리언의 시선이 네히미아의 우아한 목으로 향했다. 네히미아는 파티장에 모인 여인들 중 단연 눈에 띄었다. 오늘 밤 얼마나 많은 남자와 여자들이 네히미아를 주목했는지 도리언도 잘 알고 있었다.

"저들을 그냥 내버려 두세요." 네히미아가 조용히 말했다. 여전히 억양이 셌지만 리프트홀드에 처음 왔을 때에 비하면 많이 좋아졌다. 도리언은 한쪽 눈썹을 치켜떴다. 네히미아가 유리창에 보이지 않는 패턴을 그리며 말을 이었다. "왕세자님이나 저나…… 우린 늘 거리를 두고 살아야 해요. 언제나……" 네히미아는 적당한 단어를 생각하다가 덧붙였다. "책임감을 가져야 해요. 남들은 이해하지 못하는 짐을 져야 하고요. 저들은……" 네히미아는 케이올과 셀레이나 쪽으로 고갯짓을 했다. "저들은 절대 이해하지 못해요. 이해한다고 해도 그런 짐을 지고 싶어 하지 않아요."

저들은 우리를 원하지 않는다는 뜻이군.

케이올이 셀레이나를 빙글 돌렸다. 셀레이나는 허공 속에서 부드럽게 흐르듯 한 바퀴 돌고 케이올의 품으로 돌아왔다.

"저는 이미 마음을 정리했습니다."

도리언은 차분하게 대꾸했다. 사실이었다. 덕분에 오늘 아침 그는 몇 주 만에 심신이 한결 가벼워졌다.

네히미아가 고개를 끄덕이자 그녀의 머리카락을 장식한 금과 보석이 빛을 받아 반짝거렸다.

"고마운 말씀이네요." 네히미아는 유리창에 또 다른 상징을 손가락으로 그리며 말을 이었다. "왕세자님의 사촌인 롤랜드 경이 하는 얘기가, 폐하께서 멀리슨 의원의 계획을 허락하셨다고 하던데요. 더 많은…… 사람들을 수용할 수 있도록 캘라컬라 노동수용소를 확장하는 계획 말이에요."

도리언은 무표정을 유지했다. 여기는 그들을 지켜보는 눈들이 너무 많았다.

"롤랜드가 공주님께 그런 말을 했습니까?"

네히미아는 유리창에서 손을 내렸다.

"롤랜드 경은 제가 멀리슨 경의 계획을 지지한다고 아버지께 말씀드리길 바라고 있어요. 제 아버지를 통해 수용소 확장 공사를 최대한 편하게 진행하려는 수작이겠죠. 저는 반대예요. 롤랜드 경 얘기로는, 내일 평의회 회의 때 멀리슨 의원의 계획에 대한 찬반 투표를 할 예정이라더군요. 저는 참석도 못하는 회의잖아요."

도리언은 호흡에 집중하며 마음을 가라앉혔다.

"롤랜드가 그런 짓을 할 권리는 없을 텐데요. 전혀."

"그럼 막아주시겠어요?" 네히미아의 검은 눈동자가 도리언을 응시했다. "평의회 회의 때 폐하께 말씀드려주세요. 다른 의원들을 설득해서 반대하게 해주세요."

셀레이나 말고는 도리언에게 이렇게 대담하게 말할 수 있는 사람은 일찍이 없었다. 하지만 네히미아가 아무리 대담하게 말해도 도리언이 긍정적인 대답을 해줄 수 있는 건 아니었다.

"전 못합니다."

얼굴이 수치심으로 달아올랐지만, 이 말은 사실이었다. 캘라컬라 노동수용소 문제를 걸고넘어졌다간 도리언 본인뿐 아니라 네히미아의 입장도 상당히 곤란해질 것이다. 도리언은 이미 아버지께 네히미아를 내버려두라고 설득한 바 있었다. 그런데 이번에 또 나서서 아버지에게 캘라컬라 노동수용소를 확장하지 말자고 했다가는 입장을 분명히 하라는 소리를 들을 게 뻔했다. 자칫 모든 것을 빼앗길 수도 있었다.

"못하는 거예요, 안 하는 거예요?" 도리언이 한숨을 푹 쉬었지만 네히미아는 아랑곳하지 않고 말을 이었다. "셀레이나가 캘라컬라로 끌려가는 일이 생기면 셀레이나를 자유로이 풀어줄 수 있어요? 캘라컬라 노동수용소를 문 닫게 하는 건요? 셀레이나를 엔도비어 소금광산에서 데리고 나올 때 엔도비어에 남겨진 수천 명의 노예들에 대해 생각해보신 적 있나요?" 생각은 해보았다. 하지만…… 충분히 오래 고민하지는 않았다. "캘라컬라와 엔도비어에서는 아무 죄도 없는 사람들이 강제 노역을 하다가 죽어가고 있어요. 그런 사람들이 수천 명이나 돼요. 그들이 그곳에서 만든 무덤들에 대해 셀레이나에게 한 번 물어보세요, 왕세자님. 셀레이나의 등에 난 상처 자국도 생각해보세요. 셀레이나가 거기서 겪은 일은 다른 대부분의 노예들이 겪는 고난에 비하면 아무것도 아닐 정도예요." 네히미아의 억양에 익숙해져서인지 몰라도 그녀의 말이 다른 때보다 또렷하게 들렸다. 네히미아는 정원에 나가 있는 셀레이나와 케이올을 손으로 가리켰다. 그 두 사람은 춤을 멈추고 얘기를 나누고 있었다. "혹시라도 셀레이나가 광산으로 다시 끌려간다면 셀레이나를 자유로이 풀어주실 수 있나요?"

그는 신중하게 대답했다.

"그렇게 하겠지만, 상황이 복잡해질 겁니다."

"복잡해질 거 없어요. 옳고 그름을 구분할 수 있느냐의 문제일 뿐이니까요. 왕세자님이 제 친구를 사랑하는 것처럼, 캘라컬라와 엔도비어의 노예들한테도 그들을 사랑하는 사람들이 있어요."

도리언은 주변을 흘끗 둘러보았다. 부채로 얼굴을 슬쩍 가린 여자들이 이쪽을 슬금슬금 쳐다보고 있었고, 그의 모친도 길게 얘기를 나누는 두 사람의 모습을 주의 깊게 보는 중이었다. 창밖을 내다보니 셀레이나는 기둥 옆의 자리로 돌아가 있었다. 파티장 맞은편의 파티오 문으로 슬그머니 들어온 케이올도 춤 같은 건 춘 적도 없는 척, 무표정한 얼굴로 벽감의 자기 자리로 다시 가 섰다.

"여기는 이런 대화를 나눌 만한 자리가 아닙니다."

도리언의 말에 네히미아는 그를 한참 바라보다 고개를 끄덕였다.

"왕세자님은 힘을 갖고 계세요. 본인 생각보다 훨씬 큰 힘이요." 네히미아가 그의 가슴팍에 손을 대고 손가락으로 상징을 그리자 몇몇 숙녀들이 헉 소리를 냈다. 네히미아는 도리언의 눈을 똑바로 쳐다보며 그의 가슴을 손으로 톡 치고 속삭였다. "그 힘은 이 안에 잠들어 있어요. 때가 되어 그 힘이 깨어나도 두려워하지 마세요." 네히미아는 손을 떼고 그에게 씁쓸한 미소를 지어 보였다. "그때는 제가 왕세자님을 도울게요."

말을 마친 네히미아는 돌아서서 걸어갔다. 파티장의 숙녀들은 양

옆으로 쫙 갈라졌다가 네히미아가 지나가자 곧 그 자리를 메꿨다. 도리언은 네히미아의 마지막 말이 무슨 뜻인지 생각하며 그녀의 뒷모습을 바라보았다.

그런데 조금 전 네히미아가 말을 한 순간, 그의 내면에 잠들어 있던 아주 오래된 무언가가 눈을 뜬 이유는 무엇일까.

CHAPTER 18

아처의 도시 주택 응접실에 앉은 셀레이나는 타닥타닥 소리를 내며 타고 있는 벽난로를 바라보며 인상을 찌푸렸다. 아처가 돌아오길 기다리는 동안 크림 퍼프 두 개와 초콜릿 토르테 하나는 먹었지만, 조금 전 집사가 대리석 소재의 낮은 탁자에 놓아둔 차에는 손도 대지 않았다. 나중에 다시 올 수도 있었지만 날씨가 얼어붙게 추웠다. 어젯밤 밖에 서서 경호 업무를 수행했더니 지치기도 했다. 케이올과의 춤이 계속 생각나 관심을 다른 데로 돌리고 싶기도 했다.

왈츠를 추고 나서 케이올이 한 말은 고작, 또다시 임무 수행 중에 위치를 이탈했다간 송어 연못의 얼음을 깨 구멍을 내고 그 안으로 밀어 넣어버리겠다는 것이었다. 그러고는 그녀의 무릎이 후들거릴 정도로 신나게 함께 춤을 춘 적도 없는 사람처럼, 셀레이나를 추운 바깥에 남겨두고 파티장 안으로 들어가 버렸다. 오늘 아침 달리기를 함께 하면서도 그는 어제의 춤 얘기는 꺼내지도 않았다. 어쩌면 그 모든 게 상상이었을지도 모른다. 밤공기가 너무 추워서 바보 같은 망상에 빠진 것일 수도 있다.

그날 아침 네히미아에게 워드 문자에 관한 첫 수업을 받는 동안에도 도저히 집중을 못해 야단을 맞았다. 셀레이나는 복잡하고 도저히 말도 안 되는 것 같은 워드 언어 탓을 했다. 셀레이나는 이미 몇 가지 언어를 익혀 아달렌어의 언어 규칙이 뿌리 내리지 않은 지역에서 그럭저럭 살 수 있을 만큼의 실력을 갖추고 있었는데, 워드 문자는 완전히 달랐다. 그 와중에 머릿속으로 케이올 웨스트폴이라는 미로를 풀고 있으니 그런 정신 상태로 워드 문자를 배우는 건 불가능했다.

현관문이 열리는 소리가 들렸다. 나지막한 목소리, 서두르는 발소리, 이윽고 아처의 아름다운 얼굴이 응접실로 쏙 들어왔다.

"금방 옷 갈아입고 올게."

아처의 말에 셀레이나는 일어섰다.

"그럴 필요 없어요. 오래 안 걸려요."

아처는 초록색 눈을 빛내며 응접실로 들어와 등 뒤로 마호가니 문을 닫았다.

"앉아요."

여기는 아처의 집이지만 셀레이나는 상관하지 않았다. 아처는 순순히 카우치 맞은편의 안락의자에 앉았다. 그의 얼굴은 추위로 불그레해져서 사랑스러운 초록색 눈동자가 더 도드라져 보였다.

셀레이나는 다리를 꼬며 입을 열었다.

"당신 집사가 열쇠 구멍으로 엿듣는 걸 그만두지 않으면 귀를 잡아 뜯어서 목구멍에 처넣어야겠어요."

그러자 문밖에서 조그맣게 헛기침 소리가 들리더니 문에서 멀어지는 발소리가 이어졌다. 엿듣는 이가 없음을 확인한 셀레이나는 카우치 쿠션에 기대어 앉았다.

"명단 말고 그 이상의 정보가 필요해요. 그들이 정확히 어떤 계획을 세우는지, 그들이 왕에 대해 얼마나 파악하고 있는지 알아야겠어요."

아처의 얼굴에서 핏기가 가셨다.

"그러려면 시간이 더 필요해, 셀레이나."

"3주밖에 안 남았어요."

"5주는 필요해."

"왕은 한 달 안에 당신을 죽이라고 했어요. 당신을 처리하는 게 쉽지 않다는 말로 사람들을 설득하고는 있지만 잘 먹히질 않아요. 시간을 더 줄 순 없어요."

"리프트홀드 일을 마무리하고 너한테 정보를 더 주려면 시간이 필요해. 데이비스가 죽고 나서 그들은 전보다 훨씬 몸을 사리고 있어. 아무도 입을 안 열어. 조금도 말이 새어나오질 않아."

"데이비스가 어쩌다 사고로 죽은 걸 그들도 알아요?"

"리프트홀드에서는 워낙 그런 사고가 자주 일어나니까. 사고일지도 모른다는 생각들은 하고 있어." 그는 손으로 머리카락을 쓸어 넘겼다. "제발 부탁이야. 시간을 좀더 줘."

"더는 못 줘요. 이름 말고 다른 정보를 내놔요, 아처."

"왕세자는? 근위대장은? 그들이 네가 필요로 하는 정보를 갖고 있을지도 몰라. 넌 그 두 사람이랑 친하잖아?"

셀레이나는 이를 드러내며 날카롭게 되물었다.

"그들에 대해 뭘 알고 그런 말을 해요?"

아처는 앞뒤를 재는 듯 침착한 눈빛으로 그녀를 바라보았다.

"네가 윌로우스 찻집 앞에서 나랑 우연히 마주친 날 같이 있던 남자가 근위대장이라는 걸 내가 못 알아봤겠니?" 셀레이나가 조용히 단검에 손을 올리자 그는 그녀의 옆구리 쪽을 흘끗 돌아보았다. "나를 살려두기로 한 네 계획에 대해 그들에게 말했어?"

"아뇨." 셀레이나는 단검을 쥔 손에 힘을 풀었다. "안 했어요. 그들을 이 일에 끌어들이고 싶지 않아요."

"그들을 못 믿는 건 아니고?"

셀레이나는 눈을 내리떴다.

"나에 대해 함부로 아는 척하지 말아요, 아처."

그녀는 응접실 문 쪽으로 걸어가 문을 열어젖혔다. 집사는 보이지 않았다. 어깨너머로 아처를 돌아보았다. 그녀를 바라보는 아처의 눈이 휘둥그레 했다.

"이번 주말까지, 엿새 줄 테니까 정보를 더 모아 와요. 아무 정보도 안 내놓으면 분위기가 좋지 않을 거예요."

대답할 새를 주지 않고 셀레이나는 곧장 응접실을 나섰다. 현관 앞 벽장에서 망토를 집어 들고 차갑게 얼어붙은 도시의 거리로 나섰다.

도리언은 앞에 놓인 지도며 숫자가 믿어지지 않았다. 캘라컬라 노

동수용소에 노예가 이렇게 많다니 누군가 장난질을 하는 게 분명했다. 아버지가 이끄는 평의회에 참석해 회의실의 긴 탁자 앞에 앉은 도리언은 다른 의원들을 흘끗 돌아보았다. 놀라거나 당황한 얼굴은 없었다. 캘라컬라에 각별한 관심을 쏟고 있는 멀리슨 의원은 얼굴에 웃음이 가득했다.

싸워서라도 네히미아를 이 회의에 참석시켰어야 했다. 하지만 그녀가 참석해서 발언을 하더라도 이들의 결정에 영향을 줄 수는 없을 듯했다. 결정은 이미 내려진 것 같았다.

주먹으로 머리를 받친 아버지는 슬쩍 미소 지으며 롤랜드를 바라보았다. 아버지의 손가락에 끼워진 검은 반지가 기분 나쁘게 생긴 벽난로의 희미한 빛을 받아 반짝였다. 거대한 주둥이처럼 생긴 벽난로는 당장이라도 회의실을 통째로 삼켜버릴 것 같았다.

페링턴 옆자리에 앉은 롤랜드가 지도를 손으로 가리켰다. 롤랜드의 손에도 검은 반지가 반짝거렸다. 페링턴도 같은 반지를 끼고 있었다.

"보시다시피, 현재 캘라컬라는 노예가 너무 많아 감당이 안 될 정도입니다. 광산에 다 집어넣지도 못할 정도로 많죠. 새로운 매장층을 찾아내도록 하고 있기는 한데 지지부진한 상태입니다." 롤랜드는 미소를 지으며 말을 이었다. "그런데 약간 더 북쪽에, 그러니까 오크월드 숲 남쪽 가장자리에 꽤 넓은 철광산이 있다는 소식이 들어왔습니다. 캘라컬라와도 가까운 편이라 경비병과 감독관을 수용할 수 있는 건물 몇 채만 새로 지으면 될 것 같습니다. 그럼 원하는 만큼 노예들을 데려와서 곧바로 일을 시킬 수가 있겠죠."

탄복한 이들이 웅성거리기 시작했다. 아버지가 롤랜드에게 흡족한 표정으로 고개를 끄덕이자 도리언은 어금니를 악물었다. 셋이서 똑같이 생긴 검은 반지를 나눠 끼고 있는 건 무슨 의미일까? 어떤 식으로든 서로 한 몸처럼 결합돼 있다는 뜻인가? 롤랜드는 어떻게 아버지와 페링턴의 방어벽을 이리 빠르게 뚫었을까? 캘라컬라 같은 곳을 다들 지지하는 입장이라서?

전날 저녁 네히미아에게 들은 말이 도리언의 머릿속에 울려 퍼졌다. 도리언은 셀레이나의 등에 난 상처를 가까이서 본 적이 있었다. 살이 끔찍하게 찢겨나간 그 상처를 보며 그는 분노로 속이 뒤집혀 길게 쳐다볼 수조차 없었다. 강제 노동수용소에서 얼마나 많은 셀레이나 같은 사람들이 고통 받고 있을까?

도리언이 물었다.

"노예들은 어디서 잠을 잡니까? 노예들을 위한 쉼터도 만들어야겠군요."

아버지를 비롯한 모든 이들의 시선이 도리언에게 쏠렸다. 롤랜드는 어깨를 으쓱하며 대답했다.

"노예들인데 뭐 하러 쉼터까지 지어줍니까? 광산 안에서 자게 하면 될걸. 그럼 매일 광산 밖으로 불러냈다가 다시 집어넣는 수고를 하면서 시간 낭비를 안 해도 되고요."

의원들은 웅성대며 고개를 끄덕였다. 도리언은 롤랜드를 똑바로 쳐다보며 말했다.

"노예가 그렇게 많이 남아돌면 그중 일부는 풀어주는 게 어떻습니까? 노예들이 전부 반역자나 범죄자도 아닌데."

탁자 저쪽에서 못마땅한 신음소리가 들렸다. 아버지였다.

“말조심해라, 왕세자.”

아버지가 아들에게 하는 말이 아니라 왕이 후계자에게 하는 말이었다. 그럴수록 도리언의 가슴속에는 차가운 분노가 커져갔다. 엔도비어 광산에서 셀레이나를 끄집어낸 날 그녀의 몸에 새겨져 있던 상처, 앙상한 몸뚱이, 수척한 얼굴, 희망과 절박감이 뒤섞인 눈빛을 도리언은 도저히 잊을 수가 없었다. 네히미아가 했던 말이 그의 머릿속을 맴돌았다. 셀레이나가 거기서 겪은 일은 다른 대부분의 노예들이 겪는 고난에 비하면 아무것도 아닐 정도예요.

도리언은 탁자 너머로 아버지의 얼굴을 똑바로 쳐다보았다. 아버지의 얼굴에서 짜증이 읽혔다.

“이러실 계획이었습니까? 대륙을 정복했으니 그곳 사람들을 전부 캘라컬라나 엔도비어에 집어넣으시려고요? 아달렌 백성들만 빼고?”

아버지는 대답이 없었다. 네히미아가 건드린 그의 가슴 속 고대의 힘이 번뜩이는 곳으로 분노가 흘러 내려갔다.

“계속 그렇게 줄을 조이시다간 끊어지고 맙니다.” 도리언은 아버지에게 이렇게 말하고는 탁자 너머 롤랜드와 멀리슨을 차례로 돌아보았다. “두 분이 캘라컬라에 가서 1년 정도 살아보는 건 어떨까요? 그러고 나서 다시 이 자리에서 캘라컬라 확장 계획을 얘기해보시죠.”

아버지가 탁자를 두 손으로 내리치자, 잔과 주전자가 흔들거렸다.

“입조심해라, 왕세자. 안 그러면 투표 전에 회의실에서 내쫓길 줄 알아.”

도리언은 벌떡 일어섰다. 네히미아의 말이 옳았다. 그는 엔도비어의 다른 노예들을 제대로 살피지 않았다. 그저 외면하고 살았다.

"무슨 뜻인지 충분히 알겠습니다." 도리언은 아버지와 롤랜드, 멀리슨, 페링턴, 그리고 회의실 안의 모든 사람을 사납게 돌아보았다. "어떤 표를 던질지 말씀드릴까요? '거부' 표를 던집니다. 이건 절대 있어서는 안 되는 일이에요."

아버지가 못마땅한 얼굴로 투덜거렸다. 붉은 대리석 바닥을 가로지른 도리언은 흉물스러운 벽난로 앞을 지나 문밖으로, 유리 성의 환한 복도로 나갔다.

어디로 갈지 정해놓지는 않았다. 다만 몸이 얼어붙을 듯 한기를 느꼈다. 차분하게 빛나는 분노를 더욱 활활 타오르게 하는 한기였다. 그는 날듯이 계단을 밟고 내려갔다. 긴 복도와 좁은 계단을 밟고 아무도 없는 홀로 들어섰다. 주변에 보는 눈이 없는 걸 확인하고는 주먹을 부르쥐고 있는 힘껏 벽을 쳤다.

그의 손이 닿은 돌벽이 쩍 갈라졌다.

약간 갈라진 정도가 아니라 오른쪽 창문까지 거미줄 모양의 균열이 퍼져나갔다.

결국 창문이 터지고 유리가 박살 나 우수수 떨어졌다. 놀란 도리언은 얼른 웅크리고는 손으로 머리를 덮어 가렸다. 깨진 창문으로 지독히 차가운 바람이 흘러들어와 눈앞이 흐려졌다. 그는 속에서 분노가 빠져나갈 때까지 손으로 머리카락을 움켜잡고 호흡을 고르고 고르고 또 골랐다.

아무리 생각해도 이건 불가능한 일이었다. 벽의 특정한 부분을 잘못 건드린 바람에 이렇게 깨진 것일 수도 있었다. 워낙 오래된 벽이다 보니 약간의 충격만으로도 깨질 수 있을 것이다. 돌벽이 이런 식으로, 무슨 살아 있는 생물처럼 쩍 갈라졌다는 얘기는, 유리창까지 박살 났다는 얘기는 들어본 적 없었다.

심장이 미친 듯이 뛰었다. 손을 머리에서 내리고 확인해보았다. 손에는 멍이나 베인 자국은커녕 통증이 있을 법한 흔적조차 없었다. 하지만 그는 잔뜩 힘을 주고 벽을 주먹으로 쳤다. 그 정도면 손이 골절됐어야 옳았다. 하지만 주먹을 꽉 쥐느라 손가락이 하얗게 질린 것 외에, 손가락 관절은 멀쩡했다.

도리언은 떨리는 다리에 힘을 주고 일어서서 갈라진 벽을 자세히 살펴보았다.

벽은 갈라지긴 했지만 무너질 정도는 아니었다. 다만 오래된 창문은 완전히 박살 났다. 그리고 그가 웅크리고 앉았던 자리 주변을 보니…….

파편 하나 떨어져 있지 않은 완벽한 원이 생겨 있었다. 유리 파편이며 나무 지저깨비는 전부 그 원 바깥에 우수수 떨어져 있었다.

이건 가능한 일이 아니었다. 설마 마법인가…….

마법…….

도리언은 무릎을 꿇었다. 지독한 구역질이 올라왔다.

케이올 옆의 카우치에 웅크리고 앉은 셀레이나는 차 한 모금을 마시고 인상을 확 찌푸렸다.

"필리파 같은 하인을 한 명 고용하면 안 돼요? 이럴 때 간식거리를 갖다 줄 사람이 있으면 좋잖아요?"

케이올은 한쪽 눈썹을 치켜올렸다.

"당신 방에 가 있으면 되잖아?"

아니. 가급적 그 방에는 머물고 싶지 않았다. 엘레나와 모트를 비롯한 온갖 말도 안 되는 것들이 그 방에 딸린 비밀의 문 너머에 있었다. 다른 때 같으면 도서관에서 마음의 안식을 찾겠지만 지금은 그럴 수도 없었다. 도서관에도 온갖 비밀들이 가득해서 생각만으로도 머리가 핑 돌 것 같았다. 데이비스의 서재에서 찾은 수수께끼와 관련해 네히미아가 단서를 찾았는지 잠깐 궁금하기는 했다. 그 건에 관해서는 내일 네히미아에게 물어보면 될 것이다.

셀레이나는 양말 신은 발로 케이올의 옆구리를 툭 건드렸다.

"난 그냥 한 번씩 초콜릿 케이크 같은 게 먹고 싶을 뿐이에요."

케이올은 눈을 감았다.

"애플 타르트와 빵 한 덩어리, 스튜 한 냄비, 산더미 같은 쿠키 그리고……." 셀레이나가 그의 얼굴을 발로 꾹 누르자 케이올은 웃음을 터뜨렸다. 그는 그녀의 발을 잡았다. 그녀가 다리를 오므리려 해도 놓아주지 않았다. "사실이잖아. 당신도 잘 알다시피 말이야."

"사실이면요? 내가 원할 때 실컷 먹을 권리도 없어요?"

그의 얼굴에서 미소가 걷히고 셀레이나는 그에게 잡힌 발을 빼냈다.

"있지." 타닥타닥 타고 있는 벽난로 소리에 묻힐 정도로 나지막하게 그가 말했다. "있고말고."

잠시 침묵하던 케이올은 일어서서 문 쪽으로 걸어갔다.

셀레이나는 팔꿈치를 카우치에 대고 일어나 앉았다.

"어디 가요?"

그는 문을 열었다.

"당신한테 줄 초콜릿 케이크 가지러."

얼마 후 그는 방으로 돌아왔다. 그가 주방에서 슬쩍 가져온 케이크를 둘이 반쯤 먹은 뒤 셀레이나는 카우치에 드러누워 부른 배에 손을 얹었다. 케이올은 이미 쿠션에 몸을 기댄 채 널브러져 곤히 잠들었다. 어제 밤늦게까지 무도회에서 경호를 섰고, 오늘 아침에 그녀와 달리기까지 했으니 피곤할 만도 했다. 힘들었을 텐데 그는 어째서 달리기 일정을 취소하지 않았을까?

일전에 네히미아가 했던 말이 떠올랐다. 궁전이 늘 이렇지는 않았어요. 사람들이 명예와 충성심을 높게 평가하던 시절이 있었죠. 두려움 때문에 군주에게 복종하지 않던 시절이었어요…… 테라센 같은 왕실이 재건될 수 있을 거라고 생각해요?

셀레이나는 네히미아의 물음에 제대로 답하지 못했다. 그런 얘기는 하고 싶지도 않았다. 하지만 지금 이렇게 케이올의 모습을 바라보고 있자니, 이 남자의 미래 모습을 그려보니 답할 수도 있을 듯했다…….

그래요. 맞아요, 네히미아. 재건될 수 있어요. 이런 사람들을 잘 찾아 모으면요.

하지만 아달렌의 왕이 있는 세상에서는 가능하지 않았다. 네히미아가 또 다른 왕실을 일으켜 세우기도 전에 아달렌의 왕이 짓밟아놓을 테니까. 아달렌의 왕이 없어져야 네히미아가 꿈꾸어온 왕실이 세상에 변화를 가져올 수 있었다. 10여 년을 이어져온 잔학무도함과 공포로 인한 상흔을 어루만지고, 정복으로 유린당한 땅들을 복구하면서, 아달렌이 진군해 들어가 박살낸 왕국들의 심장을 부활시킬 수 있을 것이다.

그러고 나면…… 셀레이나는 힘겹게 숨을 삼켰다. 셀레이나와 케이올은 평범한 여자와 남자로 살 수 없는 사람들이지만 바뀐 세상에서는 그들만의 삶을 살 수 있지 않을까. 셀레이나는 그런 삶을 원했다. 케이올은 어젯밤 같이 춤을 추고 나서 마치 아무 일도 없었던 듯 굴고 있지만 그 일은 실제로 일어났다. 셀레이나는 그걸 깨닫는 데 이렇게 오래 걸렸지만 이 남자는……. 셀레이나는 이 남자와 여생을 함께하고 싶었다.

네히미아가 꿈꾸는 세상, 셀레이나가 가끔 생각해보곤 하는 세상은 왕국들이 한때 갖고 있던 희망과 기억의 한 조각일 뿐이었다. 어쩌면 반역 세력은 아달렌의 왕의 계획에 대해 정말 알고 있을지도 모른다. 그 계획을 망가뜨릴 방법도…… 왕을 박살 낼 방법도 생각해두었을 수 있다. 에일린 갈라시니어스가 있든 없든, 그녀가 일으키고 있다고 주장하는 군대가 있든 없든 상관없이 말이다.

셀레이나는 한숨을 푹 쉬며 카우치에서 일어섰다. 잠든 케이올을 방해하지 않으려고 그의 다리를 조심스레 피했다. 그러다 뒤로 돌아선 셀레이나는 허리를 굽히고 그의 짧은 머리카락을 손가락으로 쓸어 넘긴 후 그의 뺨을 쓰다듬었다. 그리고 남은 초콜릿 케이크를 챙겨 들고 조용히 그의 방을 나갔다.

◈◈◈

나머지 초콜릿 케이크를 다 먹으면 속이 심하게 울렁거릴까 생각하며 복도를 걸어가던 셀레이나는 그녀의 방 앞에 앉아 있는 도리언을 보았다. 도리언도 그녀를 마주보다가 곧 그녀의 손에 들린 케이크로 시선을 옮겼다. 셀레이나는 얼굴을 붉히며 턱을 치켜들었다. 지난번에 롤랜드를 놓고 언쟁을 한 후로 그들은 말을 섞지 않고 있었다. 사과하러 온 건가. 당연히 그래야지.

앞으로 다가가자 도리언이 바닥에서 일어섰다. 셀레이나는 그의 사파이어색 눈 속에 담긴 표정을 살폈다. 사과하러 온 것 같진 않았다.

셀레이나는 인사 대신 말했다.

"찾아오기엔 좀 늦은 시간 아닌가요?"

도리언은 주머니에 두 손을 찔러 넣고 벽에 등을 기댔다. 얼굴이 창백하고 눈빛에는 근심이 어렸지만 그는 엷은 웃음을 지었다.

"초콜릿 케이크를 먹기에도 좀 늦은 시간이지. 주방을 털고 오는 길이야?"

셀레이나는 방문 앞에 서서 그를 훑어보았다. 상처를 입거나 어딜 특별히 다친 것 같지는 않은데 뭔가 분위기가 심상치 않았다.

"무슨 일이에요?"

그는 그녀의 시선을 외면한 채 말했다.

"네히미아를 만나러 갔더니 하인들 얘기가 나갔다더라고. 여기로 왔겠구나 했어. 둘이 같이 산책이라도 나갔나 보다 했지."

"오늘 아침에 보고 못 봤어요. 공주한테는 무슨 볼일인데요?"

도리언은 힘겹게 숨을 들이마셨다. 그제야 셀레이나는 복도가 몹시 춥다는 걸 깨달았다. 그는 이 얼어붙게 추운 바닥에서 얼마나 오래 앉아 있었던 걸까? 그는 스스로를 설득하듯 고개를 가로저었다.

"없어. 딱히 볼일은 없어."

도리언은 터벅터벅 걸어갔다. 셀레이나는 자기도 모르게 묻고 말았다.

"도리언. 무슨 일이에요?"

그가 뒤를 돌아보았다. 그의 눈빛에서 셀레이나는 오래전 불타버린 세상의 것을 보았다. 아직까지도 그녀의 악몽 언저리에 등장하는 색깔과 힘이 언뜻 느껴졌다. 그가 눈을 깜박이자 그것은 이내 사라졌다.

"아니야. 별다른 일은 없어." 도리언은 주머니에 손을 넣은 채 걸어가며 어깨너머로 말했다. "케이크 맛있게 먹어." 곧 그의 모습은 어둠 속으로 사라졌다.

CHAPTER 19

케이올은 왕좌 앞에 서서 어제 업무에 관한 보고를 했다. 지루해 죽을 지경이었다. 어젯밤 일에 대해서는 생각하지 않으려고 애썼다. 셀레이나의 손가락이 그의 머리카락을 쓸어 넘기고 얼굴을 쓰다듬은 시간은 찰나였지만, 그녀를 붙잡아 카우치에 눕히고 싶은 강렬한 욕망이 치솟았다. 그는 호흡을 고르게 하려고, 계속 잠든 척하려고 자제력을 총동원해야 했다. 셀레이나가 방을 나간 후 심장이 어찌나 쿵쾅대는지 진정하고 잠이 들기까지 한 시간은 족히 걸렸다.

왕을 바라보면서 그는 어제 참기를 잘했다고 생각했다. 그와 셀레이나 사이에 선이 그어진 것은 이유가 있어서였다. 그 선을 넘으면 왕에 대한 충성심을 의심받을 것이다. 도리언과의 우정에 미칠 영향은 말할 것도 없었다. 안 그래도 도리언은 지난주 내내 그를 피하는 눈치였다. 오늘은 꼭 가서 도리언을 만나볼 작정이었다.

케이올은 도리언과 왕에게 충성을 바쳤다. 그는 충성심 그 자체였다. 오직 그 부자에게 충성하기 위해 가족과 작위까지 포기했다.

오늘 궁전에 도착할 예정인 유랑 극단과 관련된 보안 계획을 설명하자 왕은 고개를 끄덕였다.

"좋아, 근위대장. 자네 부하들이 성을 경호하게 해. 어떤 더러운 것이 유랑 극단에 딸려올지 모르니. 그런 것들이 성안에 돌아다니지 못하게 해."

케이올은 고개를 숙였다.

"알겠습니다."

평소 때 같으면 왕은 툴툴대며 손을 휘저어 그만 가보라고 했을 텐데, 오늘은 유리 왕좌 팔걸이에 팔꿈치를 대고 케이올을 유심히 바라보았다. 잠시 침묵이 흐르는 동안 케이올은 이 성의 스파이가 열쇠구멍을 통해 셀레이나가 그의 얼굴을 쓰다듬는 모습을 본 게 아닐까 생각했다. 잠시 후 왕이 입을 열었다.

"네히미아 공주도 잘 지켜봐."

왕의 입에서 나올 법한 말들 중 가장 뜻밖의 말이었다. 그래도 케이올은 무표정을 유지하면서, 상당히 많은 의미가 담겼을 왕의 말에 의문을 제기하지 않았다.

"이 성에서 공주의…… 영향력이 커지고 있어. 이제 공주를 이일웨이로 돌려보낼 때가 온 게 아닌가 싶기도 해. 이미 우리가 몇 명 시켜서 공주를 지켜보게 하고 있지만, 공주의 목숨이 위협받고 있다는 얘기가 내 귀에 들어왔어."

케이올의 머릿속에 두려움과 함께 의문이 치솟았다. 누가 네히미아 공주를 위협한다는 걸까? 공주가 어떤 말과 행동을 했기에 그런 상황에 놓이게 됐을까?

케이올은 표정이 굳어졌다.

"처음 듣는 얘깁니다."

왕이 미소 지었다.

"아직 아무도 못 들었어. 공주조차도. 공주가 궁전 밖에서 적을 만든 모양이야."

"공주의 방 앞을 지키고 공주가 머무는 구역을 순찰하는 경비병 숫자를 더 늘리겠습니다. 그리고 즉시 공주에게 알려……."

"공주에게 알릴 필요 없어. 아무한테도 말할 필요 없는 일이야."

왕은 케이올을 날카로운 시선으로 바라보았다.

"공주가 알면 누가 자기 목숨을 노린다는 사실을 협상 수단으로 이용하려 들 수도 있어. 순교자 행세를 하려고 들 수도 있고. 부하들한테 티 내지 말고 조용히 경호하라고 해."

케이올은 네히미아가 그런 짓을 할 리 없다고 생각했지만 반박하지 않았다. 부하들에게도 신중하게 처신하라고 일러둘 작정이었다.

공주에게도 셀레이나에게도 이 건에 대한 언급은 하지 않을 것이다. 그가 네히미아와 친하고, 네히미아가 셀레이나의 친구라고 해도 달라지는 건 없었다. 셀레이나가 나중에 알면 왜 말하지 않았느냐고 불같이 화를 내겠지만 그는 근위대장이었다. 지금 이 자리에 서기 위해 셀레이나 못지않게 많은 것을 희생하며 싸워왔다. 그는 셀레이나에게 춤까지 요청하면서 그녀가 가까이 다가오게 두었다. 그런데 어느새 그녀에게 너무 가까이 다가가고 말았다.

"근위대장?"

케이올은 눈을 껌벅이다 허리를 숙였다.
"분부대로 시행하겠습니다, 폐하."

도리언은 숨을 헐떡이며 정확하게 칼을 휘둘렀다. 근위병은 재빨리 몸을 피했다. 세 번째 대련 상대인 그 근위병은 힘에 부쳐 쓰러지기 직전이었다. 도리언은 어제 한숨도 자지 못했지만 오늘 아침에 도저히 가만히 앉아 있을 수가 없었다. 누구라도 붙잡고 대련을 해서 지쳐 쓰러지고 싶은 마음에 결국 막사로 찾아온 것이다.

도리언은 상대의 공격을 재빨리 피하고 막아냈다. 실수일 것이다. 어쩌면 전부 몽상일 수도 있었다. 하필 좋지 않은 때에 딱 맞아떨어진 것일 수도 있었다. 마법은 사라졌다. 아버지가 마법을 지니고 있지도 않았는데, 아들인 그가 마법의 힘을 갖고 있을 리 없었다. 수 세대 동안 하빌리아드 혈통에 마법을 지닌 후손은 없었다.

도리언은 근위병의 방어를 쉽게 뚫었다. 젊은 근위병이 패배를 선언하며 두 손을 들었지만, 도리언은 상대가 봐준 게 아닌가 의심했다. 그런 생각이 들자 속에서 울화가 치받아 올라왔다. 다음 상대를 불러내려는데 누군가 그들에게 느긋하게 걸어와 말했다.

"나도 같이해도 돼?"

도리언은 롤랜드를 조용히 응시했다. 롤랜드의 양날칼은 얼핏 봐도 거의 쓴 적이 없어 보였다. 근위병은 도리언의 표정을 살피더니 절을 하고 뒤로 물러섰다. 도리언은 사촌의 손가락에 끼워진 검은 반지를 보았다.

"오늘 나랑 춤추고 싶진 않을 텐데."

"아." 롤랜드는 얼굴을 찌푸렸다. "어제 일은…… 미안하게 됐어. 노동수용소가 너한테 그렇게 민감한 문제인 걸 알았으면 회의 때 그 주제를 꺼내거나 멀리슨 의원과 입장을 같이 하진 않았을 텐데. 네가 회의실을 나가고 나서 난 투표를 취소했어. 멀리슨 의원은 잔뜩 열을 받았지."

도리언이 눈썹을 치켜떴다.

"그래?"

롤랜드는 어깨를 으쓱했다.

"네 말이 맞았어. 내가 수용소 생활에 대해 아는 게 있어야지. 페링턴 공작이 나더러 멀리슨과 협력해야 된다고 하니까 그쪽 편을 들어준 것뿐이야. 멀리슨 의원이 철 산업에 연줄이 있어서 수용소 확장으로 이득을 많이 보게 되나 봐."

"나더러 그 말을 믿으라고?"

롤랜드는 귀여운 척 미소 지었다.

"우린 가족이잖아."

가족. 도리언은 자신에게 가족이 있다는 생각은 해본 적이 없었다. 지금도 마찬가지였다. 어제 복도에서 일어난 일을, 그가 갖고 있을지 모를 마법의 힘을 들키면 아버지는 그를 죽일 것이다. 아버지에겐 아들이 하나 더 있으니까. 가족이라면 이런 식으로 생각하면 안 되지 않나?

도리언은 어젯밤 급한 마음에 네히미아를 만나러 갔다. 그런데 아침이 밝고 나서 생각해보니 어제 네히미아를 만나지 못한 게 다행이었다. 어제 네히미아에게 마법의 힘에 대해 털어놓았으면 그녀는 자기에게 유리한 쪽으로 이용할 수도 있을 것이다. 그를 협박해 원하는 바를 얻어내려 할 가능성도 있었다.

그리고 롤랜드는……. 도리언은 돌아서서 그곳을 나갔다.

"누굴 네 뜻대로 조종하고 싶으면 딴 데 가서 알아봐."

롤랜드는 걷는 속도를 맞춰 따라오며 대꾸했다.

"아, 사촌을 조종하는 것보다 더 가치 있는 일이 있을까? 널 설득해서 내 계획에 끌어들이는 것보다 더 힘든 일이 또 뭐가 있지?" 도리언이 경고하듯 노려봤지만 롤랜드는 싱긋 웃으며 말을 이었다. "네가 회의실을 나가고 나서 분위기가 얼마나 엉망이었는지 너도 봤어야 하는데. 네가 모두에게 호통칠 때 네 아버지가 짓던 표정을 난 평생 못 잊을 거야." 롤랜드는 웃음을 터뜨렸다. 도리언도 입가에 피식 미소가 걸렸다. "노친네가 열 받아서 아주 활활 타버릴 것 같더라고."

도리언은 고개를 저었다.

"지금까지 노친네라고 부른 놈들을 아버지는 죄다 교수형에 처했어."

"그래. 네가 나만큼만 잘생겼어도 외모로 얼마나 득을 볼 수 있는지 잘 알 텐데 말이야."

도리언은 눈을 위로 굴렸지만 그 후 몇 분 동안 사촌 롤랜드에 대해 생각을 해봤다. 롤랜드가 페링턴 그리고 아버지와 친한 사이이긴 하지만…… 어쩌면 단순히 페링턴의 계획에 휘말렸을 수도 있었다. 그렇다면 누군가 롤랜드에게 나아가야 할 방향을 알려줘야 하지 않을까. 아버지와 의원들이 롤랜드를 이용해 자기네가 진행하는 비밀스러운 거래에 다수의 지지를 이끌어내려 한다면 이참에 도리언도 그 판에 뛰어드는 편이 나았다. 아버지의 졸을 아버지에게 불리한 위치로 돌려놓을 수도 있을 것이다. 그 둘 사이에서 잘만 수를 쓰면, 위원들 상당수가 더 악독한 안건에 대해 반대표를 행사하게 만들 수도 있지 않을까.

"정말 투표를 취소했어?"

롤랜드는 한 손을 휘저었다.

"우리가 다른 왕국들을 지나치게 밀어붙이고 있다는 네 의견이 난 맞다고 봐. 제국을 통제하고 싶으면 균형을 이루게 해야지. 다른 왕국 사람들을 노예로 만들어버리는 방식은 도움이 안 돼. 오히려 더 많은 사람들이 반란 세력에 동조하도록 만들 뿐이지."

도리언은 천천히 고개를 끄덕였다.

"지금 가봐야 할 데가 있어." 도리언은 칼집에 칼을 집어넣으며 거짓말을 했다. "이따가 저녁 만찬 때 홀에서 보자."

롤랜드는 편안하게 미소 지었다.

"만찬 때 난 예쁜 아가씨들을 우리 쪽으로 불러 모을게."

도리언은 롤랜드가 모퉁이를 돌아 문밖으로 나갈 때까지 조용히 기다렸다. 롤랜드의 발소리는 곧 안마당의 시끌벅적한 소음에 묻혔다. 어머니가 홀린을 위해 부른 유랑 극단—뒤늦은 율레마스 선물—이 도착한 모양이었다.

극단의 규모는 그리 크지 않았다. 검은 천막 몇 개, 짐승을 가둔 마차 열두어 개, 포장마차 다섯 개가 너른 마당에 차려졌다. 바이올린 연주자가 바이올린을 켜는 소리, 그날 저녁 홀린을 놀라게 해주기 위해 시간 맞춰 천막을 세우느라 일꾼들이 유쾌하게 고함치는 소리가 들리기는 했지만 대체로 차분한 분위기였다.

사람들 사이에서 느릿하게 거니는 도리언의 모습은 눈에 잘 띄지 않았다. 땀에 젖은 낡은 옷을 입은 데다 망토까지 걸쳤기 때문일 것이다. 고도로 훈련되어 사방을 눈에 담을 줄 아는 근위병들은 도리언을 알아봤지만, 익명성을 누리고 싶어 하는 도리언의 뜻을 존중해주었다.

눈부시게 아름다운 여자가 한 천막에서 걸어 나왔다. 금발에 날씬하고 키가 큰 그 여자는 고운 승마복 차림이었다. 뒤따라 몸집이 산만 한 남자가 기다란 쇠막대들을 들고 나왔는데, 도리언이 보기엔 아무나 들 수 있는 무게가 아니었다.

커다란 포장마차 옆을 지나가던 도리언은 측면에 흰 페인트로 써 놓은 글씨를 바라보았다.

거울 카니발!
환상과 현실의 충돌!

도리언은 인상을 썼다. 어머니는 홀린에게 선물을 안기기 전에 이런 선물이 어떻게 보일지, 어떤 메시지를 주게 될지를 잠깐이라도 생각은 한 걸까? 환상과 속임수를 쓰는 유랑 극단은 반역죄의 한계를 늘 아슬아슬하게 넘나들었다. 도리언은 콧방귀를 뀌었다. 어쩌면 마법의 힘을 가진 그야말로 저 짐승 우리에 들어가 있어야 될지도 몰랐다.

누가 어깨에 손을 올렸다. 돌아보니 케이올이 그에게 미소를 짓고 있었다.

"여기 있을 줄 알았어."

이런 복장을 하고 있어도 케이올이라면 응당 그를 알아볼 것이다.

마주 미소를 지으려던 도리언은 케이올에게 동행이 있음을 알아챘다. 셀레이나가 또 다른 포장마차 앞에 서서 검은 벨벳 커튼에 귀를 갖다 대고 있었다.

"아직 이른 시간인데 둘이 여기서 뭐 해? 공연은 해가 저물어야 시작될 텐데."

근처에서 우람한 몸집의 남자가 발 길이만 한 못을 얼어붙은 땅에 때려 박고 있었다.

"셀레이나가 좀 걷고 싶다고 하길래……." 케이올이 갑자기 욕을 내뱉더니 셀레이나 옆으로 달려가 검은 커튼 안쪽으로 집어넣은 그녀의 팔을 잡아 빼냈다. 도리언은 내키지 않았지만 케이올을 따라갔다. "그러다 팔 뜯겨."

케이올이 경고하자 그녀는 그를 노려보았다. 그러더니 그녀는 입을 꾹 닫은 채로 도리언에게 겸연쩍은 미소를 지어 보였다. 어젯밤 네히미아를 만나려고 왔다는 도리언의 말은 거짓이 아니었다. 하지만 셀레이나를 보고 싶기도 했다. 마침 셀레이나가 반쯤 먹다 만 케이크를 들고 방으로 돌아왔다. 그녀는 그 케이크를 방에서 혼자 먹어 치울 작정인 듯 보였다.

그의 내면에—혹시라도—마법의 힘이 있다는 사실을 셀레이나가 알면 그를 어떤 눈으로 볼지 상상도 할 수 없었다.

근처에서 아름다운 금발 여인이 스툴에 앉아 류트를 연주하기 시작했다. 남자들—그리고 근위병들—이 그 여인의 주변에 모여들기 시작한 건 아름다운 음악 때문만은 아닐 것이다.

케이올은 어색하게 자세를 바꿔 섰다. 도리언은 그들이 그 자리에서 한참을 말없이 서 있었다는 사실을 깨달았다. 셀레이나가 팔짱을 끼며 도리언에게 물었다.

"어제 네히미아 공주를 만나셨어요?"

도리언은 그녀가 이미 답을 알고 있다는 인상을 받았지만 순순히 대답했다.

"아니. 널 만나고 나서 그냥 내 방으로 돌아갔어."

케이올이 셀레이나를 쳐다보자 셀레이나는 어깨를 으쓱하고 말았다. 이건 또 무슨 뜻이지?

셀레이나는 유랑 극단을 둘러보며 말했다.

"저 우리 안에 뭐가 들었는지 보려면 왕세자님 동생이 올 때까지 기다려야 돼요? 공연은 이미 시작된 것 같은데."

그랬다. 저글링 하는 사람, 칼을 삼키는 사람, 불을 뿜는 사람이 왔다 갔다 했고, 공중제비 곡예사가 의자 등받이와 막대, 바늘방석 위에서 불가능해 보이는 동작을 해내며 균형을 잡았다.

"연습하는 거겠지."

도리언은 본인이 한 말이 맞기를 바랐다. 자기도 없는데 공연이 시작된 걸 알면 홀린이 어떻게 나올지……. 홀린이 성질을 부려댈 때는 성에서 멀찌감치 떠나 있는 게 상책이었다.

"으음."

셀레이나는 수많은 사람으로 북적이는 유랑 극단 깊숙한 곳으로 더 들어갔다.

케이올은 도리언을 주의 깊게 바라보았다. 케이올은 무슨 일이냐며 묻고 싶어 하는 눈빛이었지만 도리언은 대답해주고 싶지 않았다. 그저 조용히 셀레이나 뒤를 따라 걸었다. 이대로 유랑 극단을 등지고 이 자리를 벗어났다가는 지나치게 선을 긋는 행동으로 보일 것이다. 그들은 반원형으로 늘어선 천막과 짐승 우리의 맨 끝에 있는 제일 큰 마차로 다가갔다.

"어서 와요! 어서!"

허리가 굽고 주름이 자글자글한 노파가 마차의 계단 맨 아래 설치된 단에서 그들을 불렀다. 은발의 노파는 머리에 별 모양의 왕관을 썼다. 거무죽죽한 얼굴은 축 늘어졌고 검버섯이 피었지만 갈색 눈에는 총기가 있었다.

"거울로 미래를 확인해보세요! 손금도 봐드릴게!"

노파는 울퉁불퉁한 지팡이로 셀레이나를 가리키며 물었다. "아가씨의 미래를 읽어줄까요?"

도리언은 노파의 치아를 보고 눈을 한 번, 두 번 끔벅였다. 물고기의 이빨처럼 뾰족하고 금속으로 된 이빨이었다. 아마도…… 쇠 이빨인 듯했다.

셀레이나는 녹색 망토를 당겨 여미고 노파를 가만히 바라보았다.

도리언은 무너진 마녀 왕국에 대한 전설을 들은 적이 있었다. 피에 굶주린 마녀들이 평화로운 크로컨 왕조를 전복시키고 그 왕국을 갈기갈기 찢어놓았다는 전설. 크로컨 여왕들의 시신이 널브러진 전쟁

터에서 쇠 이빨을 가진 마녀 종족만이 살아남았다는 내용의 노래가 500년 후까지 전해졌다. 마지막 크로컨 여왕은 저주를 걸었다. 쇠 이빨 깃발이 나부끼는 동안 이 땅에서는 어떤 생명도 움트지 못하리라, 라는 저주였다.

"마차로 들어와요, 아가씨. 이 바바 옐로레그스가 미래를 봐줄 테니." 노파의 갈색 가운 안쪽으로 짙은 황색을 띤 발목이 슬쩍 들여다보였다.

그것을 본 셀레이나의 얼굴에서 핏기가 가셨다. 케이올은 셀레이나의 옆으로 가 팔꿈치를 잡았다. 다른 이가 셀레이나를 보호하려 들자 도리언은 기분이 나빴지만 그래도 케이올이라 다행이었다. 어쨌든 이 노파는 가짜 마녀임이 분명했다. 가짜 쇠 이빨을 붙이고 누런 빛깔의 긴 양말을 신고서 자칭 바바 옐로레그스라며 손님들의 주머니를 털려는 수작일 것이다.

"당신은 마녀군요."

셀레이나는 쥐어짜낸 듯한 목소리로 말했다. 가짜라는 생각은 안 드는 모양이었다. 셀레이나의 얼굴이 창백했다. 맙소사. 정말 겁을 먹은 건가?

바바 옐로레그스가 까마귀처럼 칵칵대고 웃었다.

"마녀 왕국의 마지막 마녀지요."

도리언은 셀레이나가 뒤로 한 걸음 물러서는 모습을 보며 놀랐다. 셀레이나는 케이올 쪽으로 발을 옮기더니 평소 차고 다니는 목걸이로 손을 뻗었다.

"지금 운세를 봐드릴까요?"

"아뇨."

셀레이나는 케이올에게 몸을 기대다시피 했다.

"그럼 장사 방해하지 말고 썩 꺼져요! 별 웃기는 사람들 다 보겠네!" 바바 옐로레그스가 날카롭게 내뱉으며 그들 머리 너머로 다른 사람들에게 외쳤다. "운세 보세요! 운세요!"

케이올이 칼에 손을 얹으며 노파에게 다가갔다.

"손님들한테 무례하게 굴지 마시죠."

노파는 콧방귀를 뀌며 미소 지었다. 노파의 치아가 오후의 햇살을 받아 반짝거렸다.

"은빛 호수 냄새를 풍기는 남자가 나 같은 죄 없는 늙은 마녀에게 무슨 짓을 하려고?"

그 순간 도리언의 등줄기를 따라 소름이 쫙 끼쳤다. 셀레이나는 케이올의 팔을 잡고 뒤로 당기려 했지만 케이올은 꿈쩍하지도 않고 서서 말했다.

"무슨 사기를 치려는 건지 모르겠지만, 혀가 잘리기 전에 입조심하는 게 좋을 겁니다."

바바 옐로레그스는 날카로운 치아를 혀로 핥으며 나지막하게 말했다.

"어디 와서 잘라내 보시든가."

울컥한 케이올의 눈이 번뜩였다. 셀레이나의 안색이 너무 창백해서 도리언은 얼른 그녀의 팔을 잡아당기며 말했다.

"그만 가자." 노파의 시선이 도리언에게 향했다. 도리언은 이 노파가 그들 셋에 대한 얘기를 지껄일지도 모른다는 생각이 들어 그 자리에 절대로 같이 있고 싶지 않았다. "케이올, 그만 가자니까."

노파는 도리언을 쳐다보며 싱긋 웃더니, 금속으로 된 긴 손톱으로 치아 사이에 낀 무언가를 후벼 파며 말했다.

"어디 운명으로부터 실컷 숨어보시든가요." 노파는 돌아서서 가는 그들의 뒤통수에 대고 소리쳤다. "운명이 곧 당신들을 찾아낼 게요!"

"떨고 있네."

"아뇨, 괜찮아요."

셀레이나는 조그맣게 말하며 자신의 팔을 붙잡은 케이올의 손을 쳐냈다. 도리언이 아까 그 자리에 함께 있었던 것도 민망했는데, 바바 옐로레그스와 마주 쳐다보는 모습을 케이올한테 보이고 말았으니…….

마녀에 관한 전설은 셀레이나도 들어 알고 있었다. 어렸을 때 듣고 무시무시한 악몽을 꾸기도 했다. 예전에 친구로 지냈던 이에게 직접 들은 얘기였다. 그 친구에게 배신당해 죽을 뻔했던 일도 있어서, 쇠이빨을 가진 마녀들에 관한 끔찍한 이야기는 거짓말에 불과하다고 믿으려 했다. 하지만 이곳에서 그런 마녀를 직접 본 것이다…….

힘겹게 숨을 삼켰다. 노파를 본 순간 뭔가 이질적인 느낌을 받았다. 저런 마녀라면 인간의 아이를 뼈만 남기고 살을 싹 다 발라먹을 수도 있을 것 같았다.

뼛속까지 몸이 얼어붙은 셀레이나는 도리언이 이끄는 대로 유랑 극단을 뒤로하고 떠났다. 아까 포장마차 앞에 서 있을 때 셀레이나는 왠지 그 안에 꼭 들어가 보고픈 생각에 사로잡혔다. 그 안에서 무언가가 그녀를 기다리고 있는 듯했다. 마녀가 머리에 쓰고 있던 별 모양의 왕관…… 도서관 앞 복도에서 괴상한 존재를 마주했던 날 밤처럼 목에 건 부적 목걸이가 묵직해지면서 뜨끈해졌던 일도 마음에 걸렸다.

나중에 네히미아와 함께 유랑 극단을 다시 찾아야겠다는 생각이 들었다. 옐로레그스라는 저 노파가 자기 말처럼 진짜 마녀인지 확인해 봐야 할 듯했다. 포장마차 안에 무엇이 있는지는 이제 관심이 없었다. 셀레이나의 관심은 이제 온통 옐로레그스에게 가 있었다. 도리언과 케이올의 뒤를 따라 걸어가는 동안 그 둘이 나누는 대화는 셀레이나의 귀에 하나도 들어오지 않았다. 어느새 그들은 왕실 마구간 앞에 도착했고 도리언이 앞장서서 안으로 들어가며 케이올에게 말했다.

"자네 생일 선물을 지금 줄게. 굳이 이틀 더 기다릴 필요 있나."

도리언이 마구간 안의 어느 칸막이 앞에서 걸음을 멈추자 케이올이 말했다.

"제정신이야?"

도리언은 싱긋 웃었다. 셀레이나는 도리언의 그런 표정을 무척 오랜만에 보았다. 예전에 도리언과 함께 보낸 밤, 피부에 와 닿던 그의 뜨거운 입김이 떠올랐다.

"왜? 자네는 받을 자격이 있어."

칸막이 안에는 밤하늘처럼 까만 아스테리온 품종의 종마가 고대 품종 특유의 검은 눈으로 그들을 바라보고 있었다.

케이올은 두 손을 치켜들고 뒷걸음질쳤다.

"이건 전에 자네가 받은 선물인데……."

도리언은 혀를 찼다.

"됐어. 자네가 안 받으면 화낼 거야."

"받을 수 없어."

케이올은 도와달라는 눈빛으로 셀레이나를 돌아보았다. 하지만 그녀는 어깨를 으쓱하며 말했다.

"나도 예전에 아스테리온 품종의 암말을 갖고 있었어요." 그 말에 두 남자는 눈을 껌벅였다. 셀레이나는 칸막이 앞으로 다가가 손을 내밀어 종마가 냄새를 맡게 했다. "그 말의 이름은 카시다였어요." 셀레이나는 종마의 벨벳처럼 부드러운 코를 쓰다듬으며 그때 기억을 떠올렸다. 입가에 절로 미소가 떠올랐다. "카시다는 붉은 사막 지역 사투리로 '바람을 마시는 자'라는 뜻이에요. 생김이 꼭 폭풍이 휩쓰는 바다 같았어요."

"네가 어떻게 아스테리온 품종의 암말을 갖고 있었지? 종마보다 훨씬 비싼데."

도리언한테서 몇 주 만에 들어보는, 평범한 질문이었다.

셀레이나는 어깨너머로 그들을 돌아보며 짓궂게 웃었다.

"잰드리아의 영주한테서 훔쳤어요." 케이올은 눈이 휘둥그레졌고 도리언은 어이가 없어 고개를 옆으로 기울였다. 너무 웃기는 상황이라 셀레이나는 웃음을 터뜨렸다. "워드에게 맹세코 진짜예요. 나중에 자세히 얘기해줄게요."

셀레이나는 뒤로 물러서면서 케이올을 칸막이 쪽으로 떠밀었다.

말은 케이올의 손가락 냄새를 맡았고 그렇게 말과 인간은 서로를 마주 보았다.

도리언은 여전히 눈을 크게 뜬 채로 셀레이나를 바라보았다. 셀레이나가 그를 흘끗 쳐다보자 도리언은 케이올에게 고개를 돌리며 그녀에게 물었다.

"케이올의 생일에 뭘 할 건지 지금 물어보는 건 너무 이른가?"

팔짱을 낀 셀레이나는 케이올이 나서기 전에 냉큼 대답했다.

"우린 계획을 다 세워뒀어요."

날카롭게 말하려던 건 아니었는데 그렇게 말이 나왔다. 어쨌든 셀레이나가 그날 밤을 위해 몇 주 전부터 계획을 짜둔 건 사실이었다.

케이올은 어깨너머로 그녀를 흘끗 쳐다보며 물었다.

"우리가?"

셀레이나는 그에게 지독하게 달콤한 미소를 지어 보였다.

"그럼요. 아스테리온 종마 정도는 아니지만……."

도리언이 눈을 빛내며 말했다.

"그래, 좋은 시간 보내."

셀레이나와 도리언이 서로를 마주 보자 케이올은 얼른 말 쪽으로 시선을 돌렸다. 방금까지 편안하던 도리언의 얼굴이 굳어 있었다. 셀레이나는 마음 한편으로—도리언의 잘생긴 얼굴을 보려고 기다리던 숱한 밤에 품었던 마음 한 조각—애석했다. 이제 도리언의 이런 모습을 보는 것도 편하지 않았다.

셀레이나는 케이올에게 선물을 받은 걸 축하하고, 짧게 잘 자라는 인사를 남긴 뒤 마구간을 나섰다. 유랑 극단 쪽은 쳐다볼 엄두도 나지 않았다. 유랑 극단 쪽에서 흘러오는 여러 사람의 목소리를 들어보니, 홀린이 와서 드디어 우리를 덮은 천을 걷어낸 모양이었다. 셀레이나는 따뜻한 방을 향해 서둘러 계단을 올라가기 시작했다. 마녀의 쇠 이빨, 운명이 어쩌고저쩌고 해가며 그들을 부르던 노파의 목소리를 떨쳐내려 애썼다. 운명에 관한 얘기는 월식이 있던 날 밤 모트가 했던 얘기와 너무도 비슷했다…….

직감이었을까. 아니면 친구의 조언조차 진심으로 받아들이지 못하는 처량한 인간이라서일까. 셀레이나는 다시 무덤을 찾아가야겠다는 생각을 했다. 혼자서. 네히미아는 부적 목걸이와 무관할 거라고 했지만 셀레이나의 생각은 달랐다. 네히미아가 눈에 관한 수수께끼를 알아낼 때까지 무작정 기다리는 게 답답하기도 했다.

한 번만 더 가봐야겠다 싶었다. 네히미아에게는 아무 말도 하지 않을 작정이었다. 벽에 난 그 구멍은 아무리 봐도 영락없는 눈동자였다. 움푹 파인 홍채 부분에 셀레이나의 부적 목걸이를 갖다 대면 모양이 딱 맞아 떨어질 듯했다.

CHAPTER 20

"모트."

셀레이나가 부르자 해골 모양 노커가 한쪽 눈을 떴다.

"자고 있는데 깨우는 건 진짜 무례한 짓이야."

모트의 목소리에 잠이 잔뜩 묻어 있었다.

"그럼 부르지도 않고 네 얼굴에 대고 노크를 하는 게 더 좋았겠어?" 그 말에 모트는 셀레이나를 노려보았다. "궁금한 게 있어서 불렀어." 셀레이나는 부적 목걸이를 내밀며 물었다. "이 목걸이 말이야…… 이게 진짜로 힘을 갖고 있어?"

"당연하지."

"수천 년이나 된 거잖아."

"그래서?" 모트는 하품을 했다. "마법의 물건이잖아. 마법의 물건은 평범한 물건처럼 오래됐다고 해서 낡지 않아."

"어떤 힘을 갖고 있는데?"

"엘레나 여왕님이 말씀하셨듯이 널 보호해주지. 위험으로부터 지켜주고. 내가 보기에 넌 말썽에 휘말릴 짓만 골라 하는 것 같지만."

셀레이나는 문을 열었다.

"그 정도 기능은 나도 알아."

우연일지 모르지만 수수께끼가 너무 구체적이었다. 어쩌면 데이비스는 엘레나 여왕이 찾으려 했던 것과 같은 것, 즉 아달렌 왕의 힘의 원천을 찾고 있었을 수도 있었다. 어쩌면 이 탐색은 진실을 밝혀내기 위한 첫걸음일지도 몰랐다.

모트가 옆으로 지나가는 셀레이나에게 말했다.

"네 생각이 틀렸을 수도 있어. 일단 경고는 해줄게."

셀레이나의 귀에 그 말은 들어오지 않았다. 그녀는 곧장 벽에 새겨진 움푹한 눈동자 모양의 조각 앞으로 가 까치발을 하고 구멍 안을 들여다보았다. 벽 너머는 여전히 텅 빈 공간이었다. 목걸이를 풀어서 부적을 눈동자에 조심스럽게 가져다 댔다…….

맞았다. 꼭 맞았다. 숨을 들이마시며 한 번 더 몸을 기울여 섬세한 금 테두리 안쪽의 구멍을 들여다보았다.

아무것도 없었다. 벽 너머에는 아무 변화가 없었고 커다란 워드 문자도 달라진 게 없었다. 목걸이를 위아래로 뒤집어서 갖다 대도 마찬가지였다. 좌우로, 위아래로, 비스듬히 대보기도 했지만 반응은 없었다. 저 위에 있는 게 분명한 통풍구를 통해 비춰드는 달빛 한 줄기, 그리고 그 달빛을 받은 텅 빈 돌벽이 보일 뿐이었다. 문이라든지 움직이는 벽판을 찾아 돌벽을 이리저리 밀어보았다.

"이건 엘레나의 눈이잖아! '똑바로 볼 수 있는 눈을 가진 존재'라며!

대체 무슨 눈을 말하는 거야?"

그러자 문 쪽에서 모트가 노래하듯 흥얼거렸다.

"네 눈알을 뽑아서~ 구멍에 끼워 보든지~."

"왜 안 되지? 주문을 말해야 하는 건가?"

셀레이나는 여왕의 석관을 흘끗 바라보았다. 아마 고대 언어로 된 주문이 아닐까? 등잔 밑이 어둡다고 바로 코앞에 숨겨진 주문일 수도 있었다. 원래 수수께끼라는 게 거의 그렇게 풀리지 않나? 셀레이나는 부적을 다시 눈구멍에 갖다 댔다. 그리고 엘레나 여왕의 석관 발치에 새겨진 문구를 밤공기에 대고 읊었다.

"아! 시간의 균열이여!"

아무 일도 일어나지 않았다.

모트가 키득거렸다. 셀레이나는 부적을 낚아채듯 벽에서 뗐다.

"짜증 나! 이 망할 무덤도 싫고 멍청한 수수께끼랑 비밀도 싫어!"

그렇다. 네히미아는 눈에 대한 수수께끼가 부적과는 무관할 거라고 했다. 친구 말을 믿지 않고 조급하게 굴었으니 안타깝고 비참한 결과를 맞이한 거겠지.

"안 될 거라고 했잖아."

"어떻게 해야 돼? 수수께끼가 이 무덤, 그러니까 이 벽 뒤쪽에 있는 무언가를 언급한 것 같은데. 아닌가?"

"그건 맞아. 하지만 네가 제대로 된 질문을 하지 않았잖아."

"난 너한테 수십 가지 질문을 했어! 네가 대답을 안 해줬지!"

"나중에 다시 찾아와서……"

모트의 말이 끝나기도 전에 셀레이나는 계단을 올라가버렸다.

◈◈◈

셀레이나는 협곡의 황량한 가장자리에 서 있었다. 싸늘한 북풍이 그녀의 머리카락을 흐트러뜨렸다. 전에도 이 꿈을 꾼 적이 있었다. 언제나 이 배경, 연중 이맘때의 밤이었다.

뒤로는 경사진 바위투성이 황무지가 있고, 앞에는 너무나도 멀어 별이 빛나는 지평선 너머로 사라지는 깊은 골짜기가 뻗어 있었다. 협곡 건너편은 생명의 기운이 느껴지는, 무성하고 어두운 숲이었다.

풀로 덮인 협곡 건너편에 새하얀 수사슴이 서 있었다. 수사슴은 고대의 존재 같은 눈으로 셀레이나를 바라보았다. 거대한 뿔이 달빛을 받아 빛나고, 상아색을 띤 아름다운 기운이 수사슴을 감쌌다. 셀레이나가 기억하는 모습 그대로였다. 지금처럼 쌀쌀했던 밤에 엔도비어로 향하는 감옥 마차의 창살 너머로 저 수사슴을 본 적이 있었다. 재로 변하기 전 세상을 밝히는 빛 같은 모습이었다.

그들은 조용히 서로를 바라보았다.

셀레이나가 협곡 가장자리로 반걸음쯤 발을 딛자 그녀의 발에 채인 자갈 몇 개가 협곡으로 굴러떨어졌다. 협곡은 끝이 보이지 않는 암흑이었다. 끝도 시작도 없었다. 암흑은 희미해진 기억의 조각들, 잊힌 얼굴들을 고동치듯 속삭이며 숨 쉬었다. 때로는 어둠이 그녀를 마주보는 느낌이었다. 어둠의 얼굴은 바로 그녀의 얼굴이었다.

저 컴컴한 협곡 아래서 반쯤 얼어붙은 강물이 흐르는 소리가 들린 것도 같았다. 스태그호른 산에서 녹아내린 눈으로 불어난 강이었다. 하얗게 빛나는 존재가 움직이며 부드러운 땅을 밟는 발굽 소리가 들렸다. 협곡을 내려다보던 셀레이나가 시선을 들었다. 수사슴이 좀더 가까이 다가와 있었다. 수사슴은 따라오라는 듯 고개를 살짝 옆으로 기울였다.

하지만 협곡은 마치 세상을 집어삼키려는 거대한 짐승의 위장처럼 한층 더 넓게 벌어져 있었다.

셀레이나는 협곡을 건너갈 수 없었다. 돌아선 수사슴은 영원한 숲의 뒤얽힌 나무 사이로 소리 없이 사라졌다.

눈을 뜨자 어둠이었다. 벽난로 안에는 잉걸불만 남았고 달은 저물었다.

셀레이나는 천장을 올려다보았다. 저 멀리서 비추는 도시의 불빛에 희미하게 그림자가 졌다. 이런 밤이면 늘 이런 꿈을 꾸었다.

사랑하는 모든 것을 빼앗긴 채 누군가의 피를 뒤집어쓰고 정신이 들었던 그날을 혹시라도 잊을까 봐서일까.

침대에서 내려갔다. 플릿풋이 훌쩍 뛰어내려 따라왔다. 몇 걸음 걸어간 셀레이나는 방 한가운데 서서 어둠 속을 응시했다. 끝이 보이지 않는 협곡이 여전히 눈앞에 펼쳐진 듯했다. 플릿풋이 그녀의 맨다리에 대고 코를 비볐다. 셀레이나는 허리를 굽혀 플릿풋의 머리를 쓰다듬었다.

그들은 그렇게 가만히 무한한 어둠의 공간을 바라보았다.

그리고 새벽이 밝아오기 한참 전에 셀레이나는 성을 떠났다.

◆◆◆

그날 새벽, 셀레이나는 막사 문 앞에 나타나지 않았다. 케이올은 10분 정도 기다리다가 셀레이나의 방으로 올라갔다. 아무리 날씨가 추워서 나가기 싫다는 핑계를 대도 훈련을 게을리할 수는 없었다. 잰드리아의 영주한테서 아스테리온 암말을 훔친 얘기를 자세히 듣고 싶기도 했다. 그는 그 생각에 고개를 절레절레 흔들며 미소 지었다. 그런 짓을 할 배짱이 있는 사람은 셀레이나뿐일 것이다.

셀레이나의 방 앞에 다다른 케이올의 얼굴에서 미소가 걷혔다. 열린 방문 너머, 현관 입구의 작은 탁자 앞에 네히미아 공주가 앉아 있었다. 탁자에는 김이 모락모락 피어오르는 찻잔이 놓여 있었다. 책 몇 권도 쌓여 있었는데 책을 읽고 있던 네히미아는 그가 방으로 들어오자 눈을 들었다. 케이올이 고개를 숙여 인사하자 네히미아가 말했다.

"셀레이나는 지금 없어요."

침실 문이 활짝 열려 있어서 침대가 비었고 침구도 정리된 상태임을 알 수 있었다.

"어디 갔습니까?"

네히미아는 편안해진 눈빛으로 책 사이에 놓인 종이쪽지를 집어 들었다.

"오늘 근무를 쉬겠다네요." 네히미아는 쪽지를 읽고 나서 내려놓았다. "내 생각에는, 한나절 동안 말을 타고 달린 거리만큼 이 도시에서 멀어졌을 것 같아요."

"무슨 일 있습니까?"

네히미아는 서글픈 미소를 지었다.

"오늘이 셀레이나의 부모님이 돌아가신 지 10년째 되는 날이에요."

CHAPTER 21

케이올은 숨이 막혔다. 케인과 결투를 벌이다 울부짖던 셀레이나의 모습이 떠올랐다. 당시 케인은 잔인하게 살해된 셀레이나의 부모를 조롱했다. 죽은 부모의 피를 뒤집어쓴 채 정신이 들었던 셀레이나에게 그런 말은 지독한 상처였을 것이다. 셀레이나는 케이올에게 그 정도만 얘기했고 그도 더는 묻지 않았다. 그는 당시 셀레이나가 어렸다는 건 알았지만 겨우 여덟 살이었다는 건 처음 알았다. 여덟 살에 그런 일을 당했으니.

10년 전 테라센은 큰 난리를 겪었다. 아달렌의 침략군에게 맞선 사람들은 비참하게 도살당했다. 테라센의 모든 가문에 속한 자들이 집 밖으로 끌려 나와 죽임을 당했다. 그 생각을 하면 속이 뒤틀렸다. 그날 셀레이나는 얼마나 끔찍한 광경을 목격했을까?

케이올은 손으로 얼굴을 문지르며 네히미아에게 물었다.

"셀레이나가 쪽지에서 부모에 대해 언급했습니까?"

셀레이나가 돌아왔을 때 그녀를 좀더 잘 이해하려면, 어떤 기억과 씨름해야 하는지 알려면 작은 정보라도 입수해야 했다.

"아뇨. 그런 얘긴 없었어요. 하지만 난 알아요."

네히미아는 면밀히 계산된 고요한 눈빛으로 그를 바라보았다. 어느 순간부터 그녀는 방어적인 태세를 취하고 있었다. 네히미아는 친구인 셀레이나를 위해 어떤 비밀을 감추고 있는 걸까? 대체 어떤 비밀이기에 왕은 네히미아를 주의 깊게 살펴보라 했을까? 그런 부분에 있어서 케이올은 아는 바가 없었고, 왕이 어디까지 알고 있는지도 알지 못하니 화만 치밀었다. 문득 또 다른 의문이 떠올랐다. 네히미아 공주의 목숨을 위협하는 자는 누구일까? 케이올은 근위병 몇 명을 더 동원해 네히미아를 지키게 하고 있었다. 하지만 지금까지 그녀에게 해를 끼치려는 사람은 없었다.

"셀레이나의 부모에 대해 어떻게 알게 되셨습니까?"

"귀로 들은 얘기도 있고, 마음으로 들은 얘기도 있어요."

그는 네히미아의 강렬한 눈빛을 더는 마주 보지 못하고 옆으로 눈길을 돌렸다.

"셀레이나는 언제 돌아올까요?"

네히미아는 앞에 놓인 책으로 시선을 돌렸다. 낯선 상징들이 잔뜩 적힌 책이었다. 어딘가에서 본 듯도 하고 익숙하게 느껴지는 표식들이었다.

"저녁때쯤 돌아올 거라고 했어요. 해가 떠 있는 동안 이 도시에서, 특히 이 성에서 한순간도 머물고 싶어 하지 않는 것 같았어요."

그녀의 가족을 도륙한 군인들이 주인으로 모시는 왕의 거처가 바로 이 성이니 그럴 만도 했다.

케이올은 혼자 아침 달리기 훈련을 하러 나갔다. 온몸의 기력이 모조리 빠질 때까지 안개 낀 사냥터를 달리고 또 달렸다.

셀레이나는 리프트홀드를 내려다보는 안개 낀 언덕에 올라 작은 숲의 나무 사이를 걸었다. 길이라기보다는 숲속으로 구불구불 뻗어나간 어둠 한 조각에 불과했다. 새벽이 밝기 전부터 걷기 시작했다. 플릿풋이 따라왔지만 내버려두었다. 오늘은 숲도 고요하기만 했다.

좋았다. 오늘은 생명이 시끌벅적하게 홍청대는 날이 아닌가 보았다. 그저 나뭇가지 사이로 텅 빈 바람이 불고, 반쯤 얼어붙은 강이 흐르고, 발밑에 눈이 오도독오도독 밟히는 날이었다.

작년 이날에 셀레이나는 무슨 일을 해야 하는지 정확히 알았다. 때가 되자 어떻게 일을 진행해야 하는지 명확하게 인식했다. 예전에 그녀는 도리언과 케이올에게 엔도비어의 소금광산에서 어떻게 일을 마무리지었는지 들려준 적이 있었다. 엄밀히 따지면 거짓말이었다. '마무리'라는 말은 너무나 인간적인 표현이었다. 수사슴과 협곡 꿈을 꾸다 깬 셀레이나를 온통 사로잡아, 나머지 감각은 모조리 닫아버린 차갑고 절망적인 분노를 표현하기엔 턱없이 부족했다.

셀레이나는 울퉁불퉁하고 움푹움푹 들어간 곳 사이에 위치한 큼직한 바위 앞으로 향했다. 매끄럽고 얼음처럼 차가운 바위에 걸터앉자 플릿풋도 옆으로 와 앉았다. 두 팔로 플릿풋을 감싸 안고 고요한 숲을 바라보며 엔도비어 소금광산에서 이성을 잃고 폭발했던 날을 떠올렸다.

셀레이나는 감독관의 배에 내리꽂은 곡괭이를 잡아당기며 이를 드러내고 숨을 몰아쉬었다. 감독관은 도움을 청하는 듯 애원하는 눈빛으로 노예들을 바라보면서 제 배를 움켜쥐고 부걱부걱 피를 토했다. 하지만 셀레이나를 돌아본 노예들은 이성의 끈을 놓아버린 그녀의 눈빛에 가까이 다가올 엄두도 내지 못했다.

셀레이나는 감독관을 내려다보고 웃으며 그의 얼굴에 곡괭이를 내리찍었다. 그의 머리통에서 셀레이나의 다리로 피가 튀었다.

셀레이나가 다른 노예들과 한데 엮인 발목의 족쇄를 곡괭이로 내리찍는 동안에도 노예들은 가까이 오려 하지 않았다. 셀레이나는 그들에게 족쇄를 풀어줄까 묻지 않았고 그들도 부탁하지 않았다. 쓸모없는 말임을 알기 때문이었다.

족쇄 끝에 묶여 있던 여자는 기절해 있었다. 여자는 죽은 감독관에게 끄트머리가 쇠로 된 채찍으로 맞아 등이 찢어졌고 피를 철철 흘리고 있었다. 상처를 치료하지 않으면 여자는 내일쯤 목숨이 끊어질 것이다. 치료를 받는다고 해도 어차피 감염되어 죽음을 면하기 어려웠다. 엔도비어는 그런 곳이었다.

셀레이나는 여자를 뒤로하고 돌아섰다. 해야 할 일이 있었다. 그 일을 끝마치기 전에 네 명의 감독관에게 그간의 잘못에 대한 대가를 치르게 해야 했다.

곡괭이를 들고 광산 갱도를 걸어나갔다. 터널 끄트머리를 지키던 경비 둘은 무슨 일이 일어났는지 알아채기도 전에 목숨이 끊어졌다. 셀레이나의 옷과 두 팔이 피로 흠뻑 젖었다. 얼굴에 튄 피를 닦아내며 네 명의 감독관들이 일하고 있는 방으로 성큼성큼 걸어갔다.

그자들이 젊은 이일웨이 여자를 건물 뒤로 질질 끌고 갔던 날, 셀레이나는 그들의 얼굴을 머릿속에 새겨두었다. 그들이 여자를 어떤 식으로 가지고 놀다가 이쪽 귀에서 저쪽 귀까지 칼로 죽 찢어놓는지 똑똑히 봐두었다.

쓰러진 경비들이 갖고 있던 긴 칼을 취할 수도 있었지만 네 명의 감독관들에게는 곡괭이가 제격이었다. 엔도비어가 어떤 곳이었는지 그들이 똑똑히 알기를 바랐다.

어느새 감독관들이 머무는 방 입구 앞에 이르렀다. 먼저 마주친 두 명의 감독관에게 곡괭이를 앞뒤로 휘둘러 목을 베었다. 셀레이나가 성난 걸음으로 나아가는 동안 감독관들이 부리던 노예들은 비명을 지르며 벽에 등을 붙이고 섰다.

셀레이나는 나머지 두 명의 감독관에게 다가갔다. 그들이 그녀의 모습을 보고 칼을 빼 들 때까지 기다렸다. 그들이 공포에 질려 넋이 나간 이유는 그녀의 손에 들린 무기 때문이 아니라 그녀의 눈빛 때문이었다. 그들은 지난 몇 달 동안 셀레이나의 유순한 눈빛에 속아 셀레이나의 머리카락을 함부로 자르고 채찍질을 해댔다. 아달렌의 자객이 그들 사이에 끼어 있다는 사실을 잊게 만들기 위한 셀레이나의 계략인 줄도 모르고.

하지만 그 시간 동안 셀레이나는 한순간도 고통을 잊지 않았다. 감독관들이 노예들에게 한 짓도, 이일웨이에서 온 젊은 여자에게 한 짓도 잊지 않았다. 여자는 구해줄 생각도 않는 신들에게 간절히 빌고 있었다.

감독관들은 너무 빠르게 죽어버렸다. 하지만 셀레이나는 끝장이 나기 전에 한 가지 더 해야 할 일이 있었다. 그 일을 하기 위해 광산 밖으로 이어지는 주요 터널로 향했다. 경비들이 어리석게도 그녀를 상대하고자 터널 입구 밖으로 쏟아져 나왔다.

셀레이나는 곡괭이를 휘두르며 앞으로 나아갔다. 경비 두 명을 쓰러뜨린 뒤 그들이 갖고 있던 칼을 집어 들고 곡괭이를 뒤로 던졌다. 적들이 쓰러지는 모습을 보고도 노예들은 환호하지 않았다. 너무나도 이해되는 상황이기에 조용히 지켜만 보았다. 이건 탈출을 위한 싸움이 아니었다.

지상을 비추는 햇살에 셀레이나는 눈이 부셨지만 이미 준비돼 있었다. 강렬한 햇빛에 적응해야 하는 시야는 그녀의 가장 큰 약점이 될 것이다. 빛이 약해지는 오후까지 기다린 이유도 그래서였다. 황혼 무렵까지 기다리면 더 좋았겠지만 그때쯤엔 경비가 삼엄해져서 자칫 잘못하다간 수많은 노예들이 경비들에게 집중 공격을 받을 공산이 컸다. 그래서 한낮의 끄트머리인 이 시간을 고른 것이다. 따스한 햇살에 소르르 잠이 쏟아지는 이 시간부터 경비들은 저녁 점검이 있기 전까지 긴장을 풀게 마련이었다.

광산 입구를 지키던 세 명의 경비들은 갱도 안쪽에서 무슨 일이 일어나고 있는지 알지 못했다. 엔도비어에서는 평소에도 비명이 끊이지 않았다. 죽어가는 자들이 내는 소리도 별반 다르지 않았다. 얼마 후 그 세 명의 경비들도 다른 경비들처럼 비명을 내질렀다.

그때부터 셀레이나는 달리기 시작했다. 그녀를 손짓해 부르는 죽음을 향해, 광산 저 끝에 높이 솟은 돌벽을 향해 내달렸다.

내리꽂히는 화살들 사이로 지그재그로 달렸다. 왕의 명령 때문에 저들은 셀레이나를 죽이려 들지는 않았다. 어깨나 다리를 맞추려고 화살을 쏘는 것이었다. 하지만 무시할 수 없는 수준으로 살육이 벌어지면 저들도 명령을 재고할 수밖에 없을 터였다.

사방에서 경비들이 달려왔다. 셀레이나의 칼날은 강철 같은 분노의 노래를 부르며 그들을 베어나갔다. 이윽고 엔도비어에 정적이 감돌았다.

셀레이나는 다리에 깊은 자상을 입었지만, 힘줄까지 베일 정도는 아니었다. 저들은 그녀가 걸을 수 있는 상태이길 바랐다. 하지만 셀레이나는 다시는 저들을 위해 일하지 않을 작정이었다. 이렇게 사망자 수를 늘려가다 보면 저들도 어쩔 수 없이 셀레이나의 목을 향해 화살을 쏘게 될 것이다.

그런데 셀레이나가 대문 가까이에 다다랐을 때 화살은 더 이상 내리꽂히지 않았다.

40명의 경비들에게 둘러싸이자 셀레이나는 웃음이 터졌다. 그들이 쇠사슬을 가져오라고 외치는 소리를 들으며 그녀는 더욱 크게 웃었다.

그렇게 웃으며 마지막으로 돌진했다. 돌벽에 가 닿기 위한 마지막 시도였다. 그녀의 발길을 따라 화살 네 개가 날아왔다.

여전히 웃고 있는 가운데 세상이 까맣게 어두워지면서 손가락이 바위로 된 바닥을 짚었다. 돌벽에서 불과 손가락 한 마디 떨어진 곳이었다.

현관 입구의 탁자 앞에 앉아 있던 케이올은 문이 열리자 곧장 일어섰다. 문밖 복도는 어두컴컴했다. 복도의 초들이 다 탄 모양이었다. 성 사람들 대부분은 이미 잠자리에 들었다. 조금 전에 자정을 알리는 종소리가 들리기는 했지만, 방으로 돌아온 셀레이나의 어깨를 무겁게 내리누른 것이 피로만은 아닌 듯했다. 그녀의 눈 밑은 시커멓게 되었고 얼굴은 창백했으며 입술도 파리했다.

플릿풋이 꼬리를 흔들며 그에게 달려와 그가 내민 손을 몇 번이나 핥았다. 그러다 셀레이나가 방으로 들어오자 두 사람만 남겨두고 저만치 물러갔다.

셀레이나는 청록색과 금색이 섞인 눈동자로 그를 흘끗 쳐다보았다. 기운이 하나도 없고 무언가에 사로잡힌 듯한 눈빛이었다. 그녀는 망토를 끄르며 그의 옆을 지나 침실로 들어갔다.

케이올은 말없이 그녀의 뒤를 따라갔다. 셀레이나는 따라오지 말라고 경고하거나 나무라는 표정이 아니었다. 그녀의 방에 아달렌의 왕이 와 있었다고 해도 신경 쓰지 않았을 것 같은, 황량한 눈빛이었다.

셀레이나는 망토를 벗은 뒤 장화를 아무 데나 벗어두었다. 그녀가 튜닉의 단추를 풀고 옷방으로 들어가자 케이올은 옆으로 시선을 돌렸다. 잠시 후 옷방에서 나온 셀레이나는 잠옷 차림이었다. 평소에 즐겨 입는 레이스 달린 잠옷보다 단정해 보였다. 먼저 침대로 폴짝 뛰어 올라간 플릿풋이 베개에 길게 누워 있었다.

케이올은 힘겹게 숨을 삼켰다. 여기서 기다릴 게 아니라 그녀가 혼자 있게 둬야 한다는 생각이 들었다. 그와 함께 있고 싶었으면 셀레이나가 먼저 쪽지를 보냈을 것이다.

셀레이나는 희미한 불빛을 발하는 벽난로 앞에 서서 부지깽이로 숯을 뒤적인 뒤 장작 두 개를 던져 넣었다. 그렇게 돌아선 채로 불꽃을 내려다보던 셀레이나가 입을 열었다.

"나한테 무슨 말을 하려고 고민 중이라면 그냥 아무 말도 하지 말아요. 아무 말도, 아무 행동도 하지 말아요."

"그냥 옆에 있을게."

그가 과거의 일에 대해 어느 정도 알고 있음을 짐작한 눈치였지만 셀레이나는 어떻게 알았냐고 묻지 않았다.

"지금은 누가 옆에 있는 걸 원하지 않아요."

"원하는 것과 필요로 하는 건 다른 문제야." 그가 아니라 네히미아가 여기 있어야 했다. 네히미아 역시 정복당한 왕국의 자손이니까. 하지만 케이올은 셀레이나가 네히미아에게 기대도록 하고 싶지 않았다. 그는 왕에게 충성했지만 오늘만큼은 셀레이나를 외면할 수 없었다.

"밤새 여기 있을 생각이에요?"

셀레이나는 그들 사이에 놓인 카우치를 눈짓으로 가리키며 물었다.

"나는 더 불편한 곳에서도 자봤어."

"난 당신 기준으로 '불편한 곳'보다 훨씬 끔찍한 곳에서도 자봤어요." 그 말에 케이올은 가슴이 아렸다. 셀레이나는 열린 침실 문 너머로 현관 입구 탁자를 쳐다보며 눈썹을 치켜떴다. "저건…… 초콜릿 케이크잖아요?"

"필요할 것 같아서."

"원하는 게 아니라 필요할 것 같아서라고요?"

셀레이나의 입가에 옅은 미소가 비쳤다. 케이올은 안심이 돼서 다리에 힘이 쭉 빠질 것 같았다.

"초콜릿 케이크가 필요해 보였거든."

벽난로 앞에 있던 셀레이나는 그가 서 있는 곳으로 성큼성큼 다가와 바로 코앞에서 그를 올려다보았다. 그녀의 얼굴에 혈색이 약간이나마 돌아와 있었다.

그는 뒤로 물러서야, 그녀와 거리를 더 벌려야 했다. 하지만 그의 손은 이미 앞으로 나아가 그녀의 허리를 감쌌고, 다른 손으로는 그녀의 머리카락을 휘감으며 그녀를 가까이 당기고 있었다. 심장이 어찌나 세차게 쿵쾅거리는지 셀레이나도 그 진동을 느끼지 않을까 싶었다. 잠시 후 셀레이나도 두 팔로 그를 안았다. 그녀의 손가락이 등을 파고들자 그는 비로소 그녀와 얼마나 가까이 붙어 서 있는지 실감이 났다.

그녀의 비단처럼 부드러운 머리카락에 얼굴을 묻고 싶고, 그녀의 목에 코를 대고 안개와 밤의 향기가 뒤섞인 체취를 마시고 싶은 충동이 일었지만 그는 꾹 눌러 참았다. 몇 마디 말이 아닌 다른 방법으로 그녀를 위로해줄 수도 있을 것이다. 어쩌면 그런 식으로 그녀의 머리를 식혀줄 필요가 있을지도 몰랐다……. 그는 그런 생각에 휩싸여 질식할 것 같았지만 애써 가라앉혔다.

셀레이나의 손가락이 그의 등을 훑어 내리고, 마치 소유물을 다루듯 그의 근육을 파고들었다. 그녀가 이런 식으로 계속 그의 몸을 만지면 그는 자제력을 완전히 잃고 말 터였다.

다음 순간 셀레이나는 뒤로 살짝 물러나 그를 다시 올려다보았다. 여전히 숨결이 뒤섞일 정도로 가까운 거리였다. 케이올은 그녀의 입술까지의 거리를 가늠했다. 그의 눈은 그녀의 입술과 눈을 오갔고, 그의 손은 그녀의 머리카락을 가만히 휘감아 쥐었다.

솟구치는 욕망이 그가 애써 쌓아 올린 방어막을 태워 없애고 있었다. 그동안 유지하려 안간힘을 써온 선을 모조리 지워내고 있었다.

셀레이나는 중얼거림처럼 들릴 정도로 조용히 말했다.

"오늘 당신을 안고 싶은 내 마음을 부끄러워해야 하는지, 전에 있었던 일에도 불구하고 당신과 함께 있게 된 지금을 감사해야 하는지 모르겠어요."

그 말에 놀란 케이올은 그녀를 품에서 놓고 물러섰다. 케이올은 그녀에게 다가가기 위해 극복해야 할 장애물들이 있었고, 그녀도 마찬가지였다. 어쩌면 그의 생각보다 더 많은 장애물이 그녀의 앞에 놓여 있을지도 몰랐다.

그는 무슨 말을 해야 할지 알 수 없었다. 하지만 셀레이나는 그가 적당한 말을 입에 올릴 시간도 주지 않고 곧장 현관 입구로 걸어갔다. 그리고 의자에 털썩 앉아 탁자에 놓인 초콜릿 케이크를 먹기 시작했다.

CHAPTER 22

도서관의 정적이 묵직한 담요처럼 도리언을 감쌌다. 그가 가문의 광범위한 족보와 기록, 역사를 살펴보며 페이지를 넘기는 소리만 간간이 들릴 뿐이었다. 그가 이 가문에서 마법의 힘을 가진 유일한 존재일 리 없었다. 그가 정말 마법의 힘을 갖고 있다면 동생인 홀린은? 도리언의 경우 지금 힘이 드러났으니, 홀린이 만약 힘을 갖고 있다면 9년 뒤에나 발현될 것이다. 그전까지 힘을 억제하는 방법을 알아내 홀린에게 가르쳐야 했다. 동생을 좋아하지는 않지만 죽기를 바랄 정도는 아니었다. 아버지가 가문의 피에 어떤 힘이 깃들었는지 알게 된다면 그야말로 끔찍한 방법으로 처형할 것이다. 목을 베고 팔다리를 자른 뒤 불태울 것이다. 그래야 힘을 완전히 소멸시킬 수 있을 테니까.

페이 요정들이 대륙에서 달아난 것도 무리는 아니었다. 페이 요정들은 강력하고 지혜로웠지만 아달렌의 막강한 군사력, 그리고 왕국 내에서 수십 년간 지속돼온 기근과 빈곤에 대한 해결책을 찾으려 혈안이 된 군중들에게 밀려나고 말았다. 군대가 쳐들어온 데다 페이들과 불안정한 휴전 상태로 살아가던 자들, 수 세대에 걸쳐 마법의 힘을 갖고 태어난 인간들의 성화에 견뎌내지 못한 것이다. 그런데 이 나라의 왕세자가 마법의 힘을 갖고 태어난 것을 알면 사람들은 어떤 반응을 보일까?

도리언은 어머니 쪽 가문의 족보를 손가락으로 짚으며 살펴보았다. 어머니 쪽 가문 사람들이 하빌리아드 쪽 핏줄들과 간간이 결혼으로 이어졌다. 지난 수백 년 동안 두 가문은 밀접하게 결합해 여러 명의 왕을 배출해냈다.

세 시간 째 족보를 들여다보고 있었지만 다 썩어가는 낡은 족보에는 마법을 쓰는 자들에 대한 기록이 전혀 보이질 않았다. 그렇다는 것은 수 세기 동안 마법의 힘을 가진 자손이 태어나지 않았다는 의미였다. 마법의 힘을 가진 이들이 결혼으로 이어지긴 했지만, 부모가 어떤 종류의 능력을 갖고 있든 그 능력을 이어받은 자손은 없었다. 이게 우연일까 아니면 신의 뜻일까?

도리언은 족보를 덮고 책장 앞으로 돌아갔다. 온갖 족보가 꽂혀 있는 뒷벽의 책장에서 제일 낡아 보이는 족보를 꺼냈다. 그 책에는 아달렌 가문의 시조까지 거슬러 올라간 기록이 담겨 있었다.

가계도의 맨 위에 기록된 이는 개빈 하빌리아드였다. 군대를 이끌고 깊숙한 룬 산으로 쳐들어가 어둠의 왕 에라완과 맞선 인간 왕자. 장기간 이어진 잔혹한 전쟁 끝에 개빈은 3분의 1밖에 남지 않은 군인들을 데리고 룬 산을 나왔다. 그리고 테라센 왕국의 초대 왕 브래넌의 페이-인간 혼혈 딸인 엘레나 공주를 아내로 맞이했다. 브래넌 왕은 사위가 된 개빈에게 결혼 선물로 아달렌 영토를 선물했다. 전쟁 중에 치른 개빈 왕자와 엘레나 공주의 희생에 대한 보상이기도 했다. 그 후 하빌리아드 가문에 페이 요정의 피가 흘러든 적은 없었다. 도리언은 가계도를 쭉 따라 내려갔다. 오래전에 잊힌 가문들의 이름이 간간이 보였다. 그들의 땅은 이제 다른 이름으로 불리고 있었다.

그는 한숨을 쉬며 족보를 내려놓고 책장을 다시 둘러보았다. 엘레나 여왕의 힘이 가문의 핏속에서 이어졌다면 그동안 자손들 중에 흔적이 남았어야 마땅했다…….

놀랍게도 갈라시니어스 왕실 가문의 족보가 보였다. 아버지가 10년 전 갈라시니어스 왕실을 박살낸 것을 생각하면 예상 밖이었다. 그 책에는 페이 요정 왕 브래넌을 시조로 하는 테라센 왕국 갈라시니어스 왕실의 역사가 담겨 있었다. 페이지를 넘기던 도리언은 눈썹을 치켜떴다. 갈라시니어스 왕실 혈통에 마법의 힘이 깃들었다는 건 그도 알고 있었다. 하지만 이건…….

실로 대단한 힘을 가진 가문이었다. 그 힘이 어찌나 엄청난지, 다른 왕국들 입장에서는 테라센의 영주들이 땅을 내놓으라고 요구할까 봐 두려워해야 마땅할 것으로 보였다.

하지만 테라센의 영주들은 한 번도 그런 요구를 하지 않았다.

그들은 마법의 힘을 갖고 있었지만 굳이 영토를 넓히려는 노력을 하지 않았다. 전쟁이 바로 코앞에서 벌어지고 있어도 마찬가지였다. 외국의 왕들이 위협을 가해오면 신속하고 잔인하게 응징에 나서기는 했다. 하지만 그렇지 않을 때는 자기네 국경을 유지하며 평화를 지켰다.

아버지도 그러셨어야 했어.

테라센의 갈라시니어스 왕실은 마법의 힘을 갖고 있었지만 수하의 귀족 가문들과 함께 무너지고 말았다. 이 족보에는 아버지가 몰살한 가문들이나 추방당한 자들이 따로 표시되어 있지 않았다. 도리언도 그럴 마음이 나지 않았고 그렇게 할 만한 지식도 갖고 있질 못했다. 그는 시야에 이름들을 아로새기며 인상을 찌푸린 채 족보를 덮었다. 훗날 그가 물려받게 될 왕위는 대체 어떤 자리란 말인가?

테라센 왕국의 계승자인 에일린 갈라시니어스가 살아남았다면 그녀와 친구나 동맹이 될 수 있을까? 신부로 맞이해야 할까?

테라센 왕국이 시체 안치소나 다름없게 되기 전 그는 에일린을 만난 적이 있었다. 기억은 흐릿해졌지만 그녀가 어른스럽고 괄괄한 소녀였던 것만은 생각이 났다. 도리언이 그녀의 드레스에 차를 엎지르자 그녀는 못되고 폭력적인 사촌오빠를 부추겨 도리언을 공격하게 만들기도 했다. 그때 기억을 떠올리며 도리언은 목을 문질렀다. 공교롭게도 에일린의 사촌오빠 에이디언 애쉬리버는 지금 아버지가 아끼는 장군이자 북부에서 가장 사나운 전사로 이름을 떨치고 있었다. 도리언은 에이디언을 몇 번 만났는데, 만날 때마다 그 젊고 오만한 장군이 그를 죽이고 싶어 한다는 인상을 받았다.

그럴 만도 하지.

도리언은 몸서리를 치며 책을 책장에 꽂은 뒤 책장을 가만히 바라보았다. 그렇게 보고 있으면 책장이 답을 내놓을 것처럼. 하지만 여기서는 도움이 될 만한 정보가 없음을 그는 이미 알고 있었다.

때가 되면, 제가 왕세자님을 도울게요.

네히미아는 그의 내면에 숨겨진 힘에 대해 알고 있었을까? 결투가 있던 날 네히미아는 허공에 대고 상징을 그린 뒤 기절해버리는 등 이상한 행동을 했다. 그리고 얼마 안 있어 셀레이나의 이마에 빛나는 워드 문자가 새겨졌다…….

도서관 어딘가에서 시계 종소리가 들려와 그는 복도를 흘끗 돌아보았다. 이제 가야 했다. 오늘은 케이올의 생일이었다. 셀레이나가 케이올을 데려가기 전에 생일 축하한다는 말이라도 해줘야 했다. 물론 도리언은 초대받지 않았다. 케이올은 도리언에게 같이 끼어도 좋다는 말도 하지 않았다. 셀레이나는 케이올과 무엇을 할 계획인 걸까?

도서관의 공기가 싸늘해졌다. 저 멀리 어느 복도에서 차가운 외풍이 불어 드는 모양이었다.

상관없었다. 그가 셀레이나와 끝난 사이라고 네히미아에게 했던 말은 사실이었다. 케이올에게 셀레이나와 함께해도 좋다는 말을 해줘야 하지 않을까. 하지만 아직까지 셀레이나는 케이올과 확실히 사귀는 사이는 아닌 듯 보였다. 셀레이나는 케이올이 자기 거라는 식으로 군 적도 없었다.

그만 놓아줘야 했다. 그래야 했다. 놓아줘야 했다. 놓아주자. 놓아…….

책장에 꽂혀 있던 책 수십 권이 허공에 뜨더니 도리언을 향해 날아왔다. 도리언은 책장 끄트머리 쪽으로 뒷걸음질 쳤다. 손을 들어 얼굴을 가리는데 가죽과 종이 소리가 멎었다. 그는 등 뒤의 돌벽을 한 손으로 짚으며 놀라 입을 벌렸다.

그쪽 줄의 책장에 꽂혀 있던 책들 중 절반 정도가 보이지 않는 힘에 의해 내던져진 것처럼 바닥에 흩어져 있었다.

도리언은 얼른 달려가 책들을 두서없이 책장에 꽂아 넣기 시작했다. 괴팍한 도서관 사서가 소리를 듣고 다리를 절름거리며 이쪽으로 오기 전에 서둘러 정리해야 했다. 몇 분 만에 책을 거의 다 꽂아 넣기는 했지만 심장이 미친 듯이 뛰어 속이 뒤집힐 것 같았다.

손까지 덜덜 떨렸다. 두려움 때문이 아니었다. 그의 몸 안에 여전히 남아 있는 어떤 힘이, 이제 풀어 달라고, 마음껏 힘을 터뜨리게 해 달라고 애원하고 있었다…….

마지막 책을 집어 책장에 쑤셔 넣은 뒤 그 자리를 벗어나 달리기 시작했다.

이 얘기는 아무한테도 할 수 없었다. 아무도 믿을 수 없었다.

도서관 중앙 홀에 다다른 후에야 그는 뜀박질을 멈추고 한가롭고 무심한 척 걸었다. 그에게 고개를 숙여 인사하는 늙고 시들어빠진 남자 사서에게 애써 미소를 지어 보였다. 도리언은 사서에게 친근하게 손을 흔든 뒤 탑처럼 높이 치솟은 오크나무 문을 나섰다.

아무도 믿을 수 없었다.

유랑 극단에서 본 마녀. 그 마녀는 도리언이 왕세자라는 걸 알지 못했다. 하지만 케이올에게 말하는 걸로 보아 진짜 마법을 쓸 줄 아는 것 같기도 했다. 위험 부담이 있긴 하지만, 어쩌면 바바 옐로레그스한테서 필요한 답을 얻어낼 수 있지 않을까.

◆◆◆

셀레이나는 특별히 신경이 곤두서지는 않았다. 사실 걱정할 일은 없었다. 전혀. 그냥 저녁을 같이 먹기로 한 것뿐이었다. 수 주일에 걸쳐 리프트홀드에서 염탐을 하면서 짬이 날 때마다 준비한 저녁 식사였다. 그 자리에 케이올과 단둘이 있게 될 것이다. 문득 어젯밤의 묘한 분위기 떠올랐다…….

셀레이나는 떨리는 숨을 들이마시며 거울 앞에서 한 번 더 차림새를 확인했다. 흰색에 가까운 연청색 드레스는 크리스털 구슬로 뒤덮여 있어 마치 반짝이는 바다 표면 같았다. 지나치게 꾸민 것일지도 모르지만, 셀레이나는 케이올에게 오늘 옷을 잘 차려입고 나오라고 당부해두었다. 그래야 이렇게 몸치장을 한 자신이 덜 쑥스러울 것 같아서였다.

숨을 후 내쉬었다. 지금 이게 쑥스러워하는 게 아니면 뭐란 말인가? 우스웠다. 겨우 함께 저녁 식사를 하는 것뿐인데. 그날 저녁 네히미아에게 미리 플릿풋을 맡겨두었다. 지금 나가지 않으면 약속 시간에 늦을 것이다.

여기서 혼자 진땀을 흘리는 짓은 그만하자고 생각하며, 옷방 한가운데의 오토만 의자에 필리파가 놓아둔 어민 털 망토를 집어 들었다.

현관 홀로 내려가 보니 케이올이 문 옆에서 기다리고 있었다. 계단을 내려가는 동안, 널찍한 홀 건너편에서 뚫어져라 바라보는 케이올의 시선이 느껴졌다. 그는 군복은 아니지만 여전히 검은색 옷을 입었다. 그래도 좋은 옷감으로 된 튜닉과 바지였고, 짧은 머리카락을 잘

빗어 손질한 모양새였다.

홀을 가로질러 걸어오는 셀레이나를 바라보는 동안 그는 속생각을 드러내지 않았다. 마침내 셀레이나는 그의 앞에 섰다. 열린 문으로 불어든 찬바람에 얼굴이 아렸다. 셀레이나는 오늘 아침에 달리기를 하러 나오지 않았고 케이올도 굳이 그녀를 밖으로 끌고 나가지 않았다. 케이올이 옷차림을 가지고 한마디 하기 전에 셀레이나가 먼저 말했다.

"생일 축하해요."

케이올이 시선을 들어 그녀를 바라보며 희미한 미소를 지었다. 속을 알 수 없는 닫힌 표정은 사라졌다.

"날 어디로 데려갈 건지 물어봐도 되나?"

셀레이나는 긴장이 가라앉으며 웃음 지었다.

"근위대장이 가기에는 엄청 안 어울리는 장소라고만 말해둘게요." 그녀는 성문 밖에서 대기 중인 마차를 고갯짓으로 가리켰다. 준비는 잘돼 있었다. 시간을 못 맞추고 늦게 왔다간 마부와 하인의 살가죽을 벗겨놓겠다고 엄포를 놓은 덕분일까. "그럼 갈까요?"

마차는 마주보고 앉은 두 사람을 태우고 도시를 가로질렀다. 그들은 어젯밤 일은 빼고 유랑 극단과 플릿풋, 매일 같이 이어지는 홀린의 울골질에 대한 얘기를 나눴다. 드디어 봄이 시작된 것인지를 놓고도 한바탕 토론을 했다. 마침내 낡은 약제상 건물 앞에 도착하자 케이올은 눈썹을 치켜떴다.

"잠깐만요."

셀레이나는 따뜻하게 불이 밝혀진 약제상 안으로 케이올을 데리고 들어갔다.

약제상 주인은 셀레이나에게 미소를 지으며 좁은 돌계단 쪽을 손으로 가리켰다. 케이올은 셀레이나와 함께 말없이 계단을 올라갔다. 2층, 3층을 지나 맨 위층 층계참의 어느 문 앞에 다다랐다. 층계참이 좁아서 케이올은 셀레이나의 드레스 자락에 붙어 서야 했다. 셀레이나는 문손잡이를 잡고 그를 돌아보며 살짝 미소 지었다.

"아스테리온 종마는 아니지만……."

셀레이나는 이렇게 말하며 문을 열고 옆으로 물러섰다.

케이올은 말없이 문 너머로 발을 들여놓았다.

셀레이나가 수 시간에 걸쳐 준비해놓은 공간이었다. 낮에 햇살이 비춰들 때도 예뻤지만 밤이 되자…… 그녀가 상상했던 대로의 모습이 됐다.

약제상 건물의 꼭대기 층은 유리로 된 실내 온실이었다. 꽃, 화분에 담긴 식물들, 반짝이는 작은 조명들로 장식된 과일나무들이 가득했다. 셀레이나는 이곳을 마치 고대의 전설에 나오는 어느 정원처럼 꾸며놓았다. 따뜻하고 달콤한 공기. 에이버리 강 유역이 내다보이는 창문 앞에 두 사람을 위한 작은 식탁이 준비되어 있었다.

케이올은 제자리에서 한 바퀴 돌며 방을 둘러보았다.

"리나 골드스미스의 노래에 나오는…… 페이 요정의 정원 같아."

나지막하게 말하는 케이올의 황금빛 눈이 환하게 빛나고 있었다.

셀레이나는 숨을 삼켰다.

"별 것 아니에요……."

"지금까지 이렇게 해준 사람은 아무도 없었어." 케이올은 감격한 눈으로 온실을 돌아보며 고개를 흔들었다. "아무도."

"저녁 식사일 뿐인데요, 뭐."

셀레이나는 목을 문지르며 식탁 앞으로 갔다. 케이올에게 다가가고 싶은 충동이 너무 강하게 일어 그와의 사이에 식탁이라도 있어야겠다 싶어서였다.

케이올도 그녀를 따라 식탁 앞으로 다가섰다. 잠시 후 하인 두 명이 들어와 그들을 위해 의자를 빼주었다. 하인들이 다가오자 칼부터 찾는 케이올의 손길에 셀레이나는 빙긋 웃었다. 습격받는 게 아님을 확인한 케이올은 겸연쩍은 눈빛으로 셀레이나를 흘끗 보고는 의자에 앉았다.

하인들은 그들의 잔에 스파클링 와인을 따라준 뒤, 약제상의 주방에서 종일 준비한 음식을 가지러 물러갔다. 오늘 저녁 식사를 위해 셀레이나는 윌로우스 찻집의 요리사를 고용했다. 그 비용이 어찌나 높은지 찻집 여주인의 목을 칼로 찔러버리고 싶을 정도였다. 하지만 요리사는 그만한 값어치를 했다. 셀레이나는 와인 잔을 들어 올리며 말했다.

"생일 축하해요."

짤막한 축사를 준비했는데, 막상 자리에 앉아 그의 환하게 빛나는 눈동자를 바라보고 있자니…… 머릿속에 담아둔 단어들이 죄다 날아가 버렸다. 그는 어젯밤과 같은 눈빛으로 셀레이나를 보고 있었다.

케이올은 와인 잔을 들어 한 모금 마셨다.

"잊어버리기 전에 말할게. 고마워. 이건……." 그는 반짝이는 온실을 한 번 더 돌아보고, 유리 벽 너머 강을 내다보았다. "이건……." 그는 또다시 고개를 흔들더니 잔을 내려놓았다. 그의 눈에 은빛 눈물이 고이자 셀레이나는 가슴이 아팠다. 그는 눈을 깜박여 눈물을 지운 뒤 살짝 미소 지으며 다시 그녀를 바라보았다. "어렸을 때부터 나한테 이런 생일 파티를 열어준 사람은 없었어."

셀레이나는 목이 메어 가슴이 조여들었지만 픽 웃으며 말했다.

"겨우 이런 걸 파티라고 부르기는 좀……"

"겸손 떨 필요 없어. 이렇게 멋진 선물은 정말 오랜만에 받아 봐."

그때 하인들이 들어오자 셀레이나는 팔짱을 끼며 의자 등받이에 기대었다. 하인들은 첫 번째 코스 요리인 구운 멧돼지 고기 스튜를 식탁 위에 올려놓았다.

"도리언 왕세자님이 아스테리온 종마를 선물해줬잖아요."

케이올은 스튜를 내려다보며 눈을 휘둥그렇게 떴다.

"하지만 도리언은 내가 어떤 스튜를 좋아하는지는 몰라." 그가 눈을 들어 바라보자 셀레이나는 입술을 깨물었다. "얼마나 오랫동안 나를 지켜본 거야?"

셀레이나는 스튜에 눈을 박고 대답했다.

"잘난 척 말아요. 당신이 어떤 요리를 좋아하는지 대라고 성의 수석 요리사를 협박한 것뿐이니까."

그는 콧방귀를 뀌었다.

"당신이 아무리 아달렌의 자객이라도 메그라한테 협박은 안 통해. 진짜 협박을 했다면 지금 당신은 두 눈이 시커멓게 멍들고 코가 깨진 채로 앉아 있겠지."

셀레이나는 웃으며 스튜를 한 입 입에 넣었다.

“뭐, 당신이 아무리 불가사의하고 음울하고 발소리 없이 다니는 사람이라도 당신에 대해 알아내는 건 쉬워요. 구운 멧돼지 스튜가 메뉴로 나올 때마다 보니까 내가 한 스푼 뜨는 동안 당신은 그릇을 이미 다 비웠더라고요.”

그는 고개를 뒤로 젖히고 웃었다. 그의 웃음소리에 셀레이나는 온몸에 온기가 도는 느낌이었다.

“그동안 내가 약점을 잘 감춘 줄 알았더니 아니었네.”

셀레이나는 짓궂게 웃었다.

“다음 메뉴도 기대해요.”

마침내 그들은 초콜릿 헤이즐넛 케이크를 마지막 부스러기까지 다 먹고 스파클링 와인도 모두 비웠다. 하인들이 빈 접시를 내가고 작별 인사를 하고 물러나자 셀레이나는 옥상 가장자리의 작은 발코니로 나가 섰다. 여름 식물들이 하얀 눈 담요를 덮은 풍경이 내려다보였다. 셀레이나는 망토를 여미며 에이버리 강이 바다와 만나는 머나먼 지점을 바라보았다. 케이올은 쇠 난간에 기대며 그녀 옆에 섰다.

부드러운 바람이 그들을 스치고 지나갔다.

“공기 중에 봄이 느껴져.”

“다행이에요. 눈이 더 내리면 미칠 것 같았는데.”

온실 조명이 그의 옆얼굴을 비췄다. 셀레이나는 오늘 저녁 식사를 깜짝 선물로 준비했다. 그에게 얼마나 고마워하는지를 표현하고 싶었다. 하지만 그의 반응은……. 그는 누군가에게 소중한 사람으로 대우받은 지가 얼마나 오래된 걸까? 그를 두고 더러운 짓을 했던 여자는 차치하더라도, 그가 아달렌 왕실 근위대에 들어갔다는 이유로 그와 인연을 끊은 가족 문제도 있었다. 아들이 아달렌 왕을 섬기는 꼴을 두고 보기엔 자존심이 너무 상했던 걸까.

케이올의 부모는 이 성에, 아니 이 왕국 전체에 아들보다 더 고귀하고 충성스러운 자는 없다는 사실을 알고는 있을까? 그들이 가문에서 쫓아낸 소년은 왕과 왕비라면 누구나 곁에 두고 싶어 하는 남자로 성장했다. 셀레이나가 샘 이후로, 온갖 일을 겪은 후로 세상에 존재할 리 없다고 믿었던 바로 그런 남자로 말이다.

왕은 셀레이나에게 케이올의 명령을 따르지 않으면 그를 죽이겠다고 협박했다. 그런데 지금 셀레이나는 케이올을 몹시 위험한 상황에 놓이게 만들고 있었다. 셀레이나가 자유를 갈망하는 건 본인을 위해서이기도 하지만 그와 함께할 미래를 위해서이기도 했다…….

"할 말이 있어요." 셀레이나는 나지막하게 입을 열었다. 케이올이 미소를 지으며 돌아보자 그녀는 피가 귀까지 끓어오르는 듯했다. "듣기 전에, 화내지 않겠다고 약속해요."

그의 얼굴에서 미소가 가셨다.

"왜 이렇게 불길한 기분이 들지?"

"약속해요."

셀레이나는 난간을 손으로 꽉 잡았다. 맨손으로 차가운 금속을 만져서인지 손바닥이 아렸다.

그는 그녀의 표정을 신중하게 살폈다.

“화내지 않도록 애써볼게.”

그만하면 됐다. 그런데도 망할 겁쟁이처럼 셀레이나는 그의 눈을 마주 보지 못하고 먼바다를 응시하며 말했다.

“폐하가 죽이라고 명령한 사람들을 저는 한 명도 안 죽였어요.”

케이올은 말이 없었다. 셀레이나는 차마 그를 쳐다볼 수가 없었다.

“그 사람들을 죽인 걸로 꾸미고 다른 곳으로 빼돌렸어요. 그 사람들은 저한테 제안을 받고 재산을 전부 저한테 넘겼어요. 시체는 병원에서 구했고요. 지금까지 진짜로 죽인 사람은 데이비스가 유일해요. 사실 데이비스는 공식적인 암살 대상은 아니었어요. 이달 말에 아처가 신변을 정리하고 나면 죽은 사람으로 위장해서, 리프트홀드를 떠나는 배에 태워 해외로 보낼 작정이에요.”

셀레이나는 가슴이 아플 정도로 조여들었다. 조심스럽게 눈을 들어 그를 바라보았다.

케이올의 얼굴은 하얗게 질려 있었다. 그는 고개를 흔들며 뒷걸음질을 쳤다.

“당신, 미쳤구나.”

CHAPTER 23

잘못 들은 게 분명했다. 그녀가 이토록 경솔하고 어리석으며 제정신이 아니고 이상주의적인 데다 대담하기까지 할 리가 없었다.

"완전히 정신이 나갔어?" 케이올은 점점 목소리가 높아졌다. 가슴 속에서 분노와 두려움이 동시에 빠르게 휘몰아쳐 제대로 생각을 할 수가 없었다. "폐하가 당신을 죽일 거야! 폐하가 이 사실을 알면 당신을 죽일 거라고."

셀레이나가 그에게 한 걸음 다가갔다. 그녀의 아름다운 드레스가 천 개의 별처럼 반짝거렸다.

"못 알아낼 거예요."

"들키는 건 시간문제야." 그는 이를 갈았다. "폐하는 사방에 첩자를 두고 모든 걸 지켜보고 있어."

"내가 죄 없는 사람들을 죽여야 한다는 뜻이에요?"

"그들은 폐하에게 등을 돌린 반역자들이야!"

"반역자들이요?" 셀레이나는 웃음을 터뜨렸다. "정복자 앞에서 굽실대지 않아서요? 탈출한 노예들을 집에 숨겨줘서요? 지금의 이 우울한 나라보다 나은 세상을 감히 꿈꿨기 때문에?" 셀레이나가 고개를 젓자 머리카락 몇 가닥이 흘러내렸다. "난 왕의 도살자 노릇을 할 생각 없어요."

그 길은 케이올도 원치 않았다. 셀레이나가 왕의 전사가 됐을 때 그는 왕이 내린 명령을 수행할 셀레이나를 생각하며 몸서리를 쳤다. 하지만 이건…….

"넌 폐하께 충성 맹세를 했어."

"폐하는 군대를 이끌고 다른 나라를 쳐들어가 모든 것을 파괴하면서 그 나라의 왕들에게 얼마나 자주 맹세를 했죠? 왕위에 오르면서 전에 한 맹세들을 저버린 건 몇 번이고요?"

"폐하가 당신을 죽일 거야, 셀레이나." 그는 셀레이나의 어깨를 잡아 흔들었다. "당신을 죽일 거라고. 당신과 친하게 지낸 벌로 나더러 죽이라고 명령하겠지." 그는 공포에 사로잡혔다. 바로 그렇게 될까 봐 두려워서 그는 오랫동안 선을 넘지 않았다.

"아처가 진짜 정보를 주고 있으니까……."

"그놈이 뭐라고 하든 관계 없어. 우쭐대기나 하는 그 바보가 당신한테 도움이 될 만한 정보를 갖고 있기나 하겠어?"

"테라센 쪽 비밀 세력이 있는 건 분명해요." 셀레이나는 차분하게 대꾸했다. "그 세력에 관한 정보를 모아서 폐하와 협상을 해 자유를 얻어낼 생각이에요. 아니면 계약 기간을 줄여 달라고 하거나요. 폐하가 진실을 알아낸다고 해도 그전에 도망칠 수 있을 정도 여유만 있으면 돼요."

케이올은 마뜩잖은 목소리로 말했다.

"주제넘는 소리를 한다고 채찍질을 할 수도 있어." 문득 그녀의 마지막 말이 가슴에 깊게 새겨지면서 그는 얼굴을 주먹으로 맞은 듯 충격을 받았다. 도망이라고. 도망이라니. "어디로 가려고?"

"어디든, 최대한 멀리 가야죠."

그는 숨이 잘 쉬어지지 않았지만 가까스로 입을 뗐다.

"뭐 하면서 살게?"

셀레이나는 어깨를 으쓱했다. 그제야 그들은 케이올이 여전히 그녀의 어깨를 꽉 잡고 있음을 깨달았다. 그는 손에 힘을 풀었지만 그의 손가락은 이내 그녀를 다시 꽉 붙잡았다. 그래야 그녀가 도망치지 못하게 막을 수 있다는 듯이.

"내 인생을 살 거예요. 원하는 대로요. 평범한 여자로 사는 방법을 배워야죠."

"얼마나 멀리 갈 생각이야?"

푸른색과 황금색이 섞인 그녀의 눈동자가 흔들렸다.

"아달렌에 대해 들어본 적도 없는 사람들이 사는 곳을 찾을 때까지요. 그런 곳이 있을지 모르겠지만."

그녀는 돌아올 생각이 없는 것이다.

젊고 똑똑한 데다 멋있고 대단한 여자이니 어딜 집으로 삼고 살든 그녀에게 반한 남자가 생길 테고, 그 남자는 그녀를 아내로 삼으려 들 것이다. 케이올이 생각하는 최악의 상황이었다. 셀레이나 곁에 다른 남자가 있는 것은 생각만 해도 고통과 두려움, 분노가 치받아

올라왔다. 셀레이나의 표정과 말을 하나하나 곱씹어 봤지만…… 그는 이 감정이 어디서부터 시작됐는지 알 수 없었다.

그는 나지막하게 말했다.

"그런 곳을 우리 같이 찾아보자."

"뭐라고요?"

셀레이나는 눈을 휘둥그레 떴다.

"같이 떠나자고."

그는 묻지 않았지만 두 사람 모두 한 가지를 생각하지 않을 수 없었다. 케이올은 셀레이나가 어젯밤에 한 얘기에 대해, 아달렌의 아들인 그와 테라센의 딸인 그녀가 함께 살게 될 때 그녀가 느낄 수치스러움에 대해 생각하지 않으려 애썼다.

"근위대장 직책은 어떻게 하고요?"

"그동안 내가 수행해온 임무는 처음에 기대했던 것과 달랐어."

왕은 케이올에게 많은 것을 숨기고 있었다. 비밀투성이였다. 어쩌면 그는 꼭두각시에 불과할 수도 있었다. 그동안의 착각이 이제 일부나마 부서지고 있는 것이다…….

"당신은 이 나라를 사랑하잖아요. 당신이 모든 걸 포기하게 만들 순 없어요."

그는 그녀의 눈동자에 스치는 고통과 희망의 빛을 보았다. 의식할 새도 없이 그녀와의 사이를 좁히고 한 손을 그녀의 허리에, 다른 손은 어깨에 얹었다.

"당신을 혼자 떠나게 만들면 나는 세상에서 제일 멍청한 놈일 거야."

셀레이나의 뺨을 타고 눈물이 흘러내렸다. 꾹 다문 그녀의 입술이 파르르 떨렸다.

그는 뒤로 물러섰지만 그녀를 품에서 놓지는 않았다.

"왜 울어?"

셀레이나는 떨리는 목소리로 속삭였다.

"당신을 보고 있으면 세상이 어떠해야 하고, 어떻게 변할 수 있는지가 보여서요."

애초에 그들 사이에 선은 없었다. 케이올의 어리석은 두려움과 자만심이 있었을 뿐. 그가 셀레이나를 엔도비어 광산에서 빼낸 순간부터, 지옥에 1년이나 처박혀 있었던 셀레이나가 여전히 강렬한 눈빛으로 그를 바라본 순간부터 그는 이 순간을 향해, 그녀를 향해 걸어간 것이다.

케이올은 그녀의 눈물을 닦아내고 그녀의 턱을 들어 올려 입을 맞췄다.

키스에 셀레이나는 정신이 아득했다.

그리고 마치 집으로 돌아온 느낌, 새로 태어난 느낌, 잃어버렸던 반쪽을 갑자기 찾은 느낌이 들었다.

그의 입술은 머뭇거렸지만 뜨겁고 부드러웠다. 잠시 후 그는 뒤로 약간 물러나 그녀의 눈을 바라보았다. 셀레이나는 그의 온몸을 느끼고 싶고, 그가 자신의 온몸을 느껴주길 바랐다. 이 남자는 그녀와 함께하기 위해 모든 것을 포기하려 했다.

두 팔로 그의 목을 감고 또다시 그의 입술을 찾았다. 세상이 눈앞에서 사라졌다.

부둥켜안은 채 옥상에서 얼마나 오래 서 있었을까? 그들은 입술과 손으로 서로를 탐했다. 셀레이나는 신음을 흘리며 그를 온실로 데리고 들어갔고, 계단을 지나 바깥에서 대기 중인 마차로 끌어들였다. 집으로 돌아가는 길에 그는 목과 귀에 키스를 퍼부었고 셀레이나는 자신의 이름조차 기억할 수 없을 정도였다. 성문 앞에 다다라서야 그들은 겨우 허리를 펴고 앉았다. 마차에서 내려서는 점잖게 거리를 두고 그녀의 방으로 함께 걸어갔다. 온몸이 들뜨고 뜨겁게 달아올라서 케이올을 현관 옆 벽장 안으로 끌고 들어가지 않고 침실로 데리고 온 것만도 기적이었다.

그들은 그렇게 안으로 들어가, 침실 문 앞에 다다랐다. 셀레이나가 그의 손을 잡고 침실로 데리고 들어가려는데 그가 멈칫하며 물었다.

"확실해?"

셀레이나는 손을 들어 그의 얼굴의 모든 곡선과 주근깨를 어루만졌다. 하나하나가 너무도 소중했다. 전에 샘과 함께할 때, 이르다는 생각에 기다렸지만 그러다 너무 늦고 말았다. 지금은 아무런 의심도 두려움도 불확실함도 없었다. 케이올과 함께하는 순간들이 하나의 춤이 되어 바로 이 문지방까지 오게 된 거니까.

"살면서 지금처럼 확실하게 느꼈던 적이 없어요."

케이올의 눈빛이 셀레이나 못지않게 갈망으로 타올랐다. 셀레이나는 그와 입을 맞추며 침실로 데리고 들어갔다. 케이올은 그녀의 손에 이끌려 들어가면서 그녀의 입술을 놓치지 않았다. 그리고 등 뒤로 방문을 발로 차 닫았다.

이제 이 공간에는 그들뿐이었다. 피부와 피부가 맞닿았다. 마침내 그 순간에 다다랐을 때 그들 사이를 가로막은 것은 아무것도 없었다. 셀레이나는 케이올에게 깊숙이 입을 맞추고 모든 것을 내주었다.

새벽빛이 방으로 흘러들 무렵 셀레이나는 눈을 떴다. 케이올은 밤새 그랬던 것처럼 여전히 그녀를 품에 안고 있었다. 그렇게 하지 않으면 자다가 그녀를 놓칠 것 같은 모양이었다. 셀레이나는 미소를 지으며 그의 목에 코를 대고 그의 체취를 한껏 들이마셨다. 그는 잠에서 깼다는 것을 알려주려는 듯 몸을 뒤척였다.

그는 두 손으로 그녀의 머리카락을 감싸 쥐었다.

"도저히 침대에서 일어나 달리기하러 못 나가겠어."

그는 그녀의 머리에 대고 중얼거렸다. 셀레이나는 조용히 웃었다. 그의 두 손이 그녀의 등을 훑고 내려왔다. 등의 상처를 만지면서 머뭇거리지도 않았다. 어젯밤 그는 그녀의 등에 난 상처 하나하나에, 그녀의 온몸에 입을 맞췄다. 셀레이나는 그의 목에 대고 미소를 지었다.

"기분은 어때?"

셀레이나는 모든 곳에 있으면서 동시에 어느 곳에도 있지 않은 기분이었다. 평생 거의 앞이 보이지 않는 채로 살다가 이제야 비로소 사방을 명확하게 보게 된 것 같기도 했다. 이대로 여기서 영원히 만족하며 지낼 수 있을 것도 같았다.

"피곤해요." 그녀의 말에 그는 긴장했다. "하지만 행복해요."

그가 잠시 품에서 놓아주자 셀레이나는 아쉬워서 투덜거릴 뻔했다. 그는 한쪽 팔꿈치를 침대에 받치고 몸을 일으켜 그녀를 내려다보았다.

"괜찮은 거지?"

셀레이나는 눈을 위로 굴렸다.

"첫 경험을 했는데 '피곤하지만 행복하다'는 건 정상적인 반응이죠."

이따가 침대에서 나가면 곧바로 필리파에게 피임 효과가 있는 음료에 대해 물어봐야겠다고 셀레이나는 속으로 새겨두었다. 혹시 아기가 생기기라도 하면……. 셀레이나는 피식 웃었다.

"왜?"

셀레이나는 미소를 지으며 고개를 저었다.

"아무것도 아니에요."

그녀는 그의 머리카락을 손가락으로 쓸어 넘겼다. 문득 떠오른 생각에 그녀의 입가에서 미소가 사라졌다.

"이 일 때문에 당신 입장이 얼마나 곤란해질까요?"

셀레이나는 깊게 숨을 들이마신 케이올의 단단한 가슴팍이 넓어지는 것을 바라보았다. 그는 그녀의 어깨에 이마를 기대었다.

"모르겠어. 폐하가 별로 신경 쓰지 않을 수도 있어. 나를 직책에서 물러나게 할 수도 있겠지. 더 안 좋은 결과가 나올 수도 있고. 잘 모르겠네. 워낙 예측 불가능한 분이라."

셀레이나는 입술을 잘근잘근 씹으며 그의 탄탄한 등을 손으로 쓸어내렸다. 오래전부터, 본인이 의식하는 것보다 훨씬 더 오래전부터 셀레이나는 그의 몸을 이렇게 만지고 싶었다.

"그럼 비밀로 해두기로 해요. 우리가 함께한 지가 오래돼서 남들은 눈치채지 못할 거예요."

그는 다시 몸을 일으키고 그녀의 눈을 바라보았다.

"내가 우리 관계를 부끄러워해서 비밀로 하는 데 동의한다고는 생각하지 않았으면 좋겠어."

"부끄러울 게 뭐 있어요?" 셀레이나는 비록 담요로 덮여 있긴 하지만 자신의 벗은 몸을 눈짓으로 가리켰다. "솔직히 사람들한테 자랑삼아 떠벌리지 않겠다고 하는 게 더 놀랍네. 나라면 나 같은 여자를 안은 걸 사방팔방 자랑할 텐데."

"당신 자기애는 끝이 없구나?"

"당연하죠." 그가 귀를 살짝 물자 셀레이나는 발가락을 오므렸다. 그녀는 나지막하게 말했다. "도리언에게는 말하지 말기로 해요. 어차피 눈치를 채겠지만 그래도…… 우리가 직접 말하지는 않는 게 좋을 것 같아요."

그는 그녀의 귀를 입에서 놓았다.

"그렇겠지." 그가 뒤로 물러나 표정을 유심히 살피는 듯하자 셀레이나는 속으로 움찔했다. "혹시 아직도……."

“아니에요. 한참 전에 정리됐어요.” 그가 안심한 눈빛을 하자 셀레이나는 그에게 입을 맞췄다. “도리언이 알게 되면 일이 복잡해질 것 같아서 그래요.”

예전에 사이가 껄끄러웠던 적도 있고, 무엇보다 도리언이 어떻게 나올지 예상할 수가 없었다. 도리언이 케이올의 인생에 중요한 사람인만큼 셀레이나는 그 관계를 망쳐놓고 싶지 않았다.

케이올은 셀레이나의 코를 손가락으로 톡 쳤다.

“그건 그렇고, 당신은 언제부터 나를 원한 거야……”

“그걸 알아서 뭐 할 건데요, 웨스트폴 근위대장님. 그리고 당신이 먼저 말해주기 전에는 대답 안 해요.”

그는 다시 그녀의 코를 톡 쳤다. 셀레이나는 그의 손가락을 밀쳐냈다. 그러자 그는 그녀의 손을 들어 손가락에 끼워진 자수정 반지를 들여다보았다. 셀레이나가 목욕을 할 때도 빼놓지 않는 반지였다.

“율레마스 무도회 때였나. 그전일 수도 있어. 사우인 축제일 때였던 것도 같고. 그날 내가 당신한테 이 반지를 선물로 줬지. 당신이 다른 사람과 함께 있는 걸 보기 싫다는 생각이 처음 든 건 율레마스 때였어.” 그는 그녀의 손가락 끝에 입을 맞췄다. “이제 당신 차례야.”

“난 말 안 해줄 거예요.”

실은 알 수가 없었다. 그에 대한 감정이 정확히 언제부터 시작됐는지 짚어낼 수가 없었다. 어쩌면 처음부터, 서로를 만나기 전부터 그녀의 인연은 늘 케이올이었던 것 같기도 했다. 그가 항의하려 하자 셀레이나는 그를 몸 위로 잡아당겼다.

“얘기는 이제 그만해요. 피곤하긴 한데, 달리러 나가는 것보다는 여기서 할 일이 많은 것 같네요."

케이올이 싱긋 웃었다. 갈망과 장난기가 담긴 미소였다. 그가 담요 밑으로 몸을 잡아당기자 셀레이나는 환성을 내질렀다.

CHAPTER 24

도리언은 인생 최대의 실수가 아닌지 무수히 고민하며 유랑 극단의 검은 천막들 사이를 지나갔다. 어제의 배짱은 온데간데없었다. 하지만 뜬눈으로 밤을 지새우고 나니 일단 늙은 마녀를 만나 얘기부터 들어보고 결과는 나중에 감당하자 싶었다. 이 일로 처형당하면 쓸데없는 용기를 낸 자신을 탓하게 될 것이다. 하지만 어쩌다 자신이 마법의 힘을 갖게 됐는지 알아내려 온갖 방법을 강구해도 답을 얻지 못했다. 이제 남은 방법은 이것뿐이었다.

바바 엘로레그스는 거대한 마차의 뒤쪽 계단에 앉아 있었다. 무릎에 올려놓은 금 간 접시에 닭고기 구이 조각이 담겼고, 그 아래 땅바닥에는 살점이 깨끗이 뜯긴 닭 뼈들이 쌓여 있었다.

노파는 누리끼리한 눈을 들어 도리언을 올려다보았다. 닭다리를 뜯는 노파의 쇠 이빨이 오후의 햇살을 받아 번뜩였다.

"점심시간에는 쉽니다요."

도리언은 짜증이 치솟는 걸 꾹 참았다. 답을 얻어내려면 두 가지를 명심해야 했다. 친절하게 대할 것, 자신이 누구인지 들키지 말 것.

"몇 가지 질문에 답을 듣고 싶은데 시간 좀 내주시죠."

닭다리가 딱! 부러지는 소리가 났다. 골수를 쫍쫍 빨아먹는 소리에 그는 움찔하지 않으려 애썼다.

"점심시간에 보는 손님은 가격이 두 배인데."

노파의 말에 도리언은 주머니에 손을 넣어 준비해온 금화 네 닢을 꺼냈다.

"이 정도면 내가 묻고 싶은 걸 다 물어도 되겠죠. 물론 그쪽 재량이지만."

바바 옐로레그스는 닭다리 반쪽을 깨끗이 뜯어먹고 휙 던진 뒤 나머지 반쪽을 쪽쪽 빨고 뜯기 시작했다.

"금화로 뒤를 닦아도 될 만큼 돈이 많으신가 봐."

"금화로 거길 닦는 건 그다지 느낌이 좋지 않을 것 같군요."

바바 옐로레그스는 켈켈 웃었다.

"좋아요, 귀족 나리. 무슨 질문인지 들어나 봅시다."

도리언은 노파가 앉아 있는 계단 맨 위 칸에 금화를 내려놓으려 가까이 다가가면서도 노파의 시든 몸뚱이와는 거리를 유지하려 애썼다. 노파한테서는 흰곰팡이와 썩은 피 같은 역한 냄새가 풍겼다. 그는 금화를 내려놓고 뒤로 물러나면서 살짝 지루한 듯 무표정을 유지했다. 쭈글쭈글한 손이 낚아채듯 금화를 가져갔다.

도리언은 주변을 둘러보았다. 일꾼들이 유랑 극단의 천막 곳곳에 흩어져 대충 자리를 잡고 앉아 점심 식사를 하고 있었다. 검은 칠을 한 이 마차 가까이에 앉은 일꾼은 아무도 없었다. 심지어 그들은 이 쪽을 쳐다보려 하지도 않았다.

"진짜 마녀 맞습니까?"

노파는 닭 날개를 집어 들었다. 빠각. 오도독.

"마녀 왕국의 마지막 마녀라니까요."

"그러려면 나이가 오백 살은 넘어야 되잖습니까?"

노파가 미소를 지었다.

"내가 이렇게 젊은 모습인 게 놀랍긴 하지요?"

"그러게요. 마녀들은 페이 요정의 후손이라 장수한다더니."

노파는 나무 계단의 발치에 닭 뼈를 또 하나 툭 떨어뜨렸다.

"페이 덕분일 수도 있고 볼그 덕분일 수도 있어요. 우리도 어느 쪽 피 덕분인지 모른답니다."

볼그. 도리언도 들어본 적 있는 종족 이름이었다.

"볼그라면 페이 요정을 훔쳐다가 교배해서 마녀를 낳는다는 악마족이죠?"

그의 기억이 맞다면 크로컨 마녀들은 페이 요정 조상에게 아름다운 외모를 물려받았고, 세 집단으로 구성된 쇠 이빨 마녀들은 악마족의 흉측한 외모를 물려받았다. 악마족은 천지가 개벽하던 시점에 에렐리아를 침략한 종족이었다.

"예쁘장한 귀족 청년이 왜 그런 사악한 이야기를 굳이 알려고 하실까?"

노파는 닭 가슴뼈에서 껍질을 벗겨내 꿀꺽 삼키고는 주름진 입술로 입맛을 짝짝 다셨다.

"금화로 뒤를 닦을 일은 없지만 재밋거리를 찾고는 있습니다. 역사를 좀 알고 싶은 거죠."

"그렇군요. 내가 이 고약한 햇볕을 받으며 구워지고 있는 동안 말을 빙빙 돌리기만 할 건가요, 아니면 뭘 알고 싶어서 왔는지 제대로 물어볼 건가요?"

"마법이 정말 사라졌습니까?"

노파는 접시에서 눈을 들지도 않고 대꾸했다.

"당신네들의 마법은 사라졌어요, 암요. 하지만 아직 작동하는 잊힌 힘들은 있답니다."

"그게 어떤 힘입니까?"

"귀족 나리들은 알 필요가 없는 힘이에요. 다음 질문 하세요."

도리언이 짐짓 상처받은 표정을 짓자 노파는 어이없다는 듯 눈을 위로 굴렸다. 도리언은 당장이라도 반대 방향으로 달아나고 싶었지만 최대한 신분을 드러내지 않고 끝까지 해내야 했다.

"누군가가 마법의 힘을 갖고 있을 가능성은요?"

"글쎄요. 대륙의 이쪽 해변에서 반대쪽 해변까지 이동하면서 산이란 산은 다 넘고 다들 여전히 두려워하는 온갖 어둡고 그림자 진 곳을 모조리 다녀봤지만 마법의 힘은 남아 있질 않더이다. 살아남은 페이 요정들도 원래 자기네 것이었던 힘을 쓰지 못할 정도니까 말 다했지. 몇몇은 짐승으로 변했다가 그 몸에 영영 갇혀버리기도 했지요. 불쌍한 것들. 맛도 짐승 맛이 나더라니까요." 노파가 까마귀처럼 칵칵대며 웃자 도리언은 목 뒤의 털이 쭈뼛 곤두섰다. "그런 일에…… 예외는 없어요."

도리언은 줄곧 한가롭고 지루한 척을 하며 물었다.

"누가 마법의 힘을 갖고 있다는 걸 알게 됐다면……?"

"교수형을 당하고 싶어 환장한 멍청이지 뭐겠어요."

도리언도 알고 있었다. 하지만 물어보려던 건 그게 아니었다.

"가정해서 말해보자면…… 그런 일이 진짜 있다면 말입니다. 어떻게 가능할까요?"

노파는 우물우물 씹던 입을 멈추고 고개를 옆을 약간 기울였다. 노파의 흰머리가 갓 내린 눈처럼 반짝이면서 거무죽죽한 얼굴과 대조를 이루었다.

"마법이 어떻게, 왜 사라졌는지 우리는 몰라요. 다른 대륙에서 마법의 힘이 간간이 나타난 적이 있다는 소문을 듣기는 했지만 여기서는 그런 얘길 들은 적도 없어요. 그럼 이게 궁금해지겠네요. 에렐리아에서는 안 그런데, 왜 여기서만 마법이 사라졌을까? 우리가 무슨 죄를 저질러서 신들이 우리에게 그런 저주를 내렸을까? 우리에게 주었던 힘을 어째서 도로 빼앗았을까?" 노파는 닭 갈비뼈를 바닥에 휙 던졌다. "가정해서 말해보자면, 누군가 마법의 힘을 가졌는데 내가 그 이유를 알고 싶다면, 애초에 마법이 왜 사라졌는지 이유부터 알아보는 게 순서겠죠. 그래야 원칙에 예외가 생겨난 경위를 알 수 있을 테니까." 노파는 쪼글쪼글한 손에 묻은 기름기를 혀로 핥아 먹었다. "유리성에 사는 귀족 나리가 별 이상한 걸 다 물으셔. 참말로 이상하네요."

도리언은 슬쩍 웃어보였다.

"마녀 왕국의 마지막 마녀가 등이 이렇게 굽었는데도 유랑 극단에서 운세 보는 일을 계속하며 사는 게 더 이상한 일이겠죠."

"10년 전에 이 땅에 저주를 내린 신들이 수백 년 전에 마녀들을 저주했기 때문이랍니다."

그 순간 태양 앞으로 구름이 지나간 걸까? 노파의 눈동자 속에서 시커먼 무언가가 번뜩인 것도 같았다. 어쩌면 노파는 본인이 말한 것보다 나이가 훨씬 많을지도 몰랐다. '마지막 마녀'라는 것도 거짓말일 수도 있었다. 오래전 마녀 전쟁 때 직접 겪은, 상상조차 하기 힘든 무시무시하고 끔찍한 역사를 남들에게 드러내지 않으려 꾸며낸 말 아닐까?

도리언은 자기도 모르게 내면에 잠든 고대의 힘을 갈구했다. 그 힘이 박살 난 유리창으로부터 그를 보호해줬듯이, 바바 옐로레그스한테서도 그를 지켜주지 않을까? 그 생각을 하자 마음이 불안해졌다.

"또 물어볼 거 있나요?"

노파는 쇠 손톱을 혀로 핥았다.

"아뇨. 시간을 내줘서 고맙습니다."

"잘 가요."

노파는 바닥에 침을 탁 뱉고는 그에게 어서 가라고 손을 휘저었다.

물러가던 도리언은 바로 근처 천막에서 햇빛을 받아 반짝이는 금발 머리를 보았다. 롤랜드가 눈부신 미모의 금발 연주자와 탁자를 사이에 두고 얘기를 나누다가 도리언 쪽으로 걸어오고 있었다. 뒤를 밟은 건가? 도리언은 인상을 찌푸렸지만 롤랜드가 옆으로 다가오자 고개를 끄덕이며 인사했다.

"운세 상담이라도 받았나 봐?"

도리언은 어깨를 으쓱했다.

"지루해서 재미로."

롤랜드는 바바 엘로레그스의 포장마차가 세워져 있는 곳을 어깨너머로 돌아보았다.

"저 할망구는 소름이 끼쳐."

도리언은 콧방귀를 뀌었다.

"그게 저 노파가 갖고 있는 재능 중 하나일걸."

롤랜드는 그를 곁눈질로 보며 물었다.

"뭐 재미있는 말이라도 해?"

"그저 그런 헛소리만 하더라. 곧 진정한 사랑을 만날 거고 앞으로 영광스러운 나날이 펼쳐질 거라고. 상상보다 훨씬 큰 부자가 될 거래. 자기가 누구를 상담해주고 있는지도 모르는 것 같더라." 도리언은 메아의 영주 롤랜드를 스윽 훑어보며 물었다. "넌 여기서 뭘 하고 있었는데?"

"네가 외로워하는 것 같아서 따라 왔어. 그런데 그 노파한테 가길래 좀 떨어져서 기다리고 있었지."

롤랜드가 염탐을 한 것인지 사실대로 말한 것인지 도리언은 판단이 서지 않았다. 다만 지난 며칠 동안 그는 사촌 롤랜드에게 친절하게 대해주자고 결심한 바였다. 무엇보다 롤랜드는 평의회 회의 때마다 주저 없이 도리언의 결정을 지지해주었다. 그럴 때마다 페링턴과 아버지는 짜증스러워했는데 그런 모습을 보는 것도 뜻밖의 즐거움이었다.

도리언은 롤랜드에게 왜 따라왔냐고 묻지 않기로 했다. 뒤를 힐끗 돌아보니 바바 옐로레그스가 도리언을 향해 빙긋 웃음 짓고 있었다.

셀레이나는 며칠째 암살 대상자들의 뒤를 밟는 중이었다. 암흑처럼 검은 망토를 두르고 부두 그림자 속에 몸을 숨긴 채 서 있었다. 눈앞에 보이는 광경에 어이가 없었다. 그녀가 받은 명단에 있던 사람들, 그동안 그녀가 쭉 뒤를 밟아오던 사람들, 왕이 무슨 짓을 꾸미고 있는지 알 가능성이 있는 사람들이 모조리 이곳을 떠나고 있었다. 셀레이나는 저들 중 한 명이 아무 표시가 없는 마차를 몰래 타는 모습을 보고 뒤를 밟아 여기까지 왔는데, 그 남자는 한밤중에 출항 예정인 배에 올랐다. 그리고 또 다른 암살 대상자 세 명도 가족들까지 데리고 나타나 안내를 받아 서둘러 선실로 들어갔다.

이렇게 되면 저 사람들, 그리고 셀레이나가 수집해오던 정보는…….

"미안하게 됐어." 익숙한 목소리가 뒤에서 들려왔다. 뒤를 돌아보니 아처가 다가오고 있었다. 어떻게 기척도 없이 접근했을까? 그가 다가오는 발소리를 셀레이나는 듣지 못했다. "내가 저들에게 경고를 해줬어." 아처는 출항 준비 중인 배를 바라보며 말을 이었다. "내 손에 저들의 피를 묻힌 채 살아갈 자신이 없어서. 저들도 자식이 있거든. 네가 부모들을 왕한테 갖다 바치면 그 집 애들은 어떻게 되겠어?"

셀레이나는 날카롭게 물었다.

"당신이 배까지 동원했어요?"

"아니." 그의 나지막한 목소리는 밧줄을 풀고 노를 준비 중인 선원들의 고함에 묻혀 들릴 듯 말 듯했다. "조직의 일원이 준비했어. 난 그에게 저들의 목숨이 위험한 상황이라고 알려줬을 뿐이야. 그랬더니 리프트홀드를 떠나는 다음 배에 저들이 탈 수 있도록 준비시키더라."

셀레이나는 단검에 손을 얹었다.

"나한테 유용한 정보를 넘겨주는 게 우리 거래의 조건 중 하나일 텐데요."

"알아. 미안해."

"지금 당장 당신이 죽은 걸로 위장해서 저 배에 같이 태워주길 바라는 거예요?"

그렇게 되면 기한보다 빨리 명령을 수행한 것이 되니, 좀더 빠른 시일에 자유의 몸으로 풀어달라고 왕을 설득할 여지도 있을 것이다.

"아니. 다시는 이런 일 없게 할게."

퍽이나 그렇겠다. 팔짱을 낀 채 건물 벽에 등을 기대고 선 셀레이나는 배를 바라보는 아처를 자세히 살폈다. 잠시 후 그가 셀레이나를 돌아보며 말했다.

"무슨 말이라도 해봐."

"무슨 말이요. 당장 당신을 죽여서 왕 앞에 시체를 끌고 가야 되나 고민하느라 바쁘다고요."

허풍이 아니었다. 어젯밤 케이올과의 일이 있고 나서 최대한 단순하게 일을 처리하는 게 최선이라는 생각이 들기 시작했다. 엉망진창으로 흘러갈지도 모르는 일에 케이올이 엮이지 않도록 해야 했다.

"미안."

아처가 다시 한번 사과했지만 셀레이나는 손사래를 치며 출항 준비 중인 배를 조용히 바라보았다.

저들이 이렇게 빨리 탈출 준비를 마치다니 놀라웠다. 죄다 데이비스 같은 멍청이는 아닌 모양이었다.

"탈출을 준비했다는 사람이 조직의 수장이에요?"

"아마도." 아처는 조용히 말을 이었다. "내가 저들이 위험에 처했다는 말을 흘렸을 때 즉시 탈출을 기획할 수 있을 정도로 높은 급이겠지."

셀레이나는 볼 안쪽을 이로 잘근잘근 씹었다. 이 정도 능력이 있는 조직인데, 데이비스가 죽은 건 그야말로 우연한 사고였을 것이다. 아처 말이 맞을 수도 있었다. 저 사람들은 자기네 입맛에 맞는 지도자를 원하고 있을 뿐일지도 모른다. 저들의 금전적·정치적 동기가 무엇이든 죄 없는 이들이 위협받을 시 즉각 대응해 안전을 도모할 능력은 되는 듯했다. 이 나라에서 감히 그런 짓을 할 수 있는 자들은 얼마 되지 않는다. 그것도 성공적으로 해낼 수 있는 자들의 수는 더욱 적었다.

"내일 밤까지 새로운 명단과 정보를 내놔요." 셀레이나는 부두를 뒤로 하고 성 쪽으로 돌아서며 말했다. "안 그랬다간 당신 머리를 잘라 왕의 발치에 던져버릴 테니까. 왕은 나더러 머리를 하수구에 던지라거나 성 정문 앞에 못으로 박아두라거나 하겠죠."

셀레이나는 대답을 기다리지 않고 그림자와 안개가 깔린 어둑한 길로 발길을 옮겼다.

그녀는 성까지 천천히 돌아가면서 방금 본 광경을 곱씹었다. (아달렌의 왕은 예외지만) 세상에는 절대적인 선인도, 절대적인 악인도 없었다. 저들이 어느 정도 부패했다고 해도 사람들의 목숨을 구해주고 있지 않은가.

저들이 에일린 갈라시니어스와 접촉했다고 주장하는 건 말도 안 되는 헛소리였다. 하지만 셀레이나는 저들이 정말 에일린의 이름을 걸고 세력을 규합하고 있는지 궁금해졌다. 지난 10년 동안 테라센 왕실의 힘 있는 일원들이 무사히 살아남았다면 가능할 수도 있을 것이다. 왕국 주변에 군대가 진을 치고 있기는 했지만 아달렌의 왕 덕분에 테라센은 더 이상 상비군을 보유할 수 없었다. 그래도 그 군대가 약간의 자원을 보유하고 있기는 했다. 네히미아는 테라센이 다시 일어서게 되면 아달렌에 제대로 위협이 될 거라고 말하기도 했다.

셀레이나가 나설 일은 없을지도 모른다. 굳이 자신이나 케이올의 목숨을 걸 필요는 없을 것이다. 동기가 무엇이든, 저들이 왕을 저지하고 에렐리아를 해방시킬 방법을 찾아낼 수도 있을 테니까.

셀레이나의 얼굴에 서서히 조심스레 미소가 번졌다. 그러다 빛나는 유리성이 가까워지자, 그녀를 기다리는 근위대장이 있는 곳에 가까워지자 걸음걸음마다 한층 더 웃음이 커져갔다.

케이올의 생일이 지난 지 나흘째였다. 그는 밤마다 셀레이나와 함

께 시간을 보내고 있었다. 오후에도, 아침에도. 그리고 각자 업무를 수행하다가 짬이 날 때마다. 안타깝게도 이번 회의는 상급 근위병들이 모이는 자리라 빠질 수가 없었다. 케이올은 부하들의 보고를 들으며 머릿속으로는 줄곧 셀레이나를 떠올렸다.

그녀와 처음 밤을 보내는 동안 그는 숨도 제대로 쉴 수 없었다. 최대한 부드럽게, 그녀에게 고통을 덜 주려 애를 썼다. 그래도 셀레이나는 움찔하며 눈가에 눈물이 맺혔다. 그만 멈출까 물어봤지만 그녀는 키스로 답했다. 그리고 그들은 다시, 또다시 하나가 됐다. 첫날밤에 케이올은 그녀를 밤새도록 안았다. 남은 평생, 밤마다 이렇게 시간을 보내면 좋겠다는 상상을 해보기도 했다.

밤마다 케이올은 셀레이나의 등에 난 상처를 쓰다듬으며 속으로 맹세했다. 언젠가 엔도비어 소금광산으로 돌아가 그곳을 반드시 박살내리라.

"대장님?"

케이올은 눈을 껌벅였다. 방금 누군가 그에게 질문을 한 모양이었다. 그는 자세를 고쳐 앉은 뒤, 얼굴을 붉히지 않으려 애쓰며 물었다.

"다시 말해 봐."

"유랑 극단 쪽에 경비 수를 늘려야 될까요?"

제길, 그런 건 왜 물어보는 걸까. 무슨 사고라도 있었나? 이제 와서 물으면 저들은 그가 딴생각을 하느라 못 들었다는 걸 알아챌 것이다.

마침 막사의 작은 회의실 문을 누군가 두드린 바람에 케이올은 멍청이 취급을 면하게 됐다. 노크 소리에 이어 금발 머리가 문 안으로 들어왔다.

그녀를 보자마자 주변 세상은 그의 관심 밖으로 사라졌다. 회의실 안에 있던 모든 이들의 눈길이 문으로 쏠렸다. 셀레이나가 미소를 짓는 순간, 케이올은 그녀를 감상하듯 바라보는 근위병들의 면상을 전부 주먹으로 치고 싶은 충동을 느꼈다. 이들은 내 부하들이다, 라는 생각을 하며 애써 마음을 가라앉혔다. 셀레이나가 아름다운 건 사실이었다. 저들에겐 치명적일 정도로 무시무시한 존재이기도 했다. 그러니 저들도 저렇게 돌아보며 감탄할 수밖에.

"대장님."

셀레이나가 문지방에 서서 그를 불렀다. 그녀의 볼 위쪽이 발그레하게 상기되어 반짝이는 두 눈이 돋보였다. 그는 품에 안겼을 때 그녀의 모습이 떠올랐다. 그녀는 회의실 안쪽으로 머리를 들이밀며 말했다.

"폐하가 잠시 보자고 하십니다."

눈에 담긴 장난기를 포착하지 못했다면 그는 신경이 곤두서면서 최악의 상황까지 예상했을 것이다.

케이올은 부하들에게 고갯짓을 하며 자리에서 일어섰다.

"유랑 극단 관련 사안은 자네들끼리 결정하고 나중에 보고를 올리도록 해."

그는 서둘러 회의실을 나갔다.

모퉁이를 돌 때까지 점잖게 거리를 유지하다가 모퉁이 너머 아무도 없는 복도로 들어서자 그녀에게 가까이 다가갔다. 어서 그녀를 만지고 싶었다.

"필리파와 하인들이 저녁 식사 때까지 안 올 거예요."

셀레이나가 살짝 목쉰 소리로 말했다.

그녀의 목소리는 보이지 않는 손가락이 되어 그의 등뼈를 훑어 내렸다. 그 짜릿함에 그는 이를 뿌드득 갈았다.

"오늘 종일 회의가 있어." 어쩔 수 없지만 사실이었다. "20분 후에도 회의가 또 잡혀 있어."

지금 셀레이나를 따라 그녀의 방으로 간다면 거리상 회의 시간에 늦을 수밖에 없었다.

셀레이나는 인상을 찌푸리며 걸음을 멈췄다. 그 순간 케이올의 시선은 몇 걸음 떨어진 곳에 있는 작은 나무문으로 향했다. 청소 도구 보관실이었다. 그의 시선을 따라 눈길을 돌린 셀레이나의 얼굴에 살며시 미소가 번졌다. 셀레이나는 청소 도구 보관실 쪽으로 걸음을 옮겼다. 그는 셀레이나의 손을 잡고 그녀에게 얼굴을 가까이 들이밀며 말했다.

"저 안에서 정말 조용히 해야 될 거야."

손잡이를 잡고 문을 연 셀레이나가 그를 안으로 끌어당겼다.

"몇 분 뒤에는 내가 당신한테 그 말을 해야 될 것 같은데요."

셀레이나는 도전하듯 눈을 반짝였다.

케이올의 몸 안에서 피가 끓었다. 그는 그녀의 뒤를 따라 청소 도구 보관실로 들어가 문손잡이 아래에 빗자루를 끼웠다.

"청소 도구 보관실이요? 정말?"

네히미아는 짓궂게 웃으며 물었다.

셀레이나는 네히미아의 침대에 벌렁 드러누워 초콜릿을 씌운 건포도 한 알을 입에 넣었다.

"진짜라니까요."

네히미아가 매트리스 위로 폴짝 뛰어 올라왔다. 플릿풋도 덩달아 뛰어 올라와서는 셀레이나의 얼굴을 깔고 앉아 공주에게 꼬리를 흔들어댔다.

셀레이나는 플릿풋을 슬쩍 옆으로 밀어내며 얼굴이 아플 정도로 환하게 미소 지었다.

"그동안 저는 어쩜 이런 즐거움도 모르고 살았을까요."

맙소사, 케이올은 정말이지…… 대단했다. 몸이 적응한 후부터 셀레이나는 케이올과의 시간을 무척이나 즐기게 됐는데 그걸 생각하니 새삼 얼굴이 붉어졌다. 그의 손가락이 피부에 닿기만 해도 셀레이나는 짐승처럼 확 달아올랐다.

"그러게 말이에요." 네히미아는 셀레이나의 옆으로 팔을 뻗어 침대 옆 탁자에 놓인 접시에서 초콜릿을 집었다. "여기서 중요한 질문은 이거죠. 근엄한 근위대장님이 이렇게 열정적인 분이라는 걸 누가 상상이나 했을까요?" 네히미아는 웃으며 셀레이나 옆에 나란히 누웠다. "당신이 잘돼서 행복해요, 친구."

셀레이나도 미소 지었다. "저도…… 행복해요."

그랬다. 수년 만에 처음 셀레이나는 진정한 행복을 느꼈다. 행복감은 모든 생각에 파고들었고 숨을 쉴 때마다 희망이 차올랐다. 지금 이 감정을 선불리 인정했다가는 사라져버릴까 두려워, 오래 들여다보기가 겁이 날 정도였다. 세상은 완벽하지 않을지 모른다. 어떤 부분들은 영영 바르게 고쳐지지 않을 수도 있다. 하지만 이런 세상에서도 본인만의 평화와 자유를 찾을 수 있지 않을까.

네히미아가 다시 입을 열기 전, 마치 공기 한 줄기가 싸늘해진 것처럼 셀레이나는 무언가 달라진 분위기를 감지했다. 옆으로 고개를 돌려보니 네히미아가 멍하니 천장을 올려다보고 있었다.

"무슨 일이에요?"

네히미아는 한 손으로 얼굴을 문지르며 깊게 숨을 내쉬었다.

"아달렌의 왕이 나더러 반역 세력에게 말을 전하라고 하네요. 그들을 설득해 반역질을 그만두게 하라고, 안 그러면 그들을 다 죽이겠다고 했어요."

"위협한 거예요?"

"직접적인 위협은 아니지만 그런 의미가 담겨 있는 말이었어요. 이달 말에 왕은 페링턴 공작을 모라스에 있는 공작의 성으로 보낼 예정이에요. 페링턴 공작에게 남쪽 국경선에서 돌아가는 상황을 지켜보도록 하겠다는 의도겠죠. 페링턴은 왕의 오른팔이잖아요. 페링턴이 반역 세력을 처리하겠다고 결심하면, 그 일에 필요한 군사력 동원을 왕에게 이미 허락 받은 거나 다름없어요."

몸을 일으킨 셀레이나는 매트리스에 무릎을 꿇고 앉았다.

"그래서 이일웨이로 돌아갈 거예요?"

네히미아는 고개를 저었다.

"모르겠어요. 난 여기 있어야 해요. 여기서…… 할 일이 있어서. 이 유리성에서, 이 도시에서요. 하지만 내 백성들이 또다시 학살당하게 내버려둘 수도 없어요."

"공주님의 부모님이나 남자 형제들이 반역 세력을 상대할 수는 없어요?"

"내 남자 형제들은 너무 어리고 경험이 없어요. 부모님은 수도인 밴잘리에서 일처리를 하느라 정신없으시고요." 네히미아가 일어나 앉자 플릿풋이 공주의 무릎에 머리를 대고 드러누워, 옆에 앉은 셀레이나를 뒷발로 몇 번 차 밀어내려 했다. "나는 공주로서 내 직분의 무게를 잘 알고 성장했어요. 수년 전 아달렌의 왕이 이일웨이로 쳐들어왔을 때, 언젠가는 내가 괴롭더라도 선택을 해야 하는 시기가 올 거란 것도 알고 있었고요." 네히미아는 손바닥으로 이마를 짚었다. "그 선택이 이렇게 힘들 줄 몰랐네요. 몸이 하나뿐이라 두 장소에 동시에 있을 수가 없으니."

가슴이 답답해진 셀레이나는 네히미아의 등에 한 손을 얹으며 위로했다. 이런 상황이니 네히미아가 눈 수수께끼에 대한 조사를 빠르게 진행하지 못한 것도 당연했다. 친구의 입장을 미리 생각하지 못한 자신이 부끄러워 셀레이나는 얼굴이 달아올랐다.

"왕이 또다시 500명의 목숨을 빼앗으면 난 어떻게 하죠, 엘렌티야? 그가 캘라컬라 노동수용소의 노예들을 도륙해서 본보기를 보이겠다고 결정하면 어떻게 해요? 내가 어떻게 그들에게 등을 돌릴 수 있겠어요?"

셀레이나는 무어라 대답할 말을 찾지 못했다. 그 주 내내 셀레이나는 케이올 생각만 하며 살았다. 그러는 동안 네히미아는 이일웨이 왕국의 운명을 바로 세우려 애쓰고 있었다. 셀레이나는 아달렌의 왕에게 맞서려는 네히미아에게 도움이 될 만한 정보들을 갖고 있었고 엘레나 여왕의 명령까지 받았지만 줄곧 무시하던 차였다.

네히미아는 셀레이나의 손을 잡고 까만 눈을 빛내며 호소했다.

"약속해줘요. 아달렌 왕의 손아귀에서 이일웨이를 해방시킬 수 있도록 돕겠다고, 약속해줘요."

셀레이나는 핏줄로 한기가 스며드는 듯 오싹함을 느꼈다.

"이일웨이를 해방시키겠다고요?"

"내 아버지가 왕위에 복귀하실 수 있도록 도와주겠다고, 내 백성들이 엔도비어와 캘라컬라에서 돌아올 수 있게 해주겠다고 약속해줘요."

셀레이나는 네히미아에게 잡힌 손을 빼냈다.

"저는 일개 자객일 뿐이에요. 공주님이 말씀하시는 그런 일은……." 셀레이나는 빠르게 뛰는 심장을 진정시키려 애쓰면서 침대에서 내려갔다. "미친 짓이에요."

"다른 방법은 없어요. 이일웨이를 해방시켜야만 해요. 당신이 도와주면 우리가 세력을 규합해서……."

"아뇨." 네히미아가 호소하며 눈을 깜박였지만 셀레이나는 고개를 저었다. "안 돼요. 공주님이 왕에게 저항하는 군대를 모을 수 있도록 제가 돕는 일은 없을 겁니다. 이일웨이가 아달렌 왕에게 심한 공격을 받긴 했지만, 왕이 다른 데서 자행한 잔인무도한 짓에 비하면 아무것도 아니에요. 왕에게 대항하는 세력을 모으려 했다간 왕은 공주님을 잔인하게 죽이고 말 거예요. 저는 그런 일에 끼고 싶지 않아요."

"그럼 어떤 일에 낄 건가요, 셀레이나?" 네히미아는 무릎에 앉은 플릿풋을 밀어내고 일어섰다. "당신은 누구를 위해 일해요? 오직 본인을 위해 일할 뿐인가요?"

셀레이나는 목이 조이는 듯했지만 애써 말을 뱉었다.

"왕이 공주님에게, 공주님의 백성들에게 무슨 짓까지 할 수 있는지 모르셔서 그래요."

"왕이 반란 세력 500명과 그 식솔들을 다 죽인 건 나도 알아요!"

"그는 제가 살던 왕국도 완전히 무너뜨렸어요! 공주님은 테라센 왕실의 힘과 명예에 대해 몽상을 하고 있을 뿐이에요. 아달렌 왕이 테라센 왕실을 무너뜨렸다는 게 어떤 의미인지 공주님은 모르세요. 테라센 왕실은 대륙에서 제일 강력한 힘을 갖고 있었어요. 다른 대륙의 왕실들과 비교해도 최강이었죠. 그런 왕실 사람들을 아달렌 왕이 모조리 죽인 거예요."

"기습을 했으니 가능했겠죠."

"지금 아달렌 왕이 거느린 군인만 수백만 명이에요. 저항은 불가능해요."

"언제쯤이면 그런 말을 그만할 거예요, 셀레이나? 무슨 계기가 있어야 도망을 멈추고 운명을 직시할 건가요? 엔도비어의 노예들과 내 백성들이 겪는 고난을 보면서도 마음이 동하지 않는다면, 도대체 어떻게 해야 마음이 움직이겠어요?"

"저는 개인일 뿐이에요."

"엘레나 여왕이 선택한 개인이죠. 시합 날 성스러운 표식이 이마에 새겨진 사람이고요! 온갖 어려움을 겪고도 살아남은 사람이기도 해요. 우리가 이렇게 만난 것도 이유가 있어서예요. 당신 말고 누가 신의 축복을 받았다고 할 수 있을까요?"

"다 웃기는 소리예요. 멍청한 짓이죠."

"멍청한 짓이요? 옳은 일을 위해, 저항할 힘이 없는 사람들을 위해 나서서 싸우는 게 멍청한 짓인가요? 아달렌 왕이 다른 왕국에 보낼 수 있는 제일 무서운 것이 군인들이라고 생각해요?" 네히미아의 말투가 다소 부드러워졌다. "지평선에 더 어두운 존재들이 모이고 있어요. 내 꿈속에 그림자와 날개들이 가득해요. 산길 사이에서 날갯짓 소리가 요란하게 들려와요. 화이트팽 산으로, 페리언 협곡으로 수차례 정찰과 염탐을 보내지만 돌아온 이는 없어요. 저 아래 골짜기에 사는 사람들이 뭐라고 하는지 알아요? 협곡 사이로 바람을 타고 다니는 날갯짓 소리가 들린다고 해요."

"무슨 말인지 하나도 못 알아듣겠어요."

하지만 셀레이나도 도서관 앞 복도에서 날갯짓 소리를 내는 그런 존재를 목격한 적이 있었다.

네히미아가 다가와 셀레이나의 손목을 잡았다.

"알잖아요. 아달렌 왕의 주변에 훨씬 거대하고 뒤틀린 힘이 존재하는 걸 당신도 느끼잖아요. 사람이 어떻게 대륙을 그렇게 빨리 정복할 수 있죠? 그게 군사력만으로 가능했을까요? 수세대에 걸쳐 전사로 훈련받은 가신들이 지키는 테라센 왕실이 그렇게 빨리 무너진 이유는요? 세상에서 제일 강력하던 테라센 왕실이 어떻게 며칠도 안 돼서 무너져요?"

"피곤하고 속이 상해서 이러시는 거 이해해요." 셀레이나는 나지막하게 말했다. 셀레이나는 네히미아도 엘레나 왕비와 비슷한 말을 하고 있다는 걸 굳이 상기하고 싶지 않았다. 셀레이나는 공주에게 잡힌 손을 털어냈다. "이 얘기는 나중에 하고……"

"나중에 또 이 얘기를 하고 싶진 않아요!"

두 사람 사이에 끼어 앉은 플릿풋이 낑낑거렸다.

네히미아가 계속해서 말했다.

"우리가 지금 공격에 나서지 않으면, 아달렌 왕이 꾸미고 있는 일은 힘을 더해갈 거예요. 그때 가서는 어떤 희망도 가질 수가 없어요."

"희망은 처음부터 없었어요. 아달렌 왕에게 저항하는 것 자체가 가망 없는 일이니까. 지금도 그렇고 앞으로도 마찬가지예요." 셀레이나는 진실을 서서히 깨닫고 있었다. 네히미아와 엘레나 왕비가 왕이 가진 신비로운 힘의 원천에 관해 추측한 게 맞다면, 왕을 쓰러뜨리는 게 어떻게 가능할까? "공주님이 어떤 계획을 세웠든 저는 함께하지 않을 겁니다. 공주님이 자살이나 다름없는 일을 하겠다는데, 그 일을 하면서 무고한 사람들이 죽어나갈 게 뻔한데, 어떻게 돕겠어요."

"자기 생각만 하니까 돕지 않겠다는 거겠죠."

"그렇다면요?" 셀레이나는 두 팔을 펼쳤다. "저는 남은 인생을 평화롭게 살면 안 돼요?"

"아달렌 왕이 집권하고 있는 동안 평화는 없어요. 당신이 명단에 적힌 사람들을 실제로는 죽이지 않고 있다고 말했을 때, 나는 당신이 저항을 위한 단계를 밟아가고 있다고 생각했어요. 때가 돼서 내가 계획대로 밀어붙이면 당신이 도와줄 거라고도 생각했고요. 당신이 양심의 가책을 안 받고 싶어 할 뿐이라는 걸 미처 몰랐네요!"

셀레이나는 방문 쪽으로 성큼성큼 걸어갔다.

네히미아는 혀를 차며 내뱉었다.

"당신이 이렇게 겁쟁이인 줄 처음 알았어요."

셀레이나는 어깨너머를 흘끗 돌아보았다.

"뭐라고요?"

네히미아는 움찔하지도 않았다.

"당신은 겁쟁이예요. 겁쟁이."

셀레이나는 주먹을 꽉 쥐었다.

"백성들이 죽어 쓰러질 때 울면서 저한테 달려오지나 마세요."

셀레이나는 공주가 대꾸할 기회도 주지 않고 방 밖으로 나갔다. 플릿풋이 곧바로 뒤를 따라갔다.

CHAPTER 25

"그들 중 하나는 부서져야 합니다. 그래야 시작될 수 있어요."

왕비가 공주에게 말했다.

공주는 조용히 대답했다.

"압니다. 하지만 왕자는 준비되지 않았어요. 공주여야 합니다."

"내가 당신에게 부탁한 걸 이해하나요?"

공주는 눈을 들어, 무덤 안으로 쏟아져 들어오는 달빛을 올려다보았다. 고대의 여왕을 돌아보는 공주의 눈은 밝게 빛나고 있었다.

"예."

"그럼 해야 할 일을 하세요."

공주는 고개를 끄덕이고 무덤 밖으로 나갔다. 문득 어둠이 그녀를 손짓해 부르는 듯했다. 공주는 문지방에 잠시 멈춰 섰다가 왕비를 돌아보며 말했다.

"그녀는 이해하지 못할 겁니다. 하지만 그녀가 일단 선을 넘어가면 그 무엇도 그녀를 막지 못합니다."

"그녀는 길을 찾아 돌아올 거예요. 늘 그랬듯이."

눈물이 고였지만 공주는 눈을 깜박여 눈물이 흐르지 못하게 했다.

"우리 모두를 위해 왕비님의 말씀이 맞기를 바랄 뿐입니다."

CHAPTER 26

케이올은 사냥 파티라면 질색이었다. 대부분의 귀족은 발소리를 죽이고 다닐 줄도 모르고, 활을 다루지도 못했다. 그런 그들의 모습을 지켜보는 것 자체가 고역이었다. 불쌍한 사냥개들이 덤불을 헤집고 다니며 사냥감을 흩어놓아도 귀족들은 연달아 놓치기만 했다. 결국 마무리를 위해 케이올은 몰래 짐승 몇 마리를 죽이고 나서 아무개 경이 잡았다고 해줘야 했다. 오늘은 왕과 페링턴, 롤랜드, 도리언이 모두 사냥터에 나왔으니 케이올은 그들 가까이에서 호위 중이었다.

귀족들 옆에서 말을 타고 이동하며 그들이 웃고 떠들고 무해한 모사를 꾸미는 소리를 듣고 있자니 문득 떠오르는 생각이 있었다. 이 길을 선택하지 않았다면 자신도 저렇게 살게 되었을까? 남동생 테린을 못 본 지 수년째였다. 아버지는 테린을 저런 멍청이로 키워내지 않았으려나? 아니면 거친 산 사람들에게 은빛 호수의 도시를 공격받은 후 수백 년 동안 여느 아니엘 귀족들이 그랬듯이, 아버지도 테린을 모처로 보내 전사 교육을 받게 했을까?

왕의 뒤를 따라가는 동안 그가 타고 나온 아스테리온 종마는 사냥 파티에 참석한 이들로부터 부러움과 질시의 시선을 한몸에 받았다. 케이올은 아버지가 셀레이나를 어떻게 생각할지 잠깐 상상해봤다. 못 본 지 수년째라 얼굴도 희미해졌지만 어머니는 상냥하고 조용한 분이었다. 어머니의 명랑한 목소리와 부드러운 웃음소리, 그가 아프면 잠들 때까지 불러주시던 노래는 여전히 기억 속을 맴돌았다. 비록 정략결혼이었지만 어머니는 아버지가 늘 바라던 순종적인 여성이었다. 그런데 셀레이나 같은 여자를 며느리로 들이게 된다면 아버지는…… 둘이 한 방에 있는 건 상상만 해도 아찔했다. 당혹스럽기도 하고 웃음도 났다. 그야말로 전설적인 의지의 투쟁이 벌어지지 않을까.

"오늘 주의가 산만하군, 근위대장."

숲 사이로 나온 왕이 말했다. 왕은 덩치가 대단한 사내였다. 가까이서 모시는 케이올도 늘 왕의 몸집에 놀라곤 했다.

왕의 옆에는 케이올의 두 부하 레스와 대넌이 자리했다. 왕의 경호원으로 선발됐지만 레스는 의기양양하기보다는 초조해 보였다. 물론 그런 티를 내지 않으려고 안간힘을 쓰고 있는 게 보였다. 케이올이 나이 많고 경험도 많으며 거의 전설에 가까운 인내심의 소유자인 대넌을 레스와 함께 경호원으로 붙여놓은 것도 그래서였다. 케이올은 왕에게 절을 하고 나서 레스에게도 잘하고 있다는 뜻으로 고개를 약간 끄덕여 보였다. 젊은 근위병 레스는 허리를 곧게 펴면서 기민하게 사방을 경계했다. 레스의 감각은 왕의 주변, 근처에서 함께 말을 타고 돌아다니는 귀족들, 개와 화살 소리에 집중하고 있었다.

검은 말을 탄 왕은 케이올의 말 옆 옆에서 느긋하게 이동하고 있었다. 레스와 대넌도 약간 뒤에서, 그러나 기습을 받을 경우 즉각 대처할 수 있는 거리를 두고 따라 왔다.

"자네가 사냥감을 죽여주지 않으면 귀족들은 무슨 재미로 사냥을 할까?"

왕의 말에 케이올은 미소를 감추려 애썼다. 몰래 한다고 했는데 생각만큼 신중하게 처신하지 못한 듯했다.

"송구합니다, 폐하."

군마를 탄 왕은 정복자의 모습 그 자체였다. 왕의 눈빛에는 케이올마저 등뼈가 오싹하게 만드는 무언가가 있었다. 외국의 수많은 군주들이 아달렌 왕에게 맞서 싸우기보다 왕위를 포기한 것도 저 눈빛 때문이 아니었을까?

"내일 저녁 회의실에서 이일웨이의 공주를 심문해야겠어." 왕은 케이올의 귀에만 들릴 정도로 나지막하게 말한 후, 눈이 녹기 시작한 숲으로 달려가는 개 떼를 따라 말의 방향을 돌렸다. "회의실 바깥에 근위병 여섯을 세워 둬. 어떤 방해나 말썽도 일어나지 않도록."

왕의 표정을 보니 어떤 종류의 말썽을 염두에 두고 있는지 알 것 같았다. 셀레이나였다.

케이올은 감히 질문을 하는 게 위험한 줄 알면서도 입을 열었다.

"부하들에게 구체적으로 내릴 지침이 있습니까?"

"없어." 화살을 시위에 메운 왕은 덤불에서 날아오른 꿩을 향해 화살을 날려 깔끔하게 눈에 명중시켰다. "그런 건."

왕은 개들에게 휘파람을 불고는 방금 죽인 꿩이 떨어진 곳으로 향했다. 레스와 대넌도 그 뒤를 따랐다.

케이올은 산 같은 몸집의 왕이 말을 타고 덤불로 향하는 모습을 바라보며 아스테리온을 진정시켰다. 어느새 옆으로 다가온 도리언이 물었다.

"무슨 일이야?"

케이올은 고개를 저었다.

"아무것도 아니야."

도리언은 어깨에 매단 화살집으로 손을 뻗은 뒤 활을 당겼다.

"며칠 만에 보네."

"바빴어." 그는 일을 하느라, 셀레이나와 함께 있느라 바빴다. "자네 얼굴도 통 볼 수 없던데."

그는 이렇게 말하며 도리언과 눈을 맞췄다.

도리언은 돌처럼 굳은 표정으로 조용히 입을 열었다.

"나도 바빴거든." 도리언은 고삐를 당겨 말의 방향을 바꾸고는 어깨너머로 그를 불렀다. "케이올." 도리언의 눈빛은 차갑게 얼어붙었고 이를 악물었다. "그녀에게 잘해줘."

"도리언."

도리언은 어느새 말을 달려 롤랜드 쪽으로 갔다. 빽빽한 숲에 홀로 남겨진 케이올은 멀어져가는 친구의 모습을 조용히 바라보았다.

속이 쓰릴 정도로 고민했지만 케이올은 왕이 했던 말을 셀레이나

에게 전하지 않기로 결정했다. 어차피 왕은 요즘 대중에게 인기 높은 네히미아 공주를 해치지는 않을 것이다. 공주를 해칠 생각이었으면 누군가 네히미아의 목숨을 노리고 있으니 잘 지켜보라는 말도 케이올에게 해주지 않았을 것이다. 하지만 회의실에서 공주를 두고 오갈 말들이 결코 유쾌하지만은 않으리라는 예감이 들었다.

그는 셀레이나를 품에 안고 침대에 누워 속으로 되뇌었다. 셀레이나가 알든 모르든 달라질 건 없었다. 셀레이나가 안다고 해도, 그래서 네히미아에게 말을 전한다고 해도, 심문이 취소될 일은 없을 테니까. 공주의 목숨을 위태롭게 한다는, 정체를 알 수 없는 위협도 사라지지 않을 것이다. 셀레이나와 네히미아가 미리 알아봤자 상황만 복잡해지고, 결국 모두에게 좋지 않을 터였다.

케이올은 한숨을 쉬며 셀레이나를 안고 있던 다리를 풀고 일어나 앉았다. 바닥에 던져놓은 바지를 집어 들었다. 그녀는 약간 뒤척이다가 말았다. 생각해보면 기적 같았다. 저렇게 곤히 잠들 정도로, 그녀는 그의 곁이 안전하다고 느낀 모양이었다.

셀레이나의 머리에 부드럽게 입을 맞춘 뒤 방 안에 널브러진 나머지 옷들을 주워 입었다. 시계가 새벽 세 시를 알린 지 얼마 되지 않았다.

방을 나서던 그는, 어쩌면 이게 일종의 시험일지도 모른다는 생각을 했다. 왕은 케이올이 누구에게 충성하는지, 그를 여전히 믿어도 되는지 확인하고 싶을 것이다. 셀레이나와 네히미아가 내일 있을 심문에 대해 미리 알고 있었다는 걸 왕이 눈치챈다면, 그 정보가 누구한테서 나왔는지도 쉽게 알 것이다…….

신선한 공기를 쐬고 싶었다. 에이버리 강의 짭짤한 바람이라도 맞으며 머리를 식혀야 했다. 셀레이나에게 언젠가 함께 리프트홀드를 떠나자고 했던 말은 진심이었다. 그녀가 암살 대상자들을 실제로는 죽이지 않았다는 것을 그는 죽음을 각오하고라도 비밀로 지킬 작정이었다.

어둑하고 고요한 정원으로 나간 케이올은 울타리 사이로 걸음을 옮겼다. 셀레이나를 다치게 하는 자는 누구든 죽일 것이다. 왕이 그에게 셀레이나를 처리하라는 명령을 내린다면, 그 명령에 따르느니 자신의 심장에 칼을 꽂고 말 것이다. 케이올의 영혼은 끊어지지 않는 사슬로 셀레이나에게 묶여 있었다. 아들이 아달렌의 자객을 아내로 맞이했다는 걸 아버지가 알면 무어라 생각할지 상상하며 그는 피식 웃었다.

문득 마음에 걸리는 점이 있었다. 셀레이나는 겨우 열여덟 살이었다. 그는 가끔 그 사실을 잊었다. 자신이 셀레이나보다 나이가 많다는 사실도. 지금 당장 그녀에게 청혼하면……. "맙소사." 그는 중얼거리며 고개를 저었다. 결혼까지는 아직 요원했다.

하지만 둘이 함께 살아가는 아름다운 미래를 그는 자꾸만 상상하게 됐다. 그녀를 아내로 부르고, 그녀에게 남편으로 불리며 아이들을 낳아 기르는 상상. 그는 아이들이 스스로를 위해 (그리고 아비인 케이올을 위해) 영리하고 재능을 타고나길 바랐다.

불가능할 정도로 아름다운 미래를 상상하고 있는데 누군가 뒤에서 살그머니 다가와 차갑고 냄새나는 무언가로 그의 코와 입을 덮어 눌렀다. 세상이 캄캄해졌다.

CHAPTER 27

눈을 뜨고 보니 케이올은 침대에 있지 않았다. 녹초가 돼서 잠든 그녀를 굳이 깨우지 않고 혼자 달리기를 하러 나간 모양이었다. 다행이었다. 그가 누워 있던 침대에 온기가 남아 있지 않은 걸 보니 나간 지 몇 시간은 지난 듯했다. 지금쯤 근위대장으로서 의무를 다하기 위해 일을 하고 있을 것이다.

셀레이나는 좀더 누워서 흡족하게 상상의 나래를 펼쳤다. 언젠가 온전히, 방해받지 않는 편안한 나날을 살게 될 날을 꿈꾸었다. 뱃속이 꼬르륵거리기 시작하자 비로소 침대에서 몸을 끌고 일어났다. 이 방에 옷 몇 벌을 가져다 둔 터라 목욕을 하고 옷을 갈아입은 뒤 바로 자신의 방으로 돌아갔다.

아침 식사를 하고 있는데 아처가 보낸 명단이 도착했다. 셀레이나가 요청한 대로 암호로 적힌 명단에는 사냥감들의 이름이 적혀 있었다. 그녀는 아처가 또다시 엿 먹이는 짓을 하지 않기를 바랐다. 아침마다 하는 워드 문자 수업 시간이 다 되었는데도 네히미아는 나타나지 않았다. 둘 사이에 있었던 일을 생각하면 그리 놀라운 일도 아니었다.

셀레이나도 지금은 네히미아와 얘기를 나눌 기분이 아니었다. 네히미아가 반란을 꾀하려 들 정도로 어리석다면…… 제정신으로 돌아올 때까지 거리를 두고 지내는 것도 나쁘지 않을 것이다. 도서관의 비밀 문을 열려면 워드 문자를 사용해야겠지만 급할 건 없었다. 두 사람 모두 마음이 진정되고 난 후에 일을 진행해도 될 것이다.

셀레이나는 아처의 명단에 적힌 남자들을 종일 따라다니며 염탐을 하고 성으로 돌아왔다. 추가로 확보한 정보를 어서 케이올에게 전해주고 싶었지만 그는 저녁 식사 자리에 나타나지 않았다. 원래 늘 바쁜 사람이라, 셀레이나는 혼자 저녁을 먹은 뒤 책 한 권을 펼쳐 들고 침실 카우치에 웅크리고 앉았다.

지난 일주일 동안 잠을 통 못 잤으니 휴식이 필요하기는 했다. 하지만 딱히 잠을 자고 싶지는 않았다.

밤 열 시를 알리는 종소리가 들렸는데도 케이올은 그녀의 방을 찾지 않았다. 한 번 더 그의 방에 가보기로 했다. 어쩌면 그가 방에서 기다리고 있을지도 모르니까. 저도 모르게 잠들어버렸을 수도 있으니까.

서둘러 복도와 계단을 따라 내려가는데 걸음걸음마다 손바닥에서 진땀이 났다. 케이올은 근위대장이었다. 매일 그녀와 대련하면서도 꿋꿋이 버텨냈다. 심지어 처음 대련을 할 때 그녀를 이긴 적도 있었다. 생각해보면 여러 면에서 셀레이나와 비등한 실력을 갖췄던 샘도 루크 패런에게 붙잡혀 고문을 당했고, 셀레이나가 본 중 가장 처참한 방식으로 죽었다. 혹시 케이올에게 무슨 일이 생겼으면…….

마음이 급해진 셀레이나는 달리기 시작했다.

샘처럼 케이올도 거의 모든 사람에게 존경받았다. 하지만 그자들이 샘을 붙잡아간 건 샘이 저지른 일 때문이 아니었다.

셀레이나를 잡기 위해서였다.

피해망상적인 생각에 불과하길 간절히 빌며 케이올의 방에 도착했다. 그가 침대에서 자고 있기를, 그의 곁으로 다가가 사랑을 나누고 밤새 그를 안고 있을 수 있기를 바랐다.

하지만 침실 문을 열고 보니 케이올은 없었다. 문 옆 탁자 위에 셀레이나의 앞으로 온 봉인된 편지가 눈에 띄었다. 아침에는 보이지 않았던 그 편지는 지금 그의 칼 위에 놓여 있었다. 아무렇지 않게 놓여서 하인들이 봤어도 케이올이 놓아둔 편지이거니 했을 듯했다. 안 좋은 일이 일어났으리라고는 생각도 하지 않았을 것이다. 셀레이나는 붉은 인장을 뜯고 편지를 펼쳤다.

> 근위대장은 우리가 데리고 있다. 우리 뒤를 밟는 게 지겨워지면 우리를 찾아와라.

그 밑에 리프트홀드 빈민가에 있는 어느 창고 주소가 적혀 있었다.

> 혼자 오지 않으면, 당신이 건물에 발을 들여놓기도 전에 근위대장의 목숨은 날아갈 것이다. 내일 아침까지 오지 않으면

근위대장을 죽여 시체를 에이버리 강변에 버리겠다.

셀레이나는 편지를 노려보았다.

엔도비어 소금광산에서 광포하게 날뛰고 나서 내면에 채워두었던 자제력의 사슬이 모조리 끊어졌다.

얼음처럼 차갑고 무한한 분노가 온몸을 휘감았다. 머릿속은 온통 서늘할 정도로 명확하게 세운 계획뿐이었다. 예전에 에로밴 헤멜은 그런 감정 상태를 '지독한 침착함'이라고 불렀다. 에로밴조차 셀레이나가 정도 이상으로 분노하면 얼마나 침착해질 수 있는지 알지 못했다.

저들이 아달렌의 자객이 오기를 바라니 가줄 것이다.

목을 잘 닦고 기다려라.

저들이 왜 몸을 사슬로 결박해놓았는지 이유를 알 수 없었다. 케이올은 목이 마르고 머리가 지끈거렸다. 그의 몸을 돌벽에 매놓은 쇠사슬은 아무리 당겨도 꿈쩍하지 않았다. 그가 쇠사슬을 당기려 할 때마다 그들은 가만히 있지 않으면 두들겨 패겠다고 협박했다. 이미 실컷 맞고 난 후라 단순한 허풍이 아님을 케이올도 알고 있었다.

그들. 그들의 정체가 무엇인지 케이올은 알 수 없었다. 죄다 긴 겉옷에 가면을 썼고 눈 위쪽까지 두건을 썼다. 몇 명은 완전 무장까지 했다. 자기네끼리 두런두런 얘기를 나누곤 했는데 시간이 흐를수록 점점 더 신경이 곤두서는 모습들이었다.

케이올은 입술이 터져 있었다. 얼굴과 갈비뼈에도 멍이 들었을 듯했다. 그는 정신이 들자마자 누군가에게 붙잡혀 여기로 끌려왔음을 알아챘다. 그가 적극적으로 협조를 하지 않기도 했지만, 저들은 질문을 하기 전에 일단 두 명을 시켜 그를 두들겨 팼다. 케이올이 폭행 전과 중, 후에 내뱉은 욕이 얼마나 창의적이었는지 알면 셀레이나도 깊은 인상을 받을 것이다.

지난 몇 시간 동안 케이올은 방 한쪽 구석으로 소변을 보러 간 것을 제외하고 이 자리에서 꼼짝할 수 없었다. 그가 화장실을 사용하게 해달라고 요청했을 대도 저들은 빤히 쳐다볼 뿐이었다. 그가 소변을 누는 동안 저들은 줄곧 칼자루를 손에 쥔 채였다. 그는 콧방귀를 뀌지 않으려 애썼다.

해가 지고 저녁에 가까워지면서 그는 문득 저들이 무언가를 기다리고 있음을 눈치챘다. 저들이 아직 그를 죽이지 않은 건 몸값을 받기 위해서일 것이다.

왕을 협박하려는 반역 세력인 걸까? 그런 이유로 반역 세력에게 붙잡혀간 귀족들이 있다는 얘기는 그도 들은 적이 있었다. 왕이 더러운 반역자들의 뜻에 굴복할 수 없다는 이유로, 반역 세력에게 포로로 잡힌 귀족이나 귀부인을 죽이라고 명령한 것도 그는 잘 알고 있었다.

지금은 그런 가능성에 대해 생각하지 않기로 했다. 끝장나기 전에 저항할 기회가 올지도 모르니 그때를 대비해 힘을 비축하는 게 우선이었다.

그를 붙잡아온 자들 중 몇몇이 나지막하고 빠르게 말을 주고받으며 언쟁을 벌이다가, 일단 기다리라는 다른 이들의 말에 입을 다물었다. 케이올이 잠든 척하고 있자, 그들 사이에서 또다시 논쟁이 벌어졌다. 그들은 지금 그를 풀어줘야 할지를 놓고 날카롭게 말을 주고받았다…….

"새벽까지는 기다리자고. 그 여자가 오겠지."

그 여자.

절대 듣고 싶지 않았던 말이었다.

케이올을 위해 여기까지 찾아올 여자는 한 명뿐이었다. 저들이 그를 미끼로 써서 잡으려는 것도 그 여자일 것이다.

그는 종일 물 한 모금 마시지 못해 쉰 목소리로 말했다.

"그 여자를 다치게 했다간 내가 맨손으로 네놈들을 찢어놓을 줄 알아."

반쯤 무장을 한 서른 명가량의 남자들이 일제히 그를 돌아보았다.

케이올은 얼굴이 당기고 아팠지만 이를 드러내고 내뱉었다.

"그 여자한테 손가락 하나라도 댔다간 다 죽인다."

등 뒤로 칼 두 자루를 십자로 엮어 맨 키 큰 남자가 다가왔다. 두건에 가려 얼굴은 보이지 않았지만 케이올은 그자가 아까 그를 폭행한 자들 중 하나임을 무기를 보고 알아챘다. 남자는 케이올의 발길질이 미치지 못하는 지점에서 걸음을 멈추고 말했다.

"어디 해 봐." 목소리로 짐작건대 나이가 20대에서 40대 사이인 듯했다. "네놈의 허접한 자객이 순순히 협조해주길 신들에게 비는 게 좋을 거다."

케이올은 사슬을 당기며 으르렁거렸다.

"그 여자한테 원하는 게 뭐야?"

움직임을 보니 전사인 듯한 그 남자는 고개를 옆으로 기울이며 대꾸했다.

"상관 마, 근위대장. 여자가 도착해도 입 다물고 있어. 안 그러면 네 더러운 왕실의 혀를 잘라버릴 테니까."

또 다른 단서였다. 이 남자는 아달렌 왕실을 혐오한다. 그렇다는 건 이 사람들의 정체가…….

이 반역 세력이 얼마나 위험한 자들인지 아처는 알고 있을까? 여기서 풀려나면 셀레이나를 이런 자들과 엮이게 만든 아처를 죽여버릴 것이다. 그리고 왕과 비밀 근위대를 움직여 이놈들을 전부 처리할 것이다.

케이올이 사슬을 당기자 남자는 고개를 절레절레 흔들었다.

"한 번만 더 그러면 기절할 때까지 팬다. 왕실 근위대의 대장이라는 자가 쉽게도 잡히더만."

케이올이 눈을 번뜩였다.

"이런 식으로 사람을 납치하는 건 겁쟁이나 하는 짓이지."

"겁쟁이? 실용주의자가 아니고?"

무식한 전사는 아닌 게 분명했다. 실용주의자 같은 어휘를 사용할 줄 아는 걸 보면 교육을 받은 자였다.

"빌어먹을 멍청이겠지. 너희는 누구를 상대하는지 모르는 것 같군."

그러자 남자는 혀를 찼다.

"네 실력이 그렇게 좋으면 근위대장이나 하고 있겠냐."

케이올은 나지막하게 숨을 뱉으며 웃었다.

"내 얘길 한 게 아니야."

"그 자객도 계집에 불과해."

케이올은 여기서 셀레이나를 데리고 살아서 나갈 방법을 다각도로 궁리하면서도, 셀레이나가 여기서 이 사람들과 마주칠 걸 생각하면 속이 뒤틀렸다. 케이올은 남자에게 피식 웃으며 말했다.

"그럼 정말 깜짝 놀라겠네."

CHAPTER 28

분노에 사로잡힌 셀레이나의 머릿속을 맴도는 생각은 딱 세 가지였다. 케이올이 잡혀갔다는 것. 자신은 사람 죽이는 일을 하도록 단련된 무기라는 것. 케이올이 다쳤으면 그 창고에서 놈들은 전부 죽은 목숨이라는 것.

신속하고 효율적으로 도시를 가로질러 이동했다. 먹이를 잡으러 가는 포식자처럼, 자갈 깔린 거리를 발소리 하나 내지 않고 내달렸다. 그들이 혼자 오라고 했으니, 그리 할 것이다.

하지만 그들은 무장하지 말고 오라는 말은 하지 않았다.

셀레이나는 장착할 수 있는 모든 무기를 갖췄다. 두 번째 장검과 함께 케이올의 칼을 등에 십자로 엮어 묶었다. 칼 두 자루 모두 어깨 너머로 손을 뻗으면 쉽게 잡을 수 있는 위치였다. 그녀는 지금 살아 있는 무기고나 다름없었다.

짙은 색 망토를 걸치고 묵직한 두건을 내려써 얼굴을 감춘 채 빈민가 쪽으로 걸음을 옮겼다. 다 쓰러져가는 어느 건물 벽을 타고 옥상으로 올라갔다.

그들은 창고 앞문으로 들어오라고 하지는 않았다.

셀레이나는 어둠 속에서 귀를 기울이고, 눈으로 확인하고, 주변을 느끼며 지붕을 가로질러 갔다. 다 부서져가는 선녹색 지붕널이지만 유연한 가죽 장화를 신은 덕분에 안정적으로 밟으며 이동할 수 있었다. 2층짜리 큼직한 창고로 다가가는 동안 빈민가의 흔한 소음이 들려왔다. 길바닥에서 먹고 자는 고아들이 악을 쓰며 서로를 부르는 소리, 술 취한 자들이 건물 벽에 오줌을 싸는 소리, 매춘부들이 손님을 부르는 소리…….

하지만 목재로 된 창고 주변만은 고요했다. 창고 입구 앞에 나와 있는 남자들 때문에 빈민가 사람들이 그리로는 얼씬도 않음을 짐작할 수 있었다.

창고 근처 건물들의 지붕을 둘러보니 아무것도 없이 평평했다. 건물 사이의 틈새도 훌쩍 뛰어 건널 만했다.

창고에 있는 자들이 무엇을 원하든 상관없었다. 어떤 정보를 빼내려는지도 알 바 아니었다. 저들이 케이올을 잡아간 건 일생일대의 실수였다. 절대 저질러서는 안 되는 짓이었다.

창고 옆 건물 지붕으로 올라간 셀레이나는 자세를 낮추고 지붕 끄트머리로 이동해 아래를 내려다보았다.

바로 아래 좁은 골목에 망토를 입은 세 남자가 서성이며 순찰을 하고 있었다. 창고 정문은 그 너머 거리를 향해 나 있었고, 건물 틈새에서 흘러나오는 빛 덕분에 밖에 나와 있는 남자들의 수가 네 명 이상임을 확인할 수 있었다. 지붕 쪽을 올려다보는 이는 아무도 없었다. 멍청이들.

목재로 된 창고는 3층 건물이고 널찍한 내부는 비어 있었다. 열린 2층 창문을 통해 1층 바닥까지 내려다보였다.

중이층이 2층의 대부분을 둘러쌌고, 3층과 그 위 옥상으로 계단이 이어졌다. 정문을 이용할 수 없을 경우 저 계단을 통해 탈출하면 될 것이다. 건물 내부에 열 명 정도가 중무장한 채 대기 중이었고, 중이층 곳곳에 배치된 여섯 명의 궁수가 1층을 향해 화살을 겨누고 있었다.

1층의 나무로 된 벽에 쇠사슬로 묶여 있는 케이올의 모습이 보였다.

그는 얼굴에 멍이 든 채 피를 흘리고 있었다. 찢어지고 더러워진 옷을 입고 고개를 푹 숙인 모습이었다.

속에서 얼음처럼 차가운 분노가 혈관을 타고 흘렀다.

창고 벽을 타고 지붕으로 올라갔다가 3층에서부터 내려오는 방법도 있지만 시간이 걸릴 것이다. 게다가 지금 저 열린 창문 쪽을 보고 있는 사람은 아무도 없었다.

셀레이나는 고개를 뒤로 젖히고 달을 향해 어두운 미소를 지었다. 그녀가 아달렌의 자객으로 불리는 데는 다 이유가 있었다. 극적인 등장은 그녀의 전매특허였다.

지붕 끄트머리에서 뒤로 몇 걸음 물러나, 2층 창문까지의 거리와 얼마나 빠르게 달려야 하는지를 가늠해보았다. 창문이 워낙 큼직해서 통과하면서 유리를 박살내거나 등에 매단 칼이 창틀에 걸릴 우려는 없어 보였다. 중이층에 난간이 있으니 착지하면서 미끄러지더라도 멈출 수 있을 것이다.

전에도 이런 위치에서 뛰어본 적이 있었다. 그때 그녀의 세상은 이미 박살난 후였다. 샘이 죽은 지 며칠이 지난 그날 밤, 셀레이나는 오직 복수를 위해 루크 패런의 집 창문을 뛰어넘었다.

이번에는 실패하지 않을 것이다.

셀레이나가 창문을 넘어가는 순간에 그 창문을 돌아본 자는 아무도 없었다. 중이층에 착지한 그녀는 몸을 굴리며 웅크려 자세를 잡음과 동시에 단검 두 자루를 날렸다.

달빛을 받아 반짝이는 쇠가 케이올의 시야에 들어왔다. 다음 순간 2층 창문을 통해 중이층으로 뛰어들어온 셀레이나가 바로 근처에 있는 궁수들에게 단검 두 자루를 던지는 모습이 보였다. 궁수들이 쓰러지자 셀레이나는 곧바로 일어나 또 다른 궁수 두 명에게 단검 두 자루를 추가로 던졌다. 케이올이 궁수들 쪽을 봐야 할지 셀레이나 쪽을 봐야 할지 갈피를 못 잡는 동안 셀레이나는 중이층 난간을 훌쩍 뛰어넘어 1층으로 몸을 날렸다. 셀레이나가 잡고 있던 난간을 향해 화살 몇 개가 날아왔다.

1층에 있던 남자들이 고함을 질러댔다. 몇 명은 공격을 피해 기둥 뒤로, 혹은 출입구 쪽으로 뛰었고, 몇 명은 칼을 빼 들고 셀레이나에게 달려들었다. 케이올은 셀레이나가 장검 두 자루를 빼 들고—그중 하나는 케이올의 것—달려드는 남자들에게 휘두르는 모습을 두려움과 경외에 찬 눈으로 바라보았다.

저들에게 승산은 없었다.

아군이 앞을 가리자 남은 궁수 두 명은 아군을 맞출까 봐 화살을 날릴 엄두도 내지 못했다. 셀레이나가 그것까지 염두에 두고 움직였음을 케이올은 알아챘다. 그는 두 손을 결박한 사슬을 손목이 아프도록 잡아당겼다. 이 사슬에서 벗어나 셀레이나와 힘을 합한다면…….

셀레이나는 쇠와 피로 이루어진 회오리바람이었다. 들판의 밀 줄기를 베듯 사람들을 칼로 베어나가는 셀레이나를 보며 케이올은 예전 그날 그녀가 어떻게 엔도비어 소금광산의 벽에 바짝 접근했는지 짐작할 수 있었다. 수개월이 지난 지금에야 케이올은 소금광산에서 볼 줄 알았던 무시무시한 포식자를 여기서 보게 됐다. 인간다움이라고는 찾아볼 수 없고, 한 톨의 자비도 없는 그녀의 눈빛에 케이올은 심장까지 얼어붙었다.

종일 그를 괴롭힌 경비는 옆에서 칼 두 자루를 빼 들고 셀레이나를 맞을 준비를 했다.

셀레이나가 있는 곳에서 충분한 거리를 두고 뒤로 물러선 한 남자가 두건을 내려쓴 채로 소리쳤다.

"그만! 그만!"

셀레이나의 귀에 그 소리는 들어오지도 않았다. 케이올이 벽에 박힌 쇠사슬에서 손을 빼내려 안간힘을 쓰며 몸을 앞으로 뻗는 동안 셀레이나는 사람들 사이를 뚫고 길을 열었다. 그녀가 지나가는 길마다 고통에 찬 신음이 퍼져나갔다. 케이올을 고문하던 경비는 셀레이나가 다가가고 있는데도 꿋꿋이 자리를 지켰다.

두건을 내려쓴 남자가 궁수들에게 명령했다.

"쏘지 마! 쏘지 마!"

셀레이나는 경비 앞에 서서 피에 젖은 칼끝을 경비에게 겨누며 말했다.

"내 앞을 막지 마. 토막 나기 싫으면."

멍청한 경비는 콧방귀를 끼며 칼을 더 높이 치켜들었다.

"어디 와서 이놈을 데려가 보든가."

셀레이나는 미소를 지었다. 그때 두건을 내려쓴 남자가 그들에게 달려왔다. 그는 무기를 들지 않았음을 알리고자 두 팔을 위로 치켜들고 노인 특유의 목소리로 외쳤다.

"그만해! 무기를 내려놔."

그 말에 경비는 자세가 흔들렸지만 셀레이나는 언제든 장검으로 상대를 벨 태세였다. 노인은 셀레이나 쪽으로 한 걸음 더 다가가며 말렸다.

"그만합시다! 외부에 적이 잔뜩 있는데! 맞닥뜨려야 할 더 지독한 일들이 한두 가지가 아니에요!"

셀레이나는 천천히 노인 쪽으로 고개를 돌렸다. 그녀의 얼굴에는 피가 튀었고 눈은 번뜩였다.

"아니, 없어. 내가 지금 여기 와 있잖아."

셀레이나의 옷과 손, 목을 적신 피는 그녀의 것이 아니었다. 그녀의 눈에는 저 위 중이층에서 대기 중인 궁수들, 그리고 그녀와 케이

올 사이에 서 있는 적밖에 보이지 않았다. 그녀의 케이올을 감히 건드리다니.

"제발." 두건을 뒤로 젖히고 가면을 벗은 노인이 목소리에 걸맞은 늙은 얼굴을 드러냈다. 짧게 자른 백발, 입가의 잔주름, 호소하느라 크게 뜬 크리스털처럼 맑은 회색 눈. "우리 방법이 잘못됐을 수 있지만……."

셀레이나가 노인에게 칼을 겨누자 그녀와 케이올 사이에 서 있던 가면 쓴 경비가 몸에 힘을 주었다.

"당신이 누구인지, 뭘 원하는지 관심 없어. 난 이 남자를 데리고 갈 거야."

노인이 부드럽게 그녀를 달랬다.

"제발 얘기 좀 들어요."

앞에 서 있는 두건 쓴 경비한테서 분노와 공격성이 느껴졌다. 쌍검의 칼자루를 단단히, 바짝 잡고 있는 걸 보면 알 수 있었다. 셀레이나 역시 피의 복수를 이렇게 끝낼 마음은 없었다. 굴복할 준비도 전혀 되어 있지 않았다.

다음 순간 무슨 일이 벌어질지 간파한 셀레이나는 경비를 돌아보며 느긋하게 웃음 지었다.

경비가 돌진해왔다. 셀레이나는 경비의 칼을 받아치며 반격했다. 창고 밖에 있던 남자들이 번뜩이는 칼을 들고 창고로 우르르 들어왔다. 금속끼리 부딪치는 소리, 셀레이나의 칼에 맞은 이들이 내지르는 비명이 울려 퍼졌다. 셀레이나는 피와 뼈를 타고 흐르는 죽음의 노래를 속으로 부르며 적들 사이로 파고들었다.

그때 누군가 그녀의 이름을 소리쳐 불렀다. 케이올의 목소리는 아닌데 익숙했다. 고개를 돌린 순간, 번뜩이는 쇠 화살촉이 그녀를 향해 날아왔다. 곧이어 금색이 섞인 갈색 머리카락이 앞을 가로막았다.

셀레이나를 향해 발사된 화살을 어깨에 대신 맞은 아처가 바닥에 쓰러졌다. 셀레이나는 들고 있던 긴 칼 한 자루를 떨어뜨리면서 동시에 장화 안쪽에 끼워둔 단검을 빼서 화살을 쏜 자에게 던졌다. 아처를 돌아보니 비척비척 일어나 셀레이나와 놈들 사이를 가로막고 섰다. 셀레이나 쪽을 쳐다보면서 한쪽 팔을 뻗은 모양새가, 저들을 보호하려는 듯했다.

"오해야."

아처는 숨을 헐떡이며 셀레이나에게 말했다. 어깨의 상처에서 새어나온 피가 검은색 겉옷을 타고 흘러내렸다. 저 겉옷. 아처는 저들과 똑같은 겉옷 차림이었다.

저들과 한패였다. 덫을 놓아 그녀를 잡은 것이다.

예전 그날 밤에 붙잡혔을 때 일어난 일들과 지금 일어난 일들이, 피를 흘리는 케이올과 샘의 얼굴이 겹치면서, 셀레이나의 마음속에서 끝 간 데 없이 분노가 치밀어 올랐다. 셀레이나는 허리춤에 묶어둔 또 다른 단검을 향해 손을 뻗었다.

"제발 부탁이야." 아처는 셀레이나 쪽으로 한 걸음 다가오다가 어깨에 꽂힌 화살대가 흔들리자 인상을 찌푸렸다. "설명할게."

아처의 겉옷 아래로 흘러내리는 피, 그의 눈에 담긴 고통과 두려움, 간절함을 본 셀레이나의 분노가 잠시 수그러들었다.

그녀는 무섭도록 차분한 목소리로 말했다.

"이 사람 풀어줘. 당장."

아처는 그녀의 눈에서 시선을 떼지 않고 호소했다.

"내 얘기부터 들어."

"당장 풀어주라고."

아처는 방금 셀레이나에게 달려든 멍청한 경비에게 턱 끝으로 지시했다. 경비는 다리를 절긴 했지만 멀쩡한 몸뚱이로, 칼 두 자루도 소지한 채 천천히 근위대장을 결박한 쇠사슬을 풀었다.

케이올이 바닥에 발을 딛고 선 후에도 셀레이나는 케이올이 휘청대는 모습, 감추려 했지만 어쩔 수 없이 고통에 얼굴을 찡그리고 마는 모습을 눈여겨보았다. 케이올은 바로 앞에 선 두건 쓴 경비를 살벌한 눈빛으로 노려보았다. 경비는 다시 칼로 손을 뻗으며 물러섰다.

케이올이 옆으로 와 서자 셀레이나는 아처에게 말했다.

"내가 당신을 죽이지 말아야 할 이유를 한 문장으로 말해. 한 문장이야."

아처는 셀레이나와 케이올을 번갈아 쳐다보면서 고개를 흔들었다. 아처의 눈에 담긴 감정은 두려움이나 분노, 애원이 아닌 슬픔이었다.

"지난 여섯 달 동안 나는 네히미아 공주와 함께 이 사람들을 이끌었어."

케이올은 표정이 굳었으나 셀레이나는 눈만 껌벅였다. 하지만 아처는 셀레이나의 시험을 통과했음을 직감했다. 아처는 주변 남자들을 둘러보며 말했다.

"다 나가 있어."

지금껏 셀레이나가 들어보지 못한 권위 있는 목소리였다. 남자들은 그의 명령에 따랐다. 온전히 설 수 있는 자들은 부상당한 동료를 질질 끌고 자리를 피했다. 셀레이나는 죽은 자가 몇 명인지는 굳이 헤아리지 않았다.

셀레이나에게 얼굴을 보인 노인은 그녀가 한 일이 경악스럽고 믿기지 않는다는 표정이었다. 셀레이나는 저들에게 자신이 어떤 괴물로 보일지 궁금했다. 셀레이나의 시선을 눈치챈 노인은 그녀에게 고개를 숙여 절을 하고는, 충동적이고 건방진 경비를 비롯해 다른 이들을 모두 이끌고 밖으로 나갔다.

셀레이나는 아처에게 칼을 겨누며 한 걸음 더 다가섰다. 셀레이나가 등 뒤에 두었던 케이올은 곧장 그녀의 옆으로 가 섰다.

"네히미아 공주와 나는 이들을 이끌고 있어. 공주는 우리를 조직화해서 테라센으로 들여보낼 집단을 만들고 있는 중이야. 아달렌 왕에게 대항할 세력을 규합하는 거지. 아달렌 왕이 에렐리아에 무슨 짓을 할 작정인지 밝혀내는 일도 진행 중이고."

케이올은 긴장하는 표정이었다. 셀레이나는 놀란 속내를 드러내지 않으려 애쓰며 중얼거렸다.

"그건 불가능해."

아처는 콧방귀를 뀌었다.

"불가능? 그럼 공주가 늘 바쁘게 지냈던 건 어떻게 설명할까? 공주가 밤마다 어디에 가 있었는지는 알아?"

얼음처럼 싸늘한 분노가 다시 치솟았다. 서서히, 조금씩, 점점이 그녀의 세상을 지워내고 있었다.

문득 생각나는 바가 있었다. 셀레이나가 데이비스의 서재에서 찾아낸 수수께끼를 굳이 풀 필요도 없다고 했던 말, 수수께끼에 대해 자기가 알아보겠다고 약속해놓고 잊은 것인지 좀처럼 일을 진행하지 않았던 것, 도리언이 공주의 방을 찾아갔던 밤에 공주는 외출하고 없었고 도리언은 성 어디에서도 공주를 찾지 못했던 것, 그리고 말다툼을 하기 전날 네히미아가 했던 말이 기억났다. 네히미아는 리프트홀드에서 해야 할 중요한 일이 있다고, 이일웨이의 일 만큼이나 중요하다고 했다…….

아처가 말했다.

"공주는 여기 오곤 했어. 여기 와서, 네가 공주에게 털어놓은 정보를 우리에게 전달해줬어."

셀레이나는 이를 갈며 물었다.

"당신네 세력의 일원이라면, 공주는 지금 어디 있지?"

아처는 뜸을 들이다가 케이올에게 공을 넘겼다.

"저 남자한테 물어봐."

셀레이나는 뱃속이 꼬이는 듯 날카로운 통증을 느끼며 케이올에게 물었다.

"이게 무슨 말이에요?"

케이올은 아처를 쳐다보며 대답했다.

"모르겠어."

"거짓말하고 있네." 아처는 사납게 이를 드러내며 받아쳤다. 전혀 의외의 모습이라 매력적으로 보이기도 했다. "정보원들 얘기로는, 왕이 일주일 전쯤에 당신한테 네히미아 공주의 목숨이 위협받고 있다는 얘길 했다던데. 그 얘기를 언제 털어놓을 계획이었지?" 아처는 셀레이나를 돌아보며 말을 이었다. "우리가 이 남자를 잡아온 건, 이 남자가 네히미아의 행실과 관련해서 그녀를 심문하라는 명령을 받았기 때문이었어. 우린 이 남자가 공주에게 어떤 종류의 질문을 할 건지 알고 싶었어. 그리고 이 자가 어떤 자인지 네가 제대로 알길 바랐어."

케이올이 나섰다.

"사실이 아니야. 빌어먹을 거짓말이지. 너희는 나한테 아무것도 묻지 않았어, 이 쓰레기 같은 자식아." 케이올은 애절한 눈빛으로 셀레이나를 돌아보았다. 그의 말 한마디 한마디가 점점 더 아프게 그녀의 마음을 파고들었다. "네히미아 공주의 목숨을 누군가 위협하고 있다는 건 나도 알고 있었어. 그건 맞아. 하지만 공주를 심문하기로 한 건 폐하였어. 내가 아니라."

아처가 말했다.

"우리도 네가 여기 오기 몇 분 전에야 그걸 알았어, 셀레이나. 심문을 할 사람은 근위대장이 아니라더라. 하지만 오늘 밤에 그들이 공주에게 하려는 짓이 심문은 아니잖아, 안 그래, 근위대장?"

케이올은 대답하지 않았다. 셀레이나는 그 이유를 알고 싶지도 않았다.

그녀는 이성의 끈을 놓고 있었다. 썰물이 해변에서 쓸려나가듯 서서히.

아처가 계속해서 말했다.

"조금 전에 성으로 내 부하들을 보냈어. 그들이 막을 수 있을 거야."

"네히미아 공주는 어디 있어?"

셀레이나는 입술에 감각이 없어진 것 같았다.

"내 첩자들이 오늘 저녁에 알아낸 게 그거야. 공주는 저들이 무슨 질문을 할 건지 알아보겠다고, 저들이 어디까지 의심하는지 확인해야겠다고 성에 남았어……."

"네히미아는 어디 있냐니까?"

아처는 눈에 눈물이 고인 채 고개를 흔들었다.

"그들은 공주에게 아무것도 묻지 못할 거야, 셀레이나. 부하들이 성에 도착해서 보니 너무 늦었다더라."

너무 늦었다니.

셀레이나는 케이올을 돌아보았다. 상처받고 핏기 하나 없는 얼굴이었다.

아처는 또다시 고개를 저으며 말했다.

"유감이야."

셀레이나는 망토와 무거운 무기들을 바닥에 버리며 도시의 거리를 달려갔다. 더 빨리 달릴 수만 있다면, 조금이라도 빨리 성으로 돌아갈 수만 있다면. 네히미아가…… 일을 당하기 전에…….

도시 어딘가에서 정각을 알리는 종소리가 울려 퍼졌다. 종소리의 간격이 평생처럼 길게 느껴졌다.

늦은 시간이라 거리에 행인은 거의 없었지만 전력을 다해 달리는 셀레이나를 본 사람들은 하나같이 옆으로 비켜섰다. 폐가 찢어질 것 같았다. 통증을 짓누른 채 다리에 죽어라 힘을 가했다. 더 빨리 달릴 수 있는 힘을 달라고 아무 신에게나 빌었다. 왕은 누구를 이용해 심문하려 했을까? 케이올이 아니면 누구를?

왕이 직접 하려 했다고 해도 상관없었다. 어차피 죽여버릴 거니까. 네히미아의 목숨을 위협하는 게 무엇이든, 반드시 알아낼 것이다.

유리성이 저만치 가까워졌다. 크리스털 같은 탑들이 연한 초록색으로 빛나고 있었다.

이번엔 안 돼. 절대 안 돼. 한 발 한 발 뗄 때마다, 심장이 쿵쾅쿵쾅 뛸 때마다 속으로 되뇌었다. 제발.

성의 정문으로 들어갈 수는 없었다. 성문을 지키는 경비병들이 달려오는 그녀를 굳이 멈춰 세우려 할 것이다. 괜한 소란을 피웠다가는 어딘가에 숨어 있을 또 다른 자객이 신속히 대응하도록 자극할 수도 있었다. 정원 한쪽을 에워싼 높은 돌벽이 정문보다 더 가까웠고 경비도 덜 삼엄했다.

뒤에서 천둥 같은 말발굽 소리가 들려온 듯했다. 하지만 지금 셀레이나의 관심사는 오직 네히미아, 그리고 네히미아가 있는 곳까지 얼마나 걸리느냐 뿐이었다. 정원을 둘러싼 돌벽에 가까워졌다. 돌벽을 향해 훌쩍 몸을 날리는데 귓속 혈관에서 피가 미친 듯이 빠르게 흘러갔다.

최대한 소리 없이 돌벽에 몸을 붙였다. 즉시 튀어나온 곳을 찾아 손가락으로 잡고 발을 올렸다. 체중을 지탱하느라 손톱이 갈라졌다. 경비들의 시선이 이쪽으로 향하기 전에 서둘러 돌벽을 기어 올라갔다.

정원의 자갈길로 뛰어내리며 두 손으로 바닥을 짚었다. 손바닥의 통증을 머릿속 어딘가에서 인식은 했지만 그녀는 성으로 이어지는 유리문을 향해 곧장 달려갔다. 군데군데 쌓인 눈이 달빛을 받아 푸르스름하게 빛났다. 네히미아의 방부터 가봐야 했다. 그리로 가서 네히미아를 방 안에 두고 안전하게 문을 잠근 뒤, 그녀를 해치러 오는 놈을 쓰러뜨릴 것이다.

아처의 패거리는 모두 지옥에 떨어지길. 그들은 나중에 시간을 내서 해치워버리면 된다. 네히미아를 건드리려고 오는 자는 여기서 직접 처리할 것이다. 갈기갈기 찢어 죽일 것이다. 그리고 그 시체를 왕의 발 앞에 던질 것이다.

유리문들 중 하나를 벌컥 열었다. 근위병들이 어정거리는 곳이지만 서로 아는 얼굴이라 일부러 이 문을 골랐다. 그런데 뜻밖에도 근위병들과 잡담을 나누고 있는 도리언의 모습이 얼핏 보였다. 빠르게 지나가다 보니 도리언의 사파이어색 눈동자가 색깔을 머금은 작은 빛으로만 보였다.

뒤에서 고함이 들렸지만 셀레이나는 멈추지 않았다. 멈출 수가 없었다. 다시는 안 돼. 절대 안 돼.

계단을 두 칸, 세 칸씩 밟고 올라갔다. 다리가 덜덜 떨렸다. 조금만 더 가면 된다. 네히미아의 방은 바로 한 층 위, 복도 두 개만 지나면 되었다. 그녀는 아달렌의 자객이었고 셀레이나 사르도시엔이었다. 이번에는 실패하지 않을 것이다. 신들은 그녀에게 빚을 지고 있었다. 워드도 마찬가지였다. 네히미아를 구할 것이다. 아무리 서로 날 선 말을 주고받으며 다퉜다고 해도.

계단 맨 위 칸에 이르렀다. 뒤에서 들려오는 고함이 한층 더 커졌다. 사람들이 셀레이나를 불러댔다. 하지만 그녀는 멈추려 하지 않았다.

익숙한 복도로 돌아 들어갔다. 나무문이 보이자 안도감이 밀려와 소리 내어 울 뻔했다. 문은 닫혀 있었다. 누가 강제로 열고 들어간 흔적은 보이지 않았다.

남은 단검 두 자루를 빼 들었다. 문을 열고 들어가면 네히미아에게 어떤 방식으로, 어디로 가 숨어 있으라고 말해야 하나 서둘러 계획을 짰다. 지켜줄 사람이 도착했으니 네히미아는 조용히 숨기만 하면 된다. 나머지는 셀레이나가 알아서 처리할 것이다. 그 과정을 신나게 즐기면서.

잠긴 문짝을 몸으로 들이받아 열었다.

그 순간 무한한 고대의 북소리가 울리며 세상의 흐름이 한없이 느려졌다.

방 안을 바라보았다.

사방이 피였다.

침대 앞에는 네히미아의 경호원들이 이쪽 귀부터 저쪽 귀까지 칼로 목을 베이고 내장을 바닥에 쏟아낸 채 쓰러져 있었다.

그리고 침대……

침대 위에는……

뒤에서 들려오는 고함이 점점 커져 어느새 이 방까지 이르렀다. 하지만 물 밑에서 수면 위의 소리를 듣는 것처럼 셀레이나의 귀에는 조그맣게 들려올 뿐이었다.

얼어붙게 추운 침실 한가운데 우두커니 선 셀레이나는 침대와 그 침대에 누운 공주의 처참한 시신을 멍하니 바라보았다.

네히미아는 죽었다.

제2부

여왕의 화살

난자당해 내장까지 쏟아낸 빈 몸뚱어리. 침대는 검은색에 가까운 피로 흠뻑 물들었다.

셀레이나 뒤에서 사람들이 방으로 달려 들어왔다. 근처에서 누군가 구토를 하는지 희미한 토사물 냄새가 셀레이나의 코에 닿았다.

셀레이나는 그 자리에 가만히 서 있었다. 그녀의 뒤에 부채꼴로 모여 선 사람들은 방 안에서 식어가는 세 구의 시신을 바라보았다. 무한한 고대의 북소리—셀레이나 본인의 심장 박동 소리—가 귓속에서 울려대며 바깥 소리를 막아냈다.

네히미아가 죽었다. 활기차고 강하고 사랑스럽던 사람, 이일웨이의 빛이라 불리던 공주, 희망의 불빛이던 여인이. 훅 꺼진 촛불처럼, 생명이 끊어지고 말았다.

네히미아가 가장 절실히 필요로 하던 순간에 셀레이나는 곁에 없었다.

그리고 네히미아는 죽고 말았다.

뒤에서 누군가 셀레이나의 이름을 불렀으나, 그녀에게 손을 대지는 못했다.

사파이어색 눈동자가 앞으로 와 그녀의 시야를 가로막았다. 침대와 그 위의 처참하게 훼손된 시신이 그 눈동자에 가려졌다. 도리언이었다. 도리언 왕세자. 그의 뺨에 눈물이 흐르고 있었다. 셀레이나는 그 눈물로 손을 뻗었다. 차갑게 얼어 감각도 미미한 손가락에 묘하게 따듯한 기운이 느껴졌다. 그녀의 손톱은 더럽고 피에 젖었으며 갈라져 있었다. 왕세자의 매끈하고 흰 뺨에 갖다 대니 흉측하기 그지없었다.

뒤에서 같은 목소리가 또다시 그녀의 이름을 불렀다.

"셀레이나."

그들이 한 짓이었다.

셀레이나의 피 묻은 손가락이 도리언의 뺨에서 목까지 쓸어내렸다. 그는 꼼짝 않고 그녀를 바라보기만 했다.

익숙한 목소리가 그녀를 불렀다. 경고 신호가 들어왔다.

그들이 한 짓이었다. 그들이 그녀를 배신했다. 네히미아를 배신했다. 네히미아를 죽였다. 셀레이나의 손톱이 도리언의 목을 스쳤다.

그 목소리가 그녀를 불렀다.

"셀레이나."

그녀는 천천히 뒤를 돌아보았다.

케이올이 긴 칼에 한 손을 얹은 채 그녀를 바라보고 있었다. 셀레이나가 창고로 가져갔다가 두고 온 그 칼이었다. 그들이 이런 짓을 하리라는 것을 케이올은 미리 알았다고, 아처는 말했다.

케이올은 알고 있었다.

산산이 부서진 셀레이나가 케이올에게 달려들었다.

◆◆◆

케이올이 칼을 빼 들자마자 셀레이나가 손으로 그의 얼굴을 후려쳤다.

그녀는 그를 벽으로 몰아붙였다. 셀레이나의 손톱이 할퀴고 지나간 선명한 줄 네 개가 그의 뺨에 붉게 그어졌다.

셀레이나가 허리춤에 찬 단검으로 손을 뻗는데 케이올이 그녀의 손목을 잡아 쥐었다. 붉은 피가 그의 뺨을 타고 목으로 흘러내렸다.

근위병들이 소리치며 옆으로 다가왔다. 케이올은 곧바로 셀레이나에게 다리를 걸어, 그녀를 안고 바닥으로 쓰러졌다.

"물러서."

케이올은 부하들에게 명령했다. 하지만 밑에 깔려 있던 셀레이나가 곧장 주먹으로 턱을 쳐올린 바람에 그는 이가 시릴 지경이었다.

셀레이나는 그의 목을 공격하면서 들짐승처럼 으르렁거렸다. 몸을 일으킨 케이올은 셀레이나를 대리석 바닥에 한 번 더 내던졌다.

"그만해."

하지만 그가 알던 셀레이나는 사라지고 없었다. 아내로 삼고 싶었던 여자, 지난 일주일 동안 한 침대를 쓴 여자는 온데간데없었다. 지금 그녀의 옷과 손은 창고에서 해치운 남자들의 피로 뒤덮였다. 무릎을 세운 셀레이나가 그의 사타구니를 세게 걷어찬 바람에 그는 그녀를 누르고 있던 손을 놓쳤다. 다음 순간 셀레이나는 그의 몸에 올라타 그의 가슴을 향해 단검을 내리 찍었다.

칼날이 바로 가슴 위까지 내려온 순간, 케이올은 그녀의 손목을 한 번 더 으스러뜨릴 듯 꽉 잡았다. 셀레이나는 그의 심장까지 몇 센티미터 남지 않은 공간을 칼날로 밀어붙이려 안간힘을 쓰면서 몸을 부들부들 떨었다. 셀레이나가 또 다른 칼을 꺼내려 했지만 케이올이 그쪽 손목도 재빨리 붙잡았다.

"그만해." 셀레이나의 무릎에 사타구니를 찍히는 바람에 숨 쉬기가 힘들었지만 그는 헐떡이며 말했다. 통증 생각은 하지 않으려 애썼다. "셀레이나, 멈춰."

부하들 중 하나가 다시 다가왔다.

"대장님."

그는 힘이 잔뜩 들어간 목소리로 다시 지시했다.

"물러서 있어."

셀레이나는 손에 쥔 단검에 온몸의 체중을 실어 손가락 한 마디 정도로 간격을 좁혔다. 케이올은 팔이 뻐근했다. 이대로라면 셀레이나는 그를 죽일 것이다. 진심으로 그럴 작정인 듯했다.

그는 그녀의 눈을 들여다보았다. 분노로 뒤틀린 그 얼굴에서 그가 알던 셀레이나의 모습은 찾아볼 수 없었다.

"셀레이나." 그는 그녀의 손목을 잡은 손에 힘을 주었다. 정신이 어디까지 나갔든 그녀가 통증을 통해 정신을 차리길 바랐다. 하지만 셀레이나는 단검을 쥔 손에 힘을 풀지 않았다. "셀레이나, 나는 당신 친구야."

그녀는 이를 갈고 숨을 헐떡이며 그를 노려보았다. 숨이 점점 더 빨라지더니 셀레이나는 온 방 안과 케이올의 피, 케이올의 세상이 다 울리도록 소리쳤다.

"당신은 내 친구가 아니야. 언제까지고 내 적이야."

마지막 말에 담긴 뼛속 깊은 증오에 케이올은 명치를 주먹으로 맞은 듯했다. 셀레이나는 다시 한번 힘을 주었고 그 순간 케이올은 그녀의 손목을 놓치고 말았다. 칼날이 그대로 내려왔다.

그러다 우뚝 멈췄다. 방 안에 돌연 한기가 돌더니 셀레이나의 손이 마치 허공에서 얼어붙은 듯 멈췄다. 셀레이나의 시선이 그의 얼굴을 떠났지만 케이올은 그녀가 누구에게 욕을 하는지 알 수 없었다. 그녀는 보이지 않는 어떤 존재에게 저항하는 듯했는데, 다음 순간 그녀의 뒤에 서 있는 레스가 보였다. 셀레이나는 케이올을 공격하는 데 집중한 나머지 레스가 칼자루 끝으로 뒤통수를 후려치는 줄도 몰랐다.

셀레이나는 그대로 케이올의 몸 위로 쓰러졌다. 케이올의 마음도 그녀와 함께 무너졌다.

CHAPTER 31

그 상황에서 케이올도 어쩔 수 없었다는 걸 도리언은 알고 있었다. 케이올은 피범벅이 된 방에서 셀레이나를 들어 안고 하인용 계단을 지나 지하 감옥으로 향했다. 그리고 칼테인이 갇혀 있는 옆 감방에 내려놓았다. 정신이 반쯤 나간 상태에서 호기심까지 보이는 칼테인의 얼굴을 도리언은 쳐다보지 않으려 애썼다. 케이올이 감방에서 나와 문을 잠갔다.

도리언은 문을 열려고 손을 뻗으며 말했다.

"내 망토라도 주고 나올게."

"그러지 마."

케이올이 나지막하게 말했다. 케이올의 얼굴에서 피가 흐르고 있었다. 셀레이나가 손톱으로 그어놓은, 시뻘건 네 줄로 된 상처였다. 손톱으로 이런 짓을 하다니, 맙소사.

"저 안에서 셀레이나에게 건초 말고 안전한 건 없어."

케이올은 땋은 머리에 꽂아 놓은 치명적인 머리핀 여섯 개를 포함해 셀레이나의 몸에 남아 있는 무기들을 전부 꼼꼼하게 제거했다. 숨겨놓은 다른 무기가 없는지 장화 속과 튜닉까지 살폈다.

칼테인이 셀레이나를 바라보며 희미하게 웃었다. 두 여자 사이에 쇠창살 벽이 가로막혀 있는데도 불구하고 케이올은 칼테인에게 경고했다.

“이 여자를 건드리지 말고, 말도 걸지 말고, 쳐다보지도 마.”

칼테인은 발끈하며 돌아누웠다. 케이올은 간수들에게 음식과 물 배급, 불침번 교대 주기에 관해 지시를 내린 뒤 지하 감방을 떠났다.

도리언은 말없이 그의 뒤를 따라갔다. 무슨 말부터 해야 할지 알 수 없었다. 네히미아가 죽었다는 사실을 다시금 현실로 받아들이면서 슬픔이 파도처럼 밀려들었다. 네히미아의 침실에서 본 광경에 구역질이 치밀고 공포가 밀려들었다. 그래도 셀레이나가 케이올을 칼로 찌르기 전에 도리언은 마법의 힘으로 그녀의 손을 허공에 붙잡았다. 셀레이나 외에 눈치챈 사람은 없었다. 생각해보면 무섭기도 하고 안심이 되기도 했다.

씩씩거리는 셀레이나의 눈빛을 마주 보았을 때, 그 눈에 담긴 흉포한 기운에 도리언은 몸서리를 쳤다.

지하 감옥을 빠져나와 나선형 돌계단을 절반쯤 올라간 케이올은 계단 칸에 털썩 주저앉아 두 손으로 머리를 감싸며 나지막하게 내뱉었다.

“내가 무슨 짓을 한 거지?”

케이올과의 사이가 예전 같지 않았지만 도리언은 그를 혼자 두고 가버릴 수가 없었다. 특히 오늘 밤은 그러면 안 될 것 같았다. 케이올 곁에 누군가가 있어줘야 했다. 도리언은 케이올 옆에 앉아 계단통의 어둠을 바라보며 말했다.

"무슨 일이 있었는지 얘기해봐."

케이올은 그간의 일을 털어놓았다.

납치. 케이올을 이용해 셀레이나에게 믿음을 얻어내려 했던 반역 세력. 창고로 쳐들어와 아무렇지 않게 남자들을 해치운 셀레이나. 일주일 전에 왕이 네히미아 공주의 목숨이 위험하다며 잘 지켜보라고 지시했던 것. 왕이 네히미아 공주를 심문할 것이니 오늘 밤 셀레이나가 회의실 가까이 오지 못하게 하라고 지시했던 것. 그리고 아처—셀레이나가 몇 주 전에 죽였어야 할 자—라는 자가 왕의 심문을 네히미아 암살로 연결 지은 것. 창고를 박차고 나간 셀레이나가 빈민가를 달려 성으로 돌아왔지만 친구를 구하기엔 너무 늦어버린 것.

케이올이 말하지 않은 게 몇 가지 있기는 했지만 도리언은 그 정도는 이해했다.

친구인 케이올이 몸을 떨고 있었다. 그것만으로도 그들은 발밑의 바닥이 또다시 무너지는 듯한 두려움을 느꼈다. 케이올이 나지막하게 말했다.

"셀레이나처럼 움직이는 사람은 본 적이 없어. 그렇게 빨리 달리는 사람도 처음이야. 그건 마치……" 케이올은 고개를 절레절레 흔들었다. "셀레이나가 창고를 떠나자마자 나는 곧바로 근처에서 말을 찾아 타고 따라갔어. 그런데도 셀레이나는 나보다 먼저 성에 도착했어. 대체 누가 그렇게 할 수 있을까?"

도리언은 케이올이 두려움과 슬픔 때문에 시간 감각이 뒤틀려 착각한 거라고 여겼다. 하지만 조금 전에 혈관 속을 흐르는 마법의 힘을 사용한 사람은 바로 자신이었다.

케이올은 무릎에 이마를 대고 말했다.

"이런 일이 일어날 줄 몰랐어. 폐하께서……."

"아버지가 하신 짓이 아니야. 오늘 부모님과 함께 저녁 식사를 했어." 셀레이나가 눈에 불을 켜고 날 듯이 달려갔을 때 도리언은 저녁 식사를 마치고 나오던 길이었다. 셀레이나의 심상치 않은 눈빛을 본 그는 경비들을 대동하고 뒤따라갔고, 가는 길에 복도에서 케이올과 부딪칠 뻔했다. "아버지는 식사를 마치고 네히미아 공주와 얘기를 해야겠다고 하셨어. 그런데 아까 방 안을 보니까 몇 시간 전에 일이 벌어진 것 같던데."

"폐하께서 공주를 죽이려 하신 게 아니라면 누굴까? 공주의 목숨이 위태롭다고 해서 나는 공주의 방을 지키는 경비 수를 더 늘렸어. 내가 직접 뽑은 부하들이야. 대체 누가 그들을 그렇게 쉽게 해치고 방으로 들어갔을까?. 누가 이런 짓을……."

도리언은 살인이 일어난 방 안의 모습을 다시 떠올리고 싶지 않았다. 케이올의 부하들 중에도 방 안에 널브러진 세 구의 시신을 보고 바닥에 온통 토를 해놓은 자도 있었다. 그때 셀레이나는 넋 나간 표정으로 그 자리에 서서 멍하니 네히미아를 바라보고만 있었다.

"누구인지 몰라도 살인을 즐기는 자인 것 같아."

시체들의 모습이 도리언의 머릿속에 떠올랐다. 방 안에서 시체들은 신중하고 교묘하게 배치돼 있었다.

“무슨 뜻이야?” 방 안에서 벌어진 일을 조용히 생각하는 것보다 계속 입을 놀리는 편이 덜 부담스러웠다. 아까 셀레이나의 눈은 도리언을 향해 있었지만 실제로는 도리언을 보고 있지 않았다. 셀레이나는 손가락으로 눈물을 닦은 뒤 손톱으로 도리언의 목을 훑었다. 그렇게 하면 피부 아래 맥동치는 생명의 피를 느낄 수 있다는 듯이. 그러더니 케이올에게 달려들었다…….

“셀레이나를 저 아래에 얼마나 오래 둘 생각이야?”

도리언은 계단 아래를 내려다보며 물었다.

셀레이나는 부하들이 보는 앞에서 근위대장을 공격했다. 그건 단순한 공격 이상의 의미였다.

케이올은 조용히 대답했다.

“최대한 오래.”

“그래서 뭘 어쩌려고?”

“셀레이나가 우리를 모두 죽이겠다는 생각을 그만두게 해야겠지.”

셀레이나는 정신이 들기 전부터 여기가 어딘지 알아챘다. 상관없었다. 어차피 같은 삶을 반복하고 있을 뿐이었다.

예전에 붙잡혔던 날에도 셀레이나는 이성의 끈이 끊어졌다. 가장 죽이고 싶었던 자의 목숨을 끊어놓기 직전이었는데 누군가가 그녀를 기절시켰고, 정신을 차리고 보니 썩은 내 나는 지하 감옥이었다. 셀레이나는 눈을 뜨며 씁쓸한 미소를 지었다. 언제나 같은 이야기였고 같은 상실감을 느껴야 했다.

물이 담긴 쇠 컵, 빵과 부드러운 치즈가 담긴 접시가 감방의 쇠창살 너머 바닥에 놓여 있었다. 일어나 앉자 머리가 지끈거렸다. 옆머리에 툭 튀어나온 혹이 만져졌다.

옆 감방에서 칼테인이 말했다.

"너도 결국 여기 오게 될 줄 알았어. 왕세자가 너한테 싫증이 났구나?"

셀레이나는 접시를 감방 안으로 끌어당기고는 건초요 뒤쪽의 돌벽에 등을 기댔다.

"내가 그들에게 싫증이 난 거야."

"죽어 마땅한 누군가를 죽였어?"

셀레이나는 머릿속에서 요동치는 생각을 잠재우려 눈을 감으며 콧방귀를 뀌었다.

"비슷해."

손에, 손톱 밑에 묻은 끈적한 피가 느껴졌다. 케이올의 피였다. 그의 얼굴에 네 줄로 할퀴어놓은 상처가 부디 흉터로 남기를. 그를 다시는 보고 싶지 않았다. 다시 보게 되면 죽일 것이다. 케이올은 왕이 네히미아를 심문하려 한다는 것을 알고 있었다. 세상에서 제일 잔혹하고 피에 굶주린 괴물인 왕이 셀레이나의 친구를 심문하려 한다는 걸 알고 있었다. 알면서도 셀레이나에게 말해주지 않았다. 경고 한마디 해주지 않았다.

왕이 한 짓은 아니었다. 네히미아의 방문을 열고 그 안에 들어가 있던 몇 분 동안 셀레이나는 왕이 한 짓이 아님을 간파했다. 하지만 케이올은 네히미아의 목숨이 위험하다는 것, 누군가 네히미아를 해치려 한다는 것을 알고 있었다. 알고도 셀레이나에게 귀띔해주지 않았다.

그는 미리 말했으면 이런 사태를 막을 수 있었다는 생각조차 못할 만큼, 바보처럼 고결하고 왕에게 충성스러운 남자였다.

더는 잃을 게 없었다. 셀레이나는 샘을 잃고 엔도비어로 끌려간 후 황량한 광산에서 노역하며 겨우 박살 난 정신을 추슬렀다. 이 성에 와서 살면서부터는 어리석게도 박살 난 정신의 마지막 조각이 케이올이라고 생각했다. 케이올과 여길 떠나 행복하게 살 수 있으리라고 잠시라도 생각했으니, 어리석기 짝이 없었다.

하지만 죽음은 셀레이나에게 들러붙은 저주이며 그녀의 재능이기도 했다. 오랜 세월 동안 죽음은 셀레이나의 충직한 친구였다.

"그들이 네히미아를 죽였어."

셀레이나는 어둠 속에 대고 속삭이듯 내뱉었다. 한때 환하게 빛나던 네히미아가 세상을 떠났다는 사실을 누구에게든 말하지 않으면 못 견딜 것 같았다. 네히미아가 이곳에, 이 지상에 살았다는 사실, 더없이 선량하고 용감하며 훌륭한 사람이었다는 사실을 누구에게든 말해야만 했다.

칼테인은 한참 동안 말이 없었다. 그러다 마치 자신도 누구 못지않게 괴롭다는 것을 알리듯 나지막하게 입을 열었다.

"페링턴 공작이 닷새 후에 모라스로 떠나는데 나도 공작과 함께 가게 됐어. 아달렌 왕은 나더러 페링턴과 결혼을 하든지 아니면 남은 평생 여기서 썩든지 하래."

셀레이나는 눈을 뜨고 고개를 돌려 그녀를 바라보았다. 칼테인은 무릎을 모아 잡고 벽에 기대어 앉아 있었다. 몇 주 전보다 한층 더 추레하고 초췌해진 모습이었다. 그녀는 몸에 두른 셀레이나의 망토를 손으로 꼭 잡고 있었다.

"당신은 공작을 배신했잖아. 그런데 공작이 왜 당신을 아내로 삼으려는 거지?"

칼테인은 조용히 웃었다.

"이 사람들이 무슨 게임을 하는 건지, 어떤 결말을 염두에 두고 있는지 누가 알겠어?" 칼테인은 더러운 손으로 얼굴을 문지르며 중얼거렸다. "두통이 점점 더 심해져. 그리고 날갯짓 소리가…… 멈추지 않고 계속 들려."

내 꿈속에 그림자와 날개들이 가득해요, 라고 네히미아는 말했다. 칼테인도 같은 말을 하고 있었다.

셀레이나는 날카롭고 공허한 말투로 물었다.

"날갯짓과 두통이 무슨 상관인데?"

칼테인은 별안간 그게 무슨 뜻이냐는 듯 눈을 깜박이며 눈썹을 치켜뜨더니 돌연 화제를 돌렸다.

"그들이 당신을 여기에 얼마나 오래 가둬둘까?"

근위대장을 죽이려 한 죄로? 글쎄, 영원히가 아닐까. 상관없었다. 처형을 할 테면 하라지.

그냥 죽이든가.

네히미아는 이일웨이 왕국을 비롯한 여러 왕국의 희망이었다. 하지만 네히미아가 꿈꿨던 왕실 재건은 물 건너갔다. 이일웨이는 해방

되지 못할 것이다. 셀레이나는 네히미아에게 했던 말에 대해 사과할 기회조차 갖지 못했다. 머릿속에 남은 건 네히미아가 마지막으로 했던 말, 친구로서 셀레이나를 비판했던 말이었다.

당신은 겁쟁이예요.

셀레이나와 함께 어두컴컴한 감옥을 멍하니 바라보던 칼테인이 말했다.

"그들이 당신을 여기서 꺼내주면 언젠가 꼭 그들에게 벌을 줘. 한 명도 남김없이 전부."

셀레이나는 자신의 숨소리에 귀를 기울였다. 손톱 아래 말라붙은 케이올의 피, 창고에서 쓰러뜨린 남자들의 피, 그리고 침대가 흠뻑 젖도록 피범벅이 된 네히미아의 침실에서 느껴지던 한기를 떠올렸다.

셀레이나는 어둠 속에 대고 맹세했다.

"반드시 그렇게 될 거야."

이제 해야 할 일은 그것뿐이었다.

이렇게 될 줄 알았으면 엔도비어 소금광산에 남아 있을 걸 그랬다. 차라리 거기서 죽을걸.

몸의 감각이 붕 뜬 채로 셀레이나는 음식이 담긴 쟁반을 가까이 끌어당겼다. 오래되고 축축한 돌바닥에 금속 쟁반이 긁히는 소리가 났다. 식욕은 없었다.

셀레이나가 쇠 컵으로 손을 뻗자 칼테인이 경고했다.

"그들이 물에 진정제를 넣었어. 나한테도 그런 짓을 했어."

"잘됐네."

셀레이나는 담담하게 말하고는 컵에 담긴 물을 단번에 마셨다.

◆◆◆

사흘이 지났다. 그들이 가져다준 식사에는 매번 진정제가 섞여 있었다.

비몽사몽인 상태로 셀레이나는 꿈속 가득한 심연을 바라보았다. 저 너머 숲은 사라졌고 수사슴도 보이지 않았다. 사방에는 황폐한 땅만 펼쳐져 있을 뿐이었다. 바위들은 부서져 내리고 사나운 바람이 계속해서 같은 말을 되풀이했다.

당신은 겁쟁이예요.

셀레이나는 그들이 가져다주는 족족 진정제 섞인 물을 마시고는 잠에 빠져들었다.

넷째 날 아침 레스는 케이올에게 보고했다.

"셀레이나는 한 시간쯤 전에 물을 마셨습니다."

케이올은 고개를 끄덕였다. 기절하듯 바닥에 누워 잠든 그녀의 얼굴이 수척했다.

"음식은 먹고 있나?"

"한두 입 정도요. 탈출 시도는 하지 않았습니다. 저희에게 말도 한마디 안 했습니다."

케이올이 감방 문을 열자 레스를 비롯한 근위병들은 긴장하는 표정이었다.

하지만 케이올은 셀레이나를 보지 않고는 한순간도 견딜 수가 없었다. 케이올이 셀레이나의 감방 안으로 들어가는 동안 옆 감방의 칼테인은 곤히 잠들었는지 뒤척이지도 않았다.

케이올은 셀레이나 옆에 무릎을 꿇고 앉았다. 그녀의 몸에서 오래된 피 냄새가 났다. 피에 흠뻑 젖었다가 말라붙은 옷이 뻣뻣했다. 케이올은 마음이 아프고 목이 메었다.

지난 며칠 동안 지상의 성에서는 난리가 났다. 케이올은 네히미아를 죽인 자를 찾기 위해 부하들을 시켜 유리 성과 리프트홀드를 샅샅이 뒤지게 했다. 그는 지금까지 일어난 일에 대해 보고를 올리기 위해 왕 앞에 몇 번이나 불려갔다. 납치된 경위는 물론이고, 네히미아에게 추가로 경비를 붙였음에도 불구하고 어떻게 누군가가 경비들을 모두 해치우고 네히미아를 죽일 수 있었는지에 대해 상세히 보고해야 했다. 왕이 그를 근위대장 자리에서 쫓아내거나 더 심한 취급을 해도 할 말이 없을 지경이었는데 그렇게 하지 않아서 케이올은 오히려 의아할 지경이었다.

이번 사태에서 최악인 부분은 왕이 득의만면한 듯 보인다는 점이었다. 왕은 직접 손을 더럽히지 않고 눈엣가시인 공주를 제거했다. 왕이 제일 신경 쓰는 것은 이일웨이에서 일어날 게 분명한 소요 사태였다. 왕은 네히미아의 죽음을 애도하지도, 그간의 형편없는 대우에 대해 후회하지도 않았다. 모시는 주군이지만 당장 목을 졸라버리고 싶은 충동이 이는 것을 케이올은 가까스로 참았다.

왕에게 복종하고 순순한 태도를 보여야만 본인의 삶뿐만 아니라 다른 이의 삶까지 보장받을 수 있기 때문이었다. 셀레이나가 처한 상황에 대해 설명했지만 왕은 그다지 놀라는 표정도 아니었다. 그 문제는 나중에 처리하자고 말하고는 그 뒤로 별다른 언급이 없었다.

나중에 처리하자, 라니.

케이올은 셀레이나를 조심스럽게 안아 올렸다. 무게에 끄응 소리를 내지 않도록 조심하면서 그녀를 감방 밖으로 안고 나갔다. 아무리 어쩔 수 없는 상황이었다고 해도 그녀를 이 썩어빠진 지하 감옥에 던져놓은 자신을 도저히 용서할 수 없었다. 셀레이나의 체취가 배어 있어서인지, 침대에 누워서도 잠을 이룰 수가 없었다. 첫째 날 밤에 침대에 누웠다가, 그녀가 지금 어디 누워 있는지를 떠올리고는 카우치로 가 누웠다. 적어도 셀레이나를 그녀의 방에 데려다 놓아야 괴로움이 덜할 것 같았다.

그녀 문제를 어떻게 처리할지 알 수 없었다. 이미 망가져버린 것을 고치는 방법도 그는 알지 못했다. 그녀의 내면은 부서졌고, 그녀와 그의 사이도 박살났다.

케이올이 셀레이나를 안고 그녀의 방으로 올라가는 동안 부하들이 호위해주었다.

한 걸음 한 걸음 뗄 때마다 네히미아의 죽음이 머릿속에 떠올랐다. 며칠째 거울을 들여다볼 엄두가 나지 않았다. 왕이 네히미아를 죽이라고 명령하지는 않았지만, 케이올이 셀레이나에게 공주에게 가해질지 모를 위협에 대해 미리 경고를 해줬다면 셀레이나가 좀더 면밀하게 공주 주변을 살폈을 것이다. 아니면 네히미아에게라도 경고를 해줬으면 네히미아의 사람들이 좀더 경계를 철저히 했을 수도 있었다. 자신이 내린 결정의 무게가 너무도 가혹해서 케이올은 숨도 제대로 쉬어지질 않았다.

하지만 이 현실을 감당해야 했다. 케이올은 셀레이나를 안고 레스가 열어준 문 안으로 들어갔다. 방에서 기다리고 있던 필리파가 욕실 문을 손으로 가리켰다. 케이올은 목욕은 생각하지도 못했다. 침대에 눕히기 전 셀레이나를 씻겨야 한다는 생각은 전혀 하지 못했다.

그는 필리파의 눈을 쳐다보지도 못하고 욕실 안으로 들어갔다. 그 눈을 바라보면 외면하고 싶던 진실을 보게 될 것 같았다.

네히미아의 침실에서 셀레이나가 그를 돌아보았을 때 케이올은 깨달았다.

셀레이나를 잃었다는 것을.

그리고 그녀는 천 번의 삶을 거듭한다고 해도, 그를 다시는 받아들이지 않을 것임을.

CHAPTER 32

침대에서 눈을 뜬 셀레이나는 더 이상 진정제 섞인 물을 마실 일이 없음을 알았다.

네히미아와 아침을 먹으며 나누는 대화도, 워드 문자에 관한 수업도 더는 없을 것이다. 네히미아 같은 친구도 다시는 없을 것이다.

굳이 눈으로 보지 않아도 누군가 자신의 몸을 깨끗이 씻겼음을 알 수 있었다. 방 안으로 흘러드는 눈부신 햇살에 눈을 몇 번 깜박이자 즉각 머리가 욱신거렸다. 컴컴한 지하 감옥에서 몇 날 며칠을 보낸 탓이었다. 플릿풋이 바로 옆에 누워 자고 있었다. 플릿풋은 고개를 들고 셀레이나의 팔을 몇 번 핥다가, 그녀의 팔꿈치와 옆구리 사이에 코를 묻고 다시 잠들었다. 플릿풋도 그녀가 느끼는 상실감을 감지했을까, 셀레이나는 플릿풋이 자신보다 공주를 더 사랑하지 않았을까, 하는 생각을 종종 했다.

당신은 겁쟁이예요.

플럿풋 잘못이 아니었다. 이 썩어가는 더러운 궁전과 왕국을 제외하고 나머지 세상 사람들은 모두 네히미아 공주를 사랑했다. 그녀를 사랑하지 않는 게 더 어려운 일이었다. 셀레이나는 네히미아를 처음 본 순간부터 숭배해왔다. 마치 떨어져 살다가 겨우 만나게 된 쌍둥이처럼. 그들은 영혼의 단짝이었다. 그런 네히미아가 죽고 말았다.

셀레이나는 가슴팍에 손을 얹었다. 자신의 심장은 이렇게 뛰는데 네히미아의 심장은 뛰지 않으니 이 얼마나 어이없는 일인가. 말도 안 되는 상황이었다.

엘레나의 눈이 셀레이나를 위로하려는 듯 따뜻해졌다. 셀레이나는 손을 매트리스에 도로 내려놓았다.

셀레이나는 그날 침대에서 일어나지 않으려 했지만 필리파는 그런 셀레이나를 달래서 음식을 먹게 했다. 셀레이나가 참석 못 한 네히미아의 장례식에 관한 얘기도 들려주었다. 셀레이나가 지하 감옥에서 진정제 섞인 물을 마시며 슬픔을 삭이는 동안, 친구인 네히미아는 차가운 땅속에 매장됐다. 이일웨이의 양지바른 땅과는 너무나 멀리 떨어진 이곳에 묻히고 말았다.

당신은 겁쟁이에요.

그날 셀레이나는 침대에서 일어나지 않았다. 다음 날도 마찬가지였다.

다음 날도.

그다음 날도.

CHAPTER 33

캘라컬라의 광산 안은 숨 막힐 듯 더웠다. 여름 해가 정점에 달하면 얼마나 더 힘들어질지 상상만으로도 지쳤다.

소녀가 광산에서 노예로 일한 지 여섯 달째였다. 소녀보다 여기서 더 오래 살아남은 사람은 없다고 다들 얘기했다. 소녀의 어머니와 할머니, 남동생은 한 달도 버티지 못했다. 아버지는 아달렌의 살인마들에게 죽임을 당한 터라 이 광산에 오지도 못했다. 그들이 살던 마을의 다른 반역자들도 마찬가지였다. 나머지는 죄다 여기로 끌려왔다.

수천 명의 노예들 사이에서 소녀는 5년 반 동안 가족 없이 혼자였다. 하늘을 본 지가 언제인지, 시원한 바람에 파도처럼 흔들거리는 이일웨이의 초원을 본 지가 언제인지 기억도 나지 않았다.

언젠가는 꼭 다시 하늘과 초원을 보고 말 것이다. 예전에, 밤이 늦도록 안 자고 깨어 있던 소녀는 마룻장 사이의 틈새를 통해 아버지와 동료 반역자들이 하는 얘기를 들었다. 그들은 아달렌 왕국을 무너뜨릴 방법에 대해, 지금은 아달렌의 수도에 볼모로 잡혀 있지만 그들을 해방시키기 위해 노력 중인 네히미아 공주에 대해 두런두런 얘기를 나눴다.

네히미아 공주가 목표를 달성할 때까지 여기서 어떻게든 버티면, 어떻게든 살아남으면 되지 않을까? 꼭 그렇게 할 것이다. 그래야 가족들을 제대로 마음속에 묻을 수 있을 테니까. 그리고 몇 달 동안 애도를 한 후에 제일 가까이에 있는 반역 세력을 찾아가 합류할 것이다. 아달렌 사람들의 목숨을 모두 거둔 뒤, 세상을 떠난 가족들의 이름을 부를 것이다. 가족들이 저세상에서 듣고 자신들이 잊히지 않았음을 알도록.

지독하게 단단한 돌벽을 향해 곡괭이를 휘둘렀다. 목구멍이 바짝 마르고 숨이 거칠어졌다. 근처 벽에 느긋하게 기대어 선 감독관은 물통에 담긴 물을 찰랑찰랑 흔들면서, 노예들 중 누군가가 쓰러지기를 기다리고 있었다. 그래야 손에 든 채찍을 휘두를 수 있을 테니까.

소녀는 고개를 숙인 채 계속 일하고 숨 쉬었다.

버텨내리라 다짐하면서.

시간이 얼마나 흘렀을까. 마치 땅이 흔들거리듯, 광산 안에 잔물결이 치는 기분이었다. 잔잔한 흔들림에 이어 울부짖는 소리가 들려왔다.

그 소리는 이윽고 소녀를 향해 다가왔다. 노예들이 고개를 돌리고 소문을 전하면서 파동은 소녀에게 점점 더 가까워졌다.

이윽고 소녀는 듣고 말았다. 모든 것을 바꿀 말들을.

네히미아 공주가 죽었답니다. 아달렌 측에 시해됐대요.

머릿속으로 받아들이기도 전에 소문은 그녀를 스치고 지나갔다.

가죽이 돌을 스치고 지나가는 소리가 들렸다. 소문이 돌면서 작업이 중단되었으니 몇 초 안에 감독관은 가죽 채찍을 휘두를 것이다.

네히미아 공주가 죽었답니다.

소녀는 손에 쥔 곡괭이를 내려다보았다.

천천히 고개를 돌려 감독관의 얼굴을, 아달렌 사람의 얼굴을 바라보았다. 감독관은 끝이 갈라진 채찍을 휘두르려 손목을 기울이고 있었다.

여섯 달째 씻지 못한 소녀의 지저분한 얼굴 위로 눈물이 흘러내렸다.

더는 못 참아.

이 말이 속에서 어찌나 크게 울리는지 소녀는 몸까지 부들부들 떨었다.

소녀는 죽은 가족들의 이름을 속으로 부르기 시작했다. 그리고 감독관이 채찍을 위로 치켜든 순간 소녀는 가족의 이름을 마지막으로 부르며 감독관의 배를 곡괭이로 찍어버렸다.

CHAPTER 34

"행동에 변화는?"

"침대에서 일어났습니다."

"그리고?"

레스는 유리성 위층의 햇빛이 비치는 홀에 서 있었다. 평소 쾌활하던 그의 얼굴이 어두웠다.

"지금은 벽난로 앞 의자에 앉아 있습니다. 어제와 똑같습니다. 침대에서 일어나 종일 의자에 앉아 있다가 해가 지면 침대에 가 눕는 패턴입니다."

"여전히 말은 안 하고 있나?"

레스는 고개를 저은 뒤 궁정인이 옆으로 지나가자 목소리를 한껏 낮춰 대답했다.

"필리파 얘기로는 벽난로 앞에 앉아서 불만 멍하니 쳐다보고 있답니다. 아무 말도 안 하고요. 음식에도 거의 손을 안 댑니다."

레스는 손톱으로 그어진 상처가 난 케이올의 뺨을 주의 깊게 바라보았다. 두 줄에는 딱지가 앉았다가 떨어지면서 상처가 옅어졌는데 길고 깊게 팬 한 줄은 여전히 벌겠다. 케이올은 그 상처에 딱지가 앉기는 할지 알 수 없었다. 이런 상처를 입어도 싼 짓을 했다는 생각뿐이었다.

"주제넘은 말인 줄 알지만……."

"그럼 말하지 마."

케이올이 굳은 표정으로 말했다. 레스가 무슨 말을 하려는지 그는 알고 있었다. 필리파가 했던 것과 같은 말일 것이다. 케이올을 본 사람들은 하나같이 동정 어린 눈빛을 보내며 말하곤 했다. 그 여자랑 얘기를 나눠 보시죠.

셀레이나가 그를 죽이려 했다는 얘기가 어떻게 이리도 빠르게 퍼졌는지 의아했다. 그와 셀레이나가 완전히 결별했다는 사실을 다들 아는 듯했다. 사귈 때도 그들은 들키지 않도록 신중을 기했는데 다들 눈치를 챈 모양이었다. 필리파가 돌아다니며 나발을 불 성격도 아니니, 어쩌면 셀레이나에 대한 그의 감정이 얼굴에 다 드러났는지도 모르겠다. 지금 그에 대한 셀레이나의 감정도……. 그는 뺨에 난 상처를 손으로 만지고 싶은 충동을 억눌렀다.

"셀레이나의 방과 창문 앞에 경비를 세워 둬." 케이올은 레스에게 지시했다. 지금 그는 회의에 참석하러 가야 했다. 아마 회의에서는 네히미아 공주의 죽음이 이일웨이에 미치게 될 악영향에 대해 격한 언쟁이 벌어질 것이다. "방을 나서려고 하면 막지 마. 흥분 상태면 진정시키고."

셀레이나가 방을 나섰다는 얘기가 그의 귀에 들어오려면 아마 오랜 시일이 걸리지 않을까. 그때 셀레이나의 앞을 가로막고, 네히미아에게 일어난 일에 대해 터놓고 얘기해야 할 사람은 바로 케이올이었다. 그때까지 케이올은 셀레이나에게 시간을 주기로 했다. 당장 그녀와 얘기를 나눌 수 없어 애가 탔지만 어쩔 수 없었다. 셀레이나는 이미 그의 인생에 깊게 스며들었다. 아침 달리기 훈련부터 점심 식사, 아무도 보지 않을 때 그녀와 몰래 나누던 키스까지. 그런 그녀가 없으니 공허했다. 하지만 셀레이나의 눈을 마주 볼 엄두가 나지는 않았다.

당신은 언제까지고 내 적이야.

진심으로 한 말일 것이다.

레스는 고개를 끄덕이며 대답했다.

"알겠습니다."

회의실 쪽으로 걸어가는 케이올에게 레스는 경례를 부쳤다. 오늘은 회의가 여러 건 있었다. 아달렌 왕국이 네히미아 공주의 죽음에 어떤 식으로 반응해야 하는지를 놓고 격한 토론이 벌어질 예정이었다. 인정하고 싶진 않지만, 셀레이나의 끝없는 슬픔에 함께 빠져들기엔 케이올이 신경 써야 할 게 많았다.

왕은 남쪽 지역의 귀족들과 가신들을 리프트홀드로 불러들였다.

케이올의 아버지도 그중 하나였다.

◆◆◆

평소 도리언은 케이올의 부하들에게 신경도 쓰지 않았다. 하지만 요즘은 누가 그의 목숨을 노릴 가능성에 대비해 근위병들이 밤낮으로 따라다니고 있으니 성가셨다. 네히미아의 죽음은 유리성이 난공불락의 요새가 아님을 증명했다. 어머니와 홀린은 어머니의 방에서 격리되다시피 생활하고 있었고, 수많은 귀족들은 리프트홀드를 떠나거나 알아서 몸을 사리는 분위기였다.

하지만 롤랜드는 예외였다. 롤랜드의 모친은 공주가 시해당한 날 아침에 메아로 도망치다시피 떠났지만 롤랜드는 도리언이 전보다 더 그의 지지를 필요로 할 거라며 성에 남았다.

롤랜드의 말대로였다. 남쪽 귀족들이 속속 도착하면서 평의회 회의 참석자들의 숫자도 점점 늘어났는데, 회의 때마다 롤랜드는 도리언의 견해에 동의를 표했고 도리언이 어떤 안건에 대해 반대하면 같이 반대에 나섰다. 그들은 반란에 대비해 이일웨이에 군대를 추가로 파견해야 한다는 안건에 대해서도 함께 반대했다. 네히미아의 부모에게 그녀의 죽음을 공개적으로 사죄해야 한다는 도리언의 제안에 대해서도 롤랜드는 찬성했다.

도리언의 제안에 부친은 분노했으나 도리언은 이미 네히미아 공주의 부모에게 보낼 편지를 써두었다. 삼가 깊은 조의를 표한다는 내용이었다. 부친이 어떻게 생각하든 어쩔 수 없었다.

탑 꼭대기에 위치한 방에 앉아 생각을 곱씹던 도리언은 그게 바로 문제의 시작임을 깨달았다. 내일 남쪽 귀족들과 회의를 하기 전에 읽어둬야 할 서류들을 손으로 휘리릭 넘겨보았다. 지금까지 그는 아버지에게 맞서지 않으려고 너무 오랫동안 신중을 기해왔다. 아버지에게 맹목적으로 복종하기만 하는 자신을 어떻게 평가해야 할까.

그의 일부를 이루는 서늘한 고대의 힘이 속삭였다.

똑똑한 처신이지.

그의 방 앞에는 근위병 네 명 이상이 지키고 서 있었다. 도리언이 혼자 쓰는 이 탑은 높이가 굉장해서 발코니까지 기어 올라올 사람은 없었다. 오직 계단으로 오르내릴 수 있을 뿐이었다. 쉽게 방어할 수 있는 위치이긴 하지만, 이 안에 갇혀 옴짝달싹 못한다는 단점도 있었다.

책상 위에 놓인 유리 펜을 내려다보았다. 네히미아가 죽던 날 그가 셀레이나의 손목을 허공에서 낚아채 멈추게 했다. 하지만 의도했던 바는 아니었다. 한때 사랑했던 셀레이나가 그의 제일 오래된 벗인 케이올을 오해 때문에 죽이려 했기 때문이었다. 셀레이나가 케이올에게 칼을 꽂으려는 순간 그녀 옆으로 달려가 말리기에는 거리가 너무 멀었다. 그래서…… 도리언의 내면에서 유령 같은 손이 뻗어 나가 그녀의 손목을 감아쥔 것이다. 그 상태에서 도리언은 마치 실제로 셀레이나의 손을 잡은 것처럼, 피가 말라붙은 그녀의 피부를 생생하게 느낄 수 있었다.

어떻게 그게 가능했는지는 알 수 없었다. 그저 직감대로, 다급한 나머지, 필요에 따라 행동했을 뿐이었다.

이 힘의 정체가 무엇이든 제어할 방법을 익혀야 했다. 제어할 수 있다면 아무 때나 불쑥불쑥 발현되는 것을 막을 수 있을 것이다. 망할 평의회 회의 때마다 화가 치밀어 오르면 속에서 마법의 힘이 준동하는 게 느껴지곤 했다.

깊게 숨을 들이마시며 펜에 정신을 집중했다. 그 펜을 움직여볼 작정이었다. 셀레이나의 공격을 중간에 멈추게 했고, 책장에 꽂힌 책들을 허공에 내던지기도 해봤으니…… 펜 정도는 움직일 수 있지 않을까.

하지만 펜은 꿈쩍도 하지 않았다.

눈이 사시가 되도록 펜을 노려보다가 결국 끄응 소리를 내며 의자 등받이에 등을 기대며 손으로 눈을 문질렀다.

미친 건가. 어쩌면 모든 게 망상일 수도 있었다.

네히미아는 그가 도움을 필요로 할 때, 그의 내면에서 힘이 깨어날 때 곁에 있어 주겠다고 약속했다. 네히미아는 그의 힘에 대해 알고 있었던 것이다.

네히미아를 죽인 자는 답을 찾고자 했던 도리언의 희망마저 짓밟아 버린 걸까?

셀레이나는 어제부터 침대에서 일어나 의자에 앉기 시작했다. 필리파가 방에 들어와 시트가 지저분하니 갈아야 한다고 잔소리를 늘어놓았기 때문이었다. 필리파에게 성가시니 나가라고 말하려다가, 문득 이 침대를 누구와 함께 썼는지 떠올렸다. 당장 시트를 갈아야 할 것 같았다. 그의 흔적은 뭐든 지워버리고 싶었다.

해가 저물고 난 후에도 셀레이나는 벽난로 앞에 앉아, 어둑해지는 세상 속에서 점점 더 밝아지는 잉걸불을 멍하니 바라보았다.

시간이 파도처럼 쓸려 왔다가 밀려갔다. 한 시간이 지난 것 같은데 어느새 며칠이 훌쩍 지나갔고, 단 며칠이 평생처럼 느껴지기도 했다. 그동안 목욕은 한 번 했는데 머리를 감는 정도로 끝냈다. 셀레이나가 욕조에서 자살이라도 할까 봐 필리파는 목욕 내내 옆에서 지켜보았다.

의자 팔걸이를 엄지로 문질렀다. 이대로 자살할 생각은 없었다. 해야 할 일을 마치기 전까지는 아니었다.

방 안에 그림자가 짙어졌다. 셀레이나가 지켜보는 동안 잉걸불은 마치 숨을 쉬는 듯했다. 셀레이나와 함께 호흡하고 심장 박동과 함께 고동치는 듯했다.

요 며칠 아무 말 없이 자다 깨다를 반복하며 깨달은 바가 있었다. 네히미아를 죽인 자는 유리성 외부에서 온 자였다.

애초에 네히미아의 목숨을 노린 누군가가 살인자를 고용했을 수도 있었다. 어쨌든 아달렌 왕과는 관련 없는 인물일 것이다.

반들거리는 나무로 된 손잡이를 손으로 꽉 쥐고 손톱을 박아 넣었다. 에로밴 헤멜의 짓 같지도 않았다. 에로밴의 일처리 방식을 잘 아는데 이 정도로 극악무도하지는 않았다. 셀레이나는 머릿속에 새겨진 네히미아의 방 안 풍경을 세세하게 다시 짚어보았다.

그 정도로 잔인하게 사람을 죽이는 자라면 딱 한 명뿐이었다.

그레이브.

왕의 전사를 뽑는 시합에서 그레이브를 마주했을 때 셀레이나는 그에 관해 최대한 많은 정보를 확보했다. 그간 그레이브가 희생자들의 시신에 무슨 짓을 했는지도 들었다.

셀레이나는 입술을 뒤로 말며 이를 드러냈다.

셀레이나와 마찬가지로 여기서 훈련을 받았으니 그레이브는 이 성에 대해 잘 알 것이다. 그레이브라면 자기가 누구를 죽여 장기까지 훼손했는지 알고도 남았다. 그게 셀레이나에게 어떤 의미인지도.

속에서 익숙한 어둠의 불길이 온몸으로 퍼져나가며 끝없는 심연으로 그녀를 끌어당겼다.

셀레이나 사르도시엔은 의자에서 분연히 일어섰다.

CHAPTER 35

오늘 밤에는 일을 하면서 초를 켤 일도, 사냥의 시작을 알리는 상아 뿔피리를 불 일도 없을 것이다. 제일 어두운 색 튜닉을 입은 셀레이나는 매끄러운 검은 가면을 망토 주머니에 집어넣었다. 저들은 그녀가 갖고 있던 모든 무기, 심지어 머리핀까지도 방에서 치워버렸다. 방문과 창문을 굳이 확인해보지 않아도 근위병들이 지키고 있음을 알 수 있었다. 잘됐다. 어차피 방문을 열고 나가서 시작하는 그런 사냥이 아니었다.

침실 문을 잠그고 플릿풋을 한번 쳐다보았다. 비밀 문을 당겨 열면서 보니 플릿풋은 침대 밑에 엎드려 있었다. 셀레이나가 비밀 문 너머 통로로 발을 딛자 플릿풋이 나지막하게 낑낑거렸다.

무덤으로 내려가면서 불을 켤 필요는 없었다. 그 안의 모든 길을 계단 하나하나, 굽이 하나하나까지 전부 기억하고 있었다.

망토가 계단에 사르륵 스쳤다. 그녀는 계속해서 계단을 내려갔다.

이번 사냥은 저들 모두에게 선포하는 전쟁이었다. 저들은 두려움에 떨게 될 것이다.

계단참으로 쏟아져 들어온 달빛이 무덤의 열린 문과 모트의 조그만 청동 얼굴을 비추었다.

"친구 일은 유감이야."

앞으로 지나가는데 모트가 뜻밖에도 슬픈 목소리로 말했다.

셀레이나는 대답하지 않았다. 모트가 그 사실을 어떻게 알았는지도 궁금하지 않았다. 셀레이나는 그 앞을 지나 문을 통과했다. 두 석관 사이를 지나서 뒤쪽에 쌓인 보물 더미로 향했다.

단검들, 사냥용 칼들을 닥치는 대로 집어서 허리띠에 고정하고 장화 속에 쑤셔 넣었다. 금화와 보석도 한 줌 집어 주머니에 넣었다.

"뭘 하려고 그래?"

통로 쪽에서 모트가 따져 물었다.

셀레이나는 아달렌의 초대 왕 개빈의 검인 다마리스가 놓인 단으로 다가갔다. 병두 부분이 움푹 패이고 금으로 된 칼자루 끝이 달빛을 받아 반짝였다. 셀레이나는 단에서 칼집을 빼서 등에 가로질러 묶었다.

"그건 신성한 칼이야."

모트는 이 안까지 다 볼 수 있는 모양이었다.

셀레이나는 굳은 표정으로 미소를 지으며 머리에 두건을 내려쓰고 다시 문으로 나갔다.

모트가 계속해서 떠들었다.

"어디를 가는지, 무슨 짓을 벌일 계획인지 모르지만 그 칼을 여기서 갖고 나가는 것만으로도 칼을 모욕하는 거야. 신들을 노하게 만들 텐데 두렵지도 않아?”

셀레이나는 속으로 코웃음을 치며 계단을 올라갔다. 그녀는 계단 한 칸 한 칸을 오르며 먹잇감이 있는 곳으로 향하는 길을 즐기고 있었다.

하수구의 격자문을 힘겹게 밀어 올렸다. 두 팔이 타는 듯했지만 오히려 기분이 좋았다. 고대의 바퀴가 돌아가면서 격자문이 완전히 위로 올라가고 그 밑에 들러붙은 오물이 뚝뚝 떨어졌다. 성 밑에서 흐르는 물은 바깥의 작은 강으로 흘러갔다. 셀레이나는 돌 파편을 하나 집어서 아치길 너머 강으로 던졌다. 보초가 있는지 확인해야 했다.

아무 소리도 들리지 않았다. 갑옷이 덜그럭거리는 소리, 나지막하게 경고하는 소리도 없었다.

네히미아를 죽인 자객. 암살 대상을 끔찍하게 죽이고 악명을 즐기는 고약한 취향을 가진 자객. 몇 군데 물어보면 그레이브가 있는 곳을 찾을 수 있을 것이다.

레버에 사슬을 감고 당겨보았다. 등에 끈으로 묶어 둔 칼집 안에 다마리스가 잘 들어 있는지도 확인했다. 잠시 후 그녀는 성의 돌벽을 잡고 몸을 날려 뛰어넘었다. 이후 소리 없이 옆으로 이동했다. 강둑을 돌아서 얼어붙은 땅에 발을 딛는 동안 유리성 쪽은 한 번도 올려다보지 않았다.

그렇게 그녀는 밤의 어둠 속으로 모습을 감췄다.

◆◆◆

암흑처럼 어두운 망토를 걸친 셀레이나는 리프트홀드의 거리를 걸었다. 어둑한 골목골목을 지나면서 발소리 한번 내지 않았다.

원하는 대답을 내줄 곳은 한 군데뿐이었다.

빈민가의 창문 밑은 온통 하수와 똥오줌이 고여 있었고 자갈 깔린 거리는 수차례 혹독한 겨울을 거치며 갈라지고 틀어졌다. 비딱하게 기울어진 건물들은 서로에게 의지해 버티고 있었지만 금방이라도 무너질 수 있는 상태라 극빈층마저도 그곳을 떠났다. 거리마다 술집은 술꾼과 창녀로 가득했고 비참한 삶에서 잠시 마음 풀 곳을 찾는 이들도 술집에 들어앉았다.

몇 명이 쳐다봤든 달라질 건 없었다. 어차피 오늘 밤엔 아무도 그녀를 성가시게 하지 못할 것이다.

흑요석 가면을 쓴 셀레이나는 망토 자락을 펄럭이며 무표정한 얼굴로 거리를 걸었다. 몇 블록만 더 가면 '지하 술집'이었다.

장갑 낀 두 손을 꽉 쥐었다. 그레이브가 어디 숨어 있는지 알아내어 즉시 그자의 살가죽을 벗겨낼 것이다. 그보다 더한 짓도 할 수 있었다.

어느 조용한 골목의 별 특징 없는 쇠문 앞에 섰다. 주인에게 고용된 불량배들이 술집 앞에서 경비를 서고 있었다. 셀레이나가 은화를 쥐여주자 그들은 기꺼이 문을 열어주었다. 저 아래 굴 같은 술집에는 살인자와 온갖 괴물, 아달렌의 저주받은 자들이 득실거렸다. 인간쓰레기들이 잔뜩 모여 얘기를 주고받고 거래를 하는 곳이니, 네히미아를 죽인 자에 대한 소문도 당연히 돌 것이다.

그레이브는 네히미아를 처리해주는 대가로 큰돈을 받았을 것이다. 그렇게 받아 챙긴 돈을 물 쓰듯 하고 있을 테니 당연히 누군가의 눈에 띌 것이다. 리프트홀드를 떠났을 리 없었다. 자기가 공주를 죽였다는 사실을 남들이 알아주기를, 아달렌의 새로운 자객으로 불리기를, 셀레이나의 귀에 그 얘기가 들어가기를 원할 테니까.

계단을 밟고 지하 술집으로 내려가는데 퀴퀴한 에일 맥주 냄새와 때에 전 몸 냄새가 코를 찔렀다. 이렇게 썩어빠진 소굴은 오랜만이었다.

술집의 큰 홀 조명은 전략적으로 배치돼 있었다. 방 한가운데의 천장에 샹들리에가 매달려 있어서 벽 쪽에는 거의 빛이 닿지 않는데, 남들 눈에 띄고 싶어 하지 않는 자들이 주로 그런 자리를 찾았다. 셀레이나가 테이블 사이로 성큼성큼 걸어가자 술집 안에 왁자하던 웃음소리가 그쳤다. 붉게 핏발선 눈들이 셀레이나의 뒷모습을 좇았다.

이 술집을 다스리는 새로운 두목이 누구인지 셀레이나는 알지 못했고, 알고 싶지도 않았다. 오늘 밤은 두목에게 볼일이 없었다. 술집 안 저쪽 끝에서 벌어진 여러 싸움판에도 눈길조차 주지 않았다. 주먹질과 발길질이 난무하는 싸움판마다 구경꾼들이 잔뜩 모여 있었다.

셀레이나도 붙잡히기 전까지 수차례 이 술집을 찾았다. 아이오언 제인과 루크 패런이 죽었어도 이 술집은 타락한 속성을 고스란히 간직한 채 새로운 주인의 손에 넘어갔을 것이다.

셀레이나는 술집 주인 앞으로 곧장 걸어갔다. 술집 주인은 셀레이나를 바로 알아보지 못했는데 그럴 만했다. 수년 동안 셀레이나는 신중하게 정체를 숨겨왔다.

술집 주인은 낯빛이 좋지 않았다. 지난 일 년 반 동안 안 그래도 성긴 머리의 숱이 더욱 줄어든 것 같았다. 셀레이나가 바 앞에 서자 그는 그녀의 두건 아래를 힐끔거렸지만 가면과 두건 때문에 얼굴을 보지는 못했다.

"술 드릴까요?"

술집 주인은 이마의 땀을 닦아내며 물었다. 술집 안에 있는 모든 이들이 슬그머니 혹은 대놓고 셀레이나를 쳐다보았다.

"아뇨."

그녀는 가면 아래서 뒤틀리고 낮은 목소리로 대답했다.

술집 주인은 카운터 가장자리를 손으로 잡으며 나지막히 말했다.

"도…… 돌아왔구나." 그 말에 더 많은 이들이 이쪽을 돌아봤다.

"탈출했어."

그제야 알아본 모양이었다. 이 술집의 새로운 주인이 된 이 남자는 아이오언 제인을 죽인 일로 그녀에게 반감을 가졌을까? 저들이 지금 여기서 싸움을 걸어온다면 몇 명이나 죽여야 할까? 오늘밤 셀레이나가 하려고 작정한 일은 수많은 원칙을 깨고, 수많은 선을 넘는 일이었다.

셀레이나는 한쪽 발목을 다른 쪽 발목에 포개고 카운터 쪽으로 몸을 기울였다. 술집 주인은 또다시 이마의 땀을 닦으며 브랜디 한 잔을 따라 그녀 쪽으로 잔을 밀어주며 말했다.

"서비스야."

셀레이나는 술잔을 손에 쥐었지만 마시지는 않았다. 술집 주인이 혀로 입술을 핥으며 물었다.

“어…… 어떻게 탈출했어?”

다른 손님들이 귀를 바짝 세우며 의자에 앉은 채로 몸을 기울였다. 저들이 소문을 퍼뜨리게 해야 했다. 감히 어느 누구도 앞을 가로막지 못하도록. 무엇보다 그녀는 에로밴의 귀에 소문이 들어가길 바랐다. 소문을 들은 에로밴이 가까이 올 생각조차 못하게 해야 했다.

“곧 알게 될 거예요. 부탁이 있어요.”

그가 눈썹을 치켜떴다.

“나한테?”

“사람을 찾으려고 하는데.” 셀레이나는 거칠고 공허한 목소리로 물었다. “이일웨이의 공주를 죽인 대가로 최근에 큰돈을 번 남자요. 그레이브라는 이름이에요. 그자가 어디 있는지 알아야겠어요.”

“난 몰라.”

술집 주인의 얼굴이 한층 더 창백해졌다.

셀레이나는 주머니에서 반짝이는 고대 보석과 금화를 한 줌 꺼내 내밀었다. 모두의 눈이 그리로 쏠렸다.

“한 번 더 물을 테니 똑바로 대답해요.”

그레이브라 불리는 자객은 허겁지겁 달아났다.

그 여자가 얼마나 오랫동안 그를 추적해왔는지는 알 길이 없었다. 공주를 죽인 지 일주일이 넘었는데 여태 그를 의심한 사람은 없었다. 그동안 들키지 않고 잘 피했다고 생각했다. 살인 현장에 명함이라도 남겨놨으면 좀더 창의적인 자객으로 이름을 날리지 않았을까 하는 생각도 해봤다. 그런데 오늘 밤에 완전히 생각이 바뀌었다.

평소 즐겨 찾는 지하 술집의 카운터에서 술을 마시고 있는데, 손님들로 가득한 술집 안이 별안간 조용해졌다. 고개를 돌려보니 그 여자가 인간이라기보다는 분노 그 자체인 모습으로 자신의 이름을 입 밖에 내고 있었다. 자신의 이름이 실내에 울려 퍼지기도 전에 그레이브는 뒷문을 통해 골목으로 빠져나가 도망치기 시작했다. 좇아오는 발소리는 들리지 않았지만 그 여자가 그림자와 안개에 몸을 숨긴 채 따라오고 있음을 느낄 수 있었다.

그는 이 골목 저 골목을 지나 옆길로 빠져나갔다. 담장을 뛰어넘고 빈민가를 지그재그로 달렸다. 그 여자를 떼어놓기 위해, 지쳐 나가떨어지게 만들기 위해. 마지막으로 들어선 곳은 어느 조용한 거리였다. 이제 몸에 착 붙여놓았던 칼을 꺼내 들면 되었다. 시합 때 여자는 자신을 모욕했다. 그 방식 그대로, 그 여자에게 대가를 치르게 할 것이다. 나를 비웃고, 나의 코를 깨뜨리고, 나의 가슴에 손수건을 던졌던 그 여자의 방식대로.

거만하고 멍청한 년.

그레이브는 비틀거리며 모퉁이를 돌아갔다. 숨이 거칠고 쓰렸다. 그가 몸에 지닌 단검은 세 자루뿐이었다. 미리 세어두었다. 그 여자가 술집에 들어왔을 때, 그는 여자가 등에 가로질러 맨 날 넓은 칼 한 자루, 사악하게 생긴 칼날들이 허리춤에서 번뜩이는 것까지 즉시 파악했다. 그 정보면 단검 세 자루로도 충분히 제압할 수 있겠다는 계산이 섰다.

자갈 깔린 골목을 따라 반쯤 들어간 그는 길 끝이 막혀 있음을 알아챘다. 길 끝의 담장은 너무 높아 타 넘을 수도 없었다. 그렇다면 여기서 승부를 봐야 한다. 곧 여자를 무릎 꿇리고 제발 살려달라고 빌게 만든 다음 몸을 갈기갈기 찢어줄 것이다. 단검을 꺼내 든 그는 미소를 지으며 열린 길 쪽으로 돌아섰다.

푸른 안개가 천천히 흘렀다. 쥐 한 마리가 좁은 길을 가로지르며 허둥지둥 달려갔다. 저 멀리서 홍청대는 소리 말고는 아무 소리도 들리지 않았다. 따돌린 건가. 아무리 멍청한 왕족이지만 실력이 겨우 이 정도인 여자를 왕의 전사로 삼다니. 자기네 목숨까지 위험에 처하게 만드는 큰 실수다. 고객이 그레이브를 고용하면서 한 말도 바로 그것이었다.

그레이브는 열린 골목 입구를 주시하며 잠시 그 자리에서 기다리다가 살짝 실망하면서 비로소 숨을 들이마셨다.

왕의 전사라더니. 여자를 따돌리는 건 그리 어렵지 않았다. 이제 집으로 돌아가야지. 수일 내에 또 다른 의뢰가 들어올 것이다. 그리고 다음 건. 또 다음 건. 고객은 앞으로 계속 암살 의뢰를 받게 해주겠다고 약속했다. 에로밴 헤멜은 암살 대상에게 지나치게 잔인하게 군다며 그레이브를 자객 길드에 넣어주지 않았다. 에로밴이 그런 결정을 내린 것을 후회하게 만들어줄 것이다.

이 손에서 저 손으로 단검을 휙휙 던지며 킬킬 웃고 있는데 여자가 모습을 드러냈다.

안개 사이로, 마치 어둠 한 조각처럼 소리도 없이 나타났다. 달려오지도 않았다. 기분 나쁠 정도로 당당한 걸음이었다. 그레이브는 주변 건물들을 둘러보았다. 돌벽은 지나치게 미끄러웠고 이쪽으로는 창문도 나 있지 않았다.

그녀는 한 걸음 한 걸음 다가오고 있었다. 그는 저 여자도 네히미아처럼 고통스럽게 죽이며 그 과정을 실컷 즐겨볼 작정이었다.

그는 웃으며 골목 끄트머리 쪽으로 물러섰다. 어느새 그의 등이 돌벽에 닿았다. 좁은 공간에서라면 저 여자를 충분히 제압할 수 있을 것이다. 인적 없는 이런 거리라면 원하는 대로 살인을 즐길 수 있다.

여자는 계속 그에게 다가왔다. 여자의 등에 매달린 칼이 그와 가까워지면서 우웅 울었다. 달빛을 받은 긴 칼날이 번뜩였다. 저것도 저 여자가 왕족 연인한테 받은 선물일 테지.

그레이브는 장화 안에 꽂아둔 두 번째 단검을 꺼내 들었다. 이건 귀족 나부랭이들이 주최한 우스꽝스럽고 허세 가득한 시합이 아니다. 규칙 따윈 없다.

여자는 아무 말 없이 다가왔다.

그레이브도 조용히 여자의 머리를 향해 양손의 검을 휘두르며 달려갔다.

여자는 뜻밖에도 그의 칼을 쉽게 피하며 옆으로 물러섰다. 그레이브는 다시 여자에게 달려들었다. 하지만 여자는 그보다 훨씬 빠르게 고개를 숙여 칼을 피하더니 그의 정강이를 향해 긴 칼을 휘둘렀다.

그는 통증을 느끼기도 전에 젖은 바닥에 나뒹굴었다. 세상이 검은색과 회색, 붉은색으로 번뜩이고 찢어지는 듯한 통증이 밀려왔다. 그는 손에 단검을 쥔 채 벽 쪽으로 주춤주춤 기며 물러났다. 다리가 말을 듣지 않았다. 바닥의 축축한 오물이 두 팔을 잡아당기는 듯했다.

"저년이. 저 쌍년이."

등이 벽에 닿았다. 다리에서 피가 쏟아졌다. 뼈까지 잘린 듯했다. 이 정도 잘렸으면 다시는 걷지 못할 것이다. 그래도 그는 여전히 여자에게 대가를 치르게 할 방법을 찾고 있었다.

여자는 몇 걸음 앞두고 서서 칼집에 칼을 도로 넣었다. 그리고 보석이 박힌 중간 길이의 칼을 꺼내 들었다.

그레이브는 머릿속에 떠오르는 제일 더러운 욕을 퍼부었다.

여자는 실실 웃으며 살무사보다 재빠르게 달려들었다. 여자는 그의 한쪽 팔을 벽에 대더니 번뜩이는 칼로 찔렀다.

오른쪽 손목에 찢어지는 통증이 느껴지고 곧이어 왼쪽 손목도 돌벽에 칼로 박혔다. 칼 두 자루로 양팔이 벽에 박힌 그레이브는 고통에 찬 비명을 내질렀다.

달빛을 받아 거의 시커멓게 보이는 피가 몸 밖으로 흘렀다. 그레이브는 버둥거리며 계속해서 욕을 내뱉었다. 벽에 박힌 팔을 당겨 빼지 못하면 출혈로 목숨을 잃게 될 것이다.

여자는 저세상 존재처럼 소리 없이 다가와 그의 앞에 웅크리더니 또 다른 칼끝으로 그의 턱을 밑에서 받쳐 올렸다. 여자가 얼굴을 가까이 들이대자 그레이브는 숨을 헐떡였다. 두건 아래는 아무것도 없었다. 텅 빈 공간인 듯 얼굴이 없었다.

여자는 자갈처럼 거친 목소리로 물었다.

"누가 널 고용했지?"

"고용이라니 무슨 소리야?"

그는 울음 섞인 목소리로 되물었다. 네히미아를 죽이지 않은 척하면 되지 않을까. 어떻게든 잘 구슬려서, 나는 공주 사건과는 무관하다고 설득한 뒤 도망치면 되지 않을까…….

여자는 그의 목에 칼끝을 대고 지그시 누르며 다시 물었다.

"네히미아 공주를 죽이라고 널 고용한 게 누구야?"

"그런 적 없어. 무슨 소릴 하는지 모르겠다고."

숨을 한 번 들이마시기도 전에 여자는 바닥에 널브러져 앉은 그의 허벅지를 또 다른 칼로 내리 찔렀다. 그는 여자가 손에 그 칼을 쥔 것도 알아채지 못하고 있었다. 칼이 어찌나 깊게 박혔는지 자갈 바닥까지 울렸다. 그는 미친 듯이 비명을 지르며 온몸을 비틀었다. 그럴수록 뒷벽에 고정된 손목은 칼에 더욱 깊게 관통되었다.

"누가 널 고용했지?"

여자는 차분하게, 아주 침착하게 다시 물었다.

그레이브는 신음을 흘리며 중얼거렸다.

"금. 금을 줄게."

여자는 칼 한 자루를 더 빼서 그의 다른 쪽 허벅지에, 바닥의 돌에 닿을 정도로 깊이 꽂아 넣었다. 그레이브는 그를 구해주지 않는 신들을 향해 악을 써댔다.

"누가 널 고용했어?"

"무슨 소리인지 모르겠다니까!"

여자는 그의 허벅지에 박힌 칼들을 뽑아냈다. 통증과 안도감에 그는 바닥에 오줌을 지릴 뻔했다.

"고마워. 고마워."

그는 속으로 이 년을 어떻게 벌줘야 할지 궁리하면서도 겉으로는 울음을 터뜨렸다. 여자는 웅크리고 앉아 그를 노려보았다.
여자는 톱니가 번뜩이는 칼을 뽑아 들고 그의 손 위로 가져갔다.
"손가락 하나 골라." 여자의 말에 그는 덜덜 떨며 고개를 저었다. "하나 고르라고."
"제…… 제발."
결국 그의 바지 밑으로 뜨끈한 오줌이 퍼져나갔다.
"엄지로 해야겠네."
"아…… 아니. 저…… 전부 말할게!" 여자는 그의 엄지 바로 옆에 칼날을 바짝 들이댔다. "제발 하지 마! 다 말할게!"

CHAPTER 36

몇 시간에 걸쳐 논쟁을 하고 나니 도리언은 신경이 곤두서기 시작했다. 별안간 평의회 회의실 문이 벌컥 열리더니 셀레이나가 검은 망토를 펄럭이며 안으로 성큼성큼 걸어 들어왔다. 아버지를 포함해 탁자에 둘러앉은 스무 명 남자들의 시선이 셀레이나가 머리채를 잡아서 들고 들어온 그것에 쏠렸다. 문 옆에 서 있던 케이올은 방을 가로질러 그녀 쪽으로 다가가다가, 셀레이나가 들고 들어온 그것을 보더니 우뚝 멈춰 섰다.

잘린 머리였다.

비명을 지르는 상태 그대로 목이 잘렸음을 알 수 있었다. 흉측한 이목구비, 셀레이나의 손에 쥐어진 칙칙한 머리카락. 얼핏 아는 자인 듯했지만, 장갑을 낀 그녀의 손가락에 머리채를 잡힌 채 흔들거리고 있어서 확실히는 알 수 없었다.

얼굴에 핏기가 가신 케이올은 손을 칼자루에 올렸다. 방 안에 있던 다른 근위병들도 칼을 빼 들었으나 자리에서 움직이지는 않았다. 케이올이나 왕이 명령을 내리지 않는 한 그들은 움직이지 않을 것이다.

"그게 무엇이냐?"

왕이 물었다. 평의회 의원들과 귀족들은 입을 딱 벌린 채 바라만 보았다.

셀레이나는 미소를 지으며 그중 한 의원에게 시선을 고정하고는 곧장 그자에게 걸어갔다.

그녀가 그 의원 앞에 놓인 서류 더미 위에 잘린 머리를 내려놓았지만 도리언의 아버지는 물론이고 나머지 사람들도 입을 열지 않았다.

"당신 겁니다."

셀레이나는 이렇게 말하며 쥐고 있던 머리채를 놓았다. 잘린 머리가 옆으로 기울어지다가 툭 멈췄다. 셀레이나는 위원의 어깨를 손으로 툭툭 치고는 탁자를 빙 돌아가 한쪽 끝의 빈자리에 털썩 앉았다. 편안한 자세로.

왕이 으르렁대듯 물었다.

"무슨 일인지 설명해라."

셀레이나는 팔짱을 끼고 그 의원에게 미소를 지었다. 앞에 놓인 머리를 바라보는 의원의 얼굴은 창백하다 못해 푸릇했다.

"어젯밤 그레이브를 만나서 네히미아 공주에 대한 얘기를 나눴습니다." 그레이브는 예전에 시합에 참가했던 자객이며 멀리슨 의원의 전사였다. "멀리슨 의원님께 안부를 전해달라고 하더군요. 그리고 이것도 전해달라고 했습니다." 셀레이나는 긴 탁자에 무언가를 휙 던졌다. 연꽃 문양이 새겨진 작은 금팔찌. 네히미아가 차고 다니던

팔찌였다. "프로 대 프로로 교훈 하나 드리죠, 의원님. 뭘 하든 흔적을 남기지 마세요. 의원님과 사적으로 인연이 있는 자객을 불러 이런 일을 시키지도 마시고요. 남들 앞에서 말다툼을 하자마자 상대를 해치는 짓도 하지 마세요."

멀리슨은 애원하는 눈빛으로 왕을 바라보았다.

"제가 한 짓이 아닙니다." 그는 잘린 머리를 앞에 두고 몸을 움츠렸다. "이 여자가 무슨 얘길 하는지 전혀 모르겠습니다. 제가 한 짓이 절대 아닙니다."

"그레이브의 말과는 다르네요." 셀레이나는 노래하듯 흥얼대며 반박했다. 도리언은 조용히 그녀를 바라보기만 했다. 네히미아가 죽던 날 밤 짐승이나 다름없던 모습과는 달랐다. 지금 그녀는 중간 지점에서 아슬아슬하게 서 있는 듯 보였다…… 워드여, 저들 모두를 도우소서.

케이올은 셀레이나의 의자 옆으로 다가가 그녀의 팔꿈치를 잡으며 물었다.

"이게 뭐 하는 짓이야?"

셀레이나는 고개를 들어 그를 쳐다보고는 다정하게 웃었다.

"대장님이 해야 할 일을 대신하고 있죠."

그녀는 그에게 잡힌 팔꿈치를 흔들어 떨쳐내고는 의자에서 일어나 탁자 옆으로 돌아갔다. 그리고 튜닉 안쪽에서 종이 한 장을 꺼내 왕 앞에 휙 던졌다. 감히 왕에게 물건을 던지는 무례를 범했으니 당장 교수대로 끌려간대도 무방할 지경이었지만 왕은 별말이 없었다.

케이올은 여전히 한 손을 칼에 얹은 채 그녀의 뒤를 따라 탁자 옆을 돌아갔다. 그는 돌처럼 굳은 얼굴로 그녀를 지켜보았다. 도리언은 그들이 여기서 싸움을 벌이지 않기를 간절히 바랐다. 또다시 여기서 싸우면 안 되었다. 도리언이 어쩔 수 없이 마법을 쓰는 것을 아버지가 본다면…… 잠재적인 적들이 잔뜩 모인 이 방에서 마법의 힘을 내보이는 것만은 정말이지 생각도 하고 싶지 않았다. 옆자리에 앉은 아버지는 당장 그를 죽이라고 명하고도 남을 사람이었다.

아버지는 셀레이나가 던진 종이를 집어 들었다. 바로 옆이라 도리언은 종이에 쭈욱 적힌 열다섯 개 이상의 이름들을 볼 수 있었다.

"네히미아 공주가 불행한 죽음을 맞기 전에 저는 왕실을 해하려는 반역자들을 없애는 일에 착수했습니다. 암살 대상자를 통해 그들을 찾아낼 수 있었죠."

셀레이나가 말한 암살 대상자가 아처임을 아버지는 아는 눈치였다.

도리언은 셀레이나를 더 이상 쳐다볼 수가 없었다. 이건 완전한 진실이 아니었다. 애초에 셀레이나는 반역자들을 사냥하러 창고에 갔던 게 아니었다. 케이올을 구하러 간 거였다. 대체 왜 지금 거짓말을 하는 걸까? 왜 일부러 그들을 사냥하러 간 척하지? 무슨 게임을 하려는 거야?

도리언은 탁자 너머를 건너다보았다. 멀리슨 의원은 잘린 머리를 앞에 두고 떨고 있었다. 멀리슨이 지금 그 자리에서 구토를 한다고 해도 놀랍지 않을 상황이었다. 저자가 그동안 네히미아의 목숨을 위태롭게 했던, 이름 모를 범인이란 말인가?

잠시 후 아버지는 명단에서 눈을 들고 셀레이나를 보며 말했다.

"잘했다, 전사. 잘했어."

셀레이나와 아달렌의 왕은 서로를 바라보며 미소지었다. 도리언이 지금까지 본 가장 무시무시한 장면이었다.

"지난달보다 너의 급료를 두 배로 올려주라고 재무장관에게 명하겠다."

도리언은 속이 울렁거렸다. 잘린 머리와 피로 빳빳해진 그녀의 옷 때문이 아니었다. 앞으로 다시는, 그가 한때 사랑했던 여인의 모습을 볼 수 없으리라는 사실 때문이었다. 케이올을 돌아본 도리언은 그 역시 같은 생각임을 알아챘다.

셀레이나는 극적으로 한 손을 흔들며 왕에게 절을 올렸다. 그리고 온기라곤 없는 미소를 지으며 눈을 내리뜨고 케이올을 쳐다보고는 시커먼 망토 자락을 펄럭이며 방에서 나갔다.

정적이 흘렀다.

도리언의 시선이 멀리슨 의원에게 향했다. 멀리슨은 다 죽어가는 목소리로 "제발"이라 말하며 호소했지만 왕은 케이올에게 멀리슨을 지하 감옥에 가두라고 명령했다.

셀레이나의 일은 아직 끝나지 않았다. 전혀. 피를 보는 일은 끝났을지 모르지만 침실로 돌아가 그레이브의 피 냄새를 씻어내기 전에 만나야 할 사람이 있었다.

타운하우스에 도착해서 보니 아처는 쉬고 있는 중이었다. 집사는 셀레이나를 감히 막아서지 못했다. 카펫 깔린 정면 계단을 올라가,

목재 패널로 된 우아한 복도를 지나간 셀레이나는 아처의 방으로 이어지는 여닫이문을 열어젖혔다.

침대에서 벌떡 일어난 아처는 붕대를 감은 어깨에 한 손을 올리며 미간을 찌푸렸다. 아처는 단검 여러 자루를 허리춤에 매단 셀레이나를 보더니 그 자리에서 꼼짝 않고 말했다.

“유감이야.”

침대 발치에 선 셀레이나는 그의 파리한 얼굴과 다친 어깨를 내려다보았다.

“당신도 유감이라고 하고 케이올도 유감이라고 하고 온 세상이 다 유감이라고 하네요. 당신이 말한 반란 세력이 원하는 게 뭔지 말해요. 왕의 계획에 대해 아는 게 있으면 털어놔요.”

“너한테 거짓말하고 싶지 않아.” 아처는 조용히 말했다. “하지만 진실을 털어놓기 전에 너를 믿을 수 있는지부터 알아야겠어. 네히미아 공주는……” 셀레이나는 그 이름을 듣고 움찔하지 않으려 애썼다. “…… 널 믿어도 된다고 했지만, 확인하고 싶어. 너도 나를 믿어야 얘기가 되겠지.”

“케이올을 납치하면 내가 당신을 믿을 줄 알았어요?”

“우린 케이올과 왕이 네히미아 공주를 해칠 계획을 짜고 있다고 생각했어. 그래서 케이올을 납치한 거야. 케이올은 공주의 안전에 위협이 가해지는 상황인 걸 알면서도 너한테 말하지 않았어. 우린 그 사실을 네가 케이올 입으로 직접 듣게 하려고, 그리고 그가 우리의 적이라는 걸 깨닫게 해주려고 널 창고로 불러들인 거야. 네가 그렇게 미쳐 날뛸 줄 알았으면 나도 그런 일은 벌이지 않았겠지.”

셀레이나는 고개를 저었다.

“어제 당신이 나한테 보낸 명단. 창고에 있던 남자들의 명단 말인데…… 그 사람들 정말 죽었어요?”

“그래, 네가 죽였잖아.”

셀레이나는 먹먹한 죄책감을 느꼈다.

“그건 미안하게 됐네요.” 셀레이나는 그들의 이름을 기억해주리라, 이름과 함께 얼굴도 마음에 새겨 두리라 결심했다. 그녀는 그들의 죽음의 무게를 평생 짊어지고 살아야 한다. 골목에서 죽인 그레이브의 죽음까지도. 결코 잊지 않을 것이다. “왕에게 명단을 넘겼어요. 그 정도면 왕이 당분간은 당신 쪽으로 시선을 돌리지 않을 거예요. 최대한 닷새예요.”

아처는 베개에 등을 깊게 묻으며 고개를 끄덕였다.

“네히미아 공주가 정말 당신과 함께 일했어요?”

“공주는 리프트홀드로 자주 나오곤 했어. 북쪽에서 군대를 조직하는 일이 제대로 되어가고 있는지 확인해야 했으니까. 성에 관한 정보를 우리에게 직접 전해주기 위한 목적도 있었고.” 셀레이나가 평소 의심했던 대로였다. “공주가 죽었으니……” 그는 눈을 감고 덧붙였다. “우린 공주를 대체할 수 없어.”

셀레이나는 숨을 삼켰다.

아처는 다시 그녀를 올려다보았다.

“하지만 넌 대체할 수 있어. 네가 테라센 출신인 거 알아. 그러니 너도 테라센을 해방시켜야 한다는 생각을 조금은 갖고 있겠지.”

당신은 겁쟁이예요.

셀레이나는 무표정을 유지했다.

아처가 나지막하게 말을 이어갔다.

"유리 성에서 우리의 눈과 귀가 되어 줘. 우릴 도와줘. 우리가 모두를…… 너를 구할 방법을 찾을 수 있게. 우린 왕이 무슨 계획을 세우고 있는지는 몰라. 그가 지닌 힘의 원천이 마법이 아니라는 것, 그가 그 힘을 이용해 괴물을 만들어내는 것 같다는 짐작만 하고 있을 뿐이야. 어떤 목적을 갖고 있는지는 몰라. 네히미아 공주는 그걸 알아내려 했어. 그래야 우리 모두 살 수 있을 테니까."

그 점에 대해서는 나중에 천천히 생각해보기로 했다. 아처를 내려다보던 셀레이나는 피로 뻣뻣해진 자신의 옷으로 시선을 옮겼다.

"네히미아를 죽인 자를 찾아냈어요."

아처의 눈이 휘둥그레졌다.

"어떻게 했어?"

셀레이나는 돌아서서 방을 나서며 말했다.

"빚을 갚아줬죠. 멀리슨 의원이 눈엣가시 같은 공주를 제거하려고 자객을 고용했어요. 평의회 회의 때 네히미아가 번번이 그의 의견에 반대하고 나섰으니 거슬렸겠죠. 멀리슨은 지금 지하 감옥에서 재판을 기다리고 있어요."

셀레이나는 처음부터 끝까지 재판에 참석하고 이후 처형까지 지켜볼 참이었다.

셀레이나가 문손잡이에 손을 얹자 아처가 한숨을 내쉬었다.

그녀는 두려움과 슬픔이 새겨진 아처의 얼굴을 어깨너머로 돌아보았다.

"당신이 나 대신 화살을 맞았죠."

"그 난장판을 만든 게 나인데 이 정도는 해야지."

셀레이나는 입술을 질끈 깨물며 문을 열었다.

"왕이 당신을 죽이라고 명하기까지 닷새 정도 남았어요. 당신도 그렇고 동료들한테도 준비하라고 일러둬요."

"하지만……"

"거기까지예요. 대신 화살을 맞아줬으니 지금 당신 목을 칼로 베지 않을게요. 운 좋은 줄 알아요. 나 대신 화살을 맞았든 안 맞았든, 내가 케이올과 어떤 관계든, 당신은 나한테 거짓말을 했고 내 친구를 납치했어요. 당신이 그런 짓만 안 했어도, 당신만 아니었어도 그날 밤 나는 성에 있었겠죠." 셀레이나는 아처를 노려보며 말을 이었다. "이제 당신하고는 끝이에요. 당신 정보도 필요 없고, 당신한테 내 정보가 넘어갈 일도 없습니다. 당신이 이 도시를 떠나서 어떻게 되든 알 바 아니에요. 다시는 보지 맙시다."

문을 나선 셀레이나는 복도로 나갔다.

"셀레이나?"

그녀는 뒤를 돌아보았다.

"미안해. 네가 공주에게, 공주가 너에게 얼마나 큰 의미였는지 알아."

그레이브를 사냥하러 떠날 때부터 짊어지고 있었으나 애써 외면해온 슬픔의 무게가 별안간 묵직하게 떨어졌다. 셀레이나의 어깨가 축 처졌다. 몹시 피로했다. 그레이브는 죽었고 멀리슨 의원은 지하 감옥으로 끌려갔으니 이제 그녀가 붙잡아 불구로 만들고 처벌해야 할 사람은 없었다. 그래서인지 지독한 피로감이 몰려왔다.

"닷새. 닷새 후에 돌아올게요. 그때까지도 리프트홀드를 떠나지 않고 있으면 당신을 죽은 자로 위장하는 짓도 안 할 겁니다. 내가 이 방 안에 들어온 걸 알아채기도 전에 당신은 죽게 될 테니 알아서 하세요."

케이올은 아버지의 시선에도 무표정을 유지하며 어깨를 바로 세웠다. 아버지의 숙소 안에 있는 작은 조찬실은 햇볕이 잘 들고 조용했으며 쾌적했다. 케이올은 10년 만에 보는 아버지를 앞에 두고 조찬실 문 앞에 우두커니 서 있었다.

아니엘의 영주는 예전과 크게 달라지지 않은 모습이었다. 머리가 좀 세긴 했지만 얼굴은 여전히 잘생겼고 강인한 인상을 풍겼다. 케이올과 무척이나 닮았다.

"아침이 다 식겠다."

아버지는 큼직한 손으로 식탁 맞은편의 빈 의자를 가리켰다. 아버지의 입에서 나온 첫 말이었다.

케이올은 턱이 아플 정도로 이를 악물고 환한 방을 가로질러 의자로 가 앉았다. 아버지는 주스 한 잔을 따르면서 그를 쳐다보지도 않고 말했다.

"제복이 몸에 잘 맞는구나. 네 어미의 피를 이어받아서인가. 네 동생은 팔다리만 길쭉해서 뼈대가 어색하기 짝이 없는데."

케이올은 '네 어미의 피'라는 말에 기분이 상했지만 조용히 잔에 차를 따르고 빵에 버터를 발랐다.

"계속 입 다물고 있을 거냐? 무슨 말이라도 해보지 그러냐?"

"무슨 말을 해야 할까요?"

아버지는 옅은 미소를 지었다.

"예의 바른 아들이라면 가족의 안부부터 묻겠지."

"지난 10년 동안 저는 아들인 적 없습니다. 왜 이제 와서 아들 노릇을 해야 하는지 모르겠군요."

아버지는 케이올의 허리춤에 매달린 긴 칼을 바라보았다. 나름의 판단으로 무게를 가늠해보는 눈치였다. 케이올은 당장 이 자리를 박차고 나가고 싶은 충동을 느꼈지만 애써 참았다. 아버지의 초대에 응한 것부터가 실수였다. 어젯밤에 받은 초대의 쪽지를 불태웠어야 했다. 멀리슨 의원을 지하 감옥에 가두고 나서 그는 왕에게 설교를 듣느라 진이 빠졌다. 왕은 근위대장과 그 부하들을 물 먹이고 독단적으로 일을 처리한 셀레이나에 대해 한참을 떠들었다. 그 바람에 케이올은 판단력이 흐려졌던 모양이었다.

셀레이나는…… 어떻게 방에서 몰래 빠져나갔을까? 알 수가 없었다. 근위병들은 정신을 바짝 차리고 보초를 섰고 방 안에서 아무 소리도 들리지 않았다고 보고했다. 창문도 닫혀 있었고 방문도 마찬가지였다. 필리파에게 물어보니, 침실 문도 밤새 잠겨 있었다고 했다.

셀레이나가 또다시 비밀을 만든 모양이었다. 그녀는 케이올을 구하기 위해 창고에 쳐들어와 사람들을 죽였지만 왕에게 거짓으로 보고를 올렸다. 그 외에도 셀레이나는 뭔가 은밀하게 숨기는 듯했다.

언젠가 분노한 그녀의 손에 죽임을 당하지 않으려면 그녀가 어떤 비밀을 감추고 있는지 알아내야 할 것이다. 골목에서 발견된 시체의 상태에 관한 부하들의 보고도 뭔가 심상치 않았다…….

"요즘 무슨 일을 하고 있는지나 말해봐라."

"뭘 알고 싶으신 겁니까?"

케이올은 음식과 음료에 입도 대지 않고 차갑게 물었다.

아버지는 의자 등받이에 등을 기댔다. 한때 아버지의 그런 모습을 보면 진땀이 났었다. 이제부터 그에게 모든 관심을 집중할 것이며, 나약함을 내보이거나 실수를 저지르면 그 부분을 판단하고 숙고해 벌을 주겠다는 의미가 담긴 몸짓이기 때문이었다. 하지만 케이올은 이제 성인이고 오직 아달렌 왕의 명령에만 답할 뿐이었다.

"영지의 후계자 자리를 포기하고 차지한 근위대장 자리가 마음에 드냐?"

"예."

"넌 리프트홀드로 끌려온 게 고마운 모양이구나. 이일웨이에서 반란이 일어나면 그게 다 네 덕분일 거다."

케이올은 온 의지를 다해 참으면서 빵 한 입을 뜯고 아버지를 바라보았다.

아버지는 인정해주겠다는 눈빛으로 빵을 한 입 먹으며 말했다.

"여자는 있겠지?"

케이올은 무표정을 유지하기 위해 애썼다.

"아뇨."

아버지는 느긋하게 미소 지었다.

"넌 늘 거짓말을 하면 티가 나더라."

케이올은 창문 쪽으로 시선을 돌렸다. 구름 한 점 없는 하늘에 봄의 흔적이 완연했다.

"널 위해서 하는 말인데, 적어도 귀족 가문의 여식이어야 될 거다."

"저를 위해서요?"

"네가 아무리 우리 집안을 모욕해도 너 역시 웨스트폴 가문의 일원이다. 우리는 부엌 하녀 같은 부류와 결혼하지 않아."

케이올은 코웃음을 치며 고개를 가로저었다.

"부엌 하녀든 공주든 노예든 제가 원하는 사람과 결혼할 겁니다. 상관하지 마세요."

두 손을 모아 깍지를 낀 아버지는 한참 침묵하다 나지막히 말했다.

"네 어머니가 널 보고 싶어 한다. 네가 집으로 돌아오길 바라고 있어."

폐에서 숨이 모조리 빠져나가는 기분이었다. 케이올은 애써 무표정을 유지하면서 흔들림 없는 목소리로 물었다.

"아버지는요?"

아버지는 그를 똑바로, 속내를 들여다보듯 바라보았다.

"이일웨이가 복수하겠다고 나서고 도저히 전쟁을 피할 수 없는 상황이 되면 우리 아니엘에는 강한 후계자가 필요하게 돼."

"테린을 잘 다듬어보세요. 후계자 노릇을 잘 해낼 겁니다."

"테린은 전사가 아니라 학자야. 타고난 기질이 그래. 이일웨이에서 반란이 일어나면 화이트팽 산의 야만인들도 이때다 싶어 들고 일어날 거다. 아마 제일 먼저 아니엘로 쳐들어오겠지. 오랫동안 우리에게 복수할 날만 꿈꾸고 있는 놈들이니까."

이런 말을 꺼내기까지 아버지가 얼마나 자존심을 굽혔을까 싶으면서도, 마음 한편으로는 속을 끓이게 만들어주고 싶기도 했다.

하지만 분노하는 것도 미워하는 것도 지긋지긋했다. 그를 다정한 눈빛으로 바라보느니 뜨거운 석탄을 삼키는 게 낫다는 뜻을 표명한 셀레이나 때문에 케이올은 누구하고든 싸울 힘이 남아 있지 않았다. 셀레이나는 그를 완전히 떠나버렸다.

"제 자리는 여깁니다. 여기서 제 인생을 살 겁니다."

"네 사람들이 너를 필요로 하고 있어. 그들에겐 네가 있어야 돼. 어쩌면 그렇게 이기적으로 네 사람들에게 등을 돌릴 수가 있단 말이냐?"

"아버지가 제게 등을 돌린 것처럼요?"

아버지는 잔인하고 차가운 미소를 지었다.

"넌 후계자 자리를 포기하면서 이미 가문을 욕보였다. 내게 망신을 줬지. 그래도 요 몇 년간 지켜보니 꽤 쓸모가 있어졌더구나. 도리언 왕세자가 네게 의지한다고 들었다. 도리언이 왕이 되면 너에게도 그만큼 보상해주지 않겠냐? 아니엘을 공작 영지로 만들고, 모라스 부근의 페링턴 영지에 견줄 만큼 넓은 땅을 네게 하사할 수도 있겠지."

"진짜 원하는 게 뭡니까, 아버지? 아버지의 사람들을 보호하는 겁니까, 아니면 저와 도리언의 우정을 아버지 편한 대로 이용하려는 겁니까?"

"둘 다라고 하면 나를 지하 감옥에 던져 넣을 거냐? 요즘 널 화나게 하는 사람들을 그렇게 처리한다고 들었다." 아버지의 번뜩이는 눈빛을 본 케이올은 아버지가 어느 정도 알고 있는지 짐작할 수 있었다.

"네 덕분에 지하 감옥에 들어가면 네 여자와 이런저런 조건에 관해 쪽지를 주고받을 수는 있겠구나."

"저를 아니엘로 돌아오게 설득하고 싶으신 거면 지금 잘못 하시는 겁니다."

"널 설득할 필요가 있을까? 넌 공주를 지키지 못했고 그로 인해 전쟁이 일어나게 생겼다. 네가 데리고 자던 자객은 널 죽여 내장을 끄집어내려 벼르고 있다지. 여기서 수치를 당하는 것 말고 너한테 남은 게 무엇이냐?"

케이올이 두 손으로 식탁을 내리쳤다. 접시들이 달가닥거렸다.

"그만하세요."

아버지가 셀레이나에 대해 아는 것도, 갈기갈기 찢어진 그의 마음에 대해 아는 것도 케이올은 원치 않았다. 케이올은 셀레이나의 체취가 남아 있는 침대 시트도 하인들이 갈지 못하게 했다. 그 시트에서 자면 그녀와 함께 누워 있는 꿈을 꿀 수 있어서였다.

"이 자리에 오기까지 10년 걸렸습니다. 아버지가 조롱한다고 해서 아니엘로 돌아갈 일은 없습니다. 테린이 나약하다는 생각이 드시면 저한테 보내세요. 훈련을 시켜줄 테니. 테린도 여기서 살면 진짜 남자처럼 행동하는 법을 배우게 될 겁니다."

케이올은 의자를 뒤로 밀고 일어나 문으로 향했다. 접시가 또다시 달그락거렸다. 5분. 이 방에서 그는 5분도 견뎌내지 못했다.

문간에서 멈춰선 그는 아버지를 돌아보았다. 아버지는 희미하게 미소 지으며 그를 찬찬히 바라보고 있었다. 앞으로 그가 얼마나 쓸모 있을지 가늠해보는 눈빛이었다.

케이올이 경고했다.

"그 여자에게 말을 걸거나 쳐다보기만 해도, 아버지든 누구든 이 성에 발을 들인 걸 후회하게 만들어줄 겁니다."

케이올은 아버지의 대답을 듣지도 않고 돌아서서 방을 나갔다. 하지만 어쩐지 아버지가 놓은 덫에 걸려든 것 같은 예감이 들어 마음이 무거웠다.

CHAPTER 37

이일웨이 군인들과 대사들이 아달렌 왕실의 땅에 매장된 네히미아의 시신을 모시러 오고 있는 지금, 이러고 있는 사람은 그녀뿐일 것이다. 셀레이나는 피와 고통의 냄새로 가득했던 네히미아의 방문을 열었다. 누군가 이미 그 방에서 선혈의 흔적을 말끔히 지워놓았다. 매트리스도 사라졌다. 셀레이나는 문간에 서서 뼈대만 남은 침대를 바라보았다. 어쩌면 네히미아의 시신을 이일웨이로 모시고 가는 사람들이 그녀의 소지품을 챙겨가는 게 최선일 수도 있었다.

하지만 그들이 네히미아의 친구는 아니지 않나? 낯선 자들이 네히미아의 소지품을 건드리고 다른 물건들과 함께 싸서 치우는 건 생각만 해도 가슴이 아프고 분노가 치밀었다.

아까도 셀레이나는 지금처럼 속이 미친 듯이 끓어, 옷방으로 들어가 옷걸이에 걸린 드레스를 모조리 벗겨냈다. 신발이며 튜닉, 리본, 망토도 죄다 꺼내서 복도로 내던졌다.

네히미아를 떠올리게 만드는 드레스들부터 불에 태웠다. 워드 문자 수업을 할 때나 같이 식사를 할 때, 성 주변에서 함께 산책할 때 입었던 드레스들이었다. 그런데 필리파가 다가오더니 멀쩡한 옷을 왜 태우고 연기를 피우냐며 야단을 했다. 필리파가 아직 타지 않은 옷들을 골라내 기부하겠다고 하자 셀레이나는 그러라고 했다. 하지만 셀레이나가 케이올의 생일날 밤에 입었던 드레스는 제일 먼저 불이 붙는 바람에 완전히 타버리고 말았다.

옷방을 비운 셀레이나는 필리파에게 금화가 담긴 주머니를 주며 나가서 새 옷을 몇 벌 사오라고 시켰다. 필리파는 애달픈 표정으로 셀레이나를 바라보다가 말없이 나갔다. 그런 필리파의 모습에 셀레이나도 마음이 좋지 않았다.

셀레이나는 한 시간에 걸쳐 차분하고 신중하게 네히미아의 옷과 보석을 꾸러미에 담았다. 공주의 소지품을 볼 때마다, 공주의 방에 배어 있는 연꽃 향기가 콧속으로 스며들 때마다 관련된 기억이 떠올랐지만 그 기억에 파묻히지 않으려 애썼다.

짐을 담은 가방을 전부 봉하고 나서 네히미아의 책상 앞으로 갔다. 공주가 잠깐 출타를 한 것처럼 책상 위에 서류와 책이 흩어져 있었다. 종이를 향해 손을 뻗으면서 자신의 오른손에 둥글게 자리한 상처 자국을 바라보았다. 예전에 리더락의 이빨에 물린 자국이었다.

종이에는 이일웨이어와 워드 문자들이 휘갈기듯 적혀 있었다.

워드 문자 일부는 길게 여러 줄을 이루었고, 일부는 몇 달 전 네히미아가 셀레이나의 침실 지하의 무덤에서 직접 본 것 같은 상징 형태였다. 왕의 첩자들이 어째서 이 종이들을 가져가지 않았을까? 왕은 공주의 방을 수색할 필요조차 없다고 여긴 건가? 셀레이나는 흩어진 종이들을 차곡차곡 모았다. 잘 하면 이 문자들에 관해 일부라도 알아낼 수 있을지 모른다는 생각에서였다. 비록 네히미아가…….

죽었지만. 그래. 네히미아는 죽었지.

오른손의 상처를 한 번 더 내려다보던 셀레이나가 책상을 뒤로하고 돌아서려는데 종이 더미 사이에서 반쯤 튀어나온 익숙한 책이 눈에 들어왔다.

데이비스의 서재에서 본 책이었다.

이 책이 좀더 오래되었고 더 손상되긴 했지만 같은 책인 건 확실했다. 책 안쪽에 워드 문자로 글이 적혀 있었다. 기본적인 문자라 셀레이나도 뜻을 알았다.

…… 를 믿지 말 것.

믿지 말라고 한 대상에 해당하는 상징은 의미를 알 수가 없었다. 아달렌 왕실의 인장에 새겨진 와이번처럼 보이기도 했다. 물론 셀레이나는 아달렌 왕을 믿지 않았다.

좀더 상세한 정보를 찾기 위해 책장을 휘리릭 넘겨봤지만 별다른 건 없었다.

뒤표지를 보니 네히미아가 적어놓은 메모가 눈에 띄었다…….

똑바로 볼 수 있는 눈을 가진 존재.

그 구절은 공용어와 이일웨이어, 그 외에 셀레이나가 모르는 여러 언어로 적혀 있었다. 여러 언어로 번역해놓은 것을 보니, 네히미아는 이 수수께끼를 다른 언어로 풀어내 의미를 알아내려 했던 것 모양이었다. 같은 책, 같은 수수께끼, 뒤표지에 적어놓은 여러 언어로 번역된 구절들.

한가로운 귀족의 말장난인 것 같은데요, 라고 네히미아는 말했다.

하지만 네히미아는…… 네히미아와 아처는 데이비스가 속해 있는 반역 집단을 이끌었다. 네히미아는 데이비스를 알고 있었다. 알면서도 모르는 척 거짓말을 했다. 수수께끼에 대해서도 거짓말을 했다. 그리고…….

약속했다. 셀레이나에게 더 이상은 어떤 비밀도 없을 거라고 약속했다.

약속해놓고 거짓말을 했다. 셀레이나를 속였다.

그 방 책상 위에 놓인 종이들을 샅샅이 살펴보는 동안 셀레이나는 악을 쓰고 싶은 걸 꾹 참았다. 달리 눈에 띄는 정보는 없었다.

네히미아는 또 어떤 거짓말을 했을까?

눈을 가진 존재…….

셀레이나는 목에 걸린 목걸이에 손을 얹었다. 네히미아는 이 무덤에 대해 알고 있었다. 네히미아가 반역 집단에게 정보를 제공해왔다면, 그리고 셀레이나를 부추겨 벽에 새겨진 눈 모양의 구멍을 들여다보게 만든 거라면…… 네히미아도 여길 들여다봤을 것이다. 하지만 시합이 끝난 후 네히미아는 엘레나의 눈을 셀레이나에게 돌려주었다. 네히미아가 엘레나의 눈이 자신에게 필요한 물건이라 여겼으면 셀레이나에게 주지 않고 본인이 가졌을 것이다. 아처 역시 이 목걸이에 대해서는 달리 무언가를 아는 것 같지 않았다.

어쩌면 수수께끼가 언급하는 눈은 엘레나의 눈이 아닐지도 모른다. 왜냐하면…….

“맙소사.”

셀레이나는 숨을 토해내며 방에서 달려나갔다.

셀레이나가 무덤으로 향하는 문으로 다가오자 모트가 씩씩대며 물었다.

“오늘 밤에도 신성한 물건을 건드리려고?”

네히미아의 방에서 서류와 책을 자루에 잔뜩 담아 들고 온 셀레이나는 모트의 머리를 쓰다듬으며 조용히 옆으로 지나갔다. 모트는 당장이라도 물어뜯을 듯이 청동 이빨을 딱딱거렸다.

무덤 안으로 달빛이 훤하게 비춰들었다. 벽에 새겨진 눈 모양의 구멍 바로 맞은편에 금색으로 빛나는 또 다른 눈이 있었다.

다마리스. 진실의 검 다마리스. 개빈 왕은 똑바로 볼 수 있는 자였으니…….

똑바로 볼 수 있는 눈을 가진 존재.

“내가 왜 여태 이걸 못 봤지, 눈이 멀었나?”

셀레이나는 가죽 자루를 바닥에 던지듯 내려놓았다. 자루 안에 담긴 책이며 종이들이 돌바닥에 쏟아졌다.

"누가 아니래!"

모트는 노래하듯 빈정거렸다.

눈 모양을 한 칼자루 끝의 병두가 저 벽의 눈구멍과 정확히 맞아떨어질 것 같은데…….

셀레이나는 받침대에서 다마리스를 집어 들고 칼자루를 벗겨냈다. 칼날에 새겨진 워드 문자가 물결치는 듯했다. 셀레이나는 다마리스를 들고 서둘러 벽 쪽으로 향했다.

모트가 말했다.

"깨닫지 못했을까 봐 하는 말인데, 저 벽에 있는 구멍에 눈을 대고 들여다봐야 돼."

"그건 나도 알아."

셀레이나는 숨을 쉴 엄두도 내지 못하고 병두를 벽의 구멍에 가져다 댔다. 병두의 눈과 벽의 눈구멍이 나란히 놓이도록. 그리고 까치발로 서서 그 안을 들여다보았다. 신음이 절로 터져 나왔다.

시가 보였다.

그것도 긴 시.

셀레이나는 주머니에서 양피지와 숯을 꺼내 그 시를 베껴 쓰기 시작했다. 구멍을 통해 본 것을 외우고 재확인한 뒤 양피지에 옮겨 적었다. 드디어 마지막 연을 완성한 후 시 전체를 소리 내어 읽었다.

> 이 세 가지는 볼그가 만들었네.
> 워드의 입구 돌,
> 신들이 금지한 흑요석,

그리고 신들이 몹시 두려워한 돌.

슬픔에 잠긴 그는 그중 하나를
몹시 사랑했던 그녀의 왕관 속에 숨겼네.
별처럼 반짝이는 독방 안에 누운 그녀의 곁에
머물도록.

두 번째는
불의 산에 숨겼네.
거대한 욕망에도 불구하고
아무도 들어갈 수 없는 산이라네.

세 번째 돌을 숨긴 곳은
어떤 목소리나 언어로도
억만금을 준다고 해도
세상에 드러낸 적이 없네.

셀레이나는 고개를 절레절레 흔들었다. 이건 더 심한 말장난이었다. 각운도 맞지 않고, 마지막 줄의 운율도 균형을 이루지 못했다.

"이 칼을 사용하면 수수께끼를 풀 수 있다는 걸 넌 이미 알고 있었어. 이제라도 내 수고를 덜어주는 차원에서 이 시가 무슨 내용인지 설명해주는 게 어때?"

모트는 콧방귀를 뀌었다.

"내가 듣기에는, 세 가지 강력한 물건들의 위치를 알려주는 수수께끼 같구만, 뭐."

셀레이나는 시를 다시 처음부터 끝까지 읽어보았다.

"그러니까 무슨 세 가지 물건? 두 번째 물건은 음…… 화산에 숨겨져 있다는 뜻인가? 첫 번째랑 세 번째 물건은……" 셀레이나는 턱에 힘을 주며 덧붙였다. "'워드의 입구 돌'이라는 건 또 뭐야…… 이 시도 수수께끼야? 왜 여기 적혀 있는데?"

"그러니까 천년의 수수께끼지!" 모트가 버럭 소리쳤다. 셀레이나는 무덤 저쪽에 흩어진 종이와 책을 챙기러 돌아갔다. "이리로 끌고 내려온 물건들을 잘 챙겨 가는 게 좋을 거야. 안 그랬다간 신들께 부탁해서 사악한 짐승이 네 뒤를 쫓게 만들 줄 알아."

"그런 일이라면 이미 일어났어. 케인이 너보다 몇 개월이나 앞서서 그 짓거리를 했거든." 셀레이나는 다마리스를 받침대에 도로 가져다 놓았다. "그때 리더락이 여기서 뛰쳐나오면서 문짝에서 널 잡아 뜯었어야 했는데 아쉽게 됐어." 문득 떠오른 생각이 있어 셀레이나는 앞 벽을 바라보았다. 예전에 그녀가 리더락의 발톱에 찢기지 않으려 떨어진 곳이 바로 여기였다. "리더락의 사체를 누가 치웠지?"

"누구긴 누구야. 네히미아 공주지."

셀레이나는 문 쪽으로 고개를 돌렸다.

"네히미아?"

모트는 헉 소리를 내며 싸게 놀린 자신의 혀를 탓했다.

"네히미아가…… 네히미아가 여길 왔었다고? 이 무덤으로 네히미아를 데리고 내려온 게 나였는데……." 셀레이나가 문 앞에 놓아둔 촛불의 불빛에 모트의 청동 얼굴이 어슴푸레하게 빛났다. "리더락이 공격하고 나서 네히미아가 여길 왔었단 말이지? 그럼 그동안 쭉 네히미아는 이곳에 대해 알고 있었던 거네? 지금 네 말이 그 뜻이잖아?"

모트는 눈을 질끈 감았다.

"난 몰라."

또 다른 거짓말. 또 다른 비밀이었다.

"케인이 여기로 내려올 수 있었던 건 다른 출입구가 있기 때문이겠지."

"다른 출입구의 위치에 대해서라면 묻지도 마." 모트는 셀레이나의 생각을 읽은 것처럼 말했다. "난 이 문짝을 떠난 적이 없어." 셀레이나는 그 말 또한 거짓임을 알았다. 모트는 이 무덤 내부에 대해 훤히 아는 눈치였고 셀레이나가 건드리면 안 되는 물건을 건드릴 때마다 다 알고 잔소리를 해댔다.

"그럼 넌 무슨 쓸모가 있지? 브래넌 왕이 고작 사람들 약이나 올리라고 널 만들었어?"

"그분은 원래 그 정도 유머 감각은 있는 분이셨어."

모트가 고대의 요정 왕 브래넌을 실제로 알고 있다는 사실에 셀레이나는 속까지 떨렸다.

"난 네가 어느 정도 힘이 있는 줄 알았어. 헛소리 늘어놓는 건 그만하고, 수수께끼의 의미나 알려주는 게 어때?"

"당연히 안 되지. 결과보다는 과정이 더 중요한 거 몰라?"

"몰라." 셀레이나는 간담이 서늘해질 정도로 세찬 욕설을 뱉어내며

시를 적은 종이를 주머니에 쑤셔 넣었다. 이 수수께끼에 대해 본격적으로 알아봐야겠다는 생각이 들었다.

네히미아가 찾던 게 이 세 가지 물건이라면, 네히미아가 이 물건들에 대해 비밀에 부치려 거짓말을 했다면……. 아처 패거리가 어쩌면 선한 자들일 수는 있겠지만, 수수께끼에 언급된 힘을 감당할 능력이 있을 것 같지는 않았다. 아처 패거리가 시에 언급된 세 가지 물건들을 이미 찾고 있는 중이라면, 셀레이나가 누구보다 먼저 그 물건들을 찾아내는 게 최선일 것이다. 네히미아는 눈 관련 수수께끼가 다마리스를 의미한다는 것을 알아내지 못했는데, 그 세 가지 물건이 무엇인지는 알아냈을까? 네히미아는 왕보다 먼저 그 세 가지 물건들을 찾아내야 했을 테니 눈 수수께끼를 풀려고 안간힘을 썼을 수도 있었다.

저들은 왕의 계획에 대해 어느 정도 알고 있을까?

셀레이나는 초를 들고 방을 나섰다.

"드디어 네가 탐구 정신에 사로잡힌 건가?"

"아직 아니거든?"

셀레이나는 이렇게 말하며 모트 앞을 지나갔다. 세 가지 물건들이 무엇을 의미하는지부터 알아낸 뒤 그것들을 손에 넣을 방법을 강구하면 될 것이다. 셀레이나가 알고 있는 유일한 화산은 '사막 반도'에 있는 화산인데 그녀가 혼자 그 먼 곳까지 떠나게 왕이 허락할 리 없었다.

모트가 한숨을 푹 쉬며 말했다.

"내가 이 문짝에 붙어 있는 게 참 아쉬워. 수수께끼를 풀겠다고 네가 얼마나 고생을 할지 생각하니 답답하네!"

모트의 말이 옳았다. 셀레이나는 나선형 계단을 올라가면서 모트가 문짝에 붙어 있지 않고 거동이 자유로우면 얼마나 좋을까 생각했다. 적어도 함께 다니며 이 문제를 편하게 같이 논의할 수 있을 텐데. 세 가지 물건들이 정확히 무엇인지 몰라도 어떻게든 찾아내야 할 텐데 같이 다닐 사람이 없었다. 진실을 아는 사람도.

진실.

코웃음이 나왔다. 진실이라는 게 있기는 한가? 셀레이나가 지금 얘기를 나눌 사람이 하나도 없다는 것? 네히미아가 그동안 온갖 거짓말을 해왔다는 것? 아달렌의 왕이 세상을 놀라게 할 무시무시한 힘의 원천을 찾고 있을지도 모른다는 것? 어쩌면 왕은 이미 그런 힘을 갖고 있을 수도 있다는 것? 아처는 왕이 가진 힘의 원천은 마법이 아니라고 했다. 그럼 대체 뭐란 말인가? 네히미아라면 알고 있었을까…….

셀레이나의 걸음이 느려졌다. 계단통을 따라 흐르는 축축한 바람에 촛불이 펄럭였다. 셀레이나는 계단에 주저앉아 두 팔로 무릎을 감싸며 어둠 속에 대고 속삭였다.

"대체 뭘 또 숨기고 있었던 거예요, 네히미아?"

시야 한쪽에 은색으로 빛나는 무언가가 보였다. 굳이 고개를 돌려 확인하지 않아도 뒤에 누가 있는지 알 수 있었다.

셀레이나는 아달렌의 초대 여왕 엘레나에게 말했다.

"기운이 너무 소진되셔서 여기 못 오시는 줄 알았는데요."

"몇 분밖에 못 있어."

엘레나는 셀레이나가 앉은 자리에서 몇 칸 위의 계단에 앉았다. 여왕의 드레스가 바스락거렸다. 이런 곳에 앉는 건 여왕답지 않은 행동 아닌가.

그들은 함께 어둑한 계단통을 바라보았다. 들리는 소리는 셀레이나의 숨소리뿐이었다. 엘레나는 숨을 쉴 필요가 없을 것이다. 본인이 원치 않는 한 어떤 소리도 내지 않는 존재니까.

셀레이나는 무릎을 바짝 모으고 앉으며 조용히 물었다.

"죽으면 어때요?"

엘레나도 나지막하게 대답했다.

"고통이 없지. 아픈 곳도 없고 편안해."

"두려웠어요?"

"나는 자식들과 손주들, 그 아래 자손들에게 둘러싸인 아주 나이 많은 할머니로 살다가 죽었어. 죽음의 때가 다가왔지만 두렵지 않았지."

"죽고 나서 어디로 갔어요?"

엘레나는 조그맣게 웃었다.

"말해줄 수 없는 거 알잖아."

셀레이나의 입술이 움찔거렸다.

"네히미아는 할머니가 돼서 자기 침대에서 죽지 못했어요."

"그래, 그러지는 못했지. 하지만 영혼이 육신을 떠났으니 더 이상 고통도 두려움도 못 느껴. 이제 안전해."

셀레이나는 고개를 끄덕였다. 드레스 자락이 바스락거리는 소리가 나더니, 어느새 엘레나는 셀레이나가 앉아 있는 계단 칸에 나란히 앉았다. 그녀는 셀레이나의 어깨를 한 팔로 감싸 안았다. 엘레나의 온기에 몸을 맡기기 전까지 셀레이나는 얼마나 추운지도 모르고 있었다.

셀레이나가 두 손에 얼굴을 묻고 우는 동안 엘레나는 말없이 곁을 지켰다.

마지막으로 해야 할 일이 있었다. 네히미아가 죽고 나서 셀레이나가 한 일들 중 제일 힘들고 괴로운 일일 것이다.

하늘에 뜬 달이 세상을 은빛으로 물들였다. 왕실 영묘를 지키는 야간 경비병은 옷차림이 바뀐 셀레이나를 알아보지 못했지만, 유리성 정원 뒤쪽의 쇠문을 통해 들어온 그녀를 막아서지 않았다. 네히미아는 흰 대리석으로 지은 영묘에 안치되어 있지 않았다. 영묘 안은 왕족들만의 자리였다.

반구형 지붕을 얹은 영묘를 빙 돌아갔다. 측벽에 새겨진 와이번들이 빤히 쳐다보는 느낌이었다.

이 시간에 돌아다니던 사람들은 셀레이나를 보자 얼른 시선을 다른 곳으로 돌렸다. 그들을 탓할 일은 아니었다. 검은 드레스에 새까만 베일을 걸친 셀레이나의 모습은 지금 그녀가 얼마나 지독한 슬픔을 견뎌내고 있는지 보여주었다. 다들 그녀의 슬픔이 전염병이라도 되는 양 그녀와 거리를 두었다.

남들이 어떻게 생각하든 셀레이나는 눈곱만큼도 관심이 없었다. 저들 보라고 상복을 입은 것도 아니니까. 영묘 뒤로 돌아가자 자갈 깔린 정원에 줄지어 늘어선 무덤들이 보였다. 달빛을 받아 허옇게 빛나는 낡은 묘석들. 고귀한 귀족들의 안식처인 만큼, 애도하는 신들의 형상부터 춤추는 아가씨들의 형상에 이르기까지 다양한 조각상이 무덤을 지키고 있었다. 그중 일부는 마치 사람을 돌로 굳혀놓은 듯했다.

네히미아가 살해된 후 눈이 내리지 않아서 묻어놓은 자리를 쉽게 찾을 수 있었다. 얼마 전에 흙을 갈아 엎어놓은 자리였다.

묘비는커녕 꽃 한 송이 놓여 있지 않았다. 갈아엎은 흙과 땅에 꽂힌 칼 한 자루가 전부였다. 네히미아의 방 앞을 지키다 죽은 근위병이 지니고 있던 굽은 장검이었다. 어차피 이일웨이로 모셔갈 시신이니 아무도 이 자리에 다른 무언가를 가져다놓지 않았을 것이다.

무덤을 덮은 시커먼 흙을 바라보고 있는데 차가운 바람이 베일을 스쳤다.

가슴이 아팠다. 하지만 친구의 명예를 기리기 위해 마지막으로 이 일을 꼭 해야 했다.

하늘을 향해 고개를 들고 눈을 감은 셀레이나는 노래를 부르기 시작했다.

케이올은 셀레이나가 자해를 하거나 다른 누군가를 다치게 하지 않도록 뒤를 밟는 것뿐이라고 스스로를 납득시켰다. 하지만 셀레이나가 왕실 영묘 쪽으로 다가가자 그는 또 다른 이유로 그녀의 뒤를 따라갔다.

밤이라 모습을 감추기 좋았지만 달빛이 워낙 밝아서 그는 그녀에게 모습이나 발소리를 들키지 않도록 거리를 두고 따라갔다. 하지만 그녀가 걸음을 멈춘 곳을 본 그는 자신이 이 자리에 있을 자격이 없음을 깨달았다. 돌아서서 떠나려는데 셀레이나가 달을 향해 고개를 들고 노래를 부르기 시작했다.

그가 모르는 언어로 된 노래였다. 공용어나 이일웨이어도 아니고 펜해로우어나 멜리산드어도 아니었다. 이 대륙에서 들어본 적 없는 언어였다.

한 단어 한 단어에 힘과 분노와 고뇌가 가득 담긴 고대 언어였다.

셀레이나의 목소리는 아름답다고는 할 수 없었다. 단어들 대부분이 반쯤 흐느끼는 소리였다. 모음은 격한 슬픔으로 늘어지고 자음은 분노로 굳어졌다. 때때로 격한 감정이 차오르는지 가슴을 주먹으로 치기도 했다. 검은 드레스, 베일과는 어울리지 않는 몸짓이었다. 그녀의 입에서 터져 나오는 기이하고 이질적인 애가에 케이올은 모골이 송연해졌다. 이 유리성보다 훨씬 오래된 애도의 노래인 듯했다.

노래는 네히미아의 죽음처럼 가차 없이 갑작스럽게 끝났다.

셀레이나는 몇 분 동안 조용히 꼼짝 않고 그 자리에 서 있었다.

그가 자리를 뜨려는데 그녀가 그를 향해 고개를 반쯤 돌렸다.

그녀의 머리에 얹힌 가느다란 은관이 달빛에 반짝였다. 은관의 무게로 고정된 베일이 얼굴을 가려, 다른 사람이라면 그녀를 알아보지 못했을 것이다.

바람이 불어와 나뭇가지가 삐걱대며 신음을 토했다. 그녀의 베일과 치맛자락이 한쪽으로 밀리며 물결쳤다.

"셀레이나."

케이올이 애원하듯 불렀지만 그녀는 미동도 하지 않았다. 그녀가 꼼짝 않고 그를 쳐다보기만 하는 것은 그의 목소리를 들었지만 얘기를 나누고 싶지는 않다는 뜻이었다.

그들 사이에 깊어진 균열을 그가 무슨 말로 메울 수 있을까? 그는 셀레이나에게 정보를 주지 않았다. 그는 네히미아의 죽음에 직접적으로 책임이 있지는 않지만, 네히미아에게든 셀레이나에게든 정보를 주어 좀더 주변 경계를 하게 했다면 그녀들이 어느 정도 방비를 할 수도 있었을 것이다. 셀레이나의 상실감도, 그를 향한 침묵도…… 모두 그의 잘못이었다.

잘못에 대한 벌로 셀레이나를 잃어야 한다면 감내해야 할 것이다.

케이올은 그녀를 두고 돌아섰다. 셀레이나의 애가는 머나먼 종소리처럼 바람을 타고 밤공기 속으로 퍼져나갔다.

CHAPTER 38

회색빛으로 물든 새벽 공기가 쌀쌀했다. 셀레이나는 늘 다니던 사냥터의 익숙한 들판에 서서, 장갑 낀 손가락 사이에 커다란 나무 막대를 끼우고 달랑달랑 흔들었다. 앞에 플릿풋이 앉아 있었다. 바닥에는 아직까지 눈이 남아 있었다. 눈 더미를 비집고 올라온 길고 바짝 마른 풀잎 사이에서 플릿풋은 조용히 꼬리를 흔들었다. 어서 막대기를 던지라며 낑낑대거나 짖지 않았다.

얌전히 그 자리에 앉아 저 뒤의 유리성을 바라볼 뿐이었다. 이제 다시는 이곳으로 나올 일 없는 누군가를 기다리는 듯했다.

셀레이나는 황량한 들판을 바라보며 풀잎의 한숨 소리에 귀를 기울였다. 어젯밤에도 오늘 아침에도 방에서 나오는 셀레이나를 막아서는 이는 없었다. 방문 앞을 지키던 경비병들은 사라졌지만 방을 나설 때마다 레스가 우연히 그녀와 마주치곤 했다.

레스가 케이올에게 동향 보고를 하든 말든 셀레이나는 관심 없었다. 어젯밤 네히미아의 무덤에서 케이올을 봤지만 그가 염탐하고 있었는지 여부도 궁금하지 않았다. 그녀의 노래를 어떻게 생각하든 알 바 아니었다.

숨을 날카롭게 들이마시며 나무 막대를 최대한 멀리 던졌다. 막대는 구름 낀 아침 하늘 속으로 녹아드는 듯했다. 막대가 땅에 떨어지는 소리도 들리지 않았다.

플릿풋이 고개를 돌려 셀레이나를 올려다보았다. 플릿풋의 황금색 눈동자에 궁금증이 가득했다. 셀레이나는 허리를 숙여 플릿풋의 따뜻한 머리와 길쭉한 귀, 날씬한 주둥이를 쓰다듬어주었다. 그런데도 플릿풋은 여전히 궁금해하는 눈이었다.

"네히미아는 이제 안 와."

하지만 플릿풋은 계속 기다렸다.

도리언은 그날 저녁의 절반 정도를 도서관에서 보냈다. 마법 관련 책을 찾기 위해 아무도 들여다보지 않는 틈새와 어두운 구석구석, 은밀하고 구석진 책장들을 살펴보았다. 하지만 아무리 찾아도 없었다. 이 도서관에 어마어마한 양의 책이 있는 데다가 휘어지고 굽은 통로가 숱하게 많다는 사실을 감안하면 놀라운 일도 아니지만, 읽어볼 가치가 있는 마법 책이 단 한 권도 없다는 사실이 다소 실망스러웠다.

물론 막상 찾아내도 어떻게 할지는 알 수 없었다. 하인들의 눈에 띌 염려가 있으니 방으로 가져갈 수는 없을 것이다. 어둑한 곳에 숨겨두었다가 시간 날 때마다 가서 읽어보는 방법뿐이었다.

돌로 된 벽감에 설치된 책장을 살펴보고 있는데 발소리가 들렸다. 그는 연습했던 대로 재킷 안쪽에 넣어둔 책을 얼른 꺼내 들고 벽에 기대어 서서 아무 페이지나 펼쳤다.

"책을 읽기엔 여기가 좀 어둡잖아요."

여자의 목소리였다. 평상시 정상적일 때의 목소리라 도리언은 놀라서 책을 떨어뜨릴 뻔했다.

몇 걸음 떨어진 곳에서 셀레이나가 팔짱을 낀 자세로 서 있었다. 후다닥 달려오는 소리가 들려와 도리언은 벽에 등을 대고 개를 맞이할 준비를 했다. 플릿풋이 훌쩍 달려들어 꼬리를 마구 흔들며 뽀뽀를 퍼부었다.

"아이고, 너 정말 크구나."

플릿풋은 도리언의 뺨을 마지막으로 쓱 핥고는 통로 저쪽으로 달려갔다. 도리언은 눈썹을 치켜뜨고 플릿풋을 바라보며 말했다.

"저 개가 여기서 뭘 하든 사서들이 좋아하지는 않겠어."

"시집과 수학책만 읽는 개예요."

어둡고 창백한 낯빛과는 달리 그녀의 눈빛에 장난기가 담겨 있었다. 그녀가 입고 있는 진청색 튜닉은 처음 보는 옷이었다. 황금 실로 된 튜닉의 자수가 흐릿한 빛을 받아 어슴푸레하게 빛났다. 지금 보니 위아래로 전부 새 옷이었다.

침묵이 흐르자 초조해진 도리언은 자세를 바꿔 섰다. 무슨 말을 해야 할까? 지난번 이렇게 가까이 섰을 때 셀레이나는 그의 목을 손톱으로 훑었다. 그 순간의 공포는 악몽이 되어 종종 그를 괴롭혔다.

"무슨 책을 찾는지 말해주면 도와줄게."

평소처럼, 단순하게 하자, 라고 그는 생각했다.

"왕세자 겸 왕실 사서로 일하시게요?"

"나야 원래 비공식적인 왕실 사서잖아. 고리타분한 회의와 어머니…… 그밖에 이런저런 골치 아픈 것들을 피해 여기 틀어박혀 지내면서 어렵게 얻은 직책이야."

"왕세자님은 작은 탑에서 숨어 지내시는 줄 알았는데요."

도리언은 조그맣게 웃었다. 그 순간 셀레이나의 눈빛에 담겨 있던 장난기가 사라졌다. 유쾌한 웃음소리가 네히미아의 죽음으로 상처 난 그녀의 마음을 쓰라리게 하는 모양이었다. 단순하게 하자, 라고 그는 속으로 되뇌며 말했다.

"무슨 책을 찾아줄까? 손에 들고 있는 그 종이에 찾으려는 책 목록이 적혀 있나 본데, 내가 찾아줄게."

"아뇨." 셀레이나는 들고 있던 종이를 반으로 접었다. "책 찾으러 온 게 아니에요. 산책이나 하려고 왔어요."

대화가 또다시 벽에 부딪히고 말았다.

그는 억지로 밀어붙이지 않기로 했다. 그랬다가는 도리어 그녀가 그에게 꼬치꼬치 캐물으려 들 수도 있었다. 케이올을 공격할 때 일어난 일에 대해 셀레이나가 기억한다면 말이다. 그는 그녀가 기억하지 못하길 바랐다.

도서관 저쪽에서 조그맣게 악쓰는 소리가 나더니 욕설이 터져 나오고, 돌바닥을 후다다닥 달려가는 익숙한 발소리가 들렸다. 잠시 후 플릿풋이 주둥이에 두루마리 종이를 물고 통로 사이로 달려왔다.

이어서 남자가 외치는 소리가 들렸다.

"못된 짐승 같으니라고! 당장 이리 돌아오지 못해!"

황금색 털 뭉치 같은 플릿풋이 빠르게 그들 앞을 지나갔다.

잠시 후 땅딸막한 남자 사서가 뒤뚱뒤뚱 걸어와 이 근처에서 개를 봤느냐고 물었다. 셀레이나는 고개를 가로저으며 저 반대 방향에서 무슨 소리가 들리기는 했다고 말해주었다. 그러고는 여긴 도서관이니 목소리를 낮추라고 남자에게 말했다.

사서는 셀레이나를 노려보더니 목소리를 약간 낮춰 소리치면서 헉헉대며 뛰어갔다.

사서가 저만치 사라지자 도리언은 눈을 크게 뜨고 셀레이나를 돌아보며 말했다.

"저 두루마리가 꽤 귀중한 자료인가 봐."

셀레이나는 어깨를 으쓱했다.

"저 남자는 저렇게라도 운동을 좀 해야 할 것 같이 생겼어요."

그러고는 미소를 지었다. 처음에는 머뭇거렸지만 이내 고개를 흔들면서 치아를 드러내고 환하게 웃었다.

그녀가 그를 돌아본 순간, 도리언은 지금의 미소와 평의회 회의실 탁자 위에 그레이브의 잘린 머리를 내려놓은 날 그녀가 아버지에게 지어 보이던 미소가 어떻게 다른지 생각해보았다.

그의 머릿속을 읽은 듯 셀레이나가 말했다.

"지난번 내 행동에 대해서는 사과할게요. 그때는…… 제정신이 아니었어요."

어쩌면 그날 그녀는 평소 엄격히 제어하던 본연의 모습을 일부 드러낸 것일 수도 있었다. 그는 속으로 생각한 바와는 다른 말을 내놓았다.

"이해해."

그녀의 눈빛이 부드러워지자 도리언은 더 이상 길게 말을 할 필요는 없겠다고 판단했다.

케이올은 아버지를 피해서 숨지 않았다. 셀레이나를 피하지도 않았다. 대장을 찾으러 나서야 한다는 터무니없는 충동을 느끼고 있을 부하들을 피해서 숨은 것도 아니었다.

하지만 도서관은 그가 혼자 조용히 머물 수 있는 은신처였다.

어쩌면 이곳에서 그간 고민하던 답을 찾을 수도 있을 것이다.

도서관 한쪽 벽의 깊숙한 곳에 자리한 작은 사무실을 들여다봤지만 수석 사서는 보이지 않았다. 케이올은 사서의 제자에게 스승이 어디 있는지 물었다. 멋대가리 없이 생긴 청년은 애매하게 방향을 알려주면서 운 좋게 찾을 수 있길 바란다고 말했다.

케이올은 청년이 알려준 방향으로, 곡선형의 검은 대리석 계단을 올라간 뒤 중이층 난간을 끼고 이동했다. 책장 사이로 난 통로를 지나가는데 말소리가 들렸다.

아니, 플릿풋이 뛰는 소리가 먼저 들렸다. 대리석 난간 너머로 내려다보니 높은 정문을 향해 걸어가는 셀레이나와 도리언의 모습이 보였다. 두 사람은 편안하고 무심하게 거리를 두고 걸어가고 있었다. 그리고…… 그녀가 말을 하고 있었다. 그녀의 어깨에는 힘이 들어가 있지 않았고 걸음도 편안했다. 그가 어제 본 어둠 속 여인의 모습과는 사뭇 달랐다.

저들은 여기서…… 뭘 하고 있는 걸까?

그가 상관할 일은 아니었다. 셀레이나가 옷을 불에 태우거나 악독한 자객을 도륙하는 게 아니라 저렇게 누군가와 얘기를 나누고 있어 다행이란 생각도 들었다. 그녀의 곁에 있는 사람이 도리언이라 마음 한구석이 편치 않았지만, 그래도 누구하고든 대화를 하고 있으니 되었다.

케이올은 발코니 난간에서 돌아서서 도서관 안쪽으로 이동했다. 방금 본 장면을 마음에서 지우려 애썼다. 얼마 후 씩씩대며 주요 통로를 걸어가는 수석 사서 할란 센설의 모습이 보였다. 그는 손에 쥔 종이를 허공에 대고 흔들어대고 있었다.

센설은 욕하느라 정신이 없어서 케이올이 그의 앞을 가로 막고 선 것도 막판에야 알아챘다. 고개를 들어 케이올의 얼굴을 확인한 센설은 미간을 찌푸렸다.

"잘 오셨어요." 센설은 다시 걸음을 재촉하며 말했다. "히긴스가 제대로 말을 전한 모양이네요."

케이올은 센설이 무슨 얘기를 하는 것인지 알 수 없었다.

"근위대의 도움이 필요한 일이 생겼습니까?"

"그럼요!" 센설은 찢어진 종이를 흔들어댔다. "내 도서관에 끔찍한 짐승들이 돌아다니고 있습니다! 대체 누가…… 짐승을 이 안에 들였을까요? 반드시 대가를 치르게 하고 말 겁니다!"

아무래도 셀레이나가 이 사태와 관련이 있을 듯했다. 센설이 사무실에 도착하기 전에 셀레이나와 플릿풋이 도서관 밖으로 나가기를 바랄 뿐이었다.

"무슨 두루마리인데 그렇게 망가졌습니까? 같은 걸로 대체해놓아야겠어요."

케이올의 말에 센설은 식식거렸다.

"대체라니! 이걸 대체한다고요?"

"무슨 두루마리인데 그러십니까?"

"편지입니다! 아주 친한 친구가 보낸 편지요!"

케이올은 짜증이 치솟았지만 꾹 눌러 참았다.

"편지라면 그 짐승의 주인이 배상할 수 없겠군요. 대신 책 몇 권을 기증하게 하면……"

"그것들을 잡아다가 지하 감옥에 던져 넣으세요! 내 도서관이 그것들 때문에 서커스나 다름없게 됐습니다! 망토를 걸친 자가 도서관에 들어와서 밤새 책장 사이를 살금살금 돌아다니고 있는 건 아세요? 그런 자들이 바로 저 끔찍한 짐승을 도서관에 풀어놓았겠죠! 그들을 잡아다가……"

"지하 감옥은 이미 꽉 찼습니다." 케이올은 거짓말을 했다. "하지만 확인해보도록 하죠."

편지를 되찾기 위해 진 빠지게 짐승 뒤를 쫓아다녔다고 투덜대던 센설이 드디어 입을 닫았다. 케이올은 이쯤에서 이 자리를 벗어나야 하나 고민했다.

하지만 궁금한 게 있어 왔으니 묻기로 했다. 수석 사서와 함께 중이층에 다다른 케이올은 지금쯤 셀레이나와 플릿풋, 도리언이 한참 멀리 갔으리라 여기고 입을 열었다.

"물어볼 게 있습니다, 수석 사서님."

센설은 케이올이 경칭을 붙여주자 우쭐해하는 모습이었다. 케이올 인 무심한 척 물었다.

"다른 왕국에서 장례식 때 부르는 만가에 대해 궁금해서요. 애가라고도 하죠. 어디서 자료를 찾아보면 될까요?"

센설은 어리둥절한 표정으로 말했다.

"만가라니 오싹한 주제로군요."

케이올은 어깨를 으쓱하고 어둠 속을 한 번 둘러보았다.

"부하들 중 하나가 테라센 출신입니다. 그 부하의 모친이 최근에 돌아가셨는데, 테라센의 전통 만가를 배워서 부하를 위해 불러주려고 합니다."

"폐하께서 그러라고 급료를 주십니까? 애절한 노래를 배워서 부하들에게 불러주라고?"

부하들에게 노래를 불러주는 장면을 상상하자 케이올은 코웃음이 나올 뻔했지만 어깨를 으쓱하고는 태연히 물었다.

"그런 노래들이 기록된 책이 있을까요?"

하루가 지났지만 케이올은 전날 들은 노래를 머릿속에서 떨쳐낼 수가 없었다. 단어들이 머릿속에서 울려 퍼질 때마다 목덜미에 계속 소름이 돋았다. 그리고 모든 것을 바꿔버린 또 다른 말이 함께 떠올랐다. 당신은 언제까지고 내 적이야.

셀레이나는 무언가를 감추고 있었다. 지독할 정도로 단단히 감춰

온 비밀인 듯한데, 그날 밤 공포와 지독한 상실감으로 인해 그중 일부를 입 밖에 낸 것 같았다. 셀레이나에 대해 조금이라도 더 알아내야, 그녀의 비밀이 세상에 드러났을 때 준비된 상태로 대처할 수 있을 것이다.

"으음." 땅딸막한 사서는 주요 계단을 밟고 내려가며 말했다. "원래 노래라는 게 거의 기록이 되지 않는 편입니다. 왜 기록이 있을 거라고 생각하시죠?"

"테라센의 학자들이 일부라도 적어놨을 것 같아서요. 한때 테라센의 오린스에는 에렐리아 최고의 도서관이 있었잖습니까."

"그랬죠." 센설은 안타까워했다. "하지만 만가를 적어놓은 책은 아마 없지 싶은데요. 적어도 이 도서관에 보관될 만한 형태는 아닐 겁니다."

"다른 언어로 기록되었을 가능성은요? 테라센 출신 부하의 얘기로는 예전에 다른 언어로 된 만가를 들은 적이 있다고 하던데요. 그 부하가 배운 적이 없는 언어라더군요."

사서는 은빛 턱수염을 손으로 쓰다듬었다.

"다른 언어로요? 테라센 사람들은 누구나 공용어를 씁니다. 천년 동안 테라센에서 다른 언어가 사용된 적은 없어요."

사무실까지 얼마 남지 않았다. 사무실에 도착하면 이 조그만 사서놈은 플릿풋을 잡아다 대령할 때까지 말도 못 붙이게 할 것이다. 케이올은 좀더 자세히 물어보기로 했다.

"테라센에서 다른 언어로 된 만가를 불렀을 가능성은 전혀 없습니까?"

"없죠." 센설은 말을 길게 끌며 생각을 하다가 덧붙였다. "테라센에서 귀족이 죽으면 페이어로 애가를 불렀다는 얘기는 들은 적이 있습니다."

케이올은 피가 얼어붙는 듯했다. 그는 발을 헛디딜 뻔했지만 가까스로 균형을 잡으며 물었다.

"귀족 말고 일반인이 그 노래를 알 수도 있을까요?"

"아, 그렇지는 않죠." 센설은 케이올의 말은 듣는 둥 마는 둥 하면서 머릿속에 저장된 지식을 읊어댔다. "그런 애가는 왕실의 전유물이니까요. 귀족의 피를 이어받은 사람만이 그런 애가를 배우거나 노래할 수 있었어요. 비밀리에 배워서, 아무도 듣지 못하게 달빛 아래 시신을 매장하면서 불렀다고 합니다. 뭐, 들리는 얘기로는 그렇다고 합니다. 병적인 호기심이 동해서 10년 전 살육이 벌어졌을 때 저도 그 애가를 한 번쯤 들을 수 있을까 기대했습니다만, 살육이 끝나고 보니 애가를 부를 수 있는 귀족이 한 명도 남지 않았습니다."

하지만 한 명이 남아 있다면……

당신은 언제까지고 내 적이야.

"고맙습니다."

케이올은 돌아서서 출입구 쪽으로 향했다. 뒤에서 센설이 꼭 그 개를 찾아서 처벌해달라고 요구했지만 케이올은 대답할 정신이 아니었다.

셀레이나는 어느 가문에 속해 있었을까? 그녀의 부모는 난리통에 살해된 일반인이 아니라 아달렌 왕에게 처형된 귀족이었을 것이다.

살육당했을 것이다.

부모가 죽임을 당한 후 살아남은 셀레이나는 도망쳤을 것이다. 테라센의 귀족 딸이 신분을 감추고 숨어 살 만한 곳, 자객들의 요새를 찾아갔을 테고, 그곳에서 자신의 목숨을 지키기 위한 기술을 연마했을 것이다. 죽음을 피하기 위해 죽음 그 자체가 되었을 것이다.

그녀의 부모가 다스리던 영지가 어디였든, 셀레이나가 잃었던 자리를 되찾는다면, 그리고 테라센이 다시 일어선다면…….

셀레이나는 아달렌에 맞설 수 있는 대단히 강력한 세력의 주축이 될 것이다. 그렇게 되면 셀레이나는 단순한 적 이상이 될 게 분명했다.

그가 지금까지 상대해온 자들 중 가장 큰 위협이 될 터였다.

CHAPTER 39

셀레이나는 작고 예쁜 타운하우스 지붕의 굴뚝 그림자에 몸을 숨기고 웅크린 채 옆집을 내려다보았다. 지난 30분 동안 망토를 걸치고 두건을 내려쓴 사람들이 그 집으로 조용히 들어가고 있었다. 얼핏 보면 얼어붙게 추운 밤에 추위를 피해 집으로 들어가는 손님들로 보였다.

아처는 물론이고 그가 이끄는 세력과도 얽히고 싶지 않다고 한 셀레이나의 말은 진심이었다. 저들을 모조리 죽여서 머리를 잘라 왕의 발 앞에 던져놓고 싶은 충동이 일기도 했다. 하지만 네히미아가 저 집단의 일원이었던 게 마음에 걸렸다. 네히미아는 저 사람들에 대해 아는 게 없는 척했지만…… 저들은 네히미아의 사람들이었다. 게다가 셀레이나가 아처에게 며칠 여유를 주겠다고 한 말은 거짓이 아니었다. 멀리슨 의원을 지하 감옥에 처넣은 뒤 아달렌 왕이 셀레이나에게 남창 아처를 죽이기까지 며칠의 말미를 주기는 했으니까.

돌연 눈이 펄펄 내리면서 아처의 타운하우스 앞쪽이 부옇게 가려졌다. 남들 눈에는 저 집에서 고객들을 위한 만찬 모임이 열린 것으로 보일 것이다. 셀레이나는 저들 중 몇몇의 얼굴과 몸 선을 알아보았다. 서둘러 계단을 올라가는 사람들. 아직 이 나라에서 도망치지 못했으며, 지옥이 펼쳐졌던 밤 셀레이나에게 죽임을 당하지 않고 살아남은 사람들.

셀레이나가 이름을 모르는 자들이 상당수 보였다. 창고에서 그녀와 케이올 사이를 막아섰던 경비도 있었다. 싸우고 싶어 안달하던 자였다. 그날 밤 가면을 쓴 상태라 경비의 얼굴을 보지는 못했지만, 몸의 움직임과 등에 가로질러 맨 두 개의 장검을 보니 틀림없었다. 그자는 지금도 두건을 내려썼으나 어깨까지 내려오는 윤기 나는 검은 머리카락, 젊은 남자 특유의 황갈색 피부는 여전히 눈에 띄었다.

계단 맨 아래 칸에 선 경비는 양옆에서 호위 중인, 두건을 내려쓴 두 남자에게 나지막하게 지시를 내렸다. 지시를 받은 호위들은 고개를 끄덕인 뒤 밤의 어둠 속으로 사라졌다.

셀레이나는 호위들 중 한 명의 뒤를 밟을까 생각했다. 하지만 여기 온 이유는 아처에 대해 좀더 알아보고, 그가 무슨 일을 꾸미고 있는지 확인하기 위해서였다. 아처가 배를 타고 이곳을 떠나는 순간까지 계속 그의 동향을 살필 생각이었다. 그러다 아처가 떠나고 왕에게 아처처럼 꾸민 가짜 시체를 바치고 나면…… 그다음에 어떻게 할지는 아직 생각해보지 않았다.

경비는 말썽이 일 소지가 없는지 주변을 살피면서 지붕 쪽을 올려다보았다. 셀레이나는 얼른 벽돌 굴뚝 뒤로 몸을 숨겼다. 경비는 골목 끝쪽을 살피는 눈치였다.

그림자 속에 숨어 몇 시간을 지켜보던 셀레이나는 그 집 앞쪽을 좀 더 자세히 보기 위해 길 건넛집 지붕으로 자리를 옮겼다. 이윽고 그 집에 들어갔던 손님들이 술에 취해 흥청대며 한 명씩 집 밖으로 나오기 시작했다. 셀레이나는 그들의 수를 헤아렸고 어느 방향으로 누구와 함께 가는지 봐두었다. 그런데 아무리 기다려도 등에 칼 두 자루를 가로질러 맨 젊은 경비는 나오지 않았다.

그 경비가 칼을 두 자루나 지니고 사방을 경계하며 그 집으로 들어가지 않았다면 셀레이나는 그를 아처의 고객이나 연인으로 여겼을 것이다.

얼마 후 현관문이 열렸다. 키 크고 어깨가 떡 벌어진 젊은 남자가 현관 입구에서 아처와 말다툼을 하는 모습이 보였다. 남자는 문 쪽을 향해 등을 돌리고 있었지만 두건은 벗은 상태였다. 어깨까지 내려오는, 밤하늘처럼 까만 머리카락을 가진 그 남자는 완전 무장을 했고, 앞쪽은 전혀 보이지 않았다. 남자를 호위하는 자들이 즉각 양옆에 자리한 바람에 현관문이 닫힌 후에도 셀레이나는 그 남자를 더 자세히 살펴볼 수가 없었다.

문 앞에서 말다툼이라니 신중하지도 은밀하지도 않은 처신이었다.

잠시 후 현관문이 다시 열렸다. 젊은 남자는 두건을 내려쓰고 호위 두 명을 거느린 채 성큼성큼 밖으로 나왔다. 아처는 눈에 띄게 창백한 얼굴로 팔짱을 끼고 열린 문간에 서서 그 남자를 바라보았다. 계단 맨 아래 칸까지 내려간 젊은 남자는 돌아서서 아처에게 상스러운 손짓을 해보였다.

거리가 꽤 떨어져 있었지만 셀레이나는 아처가 그 남자에게 미소 짓는 모습을 보았다. 다정함이라고는 없는 미소였다.

좀더 가까이 다가가 그들이 나누는 대화를 듣고, 무슨 상황인지 파악할 수 있으면 좋으련만.

예전 같으면 젊은 경비의 뒤를 밟아 답을 알아내려 했을 것이다.

하지만 지금은…… 그렇게까지 신경 쓰고 싶지 않았다.

유리성으로 돌아가면서 문득, 누군가에게 신경을 쓴다는 게 쉽지 않은 일이라는 생각이 들었다. 더 이상 마음 둘 곳이 없어진 사람에겐 꽤나 어려운 일이었다.

문 앞에서 뭘 하고 있는 건지 셀레이나는 알 수가 없었다. 탑 아래서 경비병들은 무기 소지 여부만 확인한 뒤 그녀를 통과시켜줬지만, 그들은 그녀가 탑을 방문했다는 사실을 케이올에게 보고할 것이다.

케이올이 나서서 앞을 가로막으려 들까? 그녀에게 한 마디라도 입을 뻥긋할까? 어젯밤, 거리가 꽤 있었지만 달빛에 젖은 묘지에서 셀레이나는 케이올의 뺨에 새겨진 상처를 보았다. 아직 낫는 중인 그 상처를 보며 그녀는 자신이 느낀 감정이 만족감인지 죄책감인지 분간이 되지 않았다.

누군가와 상호 작용을 한다는 게 요즘은 참 힘이 들었다. 오늘 밤의 이 만남 후에는 얼마나 기운이 소진될까?

한숨을 푹 쉬며 나무문을 두드렸다. 약속 시간보다 5분 늦었다. 탑에 있는 그의 방에서 같이 저녁을 먹자는 도리언의 초대를 받아들여야 할지를 놓고 그녀는 5분 동안 고민했다. 이 약속이 아니었으면 리프트홀드 시내에서 저녁을 먹고 왔을 것이다.

노크를 했는데도 안에서 대답이 없자 셀레이나는 층계참의 보초들과 눈을 마주치지 않고 조용히 돌아섰다. 여기 온 건 바보 같은 짓이었다.

나선형 계단을 한 칸 내려가자마자 나무문이 열렸다.

"내가 사는 이 작은 탑에 네가 찾아온 건 오늘이 처음인 것 같네."

도리언이 말했다.

아래 계단을 밟으려다 만 셀레이나는 한 발을 허공에 띄운 채 어깨너머로 왕세자를 돌아보았다.

"어두컴컴하고 침울한 분위기일 줄 알았는데 아늑해 보이네요."

셀레이나는 나무문 쪽으로 돌아섰다.

도리언은 문을 더 열고 보초에게 고갯짓을 하며 "걱정할 필요 없어"라고 말했다. 그리고 셀레이나를 방 안으로 들였다.

왕세자의 탑 방이라 웅장하고 우아할 줄 알았는데, 좋게 말해 '아늑하다'고 표현한 것이지 실은 약간 허름해 보였다. 색 바랜 벽걸이 융단, 그을음투성이인 벽난로, 적당한 크기의 사주식 침대, 종이 더미와 책들이 잔뜩 쌓인 창가의 책상. 방 안 여기저기에 책들이 산처럼 탑처럼 기둥처럼 쌓여 있었다. 벽을 따라 책들이 빈자리를 모조리 메웠다.

"사서라도 들여서 정리 좀 하셔야겠어요."

셀레이나가 중얼거리자 도리언이 웃었다.

그런 웃음소리를 얼마나 그리워했는지 셀레이나는 지금에야 깨달았다. 도리언의 웃음뿐만 아니라 자신의 웃음도 그리웠다. 누구의 웃음이든 상관없었다. 요즘 같은 때 소리 내어 웃는 게 잘못인 줄 알지만 웃음이 고팠다.

"하인들한테 알아서 치우라고 하면 이 책들을 전부 도서관에 갖다 줘버리겠지. 책 때문에 방에 먼지 청소하기 힘들다고."

허리를 굽힌 도리언은 바닥에 떨어진 옷가지들을 주워 올렸다.

"방이 이 모양인데 하인들이 있다고 하시니 놀랍네요."

도리언은 또 한 차례 웃으며 옷 무더기를 들고 방 안에 있는 문 쪽으로 걸어갔다. 그 문을 열자 셀레이나의 숙소만 한 크기의 옷방이 보였다. 도리언은 그 안에 옷더미를 휙 던지고 문을 닫아버려서 셀레이나는 그 안을 자세히 들여다볼 틈도 없었다. 방 저쪽에 있는 또 다른 문은 욕실 문인 듯했다.

"난 하인들을 이 방에 잘 안 들여."

"왜요?"

셀레이나는 벽난로 앞에 놓인 낡은 빨간 카우치로 걸어가 그 위에 쌓인 책더미를 옆으로 치웠다.

"이 방에 있는 물건들의 위치를 내가 잘 파악해두고 있거든. 책이며 서류며 전부 다. 하인들이 청소를 하게 두면 자기네 기준으로 정리해서 치울 테고 그럼 난 원하는 자료를 찾기 어려워지겠지."

도리언은 붉은 침대보의 주름을 편다. 침대보가 구깃구깃해진 걸 보니 셀레이나가 노크를 하기 전까지 도리언은 침대 위에 널브러져 있었던 모양이었다.

"옷 입혀주는 사람 없어요? 적어도 롤랜드 경이 왕세자님의 충직한 시종 노릇을 해주는 줄 알았어요."

도리언은 콧방귀를 뀌며 베개를 두드려 불룩하게 만들었다.

"롤랜드가 시종 노릇을 해주겠다고는 했어. 요즘 지독한 두통에 시달리느라 그 말이 쏙 들어갔지."

다행이었다. 메아의 영주 롤랜드가 도리언과 가까워지는 꼴은 보고 싶지 않았다. 친구로라도 도리언 곁에 두면 안 되는 자였다.

"신붓감을 찾으라는 어머니의 말을 거절한 데다 귀족들의 시중을 받아 옷을 차려입으라는 제안도 거절했더니 어머니가 무척 화가 나셨어. 내 환심을 사려고 시중을 들면서 알랑대려는 귀족들 말이야."

뜻밖이었다. 도리언이 늘 옷을 잘 입어서 셀레이나는 옷 시중을 드는 사람이 따로 있는 줄 알았다.

도리언은 문 쪽으로 가서 보초들에게 저녁 식사를 올려보내라고 지시했다. 그리고 술병과 잔을 보관해둔 창가로 걸어가며 물었다.

"와인 괜찮아?"

셀레이나는 고개를 저었다. 이 방에는 식사할 자리도 마땅치 않아 보였다. 책이 잔뜩 쌓인 책상은 당연히 안 될 테고, 벽난로 앞 탁자도 작은 도서관이나 마찬가지였다. 셀레이나의 생각을 읽기라도 한 듯 도리언은 탁자를 치우며 겸연쩍은 목소리로 말했다.

"미안. 너 오기 전에 음식 놓을 자리는 치워두려고 했는데 책을 읽다가 깜박했어."

셀레이나는 고개를 끄덕였다. 둘 사이에 정적이 흘렀다. 그가 책을 치우는 탁탁 스윽 소리만 간간이 들릴 뿐이었다.

도리언이 조용히 입을 열었다.

"오늘 나랑 같이 저녁을 먹기로 한 이유를 물어봐도 될까? 나랑은 같이 시간을 보내고 싶지 않다고 네가 전에 말했잖아. 오늘밤에도 난 네가 다른 볼일이 있는 줄 알았거든."

그동안 셀레이나가 도리언에게 고약하게 군 건 사실이었다. 그런데도 도리언은 상관없다는 듯 조용히 그녀의 뒤를 지켜주었다.

왜 그렇게 말했는지 알 수 없지만 셀레이나는 솔직하게 말했다.

"달리 갈 곳이 없어서요."

고요한 방 안에 혼자 있다 보면 심적 고통이 더욱 심해졌다. 그렇다고 무덤에 가면 좌절감이 밀려왔고, 케이올 생각을 하면 숨도 쉴 수 없을 만큼 괴로웠다. 아침마다 그녀는 홀로 플릿풋을 데리고 산책을 나갔다. 사냥터에서는 혼자 달리기를 했다. 한때 정원에서 케이올을 기다리며 진을 치고 있던 여자들도 더 이상 그쪽으로는 오지 않았다.

도리언은 셀레이나가 견딜 수 없을 만큼 다정한 눈빛으로 그녀를 바라보며 고개를 끄덕였다.

"언제든 여기 와서 편히 쉬어."

그들은 조용히 함께 저녁을 먹었다. 눈물 나오게 애절한 분위기는 아니었다. 하지만 도리언은 셀레이나의 변화를 눈치챘다. 그녀는 머뭇거리며 생각하다가 한 마디씩 말을 했고, 그가 쳐다보고 있지 않다고 여길 때면 한없이 슬픈 눈이 되었다. 그래도 대화를 계속 이어나갔고 그의 질문에 대답도 했다.

달리 갈 곳이 없어서요.

말투로 짐작건대 그를 모욕하려는 말은 아니었다. 조금 전 시계가 새벽 두 시를 알리는 종을 울렸는데도 셀레이나가 그의 방 카우치에 앉아 꾸벅꾸벅 졸고 있는 걸 보면, 자기 숙소로 돌아가고 싶지 않은 듯했다. 혼자 있고 싶지 않은 모양이었다. 네히미아를 떠올리지 않아도 되는 장소에 있고 싶은 것인지도 몰랐다.

셀레이나의 몸은 상처투성이였다. 도리언은 직접 그 상처를 보았다. 하지만 그녀의 마음에 새로이 생겨난 상처는 육신의 상처보다 더 깊었다. 네히미아를 잃은 고통, 그리고 같은 종류의 상처는 아니지만 케이올을 잃은 고통도 상당할 것이다.

도리언은 마음 한편으로 셀레이나가 케이올과의 관계를 끝내 기쁘면서도, 그런 생각이나 하고 있는 자신이 혐오스러웠다.

"무언가가 여기 있을 법도 한데."

다음날 오후 무덤을 샅샅이 살피던 셀레이나가 모트에게 말했다.

어제 그녀는 눈이 아플 때까지 수수께끼를 계속 들여다보았다. 하지만 아무리 들여다봐도 수수께끼가 지칭하는 물건들이 무엇인지, 그 물건들이 정확히 어디 숨겨져 있는지, 무덤 안에 그토록 정교하게 수수께끼를 숨겨놓은 이유가 무엇인지 짐작하기 어려웠다.

"단서 같은 거 말이야. 수수께끼를 반역 세력, 네히미아, 엘레나 여왕 등과 연결 지을 만한 것." 셀레이나는 두 석관 사이에 서서 생각에 잠겼다. 허공의 먼지가 쏟아져 들어오는 햇빛을 받아 반짝거렸다. "여기 분명히 있을 거야. 확실해."

"도움이 못 되어서 안타깝네." 모트가 콧방귀를 뀌었다. "즉답을 원하면 예언자나 신탁을 찾아가 보든가."

서성이던 셀레이나는 걸음을 멈추고 물었다.

"천리안을 가진 자에게 이 수수께끼를 들려주면, 내가 놓친 의미를…… 포착할 수 있을까?"

"아마도. 하지만 내가 알기로 마법이 사라지면서 천리안을 가진 자들도 능력을 잃었어."

"마법의 존재인 너도 아직 여기 있잖아."

"그래서?"

셀레이나는 천장을 관통해 지상까지 올려다볼 수 있을 것처럼, 돌로 된 천장을 뚫어져라 올려다보았다.

"너처럼 아직 능력을 갖고 있는 고대의 존재가 있을 수도 있잖아."

"무슨 상상을 하는지 몰라도 별로 좋은 생각 같지는 않네."

셀레이나는 굳은 얼굴로 미소를 지었다.

"그러게."

셀레이나는 유랑 극단의 포장마차들이 쭉 늘어선 곳 앞에 섰다. 일꾼들이 천막들을 분해해서 치우는 중이었다. 타이밍이 좋았다.

묶지 않은 머리를 손으로 쓸어 넘기며 갈색 튜닉의 주름을 폈다. 화려한 옷은 괜히 시선을 끌 수 있었다. 겨우 한 시간 정도지만 셀레이나는 익명성을 즐기며 극단 일꾼들 사이로 섞여 들어갔다. 백여 개의 왕국을 돌아다니며 그 땅의 흙먼지를 옷에 묻히고 사는 사람들. 자유를 누리며 세상을 알아가고 온갖 도로를 여행하며 사는 삶……. 생각만으로도 가슴이 벅차올랐다.

일꾼들은 검은 포장마차 쪽으로 걸어가는 셀레이나에게 눈길도 주지 않았다. 바보 같은 짓일 수도 있지만 물어본다고 무슨 탈이 날까 싶었다. 옐로레그스가 진짜 마녀라면 천리안 능력을 갖고 있을 것이다. 그럼 무덤의 수수께끼 시를 해석할 수 있을지 모른다.

포장마차 앞에는 다행히 손님이 아무도 없었다. 바바 옐로레그스는 포장마차 계단의 맨 위 칸에 앉아 길쭉한 뼈 파이프로 담배를 피우고 있었다. 재미있게도 담배 파이프의 대통 부분이 비명을 지르는 입 모양이었다.

"거울을 들여다보시게?" 옐로레그스가 주름진 입으로 연기를 뿜어내며 물었다. "드디어 운명을 피해 도망치는 걸 그만뒀나 봐?"

"물어볼 게 있어서요."

마녀는 셀레이나 쪽으로 코를 킁킁거렸다. 셀레이나는 뒤로 물러서려다가 그 자리에서 버텼다.

"궁금한 게 많은 사람 특유의 냄새가 나네. 스태그호른 산 냄새도 나고. 테라센 출신인가? 이름이 뭐지?"

셀레이나는 두 손을 주머니 속 깊숙이 찔러 넣었다.

"릴리언 고데이나요."

마녀는 땅바닥에 침을 뱉었다.

"진짜 이름이 뭐야, 릴리언?" 셀레이나는 몸이 굳는 기분이었다. 옐로레그스가 까마귀처럼 웃었다. "어서 말해. 운명을 알고 싶어서 찾아왔잖아. 누구랑 결혼하는지, 아이는 몇 명이나 낳는지, 언제 죽는지……."

"본인 주장대로 당신이 그렇게 실력이 좋은 마녀라면 내가 그런 것엔 관심이 없다는 것쯤은 알 텐데요. 다른 얘길 하러 왔어요."

셀레이나는 손에 쥔 금화 세 닢을 보여주었다.

"너무 싼데." 옐로레그스는 파이프를 길게 쭉 빨아들이며 물었다. "내 능력을 그 정도로밖에 생각 안 하나 봐?"

시간 낭비가 아닐까. 돈이며 자존심을 내버리는 짓이었다.

검은 망토 주머니에 두 손을 찔러 넣은 채 셀레이나는 인상을 쓰며 돌아섰다.

"잠깐."

옐로레그스가 불렀지만 셀레이나는 걸음을 멈추지 않았다.

"왕자님이 나한테 금화 네 닢을 줬지 뭐야."

그 말에 셀레이나는 걸음을 멈추고 노파를 돌아보았다. 날카로운 손톱을 기른 차가운 손이 심장을 움켜잡은 듯했다.

옐로레그스는 셀레이나를 바라보며 웃음 지었다.

"왕자님께서 흥미로운 질문들을 하셨지 뭐야. 내가 그분을 못 알아볼 줄 아셨나 봐. 하지만 난 아주 멀리 떨어진 곳에서도 하빌리아드 가문의 냄새를 기가 막히게 맡거든. 금화 일곱 닢을 내면 질문에 대답을 해줄게. 왕자가 했던 질문이 무엇이었는지도 말해주고."

도리언의 질문을 돈 받고 팔겠다는 뜻이었다. 지금 셀레이나에게 팔겠다는 건 나중에 다른 누군가에게도 팔 수 있다는 뜻 아닌가? 분노한 셀레이나는 한층 더 침착하게 물었다.

"거짓말이 아닌 걸 어떻게 알죠?"

옐로레그스의 쇠 이빨이 횃불을 받아 번뜩였다.

"거짓말쟁이로 낙인찍히면 이 일 하기 힘들어. 내가 상냥한 마음을 가진 아가씨의 신들 중 하나에게 맹세하면 아가씨 마음이 편해지려나? 아니면 내가 믿는 신에게 맹세를 할까?"

셀레이나는 검은 포장마차를 살펴보면서 빠르게 머리를 뒤로 땋아 묶었다. 포장마차에는 문이 하나뿐이고 뒷문은 없었다. 속임수를 쓰기 위한 출입구 가림판도 보이지 않았다. 같이 안으로 들어가면 마녀가 달리 도망갈 곳은 없을 것이다. 만약 다른 누군가가 안으로 들어와도 셀레이나의 눈에 띌 수밖에 없는 구조였다. 셀레이나는 지금 지니고 있는 무기들을 속으로 헤아렸다. 긴 칼 두 자루, 장화 속에 넣어 둔 단검 한 자루, 필리파가 꽂아준 치명적 무기인 머리핀 세 개. 그 정도면 충분할 것이다.

셀레이나는 부드러운 목소리로 제안했다.

"금화 여섯 닢으로 하죠. 대신 당신이 왕자의 비밀을 팔아넘기려 한 사실을 경비병에게 고하지 않을게요"

"경비병도 왕자의 비밀에 관심이 없으리란 보장 있어? 이 나라의 왕자가 어디에 관심이 있는지 알고 싶어 하는 사람들이 얼마나 많은지 알면 아가씨도 놀랄걸."

셀레이나는 자그마한 몸집의 노파가 앉아 있는 계단에 금화 여섯 닢을 탁 소리 나게 내려놓았다.

"내 질문에 대한 값은 세 닢이에요." 셀레이나는 옐로레그스에게 얼굴을 바짝 가까이 들이댔다. 노파의 입에서 썩은 고기와 퀴퀴한 담배 냄새가 풍겼다. "나머지 세 닢은 왕자의 질문에 대해 침묵을 지키는 값이에요."

옐로레그스는 눈을 빛내더니 쇠 손톱을 달그락거리며 금화를 움켜쥐었다.

"안으로 들어와."

옐로레그스의 등 뒤로 마차 문이 소리 없이 열렸다. 문 안쪽은 컴컴했고 점점이 반짝이는 빛들이 보였다. 옐로레그스는 뼈 파이프의 불을 껐다.

바라던 바였다. 엘로레그스와 함께 있는 모습이 남들 눈에 띄지 않도록 어서 포장마차 안으로 들어가고 싶었다.

엘로레그스는 끄응 소리를 내면서 손으로 무릎을 짚고 일어섰다.

"이제 진짜 이름을 알려줘도 되지 않아?"

포장마차 안에서 서늘한 바람이 불어와 셀레이나의 목을 스치고 지나갔다. 유랑 극단의 속임수 기술일 것이다.

"질문은 내가 해요."

셀레이나는 계단을 밟고 포장마차 안으로 발을 들였다.

실내에는 자그마한 초 몇 개가 켜져 있을 뿐이었지만, 곳곳에 거울이 있어서 촛불이 줄지어 여기저기서 반짝거렸다. 거울은 모양도 다양하고 크기도 제각각이었다. 거울 몇 개는 벽에 기대어 있었고, 몇 개는 오랜 친구처럼 서로에게 기대어 있었으며, 몇 개는 부서져 파편이 틀에 붙어 있었다.

마차 안의 빈자리를 온통 메꾸고 있는 것은 편편한 종이와 두루마리, 각종 약초와 액체가 그득 담긴 항아리들, 빗자루…… 쓰레기였다.

어둑한 실내로 들어와 보니 내부가 실제보다 더 폭이 넓고 길게 뻗어나간 것처럼 느껴졌다. 구불구불한 길이 거울 사이를 지나 어둠 속으로 이어졌다. 엘로레그스는 이 괴상한 포장마차 안이 다른 어딘가와 이어지는 것처럼 길을 따라 걸어갔다.

'이게 현실일 리 없어. 거울을 이용한 착시 효과겠지.'

셀레이나가 뒤를 돌아본 순간 포장마차의 출입문이 딸깍 닫혔다. 문 닫히는 소리가 실내에 퍼지자 셀레이나는 곧장 단검을 꺼내 들었다. 저 앞에서 엘로레그스가 초를 손에 들고 큭큭 웃었다. 촛대가 꼭 길쭉한 뼈 위에 얹어 놓은 해골 같았다.

'유랑 극단의 싸구려 속임수일 뿐이야.'

셀레이나는 속으로 몇 번이나 말하며 스스로를 진정시켰다. 마차 안의 서늘한 공기 속에 하얀 입김이 퍼져나갔다. 이런 것도 다 현실일 리 없었다. 하지만 옐로레그스의 존재와 옐로레그스가 내줄 정보는 분명 현실에 기초하고 있을 것이다.

"따라와, 아가씨. 일단 앉아서 얘기를 해보자고."

셀레이나는 쓰러진 거울을 조심스럽게 넘어갔다. 깐닥거리는 해골 모양 랜턴을 바라보다가 어딘가에 있을지도 모를 문짝(눈에 보이지는 않지만 바닥에 작은 문이 있을 수도 있으므로)을 찾아본 뒤 옐로레그스의 움직임을 주시했다.

옐로레그스는 놀라울 정도로 움직임이 빨랐다. 셀레이나는 뒤따라가느라 서둘러 걸음을 옮겨야 했다. 거울 숲 사이로 걸어가면서 보니 사방에 그녀의 모습이 비쳤다. 어떤 거울에서는 키가 작고 뚱뚱해 보였고, 어떤 거울에서는 키가 크고 말도 안 되게 깡말라 보였다. 거꾸로 서 있는 것처럼 보이기도 하고, 옆으로 걷는 것처럼 보이기도 했다. 거울에 비치는 모습들을 계속 보다 보니 골이 지끈거렸다.

"구경하느라 아주 넋이 빠지겠네?"

옐로레그스가 구시렁거렸다. 셀레이나는 대꾸 없이 단검을 칼집에 집어넣으며 옐로레그스의 뒤를 따라 안쪽으로 들어갔다. 불 꺼진 화덕 겸 벽난로 앞에 조촐하게 앉을 자리가 마련돼 있었다. 옐로레그스의 협조를 이끌어내야 하니 굳이 무기를 빼 들 필요는 없을 듯했다.

그곳에는 쓰레기나 거울이 없고 깔개 하나와 의자 몇 개가 둥그렇게 놓여 있을 뿐이라 편안한 분위기였다. 단을 높인 바닥돌 쪽으로 절뚝거리며 걸어간 옐로레그스는 한옆에 쌓아둔 얼마 안 되는 장작 더미에서 장작 몇 개를 집어 들었다. 셀레이나는 불그스름한 낡은 깔개 가장자리에 앉아 옐로레그스가 벽난로의 쇠살대를 열고 장작을 던져 넣은 뒤 쇠살대를 닫는 모습을 바라보았다. 얼마 안 돼서 벽난로 안에 불이 붙었다. 불빛은 주변의 거울에 반사되어 실내를 한층 더 밝게 비추었다.

옐로레그스는 검은 벽돌로 된 곡선형의 벽면을 늙은 애완동물처럼 쓰다듬으며 말했다.

"이 벽난로의 돌은 폐허가 된 크로컨 왕국의 수도에서 가져온 거야. 이 포장마차는 크로컨 왕국의 성스러운 학교 벽에서 잘라낸 목재로 만들었지. 그래서 실내 분위기가…… 이렇게 독특해."

셀레이나는 대꾸하지 않았다. 이렇게 직접 보고 있지 않았다면, 이런 얘기는 유랑 극단에서 극적인 효과를 노리는 이야기쯤으로 쉽게 치부할 수 있었을 것이다.

옐로레그스는 여기저기 낡은 나무 의자들이 놓여 있는데도 굳이 선 채로 말했다.

"자, 어디 질문을 해봐."

벽난로의 불 덕분에 서늘했던 포장마차 안의 공기가 곧 따뜻해졌다. 어느새 셀레이나는 겹겹이 껴입은 옷이 불편하게 느껴질 정도로 열이 났다. 붉은 사막에서 보낸 뜨거운 여름밤에 들은 얘기가 생각났다. 오랫동안 잊힌 존재인 쇠 이빨 마녀가 어느 소녀에게 한 짓에 관한 이야기였다. 그 소녀는 어떻게 됐을까?

하얗게 빛나는 뼈만 남았다. 살점은 하나도 없이.

셀레이나는 벽난로를 흘끗 쳐다보고는 문 쪽으로 약간 각도를 틀었다. 지금 앉아 있는 자리 맞은편의 어둠 속에 거울이 몇 개 더 있었다. 벽난로의 불빛이 그곳까지 닿지 않는 듯 어두컴컴했다.

옐로레그스는 벽난로의 쇠살대 쪽으로 몸을 기울이더니 마디진 손가락으로 쇠살대를 문질렀다. 쇠 손톱을 따라 불빛이 춤을 추었다.

"질문해보라니까."

도리언은 무엇이 그리도 궁금해서 이곳을 찾았을까? 도리언도 이 괴상하고 숨 막히는 포장마차 안으로 들어왔을까? 적어도 도리언은 이 안에서 죽지 않고 살아남았다. 옐로레그스가 도리언한테서 얻어낸 정보를 이용하려고 안 죽인 것일 수도 있었다. 멍청한 남자가 아닐 수 없었다.

마녀는 셀레이나를 도리언과 다르게 취급할까?

나중에 아무리 상황이 엉망이 되고 복잡해져도 필요한 정보를 알아내려면 위험을 무릅쓰는 수밖에 없었다.

"실은 수수께끼를 하나 듣게 됐는데, 친구들이 답을 알아내려고 몇 주째 끙끙대고 있는 중이에요. 누가 답을 맞히는가를 놓고 내기 중이에요." 셀레이나는 최대한 애매하게 말을 이어갔다. "당신이 뭐든 다 아는 똑똑한 마녀라고 하니 답을 말해보세요. 답을 맞히면 금화를 추가로 줄게요."

"젊은것들이 건방지게. 허튼소리로 남의 시간을 낭비하게 만드네."

옐로레그스는 셀레이나가 보지 못하는 무언가를 보는 듯 거울들을 들여다보며 중얼거렸다.

'지루해하는 척하는 것인지도 몰라.'

셀레이나는 긴장을 약간 풀면서 주머니에서 수수께끼가 적힌 종이를 꺼내 소리 내어 읽었다.

다 듣고 난 옐로레그스는 천천히 셀레이나를 돌아보더니 낮고 거친 목소리로 물었다.

"그 수수께끼는 어디서 찾았어?"

셀레이나는 어깨를 으쓱했다.

"답부터 말해요. 그럼 알려줄 테니. 이 수수께끼에서 말하는 물건들은 뭘 의미하는 거죠?"

"워드 열쇠." 옐로레그스는 눈을 번뜩이며 대답했다. "워드 대문을 열기 위한 세 개의 워드 열쇠를 뜻해."

셀레이나는 등줄기를 따라 소름이 끼쳤지만, 허세를 부리며 짐짓 태연하게 말했다.

"정확히 설명해봐요. 워드 열쇠니 워드 대문이니 하는 것에 대해서요. 당신이 거짓말로 꾸며서 하는 말일 수도 있잖아요. 속여 넘길 생각은 하지 말아요."

"이 정보는 인간들이 어리석은 놀이로 다룰 게 아니야."

셀레이나는 손바닥에 금화를 올려놓고 말했다.

"원하는 값을 말해요."

옐로레그스는 셀레이나를 머리부터 발끝까지 훑어보며 또다시 코를 킁킁거렸다.

"값을 매길 수 없을 만큼 귀중한 정보지만 금화 몇 개만 받을게."

셀레이나는 금화 다섯 닢을 바닥돌에 내려놓았다. 벽난로의 열기에 얼굴이 그슬리는 듯했다. 불덩어리는 작은데 뜨끈뜨끈해서 셀레이나는 땀까지 흘렸다.

마녀가 경고했다.

"이 얘기는 한 번 들으면 절대 되돌릴 수 없어."

옐로레그스의 번득이는 눈빛을 보니, 친구들끼리 내기를 했다는 얘기를 처음부터 믿지 않았음을 알 수 있었다.

셀레이나는 한 걸음 앞으로 다가갔다.

"얘기해요."

옐로레그스는 또 다른 거울 쪽으로 돌아섰다.

"워드는 세상을 다스리고 세상의 토대를 만들어. 에렐리아뿐만 아니라 모든 생명을 만들지. 아가씨가 알지 못하는 세상도 분명히 존재하고 있어. 여러 세상들이 겹겹이 존재하지만 모를 뿐이지. 지금도 아가씨는 다른 세상의 해저 바닥을 밟고 서 있는 것인지도 몰라. 워드가 그렇게 세상들을 갈라놓고 있으니까."

옐로레그스는 절뚝절뚝 서성이며 얘기를 이어갔다.

"대문들이 있어. 워드의 검은 구역에 있는 대문들인데, 세상 사이로 난 그 대문들을 통해 생명이 지나가. 에렐리아로 이어지는 워드 대문들도 있지. 영겁의 세월 동안 온갖 존재들이 그 대문을 지나갔어. 무해한 존재들도 있고, 신들이 다른 곳을 보고 있는 동안 슬그머니 대문을 통과한 죽은 존재들과 더러운 존재들도 있어."

옐로레그스는 거울 뒤로 모습을 감췄다. 절뚝거리는 발소리가 그 뒤로 메아리쳤다.

"오래전, 인간들이 이 비참한 세상에 퍼져나가기 전에 지금과는 다른 종류의 악이 그 대문들을 통해 세상으로 나왔어. 그게 바로 볼그야. 볼그는 다른 세상에서 온 악마라고 할 수 있지. 에렐리아를 정복하려고 혈안이 된 악마. 끝없이 많은 군대를 거느리고 있어. 웬들린에서 볼그는 페이를 상대로 전쟁을 벌였어. 불멸의 존재로서 어마어마한 전력을 쏟아부었지만 볼그는 끝내 페이를 이기지 못했어.

얼마 후 페이는 볼그가 용서할 수 없는 짓을 저질렀다는 걸 알게 됐어. 볼그가 어둠의 마법으로 워드 대문의 일부를 떼어내 세 조각으로 잘라 세 개의 열쇠를 만든 거야. 볼그의 왕들이 열쇠를 하나씩 나눠가졌지. 그 열쇠 세 개를 동시에 사용하면 볼그 왕들은 워드 대문을 열어젖히고 그 힘을 이용해 세력을 강화해서 끝없이 많은 군인들을 세상으로 내보낼 수 있어. 페이는 볼그가 그런 짓을 못하게 막아야 한다고 생각했어."

셀레이나는 벽난로의 불과 거울, 주변의 어둠을 응시했다. 열기는 더 이상 참을 수 없을 정도로 강해졌다.

"페이 몇몇이 볼그의 왕들한테서 열쇠를 훔치기로 결정했어." 엘로레그스의 목소리가 좀더 가까운 곳에서 들려왔다. "꼭 해내야 하는 중요한 일이었지. 멍청한 페이들이 나섰지만 대부분 돌아오지 못했어. 그래도 페이들은 결국 워드 열쇠들을 성공적으로 회수했고 페이 여왕 매브는 볼그를 원래 살던 곳으로 추방했어. 하지만 매브의 지혜로는 그 열쇠들을 대문에 도로 집어넣을 수가 없었어. 대장간에서 녹일 수도 없고 쇠로 두들길 수도 없고 무거운 물건으로 내리쳐도 부술 수가 없었지. 결국 아무도 그 힘을 가지면 안 된다고 판단한 매브는 바다 건너 테라센의 초대 왕 브래넌 갈라시니어스에게 열쇠들을 보내

감추기로 했어. 아무도 그 힘을 사용하지 못하도록 워드 대문을 보호한 거야."

침묵이 흘렀다. 엘로레그스의 절뚝거리는 발소리도 느려졌다.

"그럼 이 수수께끼는…… 열쇠들을 숨긴 곳을 알려주는 지도 같은 건가요?"

네히미아와 그 동지들이 찾고 있던 것이 어떤 종류의 힘이었는지 알게 된 셀레이나는 떨리는 목소리로 물었다. 아달렌의 왕도 그 열쇠들을 찾고 있을 테니 큰일이었다.

"맞아."

셀레이나는 혀로 입술을 핥았다.

"워드 열쇠를 손에 넣으면 뭘 할 수가 있죠?"

"워드 열쇠 세 개를 수중에 넣은 사람은 부서진 워드 대문과 에렐리아 전역을 통제할 수 있게 돼. 워드 대문을 본인 뜻대로 여닫을 수 있는 거야. 새로운 세상을 정복하거나 온갖 종류의 생명을 자신의 뜻에 따르도록 만들 수 있어. 열쇠 하나만 갖고 있어도 어마어마하게 위험한 존재가 되지. 워드 대문을 열 힘은 없지만 충분히 위협은 돼. 열쇠들은 그 자체만으로도 순전한 힘을 갖고 있어. 열쇠를 가진 자의 의지대로 휘두를 수 있는 힘. 어때, 구미가 당기지?"

단어들이 메아리치며, 악의 근원을 찾아 없애라고 했던 엘레나의 명령과 뒤섞였다. 악. 대륙 전체가 한 남자에게 갑자기 휘둘렸던 10년 전, 악이 준동했다. 도저히 막을 수 없는 막강한 힘을 가진 남자였다.

마법이 아닌 다른 곳에 뿌리를 둔 힘. 이건 정말 말도 안 되었다.

엘로레그스는 쐐기를 박듯 큭큭 웃었다.

셀레이나는 고개를 절레절레 흔들었다. 숨이 잘 쉬어지지 않을 정도로 심장이 마구 뛰었다.

"아달렌의 왕이 워드 열쇠를 손에 넣은 건가요? 그래서 대륙을 그렇게 쉽게 정복할 수 있었어요?"

이미 대륙을 정복했는데 왕은 또 무슨 계획을 세운 걸까?

"아마도. 내가 힘들게 번 금화를 걸고 장담하는데, 아달렌 왕은 적어도 열쇠 하나는 갖고 있을 거야."

셀레이나는 주변의 어둠과 거울을 둘러보았다. 하지만 보이는 건 오직 거울에 비친 자신의 모습뿐이었다. 벽난로 속에서 타닥타닥 피어오르는 불, 자신의 고르지 않은 숨소리 외에는 사방이 고요했다.

엘로레그스는 더 이상 절뚝거리며 돌아다니지 않았다.

셀레이나가 물었다.

"달리 또 해줄 얘기가 있나요?"

대답이 없었다.

"내 돈을 챙겨서 튀려고요?" 셀레이나는 거울 사이로 난 구불구불한 길 쪽으로 몸을 틀었다. 출입문이 말도 안 될 정도로 멀게 느껴졌다. "내가 아직 묻고 싶은 게 있다면요?"

거울 속에서 움직이는 자신의 모습 때문에 신경이 곤두섰지만 최대한 집중하려 애썼다. 자신이 해야 하는 일을 머릿속에 떠올렸다. 단검 두 자루를 뽑아 들었다.

"그까짓 칼로 나를 해칠 수 있다고 생각해?"

엘로레그스의 목소리가 거울들을 가로지르며 미끄러지듯 나아갔다. 소리가 사방에서 들려오는 것처럼 느껴져 시작되는 곳을 찾을 수가 없었다.

셀레이나는 한 걸음 발을 옮겼다.

"이만하면 우리가 좋은 시간을 보내고 있는 줄 알았죠."

"하이고. 손님이 주인을 죽일 작정을 하는데 좋은 시간은 무슨."

셀레이나가 미소를 지었다.

"그래서 문 쪽으로 조금씩 자리를 옮긴 건가? 여기서 탈출하기 위해서가 아니라, 내가 너의 그 잘나고 위험한 단검을 피하지 못하게 하려고?"

"왕자의 질문을 누구한테 팔았는지 말해주면 그냥 보내줄게요."

아까 셀레이나는 옐로레그스와 더 길게 말을 섞지 않고 그냥 떠나려고 했다. 그런데 옐로레그스가 도리언 얘기를 한 바람에 생각을 달리한 것이다. 이제 셀레이나는 선택의 여지가 없었다. 도리언을 보호하기 위해 해야만 하는 일이었다. 어젯밤에 문득 아직 지킬 사람이 남아 있음을, 한 명의 친구가 남아 있음을 깨달았다. 도리언을 안전하게 지키기 위해서라면 못할 일은 없었다.

"아무한테도 말하지 않았다고 하면 어쩔 건데?"

"당신 말 안 믿어요."

셀레이나는 마지막으로 출입구 쪽을 살폈다. 마녀의 모습은 보이지 않았다. 셀레이나는 포장마차의 한가운데쯤에 가만히 서서 사방을 살폈다. 여기서 공격해야 이 마녀를 좀더 쉽게 잡을 수 있을 것이다. 빠르고 깔끔하게.

"안됐네."

옐로레그스가 말했다. 셀레이나는 실체 없는 목소리가 들려오는 방향으로 몸을 틀었다. 이 안에 숨겨진 출입구가 있는 게 분명했다. 하지만 대체 어디 있을까? 엘로레그스가 여길 빠져나가면, 도리언이 했던 질문의 내용에 대해 (그 내용이 무엇이든) 어디 가서 발설한다면, 그리고 셀레이나가 물었던 것도 누군가에게 말해버린다면……

사방에서 셀레이나의 반사된 형상이 빛 속에서 흔들리고 깜박였다. 빠르고 깔끔하게 처리한 뒤 여길 떠야 했다.

엘로레그스가 날카롭게 주절거렸다.

“사냥꾼이 사냥감이 되면 어떻게 될까?”

시야 한옆에서 구부정하게 서 있는 형체가 보였다. 그 형체는 마디진 두 손에 사슬을 쥐었다. 셀레이나는 마녀에게 단검을 날렸다. 마녀를 쓰러뜨려 옴짝달싹 못하게 만들어야 했다.

엘로레그스가 서 있던 자리의 거울이 박살났다.

등 뒤에서 묵직하게 덜그럭거리는 소리와 만족스러운 웃음소리가 들려왔다.

다음 순간, 그동안 온갖 훈련을 해왔음에도 불구하고 셀레이나는 옆통수로 날아드는 묵직한 사슬을 피하지 못하고 바닥에 얼굴을 박으며 쓰러지고 말았다.

CHAPTER 41

케이올과 도리언은 발코니에 서서 유랑 극단이 장비와 천막을 치우는 모습을 내려다보았다. 저들은 내일 아침 이곳을 떠날 예정이었다. 저들이 떠나야 케이올은 부하들을 쓸모 있는 업무에 다시 투입할 수 있었다. 이를테면 다른 자객들이 유리성으로 침투하지 못하도록 막는 일.

무엇보다 급한 문제는 셀레이나였다. 어젯밤 늦게, 왕실 사서가 잠자리에 든 후 케이올은 도서관으로 돌아가 계보 자료를 찾아보았다. 다른 이가 자료들을 보고 순서를 뒤죽박죽으로 만들어놔서 원하는 자료를 찾는 데 시간이 걸리기는 했지만 결국 테라센의 귀족 가문들의 목록을 확보했다.

그중 사르도시엔이라는 성은 없었다. 놀라운 일도 아니었다. 케이올은 셀레이나가 본명을 쓰고 있는 게 아니라는 느낌을 늘 받았다. 그는 계보 자료를 보면서 테라센 귀족 가문들의 명단을 종이에 적고 주머니에 넣었다. 어쩌면 셀레이나는 아달렌에게 정복당한 테라센 귀족 가문의 자손일 수도 있었다. 살아남은 테라센 귀족 가문이 여섯 개지만…… 셀레이나는 몰살당한 가문의 자손일 수도 있지 않을까? 명단을 적고 나니 전보다 더 셀레이나의 정체를 알 수 없게 된 기분이었다.

"물어볼 게 있어서 데리고 나왔으면 얼른 물어보든가. 밤새 내가 엉덩이가 얼어붙게 여기 서 있어야 돼?"

도리언의 말에 케이올은 한쪽 눈썹을 치켜떴다. 도리언이 슬쩍 미소 지었다.

"셀레이나는 어떻게 지내고 있지?"

케이올이 물었다. 그녀가 도리언과 함께 저녁을 먹고 밤늦게까지 그의 방에서 나오지 않았다는 보고는 들었다. 셀레이나는 일부러 그렇게 행동한 걸까? 케이올의 기분을 망치고 조금이나마 더 고통스럽게 만들려고?

"버티고 있어. 죽어라 버티고 있지. 자네가 자존심 때문에 못 묻는 것 같으니 말해줄게. 셀레이나는 네 얘긴 입에 올리지 않았어. 아마 앞으로도 그럴 거야."

케이올은 깊게 숨을 들이마셨다. 도리언을 어떻게 설득해야 셀레이나와 거리를 두게 할 수 있을까? 질투가 나서가 아니라, 셀레이나가 도리언이 생각하는 것보다 훨씬 심각한 위협이 될 수 있어서였다. 진실을 알아내면 설득하기가 쉬워질 테지만…….

"네 아버지가 너에게 관심이 많던데. 평의회 회의가 끝나고 나면 나한테 너에 대해 묻곤 해. 네가 아니엘로 돌아오길 바라는 눈치던데."

"알아."

"아버지와 함께 돌아갈 거야?"

"그러길 바라는 거야?"

"내가 결정할 문제는 아니지."

케이올은 이를 악물었다. 셀레이나가 이곳에 있는 한 그는 아무 데도 가지 않을 것이다. 셀레이나의 정체 때문만은 아니었다.

"아니엘의 영주로 살고 싶진 않아."

"사람들이 아니엘이 가진 권력을 얼마나 탐내는데."

"난 원한 적 없어."

"그렇겠지." 도리언은 발코니 난간을 두 손으로 잡았다. "그래. 너는 지금 갖고 있는 그 직책과 셀레이나 말고는 다른 걸 원한 적이 없어."

케이올은 변명하려 입을 열었지만 도리언이 얼음처럼 차가운 푸른 눈으로 그를 바라보며 물었다.

"내가 장님인 줄 알아? 율레마스 무도회에서 내가 왜 셀레이나에게 다가갔는지 알아? 춤 신청을 하고 싶어서가 아니라 자네와 셀레이나가 서로를 바라보는 눈빛을 봤기 때문이야. 난 그때 네 감정을 알고 있었어."

"알면서 그녀에게 춤 신청을 하셨군."

케이올은 두 손을 부르쥐었다.

"그녀는 스스로 마음 결정을 할 수 있는 사람이야. 결국 우리 둘을 놓고 선택을 했지."

도리언이 씁쓸한 미소를 지었다.

케이올은 치밀어 오르는 화를 가라앉히려 호흡을 일정하게 유지했다.

"그런 마음이면서 왜 셀레이나가 폐하께 묶여 있게 두는 거지? 그녀가 계약에서 벗어날 길을 찾아주지 않고. 자유롭게 풀어주면 왕세자님에게 돌아오지 않을까 봐 그러는 거야?"

"신중하게 말해."

도리언이 나지막하게 경고했다.

하지만 케이올의 말은 사실이었다. 케이올은 셀레이나가 없는 세상을 상상할 수도 없었지만 어떻게든 그녀를 이 성에서 내보내고 싶었다. 그게 꼭 아달렌이나 셀레이나를 위해서는 아니었다.

"아버지가 워낙 기분파라 셀레이나를 계약에서 풀어주는 게 어떠냐는 말을 꺼냈다가는 나는 물론이고 셀레이나까지 처벌당할 수 있어. 자네 생각에는 동의해. 진심으로. 셀레이나를 여기 잡아두는 게 옳지는 않지. 하지만 자네는 그 문제를 입에 올릴 때 신중해야 할 필요가 있어." 아달렌의 왕세자는 케이올을 바라보며 덧붙였다. "자네가 지금 누구에게 진심으로 충성하고 있는지 생각해봐."

케이올은 강하게 주장을 펼 수도 있었다. 오직 아달렌 왕실에 충성하고 있다고 말할 수도 있었다. 하지만 애초에 사태가 이렇게 된 것은 그의 맹목적인 충성심과 복종 때문이었다.

그로 인해 모든 게 박살났다.

셀레이나가 몇 초 정신을 잃은 동안 옐로레그스는 그녀의 두 팔을 등 뒤로 당겨 사슬로 손목을 결박해놓았다. 셀레이나는 머리가 욱신

거렸고 목 옆을 따라 흘러내린 피가 튜닉으로 스며들었다. 심한 상처는 아니었다. 훨씬 지독한 상처도 입어 봤다. 몸에 지니고 있던 무기는 어디론가 사라졌다. 마녀가 모조리 빼서 이 포장마차 어딘가에 치워둔 모양이었다. 머리와 옷에 숨겨둔 무기도 사라졌고 장화까지 벗겨져 있었다. 영리한 할망구였다.

의식이 돌아왔다는 것을 마녀가 알아채지 못하게 해야 했다. 가만히 엎드려 있던 셀레이나는 어깨를 뒤로 확 젖히면서 뒤통수로 있는 힘껏 마녀의 얼굴을 들이받았다.

뼈에 금 가는 소리와 함께 옐로레그스가 비명을 질렀다. 셀레이나는 곧장 몸을 뒤틀며 일어섰다. 옐로레그스는 사슬의 다른 쪽 끝을 손에 쥐려고 독사처럼 빠르게 손을 뻗었다. 셀레이나는 사슬 중간을 발로 콱 밟으면서 다른 쪽 발로 옐로레그스의 얼굴을 걷어찼다.

마녀는 흙먼지와 바람으로 이루어진 존재처럼 거울들 사이의 그림자 진 곳으로 휙 날아가 떨어졌다.

셀레이나는 나지막하게 욕을 내뱉으며 차가운 쇠로 된 사슬을 손목에서 풀어내려 애썼다. 이보다 더 악조건일 때도 결박에서 풀려나는 방법을 익혀둔 터였다. 에로밴은 셀레이나를 머리부터 발끝까지 결박한 뒤 그 결박을 푸는 방법을 가르쳤다. 바닥에 똥오줌을 지려가면서 이틀을 엎드려 버티고 어깨를 탈구시켜야 할 때도 있었다. 그런 훈련까지 받았으니 이 정도 사슬을 몇 초 만에 풀어낸 것은 그리 놀라운 일도 아니었다.

셀레이나는 주머니에서 손수건을 꺼내 기다란 거울 파편 끄트머리를 칭칭 감은 뒤 손에 쥐었다. 옐로레그스가 날아가 떨어진 어둑한 곳을 살펴봤지만 시커먼 피의 흔적 외에는 아무것도 보이지 않았다.

"지난 오백 년 동안 내가 이 포장마차에 젊은 여자를 몇 명이나 가뒀는지 알아?" 옐로레그스의 목소리가 어디서 들려오는지 분간이 되지 않았다. "내가 크로컨 마녀들을 몇 명이나 죽였을까? 그들은 재능 있고 아름다운 전사였어. 여름 풀잎과 시원한 물맛이 났지."

옐로레그스의 정체가 푸른 피를 가진 진짜 쇠 이빨 마녀임이 드러났지만, 좀더 큰 무기를 찾아서 해치워야 한다는 것 말고는 달라질 건 없었다.

주변을 둘러보았다. 마녀, 잃어버린 단검, 마녀를 공격할 만한 무기의 위치를 파악해야 했다. 근처 벽의 선반으로 눈을 돌렸다. 책들, 수정구, 종이, 항아리에 담긴 죽은 생물들…….

자칫 눈을 깜박였으면 못 봤을 수도 있었다. 그것은 먼지를 뒤집어썼지만 멀찍이 떨어진 벽난로에서 흘러나오는 불빛에 희미한 빛을 발했다. 장작더미 위쪽 벽에 걸려 있는 것은 길쭉한 외날 도끼였다.

벽에서 도끼를 빼 들며 셀레이나는 희미한 미소를 지었다. 주변을 돌아보니 옐로레그스의 모습이 여러 개의 거울 속에서 춤을 추었다. 마녀가 어디에 서서 그녀를 지켜보며 공격 준비를 하고 있는지 분간할 수 없는 상황이었다.

셀레이나는 제일 가까이에 있는 마녀에게 도끼를 휘둘렀다. 다음. 그다음.

예전에 친구에게 듣기로, 마녀를 죽이려면 머리를 잘라야 한다고 했다.

거울 사이로 이리저리 움직이면서 하나씩 박살을 냈다. 마녀의 이미지들이 무너져 내리고 마침내 진짜 마녀의 모습이 드러났다. 마녀는 두 손에 사슬을 쥐고 셀레이나와 벽난로 사이의 좁은 통로에 서 있었다.

셀레이나는 어깨 위로 도끼를 들어 올리며 나지막하게 말했다.

"한 번만 더 기회를 줄게. 나와 도리언에 대해 남들에게 말하지 않겠다고 약속하면 조용히 나갈게."

"거짓말 냄새가 폴폴 나네."

옐로레그스는 믿을 수 없을 만큼 빠른 속도로 셀레이나에게 다가왔다. 거미처럼 후다닥 움직이면서 손가락 사이에 끼운 쇠사슬을 휘둘렀다.

셀레이나는 앞으로 날아온 사슬을 재빨리 피했다. 곧 또다시 날아온 사슬은 셀레이나를 빗겨가 거울을 강타했고 유리가 사방으로 튀었다. 파편이 눈에 들어갈까 봐 셀레이나는 어쩔 수 없이 잠시 옆으로 고개를 돌려야 했다.

빈틈을 보이고 만 것이다.

사슬이 셀레이나의 발목을 휘감았다. 사슬이 감긴 부위가 확 쓸리며 따갑고 욱신거렸다. 다음 순간 그녀는 사슬에 확 끌려갔다.

옐로레그스가 사슬로 발목을 감아 잡아당긴 바람에 세상이 옆으로 기울었다. 셀레이나는 바닥에 쓰러졌다. 옐로레그스가 곧장 달려들었지만 셀레이나는 거울 파편 위로 몸을 굴리며 가까스로 피했다. 그 바람에 몸에 사슬이 칭칭 감기고, 벽난로 앞 낡은 깔개의 거친 섬유에 얼굴이 스쳤다. 그래도 셀레이나는 한 손에 든 도끼를 놓지 않았다.

마녀가 또다시 사슬을 세게 당기면서 덜그럭 소리가 났다. 사슬 끄트머리가 셀레이나의 팔뚝을 강하게 내리쳤고 셀레이나는 도끼를 놓치고 말았다. 지옥 같은 사슬에 몸이 감긴 채 바닥에 등을 대고 몸을 뒤집은 셀레이나는 바바 옐로레그스의 쇠 이빨을 올려다보았다. 마녀는 셀레이나의 몸을 깔개에 내리찍으며 달려들었다.

마녀의 쇠 손톱이 셀레이나의 어깨에 박히면서 그 부위에서 피가 흘렀다.

"가만히 있어, 이 멍청한 것아."

옐로레그스가 쇠사슬 끝을 손으로 끌어당기며 날카롭게 내뱉었다.

셀레이나는 저만치 떨어진 도끼를 향해 거친 깔개 위로 손가락을 뻗었다. 조금만 더 뻗으면 된다. 팔이 지독하게 아팠다. 발목도 마찬가지였다. 저 도끼만 손에 쥘 수 있다면……. 옐로레그스는 이빨을 드러내며 셀레이나의 목을 향해 달려들었다.

셀레이나는 얼른 몸을 옆으로 돌려 아슬아슬하게 쇠 이빨을 피했다. 가까스로 도끼를 다시 손에 쥔 그녀는 도끼를 세차게 휘둘러 뭉툭한 부분으로 마녀의 옆얼굴을 강타했다.

옐로레그스는 바람에 펄럭이는 갈색 겉옷처럼 풀썩 나가떨어졌다. 셀레이나는 뒤로 물러나 도끼를 다시 치켜들었다.

바닥에 엎드린 채 몸을 일으킨 옐로레그스는 눈을 번뜩이며 낡은 깔개에 짙은 색깔의 피를 뱉어냈다. 푸른 피였다.

"세상에 태어난 걸 후회하게 해주마. 너와 너의 왕자 모두."

옐로레그스는 웃으며 마치 허공을 날아오듯 쏜살같이 달려들었다.

하지만 셀레이나의 발 앞까지밖에 오지 못했다.

셀레이나가 두 팔에 온 힘을 모아 도끼로 마녀를 내리찍은 것이다.

푸른 피가 사방에 튀었다.

바닥에 떨어진 바바 엘로레그스의 잘린 머리는 웃는 표정 그대로였다.

정적이 깔렸다. 몸에 땀이 흐를 정도로 뜨거운 열기를 뿜어내는 벽난로마저도 잠잠해진 듯했다. 셀레이나는 침을 삼켰다.

도리언은 이 일을 알지 못할 것이다. 마녀를 만나 함부로 질문을 해 나중에 마녀가 누군가에게 팔아넘길 수도 있는 정보를 제공한 도리언을 크게 나무라고 싶었지만, 도리언은 여기서 일어난 일을 알아서는 안 되었다. 그 누구도 몰라야 했다.

겨우 힘을 내 사슬을 몸에서 풀어내고 보니 바지며 장화가 온통 짙은 남색 피로 물들어 있었다. 옷을 또 불에 태워야 하게 생겼다. 셀레이나는 마녀의 시체와 피로 흠뻑 젖은 깔개를 내려다보았다. 신속하지는 않았지만 깔끔하게 처리됐다. 목 잘린 시체가 발견되게 두느니 실종된 것으로 처리하는 편이 나을 것이다.

그녀는 커다란 벽난로의 쇠살대로 시선을 돌렸다.

CHAPTER 42

휘청거리며 무덤 출입구로 들어오는 셀레이나에게 모트가 낄낄대며 말했다.

"마녀 사냥꾼 납셨네. 네 레퍼토리에 멋진 별명이 하나 더 붙겠어."

"네가 그걸 어떻게 알지?"

셀레이나는 들고 있던 초를 내려놓았다. 피에 젖은 옷은 이미 불에 태운 후였다. 불에 탈 때 옷에서 고약한 냄새가 풍겼다. 옐로레그스의 몸에서 풍기던 썩은 살 냄새였다. 벽난로에 옷을 넣고 태우는데 플릿풋이 벽난로에 대고 으르렁거리며 셀레이나의 다리에 몸을 바짝 붙이고 뒤로 밀어붙였다.

"아, 네 몸에서 죽은 마녀 냄새가 나니까 알지. 마녀의 분노와 사악함이 냄새로 팍팍 풍겨."

셀레이나는 튜닉의 목깃을 뒤로 젖히고 쇄골 바로 위쪽에 난 작은 상처를 모트에게 보여주었다. 옐로레그스의 쇠 손톱이 피부에 박히면서 생긴 상처였다. 상처 부위를 깨끗이 닦아냈지만 마치 목걸이처럼 상처가 남았다.

"이 상처에 대해 어떻게 생각해?"

셀레이나의 물음에 모트는 미간을 찌푸렸다.

"내가 청동으로 만들어져서 다행이란 생각."

"이 상처 때문에 내가 해를 입을까?"

"넌 마녀를 죽였고 마녀의 손톱자국이 몸에 남았어. 평범한 상처는 아니지." 모트는 눈을 가늘게 떴다. "넌 이제 큰일 났다."

셀레이나는 나지막하게 끄응 소리를 냈다.

"바바 옐로레그스는 두목이야. 그쪽 집단의 여왕이라고. 크로컨 가문이 박살났을 때 살아남은 크로컨 마녀들은 블랙비크(검은 부리) 마녀들, 블루블러드(푸른 피) 마녀들이 속해 있는 아이언티스(쇠 이빨) 동맹에 합류했어. 그들은 아직도 동맹으로서 서약을 지키며 살아."

"마녀들은 전부 사라진 줄 알았어. 바람에 흩어져 사라졌다고들 하잖아."

"사라져? 크로컨과 그 추종자들은 대대로 숨어 살고 있을 뿐이야. 아이언티스 동맹에 속한 집단들은 바바 옐로레그스처럼 여기저기 돌아다니며 살기도 해. 대부분이 황폐하고 어두운 곳에 틀어박혀서 사악하게 사는 것에 만족하기는 하지만. 옐로레그스들이 자기네 두목이 죽은 걸 알면 블랙비크와 블루블러드까지 불러 모아서 아달렌 왕에게 따지러 올 수도 있어. 그들이 빗자루를 타고 날아와서 널 잡아끌어내지 않으면 다행일 줄 알아."

셀레이나는 미간을 찌푸렸다.

"네 예상이 빗나가길 바라야지."

모트는 인상을 쓰며 말했다.

"나도 그러길 바라."

셀레이나는 한 시간가량 무덤에 머물면서 벽에 적힌 수수께끼를 다시 읽어보고 엘로레그스의 말을 다시 곱씹어보기도 했다. 워드 열쇠들, 워드 대문들…… 괴상하고 이해가 안 되는데다가 무시무시하기까지 했다. 아달렌 왕이 열쇠들을 갖고 있다면…… 열쇠를 하나라도 갖고 있다면…….

소름이 돋았다.

수수께끼를 아무리 들여다봐도 딱히 답이 떠오르지 않자 셀레이나는 밀린 잠이나 자기 위해 방으로 터벅터벅 올라갔다.

적어도 아달렌 왕의 힘이 어디에서 나오는지는 알아냈지만 정보가 더 필요했다. 게다가 정작 중요한 문제가 남아 있었다. 왕은 나머지 열쇠들마저 손에 넣으면 그걸로 무엇을 할 계획일까?

답을 알고 싶지 않을 만큼 두려웠다.

도서관 지하 묘지에 가면 이 끔찍한 의문에 대한 답을 찾을 수 있을까. 답을 찾는 일에 쓸 만한 책도 그곳에 있을 것이다. 문제 해결을 위한 주문이 적혀 있을지도 모르는 책. 도서관에 가서 돌아다니다 보면 《걸어 다니는 시체》라는 책이 오히려 그녀를 찾아올지도 모를 일이었다.

방으로 연결되는 계단을 반쯤 올라가면서 그런 생각을 하다 보니 어느새 잠 생각이 사라졌다. 셀레이나는 방향을 돌려 다시 무덤으로 내려갔다. 다마리스를 비롯한 고대의 검들을 챙기기 위해서였다.

◈◈◈

그는 여기 있으면 안 되었다. 여기 있다간 말썽만 불러일으킬 뿐이었다. 또다시 싸움이 나서 이 성을 반으로 찢어놓을 수도 있었다. 셀레이나가 그를 또 공격한다면 그는 그냥 그녀의 손에 죽고 말 것이다. 그녀가 바라는 바라면 그리 할 것이다.

셀레이나에게 무슨 말을 해야 할지 알 수 없었다. 그녀와의 사이에 깔린 침묵과 긴장감 때문에 그는 밤마다 잠을 이루지 못했고 일에도 집중할 수가 없었다. 그러니 그녀에게 무어라 말을 하기는 해야 할 것이다.

셀레이나는 방에 없었다. 그는 방 안으로 들어가 책상을 살폈다. 이런저런 서류들과 책으로 가득해서 도리언의 책상만큼이나 너저분했다. 괴상한 상징들, 예전 시합 때 셀레이나의 이마에 불처럼 새겨진 상징 같은 그림이 보이지 않았다면 그는 그만 돌아섰을 것이다. 지난 몇 달 동안 그는 그 그림에 대해 잊고 있었다. 혹시…… 셀레이나의 과거와 관련된 것일까?

필리파나 셀레이나가 오고 있지는 않은지 귀를 쫑긋 세우며 어깨 너머를 흘끗 돌아보았다. 그는 서류 더미를 뒤져보기 시작했다. 휘갈겨 쓴 글씨들, 상징처럼 보이는 그림들, 밑줄이 그어진 단어들. 어쩌면 단순한 낙서에 불과할 수도 있었다.

그만 돌아서려는데 책더미 사이에서 비쭉 튀어나온 종이 한 장이 그의 눈에 들어왔다. 정성 들여 쓴 글씨였고 여러 사람의 서명이 적혀 있었다.

책을 들고 조심스럽게 그 종이를 빼냈다. 두툼한 종이였다. 집어 들고 내용을 읽어보았다.

땅이 훅 꺼지는 기분이었다.

그것은 셀레이나의 유언장이었다. 날짜를 보니 네히미아가 죽기 이틀 전에 서명한 것이었다.

셀레이나는 자신이 가진 모든 것, 동전 한 닢까지도 모조리 케이올 앞으로 남겼다.

그 금액과 자산 목록을 확인한 케이올은 목이 메었다. 빈민가의 창고 안쪽에 있는 숙소와 그 안에 보관된 모든 재산을 케이올에게 남긴다고 적혀 있었다.

그리고 한 가지 요청사항을 달아놓았다. 재산 중 일부를 필리파에게 주라는 내용이었다.

"그 내용 바꾸지 않을 거예요."

그는 뒤를 돌아보았다. 셀레이나가 팔짱을 낀 채 문틀에 기대어 서 있었다. 익숙한 자세지만 그녀의 표정은 차가웠고 무표정했다. 케이올의 손가락 사이로 유언장이 스르르 떨어졌다.

그의 주머니에 담긴 테라센 귀족 가문들의 목록이 납처럼 무겁게 느껴졌다. 그가 섣불리 결론을 내버린 거면 어쩔 것인가? 셀레이나가 무덤에서 부른 노래가 테라센의 만가가 아닐 수도 있는데. 그가 들어본 적 없는 언어로 된 노래일 수도 있는데.

셀레이나는 고양이처럼 날카로운 눈빛으로 그를 바라보았다.

"굳이 바꾸려면 번거로워서요."

셀레이나는 아주 오래된 것으로 보이는 아름다운 장검을 허리에

찼고, 그가 본 적 없는 단검들을 가지고 있었다. 대체 어디서 난 무기들일까?

하고 싶은 말이 많았지만 입을 열 수가 없었다. 그녀는 가진 돈을 전부 그에게 남겼다. 한때 그에게 느낀 감정 때문에 그에게 주기로 결정한 것이다……. 도리언은 처음부터 그 감정을 느꼈다고 했다.

"당분간은요." 셀레이나는 문틀을 뒤로하고 돌아섰다. "일을 제대로 못한다고 왕이 당신을 해고하면 당신도 기댈 데가 있어야 하잖아요."

케이올은 숨도 쉴 수 없었다. 셀레이나는 그저 관대한 마음에서 이런 유언장을 작성한 게 아니었다. 케이올이 근위대장 자리에서 쫓겨나면 아니엘로 돌아가 아버지의 재산에 기대 살아야 한다는 것을 알기 때문이었다. 그렇게 되면 그의 영혼이 일부 죽고 말 것이라는 사실도 그녀는 알고 있었다.

이 재산이 그의 손에 들어오려면 셀레이나의 죽음이 선행되어야 했다. 다만 아달렌 왕실의 반역자로 죽으면 안 되었다. 반역자로 죽은 자의 재산은 왕이 몰수하기 때문이었다.

셀레이나가 반역자로 죽는다면 케이올이 두려워하는 짓을 해야만 할 것이다. 비밀 조직에 합류해 에일린 갈라시니어스를 찾고 테라센으로 돌아가는 짓 말이다. 이런 유언장까지 썼다는 건 셀레이나가 그런 짓을 할 의향이 없다는 뜻이었다. 잃어버린 신분을 되찾을 계획도 없고, 아달렌이나 도리언을 위험에 빠뜨릴 생각도 없다는 뜻이었다. 케이올의 생각이 틀렸다. 이번에도 그는 잘못 생각했다.

"내 방에서 나가요."

그녀는 현관 입구 쪽에서 이렇게 말한 후 휴식실로 들어가 등 뒤로 문을 쾅 닫았다.

네히미아가 죽었을 때도, 셀레이나를 지하 감옥에 던져 넣었을 때도, 몹시도 사랑스럽던 그녀가 완전히 다른 사람이 되어 그레이브의 잘린 머리를 들고 돌아왔을 때도 케이올은 울지 않았다.

망할 유언장을 뒤로하고 그녀의 방을 나선 그는 자신의 방에 도착하기도 전에 감정이 북받쳐 오르고 말았다. 결국 청소 도구 보관실로 들어가 울음을 쏟아냈다.

CHAPTER 43

휴식실로 들어간 셀레이나는 서둘러 방을 나가는 케이올의 발소리를 들으며 피아노를 마주 보고 섰다. 몇 주째 피아노를 치지 않았다.

처음에는 그저 시간이 없었다. 아처와 무덤, 케이올 문제 때문에 하루 중 잠시도 짬을 낼 수가 없었다. 그러다 네히미아가 세상을 떠나자 셀레이나는 이 방에 발도 들여놓지 않았다. 피아노를 쳐다보고 싶지도 않았고 음악 소리를 듣거나 연주하는 일을 할 생각도 나지 않았다.

케이올과의 만남을 머릿속에서 지우려 애쓰며 천천히 피아노 뚜껑을 열고 상아 건반을 쓰다듬었다.

건반을 누를 수가 없었다. 음악 소리를 만들어낼 엄두가 나지 않았다. 네히미아가 여기 같이 있어줘야 했다. 옐로레그스와 수수께끼 문제를 해결할 수 있게 도와주고, 케이올과 앞으로 어떻게 지낼 것인지 조언해주고, 셀레이나가 연주하는 멋진 곡을 들으며 미소를 지어

주어야 했다.

하지만 네히미아는 사라졌다. 그녀 없이도 세상은…… 잘만 돌아가고 있었다.

샘이 죽었을 때 셀레이나는 샘을 가슴 깊숙이 묻었다. 사랑했던 다른 고인들, 깊은 비밀로 묻어둔 나머지 때로는 이름조차 잊곤 하는 사람들과 나란히 묻어두었다. 하지만 네히미아는…… 네히미아는 그렇게 묻을 수가 없었다. 셀레이나의 심장은 이미 죽은 자들로, 때가 오기도 전에 목숨이 잘려나간 이들로 가득 차 있었다.

걸음마다, 숨결마다 피에 젖은 침대와 끔찍한 단어들이 따라다니고 있는 지금, 네히미아를 도저히 가슴 속에 묻을 자신이 없었다.

셀레이나는 피아노 앞에 멍하니 서서 건반을 이리저리 쓰다듬으며 침묵에 빠져들었다.

한 시간 후 셀레이나는 오래된 기록들이 보관된 깊숙한 홀 끄트머리의 특이한 두 번째 계단 앞에 섰다. 저 위의 도서관에서 아득하게 종소리가 울려 퍼지고 있었다. 페이 요정들과 식물들의 이미지가 불 켜진 계단통을 따라 춤추듯 일렁거렸다. 깊이를 알 수 없는 지하로 내려가면서 그 이미지들은 점차 멀어졌다. 셀레이나는 도서관에 들어온 지 얼마 안 되어 《걸어 다니는 시체》를 찾아냈다. 책들이 쌓여 있는 곳 중간쯤에 홀로 놓인 탁자 위에 보란 듯이 펼쳐져 있었다. 마치 셀레이나를 기다리고 있었던 것 같았다. 몇 분 동안 페이지를 뒤적인 끝에 어떤 잠긴 문이든 열 수 있는 주문을 찾아냈다. 그 주문을 얼른 외우고, 잠긴 벽장문을 대상으로 몇 번 연습도 해보았다.

자물쇠가 철컥 열리는 소리를 처음 들었을 때, 셀레이나는 환호성을 지르려다 가까스로 참았다. 두 번째 시도가 성공했을 때도 마찬가지였다.

네히미아와 그녀의 가문이 이런 주문을 비밀로 유지한 게 이해되었다. 아달렌 왕이 이런 힘을 독차지하려 드는 것도 무리는 아니었다.

계단통을 내려다보던 셀레이나는 다마리스를 손으로 스윽 만진 뒤 허리춤에 찬 보석 박힌 단검 두 개를 내려다보았다. 이 정도면 됐다. 초조해할 필요는 없었다. 다른 곳도 아니고 도서관인데 악한 존재가 있어봤자 얼마나 악할까?

아달렌 왕이 남몰래 어둠의 거래를 하려 든다면 이런 곳보다는 더 은밀한 곳을 고를 것이다. 잘하면 여기서 단서를 더 얻어 아달렌 왕이 워드 열쇠를 갖고 있는지, 있다면 어디에 보관해뒀는지를 알아낼 수 있을지도 몰랐다. 최악의 경우라도…… 요전 날 밤 도서관 앞 복도에서 마주친 망토 입은 존재를 만나기밖에 더하겠는가. 다만 문 너머에서 본, 마치 설치류처럼 번뜩이던 눈이 마음에 걸렸다. 하지만 잘못돼 봤자…… 리더락도 쓰러뜨렸는데 어떤 존재를 만나든 상대하기가 그리 어려울 것 같지는 않았다.

'해보자.'

셀레이나는 층계참에 잠시 서서 마음을 가다듬었다.

주변에는 아무것도 없었다. 두려움을 자아내는, 저세상의 존재가 보내는 경고도 없었다. 전혀.

숨을 가다듬으며 나선형 계단을 한 칸 한 칸 밟으며 내려갔다. 어느새 천장이 보이지 않았다. 벽에 아로새겨진 페이의 아름답고 치명적인 얼굴들이 계단을 밟고 이동하는 그녀를 쳐다보느라 고개를 돌리고 있다는 느낌이 들기도 했다.

고요한 계단통에서 들리는 소리는 자신의 발소리, 그리고 화르르 타고 있는 횃불 소리뿐이었다. 등줄기를 따라 오싹 소름이 끼쳤다. 저 아래 시커먼 통로가 눈에 들어오자 셀레이나는 걸음을 멈췄다.

잠시 후 그녀는 봉인된 쇠문 앞에 섰다. 이제 와서 계획을 재고해 볼 여유 따윈 없었다. 분필을 꺼내 쇠문에 두 개의 워드 문자를 그리며 준비해온 주문을 외웠다. 주문이 혀에서 타는 듯 뜨겁게 느껴졌다. 주문을 다 외우자 희미하고 둔탁한 쿵 소리와 함께 문이 약간 열렸다.

셀레이나의 입에서 나지막하게 욕이 튀어나왔다. 주문이 정말 먹혔다. 쇠는 마법에 영향을 받지 않는다고 알려져 있는데 이 주문이 쇠에 어떤 식으로 작용한 것인지, 그게 어떤 의미인지에 대해서는 생각해보고 싶지도 않았다. 《걸어 다니는 시체》에 악마를 소환하고, 죽은 자를 일으켜 세우고, 차라리 죽여 달라고 할 때까지 상대를 고문하는 온갖 끔찍한 주문들이 적혀 있었기 때문에 더 깊게 생각하고 싶지가 않았다…….

문을 단단히 붙잡고 인상을 쓰며 잡아당겼다. 문짝이 회색 돌바닥을 긁으며 드르르륵 소리를 냈다. 퀴퀴하고 서늘한 바람이 훅 불어와 머리카락을 흩어놓았다. 셀레이나는 다마리스를 손에 들었다.

안에 갇힐 염려가 없는지 재차 확인한 뒤 문지방을 넘어갔다.

횃불이 열 칸 정도로 된 작은 계단을 비추었다. 계단 아래로 길고 좁은 통로가 이어지는 게 보였다. 거미줄과 먼지가 구석구석에 끼어 있는 걸 보니 꽤 오랫동안 방치된 곳 같았다. 하지만 셀레이나를 멈칫하게 만든 것은 거미줄이나 먼지가 아니었다.

통로 양옆에 도열한 수십 개의 쇠문들이었다. 지금 열고 들어온 쇠문과 마찬가지로 아무런 표식이 없는 문들이라 그 안에 무엇이 있는지 짐작도 할 수 없었다. 통로 저 끝에 또 다른 쇠문이 횃불의 불빛에 어슴푸레하게 드러났다.

여긴 뭐 하는 곳이지?

조심스럽게 계단을 내려갔다. 너무 조용했다. 공기마저 숨을 죽인 듯했다.

횃불을 높이 치켜들었다. 다른 손에는 다마리스를 쥐고 첫 번째 쇠문으로 다가갔다. 손잡이는 없고 표면에는 줄 하나만 그어져 있었다. 맞은편 문에는 줄 두 개였다. 숫자 1과 2를 의미하는 것이었다. 자세히 보니 왼편의 문들에는 홀수 번호, 오른쪽의 문들에는 짝수 번호가 표시되어 있었다. 벽에 꽂힌 횃불에 불을 붙여가면서, 커튼처럼 드리워진 거미줄을 손으로 걷어치우며 앞으로 나아갔다. 나아갈수록 문에 적힌 숫자들이 점점 커져갔다.

'지하 감옥인가?'

바닥에는 핏자국도 없고 뼛조각이나 무기의 흔적도 보이지 않았다. 먼지만 깔려 있을 뿐 고약한 냄새도 풍기지 않았다. 공기가 바짝 말라 있었다. 문 하나를 밀어보았지만 단단히 잠겨 있었다. 나머지 문들도 마찬가지였다. 본능적으로 문을 열지 말고 그냥 둬야겠다는 생각이 들었다.

두통이 시작되면서 머리가 살짝 지끈거렸다.

어느새 통로 끝에 다다랐다. 양옆을 확인해보니 문에 98과 99라고 적혀 있었다.

통로 끝에는 아무 표시가 없는 문이 있었다. 그 문 옆의 횃불 꽂이에 횃불을 꽂고 문에 붙은 고리를 잡아당겼다. 아까 문보다는 훨씬 덜 묵직한 듯했지만 마찬가지로 잠겨 있었다. 통로에 도열한 문들과는 달리 이 문은 셀레이나에게 열어 달라고 말하는 듯했다. 어쩐지 열어야 할 것 같았다. 셀레이나는 고대의 금속 문에 뼈처럼 하얀 분필로 워드 문자를 그리고 문을 열기 위한 주문을 외웠다. 문이 소리 없이 열렸다.

'개빈 왕의 지하 감옥인가. 브래넌 왕 시대부터 있었던 건가.'

저 위 계단통에 페이 요정들의 얼굴이 새겨져 있던 것이 이해가 됐다. 개빈 왕은 쇠문이 달린 감방에 에라완 군대의 악마 병사들을 가두어두었을지도 모른다. 아니면 개빈 왕의 부대가 추적해 붙잡은 사악한 존재들을 가뒀든가…….

두 번째 문을 지나서 통로에 불을 붙이며 걸어가는데 입이 말랐다. 불빛 아래 또 다른 통로로 이어지는 작은 계단이 드러났다. 이 통로는 오른쪽으로 꺾였고 아까 지나온 통로보다 길이가 짧았다. 그림자 진 곳에는 아무것도 없었고 양옆으로 잠긴 쇠문들이 길게 도열해 있을 뿐이었다. 지독하게 고요했다…….

어느새 통로 끝의 문 앞에 다다랐다. 이 통로에는 총 예순여섯 개의 감방이 있었고 전부 단단히 봉해져 있었다. 통로 끝의 문을 워드 문자로 열었다.

세 번째 통로로 발을 들여놓았다. 이번에는 얼마 안 가 오른쪽으로 방향을 꺾었고 아까보다 통로의 길이가 짧았으며 총 서른세 개의 감방이 있었다.

네 번째 통로도 오른쪽으로 꺾였고 스물두 개의 감방이 있는 것을 확인했다. 약간씩 지끈거리던 머리가 본격적으로 욱신거리기 시작했다. 하지만 숙소로 돌아가기엔 너무 멀었고 이왕 여기까지 왔으니 마저 가보자 싶었다…….

네 번째 통로 끝의 문 앞에 섰다.

'여긴 나선형 구조로 된 미로 같아. 점점 더 깊은 땅속으로, 지하 깊은 곳으로 내려가고 있어…….'

입술을 이로 깨물며 통로 끝의 문을 열었다. 다섯 번째 통로의 감방 개수는 총 열한 개. 걷는 속도를 높여 신속하게 여섯 번째 통로 문으로 향했다. 여섯 번째 통로의 감방은 총 아홉 개였다.

여섯 번째 통로 문 앞에 이르렀다.

그 문을 바라보고 서 있는데 아까와는 뭔가 다른 느낌의 한기가 셀레이나를 훑고 지나갔다.

'나선형 구조의 중심인가?'

분필로 쇠문에 워드 문자를 그렸다. 그 순간 마음속 깊은 곳에서 어떤 목소리가 그녀에게 달아나라고 경고했다. 셀레이나는 그 목소리에 귀를 기울이고 싶었지만 어느새 손이 문을 열고 말았다.

횃불에 황폐한 통로가 드러났다. 벽의 일부가 무너져 내렸고 나무 기둥도 쪼개진 채였다. 부서진 목재 사이에 거미줄이 쳐 있었고, 돌과 기둥에 걸린 너덜너덜한 천이 약한 바람에 흔들거렸다.
죽음이 머문 자리였다. 그리 오래전은 아닌 듯했다. 이곳이 개빈 왕, 브래넌 왕의 시대만큼 오래됐다면 저런 천들은 대부분 먼지로 변했어야 앞뒤가 맞았다.
짧은 통로에 감방 세 개가 있었고, 통로 끝에는 경첩 하나에만 의지해 문틀에 비딱하게 붙어 있는 문짝이 보였다. 그 너머 빈 공간은 온통 어둠이었다.
셀레이나는 세 번째 감방에 눈이 갔다.
세 번째 감방의 쇠문은 박살이 나 있었고 표면이 움푹 파였으며 일부 접혀 있었다. 문밖이 아닌 문 안쪽에 난 흔적이었다.
다마리스를 치켜들고 열린 감방을 마주했다.
저 안에 무엇이 있었는지 몰라도 이 문을 부수고 나온 게 분명했다.
횃불로 문지방 너머를 빠르게 훑었다. 감방 안은 뼈밖에 없었다. 원래 형태를 알아볼 수 없을 정도로 부서진 뼈 무더기였다.
복도로 시선을 돌렸다. 움직이는 형상은 보이지 않았다.
조심스럽게 감방 안으로 들어갔다.
벽에 쇠사슬이 달려 있었는데 수갑이 있어야 할 자리는 뜯겨 나간 상태였다. 시커먼 돌벽에 허연 자국이 그득했다. 네 줄로 된 길고 깊은 자국들. 수십 개는 될 듯했다.
'손톱자국이구나.'
부서진 감방 문을 돌아보았다. 문짝에도 무수한 손톱자국이 긁혀 있었다.
'쇠문과 돌벽에 어떻게 이런 손톱자국을 남길 수 있지?'

몸서리가 쳐졌다. 서둘러 감방을 나갔다.

왔던 길을 돌아보았다. 여기로 오면서 켜놓은 벽의 횃불들 덕분에 왔던 길은 환한데, 저 앞에 뻗어 있는 열린 공간은 불빛 하나 없이 어두웠다.

'나선형 구조의 한가운데에 거의 다 왔어. 가서 뭐가 있는지 보자. 답을 찾을 수 있을지도 몰라. 엘레나가 단서를 찾아보라고 했잖아…….'

손목을 푸느라 다마리스를 몇 번 이리저리 휘둘렀다. 목을 한 바퀴 돌린 뒤 어둠을 향해 나아갔다.

그쪽에는 벽에 횃불 꽂이가 없었다. 일곱 번째 통로 문을 넘어가자 짧은 통로와 열린 출입구 하나가 보였다. 여덟 번째 통로 문이었다.

통로 문 양옆의 벽은 일부 부서졌고 손톱자국이 선연했다. 두통이 격해졌다가 그 문으로 다가가자 잦아들었다.

그 문 너머에는 위쪽으로 올라가는 나선형 계단이 있었다. 계단이 어찌나 높은지 꼭대기가 보이지 않았고 그 끝은 어두컴컴했다.

어디로 연결되는 계단일까?

계단통에서 퀴퀴한 냄새가 났다. 셀레이나는 다마리스를 앞으로 뻗쳐 들고 계단을 올라가기 시작했다. 계단 일부가 부서져 바닥에 돌 파편이 떨어져 있었다. 그런 부분을 밟지 않도록 조심해야 했다.

계속해서 위로 올라갔다. 그동안 달리기 훈련을 해온 게 다행이었다. 두통이 다시 심해졌지만, 위로 올라가면서 점차 피로도 잊고 통증도 잊었다.

횃불을 치켜들었다. 사방이 희미하게 빛나는 흑요석 벽이었다. 계단이 지독하게 높아 여전히 천장이 보이지 않았다. 여기는 어느 탑의 아랫부분인가.

새까만 돌벽에 그려진 푸르스름한 줄무늬가 횃불의 빛을 받아 반짝였다. 전에 본 듯한 무늬였다. 어디서 봤더라…….

왕의 반지. 페링턴 공작이 손가락에 끼고 있던 반지. 그리고 케인의…….

그 부분을 손으로 만져보았다. 짜르르한 느낌이 전해져 왔다. 욕지기가 날 정도로 두통이 심해졌다. 엘레나의 눈이 푸른빛을 내며 고동치다가 급격히 잦아들었다. 마치 이 돌이 엘레나의 눈에서 나오는 빛을 집어삼킨 듯했다.

셀레이나는 계단 쪽으로 물러섰다.

'맙소사. 이게 뭐지?'

마치 대답이라도 하듯 탑 안에서 쿵 소리가 울려 퍼졌다. 깜짝 놀랄 정도로 큰 소리였는데 점차 메아리치며 금속성의 소리로 바뀌었다.

셀레이나는 눈을 들어 저 위의 어둠을 올려다보았다.

소리가 잦아들자 그녀는 나지막하게 말했다.

"여기가 어디인지 알겠어."

여긴 시계탑이었다.

CHAPTER 44

도리언은 괴상한 나선형 계단을 바라보았다. 셀레이나가 도서관 지하에서 찾아낸 전설 속 지하 묘지였다. 역시 셀레이나였다. 에렐리아에서 이런 곳을 찾아낼 사람은 셀레이나뿐일 것이다.

그는 점심을 먹으러 가던 길에 셀레이나가 등에 칼을 매고 도서관 안으로 들어가는 모습을 봤다. 그녀의 땋은 머리를 보지 않았다면 그는 그녀가 일을 보게 두고 점심이나 먹으러 갔을 것이다. 셀레이나는 싸우러 갈 때가 아니면 즉, 머리카락이 헝클어질 일이 없으면 머리를 땋지 않는 사람이었다.

엿볼 생각은 없었다. 몰래 뒤를 밟은 것도 아니었다. 그냥 궁금했다. 그는 셀레이나 뒤를 따라 오래전에 잊힌 통로와 방들을 지나갔다. 수년 전에 케이올과 브룰로에게 배운 대로 발소리를 내지 않고 거리를 띄운 채 뒤를 밟았다. 셀레이나는 뭔가 미심쩍은지 잠시 뒤를 흘끗 돌아보더니 계단통 아래로 사라졌다.

저 아래 무슨 볼일이 있는 걸까? 도리언은 그 자리에서 기다렸다. 1분, 5분, 10분이 지나도록 그녀가 나오지 않자 그는 뒤따라 내려갔다. 이 정도 기다렸다가 들어가면 저 아래서 그녀를 마주치더라도 우연인 척할 수 있을 것이다.

그 아래는 온통 쓰레기가 널려 있을 뿐이었다. 오래된 양피지와 책들이 여기저기 떨어져 있었다. 두 번째 나선형 계단을 밟고 내려가면서 보니 첫 번째 나선형 계단과 마찬가지로 불이 밝혀져 있었다.

소름이 돋았다. 어쩐지 기분이 좋지 않았다. 셀레이나는 대체 여기서 뭘 하고 있는 걸까?

그 질문에 대답이라도 하듯, 그가 지닌 마법의 힘이 그에게 왔던 길로 도망치라고, 도움을 요청하라고 악을 썼다. 하지만 도서관의 주요 구역까지 돌아가려면 한참을 가야 했고, 거기까지 갔다가 여기로 돌아오면 그동안 무슨 일이 일어날 것 같았다. 어쩌면 이미 일이 생긴 것일 수도 있었다…….

서둘러 계단을 내려가자 희미하게 불이 밝혀진 통로가 나왔다. 끄트머리의 문이 약간 열려 있었고 문에 분필로 그려진 그림 두 개가 보였다. 그 너머 통로에 줄지어 선 감방 문들을 보고 그는 얼어붙었다. 쇠 냄새가 훅 끼쳐와 속이 울렁거렸다.

그는 통로를 향해 소리쳤다.

"셀레이나?"

대답이 없었다.

"셀레이나?"

마찬가지였다.

그녀에게 어서 나오라고 말해야 했다. 여기 무엇이 있는지 모르겠지만 그들이 들어오면 안 되는 곳이었다. 도리언의 핏속에 담긴 마법의 힘이 악쓰며 경고하지 않더라도 그는 느낄 수 있었다. 어서 그녀를 찾아 여기서 빠져나가야 했다.

그는 서둘러 계단을 내려갔다.

셀레이나는 반쯤 뛰다시피 계단을 내려갔다. 최대한 신속히 시계탑 내부에서 벗어나야 했다. 케인과 결투 중에 죽은 존재와 맞닥뜨린 게 몇 달 전의 일이었다. 당시 그 존재와 싸우다 탑 안의 어두운 벽에 처박혔던 기억이 어제 일처럼 생생했다. 그 존재가 그녀를 보며 웃어대던 모습도 뚜렷이 기억에 남아 있었다. 사우인 때 엘레나에게 들은 시계탑 안의 여덟 수호자들에 관한 얘기, 그들을 반드시 피해야 한다는 얘기가 떠올랐다.

머리가 너무 아파서 발밑의 계단이 제대로 보이지 않았다.

저 안에 있던 건 무엇이었을까? 이 탑은 개빈 왕이나 브래넌 왕과 관련이 없었다. 지하 감옥은 그 시대에 지어졌겠지만, 이 탑의 모든 시설은 현재의 아달렌 왕과 관련되어 있었다. 지금의 왕이 시계탑을 세웠으니까. 시계탑의 재료는 바로……

신들이 금지한 흑요석과

신들이 무척이나 두려워한 돌.

이것이었다. 하지만 워드 열쇠는 자그마할 것이다. 시계탑처럼 거대할 리 없었다…….

계단 맨 아래까지 내려온 셀레이나는 부서진 감방이 있는 통로를 바라보며 그 자리에 굳은 채 멈춰 섰다.

횃불들이 죄다 꺼져 있었다. 시계탑 쪽을 돌아보았다. 어둠이 확장되면서 그녀를 향해 뻗어오고 있었다. 셀레이나는 혼자가 아니었다.

손에 든 횃불을 꼭 쥐고 호흡을 안정되게 유지하면서 부서진 통로를 따라 천천히 이동했다. 소리는 들리지 않았고 통로에 다른 사람이 있는 것 같은 기미도 보이지 않았다. 하지만……

절반쯤 걸어가다가 멈춰 서서 횃불을 내려놓았다. 오는 동안 모퉁이마다 표시를 해두었고 계단의 수도 세어 놓았다. 어둠 속이지만 길은 알고 있었다. 눈가리개를 하고도 길을 찾을 수 있었다. 지금 여기 혼자 있는 게 아니라면 손에 든 횃불은 그녀의 위치를 상대에게 알려주는 표식이 될 것이다. 공격 대상이 되고 싶지는 않았다. 그녀는 횃불을 발뒤꿈치로 비벼 껐다.

사방에 어둠이 내렸다.

다마리스를 치켜들고 어둠 속에 눈을 적응시켰다. 완전히 컴컴하지는 않았다. 그녀의 부적 목걸이에서 흘러나오는 희미한 빛 덕분에 형체 정도는 흐릿하게 볼 수 있었다. 하지만 엘레나의 눈이 감당하기에 어둠이 너무 강했다. 목 뒷덜미의 털이 바짝 섰다. 예전에 부적 목걸이가 이렇게 빛을 냈을 때가 떠올랐다……. 손으로 벽을 더듬으며 도서관 쪽으로 돌아가는 동안 셀레이나는 뒤를 돌아볼 엄두도 내지 못했다.

돌벽에 손톱으로 긁어놓은 자국이 있었다. 숨소리도 들려왔다.

그녀의 숨소리는 아니었다.

감방의 그림자 속에 숨은 그것은 손톱이 길게 자란 손으로 망토를 움켜쥔 채 밖을 내다보았다. 먹이였다. 수개월 만이었다. 여자는 따뜻하고 생기로 가득했다. 여자가 앞도 제대로 보지 못하고 나아가는 동안 그것은 감방을 나와 여자의 옆을 지나갔다.

그들은 그것을 가지고 놀다 진력이 났는지 여기 가두고 썩어가게 했다. 그 후 그것은 너무나도 많은 것들을 잊었다. 자신의 이름도, 자신이 원래 무엇이었는지도 잊고 말았다. 하지만 여러 가지 유용한 정보를 얻게 됐다. 사냥하는 방법, 먹는 방법, 표시를 이용해 문을 여닫는 방법. 오랜 세월 동안 그것은 주의를 기울였다. 그들이 문에 표시를 그리는 것을 눈여겨 봐두었다.

그들이 떠나고, 그것은 그들이 다시 돌아오지 않는 게 확실해질 때까지 기다렸다. 그 남자가 다른 곳으로 시선을 돌리고 다른 것들을 전부 챙겨 갈 때까지. 그리고 드디어 문을 하나씩 열기 시작했다. 그것에게는 사람이었을 때의 부분이 티끌만큼 남아 있어서 문을 열었다가도 언제나 다시 봉하곤 했다. 다시 여기로 돌아와서는 표시를 그려 문을 잠그고 그 안에 머물렀다.

하지만 여자가 이곳을 찾아왔다. 여자는 그 표시를 알고 있었다. 그렇다는 건 이 여자도 그것이 겪은 일을 알고 있다는 뜻이 아닐까?

여자도 그 일에 가담했을 것이다. 부수고 박살 내고 가차 없이 다시 만들어낸 그 일. 여자가 여기 왔으니……

그것은 또 다른 어둠 속에 도사리며 여자가 손아귀 안으로 들어오기를 기다렸다.

◈◈◈

뒤로 물러선 셀레이나가 걸음을 멈추자 숨소리도 멈췄다. 정적이 흘렀다.

부적 목걸이의 푸른빛이 한층 강해졌다.

셀레이나는 가슴에 손을 얹었다.

부적이 빛을 뿜었다.

◈◈◈

그것은 저 위에 사는 조그만 인간들을 몇 주째 지켜보았다. 저것들을 먹으면 무슨 맛이 날까? 하지만 그것들 주변에는 늘 빌어먹을 빛이 있었다. 그것의 민감한 눈을 불로 지지는 듯 아프게 만드는 빛. 그래서 그것은 언제나 안락한 돌 사이로 후다닥 물러나야만 했다.

그것은 오랫동안 쥐와 기어 다니는 것들을 먹어왔다. 피가 너무 묽고 뼈도 가늘어서 맛이라곤 없었다. 그런데 저 여자는 달랐다…….
그것은 저 여자를 두 번 접했다. 처음에 봤을 때는 여자의 목에서 푸른빛이 희미하게 흘러나왔다. 그리고 두 번째는 쇠문 너머에서 그 여자의 냄새부터 맡았다.

저 위에서는 푸른빛 때문에 이 여자에게 접근할 수가 없었다. 푸른빛은 강력한 힘의 냄새를 뿜어냈다. 하지만 이 아래서는, 암흑의 그림자와 숨 쉬는 돌로 인해 빛의 힘이 약해졌다. 그런 데다 여자가 횃불마저 껐으니 이제 거칠 것이 없었다. 여기서는 여자가 소리쳐도 아무도 듣지 못할 것이다.

그것은 기억이 이리저리 뒤엉킨 상태였으나 돌 탁자 위에서 당한 일만큼은 잊지 않았다.

그것은 군침을 흘리며 웃음 지었다.

엘레나의 눈이 불꽃처럼 환한 빛을 냈다. 셀레이나의 귀에 쉬익쉬익 소리가 들려왔다.

뒤에 있는 망토 입은 자를 제대로 눈에 담기도 전에 그녀는 무작정 뒤로 돌아 칼을 내리그었다. 메마른 피부와 짤막하면서 들쭉날쭉한 이빨이 얼핏 보이는 찰나에 그것의 가슴을 다마리스로 내리쳤다.

그것은 비명을 질렀다. 한 번도 들어본 적 없는 괴상한 비명이었다. 그것이 걸친 누더기 같은 옷이 찢어지고, 상처 자국으로 점철된 앙상한 가슴팍이 드러났다. 그것은 바닥에 쓰러지면서 날카로운 손톱이 달린 손으로 셀레이나의 얼굴을 후려쳤다. 그것의 눈이 부적 목걸이의 빛을 받아 번뜩였다. 어둠 속에서도 사물을 볼 수 있는 짐승의 눈이었다.

사람인지 짐승인지 모를 그것은 저 복도에서, 쇠문 너머에서 온 것 같았다. 바닥에 쓰러진 셀레이나는 칼로 그것의 어디를 베었는지도 확인할 수 없었다. 얼굴을 바닥에 찧은 셀레이나는 코피를 흘렸고 입 안까지 피가 차올랐다. 그녀는 비틀거리며 일어나 도서관 쪽으로 도망치기 시작했다.

엘레나의 눈에서 나오는 빛에 의지해 쓰러진 기둥들과 돌덩어리들을 뛰어넘었다. 달리다 뼈를 밟으면서 휘청했지만 가까스로 균형을 잡았다. 괴물은 앞에 놓인 장애물들을 무슨 거미줄 커튼 치우듯 가볍게 밀치며 셀레이나를 좇아왔다. 그것은 인간처럼 보였지만 인간이 아니었다. 얼굴은 악몽 속 괴물 같았다. 쓰러진 기둥을 밀 줄기처럼 가볍게 밀쳐버릴 정도로 엄청난 힘을 지니고 있었다…….

이곳의 쇠문들은 저 괴물을 안에 가둬놓기 위한 용도였다.

그런데 셀레이나가 그 문들을 죄다 열어버린 것이다.

셀레이나는 짧은 계단을 달려 올라가 첫 번째 출입구를 넘어갔다. 왼쪽으로 방향을 트는데 그것이 셀레이나의 튜닉 뒤쪽을 붙잡았다. 옷이 확 찢어지면서 셀레이나는 맞은편 벽에 부딪혔지만 그것이 달려드는 찰나에 몸을 휙 수그려 피했다.

다마리스가 우웅 소리를 내며 울자 그것은 뒤로 휘청하며 으르렁거렸다. 그것의 배에 난 상처에서 검은 피가 뿜어 나왔다. 하지만 피가 많이 나오지는 않은 걸 보니 칼에 깊게 베이지는 않은 모양이었다.

셀레이나는 다리에 힘을 주며 일어섰다. 그것의 손톱이 박혔던 등에서 피가 흘렀다. 셀레이나는 다른 쪽 손에 단검을 쥐었다.

그것의 머리에서 두건이 벗겨지고 흡사 인간 같은 얼굴이 슬쩍 드러났다. 인간의 흔적이 남아 있기는 했지만 인간이라고 할 수는 없는 형상이었다. 허연 머리통에 듬성듬성 뭉쳐 있는 머리카락, 그리고 누군가 쫘악 찢었다가 꿰매고 다시 찢은 것처럼 보이는…… 입 주변의 상처.

그것은 울퉁불퉁한 손으로 배를 쥐고, 부러진 갈색 이빨 사이로 숨을 헐떡였다. 그녀를 노려보는 눈빛에 어찌나 격한 증오가 담겨 있는지 셀레이나는 몸이 굳을 지경이었다. 너무나도 인간적인 표정이었다…….

"정체가 뭐냐?"

셀레이나는 한 걸음 뒤로 물러서며 다마리스를 휘둘렀다.

그것은 별안간 제 몸을 잡아 뜯기 시작했다. 시커먼 겉옷을 손톱으로 찢고 머리카락을 잡아 뜯고 제 머리를 내리쳤다. 마치 몸 안으로 손을 집어넣어 무언가를 끄집어내려는 것 같았다. 그것은 분노와 절망에 찬 비명을 내질렀다.

도서관 앞 복도에서 본 바로 그 괴물이었다.

그렇다는 건……

이것이, 아니 이 사람이 워드 문자를 사용할 줄 안다는 뜻이었다. 말도 안 되게 어마어마한 힘을 가진 것으로 볼 때, 인간을 가두는 평범한 감방으로는 가둬둘 수 없는 존재일 터였다.

그것은 머리를 뒤로 젖히더니 짐승 같은 눈으로 셀레이나를 응시했다. 먹이의 맛을 기대하는 포식자의 눈빛이었다.

셀레이나는 돌아서서 미친 듯이 달리기 시작했다.

◆◆◆

세 번째 문을 지나던 도리언은 인간이 내지른 것 같지 않은 비명을 들었다. 무언가가 연달아 부서지는 것 같은 요란한 소음이 통로에 퍼져나갔다. 쾅 쾅 소리가 날 때마다 고함도 끊겼다.

"셀레이나?"

도리언은 소음이 들리는 곳을 향해 소리쳤다.

또다시 콰앙.

"셀레이나!"

그녀의 목소리가 들려왔다.

"도리언, 도망쳐요!"

셀레이나의 외침에 이은 높은 괴성이 벽을 흔들자 벽에 걸린 횃불들이 펄럭였다.

나는 듯이 달려 올라오는 셀레이나를 보며 도리언은 양날검을 빼들었다. 그녀는 얼굴에서 피를 흘리며 등 뒤로 쇠문을 세차게 닫았다. 그녀는 한 손에 장검을 다른 손에 단검을 들고 도리언 쪽으로 달려왔다. 그녀의 목에 걸린 부적 목걸이가 가장 뜨겁게 타오르는 불길처럼 푸른빛을 내고 있었다.

셀레이나는 곧 도리언이 있는 곳에 이르렀다. 그들 뒤로 쇠문이 폭발하듯 열렸다. 그리고……

문을 열고 달려 나온 것은 지상의 생물이 아니었다. 절대 그럴 리 없었다. 한때 인간이었던 것 같은 흔적이 보이기는 했지만 굶주림과 광기로 인해 뼈 마디마디가 비틀리고 마르고 꺾인 형상이었다. 맙소

사. 아, 맙소사. 그녀는 대체 무엇을 깨운 걸까?

그들은 온 힘을 다해 통로를 달렸다. 다음 문으로 이어지는 계단을 바라보며 도리언은 욕을 내뱉었다. 저 계단을 올라가는 데 걸리는 시간만 해도…….

하지만 셀레이나는 무척 빨랐다. 수개월 동안 훈련을 한 덕분인지 그녀는 체력이 대단했다. 마침내 그들은 계단 맨 아래 칸에 다다랐다. 셀레이나는 튜닉을 입은 도리언의 멱살을 잡고 계단으로 반쯤 끌다시피 데리고 올라갔다. 그는 나중에라도 이 장면을 생각하면 굴욕감을 느낄 것 같았다. 셀레이나는 그를 문지방 너머 통로로 떠밀었다.

뒤에서 그것이 악을 질렀다. 뒤를 돌아본 도리언은 그것이 부러진 이빨을 번뜩이며 계단을 뛰어 올라오는 모습을 보았다. 셀레이나는 그것의 면전에서 번개처럼 신속하게 등 뒤로 문을 닫았다.

문은 이제 하나 더 남았다. 도리언은 첫 번째 통로로 이어지는 층계참, 나선형 계단, 두 번째 계단 등을 차례로 떠올렸다…….

도서관의 주요 구역까지 올라가면 그다음에는 어쩔 것인가? 저것을 상대로 어떻게 할 것인가?

셀레이나를 돌아본 도리언은 순전한 공포에 젖은 얼굴을 보았다. 그의 얼굴을 보며 그녀도 같은 생각을 하는 듯했다.

◈◈◈

셀레이나는 도리언을 출입구 너머로 던지다시피 밀어 보낸 뒤 곧장 문을 등으로 밀쳐 닫았다. 그것의 은신처와 도서관 사이에 놓인 마지막 쇠문이 쾅 소리를 내며 닫혔다. 셀레이나는 온몸의 체중을 실어 문을 등으로 밀었다. 문 너머에서 그것이 세차게 몸을 부딪쳐오자 그 충격에 셀레이나는 눈에서 별이 번쩍였다. 맙소사, 그것은 엄청나게 강했다. 말도 안 되게 힘이 세고 사나웠으며 포기를 몰랐다…….

그녀가 휘청하며 밀리자 그것은 약간 열린 문을 마저 열려고 손을 밀어 넣으며 안간힘을 썼다. 셀레이나는 다시 죽을힘을 다해 문을 밀었다.

문틈으로 뻗어 나온 그것의 손이 문 틈새에 끼었다. 그것은 악을 쓰며 손톱으로 셀레이나의 어깨를 움켜잡았다. 셀레이나는 아랑곳하지 않고 계속 문을 밀었다. 셀레이나의 코에서 피가 흐르고 어깨에서도 피가 줄줄 흘렀다. 그것의 손톱이 셀레이나의 어깨를 더욱 깊게 파고들었다.

도리언은 문으로 달려가 등으로 함께 밀기 시작했다. 그는 셀레이나를 쳐다보며 숨을 몰아쉬었다.

이 문을 봉인해야 했다. 괴물이 워드 문자를 알고 쓸 수 있을 정도로 지능을 갖고 있는 것 같기는 한데 대화가 통할 것 같지 않으니, 살아남으려면 방법을 찾을 때까지 시간을 벌어야 했다. 셀레이나는 도리언이 잠시 이 자리를 떠나도록 해야 했다. 이대로라면 둘 다 기운이 다 빠져버릴 테고 그것은 문을 밀고 나와 그들뿐만 아니라 앞을 막아서는 모든 자들을 죽이고 말 것이다.

어딘가에 자물쇠라든지 문을 잠글 수 있는 장치, 잠시라도 괴물을 멈추게 할 방법이 있을 텐데…….

"문을 밀어요."

셀레이나는 숨을 몰아쉬며 도리언에게 말했다. 그것이 문을 조금 더 밀었지만 셀레이나는 곧 다시 다리에 힘을 주며 문을 닫았다. 그것이 어찌나 크게 악을 써대는지 셀레이나는 귀에서 피가 쏟아져 나올 것 같았다. 도리언이 격하게 욕을 뱉었다.

셀레이나는 도리언을 돌아보았다. 그것의 손톱에 찔린 통증 따위는 느낄 새도 없었다. 도리언의 이마에 땀이 주르륵 흘렀다. 마치……

쇠문이 치이익 소리를 내면서 가장자리를 따라 벌겋게 달궈지고 있었다…….

마법이었다. 지금 여기서 마법이 작용해, 괴물을 상대로 문을 봉하고 있었다. 하지만 셀레이나한테서 나오는 마법은 아니었다.

도리언은 집중하느라 눈을 질끈 감았다. 그의 얼굴에는 핏기 하나 없었다.

엘로레그스가 옳았다. 도리언은 마법의 힘을 갖고 있었다. 엘로레그스는 제일 비싼 값을 내는 자에게, 어쩌면 왕에게 이 정보를 팔려고 했는지도 모른다. 모든 것을 바꿔버릴 만큼 대단한 정보였다. 어쩌면 이 정보로 인해 세상이 바뀔 수도 있었다.

도리언은 마법의 힘을 갖고 있었다.

이대로 계속 힘을 발휘했다가는 쇠문에 붙은 채로 몸이 타버릴 것 같았다.

◆◆◆

뜨거워진 문 때문에 도리언은 숨이 막혔다. 공기가 전혀 없는 관 속에 갇힌 기분이었다. 마법 때문인가. 숨이 쉬어지질 않았다.

그것이 거칠게 밀어붙이자 셀레이나가 욕을 내뱉었다. 도리언은 자신이 무엇을 하는지 알 수 없었다. 그저 문을 봉인해야 한다는 생각뿐이었다. 그의 마법이 알아서 방법을 선택했다. 그는 두 다리로 버티고 등으로 문을 밀면서, 문을 용접하기 위해 마법을 한계점까지 쏟아부었다. 머리가 빙빙 돌고 뜨거워서 질식할 것 같았다…….

어느 순간 그의 몸에서 마법이 스르르 빠져나갔다.

문 뒤의 그것이 힘차게 밀자 도리언은 앞으로 휘청하고 말았다. 그 순간 셀레이나가 더욱 힘을 내며 문을 밀었고 도리언도 얼른 다시 균형을 잡았다.

셀레이나의 칼이 몇 걸음 앞에 떨어져 있었다. 지금 칼을 쥔다고 해서 무슨 소용이 있을까?

이대로라면 여기서 살아나갈 가능성은 없을 것이다.

셀레이나가 도리언의 눈을 마주 보았다. 피투성이가 된 그녀의 얼굴에 의문이 담겨 있었다.

내가 무슨 짓을 한 거지?

◈◈◈

도리언은 다마리스를 집으러 앞으로 달려나갔다. 그것의 손톱에 한쪽 어깨를 붙잡힌 셀레이나는 그 자리에서 꼼짝하지 않았다. 그것이 다시 한번 문을 밀어붙이려 힘을 준 순간, 도리언은 다마리스로 그것의 손목을 내리쳤다. 그것의 거센 비명이 셀레이나의 뼈까지 전해졌다. 도리언이 그것의 손목을 마저 자르자 쇠문이 비로소 완전히 닫혔다. 잘린 손은 셀레이나의 어깨에 고스란히 박혀 있었다. 셀레이나는 앞으로 휘청했지만 다시 괴물이 문으로 돌진하자 얼른 등으로 문을 밀어붙였다.

"저게 도대체 뭐야?"

도리언도 쇠문을 등으로 밀며 소리쳤다.

"몰라요."

셀레이나는 나지막하게 대답했다. 치료사를 부를 처지가 아닌 터라 셀레이나는 어깨에 박힌 괴물의 손을 직접 뽑아내며 비명을 삼켰다. 그녀는 숨을 헐떡이며 말을 이었다. "저 아래 있었어요." 문 뒤에서 또다시 쿵 소리가 들렸다. "마법으로는 문을 봉인하지 못해요. 다른 방법으로 봉인해야…… 돼요." 저 괴물이 쇠문을 여는 주문을 알고 있으니, 밖으로 나오지 못하게 하려면 한 수 위인 다른 주문을 써야 할 것이다. 셀레이나는 입으로 코피가 흘러들어 숨쉬기가 힘들어지자 입에 고인 피를 바닥에 뱉었다. "《걸어 다니는 시체》라는 책이 있어요. 그 책에 답이 있을 거예요."

서로를 바라보는 두 사람 사이에 팽팽한 긴장이 흘렀다. 그들의 눈빛에는 서로에 대한 믿음, 그리고 서로에게 답을 약속하는 다짐이 담겨 있었다.

"그 책이 어디 있어?"

"도서관에요. 그 책이 왕세자님을 찾아낼 거예요. 저 혼자서 몇 분은 더 막아볼게요."

그 말을 깊게 이해할 새도 없이 도리언은 곧장 위층으로 달려 올라갔다. 도서관의 책장을 빠르게 훑고 손가락으로 책 제목을 살폈다. 점점 속도를 더해갔다. 매초가 지날 때마다 셀레이나의 몸에서 힘이 빠지고 있을 것이다. 치받아 오르는 좌절감을 애써 누르며 탁자 옆을 지나가는데 그 탁자 위에 놓인 시커멓고 큼직한 책이 그의 눈에 들어왔다.

《걸어 다니는 시체》였다.

셀레이나가 말한 대로였다. 왜 그녀는 늘 괴상한 방식으로 옳은 것일까? 도리언은 책을 쥐고 셀레이나가 있는 어두한 방으로 달려 내려갔다. 셀레이나는 눈을 질끈 감고 이를 악문 채 바짝 힘을 주고 있었다. 치아는 자신의 피로 붉게 물들었다.

"가져왔어."

그녀에게 물어볼 것도 없이 도리언은 곧장 쇠문에 등을 갖다 대고 밀었다. 셀레이나는 바닥에 쓰러지다시피 무릎을 꿇으며 책을 손에 들었다. 그녀는 떨리는 손으로 페이지를 휘릭휘릭 넘겼다. 페이지에 그녀의 피가 튀었다.

"묶어놓거나 가둬두기."

셀레이나가 책에 적힌 내용을 소리 내어 읽었다. 도리언은 그 페이지에 그려진 수십 개의 상징들을 내려다보며 물었다.

"그걸로 될까?"

"되길 바라야죠." 셀레이나는 숨을 헐떡이며 한 손으로 책을 펼쳐 들고 일어섰다. "이 주문을 걸면 저놈은 문지방을 넘어오다가 몸이 굳을 거예요. 그때 죽여야죠."

셀레이나는 가슴에 난 상처에 손가락을 갖다 댔다. 도리언은 입을 딱 벌린 채 그녀를 바라보았다. 셀레이나는 제 몸을 잉크통 삼아 손가락에 피를 묻혀 쇠문에 상징들을 그리고 있었다. 도리언이 숨을 헐떡이며 말했다.

"하지만 저게 문지방을 넘어오게 하려면 우리가……."

"문을 열어야겠죠."

셀레이나가 그의 말을 대신 맺으며 고개를 끄덕였다.

도리언은 셀레이나가 그의 머리 위쪽에 상징을 마저 그릴 수 있도록 옆으로 약간 비켜섰다. 그들의 숨결이 섞였다.

셀레이나는 마지막 상징을 그린 후 길게 숨을 내쉬었다. 그 순간 상징들이 희미한 푸른색으로 빛났다. 도리언은 바짝 긴장한 채로 쇠문에 등을 대고 버텼다.

"이제 문에서 비켜요." 셀레이나가 칼을 비스듬히 잡고 나지막하게 말했다. "등을 떼고 내 뒤로 와요."

적어도 그녀는 달아나라는 말로 그를 모욕하진 않았다.

그는 마지막으로 숨을 들이마신 뒤 문에서 등을 뗐다.

문 너머의 그것이 곧장 문을 열어젖혔다.

셀레이나가 말한 대로 그것은 짐승 같은 눈을 번뜩이며 머리를 문 너머로 내민 채 문지방에서 그대로 굳었다. 짧은 순간이지만 도리언은 셀레이나와 그것이 서로를 마주 보았음을 알았다. 그것의 사나운 기운이 잠시 잦아든 것도 같았다. 다음 순간 셀레이나가 움직였다.

그녀는 횃불에 비쳐 번뜩이는 칼로 그것의 살과 뼈를 잘랐다. 목이 너무 굵어서 칼질 한 번에 잘리지 않자 셀레이나는 칼을 다시 내리쳤다. 도리언이 숨을 다시 들이마시기도 전에 벌어진 일이었다.

이윽고 그것의 머리가 툭 소리를 내며 바닥으로 떨어졌다. 잘린 목에서 검은 피가 흩뿌려졌다. 목 없는 몸뚱어리는 문간에 마비된 채 서 있었다.

도리언의 입에서 나지막하게 욕이 나왔다.

"제기랄. 맙소사."

셀레이나는 그것이 머리가 잘리고서도 이빨로 물 것 같은지 손으로 잡지 않고 칼로 그것의 머리를 내리찍어 꼬챙이처럼 꿰었다.

도리언이 계속 욕을 하는 동안 셀레이나는 문 주변에 피로 그려놓은 상징 쪽으로 걸어가 그중 하나를 손가락으로 문질러 훼손했다.

그러자 주문이 풀리며 그것의 머리 없는 몸통이 쓰러졌다.

몸통이 바닥에 닿기도 전에 셀레이나는 칼을 네 번 휘둘렀다. 세 번 만에 그것의 여윈 몸통을 반으로 잘랐고, 네 번째 칼질로는 심장이 있어야 할 자리를 찔렀다. 셀레이나가 칼을 비스듬히 돌려 그것의 가슴 속을 비집어 열자 도리언은 욕지기가 올라왔다.

셀레이나는 가슴 속에서 무엇을 봤는지 낯빛이 더욱 창백해졌다. 도리언은 도저히 가까이 가서 볼 마음이 나지 않았다.

그녀는 무심하고 효율적으로 발길질을 해, 그것의 머리통을 문지방 너머로 걷어찼다. 새삼 인간의 것처럼 보이는 그것의 머리통이 앙상한 몸뚱이 옆으로 굴러갔다. 셀레이나는 쇠문을 닫고 문지방 위에 상징 몇 개를 더 그렸다. 상징에서 빛이 나다가 잦아들었다.

셀레이나가 그를 돌아보았다. 도리언은 봉인된 쇠문에서 시선을 떼지 않고 물었다.

"주문이 얼마나 오래 버틸까?"

그는 주문이라는 단어를 입에 올리며 숨이 막히는 기분이었다.

셀레이나는 고개를 저었다.

"모르겠어요. 아마 제가 이 표시를 지울 때까지겠죠."

그는 신중하게 말했다.

"이 일은 아무도 모르게 하는 것이 좋겠어."

셀레이나는 다소 격하게 웃었다. 남들에게 얘기하면 대답하기 곤란한 질문을 받을 게 뻔했다. 케이올한테 얘기해도 마찬가지일 것이다. 이 일로 셀레이나와 도리언은 처형을 당할 수도 있다.

셀레이나는 돌바닥에 침을 뱉으며 말했다.

"어떻게 된 건지 왕세자님이 먼저 설명하실래요, 아니면 제가 먼저 할까요?"

도리언이 더러워진 튜닉부터 갈아입어야겠다고 해서 셀레이나가 먼저 설명을 시작했다. 그가 옷방에서 옷을 다 벗고 있으니 말이라도 하는 게 덜 어색할 듯했다. 셀레이나는 도리언보다 별반 나을 것도 없는 몰골로 그의 침대에 걸터앉았다. 그들이 어둑한 하인용 출입구를 통해 도리언의 탑 방으로 올라온 것도 엉망이 된 꼬락서니 때문이었다.

"도서관 지하가 고대 지하 감옥으로 연결돼 있어요." 셀레이나는 최대한 낮은 목소리로 말했다. 반쯤 열린 옷방 문을 통해 도리언의 황금색 피부가 언뜻 보이자 그녀는 옆으로 눈길을 돌렸다. "누가…… 그 괴물을 지하 감방에 가둬놨는데 탈출한 것 같아요. 그 후 쭉 도서관 지하에서 살아왔겠죠."

괴물을 만든 자가 왕인 것 같다는 말은 굳이 할 필요도 없었다. 그 자리에 시계탑을 세운 사람이 바로 왕이니, 시계탑 지하가 어디로 연결되는지 당연히 알았을 것이다. 가슴 속에 인간의 심장이 들어 있었던 것을 보면, 괴물은 인공적으로 만들어진 존재인 듯했다. 왕은 시계탑과 괴물을 만들기 위해 적어도 한 개 이상의 워드 열쇠를 사용했을 것이다.

도리언이 옷방에서 잠시 나왔다.

"이해가 안 되는 건, 그동안 쇠문 밖으로 못 나오던 괴물이 어째서 지금 열고 나왔느냐는 거야."

"제가 멍청해서 그 안으로 들어가느라 문에 걸린 주문을 풀어버려서 그래요."

거짓말이었다. 전에도 밖으로 나와 돌아다녔던 괴물이 지금까지 아무도 해치지 않았던 이유가 무엇인지 그녀는 굳이 설명하고 싶지 않았고, 설명할 수도 없었다. 요전 날 밤에 괴물이 도서관 앞 복도에서 있다가 사라졌던 이유, 도서관의 사서들이 다친 곳 하나 없이 멀찡하게 살아 돌아다니는 이유도 마찬가지였다.

한때 인간이었던 괴물이…… 인간성을 아주 잃지는 않았기 때문일까. 의문이 한두 가지가 아니었지만 답은 알 수 없었다.

"네가 문에 그린 마지막 주문 말이야. 그 효과가 영원히 갈까?"

다시 들어가 새 튜닉과 바지를 입은 도리언이 옷방에서 나왔다. 그의 맨발을 보니 묘하게 친밀해진 기분이었다.

셀레이나는 피로 얼룩진 얼굴을 닦고 싶었지만 참고 어깨를 으쓱했다. 도리언이 자기 방의 욕실을 쓰라고 권했지만 그녀는 거절했다. 그렇게까지 하는 건 지나치게 허물없는 행동 같아서였다.

"책에 영원한 구속 주문이라고 적혀 있었으니까 우리 말고는 아무도 그 문을 통과할 수 없겠네."

'왕이 직접 내려와 워드 열쇠를 사용한다면 얘기가 달라지겠죠.'

셀레이나는 속으로 생각만 할 뿐 입으로는 내뱉지 않았다.

도리언은 손으로 머리카락을 쓸어 넘기며 그녀의 옆으로 와 나란히 앉았다.

"그 괴물은 어디서 왔을까?"

"그야 모르죠."

거짓말이었다. 왕의 손가락에 끼워져 있던 반지가 생각났다. 그 반지가 워드 열쇠일 리는 없었다. 옐로레그스는 열쇠가 검은 돌 조각이라고 했지 특정한 형태를 갖췄다고는 말하지 않았다. 하지만 왕이 검은 돌 조각으로 그 반지를 만들었을 수도 있지 않을까. 아처와 그 패거리가 어떻게든 그것을 찾아 파괴하려고 하는 이유를 이제 이해할 수 있었다. 왕이 그 열쇠를 이용해 괴물을 만들 수 있다면……

한 마리가 아니라 더 만들 수도 있다면……

지하에 감방 문이 꽤 많았다. 200개가 넘는 감방들은 전부 문이 잠겨 있었다. 칼테인과 네히미아가 날갯짓 소리를 언급했던 게 기억났다. 꿈속에서 들려오는 날갯짓 소리. 페리언 협곡을 날아다니는 무언가의 날갯짓 소리. 왕은 지하에서 무엇을 만들고 있었을까?

"말해줘."

"모른다니까요."

셀레이나는 또 거짓말을 했다. 그런 자신이 싫지만 어쩔 수 없었다. 도리언이 사랑하는 모든 것을 박살 내버릴지도 모르는 진실을 어떻게 그에게 말한단 말인가.

"그 책 말이야. 그 책이 도움이 된다는 건 어떻게 알았어?"

"전에 도서관에서 그 책을 봤어요. 그런데 그 책이…… 저를 쫓아다니는 것 같더라고요. 빌려오지도 않았는데 제 방에 놓여 있기도 했고, 그러다 도서관에서 다시 발견했어요. 펼쳐 보니 온갖 주문들이 잔뜩 적혀 있었어요."

도리언은 핼쑥한 표정으로 중얼거렸다.

"하지만 마법서는 아니지."

"왕세자님이 갖고 있는 마법과는 성질이 다르죠. 주문이 정말로 작동할 줄은 몰랐어요. 기왕 말이 나왔으니까 물어볼게요." 셀레이나는 그의 눈을 똑바로 쳐다보며 물었다. "왕세자님이…… 마법력을 갖고 있던데요."

도리언이 그녀의 표정을 살폈다.

셀레이나는 초조해지려는 속내를 애써 가라앉혔다.

"내가 무슨 말을 하길 바라?"

"어떻게 마법의 힘을 손에 넣게 됐는지 말해주세요. 어떻게 그런 힘을 갖고 있으면서 세상 사람들 모르게 감췄는지, 그 힘을 발견한 경위와 어떤 종류의 마법인지도 전부 말해줘요." 도리언이 고개를 절레절레 흔들었지만 셀레이나는 앞으로 몸을 기울이며 채근했다. "왕세자님은 제가 폐하의 법을 수십 개 이상 어긴 걸 아시잖아요. 왕세자님이 마음만 먹으면 저를 쉽게 끝장내실 수 있는데 제가 왕세자님의 비밀을 폐하에게 고해바치겠어요?"

도리언은 한숨을 쉬다가 잠시 후 입을 열었다.

"몇 주일 전에, 속에서 화가…… 확 올라왔어. 평의회 회의 중에 속에 천불이 나서 문을 박차고 나와 벽을 주먹으로 쳤거든. 그런데 돌벽에 금이 쫙 가더니 근처 창문도 거의 박살이 난 거야. 그 후로 이 힘이 어디서 비롯됐는지, 어떤 종류의 힘인지 알아보고 있는 중이야. 이 힘을 제어하는 방법도. 이 힘은…… 갑자기 나타났어. 그러니까……."

"제가 케이올을 죽이려 할 때 저를 막느라 그 힘을 쓰셨죠."

도리언은 힘겹게 숨을 삼키며 고개를 끄덕였다.

셀레이나는 그의 눈을 마주 볼 수가 없었다.

"그렇게 해주셔서 고마워요. 왕세자님이 막아주지 않았으면 저는……."

케이올과의 사이에서 무슨 일이 일어났든, 케이올에 대한 감정이 어떠하든, 만약 그날 밤 케이올을 죽였다면 돌이킬 수 없게 되어버렸을 것이다. 마음의 상처도 영원히 회복되지 않았겠지. 어쩌면……

셀레이나도 도서관 지하의 괴물 같은 존재가 되어버렸을 수도 있었다. 셀레이나는 그 생각만 해도 속이 울렁거렸다.

"왕세자님의 마법력이 어떤 종류든 그날 밤 케이올 말고도 여럿의 목숨을 살리신 거예요."

도리언은 자세를 바꾸며 말했다.

"이 힘을 제어하는 방법을 배워야 돼. 어디서 또 이 힘이 분출될지 모르니까. 남들 다 보는 앞에서 터질 수도 있잖아. 아직까지는 운이 좋아서 들통이 안 났지만 이 운이 언제까지 계속될지는 모르지."

"또 아는 사람 있어요? 케이올이나 롤랜드는요?"

"그들은 몰라. 케이올은 전혀 모르고, 롤랜드는 페링턴 공작이랑 여길 떠났어. 몇 달 동안 모라스에 있으면서 이일웨이의 상황을 지켜본다고 했어."

모든 것이 연결되어 있었다. 왕, 마법, 도리언의 힘, 워드 문자, 그리고 그 괴물까지. 도리언은 침대 옆으로 가 매트리스를 들어올리고 그 밑에 감춰둔 책 한 권을 끄집어냈다. 애쓴 것은 알겠는데 매트리스가 무언가를 숨기기에 좋은 장소는 아니었다.

"아달렌 왕실의 혈통에 관한 족보를 조사해봤거든. 지난 몇 세대 동안 마법을 쓰는 자로 기록된 사람은 없었어."

셀레이나는 그에게 해줄 얘기가 많았지만 지금 얘기를 꺼내면 수없이 많은 질문으로 이어질 터였다. 그녀는 그가 페이지를 휘릭휘릭 넘기며 보여주는 대로 잠자코 지켜보았다.

"잠시만요."

셀레이나는 책으로 손을 뻗었다. 그 순간 어깨에 손톱으로 찍힌 상처에서 진한 통증이 일었다. 셀레이나는 도리언의 손길이 멈춘 페이지를 훑어보았다. 왕과 왕의 계획에 관한 또 다른 단서를 찾은 것 같아 심장이 뛰었다. 셀레이나는 도리언이 마저 페이지를 넘기게 두었다.

"어때?" 도리언은 책을 덮으며 말했다. "이 힘이 어디서 왔는지 난 도저히 모르겠어."

도리언은 그녀를 주의 깊게 바라보았다. 셀레이나는 그를 마주 보며 나지막하게 말했다.

"10년 전에 제가 사랑했던…… 수많은 사람들이 마법의 힘을 가졌다는 이유로 처형당했어요." 도리언의 눈빛이 고통과 죄책감으로 어두워졌지만 그녀는 얘기를 계속했다. "앞으로 또 누가 그런 이유로 죽는 걸 보고 싶지 않아요. 제 마음 이해하실 거예요. 그 사람들을 죽이라 명령한 왕의 아들이라 하더라도 그런 이유로 죽게 하고 싶지 않아요."

그는 나지막하게 말했다.

"미안해. 우린 이제 어떻게 해야 하지?"

"배불리 먹고 치료사를 불러 치료를 받은 다음 목욕을 해야죠. 그 순서대로 해요."

그는 콧방귀를 뀌면서 무릎으로 그녀의 무릎을 장난스레 툭 쳤다.

셀레이나는 두 손을 다리 사이에 넣고 앞으로 몸을 기울였다.

"그리고 때를 기다려야죠. 아무도 그 문으로 들어가지 못하게 잘 지켜보면서…… 매일 조금씩 방법을 찾아봐요."

도리언은 그녀의 한 손을 잡으며 창밖을 내다보았다.

"그래, 매일 조금씩 해보자."

셀레이나는 식사를 하거나 목욕을 하거나 치료사를 불러 어깨의 상처를 치료 받지 않았다.

서둘러 지하 감옥으로 내려갔다. 가는 길에 서 있는 경비병들에게는 눈길조차 주지 않았다. 기진맥진하고 온몸이 아팠지만 두려움 마음에 뛰다시피 계단을 내려갔다.

그들은 나를 이용하려는 거야. 그들이 나를 속였어, 라고 칼테인은 말했다. 도리언이 보여준 아달렌 왕실의 혈통에 관한 책에 롬피에 가문이 기록되어 있었다. 한때 강력한 마법력을 지닌 가문이지만 두 세대 전에 그 힘을 잃은 것으로 나와 있었다.

가끔은 저들이 나를 일부러 이곳에 보냈단 생각이 들어. 페링턴과 결혼시키기 위해서가 아니라 다른 목적 때문에, 라고 칼테인은 말했다. 저들은 케인을 여기로 데려온 것처럼 칼테인도 데려왔다. 케인의 고향인 화이트팽 산에서는 강력한 주술사들이 오랜 기간 부족들을 지배해왔다.

지하 감옥의 복도를 지나 칼테인의 감방으로 성큼성큼 걸어가는데 입이 바짝 말랐다. 감방 앞에 선 셀레이나는 쇠창살 안을 들여다보았다. 안에 아무도 없었다.

남아 있는 것은 셀레이나의 망토뿐이었다. 발로 걷어찬 흔적이 역력한 건초 더미에 망토가 버려져 있었다. 칼테인이 자기를 끌고 나가려는 자에게 저항하느라 몸부림을 친 흔적일 것이다.

잠시 후 경비 초소로 찾아간 셀레이나는 감방을 가리키며 물었다.

"칼테인은 어디 있지?"

그 말을 하면서 셀레이나는 이 지하 감옥에서 진정제를 먹으며 넋 놓고 보낸 시간을 떠올렸다.

서로를 쳐다보던 경비들은 셀레이나의 찢어지고 피 묻은 옷을 흘끔거렸다. 그중 하나가 입을 열었다.

"공작께서 모라스로 데려갔습니다. 아내로 삼겠다고."

셀레이나는 감옥을 나와 자신의 방으로 향했다.

칼테인이 나지막하게 중얼거리던 말이 생각났다.

뭔가가 오고 있어. 난 그것을 맞이해야 해.

매일 두통이 심해지고 있어. 머릿속에 퍼덕대는 날갯짓 소리가 가득해.

계단을 밟고 오르던 셀레이나는 휘청하면서 발을 헛디딜 뻔했다. 며칠 전 도리언의 말이 떠올랐다.

롤랜드가 요즘 지독한 두통에 시달리고 있어.

도리언과 마찬가지로 하빌리아드 혈통인 롤랜드는 지금 모라스로

가고 있었다.

본인 의지로 갔을까, 아니면 끌려갔을까?

어깨에 손을 얹은 셀레이나는 피투성이가 된 상처를 만져보았다. 괴물이 고통스럽게 제 머리를 잡아 뜯던 게 생각났다. 괴물이 문지방을 넘어오다가 굳어버린 몇 초 동안 셀레이나는 괴물의 뒤틀린 눈동자 속에서 인간의 흔적을 보았다. 드디어 죽을 수 있게 되어 다행이라는 듯 셀레이나에게 고마워하는 눈빛이었다.

셀레이나는 괴물의 가슴속에 담겨 있던 인간의 심장, 그리고 인간의 특징이 보이던 몸뚱이를 떠올리며 조용히 속삭였다.

"네 정체는 뭐였지? 그가 너에게 무슨 짓을 한 거야?"

하지만 그녀는 이미 답을 알고 있었다.

생명을 좌지우지하는 것. 워드 열쇠가 있으면 할 수 있는 짓. 워드 문자가 통제하는 또 다른 힘.

네히미아는 일전에 이렇게 말했다.

페리언 협곡에서 날갯짓 소리가 요란하게 들리고 있어요. 정찰을 보냈지만 돌아온 이는 없어요.

왕은 평범함과는 거리가 먼, 지극히 뒤틀린 자였다. 몹시도 심하게 일그러진 자였다. 왕은 괴물들, 그리고 롤랜드와 칼테인 같은 사람들을 데리고 무슨 짓을 할 계획일까?

왕이 워드 열쇠를 몇 개나 찾았는지 밝혀내야 했다.

나머지 열쇠는 어디에 있는지도 알아내야 했다.

◈◈◈

다음날 밤, 또다시 도서관 지하의 무덤으로 내려간 셀레이나는 쇠문의 상태를 확인했다. 문 너머에서 소리가 들리지 않는지 귀를 바짝 세웠다.

아무 소리도 들리지 않았다.

전날 그녀가 피로 쓴 워드 문자들이 바짝 말라 얇게 벗겨지긴 했지만 마치 쇠문에 대고 용접해 붙인 것처럼 각 문자의 어두운 윤곽이 고스란히 남아 있었다.

저 위쪽, 까마득하게 높은 위쪽에서 시계탑의 종소리가 먹먹하게 울려 퍼졌다. 새벽 두 시를 알리는 소리였다. 왕이 비밀리에 사용한 고대 감옥 위에 이 시계탑이 세워졌다는 사실을 어떻게 그동안 아무도 몰랐을까?

셀레이나는 눈앞의 쇠문을 응시했다. 이 문을 보면서 누가 그런 가능성을 생각이나 할까?

그만 자야 한다는 것을 알고 있었지만 이미 몇 주째 잠을 제대로 못 잔 터라 새삼 자려고 노력할 필요를 느끼지 못했다. 여기로 내려온 것도 그래서였다. 문 상태를 확인하고 복잡한 머릿속을 정리하기 위해.

오른손에 쥔 단검을 약간 기울여 잡고, 왼손으로 쇠문을 슬쩍 당겨보았다.

문은 꿈쩍하지 않았다. 문 너머에서 무언가 움직이지 않는지 소리를 잘 들어보면서 문을 좀더 세게 당겨보았다.

문은 움직이지 않았다.

한 발로 벽을 짚고 몇 번 더 당겨봤지만 문은 잘 봉인되어 있었다. 누구든 이 문을 열고 안으로 들어가거나 밖으로 나오지는 못하겠다는 확신이 서자 마침내 그녀는 길게 숨을 내쉬었다.

시계탑 지하에 이런 곳이 있다는 얘기는 어디 가서 해도 아무도 믿지 않을 것이다. 워드 열쇠에 관한 황당하기 짝이 없는 얘기도 마찬가지겠지만.

워드 열쇠를 찾으려면 수수께끼부터 풀어야 했다. 그리고 몇 달 아니, 몇 년 동안 나가 돌아다니다 오게 해달라고 왕을 설득해야 한다. 왕이 이미 워드 열쇠를 갖고 있을 가능성이 높으니 세심하게 속여야 가능한 일이었다. 왕은 어떤 열쇠를 갖고 있을까?

날갯짓 소리가 들린다고 해요…….

옐로레그스는 워드 대문을 열려면 열쇠 세 개를 함께 사용해야 하지만 각각의 열쇠만으로도 엄청난 힘을 발휘할 수 있다고 했다. 아달렌 왕은 어떤 종류의 공포를 야기하려는 것일까? 워드 열쇠 세 개를 모조리 손에 넣으면 에렐리아에 무엇을 풀어놓을 심산일까? 에렐리아 대륙에는 이미 심상치 않은 기운이 퍼져나가며 반란의 기운이 싹트고 있었다. 왕이 오랫동안 참고 있지는 않을 것이다. 얼마 안 있어 왕은 그가 만든 괴물을 에렐리아에 풀어 반란 세력을 짓밟아놓을 게 분명했다.

봉인된 문을 바라보고 있는데 속이 울렁거렸다. 문 아래쪽에 반쯤 마른 피 웅덩이가 보였다. 피 색깔이 진해서 마치 기름처럼 보였다. 셀레이나는 웅크리고 앉아 피 웅덩이를 손가락으로 문질렀다. 코에 대고 냄새를 맡다가 지독한 악취에 구역질을 할 뻔했다. 그 손가락을 엄지 안쪽에 대고 문질렀다. 보이는 것처럼 감촉도 영락없는 기름이었다.

손가락을 닦을 만한 것을 찾으려고 일어서서 주머니 안쪽에 손을 넣었다. 주머니에서 종이 한 줌이 나왔다. 언제든 짬이 날 때 들여다보려고 들고 다니는 쪽지들이었다. 손수건 대용으로 써도 될 만한 것을 찾으려고 인상을 쓰면서 종이들을 살펴보았다.

그중 하나는 구두를 사고 받은 영수증이었다. 그날 아침 별생각 없이 이 주머니에 쑤셔 넣은 것이다. 또 다른 종이를 집어 들고 보니…… '아! 시간의 균열이여!'라고 적혀 있었다. 눈 수수께끼를 풀려고 애를 쓰다보니 무덤 안의 모든 것이 거대한 비밀, 거대한 실마리처럼 느껴져 일단 종이에 적어놓은 것이었다.

도움을 받아서 어느 정도 수수께끼를 풀었다 싶으면 또 이렇게 막다른 길에 가로막혔다. 셀레이나는 조용히 욕을 뱉으며 그 종이로 더러워진 손가락을 문질러 닦았다. 다시 생각해봐도 그 무덤은 앞뒤가 맞지 않았다. 천장의 나무 모양 조각, 바닥의 별 모양 조각은 수수께끼와 무슨 관련이 있을까? 별들이 비밀스러운 구멍으로 이어지긴 했지만, 일반적이라면 별 모양 조각은 천장에 새겨져 있어야 마땅했다. 왜 그 무덤은 모든 것이 거꾸로 되어 있을까?

브래넌 왕은 모든 해답을 한 장소에 둘 만큼 어리석었을까?

셀레이나는 괴물의 기름진 피가 얼룩덜룩하게 묻은 종이를 펼쳤다. 아! 시간의 균열이여!

개빈 왕의 석관 발치에는 아무런 문구도 새겨져 있지 않았다. 엘레나 여왕의 석관 발치에만 이 문구가 새겨져 있었는데 의미는 알 수 없었다.

…… 만약 그 자체로 말이 되는 문구가 아니라면? 무언가를 암시하고 있지만 그 자체로는 의미를 갖고 있지 않다면?

무덤 안은 모든 것이 거꾸로였다. 자연적인 순서를 뒤집어 새로이 배치해놓았다. 그렇게 생각하면 감춰진 의미를 끄집어낼 수 있으려나. 그 의미도 무덤 안의 다른 것들과 마찬가지로 뒤틀려 있겠지만.

이 생각이 맞는지 확인해줄 사람 아니, 존재가 있었다.

CHAPTER 46

서둘러 무덤으로 내려간 셀레이나는 숨을 몰아쉬며 말했다.

"철자의 순서를 바꾼 거였어."

모트가 한쪽 눈을 뜨며 주절거렸다.

"교묘하지? 모두가 볼 수 있는 곳에 떡하니 숨겨놓았다니까."

셀레이나는 안으로 들어갈 수 있을 정도로만 문을 살짝 열고 무덤 안으로 발을 들였다. 무덤 안에 쏟아지는 강렬한 달빛. 그 달빛이 비치는 자리를 확인한 셀레이나는 목구멍에 숨이 턱 막히는 기분이었다. 떨리는 걸음으로 석관 발치로 다가가, 돌에 새겨진 '아! 시간의 균열이여!(Ah! Time's Rift!)'를 손으로 쓰다듬으며 모트에게 말했다.

"이제 뜻을 말해줘."

뜸 들이는 시간이 길어지자 답답해진 셀레이나는 고함을 지르려고 숨을 들이켰다. 그러자 모트가 얼른 답을 내놓았다.

"내가 첫 번째다.(I Am the First.)"

셀레이나는 이미 답을 알고 있었지만 모트에게 확인을 받은 것뿐이었다.

이것은 워드 열쇠 세 개 중 첫 번째 열쇠라는 뜻이었다. 셀레이나는 석관에 새겨진 엘레나 왕비 조각상의 잠든 것 같은 얼굴을 바라보며 석관 옆으로 빙 돌아갔다. 조각상의 고운 얼굴을 들여다보면서 나지막하게 시를 읊었다.

슬픔에 잠긴 그는 그중 하나를
몹시 사랑했던 그녀의 왕관 속에 숨겼네.
별처럼 반짝이는 독방 안에 누운 그녀의 곁에
머물도록.

조각상이 쓰고 있는 왕관 한가운데에 박힌 푸른 보석을 향해 떨리는 손가락을 뻗었다. 이게 정말 워드 열쇠라면…… 열쇠로 무엇을 해야 할까? 어쩔 수 없이 파괴해야 할까? 아무도 찾지 못하게 하려면 어디에 감춰야 할까? 머릿속에 온갖 질문들이 맴돌고 그로 인한 어려움들이 떠올랐다. 당장 방으로 뛰어 올라가고 싶지만 애써 마음을 굳건히 다졌다. 골치 아픈 점들에 대해서는 나중에 생각해보기로 했다. 일단은 '난 두렵지 않아'라고 속으로 몇 번이나 되뇌었다.

왕비의 왕관에 박힌 보석이 달빛을 받아 빛났다. 셀레이나는 보석의 옆 부분을 조심스럽게 손으로 눌러보았다. 보석은 꿈쩍도 하지 않았다.

다시 한번 옆으로 바짝 힘을 줘서 밀었다. 보석과 돌로 된 테두리 사이의 좁은 틈새로 손톱을 쑤셔 넣었다. 드디어 보석이 움직이더니 그 아래 작은 공간이 나타났다. 크기는 동전 정도, 깊이는 손가락 한 마디 정도였다.

안쪽을 들여다보았다. 달빛에 보이는 건 회색 돌뿐이었다. 손가락 하나를 집어넣어 표면을 싹 훑어보았다.

아무것도 없었다. 파편 하나 묻어 나오지 않았다.

등줄기가 오싹했다. 셀레이나는 나직하게 중얼거렸다.

"왕이 정말 갖고 있나 봐. 나보다 먼저 열쇠를 찾은 거야. 열쇠의 힘을 자기 목표를 이루기 위해 사용하고 있어."

"왕이 그걸 찾아낸 건 스무 살도 채 안 됐을 때였어." 모트가 부드러운 목소리로 설명했다. "어딘가 묘하고 호전적인 젊은이였지! 자기가 굳이 가볼 필요 없는, 오래전에 잊힌 곳까지 늘 들여다보더라. 자기 나이 아니, 어느 나이든 읽는 사람이 거의 없는 책들만 골라 읽더라니까! 얘기하고 보니까 내가 아는 누구랑 아주 판박이네."

"지금까지 그런 얘길 안 한 건 잊어버려서야?"

"그때는 뭔지도 몰랐어. 왕이 여기서 뭘 갖고 나가나보다 했지. 네가 읽는 수수께끼를 듣고 나서야 의심이 갔어."

모트가 청동으로 만들어져 있어 다행이었다. 안 그랬으면 주먹으로 얼굴을 짓이겼을 것이다. 셀레이나는 솟구치는 두려움을 억누르며 보석을 제자리로 돌려놓았다.

"왕이 그걸로 뭘 했는지 의심 가는 부분 있어?"

"내가 어떻게 알아? 그가 나한테 말한 적이 없는데. 나도 굳이 말을 섞으려고 하지 않았어. 나중에 왕이 되고 나서 여길 다시 찾아왔는데 몇 분 동안 여기저기 뒤지더니 나가버렸어. 다른 열쇠 두 개를 찾고 있었던 것 같아."

"첫 번째 열쇠가 여기 있다는 걸 그가 어떻게 알았을까?"

셀레이나는 왕비의 대리석 조각 앞에서 물러서며 물었다.

"너랑 같은 방법이지 뭐. 너보다는 훨씬 빨랐지만. 그가 너보다 똑똑한가 보네."

"왕이 다른 열쇠 두 개도 갖고 있을까?"

셀레이나는 저쪽 벽에 쌓여 있는 보물들, 다마리스가 놓인 받침대를 눈여겨보았다. 왜 왕은 가문에서 대대로 내려오는 최고의 가보인 다마리스를 안 가져갔을까?

"그가 다른 열쇠들도 갖고 있다면 우리가 벌써 끝장났으리란 생각은 안 드나 봐?"

"왕이 나머지 열쇠들까지 손에 넣지는 않았을 거란 얘기지?

셀레이나는 한기에도 불구하고 식은땀이 나기 시작했다.

"글쎄, 예전에 브래넌이 해준 얘기로는 열쇠 세 개를 다 갖고 있으면 워드 대문을 제어할 수 있다던데. 지금 왕이 열쇠 세 개를 다 갖고 있다면 저세상을 정복하려고 했겠지. 아니면 저세상의 괴물들을 노예로 부려 이쪽 세상을 마저 정복했거나."

"워드여, 그런 일이 일어난다면 부디 우리를 구하소서."

"워드?" 모트는 깔깔 웃었다. "엉뚱한 곳에 빌고 앉았네. 왕이 워드를 제어하게 되면 넌 목숨을 보전하기 위해 다른 데다 빌어야 할 거야. 왕이 다른 왕국들을 정복하기 시작하자마자 세상에서 마법이 사라진 게 우연이겠어?"

마법은 어쩌다가 사라진 걸까……

"왕이 워드 열쇠를 사용해 모든 마법을 억눌러놓았구나. 자신의 마법만 빼고."

도리언의 마법도 예외였을 것이다.

셀레이나는 욕을 하며 물었다.

"왕이 두 번째 워드 열쇠를 가지고 있을 가능성은?"

"내 생각이 틀렸을 수도 있지만, 열쇠 하나만으로 세상의 마법을 없애지는 못했을 거야. 그 열쇠들의 능력이 어디까지인지는 아무도 모르지만."

셀레이나는 손바닥을 두 눈에 가져다 댔다.

"맙소사. 엘레나 왕비가 내게 가르치려던 게 바로 그거였어. 이제 어떻게 해야 하지? 세 번째 열쇠를 찾으러 나서야 해? 아니면 왕이 가진 열쇠 두 개를 훔쳐?"

'네히미아…… 네히미아라면 알았을 텐데. 나름의 계획도 있었을 거야. 대체 어떻게 할 작정이었어요?'

익숙해진 내면의 심연이 한층 더 확장되는 기분이었다. 심연은 끝이 없었고 텅 빈 속이 아렸다. 어디를 봐도 끝이 보이질 않았다. 신들이 듣고 있다면, 목숨을 내놓을 테니 제발 네히미아를 살려달라고 빌고 싶었다. 신들에게는 너무나도 쉬운 선택일 것이다. 세상은 겁쟁이의 심장을 가진 자객보다 네히미아 같은 사람을 필요로 할 테니까.

하지만 거래를 할 신들은 남아 있지 않았다. 네히미아와의 만남을 대가로 영혼이라도 바치고 싶은데 영혼을 받을 신이 없었다. 한 번만이라도 네히미아와 얘기를 나누고 싶었다. 목소리를 듣고 싶었다.

어쩌면…… 네히미아와 얘기를 나누기 위해 신들의 힘까지 빌릴 필요는 없을지도 몰랐다.

케인은 저세상에서 리더락을 소환했지만 그가 워드 열쇠를 갖고 있을 리 없었다. 네히미아는 이세상과 저세상 사이의 문을 일시적으로 열어 그 사이로 존재가 빠져나갈 수 있게 해주는 주문이 있다고 했다. 케인도 리더락을 소환했고, 셀레이나도 문에 워드 문자를 그려 지하 묘지의 괴물을 문지방에 굳히고 문을 영원히 봉인했다. 그렇다면 또 다른 문자를 통해 저세상과 이어지는 문을 열 수 있지 않을까?

가슴이 조여드는 듯했다. 죽은 자들이 고통을 받거나 평안을 누리는 저세상이 정말 있다면, 네히미아와 얘기를 나누지 못하란 법도 없지 않나? 할 수 있을 것이다. 어떤 대가를 치르더라도 괜찮으니 일 분이면 된다. 왕이 열쇠들을 보관해둔 장소, 세 번째 열쇠를 찾아낼 방법, 그 외에 네히미아가 알고 있던 정보를 전해 들을 수 있을 정도면 될 것이다.

가능할 것이다.

그리고 네히미아에게 하고 싶은 말이 있었다. 해야만 하는 말, 털어놓아야만 하는 고백이었다. 생전에는 할 수 없었던 작별 인사도 해야 했다.

셀레이나는 받침대에 놓인 다마리스를 집어 들었다.

"모트, 저세상 입구를 얼마나 오래 열어놓을 수 있을까?"

"무슨 생각을 하고 있든, 무슨 짓을 하려는 것이든 당장 그만둬."

하지만 셀레이나는 이미 무덤 밖으로 나가고 있었다. 모트는 이해하지 못할 것이다. 이해할 리 없다. 셀레이나는 수많은 이들을 잃고 잃고 또 잃었다. 작별 인사조차 없이 무수한 이별을 겪었다. 하지만 이번에는 아닐 것이다. 단 몇 분이라도 변화를 일으킬 수 있다면. 이번에는 다를 것이다.

《걸어 다니는 시체》와 단검 한두 자루, 초 몇 개 그리고 이 무덤보다 더 넓은 공간이 필요했다. 케인이 그린 그림이 이미 이 무덤의 상당 부분을 차지하고 있었다. 한 층 위의 비밀 통로에 널찍한 공간이 있었다. 기다란 통로와 셀레이나가 감히 열어보지 못한 문 몇 개가 있는 곳이었다. 통로가 상당히 널찍하고 천장도 높으니 주문을 걸기에 좁지는 않을 듯했다.

이제 저세상으로 통하는 문을 열 차례였다.

도리언은 이게 꿈이라는 걸 알았다. 한 번도 본 적 없는 아주 오래된 돌로 지어진 방 안에 선 그는 머리에 왕관을 쓴 키 큰 전사를 마주하고 있었다. 눈에 익은 왕관이었으나 남자의 강렬한 눈빛에 옴짝달싹할 수가 없었다. 남자는 도리언과 같은 형형한 사파이어색 눈동자를 지녔으나 닮은 점은 그것뿐이었다. 어깨까지 내려오는 짙은 갈색 머리, 각지고 언뜻 잔인해 보이기도 하는 얼굴, 그리고 도리언보다 손 한 뼘 정도 큰 키. 분위기를 보니 …… 그는 왕이었다.

"왕세자여. 깨어나라."

남자의 황금색 왕관이 번뜩였다. 길들여지지 않은 짐승 같은 눈빛이었다. 이런 대리석 홀보다 황무지를 돌아다니는 게 익숙해 보이는 인상이었다.

"왜요?"

전혀 왕세자답지 않은 대답이었다. 회색 돌벽에 그려진 괴상한 초록색 상징들이 빛을 내고 있었다. 셀레이나가 도서관에 그린 것과 비슷한 상징이었다. 여긴 어디지?

"넘어서는 안 될 선이 침범당했다. 그로 인해 이 성뿐만 아니라 네 친구의 목숨도 위험해질 것이다."

남자의 목소리는 사납지 않았지만, 자칫 잘못 자극하면 곧 사나워질 것 같았다. 거칠고 오만하며 도전적인 왕의 눈빛을 보니 얼마든지 그렇게 될 수 있을 듯했다.

도리언이 물었다.

"무슨 말씀을 하시는지. 누구십니까?"

"쓸데없는 질문으로 시간 낭비하지 마라." 이 왕은 돌려 말하지 않는 성격인 것 같았다. "그 여자의 방으로 가라. 벽걸이 융단 뒤에 숨겨진 문이 있다. 그리로 들어가 오른쪽 세 번째 통로로 가라. 당장 가라, 왕세자. 그렇지 않으면 그 여자를 영원히 잃을 것이다."

번쩍 눈을 뜬 도리언은 아달렌의 초대 왕 개빈이 그를 찾아왔다는 사실을 두 번 생각할 겨를도 없이, 곧장 옷을 주워 입고 검대를 집어 들고는 탑 방에서 뛰쳐나갔다.

CHAPTER 47

팔에 난 상처가 욱신거렸지만 셀레이나는 손이 흔들리지 않도록 집중하면서 손가락으로 피를 찍어 벽에 워드 문자를 그렸다. 책에 적힌 상징을 정확히 똑같이 베끼고 있는데 대략 아치문 같은 형태였다. 들고 온 촛불의 불빛에 그녀의 피가 빛났다.

완벽해야 했다. 상징 하나하나를 틀린 부분 없이 그리지 않으면 작동하지 않을 것이다. 상처 부위를 꾹 눌러 피가 굳지 않게 했다. 벽에 워드 문자를 써서 하는 이런 주술은 아무나 할 수 있는 게 아니었다. 《걸어 다니는 시체》에 따르면 핏속에 힘이 담겨 있어야 가능하다고 했다. 케인도 그런 힘을 약간은 갖고 있었던 게 분명했다. 아달렌 왕이 칼테인과 롤랜드를 이곳으로 불러들인 이유도 그래서였을 것이다. 워드 열쇠를 이용해 이 세상의 마법을 억눌렀지만 본인은 다른 이의 피에 깃든 힘으로 마법을 행한 것이다. 그런 힘이 있어야 워드 문자로 마법을 쓸 수 있을 테니까.

상징을 하나 더 그려 아치문의 형태를 거의 완성했다.

이 힘은 본래의 모습을 틀어지게 만들었다. 케인도 뒤틀어놓았다. 케인은 이 주문으로 리더락을 소환해 한층 더 큰 힘을 얻었다.

케인이 죽어서 얼마나 다행인가.

이제 문자 하나만 더 그리면 되었다. 이 문자만 그리면 잠시라도 좋으니 너무나도 보고 싶은 사람을 불러올 수 있을 것이다. 고리와 비스듬한 선들로 구성된 복잡한 구조의 문자였다. 분필로 바닥에 써서 연습한 뒤 벽에 피로 문자를 적었다. 워드 문자 형태로 된 네히미아의 이름이었다.

피로 그린 아치문을 바라보며 일어섰다. 피를 묻히지 않은 다른 쪽 손에는 책을 들었다.

목을 가다듬고 책에 적힌 대로 읽기 시작했다.

아는 언어는 아니었다. 목이 마치 소리를 내기를 거부하는 듯 뜨겁게 움츠러들었지만 숨을 몰아쉬며 애써 소리를 냈다. 추운 곳에 있다가 실내로 들어와 뜨끈한 음료를 마실 때처럼 단어 하나하나를 발음할 때마다 이가 시렸다.

눈물이 고인 채 마지막 단어를 내뱉었다.

'이런 종류의 힘이니 사람들 사이에서 인기가 떨어진 것도 당연하겠지.'

피로 쓴 상징들이 하나씩 초록빛을 발했다. 이윽고 아치문 전체가 빛의 선을 그렸다. 선 안쪽의 돌이 깊고 깊은 어둠 속으로 빠져드는 듯하다가 이윽고 사라졌다.

초록빛 아치문 안쪽의 어둠이 셀레이나를 향해 손을 뻗는 듯했다.

됐다. 맙소사. 책에 적힌 대로 됐다.

죽고 나면 저런 곳으로 가게 되는 건가? 네히미아도 여기로 갔을까?

"네히미아?"

주문을 외우느라 아픈 목으로 나지막하게 그녀의 이름을 불러보았다.

대답이 없었다. 공허한 공간은 소리조차 퍼뜨리지 않았다.

책을 들여다보다가 다시 벽을 바라보았다. 자신이 그린 상징들을 살펴보았다. 틀린 부분 없이 제대로 썼다. 맞는 주문이었다. 끝없는 암흑을 향해 다시 조용히 소리를 냈다.

"네히미아?"

이번에도 대답이 없었다.

시간이 걸리는 것일 수도 있었다. 책에는 저쪽에서 반응이 오기까지 시간이 얼마나 걸린다고는 적혀 있지 않았다.

기다려보기로 했다.

끝없는 빈 공간을 들여다볼수록 그 공간이 그녀를 마주 보는 느낌이었다. 협곡 가장자리에 서 있는 꿈을 꿀 때와 비슷한 기분이었다.

당신은 겁쟁이예요.

"제발."

셀레이나는 어둠을 향해 속삭였다.

저 멀리 위쪽에서 별안간 쿵 소리가 들렸다. 셀레이나는 통로 끄트머리의 계단 쪽으로 고개를 돌렸다. 잠시 후 믿기 어려울 정도로 날쌔게 플릿풋이 계단을 달려 내려왔다.

신나게 흔드는 꼬리를 보고서야, 할딱거리며 깽깽대는 소리를 듣고서야 셀레이나는 플릿풋이 누구를 보러 달려왔는지 알았다. 플릿풋이 보러온 건 셀레이나가 아니었다…….

달려오던 플릿풋이 미끄러지듯 멈춰선 순간 셀레이나는 열린 공간을 돌아보았다.

아치문 너머에 어떤 형상이 희미하게 빛을 발하고 있었다. 세상 만물이 멈춘 듯했다.

플릿풋은 꼬리를 흔들고 조그맣게 낑낑거리며 바닥에 엎드렸다. 네히미아의 형체 가장자리가 안쪽에서 흘러나오는 빛으로 인해 일렁거리다가 부서질 듯 흐릿해졌다. 하지만 얼굴은 또렷했다. 그 얼굴은…… 네히미아였다. 셀레이나는 무릎을 꿇고 주저앉았다.

뜨끈한 눈물이 뺨을 타고 흘렀다. 셀레이나는 어느새 울고 있었다.

"미안해요. 정말 미안해요."

셀레이나가 할 수 있는 말은 이것뿐이었다.

네히미아는 아치문 너머에 가만히 서 있었다. 플릿풋이 다시 낑낑거렸다. 네히미아가 플릿풋에게 부드럽게 말했다.

"난 이 선을 넘어갈 수 없어. 당신도 넘어올 수 없어요." 네히미아의 말투가 바뀌었다. 셀레이나는 네히미아가 자신을 내려다보고 있음을 알아챘다. "당신은 똑똑하니까 이런 짓은 안 할 줄 알았어요."

셀레이나는 고개를 들었다. 공주의 몸에서 흘러나오는 빛은 초록색으로 빛나는 아치문을 넘어오지 못했다. 최종 경계선 같은 것이 존재하는 듯했다.

셀레이나가 다시 입을 열었다.

"미안해요. 저는 그저……"

"하고 싶은 말이 있겠지만 내게 전할 시간은 없어요. 난 경고해주러 왔어요. 다시는 이 문을 열지 말아요. 다음에 또 열었을 땐 당신의 부름에 답하는 자는 내가 아닐 거예요. 아마 당신은 살아남을 수 없겠죠. 슬픔이 아무리 깊어도 저세상과 이어지는 문을 열 권리는 어느 누구에게도 없어요."

셀레이나는 몰랐다. 그러려던 게 아니었다…….

플릿풋이 발로 바닥을 긁었다.

"잘 있어, 친구야."

네히미아는 플릿풋에게 말하고는 어둠 속으로 발을 옮겼다.

셀레이나는 움직일 수도 생각할 수도 없어 망연히 서 있었다. 이 문을 열기 위해 쥐어 짜낸 단어들로 인해 목구멍이 타는 듯했다. 그 단어들은 지금 그녀의 몸에서 생기를 빨아내고 있었다.

"엘렌티야." 네히미아가 걸음을 멈추고 셀레이나를 돌아보며 말했다. 아치 문 너머 빈 공간이 소용돌이치며 네히미아를 조금씩 집어삼키고 있었다. "당신은 아직 이해 못할 거예요. 하지만…… 나는 내 운명이 이렇게 되리라는 걸 알고 있었고 받아들였어요. 그 운명을 향해 달려간 거나 마찬가지예요. 그래야 변화가 시작될 수 있고 일이 진행되도록 할 수 있으니까요. 내가 무슨 짓을 했든 이것만은 알아줬으면 해요, 엘렌티야. 암흑 같은 지난 10년 동안 당신은 내게 환한 빛이었어요. 그 빛을 꺼뜨리지 말아요."

셀레이나가 대답을 하기도 전에 공주는 사라졌다.

어둠 속에는 아무 흔적도 남지 않았다. 네히미아는 애초에 그곳에 없었던 듯, 전부 셀레이나의 상상인 듯했다.

셀레이나는 허공에 대고 속삭였다.

"돌아와요. 제발…… 돌아와요."

하지만 어둠은 그대로였다. 네히미아는 더 이상 없었다.

발소리가 들려왔다. 하지만 아치문 너머가 아니라 셀레이나의 왼쪽에서 들려온 소리였다.

언제 왔는지 옆에 와서 선 아처가 입을 딱 벌리며 나지막하게 말했다.

"믿기지 않아."

CHAPTER 48

다마리스를 빼든 셀레이나는 아처에게 곧장 칼끝을 겨눴다. 플릿풋은 아처에게 으르렁대긴 했지만 나서지 않고 셀레이나 뒤에 한 발 물러서 있었다.

"여기서 뭐 하는 거죠?"

아처가 이곳에 오리라고는 생각도 못했다. 대체 어떻게 들어왔을까?

"몇 주일 동안 네 뒤를 밟았어." 아처는 플릿풋의 눈치를 보며 대답했다. "네히미아가 이 통로에 대한 얘길 해줬고 들어가는 입구도 보여줬거든. 네히미아가 죽고 나서 거의 매일 밤 여기 내려왔었어."

셀레이나는 아치문을 흘끗 돌아보았다. 네히미아가 셀레이나에게 저세상으로 통하는 문을 다시는 열지 말라고 경고한 것은, 아처가 그 문을 보지 않길 바랐기 때문이라는 확신이 들었다. 암흑에 몸이 닿지 않도록 거리를 띄우고 벽 쪽으로 물러선 셀레이나는 초록색으로 빛나는 문자들을 지우려 손으로 문질렀다.

아처가 물었다.

"뭐해?"

셀레이나는 다마리스로 아처를 겨눈 채 문자들을 세차게 문질렀다. 문자들은 지워지지 않았다. 정확히는 몰라도 이 주술은 도서관 지하의 문을 봉할 때 썼던 주술보다 훨씬 복잡한 양상임이 분명했다. 단순히 문질러서는 문자들을 지울 수가 없었다. 아처는 셀레이나와 책 사이에 서 있었고, 그 책에는 문을 닫는 주술이 적힌 페이지가 표시되어 있었다. 셀레이나는 문자를 더 세게 문질러보았다. 뭔가 단단히 잘못됐다.

"그만해!"

어이없을 정도로 쉽게 플릿풋 옆을 지나 달려온 아처는 셀레이나의 손목을 잡아 쥐었다. 플릿풋은 사납게 경고를 하며 짖을 뿐, 셀레이나가 가까이 오지 말라고 날카롭게 지시하자 자리를 지켰다.

아처 쪽으로 돌아선 셀레이나는 손목을 잡은 그자의 팔을 어깨에서 빼놓으려 했다. 그 순간 아처의 튜닉 소매가 젖혀지면서 아치문의 초록색 빛이 그의 손목 안쪽을 비추었다.

뱀처럼 생긴 생물이 검은 문신으로 새겨져 있었다.

이 문신을 본 적이 있었다. 분명히…….

셀레이나는 눈을 들어 그의 얼굴을 바라보았다.

……를 믿지 말 것.

네히미아의 책 안쪽에 적혀 있던 글과 그림이 떠올랐다. 그때는 아달렌 왕실의 문장일 거라고 생각했었다. 와이번을 약간 변형해서 그린 그림일 거라고. 그런데 지금 보니 바로 이 문신이었다. 아처의 문신.

아처를 믿지 말 것.

네히미아가 하려던 말은 이것이었다.

셀레이나는 그를 밀어내며 단검을 뽑아 들었다. 다마리스와 단검으로 아처를 겨눴다. 네히미아는 아처와 그의 정보원들한테서 얼마나 많은 정보를 숨긴 걸까? 네히미아가 아처를 믿지 못했다면 어째서 셀레이나가 한 일에 대해 전부 알려줬을까?

"문 여는 방법을 어떻게 알게 됐는지 말해줘." 아처는 아치문과 그 너머의 암흑을 돌아보며 조용히 요구했다. "부탁이야. 워드 열쇠를 찾았어? 그 열쇠로 한 거야?"

"워드 열쇠에 대해 뭘 알고 있죠?"

"열쇠 어디 있냐니까? 어디서 찾았어?"

"나한테는 없어요."

"수수께끼를 풀었구나. 데이비스의 서재에 수수께끼를 숨겨놓고 네가 찾아내도록 유도한 게 바로 나야. 우린 그 수수께끼를 푸는 데 5년이나 걸렸는데, 넌 금방 풀었어. 풀어낼 줄 알았어. 네히미아도 알았지."

셀레이나는 고개를 흔들었다. 아처는 두 번째 수수께끼 즉, 열쇠들의 위치를 알려주는 수수께끼가 있다는 건 모르는 눈치였다.

"왕은 적어도 워드 열쇠 하나는 갖고 있어요. 나머지 두 개가 어디 있는지는 나도 몰라요."

아처의 눈빛이 어두워졌다.

"설마 했는데. 네히미아가 애초 여기에 온 것도 그래서였어. 아달렌 왕이 열쇠를 훔쳤는지, 몇 개나 훔쳤는지 알아내려고."

그래서 네히미아는 이 성을 떠나지 못한 것이다. 이일웨이로 돌아가지 않고 여기 남기로 한 이유도 그것 때문이었겠지. 자기 나라의 운명보다 훨씬 중요한 세상의 운명, 이 세상뿐만 아니라 여러 세상의 운명을 지켜내기 위해.

"난 내일 배를 탈 필요가 없어. 우리가 모두에게 얘기하면 돼. 왕이 워드 열쇠를 갖고 있다고 모두에게 알리면……"

"안 돼요. 그랬다가는 왕이 열쇠를 이용해서 당신이 상상하는 것보다 훨씬 큰 해악을 끼칠 거예요. 잠자코 있다가 다른 열쇠들을 찾을 기회를 노리는 편이 나아요."

아처가 그녀에게 한 걸음 다가왔다. 플릿풋은 또다시 경고의 소리를 냈으나 가까이 오지는 않았다.

"왕이 열쇠를 어디에 보관했는지도 알아내야지. 다른 열쇠도 찾고. 그리고 그 열쇠들을 이용해서 왕을 끌어내리는 거야. 우리만의 세상을 만들어야지."

그의 목소리가 점점 힘을 더해가며 광기를 내뿜었다.

셀레이나는 고개를 저었다.

"열쇠를 이용하는 것보다 파괴하는 편이 낫다고 생각하는데요."

아처는 싱긋 웃었다.

"네히미아도 같은 말을 했었어. 열쇠를 없애야 한다고, 방법을 찾아낼 수만 있다면 워드 대문에 돌려놓아야 한다고 했지. 하지만 아달렌 왕을 끌어내리는 데 안 쓰려면 굳이 열쇠를 뭐 하러 찾아? 열쇠를 찾아서 왕에게 고통을 줘야 할 거 아냐?"

셀레이나는 속이 뒤집혔다. 아처의 머릿속에 담긴 정보는 그가 말로 벧은 것보다 훨씬 많을 것이다. 셀레이나는 한숨을 푹 쉬고는 고개를 절레절레 흔들며 아치문 앞을 서성이기 시작했다. 그동안 아처는 침묵을 지켰다. 셀레이나는 문득 이제 알겠다는 듯 걸음을 멈추고 목소리를 높였다.

"왕이 가급적 오래 고통을 겪어야 하는 건 당연해요. 우리 삶을 망가뜨린 사람들, 우리를 이 꼴로 만든 에로밴이나 클래리스 같은 자들도 마찬가지고요……." 셀레이나는 입술을 지그시 깨물었다. "네히미아는 이해하지 못했어요. 이해하려 애써본 적도 없어요. 그래요. 당신 말이 옳아요. 열쇠들을 찾아 사용해야죠."

아처는 그 말이 진심인지 확인하겠다는 듯 그녀의 표정을 유심히 살폈다. 셀레이나는 그에게 가까이 다가가 고개를 옆으로 살짝 기울이며 생각에 잠겼다. 아처가 한 말을 곱씹으며 그에 대해 생각을 해보았다.

아처는 셀레이나의 말을 진심으로 받아들이기로 한 모양이었다.

"네히미아가 우리 세력을 등진 이유도 그런 점 때문이었어. 네히미아는 죽기 일주일 전에 우리를 버렸어. 네히미아가 왕에게 우리에 대해 고해바치는 건 시간문제라고 우린 판단했지. 네히미아가 이일웨이에 관용을 베풀어달라고 왕에게 부탁하면서 우리를 팔아넘겨 전부 죽게 만들 거라고 생각했어. 네히미아는 수십 명의 독재자를 만드는 것보다 한 명의 강력한 독재자를 상대하는 편이 낫다고 했어."

셀레이나는 무서울 정도로 침착하게 대꾸했다.

"네히미아는 당신과 관련된 모든 것을 파괴해버릴 작정이었어요. 나와 관련된 걸 죄다 망가뜨린 것처럼. 나더러 워드 열쇠를 찾을 생각 말고 멀찍이 떨어져 있으라고 했어요. 내가 수수께끼를 풀지 못하게 막으려고까지 했죠."

"열쇠에 관한 정보를 독차지하고 혼자 쓰려고 그랬나 보네."

발밑이 흔들리는 기분을 느끼면서도 셀레이나는 미소를 지었다. 이유를 설명할 수도 없고 어째서 그 부분에 의문을 갖게 됐는지 알 수도 없지만, 만약 아처의 말이 사실이라면 그가 죄를 인정하게 만들어야 했다.

"당신이나 나나 우린 우리가 가진 얼마 안 되는 것들을 지키기 위해 일해왔어요. 그런데도 평생…… 모든 걸 빼앗기고 혹사당했죠. 남들은 우리가 살기 위해 무슨 짓까지 해야 했는지 상상도 못할 거예요. 내가 어렸을 때 당신을 좋아했던 이유도 그래서였던 것 같아요. 당신은 나를 이해해줬으니까. 에로밴과 클래리스 같은 자들 밑에서 자라나…… 누군가에게 팔려가는 삶이 어떤 건지 당신은 잘 아니까." 셀레이나는 일부러 눈에 힘을 주며 입술의 떨림을 막으려는 듯 입을 꼭 다물었다. 그리고 격하게 눈을 깜박이며 중얼거렸다. "이제야 당신을 제대로 이해하게 된 것 같네요."

셀레이나는 그의 손을 잡으려는 듯 손을 뻗었다가 손을 아래로 내렸다. 부드럽고 잔잔하면서도 씁쓸한 표정을 지어 보였다.

"왜 진작 말 안 했어요? 그럼 지난 몇 주 동안 같이 일할 수 있었을 텐데. 같이 수수께끼를 풀어볼 수도 있었어요. 네히미아가 하려던 일에 대해, 그 여자가 나한테 몇 번이나 거짓말을 해댄 걸 내가 더 빨리 알았으면 좋았을 거예요……. 네히미아는 내 믿음을 배신했어요. 모든 면에서. 내 얼굴에 대고 거짓말을 하고 자기 말을 믿게 만들었어요…….” 셀레이나는 어깨를 축 늘어뜨렸다. 그리고 한참 만에 아처에게 한 걸음 다가갔다. “결국 네히미아는 에로밴이나 클래리스와 다를 바 없는 사람이었어요. 아처, 당신이 나한테 그 얘길 해줬어야 해요. 전부 다. 난 네히미아를 죽인 게 멀리슨 의원이 아니란 걸 알고 있었어요. 멀리슨은 그렇게까지 똑똑하지 않으니까요. 당신이 나한테 솔직하게 말했으면 내가 처리할 수 있었을 거예요.” 상대를 맹신하면 그만큼 위험이 따른다. “당신을 위해…… 우리를 위해 내가 다 처리할 수 있었어요.”

아처는 머뭇거리며 미소 지었다.

“네히미아가 평소에 멀리슨 의원에 대한 불만이 많았으니 멀리슨에게 죄를 뒤집어씌우는 게 제일 편하겠더라고. 시합 때문에 멀리슨은 그레이브와 인연이 닿아 있기도 하고.”

“그레이브는 당신이 멀리슨이 아니라는 걸 못 알아챘나 봐요?”

셀레이나는 최대한 침착하게 물었다.

“사람들이 얼마나 쉽게 자기가 보고 싶은 것만 보고 사는지 알면 놀랄걸. 망토에 가면을 쓰고 고급스러운 옷을 입고 만났더니 그레이브는 나를 멀리슨이라고 철석같이 믿었어.”

‘아, 맙소사.’

셀레이나는 재미를 느낀 공모자처럼 한쪽 눈썹을 치켜떴다.

“창고로 나를 불러낸 밤에 대해 얘기해봐요. 그날 왜 케이올을 납치했어요?”

“널 네히미아한테서 멀리 떼어놔야 했으니까. 널 위해 화살을 맞았더니 그날 밤 넌 나를 믿더라. 방법이 좀…… 거칠었다면 용서해. 그것도 내 나름의 비법이거든."

아처를 믿은 덕분에 네히미아와 케이올을 잃었다. 아처는 셀레이나를 친구들한테서 떼어놓았다. 롤랜드가 도리언에게 할지도 모른다고 의심했던 바로 그런 방법으로.

"네히미아가 죽기 전에 왕이 받았다는 네히미아의 목숨에 대한 위협도……." 셀레이나의 입술 가장자리가 싹 올라갔다. "당신이 한 일이겠네요? 누가 내 진짜 친구이고 누굴 믿어야 하는지 보여주려고."

"도박이었어. 지금도 도박을 하고 있지만. 근위대장이 네히미아의 목숨이 위험한 상황이란 얘기를 너한테 해줄지 안 해줄지 알 수가 없었으니까. 결과적으로 내 생각이 옳았지."

"왜 하필 나예요? 높게 평가해줘서 고맙긴 한데…… 당신은 똑똑한 사람이잖아요. 수수께끼를 직접 풀지 그랬어요?"

아처는 고개를 살짝 숙였다.

"난 너에 대해 잘 아니까. 네가 엔도비어로 가고 나서 에로밴이 어느 날 밤 나한테 말해줬어." 셀레이나는 정신이 흐트러지지 않도록 깊은 심적 고통과 배신감이 치솟는 것을 꾹 눌러 참았다. "대의를 실현하려면 우린 네가 필요해. 내가 널 필요로 하는 거야. 우리 세력 중 일부가 이미 내 지도력에 의문을 품으면서 저항하기 시작했거든. 내 방법이 너무 거칠다면서." 아처의 집 앞에서 본 젊은 남자와의 말다툼이 무슨 이유 때문이었는지 대략 이해가 됐다. 아처는 그녀에게 한 걸음 더 다가섰다. "그런데…… 윌로우스 앞에서 널 본 순간, 우리가 함께 일하면 얼마나 좋을지 감이 딱 왔어. 우리가 함께 성취할 일들이……."

셀레이나는 아치문의 초록색 빛처럼 번뜩이는 아처의 초록색 눈을 들여다보았다.

"그래요. 아처, 알겠어요."

아처가 미처 눈을 돌리기도 전에 셀레이나의 단검이 그의 몸을 찔렀다.

하지만 워낙 동작이 빠른 아처가 마지막 순간에 몸을 옆으로 튼 바람에 칼날은 그의 심장이 아닌 어깨에 박혔다.

아처는 놀라울 정도로 신속하게 뒤로 물러서면서 셀레이나의 단검을 잡아 비틀었다. 칼자루를 놓친 셀레이나는 균형을 잃고 넘어지지 않기 위해 아치문을 손으로 짚어야 했다. 피 묻은 손바닥이 돌벽에 닿은 순간 손가락 아래서 초록색 빛이 확 타올랐다.

워드 문자가 뜨겁게 달아올랐다가 흐릿해졌다.

자신이 한 일을 돌아보고 확인할 새도 없이 셀레이나는 고함을 지르며 아처에게 달려들었다. 다마리스를 바닥에 떨어뜨리고 단검 두 개를 새로 뽑아 들었다. 아처도 칼을 꺼내 들고 셀레이나를 피해 춤추듯 가볍게 뒤로 물러났다.

셀레이나는 그의 주변을 맴돌며 나지막하게 말했다.

"네놈을 조각조각 잘라 죽일 거야."

그 순간 바닥이 흔들리더니 아치문 너머 텅 빈 공간에서 무언가 소리를 냈다. 목구멍 안쪽에서 내뱉는 으르렁 소리였다.

플릿풋이 경고의 뜻으로 낮게 낑낑거렸다. 그러더니 셀레이나 쪽으로 달려와 그녀의 정강이를 밀어붙이며 그녀를 계단 쪽으로 몰고 가려 했다.

빈 공간이 일렁거렸다. 부연 안개 같은 것이 소용돌이치다가 길게 갈라지면서 그 너머로 바위로 된 잿빛 땅이 보였다. 이윽고 어떤 형체가 안개를 뚫고 나타났다.

“네히미아?‘

셀레이나가 속삭이듯 불러보았다. 네히미아가 도와주려고, 모든 것을 설명해주려고 돌아온 걸까.

하지만 아치문을 넘어온 것은 네히미아가 아니었다.

케이올은 잠을 잘 수가 없었다. 침대 위의 덮개를 올려다보고 있는데 셀레이나의 책상에서 본 유언장이 마음을 어지럽혔다. 유언장 생각을 머릿속에서 떨칠 수가 없었다. 그 유언장이 그에게 어떤 의미인지 말할 새도 없이 그는 셀레이나의 방에서 쫓겨나고 말았다. 그는 미움을 받아도 싼 짓을 했지만, 그녀의 돈을 받고 싶지 않다는 것을 그녀에게 알려야만 했다.

셀레이나를 만나야 했다. 그의 입장을 설명할 수 있는 시간이면 족했다.

뺨에 생긴 상처 딱지에 손가락을 가져다댔다.

그때 복도를 달려오는 발소리가 들렸다. 누군가 방문을 두드릴 때쯤 케이올은 이미 침대에서 일어나 옷을 반쯤 입은 상태였다. 그는 문 너머에서 노크 소리가 들리자마자 등 뒤에 단검 한 자루를 숨기고 곧장 문을 열어젖혔다.

땀에 젖은 도리언의 얼굴을 본 순간 케이올은 칼을 아래로 내렸다. 하지만 칼집에 넣지는 않았다. 도리언의 눈빛에 담긴 생생한 두려움, 손에 움켜쥔 검대와 칼집을 보니 칼을 치울 분위기가 아니었다.

케이올은 본능의 힘을 믿었다. 일이 잘못됐을 때 느낌으로 알아차리는 능력을 발전시켜오지 않았다면 인류는 지금까지 살아남지 못했을 것이다. 이건 마법이 아니라…… 직감이었다.

도리언이 입을 열기도 전에 누구 때문에 이 시간에 여기까지 달려왔는지 케이올은 본능적으로 알 수 있었다.

"어디야?"

"셀레이나의 침실."

"무슨 일인지 전부 말해줘."

케이올은 서둘러 방 안으로 도로 들어오며 요청했다.

"잘 모르겠지만…… 뭔가 문제가 생긴 것 같아."

이미 셔츠와 튜닉을 입은 케이올은 장화에 발을 집어넣으며 장검을 집어 들었다.

"무슨 문제?"

"내가 다른 근위병들을 부르지 않고 자네를 데리러 올 수밖에 없는 문제겠지."

애매한 말이었다. 하지만 케이올이 아는 도리언은 똑똑한 사람이라 이 성에서 말이 쉽게 새어나갈 수 있음을 잘 알았다. 도리언이 달려가려고 몸에 힘을 주자 케이올은 그의 튜닉 뒤쪽을 움켜잡으며 조용히 말렸다.

"달리면 주목을 끌거야."

"여기까지 오느라 이미 시간을 많이 썼어."

도리언은 내키지 않았지만 케이올을 따라 신속하지만 차분한 걸음으로 이동하기 시작했다. 이런 속도라면 셀레이나의 방까지 오 분은 족히 걸릴 것이다. 가는 길에 방해를 받지 않는다면 말이다.

케이올은 시선을 앞에 두고 호흡을 일정하게 유지하며 조용히 물었다.

"다친 사람은?"

"모르겠어."

"좀더 정보가 필요해."

케이올은 걸음을 옮길 때마다 신경이 곤두섰다.

도리언은 케이올의 귀에만 들릴 정도로 나지막하게 대답했다.

"꿈을 꿨는데, 셀레이나가 위험에 처해 있다는 경고를 받았어. 셀레이나가 위험을 자초하고 있다고 했어."

그 말에 케이올은 걸음을 멈추려 했지만 도리언의 말투가 워낙 확신에 차 있었다.

"나라고 자네를 데리러 오고 싶었겠어?"

도리언은 케이올을 쳐다보지 않고 말했다.

케이올은 근무 중인 하인들과 근위병들의 지나친 관심을 끌지 않도록 주의하면서 조용히 최대한 서둘러 걸음을 옮겼다. 셀레이나의 숙소 앞에 서자 심장이 어찌나 세게 뛰는지 몸 구석구석까지 진동이 전해지는 듯했다. 케이올은 노크 없이 곧장 숙소 문을 열고 들어갔다. 거칠게 문을 밀친 바람에 문짝이 경첩에서 분리될 뻔했다. 도리언도 뒤따라 들어갔다.

침실 앞에 다다른 케이올은 이번에도 노크 없이 문을 열려 했다. 하지만 문손잡이가 꿈쩍도 하지 않았다. 방문이 안에서 잠겨 있었다. 케이올은 문을 밀어보았다.

"셀레이나?"

그녀의 이름이 마치 으르렁대는 소리처럼 케이올의 입에서 나왔다. 안에서는 대답이 없었다. 그는 치솟는 두려움을 속으로 삼키며 단검을 빼들고 안에서 무슨 소리가 들리는지 귀를 기울였다.

"셀레이나."

대답이 없었다.

잠시 기다리다가 어깨로 문짝을 들이받았다. 한 번. 두 번. 문의 잠금쇠가 딸깍 소리를 냈다. 문이 벌컥 열리면서 아무도 없는 침실이 눈앞에 펼쳐졌다.

도리언이 속삭이듯 중얼거렸다.

"맙소사."

벽에 걸려 있던 벽걸이 융단이 옆으로 젖혀져 그 뒤의 열린 출입구가 드러나 있었다. 돌로 된 비밀의 문 너머는 어두운 복도였다.

셀레이나는 그레이브를 죽이러 간 날 이 출입구로 빠져나갔던 것이다.

도리언이 칼집에서 칼을 빼 들었다.

"꿈속에서 이 문을 찾으러 가라는 명령을 받았어."

도리언이 문 쪽으로 다가가자 케이올이 팔을 뻗어 막았다. 도리언과 그 신통력 있는 꿈에 대해서는 나중에 천천히 생각해볼 것이다.

"내려가면 안 돼."

도리언이 눈을 번뜩였다.

"물론 그렇겠지."

대답이라도 하듯, 목구멍 안쪽에서부터 흘러나와 뼈를 박박 가는 듯한 그르릉 소리가 출입구 안쪽에서 들려왔다. 이어서 높게 컹컹 짖는 소리에 이어 비명이, 인간의 비명이 들렸다.

케이올은 더 생각할 것도 없이 출입구 안으로 뛰어들어갔다.

빛 한 점 없이 칠흑처럼 어두워서 하마터면 계단 아래로 굴러떨어질 뻔했다. 하지만 바로 뒤에서 도리언이 손에 초를 들고 따라붙었다.

"내려오지 말라니까."

케이올은 계단을 달려 내려가며 말했다. 시간 여유만 있었으면 왕세자를 위험에 빠뜨리는 위험을 감수하느니 그를 벽장 안에라도 가뒀을 것이다. 하지만…… 저 괴상하게 그르렁대는 소리는 무엇이란 말인가? 컹컹 짖는 소리는…… 플릿풋이 낸 소리일 것이다. 플릿풋이 저 아래 있다는 건…….

도리언이 뒤따라 내려오며 말했다.

"꿈에서 나더러 여기로 내려가라고 했어."

계단을 두세 칸씩 뛰어서 내려가는 케이올의 귀에는 도리언의 말이 잘 들어오지 않았다. 방금 들린 게 셀레이나의 비명이었나? 남자 목소리처럼 들렸는데. 저 아래서 셀레이나와 함께 있는 남자는 누구지?

계단 아래쪽에 푸른빛이 보였다. 저건 뭐지?

괴이한 포효에 오래된 돌벽이 흔들렸다. 인간이 내는 소리도 플릿풋의 소리도 아니었다. 그렇다면……

그들은 전사들을 죽인 괴물을 아직 찾아내지 못했다. 살인이 멈추기는 했지만 케이올이 본 시체들의 상태는 처참했다……. 셀레이나가 부디 살아 있어야 할 텐데.

'제발.' 그는 귀를 열고 있는 신이라면 누구든 들어달라고 빌었다.

층계참으로 내려서자 출입구 세 개가 보였다. 푸른빛은 오른쪽 출입구에서 흘러나오고 있었다. 케이올과 도리언은 빛이 보이는 방향으로 달려갔다.

어떻게 이렇게 거대한 동굴이 지금까지 잊힌 채 방치됐을까? 셀레이나는 이곳에 대해 언제부터 알았을까?

케이올은 나선형 계단을 날듯이 달려 내려갔다. 이번에는 초록색 빛이 꾸준히 빛을 발하고 있었다. 층계참에 선 케이올은 주변을 살펴보았다.

어디부터 봐야 할지 판단이 서지 않았다. 초록색 상징들로 이루어진 아치문이 빛을 발하는 기다란 통로…… 아치문 너머로 보이는 안개와 바위로 된 세상.

맞은편 벽에 바짝 붙어 웅크린 채로 손에 쥔 책을 들여다보며 괴상한 단어들을 외치고 있는 아처.

바닥에 엎어진 셀레이나.

멀대처럼 키가 크고 근육질이지만 인간으로는 보이지 않는 괴물.

괴물의 부자연스러울 정도로 기다란 손가락 끝에는 갈고리 같은 손톱이 달렸고, 허연 피부는 구겨진 종이 같았으며, 넓은 턱 안쪽으로 물고기 같은 이빨이 들여다보였고, 희부연 눈에는 푸른 기가 돌았다.

그리고 털을 바짝 세우고 송곳니를 드러낸 플릿풋이 보였다. 플릿푯은 악마 같은 괴물이 셀레이나 곁으로 오지 못하게 막겠다는 듯 바짝 경계하고 있었다. 오른쪽 뒷다리에 난 상처에서 피가 흘러 바닥에 고였고 다리를 저는 모습이었다.

케이올은 괴물의 크기를 비롯한 세세한 부분, 주변 환경을 곧장 파악했다. "피해." 그는 도리언에게 외치며 괴물에게 달려들었다.

CHAPTER 49

칼을 두 번 휘두르고 난 후에는 어떻게 되었는지 기억나지 않았다. 그전까지의 기억은 이랬다. 별안간 플릿풋이 괴물에게 달려드는 모습이 보였다. 셀레이나가 플릿풋에게 정신이 팔린 동안 악귀는 플릿풋 옆을 지나 길고 허연 손가락으로 셀레이나의 머리채를 움켜쥐고 벽에 머리를 처박았다.

셀레이나는 눈앞이 캄캄해졌다.

얼마 후 고동치듯 욱신거리는 두통에 다시 눈을 떴다. 자신이 죽은 것인지 아니면 지옥에서 깨어난 것인지 분간이 가지 않았다. 저 앞에서 케이올이 허연 악귀의 주변을 빙빙 돌고 있었다. 케이올과 악귀 모두 피를 흘리고 있었다. 누군가 셀레이나의 머리와 목을 시원한 손으로 짚어주었다. 옆에 웅크리고 앉은 도리언이 그녀를 불렀다.

"셀레이나."

일어서려 하자 머리가 더 심하게 아팠다. 하지만 가서 케이올을 도와야 했다. 어서…….

옷이 찢어지는 소리와 고통에 찬 비명이 들려왔다. 고개를 들고 보니 케이올이 어깨의 상처를 손으로 감싸 쥐고 있었다. 들쭉날쭉하고 더러운 악귀의 손톱에 당한 상처였다. 악귀는 괴상하게 긴 턱으로 침을 질질 흘리며 케이올에게 다시 달려들었다.

셀레이나는 일어서려 했지만 악귀를 막을 수 있을 정도로 빠르게 움직일 수가 없었다.

하지만 도리언은 달랐다.

보이지 않는 무언가가 악귀를 강타해 저쪽 벽으로 내던졌다. 악귀가 벽에 부딪히면서 으드득 소리가 났다.

'맙소사.'

도리언은 그냥 마법이 아니라 가공되지 않은 날것의 마법을 갖고 있었다. 가장 날것이고 치명적인 마법. 희석되지 않은 순수한 힘이었다. 주인이 바라는 대로 어떤 형태로든 빚어낼 수 있는 힘이기도 했다.

바닥에 쓰러졌다가 곧장 일어선 악귀는 셀레이나와 도리언 쪽으로 몸을 돌렸다. 도리언은 한 손을 앞으로 뻗은 채 그 자리에 가만히 서 있었다.

악귀의 희부옇고 푸르스름한 눈이 걸신들린 듯 번뜩였다.

아치문 너머에서 저 악귀와 같은 허연 맨발들이 바위투성이 땅을 터벅터벅 밟고 오는 소리가 들렸다. 아처가 주문을 외우는 소리가 점점 커져갔다.

케이올이 악귀에게 다시 달려들었다. 악귀는 케이올의 칼에 맞기 직전에 앞으로 달려들면서 긴 손가락을 휘둘러 케이올을 밀쳐냈다.

셀레이나가 도리언을 붙잡으며 말했다.

"우리가 저 문을 닫아야 해요. 저대로 둬도 언젠가는 닫히겠지만 열려 있는 시간이 길어지면 저런 것들이 이리로 더 넘어올 거예요."

"어떻게 닫아?"

"저…… 저도 모르겠어요……"

셀레이나는 현기증이 나면서 오금이 저렸다. 저쪽에 있는 아처를 돌아보았다. 그들과 아처 사이에 괴물이 서성이고 있었다. 셀레이나가 아처에게 말했다.

"책을 이리로 던져."

케이올은 악귀의 배를 향해 확실하고 재빠르게 칼을 휘둘러 상처를 냈지만 악귀의 동작은 그다지 느려지지 않았다. 몇 걸음 떨어진 곳에서도 검은 피에서 풍기는 시큼한 냄새가 셀레이나의 코를 찔렀다.

공황 상태에 빠진 아처는 휘둥그레진 눈으로 괴물을 바라보고 있었다. 그러더니 책을 들고 통로 쪽으로 달아나기 시작했다. 아처가 책을 가져가면서 아치문을 닫을 방법도 사라지고 말았다.

도리언은 책을 들고 달아난 잘생긴 남자를 막을 수 있을 만큼 동작이 빠르지 못했다. 중간에 가로 막고 선 악귀 때문에 그 남자를 잡으러 갈 엄두도 낼 수 없었다. 셀레이나는 이마에 피를 흘리면서도 아처를 쫓아가려 했지만 아처는 엄청나게 빨랐다. 셀레이나는 케이올을 돌아보았다. 케이올은 악귀의 주의를 돌리려 애쓰는 중이었다. 도리언은 굳이 말로 듣지 않아도, 셀레이나가 케이올을 괴물 옆에 둔 채로는 아처를 잡으러 가고 싶어 하지 않는다는 것을 알 수 있었다.

"내가 가서……."

도리언이 나서려 하자 셀레이나가 숨을 몰아쉬며 말렸다.

"아뇨. 아처는 위험한 자예요. 게다가 이곳 터널들은 미로처럼 복잡해요." 케이올과 악귀는 서로를 노려보며 맴을 돌고 있었다. 악귀는 아치문 쪽으로 천천히 물러서는 중이었다. 셀레이나가 나지막하게 말했다. "그 책이 없으면 이 문을 못 닫아요. 위층에 다른 책들이 있긴 하지만……."

도리언은 셀레이나의 팔꿈치를 잡으며 나직하게 말했다.

"그럼 일단 달아나자. 피신하고 나서 그 책을 찾으면 되잖아."

도리언은 케이올이나 악귀한테서 시선을 뗄 수 없었지만 셀레이나를 계단 쪽으로 잡아끌었다. 셀레이나는 휘청거렸다. 머리에 난 상처 때문에 상태가 좋지 않은 듯했다. 그녀의 목 아래서 빛을 내는 무언가가 보였다. 셀레이나가 '싸구려 복제품'이라고 했던 부적 목걸이였다. 지금 그 목걸이는 작고 푸른 별처럼 푸르스름한 빛을 뿜어내고 있었다.

케이올이 악귀를 마주 보며 그들에게 말했다.

"가, 어서."

셀레이나는 휘청대며 케이올 쪽으로 걸어가려 했지만 도리언이 잡아당겼다.

"안 돼."

셀레이나는 이렇게 말하면서도 머리의 통증 때문에 도리언의 품 안에서 다리 힘이 쭉 빠지고 말았다. 이대로는 여기 있어 봤자 케이올에게 방해만 될 것이라는 판단이 서자 셀레이나는 저항을 그만두고 도리언에게 이끌려 계단 쪽으로 향했다.

케이올은 이 싸움에서 이길 수 없음을 직감했다. 도리언, 셀레이나와 함께 달아나되 그들이 돌벽의 아치문에서 최대한 멀리 달아날 수 있도록 뒤를 봐주고 괴물을 여기 가두는 게 최선이었다. 하지만 계단까지 갈 수 있을 것 같지가 않았다. 공격을 너무도 쉽게 막아내는 걸 보면 이 괴물은 묘하게도 지능을 가진 존재인 듯했다.

다행히 얼마 후 셀레이나와 도리언은 계단 앞에 도달했다. 저들을 탈출시킬 수 있다면 여기서 목숨이 끊어져도 좋았다. 닥쳐오는 어둠을 받아들일 수 있을 것이다.

케이올이 몇 걸음 더 거리를 벌리는 동안 괴물은 가만히 지켜보았다. 케이올은 계단 쪽으로 뒷걸음질 치고 있었다.

셀레이나가 고함을 질러댔다. 도리언에게 이끌려 계단을 올라가면서도 몇 번이나 같은 단어를 내뱉었다.

'플릿풋.'

케이올은 벽 앞의 그림자 속에 있는 플릿풋을 보았다. 플릿풋은 다리를 너무 많이 다쳐 뛸 수 없는 상황이었다.

괴물도 플릿풋을 돌아보았다.

괴물이 몸을 돌려 플릿풋의 다친 뒷다리를 쥐고 아치문을 넘어가는 동안 케이올이 할 수 있는 일은 없었다.

이 기회에 달아나는 게 최선이었다.

플릿풋을 부르는 셀레이나의 외침이 통로에 울려 퍼졌다. 계단을 올라가다 말고 다시 뛰어내린 케이올은 플릿풋을 데리러 안개 자욱한 아치문을 넘어갔다.

케이올이 플릿풋을 쫓아 아치문을 넘어가는 걸 본 순간, 셀레이나는 그때까지 경험해본 적 없는 깊은 두려움과 고통을 느꼈다.

그 자리에서 몸을 돌린 셀레이나는 도리언의 머리를 돌벽에 찧어 계단에 쓰러지게 만든 뒤 그에게 잡힌 팔을 빼냈다. 도리언은 그녀의 움직임을 인지할 새도 없이 정신을 잃고 말았다.

셀레이나는 도리언에게 신경 쓸 겨를이 없었다. 오직 플릿풋과 케이올을 구해야 한다는 생각뿐이었다. 계단을 달려 내려간 그녀는 너른 통로를 가로질렀다. 아치문이 영원히 닫히기 전에 그들을 데리고 나와야 했다. 서둘러야 했다.

그녀는 순식간에 아치문을 넘어갔다.

저쪽 세계로 건너가 보니 케이올은 두 손으로 플릿풋을 감싸고 있었다. 케이올의 칼을 두 동강 낸 악귀가 그들을 내려다보았다. 셀레이나는 두 번 생각할 새도 없이 내면의 괴물을 끄집어냈다.

◈◈◈

케이올은 곁눈으로 셀레이나가 달려오는 모습을 보았다. 고대의 칼을 손에 쥔 그녀의 얼굴은 맹렬한 분노로 가득 차 있었다.

그런데 아치문을 넘어온 그녀의 모습이 달라졌다. 마치 얼굴에서 안개가 걷힌 듯 이목구비가 날카로워졌다. 보폭도 길고 우아해졌다. 무엇보다 귀 끝이 얇고 뾰족해졌다.

이대로 있다가는 먹이를 놓치겠다는 생각이 들었는지 악귀는 케이올을 향해 달려들었다.

하지만 그 순간 푸른 빛을 내는 불의 벽이 악귀를 후려쳤다.

불길이 사라지자 저만치 바닥에 나가떨어져 데굴데굴 굴러가는 악귀의 모습이 보였다. 구르기를 멈추고 일어선 악귀는 곧장 셀레이나를 향해 달려들었다.

셀레이나는 케이올과 플릿풋을 등 뒤에 두고 칼을 치켜들었다. 그녀는 가늘고 긴 송곳니를 드러내며 으르렁거렸다. 케이올은 생전 처음 듣는 소리였다. 인간의 입에서 나올 만한 소리가 아니었다.

그는 플릿풋을 보호하면서 입을 벌린 채 셀레이나를 올려다보았다. 그녀는 인간이 아니었다.

도저히 인간이라고 할 수 없었다.

그녀는 페이 요정이었다.

CHAPTER 50

셀레이나는 지독한 통증 덕분에 몸이 달라졌음을 알아챘다. 본모습을 감춰주던 껍질이 벗겨지면서 잠시 엄청난 고통을 느꼈다. 악귀가 달려들자 그녀는 내면에서 차고 넘치는 힘의 원천을 끄집어냈다.

굽힐 줄 모르는 맹렬한 마법의 힘이 분출되어 악귀를 강타했다. 악귀는 저만치 날아갔다. 수년 전에도 그녀는 이런 불꽃의 형태로 힘을 발산하곤 했다.

주변의 냄새가 코로 전해지면서 사방이 두루 보였다. 강화된 감각 덕분에 주변을 온전히 인식할 수 있었다. 여긴 뭔가 잘못됐다. 당장 나가야 했다.

하지만 케이올과 플릿풋을 안전하게 대피시킨 후에야 가능한 일이었다.

저만치서 굴러가던 악귀가 다시 발을 땅바닥에 딛고 일어섰다. 셀레이나는 악귀와 케이올 사이에 버티고 섰다. 악귀는 엉덩이를 바닥에 붙이고 앉아 킁킁대며 그녀의 냄새를 맡았다.

셀레이나는 다마리스를 치켜들고 함성을 내질렀다.

저 멀리 안개 속에서 여럿의 고함이 들려왔다. 지금 상대하는 악귀와 한 패거리일 것이다.

그녀는 바닥에 주저앉아 플릿풋을 감싸고 있는 케이올을 돌아보았다. 회색빛 아래 그녀의 송곳니가 번뜩였다.

그녀를 올려다보는 케이올한테서 두려움과 경외의 냄새 그리고 평범한 인간의 피 냄새가 났다. 그녀의 내면에서 마법의 힘이 점점 차올랐다. 고대의 힘은 활활 타올라 이제 걷잡을 수 없었다.

"달아나요."

셀레이나의 이 말은 부탁이 아니라 명령이었다. 마법의 힘은 마치 살아 있는 생명처럼 그녀의 몸 밖으로 비집고 나오려 했다. 이대로라면 악귀를 공격하면서 케이올까지 다치게 만들 것이다. 이대로 아치문이 닫히면 그들은 영원히 여기 붙잡혀 있게 된다.

셀레이나는 케이올이 어떻게 하고 있는지 확인할 여유가 없었다. 악귀가 달려들고 있었다. 허옇고 메마른 몸뚱이가 눈앞으로 다가왔다. 셀레이나는 악귀에게 달려가면서 보이지 않는 주먹처럼 불멸의 힘을 휘둘렀다. 푸른 불길이 들불처럼 뻗어 나갔다. 하지만 악귀는 몇 번이나 그녀의 공격을 요리조리 피했다.

악귀는 셀레이나의 다마리스를 피해 몸을 수그렸다가 뒤로 풀쩍 뛰었다. 멀리서 들려오는 다른 악귀들의 고함이 점점 가까워졌다.

뒤에서 돌바닥을 밟고 뛰는 소리가 들렸다. 케이올이 아치문 쪽으로 이동하고 있었다.

악귀가 다시 앞으로 달려들었다. 케이올의 발소리는 더 이상 들리지 않았다. 케이올이 아치문을 건너갔다는 뜻일 것이다. 플럿풋도 같이 데리고 넘어간 게 분명했다. 이제 그는 안전했다.

악귀는 팔다리가 길고 가늘었지만 힘이 무척 셌다.

다른 악귀들까지 합류한다면, 아치문이 닫히기 전에 저것들이 문을 넘어간다면…….

이번에는 더욱 깊숙한 곳에서 마법의 힘이 다시 차올랐다. 셀레이나는 아치문을 향해 뒷걸음질 치며 악귀와의 거리를 가늠했다.

이 힘을 제어하기 쉽지 않았지만 지금 그녀의 손에는 칼이 있었다. 페이 요정이 만든 이 성스러운 칼에는 불굴의 마법을 불어넣을 수 있었다. 이 칼을 힘의 전달체로 써야 했다.

다시 생각할 여유가 없었다. 날것의 힘을 금빛 다마리스에 전부 쏟아부었다. 다마리스의 칼날이 시뻘겋게 빛나고 가장자리에 번개가 깃들었다.

칼을 머리 위로 들어 올린 셀레이나가 무엇을 하려는지 감지한 듯 악귀는 긴장하는 모습이었다. 셀레이나는 안개를 가르는 함성을 내지르며 다마리스를 땅에 내리꽂았다.

악귀를 향해 거미줄 같은 균열이 뜨겁게 퍼져나가고 땅이 쩍쩍 갈라졌다.

이윽고 셀레이나와 악귀 사이의 땅이 조금씩 무너져 내리기 시작했다. 악귀는 슬금슬금 뒷걸음질쳤다. 아치문을 등지고 선 셀레이나는 자신이 밟고 선 부분을 제외하고 앞쪽에 깊게 팬 협곡을 만들어놓았다.

잠시 후 셀레이나는 갈라진 땅에서 다마리스를 다시 뽑아 들었다. 여길 빠져나가야 했다. 걸음을 떼고 아치문을 넘어가야 하는데 마법이 흔들리더니 무릎에 힘이 쭉 빠졌다. 짧게 통증이 느껴졌다. 바닥에 주저앉은 그녀는 어설프고 약한 인간의 몸뚱이로 돌아가 있었다.

그 순간 강한 두 손이 그녀의 어깻죽지 아래를 떠받쳤다. 그녀가 너무나도 잘 아는 손이었다. 그 손은 그녀를 질질 끌고 아치 문 너머 에렐리아 땅으로 데리고 나갔다. 문을 넘어가자마자 촛불이 꺼지듯 그녀의 마법도 사라졌다.

정신을 차린 도리언은 케이올이 셀레이나를 끌고 뒷걸음질로 아치문을 빠져나오는 모습을 보았다. 그녀는 정신을 잃은 것 같았다. 케이올은 무게 때문에 그녀의 겨드랑이에 손을 넣어 잡고 바닥에 질질 끌고 오고 있었다. 문을 넘어온 케이올은 그녀가 불덩어리라도 되는 듯 곧장 손을 뗐고 셀레이나는 헐떡이며 돌바닥에 널브러졌다.

무슨 일이 있었던 거지? 아치문 너머는 바위투성이 땅이었는데 지금은…… 그저 조그맣게 튀어나온 바위와 큼직한 분화구뿐이었다. 허연 괴물은 보이지 않았다.

셀레이나는 팔다리를 덜덜 떨며 팔꿈치로 바닥을 딛고 일어나 앉았다. 도리언은 머리가 지끈거렸지만 힘을 내서 그들 곁으로 다가갔다. 셀레이나를 데리고 계단을 올라가던 중이었는데 그녀는 그를 때려 기절시켰다. 왜였을까?

"저 문 닫아. 어서."

케이올이 셀레이나에게 말했다. 얼굴이 창백하게 질려서 그런지 그의 얼굴에 튄 피가 확연히 두드러졌다.

"못해요."

도리언은 머리가 지끈거려 이러다 주저앉을까 봐 벽을 잡고 걸어갔다. 그는 가까스로 아치문 앞에 있는 일행 옆으로 갔다. 플릿풋이 셀레이나에게 코를 비비고 있었다.

"안 닫으면 저것들이 문을 계속 넘어올 텐데."

케이올이 숨을 몰아쉬며 말했다. 도리언은 뭔가 이상한 분위기를 감지했다. 둘 사이에 무슨 일이 있었는지 케이올은 셀레이나에게 손도 대지 않고 있었다. 심지어 그녀를 일으켜 세워주려 하지도 않았다.

아치문 안쪽 분화구 너머에서 괴성이 점점 커져갔다. 악귀들이 조만간 이쪽으로 건너올 방법을 찾아낼 게 분명했다.

"진이 다 빠졌어요. 문을 닫을 힘이 남아 있지 않아요……." 셀레이나는 움찔하더니 눈을 들어 도리언을 바라보며 덧붙였다. "왕세자님이라면 가능하겠네요."

셀레이나가 곁눈으로 보니 케이올이 도리언을 돌아보고 있었다. 셀레이나는 비틀거리며 일어섰다. 플릿풋은 셀레이나와 아치문 사이에 서서 나지막하게 으르렁거렸다.

"도와주세요."

기운을 약간 회복한 셀레이나는 도리언에게 조용히 부탁했다.

도리언은 케이올을 돌아보지 않고 곧장 앞으로 나섰다.

"뭘 하면 되는데?"

"피만 주시면 돼요. 나머지는 제가 할게요. 해보고 되길 바라야죠." 케이올이 반대하려 하자 셀레이나는 씁쓸한 미소를 약간 머금은 채 말했다. "걱정 말아요. 팔에 상처를 약간 낼 뿐이니까."

도리언은 장검을 칼집에 넣고 셔츠 소매를 걷어 올린 뒤 단검을 꺼내 팔에 상처를 냈다. 칼끝으로 그은 상처 부위에서 새빨간 피가 빠르게 차올랐다.

케이올이 셀레이나에게 조용히 물었다.

"저 문을 여는 방법은 어떻게 알았지?"

"책에서 봤어요." 이 말은 사실이었다. "네히미아 공주와 얘기를 나누고 싶어서 열었어요."

침묵이 흘렀다. 연민과 두려움이 섞인 침묵이었다.

잠시 후 셀레이나가 입을 열었다.

"아…… 아무래도 제가 뜻하지 않게 상징을 바꾼 것 같아요." 그녀는 손으로 문지른 바람에 의미가 바뀌어버린 워드 문자를 가리켰다. "그래서 아치문 너머가 엉뚱한 곳으로 이어졌나 봐요. 운이 좋으면 이 방법으로 문을 닫을 수 있겠죠."

뜻대로 되지 않을 수도 있다는 말은 굳이 하지 않았다. 하지만 그녀의 방에는 달리 참고할 만한 책이 없었고 아처가 《걸어 다니는 시체》를 가져가버려서 지금 할 수 있는 건 도서관 지하의 문에 사용했던 봉인 주문을 써보는 것뿐이었다. 이대로 아치문을 열어두고 여길 떠나거나 도리언이나 케이올에게 문 앞을 지키고 있으라고 할 수는 없는 노릇이었다. 절대로 안 되는 일이었다. 이 문이 언젠가는 알아서 닫히겠지만 그때가 언제인지는 알 수 없었다. 그동안 저 안의 괴물들은 언제든 이리로 건너올 수 있을 것이다. 그러니 이 방법이라도 써봐야 했다. 지금 할 수 있는 유일한 방법이었다. 만약 안 되면 다른 방법을 또 강구해봐야 한다.

잘될 거야, 라고 셀레이나는 스스로를 달랬다.

셀레이나는 도리언의 피에 손가락을 담갔다. 도리언은 그녀의 등을 따뜻한 손으로 받쳐주었다. 도리언의 피에 담긴 온기가 손가락 끝으로 전해지자 셀레이나는 지금 자신의 손가락이 얼마나 차갑게 얼어붙은 상태인지 알 수 있었다. 셀레이나는 초록색으로 빛나는 상징들 위에 문 봉인을 위한 워드 문자를 하나씩 써나갔다. 셀레이나의 몸이 휘청하자 도리언은 그녀에게 조금 더 가까이 다가서서 등을 단단히 잡아주었다. 그 모습을 보면서 케이올은 아무 말이 없었다.

셀레이나는 다리가 와들거렸지만 도리언의 피로 상징들을 모두 그려냈다. 마지막 상징이 빛을 발하면서 지옥 같은 저쪽 세상에 괴이한 고함 소리가 울려 퍼지더니 안개와 바위, 협곡이 어둠 속으로 사라지고 아치문은 익숙한 돌벽으로 돌아왔다.

셀레이나는 호흡을 일정하게 유지하는 데 온 신경을 집중했다. 어떻게든 숨을 쉴 수 있으면 쓰러지지는 않을 것이다.

도리언이 팔을 내리며 한숨과 함께 그녀의 등에서 손을 뗐다.

"이만 올라가지."

케이올이 플릿풋을 안아 올리며 말했다. 플릿풋은 아파서 낑낑대며 케이올에게 그르릉거렸다.

도리언이 조용히 말했다.

"우리 모두 술이나 한잔 해야겠어. 설명도 들어야 하고."

하지만 셀레이나는 아처가 도망친 통로 저편의 계단을 바라보고 있었다. 불과 몇 분 전 아니었나? 마치 평생의 시간이 흐른 것처럼 느껴졌다.

겨우 몇 분 전이라면 잡을 수 있지 않을까…… 그녀의 호흡이 흔들렸다. 여기서 성을 빠져나가는 길은 하나뿐이었다. 아처가 어디로 도망쳤는지는 뻔했다. 아처가 네히미아에게 한 짓, 책을 빼앗고 그들을 괴물 앞에 버려둔 것까지…… 익숙한 분노가 치밀어 올라 피로가 느껴지지 않을 지경이었다. 모든 것을 태워버릴 만큼 강력한 분노였다. 아처는 셀레이나가 사랑하는 것들을 죄다 박살 내놓았다.

케이올이 앞을 가로막았다.

"설마 지금……."

셀레이나는 숨을 몰아쉬며 다마리스를 칼집에 넣었다.

"그놈은 내가 처리해요."

케이올이 붙잡기도 전에 그녀는 계단을 달려 내려갔다.

CHAPTER 51

아치문을 넘어오면서 페이로서의 예리한 감각은 잦아들었지만 하수구 터널 쪽으로 이동하는 내내 아처의 향수 냄새와 피 냄새를 감지할 수 있었다.

아처는 모든 것을 파괴했다. 네히미아가 죽임을 당하게 만들었고 네히미아와 셀레이나를 제 뜻대로 조종했으며, 네히미아의 죽음을 이용해 셀레이나와 케이올의 사이를 갈라놓았다. 하나같이 반역 세력의 힘을 키우고 복수를 한다는 명목에서였다…….

놈을 찾아내 천천히 갈기갈기 찢어 죽일 것이다.

난 너에 대해 잘 아니까, 라고 아처는 말했다. 그녀의 태생에 대해 에로밴이 아처에게 무어라 말했는지 알 수 없지만, 그녀의 내면에 도사린 어둠이라든지 그녀가 상황을 바로잡으려 할 때 속에서 끄집어내는 괴물의 정체에 대해서는 모르는 듯했다.

저 앞에서 조그맣게 욕을 내뱉는 소리, 금속을 두드리는 소리가 들려왔다. 하수구 터널에 발을 들이면서 셀레이나는 저 앞에서 어떤 일이 벌어지고 있는지 충분히 짐작이 됐다. 아처는 닫혀 있는 하수구 격자문을 열어보려고 했겠지만 열리지 않았을 것이다. 가끔은 신들이 그녀의 기도를 들어주기도 하는 모양이었다. 셀레이나는 미소를 지으며 양손에 단검을 빼들었다.

아치형 입구를 따라 걸어 들어가면서 보니 좁은 물길 양옆에는 아무도 없었다. 통로 안쪽으로 깊숙이 들어가면서 물속도 들여다보았다. 아처가 격자문 아래로 빠져나가기 위해 물속으로 잠수했을 가능성도 있었다.

그 순간 셀레이나는 등 뒤에서 공격해 들어오는 아처의 살기를 감지했다.

단검 두 개를 머리 위로 들어 올려 그의 긴 칼을 막아냈다. 그녀는 상대를 재기 위해 뒤로 물러섰다. 아처는 자객들과 함께 훈련을 받은 사람이었다. 칼을 휘두르는 자세나 연달아 공격해 들어오는 모습을 보니 그때 배운 것을 꾸준히 연습해온 듯했다.

셀레이나는 기진맥진한 상태였고 아처는 힘이 넘쳤다. 그런 그의 칼을 받아내자니 두 팔이 떨렸다.

아처는 목을 노리며 칼을 휘둘렀다. 셀레이나는 얼른 몸을 숙이면서 그의 옆구리를 공격했지만 아처는 번개처럼 빠르게 몸을 피했다.

"내가 네히미아를 죽인 건 우리를 위해서였어." 셀레이나가 그의 동작에서 빈틈을 찾는 동안 아처는 숨을 헐떡이며 변명을 늘어놓았다. "그 여자가 우릴 망칠 수도 있었어. 이제 넌 워드 열쇠 없이도 입구를 열 수 있으니 우리가 그걸로 뭘 할 수 있을지 생각해봐. 잘 생각해보란 말이야, 셀레이나. 네히미아를 죽여 우리의 대의를 지켰으니 그만하면 가치 있는 희생이었어. 우린 다 같이 왕에게 저항해 들고 일어나야 해."

셀레이나는 왼쪽으로 치는 척하면서 앞으로 돌진했으나 그는 공격을 막아냈다. 셀레이나는 으르렁대듯 내뱉었다.

"너 같은 놈들이 지배하는 세상에서 사느니 지금 왕의 그림자 속에서 사는 편을 택하겠어. 너를 처리하고 나면 네 친구들을 전부 찾아내서 대가를 치르게 해주마."

"그들은 아무것도 몰라. 내가 아는 정보를 그들에게는 주지 않았어." 아처는 춤추듯 가벼운 동작으로 너무나도 쉽게 그녀의 공격을 전부 막아냈다. "네히미아는 너에 대해 무언가를 숨기고 있었어. 그녀는 네가 우리 일에 끼는 걸 원치 않았어. 너를 우리와 공유하기 싫어서 그러나보다 했지. 대체 왜 그랬는지 궁금하네. 너에 대해 네히미아는 뭘 더 알고 있었을까?"

셀레이나는 조그맣게 웃었다.

"내가 도울 거라고 믿는다면 당신은 진짜 멍청한 거야."

"아, 우리 쪽 사람들이 작업에 나서면 넌 곧 생각을 바꾸게 될 거야. 루크 패런도 내 고객 중 하나였거든. 죽임을 당하기 전까지는. 패런이 누군지 기억하지? 남에게 고통 주는 걸 굉장히 즐기는 작자였잖아. 그는 샘 코틀랜드를 고문한 게 살면서 제일 재미있는 일이었다고 했어."

그 순간 셀레이나는 자신의 이름조차 잊을 만큼 피에 대한 광적인 갈망에 사로잡혔다.

아처는 셀레이나를 벽 쪽으로 몰아가기 위해 물길로 뛰어드는 척했다. 셀레이나가 움직이는 순간 칼로 베어버릴 작정이었을 것이다. 하지만 셀레이나는 그게 어떤 동작인지 알고 있었다. 수년 전 그녀가 직접 아처에게 가르친 동작이었다. 셀레이나는 그의 칼을 피해 몸을 숙이면서 단검의 칼자루 끝으로 그의 턱을 쳐올렸다.

돌처럼 굳은 아처는 쥐고 있던 칼을 손에서 떨어뜨렸다. 칼이 달가닥 소리를 내며 바닥에 떨어졌다. 셀레이나는 아처가 바닥에 주저앉기 전에 칼끝으로 그의 목을 겨눴다.

그가 쉰 목소리로 애원했다.

"살려줘."

셀레이나는 칼날로 그의 목을 누르며 생각했다. 곧장 죽이지 않고 최대한 고통을 주려면 어떻게 해야 할까.

"살려줘." 그는 가슴을 들썩거렸다. "다 우리의 자유를 위해 한 일이야. 우리의 자유. 우린 한 편이란 말이야."

손목을 휙 틀면 이대로 그의 목을 벨 수 있었다. 아니면 그레이브처럼 불구로 만들어버릴 수도 있을 것이다. 그레이브가 네히미아에게 했던 것과 똑같은 상처를 줄 수도 있었다. 그 생각을 하며 셀레이나는 미소를 지었다.

그가 나지막하게 속삭였다.

"넌 아무나 죽이지 않잖아."

"아무나 죽여."

아처를 어떻게 처리할지 고민하는 동안 횃불의 빛이 그녀의 단검에 내려와 춤을 추었다.

"네히미아는 이런 걸 바라지 않았을 거야. 네가 이런 짓 하는 걸 바랐을 리 없어."

셀레이나는 그의 말을 귀담아듣지 않으려 했지만 방금 그 말은 심금을 두드렸다.

그 빛을 꺼뜨리지 말아요.

어두워질 대로 어두워진 그녀의 영혼에는 빛이 거의 남아 있지 않았다. 날이 갈수록 약해지는 중심부의 희미한 빛 하나만 남았을 뿐. 지금 어디에 가 있든 네히미아는 셀레이나의 영혼의 빛이 얼마나 약해졌는지 잘 알 것이다.

그 빛을 꺼뜨리지 말아요.

바짝 긴장했던 몸에 힘이 풀렸다. 그녀는 아처의 목에 칼끝을 겨눈 채 천천히 일어서며 말했다.

"오늘 밤에 리프트홀드를 떠나. 너와 친구들 전부."

"고맙다."

아처는 일어서며 말했다.

"동틀 무렵까지도 네놈들이 이 도시 안에 남아 있는 게 보이면……" 셀레이나는 뒤로 돌아 터널 계단 쪽으로 걸어가며 덧붙였다. "다 죽일 거야."

됐다. 이만하면 됐다.

"고마워."

셀레이나는 아처가 뒤에서 공격해올 가능성에 대비해 귀를 열어놓은 채 계속 걸어갔다.

"네가 좋은 여자인 걸 난 알고 있었어."

셀레이나는 걸음을 멈추고 그를 돌아보았다.

그의 눈빛에 의기양양한 감정이 담겨 있었다. 자기가 이긴 줄로 여기는 듯했다. 다시 셀레이나를 조종하는 데 성공했다고 생각한 모양이었다. 셀레이나는 포식자답게 침착한 걸음으로 그에게 돌아갔다.

그녀는 키스를 해도 될 만큼 가까이 다가섰다. 아처는 조심스레 미소를 지었다.

"난 좋은 여자가 아니야."

셀레이나의 동작이 어찌나 빠른지 아처는 몸을 피할 새도 없었다.

그녀가 심장에 칼을 박아 넣자 아처의 눈이 휘둥그레졌다.

그는 곧 그녀의 품 안에서 축 늘어졌다. 셀레이나는 한 손으로 그를 붙잡고 다른 손으로는 단검을 비틀며 그의 귀에 입술을 가까이 대고 속삭였다.

"하지만 네히미아는 좋은 여자였어."

CHAPTER 52

셀레이나가 돌바닥에 내려놓은 아처의 입에서 피거품이 부걱부걱 쏟아지는 모습을 케이올은 조용히 지켜보았다. 셀레이나는 아처를 내려다보았다. 그녀가 아처에게 내뱉은 마지막 말이 허공을 맴돌며 케이올의 싸늘해진 피부를 할퀴었다. 셀레이나는 눈을 감고 고개를 젖히며 길게 숨을 들이마셨다. 그녀는 눈앞의 죽음, 복수에 대한 대가로 남겨진 피의 흔적을 온전히 받아들이는 듯했다.

케이올이 도착했을 때 아처는 셀레이나에게 목숨을 구걸하고 있었다. 그리고 얼마 후 아처는 마지막 실수가 된 말을 내뱉었다. 케이올은 자신이 이 자리에 와 있음을 알리고자 장화 신은 발을 계단에 가져다 댔다. 인간의 모습을 하고 있는 지금 셀레이나는 페이 요정으로서의 감각을 얼마나 유지하고 있을까?

시커먼 돌바닥에 아처의 피가 퍼져나갔다. 눈을 뜬 셀레이나는 천천히 케이올을 돌아보았다. 그녀의 머리카락 끄트머리를 적신 피가 새빨갛게 보였다. 그리고 그녀의 눈은…… 속까지 비어버린 것처럼 공허했다. 잠시지만 케이올은 그녀가 그를 죽일 수도 있다고 생각했다. 이 자리에 있다는 이유로, 그녀의 어두운 면을 보았다는 이유로.

그녀가 눈을 깜박이자 눈에 담겨 있던 지독하게 침착한 기운이 사라지고 뼛속 깊은 피로감과 슬픔이 그 자리를 채웠다. 그는 감히 상상도 할 수 없는, 엄청난 부담감으로 어깨가 축 처진 모습이었다. 셀레이나는 아처가 축축한 돌 위에 떨어뜨린 검은 책을 마치 지저분한 천 조각처럼 손가락 끝으로 집어 들었다.

"어떻게 된 건지 설명할게요."

셀레이나는 플릿풋의 다리를 치료해주기 전에는 자신의 상처를 보여주지 않겠다고 치료사에게 못 박았다. 플릿풋의 뒷다리에는 길쭉하고 깊은 상처가 나 있었다. 치료사가 몸부림치는 플릿풋에게 진정제 섞인 물을 억지로 마시게 하는 동안 셀레이나는 두 팔로 플릿풋의 머리를 붙잡았다. 치료사가 셀레이나의 방 식탁에 의식을 잃고 누워 있는 플릿풋을 치료하는 동안 도리언은 최선을 다해 도왔다. 케이올은 팔짱을 낀 채 벽에 기대어 서 있었다. 동굴을 나와 통로로 들어선 후부터 케이올은 도리언에게 한마디도 하지 않았다.

갈색 머리의 젊은 여성 치료사는 그들에게 아무것도 묻지 않았다. 치료사는 플릿풋을 치료하고 나서 셀레이나의 침대로 자리를 옮겼다. 도리언이 셀레이나의 머리부터 봐주라고 했기 때문이었다. 하지만 셀레이나는 왕세자의 상처를 먼저 치료하지 않으면 왕에게 보고하겠다는 말로 치료사를 물러나게 만들었다. 도리언은 인상을 쓰며 어쩔 수 없이 먼저 치료를 받았다. 치료사는 왕세자의 관자놀이에 난 작은 상처를 씻어냈다. 셀레이나가 그를 기절시키느라 벽에 머리를 처박게 한 바람에 생긴 상처였다. 도리언은 아직도 머리가 지끈거렸지만 피투성이인 셀레이나와 케이올을 제쳐두고 자신의 상처부터 치료하는 게 터무니없게 느껴졌다.

상처 치료를 마무리한 치료사는 왕세자에게 소심하면서도 우려 섞인 미소를 지어 보였다. 이제 둘 중 누구를 먼저 치료할지를 결정할 때였다. 케이올과 셀레이나는 서로 먼저 치료를 받으라며 눈짓으로 싸움을 벌였다.

결국 케이올은 고개를 절레절레 흔들며 도리언이 앉았다가 일어선 자리로 옮겨가 털썩 앉았다. 온몸이 피에 젖은 터라 그는 튜닉과 셔츠를 벗어 치료사가 경미한 상처들을 돌보게 했다. 케이올의 몸은 여기저기 긁히고 베였고 손과 무릎에 찰과상도 있었지만 치료사는 여전히 아무것도 묻지 않았다. 프로로서 무표정의 가면을 쓴 치료사의 예쁘장한 얼굴은 좀처럼 속내를 드러내지 않았다.

셀레이나는 도리언을 돌아보며 조용히 말했다. "여기 일을 마치고 이따가 왕세자님 방으로 찾아뵐게요."

도리언은 곁눈으로 케이올이 긴장하는 것을 눈치챘다. 그만 나가 달라는 뜻임을 알아챈 도리언은 솟구치는 질투를 애써 찍어 눌렀다. 케이올은 그들을 쳐다보지 않은 척 눈길을 돌렸다. 그가 기절해 있는 동안 무슨 일이 있었던 걸까? 셀레이나가 아처를 죽이러 갔을 때는 또 무슨 일이 있었지?

"그래."

도리언은 이렇게 대답하고 나서 치료사에게 도와줘서 고맙다고 말했다.

적어도 지난 몇 시간 동안 일어난 일들에 대해 찬찬히 생각을 정리해볼 시간이 생긴 셈이었다. 그가 가진 마법의 힘에 대해 케이올에게 어떻게 설명할지도 생각해둬야 했다.

식당 밖으로 나가면서 도리언은 그의 마법이 아니, 그라는 존재 자체가 저 둘에게는 큰 관심사가 아님을 깨달았다. 엔도비어에서 처음 만난 날부터 저들은 늘 서로가 우선이었다.

셀레이나는 치료사에게 머리를 보여줄 필요가 없었다. 마법의 힘이 몸 안에 들어찼을 때 상처는 전부 치료됐다. 몸에는 핏자국이 묻어 있을 뿐이고 옷이 찢어진 게 전부였다. 그저 피곤했다. 너무나도 지쳤다.

"좀 씻고 올게요."

셀레이나는 치료를 받느라 웃통을 벗고 의자에 앉아 있는 케이올에게 말했다.

몸에 묻은 아처의 피를 씻어내고 싶었다.

옷을 벗고 몸을 씻었다. 피부가 얼얼할 때까지 북북 문지르고 머리도 두 번이나 감았다. 욕실을 나와서 깨끗한 튜닉과 바지로 갈아입었다. 물이 뚝뚝 떨어지는 머리카락을 마저 빗질하고 있는데 케이올이 침실로 들어와 책상 앞 의자에 앉았다. 치료사는 나갔고 케이올은 셔츠를 도로 입었다. 그의 시커먼 옷 사이로 하얀 붕대가 살짝 들여다보였다.

셀레이나는 플릿풋의 상태를 확인했다. 플릿풋은 여전히 약 기운에 의식을 잃은 채로 침대에 누워 있었다. 셀레이나는 발코니 문 앞으로 걸어갔다. 한참 동안 밤하늘을 올려다보며 익숙한 별자리를 찾았다. 북부의 왕 수사슴 자리. 그녀는 길게 숨을 들이마시고는 입을 열었다.

"증조할머니가 페이 요정이었어요. 어머니는 페이 요정들처럼 동물로 변하는 능력이 없으셨는데 저는 어째서인지 변신 능력을 물려받았어요. 페이 요정의 모습에서 인간의 모습으로 왔다 갔다 할 수도 있었어요."

"더 이상은 변신을 못 하는 건가?"

셀레이나는 어깨너머로 그를 돌아보며 대답했다.

"10년 전에 세상에 마법이 사라지면서 저도 능력을 잃었어요. 덕분에 목숨을 건졌죠. 어렸을 때는 겁이 나거나 속이 상하거나 화가 나면 변신 능력이 제어가 안 됐어요. 자라면서 능력을 제어하는 방법을 익히긴 했지만 어쩔 땐 뜻대로 되지 않기도 했어요."

"그런데…… 저쪽 세상에서는……"

고개를 돌린 셀레이나는 그의 걱정스러운 눈빛을 바라보았다.

"그래요. 저쪽 세상에는 마법이 아직 존재하나 봐요. 여전히 무시무시하고 강력한 힘이에요." 셀레이나는 침대 가장자리로 와 앉았지만 케이올과의 거리가 멀게만 느껴졌다. "아까는 제어가 안 됐어요. 변신도 마법도 나 자신도. 괴물을 해치우려다가 당신을 다치게 할 수도 있었어요."

눈을 감은 셀레이나의 두 손이 떨리고 있었다.

"당신이 저쪽 세계로 통하는 문을 열었다고 했는데, 어떻게 한 거야?"

"워드 문자에 대한 책들을 찾아 읽었는데, 임시로 그런 문을 여는 주문이 적힌 책이 있었어요."

셀레이나는 사우인 날에 발견한 통로와 무덤, 전사가 되라고 한 엘레나 여왕의 명령, 케인이 해왔던 짓거리와 케인을 죽인 방법, 오늘 밤 네히미아를 다시 보기 위해 저세상 출입구를 열고자 했던 과정까지 털어놓았다. 하지만 워드 열쇠와 현 아달렌 왕, 그리고 왕이 칼테인과 롤랜드를 데리고 할 법한 짓에 대해서는 언급하지 않았다.

그녀가 말을 마치자 케이올이 입을 열었다.

"괴물의 피가 내 몸에 묻었고 직접 저쪽 세계에 건너갔다 왔는데도 당신 말이 미친 소리처럼 들려."

셀레이나는 지친 목소리로 말했다.

"저세상 출입구를 연 주문에 대해서나 내 정체에 대해 다른 이가 알게 되면 나는 처형당하고 말아요."

그는 눈을 빛냈다.

"아무한테도 말 안 해. 맹세해."

셀레이나는 입술을 깨물며 고개를 끄덕이고는 창가로 걸어갔다.

"네히미아를 암살당하게 만든 게 자기였다고 아처가 고백했어요.

반역 세력을 쥐락펴락하고 싶은데 네히미아가 방해가 됐나 봐요. 그래서 자기가 멀리슨 의원인 척하고 그레이브를 자객으로 고용한 거죠. 당신을 납치해서 저를 창고로 유인한 것도, 네히미아의 목숨이 위험하다는 말을 퍼뜨린 것도 아처였어요. 네히미아의 죽음을 놓고 제가 당신을 비난하게 만들려는 수작이었죠."

케이올의 입에서 절로 욕이 나왔다. 셀레이나는 창문 너머 별자리를 바라보며 조용히 말을 이었다.

"당신 책임이 아닌 걸 알면서도 여전히 저는……."

셀레이나는 고통스러워하는 케이올의 얼굴을 바라보았다.

"여전히 나를 믿지 못하겠지."

셀레이나는 고개를 끄덕였다. 이런 점에서 보면 아처가 결국 이겼다. 그래서 더욱 증오스러웠다.

"당신을 보면 만지고 싶고 안고 싶어요. 하지만 그날 밤 일어난 일을…… 잊을 수 있을 것 같지가 않아요." 케이올의 뺨에 난 깊은 상처에 딱지가 앉았다. 아마 그 흉터는 끝내 없어지지 않을 것이다. "당신한테 한 짓을 사과하고 싶어요."

케이올은 의자에서 일어섰다. 상처의 통증 때문에 움찔했지만 그녀에게 다가가 말했다.

"우린 둘 다 실수를 한 것뿐이야."

그의 목소리에 담긴 진심에 셀레이나는 심장이 떨렸다.

겨우 용기를 내서 그의 얼굴을 올려다보았다.

"정체를 알고도 어떻게 여전히 그런 눈으로 저를 볼 수 있어요?"

그가 손가락으로 뺨을 쓸어내리자 차갑던 그녀의 피부에 온기가 돌았다.

"페이 요정, 자객…… 네 정체가 뭐든 난……"

"그만해요." 셀레이나는 뒤로 물러섰다. "말하지 말아요."

그녀는 케이올에게 다시 모든 것을 내줄 수가 없었다. 아직은 그랬다. 두 사람 모두에게 타당한 처신도 아니었다. 네히미아 대신 왕을 선택한 그를 끝내 용서할 수 있게 된다고 해도, 셀레이나는 워드 열쇠를 찾으러 멀리 떠나야 할 수도 있었다. 그에게 같이 가자고 말할 수는 없을 것이다.

"아처의 시신을 왕에게 갖다 바칠 준비를 해야 해요."

셀레이나는 침실에서 나갔다. 케이올이 무어라 더 말하기 전에 셀레이나는 문 옆에 놓아둔 다마리스를 들고 숙소 밖 복도로 나갔다.

복도를 한참 걸어간 후에야 그녀는 눈물을 쏟았다.

케이올은 셀레이나가 나간 문을 바라보며 그녀를 따라 고대의 어둠 속으로 발을 내디뎌야 할지 고민했다. 방금 그녀가 한 얘기, 그녀가 털어놓은 비밀을 이해하고 받아들이려면 아무래도 시간이 필요할 것 같았다.

셀레이나가 비밀을 전부 털어놓지 않았음을 그는 눈치챘다. 그녀는 몇 부분을 자세히 말하지 않고 애매하게 넘어갔다. 무엇보다 그녀가 페이 요정의 후손이라는 사실이 그의 머릿속을 맴돌았다. 고대의 힘을 물려받은 사람이 있다는 얘기는 오늘 처음 들었다. 하긴 요즘 페이 요정에 대한 얘기를 하는 사람이 어디 있을까? 셀레이나가 고대의 만가를 알고 있던 것도 페이의 후손이기 때문이었다.

케이올은 플릿풋의 머리를 살짝 쓰다듬고는 방을 나섰다. 아무도 없는 복도는 고요하기만 했다.

도리언도 마음에 걸렸다. 셀레이나는 도리언도 어떤 힘을 갖고 있는 것처럼 대했다. 아까 괴물이 보이지 않는 불의 벽에 부딪힌 것처럼 나가떨어지기는 했다……. 하지만 도리언이 마법의 힘을 갖고 있는 건 불가능하지 않을까? 셀레이나의 마법력도 이쪽 세계로 다시 넘어오면서 사라졌는데, 도리언이 어떻게 이쪽 세계에서 마법을 쓴단 말인가?

셀레이나는 페이 요정이고 본인도 제어할 수 없는 힘을 물려받았다. 그녀가 여기서는 변신을 할 수 없다고 해도, 누군가 그녀의 정체를 알아내기라도 하면…….

셀레이나가 왕을 그토록 두려워하는 이유, 자신의 출신에 대해 한 번도 말하지 않은 이유, 자신이 겪어온 일에 대해 함구했던 이유도 그래서일 것이다. 페이 요정의 후손에게 이곳은…… 세상에서 가장 위험한 곳일 테니까.

누구든 그녀의 정체를 알아내면 그 정보를 이용해 셀레이나를 위협하거나 죽게 만들 수 있었다. 그런 경우 그도 그녀를 구할 수 없을 것이다. 그는 거짓말을 할 수도 그녀를 위해 막후 조종을 할 수도 없었다. 누구든 그녀의 과거를 캐내기까지, 에로밴 헤멜을 붙잡아 고문해서 진실을 털어놓게 하기까지 시간이 얼마나 남아 있을까?

선택을 하고 계획을 세우기 전에 어디부터 가야 하는지 그는 본능적으로 알고 있었다. 잠시 후 그는 나무문을 두드렸다.

자다가 일어난 아버지는 그를 게슴츠레하게 바라보다가 눈을 가늘게 뜨며 물었다.

"지금 시간이 몇 시인지는 아냐?"

시간 따윈 알지도 못하고 관심도 없었다. 케이올은 어두한 복도를 둘러보며 근처에 누가 있는지 살폈다. 그리고 어깨로 문을 밀며 방 안으로 들어가 문을 닫았다.

"부탁이 있습니다. 하지만 아무것도 묻지 않겠다고 먼저 약속해주세요."

아버지는 살짝 재미있어하는 표정으로 그를 바라보며 팔짱을 꼈다.

"그래. 부탁이 뭔지나 말해봐라."

창밖으로 보이는 하늘이 짙은 어둠을 부드럽게 걷어내며 밝아오기 시작했다.

"왕의 전사를 웬들린으로 보내 웬들린 왕족을 암살하게 해주세요."

아버지가 눈썹을 치켜떴다.

"우리가 웬들린과 2년째 전쟁 중이잖습니까. 어차피 웬들린의 해군 방어선을 뚫어야 합니다. 지금 같은 상황에서 웬들린의 왕과 왕세자가 죽으면 엄청난 혼란이 야기되겠죠. 왕의 전사가 해군 방어 작전과 관련해 미리 경험을 쌓아두면 우리에게 유리할 겁니다." 그는 숨을 들이마시고는 최대한 무심한 목소리로 덧붙였다. "이따가 아침에 폐하께 이 생각을 말씀드릴 테니 아버지가 옆에서 제 의견을 지지해주세요."

셀레이나의 정체를 모르니 도리언은 절대 찬성하지 않을 것이다.

케이올은 도리언을 포함해 어느 누구에게도 셀레이나의 정체를 밝힐 생각이 없었다. 이건 대단히 과격한 제안이라 왕이 받아들이도록 하려면 상당한 정치적 영향력이 필요했다.

아버지는 미소를 지었다.

"야심만만하고 무자비한 계획이구나. 내가 평의회에서 네 생각을 지지해주고 동맹들에게도 지지해달라고 설득하면 넌 무엇으로 보답할 거냐?"

눈을 빛내며 묻는 것을 보니 아버지는 이미 답을 알고 있었다.

"아버지와 함께 아니엘로 가겠습니다. 근위대장 자리에서 물러나…… 집으로 돌아가겠습니다."

아니엘은 더 이상 그의 집이 아니었다. 하지만 이렇게 해서라도 셀레이나를 이 나라 밖으로 내보낼 수만 있다면……, 페이 요정의 마지막 근거지가 바로 웬들린이었다. 에렐리아에서 셀레이나가 안전하게 살 수 있는 곳이었다.

언젠가 셀레이나와 함께 살 수 있으리라는 희망은 이미 사라졌다. 셀레이나는 본인도 인정했다시피 여전히 그를 좋아했지만 더는 그를 믿지 않았다. 그가 한 일 때문에 아마 늘 그에 대한 증오를 품고 살 것이다.

하지만 그는 셀레이나에게 이 일을 해줄 수 있었다. 다시는 셀레이나를 못 보게 된다고 해도, 셀레이나가 끝내 왕의 전사로서의 의무를 저버리고 웬들린에서 페이 요정들과 영원히 함께 살기로 결정한다고 해도…… 그녀의 안전만 보장할 수 있다면, 어느 누구도 그녀를 해치지 못하게 할 수만 있다면…… 그는 영혼을 몇 번이고 내다 팔

수 있었다.

아버지는 의기양양하게 눈을 빛내며 말했다.

"해보마."

CHAPTER 53

셀레이나는 케이올에게 했던 얘기를 훨씬 축약해서 도리언에게도 들려주었다. 도리언은 길게 한숨을 내쉬며 침대에 드러누웠다.

"무슨 책에서나 나올 법한 얘기 같네."

그는 천장을 올려다보았다. 셀레이나도 침대 반대편 가장자리에 걸터앉았다.

"한동안 미치는 줄 알았어요."

"그러니까 정말로 다른 세상으로 통하는 문을 열었다는 거지? 워드 문자를 이용해서?"

셀레이나는 고개를 끄덕였다.

"당신도 바람에 휘말린 나뭇잎을 쳐내듯이 괴물을 마법력으로 때려눕혔잖아요."

아, 셀레이나는 그 장면을 잊을 수가 없었다. 도리언이 그런 날것의 힘을 가지고 있다는 게 어떤 의미인지도 그녀는 절대 잊지 않았다.

"그건 그냥 운이 좋았던 거야." 셀레이나는 다정하고 똑똑한 왕세자를 바라보았다. "아직 제어도 못 해."

"그 힘을 제어하는 방법에 관해 조언을 해줄 자가…… 무덤 안에 있어요. 당신이 물려받은 힘에 대해 약간이나마 정보를 갖고 있을 거예요." 모트에 대해 어떤 식으로 설명을 해야 좋을지 알 수가 없어서 그냥 말했다. "조만간 나랑 같이 내려가서 그를 만나 봐요."

"그가……"

"내려가 보시면 알아요. 그가 당신과 대화를 하겠다고 해야 가능하겠지만. 당신을 마음에 들어 하기까지 시간이 좀 걸릴 수도 있어요."

잠시 후 도리언은 팔을 뻗어 셀레이나의 손을 잡았다. 그녀의 손을 입술로 가져가 짧게 입을 맞췄다. 연애 감정이 아니라 감사의 뜻이 담긴 행동이었다.

"우리 사이가 예전과는 달라졌지만, 케인과의 시합이 끝나고 내가 했던 말은 진심이었어. 당신이 내 인생에 찾아와줘서 늘 고맙게 생각하고 있어."

목이 메었다. 셀레이나는 도리언의 손을 꼭 잡아 쥐었다.

네히미아는 세상을 바꿀 수 있는 왕실, 맹종과 권력보다 충성심과 명예에 더 가치를 두는 왕실을 꿈꿨다. 네히미아가 죽던 날, 셀레이나는 그런 왕실에 대한 꿈은 영원히 사라졌다고 여겼다.

하지만 미소 짓는 도리언을 바라보면서 문득 이렇게 똑똑하고 사려 깊고 다정한 왕자라면, 케이올 같은 좋은 사람들이 마음으로 섬기는 왕자라면……

네히미아가 간절히 꿈꾸었던 왕실을 실현할 수 있지 않을까 하는 생각이 들었다.

진짜 문제는 부친인 아달렌 왕이 아들로 인해 왕실이 달라질 수 있음을 알고 있느냐는 것이었다.

아달렌의 왕은 케이올 근위대장의 제안을 받아들일 수밖에 없었다. 무자비하고 대담한 계획인 데다 웬들린뿐만 아니라 모든 적들에게 확실한 메시지를 보내는 일이기도 했다. 웬들린과 아달렌은 서로 통상이 금지된 상태라, 웬들린은 아달렌 남자들이 국경선 너머 자기네 나라로 들어오지 못하게 막고 있었다. 다만 도피처를 찾으러 건너오는 여자들과 아이들은 받아주었다. 이런 상황에서 다름 아닌 왕의 전사를 웬들린으로 들여보낸다면…….

왕은 회의실 탁자를 내려다보았다. 근위대장이 그의 결정을 기다리고 있었다. 근위대장의 아버지를 비롯한 네 명의 위원들은 근위대장이 내놓은 계획에 즉각 동의를 표했다. 평소 근위대장답지 않게 주도면밀하게 준비한 듯했다. 회의 때 의견을 지지해줄 사람들까지 미리 포섭한 걸 보면.

하지만 도리언은 대놓고 놀라워하는 눈빛으로 근위대장을 쳐다보고 있었다. 근위대장은 도리언이 의견을 지지해줄 것 같지 않으니 미리 말도 하지 않은 모양이었다. 근위대장이 왕세자면 얼마나 좋을까. 근위대장은 예리한 전사의 지성을 가졌다. 해야 할 일이 있다면 주저하지 않고 밀어붙일 줄도 알았다. 도리언은 저런 무자비함을 아직 익히지 못했다.

자객을 아들한테서 멀리 떼어놓을 수 있는 것도 이번 작전의 부수적인 이득이었다. 왕은 전사로 삼은 여 자객이 더러운 일을 처리하기를 바랄 뿐, 그 여자가 도리언 주변에 얼쩡대는 건 원치 않았다.

오늘 아침 그 여자는 아처 핀의 머리를 잘라 가지고 왔다. 약속했던 날에서 하루도 어김이 없었다. 그 여자는 아처가 반역 세력 내에서 네히미아와 의견이 갈리면서 네히미아를 암살했다는 사실도 보고했다. 네히미아가 반역 세력과 연루돼 있었다는 사실은 그리 놀랍지도 않았다.

웬들린으로 가는 이번 여정에 대해 그 자객은 어떤 반응을 보일까?

"내 전사를 불러와라."

왕은 명령을 내렸다. 뒤이은 침묵 속에서 의원들 몇몇이 저희끼리 두런거렸다. 그의 아들은 근위대장과 눈을 맞추려 했지만 근위대장은 도리언 쪽을 쳐다보지도 않았다.

왕은 손가락에 낀 검은 반지를 이리저리 돌리며 옅은 미소를 지었다. 페링턴이 여기서 이 광경을 봤어야 했는데. 지금 페링턴은 캘라컬라에서 발생한 노예 봉기를 진압하러 떠났다. 왕은 그 사실을 비밀에 부치기 위해 소식을 가져오는 전령들까지 모조리 죽이고 있었다. 오늘 이 자리에서 이렇게 사태 전환이 이루어지고 있는 것을 페링턴이 보면 꽤 재미있어했을 것이다. 그 외에 다른 이유로도 왕은 페링턴의 부재가 아쉬웠다. 페링턴이 여기 있으면 어젯밤 다른 세계로 통하는 문을 연 자가 누구인지 알아낼 수 있도록 도와줄 텐데.

어젯밤 왕은 잠을 자다가 세상이 갑작스레 변한 느낌을 받았다. 그

문이 열린 것은 불과 몇 분 정도였고 누군가 그 문을 다시 닫았다. 케인은 죽었는데 이 성에서 대체 누가 그 문을 여는 방법을 알고 있는 걸까? 문을 여는 힘을 핏속에 간직한 자가 대체 누구란 말인가? 바바 옐로레그스를 죽인 자일까?

왕은 그의 칼 노텅에 손을 얹었다.

바바 옐로레그스의 시체가 발견되진 않았지만 왕은 옐로레그스가 말없이 이곳을 떠났다고는 생각하지 않았다. 옐로레그스가 사라진 날 아침, 왕은 직접 유랑 극단이 있던 자리를 방문해 불에 탄 포장마차를 눈으로 확인했다. 포장마차의 나무 바닥에는 시커먼 피가 떨어진 흔적이 있었다.

옐로레그스는 자기네 집단에서 여왕으로 추앙받는 자였다. 그 집단은 오백 년 전 크로컨 왕조를 무너뜨린 잔인한 세 집단 중 하나였다. 그들은 천 년 동안 그 일대를 지배한 크로컨 여자들의 지혜 대부분을 기꺼이 말살했다. 왕은 옐로레그스를 만나고 싶어서 유랑 극단을 궁전으로 초대했다. 옐로레그스한테서 거울도 몇 개 사고, 한때 마녀 왕국을 박살 낼 정도로 강력했던 아이언티스 동맹이 아직까지 남아 있는지도 알고 싶었다.

하지만 쓸 만한 정보를 얻어내기도 전에 옐로레그스는 죽고 말았다. 어떻게 된 일인지 알 수가 없으니 답답했다. 옐로레그스가 이 성에서 피를 흘렸으니 패거리들이 몰려와 어찌 된 일인지 따져 물으며 복수를 해달라 요청할 것이다. 그들이 찾아왔을 때 답을 내줄 준비가 되어 있어야 했다.

페리언 협곡의 은밀한 곳에서 왕은 군대에서 쓸 새로운 와이번들을 키우고 있었다. 와이번들에게 기수들을 배정해줘야 했다.

회의실 문이 열리고 그가 부른 여 자객이 들어왔다. 특유의 밉살스러운 자세로 어깨를 쫙 펴고 걸어 들어오는 모습이었다. 자객은 방안을 싸늘하게 둘러보더니 탁자를 몇 걸음 앞에 두고 서서 허리를 굽혀 절했다.

"부르셨습니까?"

자객은 언제나 그렇듯 왕의 눈을 똑바로 쳐다보지 않았다. 의기양양하게 회의실로 쳐들어와 멀리슨의 껍질을 산 채로 벗기려 들었던 날을 제외하고 이 여자는 그를 제대로 쳐다본 적이 없었다. 왕은 더럽게 보채기나 하는 멀리슨 의원을 지하 감옥에서 풀어주고 싶지 않은 마음이 없지 않아 있었다.

"네 벗이기도 한 웨스트폴 근위대장이…… 색다른 제안을 했다." 왕은 이렇게 말하며 케이올에게 손을 흔들었다. "자네가 직접 설명하도록 해."

근위대장은 의자에서 일어나 자객을 마주 보았다.

"너를 웬들린으로 보내 그곳 왕과 왕세자를 암살하게 하자고 제안했다. 웬들린에 도착하면 해군 및 방어 전략부터 파악하도록 해. 그래야 왕과 왕세자가 죽어 웬들린이 혼란에 빠졌을 때 우리가 통과하기 어려운 보초* 사이로 길을 찾아 들어가 웬들린을 정복할 수 있으니까."

자객은 근위대장을 한참 동안 빤히 쳐다보았다. 왕은 도리언이 꼼

* 해안에서 약간 떨어진 바다에 있는 산호초.

짝 않고 그들을 바라보고 있음을 알아챘다. 잠시 후 자객은 잔인하고 비열해 보이는 미소를 지으며 대답했다.

"그런 식으로 폐하를 모실 수 있다면 그것도 영광이겠네요."

왕은 시합 때 저 자객의 이마에서 빛을 내던 워드 문자의 의미를 아직 알아내지 못했다. '무명'이나 '익명', '신원불명' 비슷한 뜻이기는 했다. 자객의 얼굴에 떠오른 사악한 미소를 보니 저 여자가 이번 임무를 즐기며 하겠구나 싶었다.

왕이 천천히 입을 열었다.

"재미있는 작전이 될 거다. 몇 달 후에 웬들린은 하지(夏至) 무도회를 열지. 자기네 궁전에서, 승리의 날에 왕과 왕세자가 죽으면 웬들린이 그걸 어떤 의미로 받아들일지 심히 궁금해."

급작스러운 계획 변경에 근위대장은 자세를 바꿔 섰으나, 자객은 또다시 음침하고 즐거워하는 표정으로 미소 지었다. 대체 어떤 지옥 구덩이에서 살았길래 이런 일을 저렇게 재미있어하는 걸까? 자객이 말했다.

"좋은 생각이십니다, 폐하."

"그럼 됐다." 다들 왕을 돌아보았다. "내일 떠나도록."

아들이 끼어들었다.

"하지만 웬들린에 대한 공부도 해야 하고 풍습도 익히려면 시간이 필요할 텐데……"

"바닷길로 2주가 걸리고 도착해서도 무도회 전에 성에 잠입하기까지 시간이 있어. 필요한 자료는 뭐든 배에 싣고 가면서 공부하면 된다."

자객은 눈썹을 살짝 치켜떴을 뿐 조용히 고개를 숙였다. 근위대장은 평소보다 뻣뻣하게 서 있었다. 아들은 왕과 근위대장을 분노에 찬 눈빛으로 쏘아보았다. 불평이라도 늘어놓으려는 건가.

하지만 이렇게 멋진 계획을 세우게 된 지금 왕은 저들 사이의 하찮은 감정놀음 따위엔 관심이 없었다. 당장 기수들을 페리언 협곡과 데드 아일랜드로 보내고 나록 장군에게 부대를 준비하라고 명해야 했다. 웬들린을 정복할 수 있는 기회인데 실수는 용납할 수 없었다.

지난 수년 동안 비밀리에 준비해온 몇몇 무기들을 시험해볼 완벽한 기회이기도 했다.

내일.

그녀는 내일 떠날 것이다.

케이올이 제안을 했다고? 대체 왜? 셀레이나는 케이올이 무슨 생각으로 그런 계획을 세웠는지 따져 묻고 싶었다. 셀레이나는 왕이 케이올에게 가할 수 있는 위협, 그녀가 임무를 마치고 아달렌으로 돌아오지 않거나 임무에 실패할 경우 왕이 케이올을 처형하리라는 얘기는 굳이 하지 않았다. 같은 암살 대상이라도 하찮은 귀족들이나 상인들의 죽음을 위장하는 일은 가능했지만 웬들린 왕과 왕세자에 대해서는 어림없었다. 천 번을 죽었다 다시 태어나도 불가능한 일이었다.

케이올은 아직 방에 돌아오지 않았을 것이다. 셀레이나는 그 생각을 하며 방 안을 서성이다가 뭐라도 해야 할 것 같아 무덤으로 내려갔다.

예상대로 모트는 저쪽 세계로 통하는 문을 연 것에 대해 잔소리를 늘어놓았다. 잔뜩. 다만 무덤 안에서 엘레나 왕비가 기다리고 있을 줄은 예상하지 못했다.

"지금은 제 앞에 나타날 힘이 있으신가 봐요? 어젯밤에 문 닫는 걸 좀 도와주시지 그랬어요."

엘레나가 인상을 쓰자 셀레이나는 다시 그 안에서 서성거렸다.

"올 수가 없었어. 지금도 다른 때보다 기운이 빨리 소진되고 있어."

셀레이나는 미간을 찌푸리며 엘레나에게 말했다.

"전 웬들린으로 못 가요. 갈 수가 없어요. 케이올은 제가 왕비님을 위해 무슨 일을 하고 있는지 알면서, 어째서 저를 웬들린으로 보내려는 거죠?"

엘레나는 부드러운 말로 그녀를 달랬다.

"숨 좀 돌리고 말해."

셀레이나는 그녀를 노려보았다.

"이렇게 되면 여왕님의 계획도 틀어져요. 제가 웬들린에 가 있으면 워드 열쇠를 찾는 일도 그렇고 아달렌 왕에 대한 일도 할 수가 없다고요. 웬들린에 가 있는 척하다가 몰래 이곳으로 돌아온다고 해도 제가 있어야 할 곳에 있지 않다는 걸 왕은 얼마 안 가 알아채겠죠."

엘레나는 팔짱을 꼈다.

"웬들린에 가 있다는 건 도라넬 근처에 있게 된다는 뜻이야. 그게 근위대장이 널 그리로 보내려는 이유인 것 같은데."

셀레이나는 소리 내어 웃었다. 아, 케이올 때문에 일이 복잡하게 꼬이게 생겼다!

"그가 바라는 게 제가 페이 족들 옆에 가 숨어 살면서 아달렌으로 돌아오지 않는 거라고요? 그런 일은 없을 거예요. 그랬다간 케이올은 죽임을 당할 테고 워드 열쇠들은……"

"내일 웬들린으로 가는 배에 타." 엘레나는 눈을 빛내며 명했다. "워드 열쇠와 아달렌 왕 문제는 당분간 접어둬. 웬들린으로 가서 해야 할 일을 해."

"혹시 여왕님이 케이올의 머릿속에 이렇게 하라는 암시를 넣으셨어요?"

"아니. 근위대장은 자기가 아는 유일한 방법으로 널 구하려고 한 거야."

셀레이나는 고개를 절레절레 흔들며, 저 위에서 무덤으로 쏟아져 들어오는 햇빛을 바라보았다.

"명령 좀 그만 내리시죠?"

엘레나는 부드럽게 웃었다.

"네가 네 과거에서 도망치는 걸 그만두면."

셀레이나는 눈을 위로 굴렸다. 기억의 단편이 머릿속에 떠오르자 어깨에 힘이 쭉 빠졌다.

"전에 얘기를 나눴을 때 네히미아는…… 자신의 운명을 알고 있다고 했어요. 그 운명을 받아들였다고. 일이 진행되게 만드는 것이 자기 운명이라고. 혹시 네히미아가 아처를 조종해서……" 셀레이나는 말을 맺지 못했다. 끔찍한 진실을 자신의 목소리로 내뱉을 수가 없었다. 네히미아가 자신의 죽음으로 세상을 바꾸고…… 셀레이나를 변화시킬 수 있음을 알기에, 삶보다 죽음으로 그리 할 수 있다는 것을 알기에 스스로를 죽음으로 몰고 갔음을.

서늘하고 가느다란 손이 셀레이나의 손을 잡았다.

"지금 그 생각은 마음속 깊숙한 곳에 넣어 둬. 진실을 안다고 해도, 내일 해야 하는 일을 안 해도 되는 건 아니야. 그곳에 가야 해."

엘레나가 대답을 회피한 것만으로도 셀레이나는 진실을 짐작할 수 있었지만 여왕의 명을 따르기로 했다. 이 진실에 관해서는 암울하고 끔찍한 면들까지 나중에 속속들이 다시 들여다볼 것이다. 지금은…… 지금은…… .

무덤으로 흘러드는 빛을 바라보았다. 얼마 안 되는 빛이지만 어둠을 물리치고 있었다.

"웬들린으로 갈게요."

엘레나는 엄숙한 얼굴로 미소 지으며 셀레이나의 손을 잡았다.

"그래, 웬들린으로 가."

CHAPTER 54

회의가 끝났다. 케이올은 그가 왕에게 계획을 설명하는 동안 줄곧 주의 깊게 쳐다보던 아버지, 회의가 진행되는 내내 배신감에 어쩔 줄 몰라 하던 도리언 쪽으로 눈길을 돌리지 않으려 애썼다. 서둘러 막사로 돌아가려는데 뒤에서 누가 어깨를 잡았다. 예상했던 바라 케이올은 놀라지도 않고 뒤를 돌아보았다.

"웬들린이라고?"

도리언이 날카롭게 물었다.

케이올은 무표정을 유지하며 말했다.

"어젯밤에 봤듯이 셀레이나가 다른 세계로 이어지는 문을 열 능력을 갖고 있으니 당분간이라도 이 성 밖으로 내보내는 게 좋을 거야. 우리 모두를 위해서."

도리언에게 진실을 알릴 필요는 없었다.

"그 먼 곳으로 보내서 한 나라를 통째로 망가뜨리게 하다니, 셀레이나는 너를 절대 용서하지 않을 거야. 어떻게 대놓고 그런 짓을. 너무 눈에 띄잖아. 미쳤어?"

"그녀에게 용서를 구할 생각은 없어. 친구가 그립다고 저세상의 괴물들을 떼로 불러들이는 짓을 또 할까 전전긍긍하고 싶지도 않고."

케이올은 이렇게 거짓말을 하는 자신이 싫었다. 하지만 도리언은 그의 말을 곧이곧대로 믿는 듯 두 눈이 분노로 활활 타올랐다. 감수해야 할 희생이었다. 도리언이 그를 증오하지 않으면, 그가 곁에서 꺼져버리길 바라지 않으면, 나중에 아니엘로 떠나는 게 무척 어려워질 것이다.

"웬들린에서 셀레이나에게 무슨 일이라도 생기면." 도리언은 분노에 찬 목소리로 으르렁대듯 내뱉었다. "자네가 세상에 태어난 걸 후회하게 만들어주겠어."

셀레이나에게 무슨 일이 생기면, 케이올은 자신이 세상에 태어난 것을 영원히 후회할 것이다.

하지만 케이올은 담담하게 말했다.

"우리 중 한 사람은 일을 진행시켜야 합니다, 왕세자님."

케이올은 그 자리를 떠났고 도리언은 따라오지 않았다.

셀레이나가 네히미아의 무덤 앞에 섰을 때쯤 새벽이 밝아오기 시작했다. 마지막까지 남아 있던 눈이 녹아 황량한 갈색이 된 세상은 봄을 기다리고 있었다.

몇 시간 후면 배를 타고 바다를 건너갈 것이다.

축축한 땅에 무릎을 꿇고 무덤 앞에서 고개를 숙였다.

그리고 어젯밤 네히미아에게 하고 싶었던 말을 했다. 처음부터 했어야 하는 말, 네히미아의 죽음에 관한 진실을 알게 되더라도 결코 바뀌지 않을 말이었다.

셀레이나는 바람과 땅, 저 아래 흙 속에 묻혀 있는 네히미아의 시신에게 속삭였다.

"그래요. 당신이 옳았어요. 난 겁쟁이예요. 너무 오랫동안 도망만 쳐서 일어나 싸우는 게 뭔지 잊고 살았어요."

셀레이나는 이마가 흙에 닿도록 고개를 깊숙이 숙였다. 그리고 흙에 대고 말했다.

"하지만 그를 반드시 막겠다고 약속할게요. 그들이 당신에게 한 짓을 절대 용서하지도 잊지도 않을 거예요. 이일웨이를 반드시 해방시킬게요. 당신 아버지를 꼭 왕위에 복귀시킬게요."

허리를 세운 셀레이나는 주머니에서 단검을 꺼내 왼손바닥을 베었다. 황금색 새벽빛 아래 루비처럼 새빨간 피가 손바닥에 고였다. 손바닥을 옆으로 기울여 피를 떨어뜨린 뒤 손바닥을 흙바닥에 대고 눌렀다.

그리고 다시 속삭였다.

"내 이름과 목숨을 걸고 약속합니다. 마지막 숨이 끊어지더라도 반드시 이일웨이를 해방시킬게요."

흙으로 스며든 피가 네히미아의 안식처인 저세상으로 이 맹세를 전해주기를. 이제부터 그녀의 삶에는 이것 외에 다른 맹세나 계약,

의무는 없을 것이다. 절대 용서하지도 잊지도 않을 것이다.

어떤 방법으로 해낼지, 시간이 얼마나 걸릴지 모르지만 끝까지 해내고야 말 것이다. 네히미아가 해내지 못했으니까.

이제 그렇게 해야 할 때가 왔으니까.

CHAPTER 55

아침 식사를 마친 도리언은 두 팔에 책을 잔뜩 들고 셀레이나의 방을 찾아갔다. 박살 났던 침실 문의 잠금쇠는 여전히 그대로였다. 셀레이나는 침대 앞에 서서 커다란 가죽 자루에 옷을 쑤셔 넣고 있었다. 그가 들어오는 소리를 들었을 텐데 돌아보지도 않았다. 플릿풋이 먼저 알은체를 했다.

플릿풋이 꼬리를 흔들며 절뚝절뚝 다가왔다. 도리언은 책상 위에 책을 얹어놓고 플러시 천으로 된 깔개에 무릎을 대고 앉았다. 플릿풋의 머리를 손으로 쓰다듬고 몇 번 핥게 놔두었다.

"치료사가 그러는데 플릿풋의 다리는 괜찮을 거래요." 셀레이나는 자루에서 눈을 떼지 않고 말했다. 그녀의 왼손에 붕대가 감겨 있었다. 어젯밤에는 없던 상처였다. "여기 있다가 몇 분 전에 나갔어요."

"잘됐네." 도리언이 일어섰다. 셀레이나는 두꺼운 튜닉과 바지, 두툼한 외투 차림이었다. 견고하고 실용적인 갈색 장화는 그녀가 평소

신는 화려한 신발들에 비하면 색이 상당히 어두웠다. 한눈에 봐도 여행용 복장이었다. "작별 인사도 안 하고 떠날 생각이었어?"

"그러는 게 편할 것 같아서요."

두 시간 후면 그녀는 신화와 괴물의 땅, 꿈과 악몽의 왕국을 향해 배를 타고 떠날 것이다.

도리언은 그녀에게 다가갔다.

"이건 미친 계획이야. 갈 필요 없어. 아버지를 설득해서 다른 계획을 세우자고 해보자. 만약 네가 웬들린에서 붙잡히면……"

"안 붙잡혀요."

"거기 가 있으면 널 도울 수도 없어." 도리언은 자루에 한 손을 얹었다. "붙잡히거나 다쳐도 우리가 손 쓸 방법이 없어. 너 혼자서 해내야 돼."

"괜찮을 거예요."

"난 안 괜찮을 거야. 네가 거기 가 있는 동안 무슨 일이 생겼을까봐 매일 걱정하겠지. 난…… 널 못 잊어. 단 한 시간도."

셀레이나의 목이 약간 울컥거렸다. 그녀가 허락한 유일한 감정 표현이었다. 그녀는 깔개에 앉아 그들을 올려다보는 플릿풋을 바라보며 말했다.

"제가……" 그녀는 숨을 한 번 삼킨 후 도리언의 눈을 마주보았다. 아침 햇살에 그녀의 눈동자가 황금빛을 발했다. "떠나 있는 동안 애를 좀 돌봐주실 수 있어요?"

도리언은 그녀의 손을 꼭 잡았다.

"내 개처럼 돌봐줄게. 내 침대에서 잠도 재우고."

셀레이나는 살짝 미소를 지었다. 도리언은 여기서 더 크게 감정을 표현했다가는 그녀의 자제력이 무너지겠구나 싶었다. 도리언은 가져온 책들을 가리켰다.

"이 책들을 놓아둘 곳이 필요해서 말이야. 내 방보다는 네 방이…… 안전할 것 같아서."

셀레이나는 책상 쪽을 흘끗 쳐다보긴 했지만 다행히 가까이 가서 보지는 않았다. 그가 가져온 책들을 보면 의문만 더 생겨날 것이다. 계보학, 왕실 연대기 같은, 그가 어떤 경위로 마법의 힘을 갖게 됐는지를 알아보기 위한 책들이었다.

"그러세요. 이 방 어딘가에 《걸어 다니는 시체》도 떠돌아다니고 있을 테니 그 책과 잘 어울리겠어요."

그 말이 섬뜩한 진실만 아니었으면 도리언도 농담으로 듣고 웃었을 것이다.

"그럼 짐 마저 싸. 난 출항 시간에 회의가 있어서." 도리언은 가슴이 찢어지는 듯했다. 방금 한 말은 거짓말이었다. 어설픈 거짓말. 하지만 그녀를 배웅하러 갈 사람이 따로 있는 걸 알면서 부두로 나가고 싶지 않았다. "그럼…… 여기서 작별해야겠네." 그녀를 포옹해도 되는 입장인지 애매모호한 터라 도리언은 주머니에 손을 찔러 넣고 미소만 지었다. "몸조심해."

셀레이나는 살짝 고개를 끄덕였다.

그들은 이제 친구였다. 접촉에 한계가 있는 사이가 됐다는 걸 도리언은 잘 알고 있었다. 하지만…… 그는 얼굴에 뚜렷이 드러났을 실망감을 들키고 싶지 않아 고개를 돌렸다.

그가 계단 두 칸을 한 번에 밟고 문 쪽으로 향하자 셀레이나는 부드러우면서도 긴장된 목소리로 말했다.

"그동안 저에게 해준 모든 것에 감사해요, 왕세자님. 남들과 달리 제 친구가 되어주신 것도요."

도리언은 걸음을 멈추고 그녀를 돌아보았다. 셀레이나는 턱을 꼿꼿이 들고 있었지만 눈에는 눈물이 고여 있었다.

그녀는 나지막하게 말했다.

"돌아올게요. 당신을 위해 돌아올 거예요."

그녀가 미처 하지 못한 말이 더 많다는 것을, 지금 한 말에 더 큰 의미가 담겨 있다는 것을 그는 알고 있었다.

하지만 여전히 그녀를 믿었다.

부두는 선원들과 노예들, 짐을 내리고 싣는 일꾼들로 붐비고 있었다. 날은 따뜻하고 산들바람이 불었다. 공기 중에서 처음으로 봄의 정취가 느껴졌다. 하늘은 구름 한 점 없이 맑았다. 항해를 나서기에 알맞은 날이었다.

셀레이나는 여정의 전반부를 책임질 배를 바라보고 서 있었다. 이 배는 미리 계획된 장소까지만 갈 것이다. 그곳에 도착하면 아달렌 왕국의 핍박을 피해 도망친 망명자들을 태우기 위해 웬들린에서 온 배가 기다리고 있을 것이다. 이 배로 이동하는 여자들 대부분은 이미 주갑판 아래 선실에 탑승해 있었다. 셀레이나는 붕대를 감은 왼손의 손가락을 움직여보았다. 손바닥에서 시큰한 통증이 퍼져나가자 눈살을 찌푸렸다.

어젯밤에 잠을 거의 자지 못했다. 플릿풋을 꼭 껴안고만 있었다. 한 시간 전에 플릿풋에게 작별을 고하면서 셀레이나는 심장의 일부가 떨어져나가는 듯했다. 하지만 플릿풋의 다리가 아직 낫질 않아서 웬들린으로 데려가기엔 위험할 수 있었다.

케이올은 보고 싶지 않았고 굳이 작별 인사를 하고 싶지도 않았다. 얼굴을 보면 묻고 싶은 게 너무 많아서 차라리 아무것도 묻지 않고 떠나는 게 마음 편할 것 같았다. 케이올은 그녀가 도저히 빠져나갈 수 없는 덫을 놓았다는 사실을 알고 있을까?

선장이 5분 후에 출항한다고 목청 높여 알렸다. 선원들이 출항을 위한 준비에 박차를 가하며 서둘렀다. 이 배는 곧 에이버리 강을 따라 내려가 대양으로 나아갈 것이다.

웬들린을 향해.

힘겹게 숨을 삼켰다. 가서 해야 할 일을 해, 라고 엘레나 왕비는 말했다. 가서 웬들린 왕실 가족을 죽이라는 뜻일까, 아니면 다른 일을 의미한 걸까?

소금기 섞인 산들바람이 머리카락을 헝클어 놓았다. 셀레이나는 배 쪽으로 향했다.

그때 부두에 도열한 건물들 사이의 그림자 밖으로 누군가 걸어 나왔다.

"잠깐."

케이올이었다.

다가오는 그를 바라보며 셀레이나는 그 자리에 얼어붙었다. 그렇게 꼼짝 않고 서서 그의 얼굴을 뚫어져라 바라보았다.

케이올이 조용히 물었다.

"내가 왜 이렇게 했는지 이해하지?"

셀레이나는 고개를 끄덕였다.

"저는 다시 여기로 돌아올 거예요."

케이올은 눈을 번뜩였다.

"안 돼. 그랬다간 너는……"

"제 말부터 들어요."

시간이 5분밖에 없었다. 그녀가 아달렌으로 돌아오지 않으면 왕이 케이올을 죽일 것이라는 설명은 굳이 하지 않았다. 할 필요도 없었다. 그의 앞길에 재를 뿌리는 말일 뿐이었다. 만약 케이올이 달아난다면 왕은 네히미아의 가족에게 했듯이 케이올의 가족들을 위협할 것이다.

그 와중에도 케이올은 어떻게든 셀레이나를 보호하려 들겠지. 그런 그를 아무것도 모르는 상태로 여기 두고 갈 수는 없었다. 셀레이나가 웬들린에서 죽거나, 무슨 일이 생겨서 돌아오지 못하게 되면…….

"지금부터 내가 하는 말 잘 들어요."

그가 의아해하며 눈썹을 치켜떴다. 셀레이나는 이 결정을 번복하거나 다시 생각할 여유가 없었다.

최대한 간결하게 워드 열쇠에 관해 설명했다. 워드 대문과 바바 옐로레그스, 무덤 안에 보관해둔 서류들, 워드 열쇠 세 개가 숨겨진 장소에 관한 수수께끼에 대해서도 털어놓았다. 아달렌 왕이 워드 열쇠를 적어도 하나는 가지고 있으리라는 것, 도서관 지하 무덤에 죽은 괴물을 봉해놓은 것, 그 지하 무덤의 봉인된 문을 절대 열면 안 된다는 것, 롤랜드와 칼테인은 왕이 세운 더 방대하고 치명적인 계획의 일부일 수 있다는 것도 빼놓지 않았다.

끔찍한 진실을 털어놓은 셀레이나는 목에 걸고 있던 엘레나의 눈 목걸이를 풀어서 그의 손에 쥐여주었다.

"이 목걸이를 절대 벗지 말아요. 당신이 해를 입지 않게 지켜줄 거예요."

그는 핏기 하나 없는 얼굴로 고개를 저었다.

"셀레이나, 이건 못 받아……."

"워드 열쇠를 찾을지 말지는 알아서 해요. 하지만 저 말고 누군가는 진실을 알아야 하니까 말한 거예요. 이 말이 사실이라는 증거는 제 방 지하의 무덤에 다 있어요."

케이올은 목걸이를 들지 않은 다른 쪽 손으로 그녀의 손을 잡았다.

"셀레이나……."

"잘 들어요. 당신이 왕을 설득해 저를 멀리 떠나보내지 않았다면, 우리가 함께…… 열쇠를 찾는 일을 했겠죠. 하지만 이렇게 된 이상……."

선장이 2분 후 출항이라고 고함쳐 알렸다. 케이올은 망연히 셀레이나를 바라보았다. 그의 눈에 담긴 깊은 슬픔과 두려움에 셀레이나는 말이 나오지 않았다.

다음 순간 셀레이나는 지금까지 해온 중 제일 무모한 짓을 하고 말았다. 그녀는 까치발로 서서 그의 귀에 대고 속삭였다.

그 말의 뜻을 알게 되면 케이올은 이해하게 될 것이다. 어째서 그 일이 그토록 그녀에게 중요한지, 돌아오겠다는 그녀의 말이 무슨 의미인지를. 그리고 그걸 알게 되면 그녀를 영원히 증오할 것이다.

"무슨 뜻이야?"

그의 물음에 셀레이나는 서글픈 얼굴로 미소 지었다.

"알아내 봐요. 그리고 알게 되면……." 셀레이나는 고개를 가로저었다. 해서는 안 되는 말이지만 할 수밖에 없었다. "알게 되면, 제겐 아무 문제도 되지 않는다는 걸 기억해줘요. 전에도 마찬가지였고요. 난 여전히 당신을 골랐을 거예요. 같은 선택을 했을 거예요."

"제발…… 무슨 뜻인지 말해줘."

하지만 그럴 시간이 없었다. 셀레이나는 고개를 저으며 물러섰다.

그러자 케이올은 그녀에게 한 발 다가서며 말했다.

"사랑해."

셀레이나는 목 안에 차오르는 흐느낌을 꾹 눌러 참았다.

"미안해요."

나중에 그가 모든 진실을 알게 됐을 때, 이 말을 부디 기억하기를.

셀레이나는 겨우 다리에 힘을 주며 숨을 들이마셨다. 그리고 마지막으로 케이올을 돌아보면서 건널 판자를 밟고 배에 올라탔다. 갑판 위에 있는 사람들에게는 눈길 한 번 주지 않고 자루를 바닥에 내려놓은 뒤 난간 옆에 자리를 잡았다. 부두를 내려다보니 케이올이 건널 판자 옆에 꼼짝도 않고 서 있었다.

선장이 밧줄을 풀라고 지시했다. 선원들은 부두에 매놓은 밧줄을 서둘러 풀어 던지고 다시 배 안쪽에 묶었다. 배가 일렁거렸다. 셀레이나는 손이 아플 정도로 세게 난간을 부여잡았다.

배가 움직이기 시작했다. 곁에 있으면 제대로 생각을 할 수 없을 정도로 너무나도 증오하고 또 그만큼 사랑하는 남자 케이올은 부두에 서서 떠나가는 그녀를 바라보고 있었다.

배가 해류를 타고 나아가기 시작하면서 도시가 점점 멀어져갔다. 대양의 바람이 셀레이나의 목을 어루만졌다. 하지만 그녀는 케이올한테서 시선을 뗄 수가 없었다. 유리성이 저 멀리서 반짝이는 점처럼 작아질 때까지, 해가 수평선 너머로 저물고 머리 위로 별이 총총 떠오를 때까지 셀레이나는 케이올이 서 있던 곳을 바라보았다.

이윽고 눈꺼풀이 무거워지면서 발밑이 흔들거리는 기분을 느낀 그녀는 그제야 케이올에게 박혀 있던 눈길을 돌렸다.

짭짤한 냄새가 콧속을 채웠다. 엔도비어에서 맡던 소금 냄새와는 사뭇 달랐다. 활기찬 바닷바람이 머리카락을 쓸고 지나갔다.

이 사이로 쓰읍 소리를 내며 셀레이나 사르도시엔은 아달렌을 뒤로 한 채 웬들린 방향으로 시선을 돌렸다.

CHAPTER 56

케이올은 셀레이나가 그의 귀에 속삭인 말의 뜻을 알지 못했다. 그녀가 말한 건 날짜였다. 몇 년도인지는 언급하지 않고 월과 일만 말했다. 이미 몇 주도 넘게 지난 날짜였다. 셀레이나가 리프트홀드를 떠났던 날이고, 정확히 1년 전에 셀레이나가 엔도비어 소금광산에서 분노를 터뜨렸던 날이며, 그녀의 부모님이 세상을 떠난 날이기도 했다.

배가 항구를 떠난 후에도 그는 한참 동안 부두에 서 있었다. 그녀가 말한 날짜를 머릿속에서 곱씹으며 멀어져가는 배의 돛을 바라보았다. 셀레이나는 워드 열쇠니 뭐니 하는, 이해하기 힘든 얘기를 그에게 왜 해주었을까? 케이올이 섬기는 왕에 관한 끔찍한 진실보다 더 중요한 일이라는 건 대체 무엇일까?

워드 열쇠에 관한 얘기는 섬뜩하긴 하지만 이해는 되었다. 그런 게 있다면 많은 부분을 설명할 수 있었다. 왕이 지닌 어마어마한 힘, 불가사의하게 전원 사망으로 끝난 왕의 여정, 케인이 엄청난 힘을 갖게 된 경위까지 설명이 가능했다. 전에 봤던 페링턴의 눈빛이 괴상할 정도로 어두웠던 것도 이해가 됐다. 하지만 이런 비밀을 털어놓으면서 셀레이나는 그가 어떤 선택을 하길 바랐을까? 아니엘로 가게 되면 그가 대체 무엇을 할 수 있을까?

아버지에게 했던 맹세를 당장 지키지 않고 빠져나갈 방법이 없을까? 그는 맹세를 하면서 아니엘로 돌아가는 시기에 대해서는 언급하지 않았다. 그 부분에 대해서는 내일 생각을 해볼 것이다. 지금은…….

유리성으로 돌아간 케이올은 셀레이나의 숙소로 향했다. 그녀의 책상 위에 놓인 물건들을 이리저리 들춰보았다. 그가 들은 날짜와 관련된 것은 보이지 않았다. 셀레이나가 썼던 유언장도 확인해봤지만 유언장 서명 일은 그 날짜에서 며칠 뒤였다. 방 안의 정적과 공허감이 그를 통째로 삼켜버릴 듯했다. 방에서 나가려는데 책상 그림자에 반쯤 가려져 있던 책 무더기가 눈에 들어왔다.

계보학과 무수한 왕실 연대기들. 셀레이나가 언제 이 책들을 여기로 가져왔을까? 어젯밤에는 못 봤는데. 여기서 또 다른 단서를 찾을 수 있을까? 책상 앞에 선 그는 왕실 연대기부터 살펴보았다. 18년 전 연대기였다. 들여다봤지만 단서는 보이지 않았다.

다음으로는 10년 전 연대기를 펼쳤다. 나머지 권들보다 두툼했는데, 그 해에 온갖 일들이 일어났으니 그럴 만도 했다. 셀레이나가 언급한 날짜에 관한 기록이 보이자 그는 사방이 얼어붙는 기분이었다.

오늘 아침, 올론 갈라시니어스 왕, 왕의 조카이며 왕위 계승자인 로에 갈라시니어스, 그리고 로에의 아내인 에벌린이 암살되었다. 올론 왕은 오린스에 위치한 왕궁의 침전에서 살해당했고 로에와 에벌린은 플로린 강변의 사저의 침실에서 사망한 채 발견되었다. 로에와 에벌린의 딸 에일린의 생사 여부는 아직 알려져 있지 않다.

케이올은 첫 번째 계보학 책을 집어 들었다. 아달렌 왕가와 테라센 왕가의 혈통에 관한 책이었다. 셀레이나는 그날 밤 일어난 일에 관한 진실, 그리고 사라진 에일린 공주가 숨어 사는 곳을 알고 있다고 그에게 말하고 싶었던 걸까? 이런 일이 일어났을 때 자기가 그 현장에 있었다고?

그는 페이지를 휘릭휘릭 넘기며 이미 읽은 계보들을 빠르게 살펴보았다. 그러다 문득 에벌린 애쉬리버라는 이름을 보고 떠오르는 바가 있었다. 애쉬리버.

에벌린은 웬들린 출신이고, 웬들린 왕과 정부 사이에서 태어난 공주였다. 케이올은 떨리는 손으로 웬들린 왕실 계보가 담긴 책을 펼쳐 들었다.

마지막 페이지 하단에 에일린 애쉬리버 갈라시니어스의 이름이, 그 위에 모친인 에벌린의 이름이 적혀 있었다. 그런데 그쪽 가계도에는 여성의 이름만 있었다. 남성은 없고 여성만 있는 이유는…….

에벌린의 이름에서 두 번째 위에 마브라는 이름이 적혀 있었다. 에일린의 증조할머니였다. 마브는 페이 여왕 세 자매 중 한 명이었다. 페이 여왕 세 자매의 이름은 메이브, 모라, 마브였다. 가장 아름다웠던 막내 마브는 죽어서 사냥의 여신 디에나가 됐다.

그 순간 과거의 기억이 떠오르면서 케이올은 벽돌로 얼굴을 얻어맞은 듯 충격을 받았다. 율레마스 날 아침에 디에나, 즉 마브의 황금 화살을 받은 셀레이나의 표정이 몹시 불편해 보였다.

케이올은 가계도의 이름들을 하나씩 헤아려보았다.

증조할머니가 페이 요정이었어요.

셀레이나가 했던 말이 생각나자 케이올은 책상을 한 손으로 부여잡았다. 아니, 그럴 리 없었다. 그는 펼쳐놓은 연대기를 다시 들여다보고 다음 날짜의 기록을 확인했다.

> 테라센의 왕위 계승자 에일린 갈라시니어스가 오늘 낮이나 밤에 세상을 떠났다. 살해당한 부모의 사저에 도움의 손길이 가 닿기도 전에, 전날 밤 에일린을 놓친 자객이 돌아왔다. 에일린의 시신은 아직 발견되지 않았는데, 부모의 집 뒤편에 흐르는 강에 던져진 것으로 보인다.

예전에 셀레이나는 에로밴이 자기를…… 발견했다고 했다. 꽁꽁 얼어붙어 반쯤 죽다시피 한 자기를 강변에서 발견했다고.

케이올은 어찌 된 일인지 짐작이 갔다. 셀레이나는 아직 테라센을 생각하고 있음을 케이올에게 알리려 했던 걸까. 아니면……

애쉬리버 가계도 상단에 시가 적혀 있었는데, 이 계보를 공부하던 학생이 메모해놓은 듯했다.

오래된 전설에 따르면 애쉬리버 가문의 눈동자는
황금색 테를 두른 새파란 눈동자.
가장 아름다운 눈동자라고 하네.

황금색 테를 두른 새파란 눈동자. 놀란 그는 입에서 튀어나오려는 외침을 삼켰다. 바로 그 눈동자를 그는 몇 번이나 들여다봤던가? 숨길 수 없는 혈통의 표식인 눈동자를 왕에게 들키지 않기 위해 셀레이나는 언제나 왕과 눈을 마주 보지 않으려 했다.

셀레이나 사르도시엔은 에일린 애쉬리버 갈라시니어스와 관련 있는 인물이 아니었다.

테라센 왕국의 왕위 계승자이며 적통 여왕인 에일린 애쉬리버 갈라시니어스였다.

셀레이나가 바로 에일린 갈라시니어스인 것이다. 아달렌 왕국에 가장 큰 위협이 되는 자이며, 아달렌 왕을 상대로 군대를 일으킬 수 있는 장본인. 지금 그녀는 아달렌 왕이 지닌 비밀스러운 힘의 원천을 알고 있으며 그 힘을 파괴할 방법을 찾고 있었다.

케이올은 그런 그녀를 가장 강력한 동맹이 되어줄 자들의 품으로 보냈다. 그녀의 어머니가 태어난 고향이자 친척의 왕국이며 이모인 메이브 페이 요정 여왕이 다스리는 곳으로.

셀레이나는 사라진 테라센 여왕이었다.

케이올은 바닥에 무릎을 꿇고 말았다.

감사의 말

이 소설을 쓸 수 있었던 것은 누구보다 수전 드나드의 공이 크다. 수전은 책에서나 존재할 법한 완벽한 친구이자 기다릴 가치가 있는 친구다. 한 마디로 내 영혼의 동반자다. 우리가 함께한 (엉뚱한) 모험들, 배가 아플 때까지 함께 웃던 나날들, 네가 내 세상에 가져다준 모든 기쁨에 정말 감사해. 그리고 사랑해.

나를 지켜봐준 최고의 팀에게도 무한히 감사드린다. 뛰어난 에이전트 타마르 리드진스키, 훌륭한 편집자 마거릿 밀러, 비할 데 없이 대단한 미셸 내글러가 바로 그들이다. 여러분과 함께 일할 수 있어서 난 정말 복 받은 인생이란 생각이 든다. 여러분이 해준 모든 것에 감사드린다.

좋은 친구이자 비평가인 알렉스 브래컨에게도 고맙다는 말을 전하고 싶다. 알렉스는 늘 현명한 조언과 빛나는 아이디어를 제공해 난관에 처한 나를 구해주곤 한다. 이번 여정에서도 빛나는 길잡이가 되어주었다. 그리고 금요일마다 만나 수다를 떨고, '황무지'에서 잡담을 나눴으며, 2012년도에 노스캐롤라이나 글렌빌 호수에서 가재 공격을 받고도 나와 함께 살아남은 에린 '더스' 보우먼에게도 감사를 전한다. 너에게 이메일을 보내길 정말 잘했다는 생각이야.

에미 코프먼, 캣 장, 제인 자오에게도 늘 고마운 마음이다. 내 작품을 읽고 공명판 겸 비평가, 치어리더 역할을 해주는 멋진 친구들이다. 오래전부터 수수께끼 푸는 일을 도와주고 있는 말도 안 되게 똑똑한 빌야나 리킥에게도 고맙다는 말을 전하고 싶다. 진정한 친구이자 범죄 파트너인 댄 '드크록스' 크로코스에게도 감사한다. 조지아주 디케이터 시에서 신인 작가 두 명을 저녁 식사 자리에 데려가주신 전설적인 작가 로빈 홉 씨에게도 감사드린다. 로빈 홉 씨는 나와 수전에게 지혜와 상냥함이 무엇인지 제대로 보여주셨다.

내 책이 세상에 나와 독자들 손에 전해지기까지 부단히 애써주신 분들이 많다. 에리카 바매쉬, 엠마 브래드쇼, 수잔나 커런, 베스 엘러, 알로나 프라이먼, 섀넌 거드윈, 내털리 해밀턴, 브리짓 하츨러, 케이티 허쉬버거, 멜리사 카보닉, 리넷 킴, 이언 램, 신디 로우, 도나 마크, 패트리샤 맥휴, 레베카 맥낼리, 레지나 로프 플래스, 레이첼 스타크, 브렛 라이트에게 마음속 깊은 곳에서 감사의 말씀을 전하고 싶다. 전 세계를 대상으로 일하는 블룸스베리 출판사 관계자분들에게도 깊이 감사드린다. 여러분과 함께 일할 수 있어서 늘 영광으로 생각한다.

늘 지지해주는 부모님과 가족들, 친구들에게도 너무 고맙다. 멋진 남편 조쉬에게도 고마운 마음뿐이다. 도저히 표현할 말을 찾기 어려울 정도로 당신을 사랑해.

《유리 왕좌》의 세상을 멋진 장신구로 표현해준 재닛 캐드사완의 노고에도 감사드린다. 멋진 지도를 그려주고 대단한 열정과 놀라운 역량을 보여준 켈리 드 그루트에게도 고맙다는 인사를 드리고 싶다.

이 여정을 동화처럼 아름답게 만들어준 독자 여러분께 감사드린다. 다들 편지와 팬아트를 보내주시고 내 행사에도 참석해주셨으며 이 시리즈에 대한 입소문도 내주셨다. 셀레이나를 여러분 마음에 담아주셔서 정말 감사드린다. 여러분들 덕분에 긴 시간 동안 고된 작업을 이어나갈 수 있었다.

마지막으로 픽션프레스(FictionPress) 독자 여러분께도 감사하다는 말씀을 전하고 싶다. 오랜 세월 함께 해주신 여러분께 갚을 수 없을 만큼 큰 신세를 졌다. 이 길을 통해 어디로 가게 되더라도, 여러분과 함께 하는 인생이라 언제나 감사한 마음이다. 모두들 고맙습니다. 고맙습니다. 고맙습니다.